# UNA VIDA DE LUJO

# JENS LAPIDUS

# UNA VIDA DE LUJO

## JENS LAPIDUS

## TRILOGÍA NEGRA
## DE ESTOCOLMO III

SUMA
de letras

Título original: *Livet de Luxe*

© Jens Lapidus, 2011

Publicado por acuerdo con Salomonsson Agency

© De la traducción: 2011 Martin Simonson

© De esta edición: 2011, Santillana Ediciones Generales, S.A. de C.V.

Av. Río Mixcoac 274, Col. Acacias

03240, México, D.F.

Diseño de cubierta: OpalWorks

*Primera edición: octubre de 2011*

ISBN: 978-607-11-1509-6

Impreso en México

*Para Jack y Flora*

—*Tú eres del West Side. Sabrás quién es Charlie Sollers, ¿no?*
—*No.*
—*La historia de Sollers se remonta hasta los tiempos de Franklin y Fremont. Quiero decir, hasta los años sesenta, joder.*
—*¿Sollers?*
—*Vendía heroína como si fuera agua. Quiero decir, el hijo de puta ganaba dinero.*
—*No sé de quién cojones me estás hablando.*
—*Sé que no lo sabes. Y la policía tampoco. Y los granujas de medio pelo tampoco tendrían ni puta idea. Porque Charlie Sollers solo vendía droga. No tenía otro perfil. No tenía disposición. Simplemente, comprar por un dólar, vender por dos.*

Proposition Joe habla con Stringer Bell
(*The Wire*, segunda temporada)

# Prólogo

E
ra la segunda vez que venía a Estocolmo para un trabajo. La primera vez fue para una boda, como guardaespaldas de uno de los invitados. Habían transcurrido diecisiete años y por aquel entonces era joven. Recuerdo que tenía ganas de que llegara el día siguiente para ir de juerga por Estocolmo y ligar con rubias. La boda en sí era un acontecimiento importante, comparado con las de mi país. Decían que también en Suecia se consideraba importante; habría unos trescientos invitados. Y, claro, todo estaba muy bien organizado. Los novios salieron de la iglesia vestidos con abrigos de piel. También tenían una hija pequeña, una niña muy guapa, y ella también llevaba un abrigo de piel. La pareja de novios fue conducida desde la iglesia en un trineo tirado por cuatro caballos blancos. Su hijita se quedó con la niñera, saludando con la mano desde las escaleras de la iglesia.

El aire era limpio, la nieve brillaba y el cielo era claro. Recuerdo que pensé que Suecia debía de ser el país más limpio del mundo. Luego vi las caras de los invitados. Algunas mostraban alegría y otras admiración. Pero había una cosa que se reflejaba en todas: respeto.

El que se casaba entonces era el mismo del que tenía que ocuparme ahora: Radovan Kranjic. Era una ironía del destino el *haber presenciado cómo se iniciaba la nueva vida que ahora me tocaba terminar.*

*No suelo calibrar mis sensaciones. Al revés, me aniquilo a mí mismo ante cada misión. Me han contratado y pagado, soy independiente: no hay nada personal en lo que hago. Pero esta vez venir a Estocolmo me parecía total, de alguna manera.*

*Iba a cerrar el círculo. A reinstaurar un equilibrio.*

*Entonces sucedió algo.*

*Llevaba todo el día en el Volvo. Cuando subí a la habitación, decidí limpiar mis armas de fuego. Las había comprado en Dinamarca, donde tengo contactos; después de la guerra contra el terrorismo, como la llaman los americanos, ya no entro en la Unión Europea con armas.*

*Había un Accuracy International L96A1 —un rifle de francotirador de un modelo exclusivo— y una pistola Makarov. Desmonté las armas y las coloqué sobre un mantel encima de la cama, limpias y relucientes. Sujetaba la última arma, un revólver, en la mano.*

*Entonces se abrió la puerta.*

*Me di cuenta de que se me había olvidado cerrar la puerta con llave, algo que siempre hago.*

*Era una señora de la limpieza. Me pregunté en qué clase de hotel de mierda me había metido, en el que el personal no llamaba a la puerta antes de entrar.*

*Miró mis armas durante algunos segundos. Después pidió disculpas y comenzó a retirarse hacia el pasillo.*

*Pero era demasiado tarde, ya había visto demasiado. Me puse de pie, levanté el revólver y le pedí que volviera a la habitación.*

*Tenía aspecto de estar cagada de miedo. Lo puedo comprender, esa era mi intención. Le dije que también metiera su carrito de limpieza en la habitación, y después cerré la puerta tras ella. Todo ese tiempo le apuntaba con el arma. Después dejé que limpiara mi habitación.*

*Le llevó como mucho diez minutos, se notaba que era una profesional. Limpió la pequeña superficie del suelo con la aspiradora, pasó un paño por todas las demás superficies y limpió el lavabo y el váter con agua. Era importante para mí que lo hiciera con esmero.*

*Mientras tanto, yo hacía la maleta.*

*Cuando terminó, le pedí que echara un vistazo al pasillo para ver si había alguien. Estaba vacío. La empujé hacia delante. Salimos, y le dije que abriera la puerta de otra habitación. Abrió una que estaba a dos puertas de la mía.*

*Entramos. Era una habitación desordenada. Parecía que la persona que estaba allí disfrutaba haciendo sufrir a las señoras de la limpieza.*

*Cerré la puerta.*

*Ella me miró.*

*Cogí una almohada.*

*Levanté el revólver y le metí un balazo en el ojo, a través de la almohada.*

PARTE 1

Capítulo

1

El club de striptis de la calle Roslagsgatan estaba reservado. Jorge echó un vistazo al sitio: focos rojos en el techo, butacas de terciopelo en el suelo y publicidad de neón de Heineken en las paredes. Mesas redondas con manchas de cera, manchas de cerveza, y no quería ni imaginar qué otro tipo de manchas. Una barra de bar en uno de los laterales, un *disc-jockey* en un rincón, un pequeño escenario junto a la pared de enfrente. La barra de las stripers, de momento sin chicas. Pero detrás del bar, cuatro fulanas que enseñaban más piel que ropa estaban tomando champán. En breve se deslizarían por la barra. Enseñándolo todo a los tipos.

No era un ambiente de lujo desmesurado, precisamente. Pero daba lo mismo; la gente creaba ambiente. Jorge reconocía a muchos. Había venido con su primo Sergio y su colega Javier. Vio a Mahmud al fondo, en las butacas. El *hermano*[1] estaba sorbiendo champán. Haciendo piña con sus propios colegas: Tom Lehtimäki, Robban, Denko, Birra.

Jorge saludó a Mahmud con la cabeza, guiñando un ojo, queriendo decir: «Ya te veo, amigo, luego parloteamos». Tenían

---

[1] En español en el original. A partir de ahora, las palabras en español en el original irán en cursiva. Se reconocen fácilmente por el contexto. *[Todas las notas son del traductor]*.

que hablar de mañana. J-boy: apenas podía esperar. Podía ser algo grande lo que se estaba cociendo. La vuelta a la vida g de gánster. Lejos de la vida m. M de magdalenas.

Jorge había pasado una mala noche. Todo el asunto: como el Agente Smith contra Neo. La oscuridad contra la la luz. La vida vikinga: una cosa que te desgastaba. *The dark side.* El lado oscuro. Al mismo tiempo: este asunto que iban a montar..., algo bueno. El lado bueno: iba a tener una oportunidad; con tal de que llegasen a aquella reunión mañana, todo saldría bien.

Quizá.

—¡El Fugitivo!

Jorge giró la cabeza.

Babak venía hacia él con los brazos abiertos y una sonrisilla falsa. El iraní le dio un abrazo. Palmaditas en la espalda. Clavándole cuchillos verbales.

—¿Cómo va la cafetería? ¿Seguro que no sacas más plata vendiendo kebabs que café?

Jorge echó la cabeza hacia atrás. Mirando al tío desde treinta centímetros de distancia. Le dio el regalo: un Dom Pérignon 2002, un lujo de la hostia, según decían.

Babak: el *homie*[2] más viejo de Mahmud. Babak: el profeta-camello iraní, un imán para los coños, cargado de mañas de barrio, o eso al menos pensaba él. Babak: había hecho el viaje que Jorge una vez había planificado. Le había robado el camino que estaba allanado para él. Empezando en la calle. Aprendiendo cómo funcionaban las cosas. Comprendiendo el mercado, cómo los tipejos del extrarradio habían empezado a meterse rayas como si fueran de Stureplan, pero multiplicado por un billete. Había entendido el futuro. La farla, hoy en día: más común en casa de los veinteañeros que la hierba entre los quinceañeros.

Podía haber sido el juego de Jorge. Su operación. Pero no fue así.

---

[2] «Colega».

Y hoy el iraní invitaba a todos los chicos al local. Fiesta con teiboleras, champán y barra libre de cerveza. Los asistentes de Babak habían entregado las tarjetas de invitación. Con letras góticas impresas: «¡Celebrémoslo como auténticos bandidos! Cumplo veinticinco e invito a champán, snacks y chicas. El club Red Light de la calle Roslagsgatan. Ven como te parezca».

La actitud de Babak irritaba como una picadura de mosquito en el culo. El centelleo en los ojos del iraní. El tono: escupitajos en plena cara. El pequeño arrimado sabía que Jorge y Mahmud se rompían el culo todos los días como las putas rumanas un sábado por la noche. Sabía que no facturaban ni la mitad en un mes de lo que él se levantaba en una semana. Sabía que los yugoslavos les chupaban pasta a cambio de protección. Fijo: sabía que Hacienda andaba detrás de ellos soplete en mano. Cien por cien: el puto Babak entendía que la vida de cafetero no funcionaba para J-boy.

Lo que Jorge no terminaba de pillar era por qué Mahmud no le soltaba una hostia ya, cortando relaciones de una vez por todas. Daba asco.

Pero lo que más asco daba era la palabra que Babak acababa de usar: Fugitivo. Ese nombre…, en serio, Jorge no lo aguantaba. Fugitivo…, menudo *bullshit*. Babak daba patadas a un tipo que ya estaba en el suelo. Retorcía el cuchillo hasta completar una vuelta más, echaba chile en las heridas.

Hacía casi cinco años que Jorge se había fugado de Österåker. Cierto, muchos mocosos del local habían oído su historia mil veces. Una leyenda de héroes entre la gente de los barrios. Un cuento con el que soñabas cuando el cemento de las paredes de la celda te ahogaba. Pero también, como en todos los cuentos, toda la peña sabía cómo terminaba la historia. El latino, la leyenda, J-boy, el Fugitivo… tuvo que volver al trullo. Como un *loser*. *Adiós* a la libertad. Era una historia de mierda.

Y Babak nunca desperdiciaba una ocasión de recordárselo.

Unos tipos del BMC estaban en el bar: los chalecos de cuero como uniformes negros. Estampados del Unporciento, MC Sweden y The Fat Mexican sobre los pechos y en las espaldas. Tatuajes en el cuello, los antebrazos, alrededor de los ojos. Jorge conocía a algunos de esos tipos. No podían haber sido dueños de cafeterías, precisamente, pero eran tipos legales. Al mismo tiempo, sabía lo que pensaba la gente que hacía la vida de nueve a cinco cuando veía a estos chorbos. Más o menos como si hubiera estado escrito en letras fosforescentes sobre los chalecos, una sensación: miedo.

Se desenredó de Babak.

Más adentro, al lado del escenario, vio a los primos y los familiares. Racimos de pequeñas copias babakianas con pelusa en el labio superior. Para ellos, poder estar en la misma fiesta que la mitad de Bandidos MC Stockholm sería como un pedazo de fiesta de famosos.

Un tipo comenzó a acercarse a Jorge. La silueta: como la de un mono. Hombros exageradamente anchos, brazos que colgaban hasta la mitad de los muslos. El tipo: hinchado de anabolizantes, pero parecía que se había olvidado de las piernas, sobresalían por debajo como dos tubos para coca.

Era Peppe. Un colega de prisión de Österåker.

Jorge no lo había visto desde entonces.

Peppe llevaba chaleco. En la parte izquierda del pecho: la palabra *Prospect.* Evidentemente, se estaba convirtiendo en un peso pesado.

—¡Qué pasa, *brushan!*

Se abrazaron. Jorge tuvo cuidado de no tocar el chaleco. Era innecesario joder las reglas de los unporcientos.

—¿Y cómo te va, *brushan?* ¿Ya tomas algo? —preguntó Peppe.

El tipo debía de ser racista hasta la médula, pero aun así su sueco del programa del millón era auténtico. Jorge se tronchó. El tipo tenía el mismo humor que antes.

—Ocurre, *brushan*, ocurre —contestó Jorge, pronunciando la palabra *brorsan*[3] de la misma manera que Peppe. Luego dijo—: Ya veo que te has hecho con un chaleco.

—Ni te puedes imaginar lo que bebo con él. Es la hostia.

—¿Con el chaleco puesto?

Peppe puso cara de póquer.

Jorge iba a decir algo. Se detuvo. Echó un vistazo a Peppe. El tío, con la mirada fija.

—No tolero bromas sobre él —dijo, finalmente.

A Jorge se la sudaba todo el asunto. Algunos tipos se tomaban sus colores demasiado en serio.

Pero después de diez segundos Peppe volvió a sonreír.

—El cuero en la cama no me va. ¿Pero has probado con esposas? Es muy bonito, te lo digo en serio.

Se canjearon juntos.

El colega de Bandidos cambió de asunto, siguió parloteando. Ingeniosas ideas para el negocio de la construcción. Fraudes fiscales, facturas falsas, salarios negros. Jorge asentía con la cabeza. Era interesante. Era importante. Incluso estaba pensando en pedirle ayuda a Peppe con el tema de los yugoslavos. Al mismo tiempo, conocía la regla: todo el mundo debe ocuparse de su propia mierda.

Y todo el tiempo: no podía dejar de pensar en el día de mañana.

Mañana.

Jorge se tomó lo que le quedaba de la copa de champán.

Al día siguiente. Sensación abolsada bajo los ojos. Dolor de día-después en la mollera. El aliento como un chorizo de mierda untado en alcohol de quemar. Aun así: una especie de relajación. Con su

---

[3] La palabra *brushan* corresponde al uso coloquial de los inmigrantes para referirse a «hermano», mientras que el uso coloquial del sueco convencional es *brorsan*.

mejor amigo, Mahmud. Camino de Södertälje. Camino de lo que podría ser la reunión más importante de la vida de J-boy.

Eran las dos y media. Él y el árabe en el coche de los dos. O en realidad: la propietaria del coche era la empresa de la cafetería. Una de las pocas ventajas: se podían comprar tantas historias a través de la empresa. Computadoras, DVD, televisores con 3D y WiFi y Full LED. Cualquier cosa más o menos, o eso al menos opinaban ellos. Hacienda no estaba de acuerdo, eso habían podido comprobarlo.

A lo que iban: a algo grande. El asunto mayúsculo en la capa más selecta del mundo bandido. Las sagas de éxito abundaban en el cemento: el golpe de Hallunda, el de Arlanda, el robo del helicóptero. Y todo el mundo sabía que no eran muchos los que dominaban la planificación, que solo unos pocos tenían las recetas. Pero Jorge había conseguido una puerta de entrada.

Y era a uno de ellos al que iban a ver ahora. Uno que sabía cómo había que manejar las cosas. Un cerebrito.

Había empezado a llover, el invierno estaba empezando a ceder el control.

Mahmud apagó la calefacción de su asiento.

—Se me cuecen las pelotas. Te puedes quedar estéril, ¿sabes?

—¿Qué pasa, tenías previsto ser padre o qué? ¿A quién vas a embarazar? ¿A Beatrice?

Mahmud giró la cabeza.

—A Beatrice se le da bien vender *latte*, pero seguro que será una madre inútil.

—Tampoco se le da bien vender *latte*, joder. Deberíamos contratar a otra.

—Vale, pero que no esté demasiado buena, lo paso muy mal.

Dejarón atrás Ikea en el lado izquierdo de la carretera. Jorge pensó en su hermana. A Paola le encantaba Ikea. Estaba tratando de decorar su casa. Atornillar y colocar estanterías con instrucciones que tardabas cien años en comprender, clavar marcos con pósters en las paredes de enlucido en las que los ganchos siempre se soltaban al cabo de unas horas. Construir una vida. Adaptarse. Pero ¿adónde creía que le llevaría todo eso? No se convertiría en sueca solo por tratar de ser vikinga.

Era inocente. Aunque Jorge la quería a ella y a Jorgito más de lo recomendable.

Mahmud parloteaba sobre la fiesta de Babak de la noche anterior. Cuál de las teiboleras estaba más buena. Quién de Robert y Tom había conseguido puntuar. Quién de Babak y Peppe levantaba más pasta. Jorge no tenía ganas de escucharlo; demasiada idolatría hacia el iraní.

Fuera de la ventanilla: la estación del tren de cercanías de Tumba. Sobre la carretera colgaba una señal: Alby. Mahmud le miró de nuevo.

—Mis *hoods*[4] están por ahí. Eso lo sabes, ¿no?

—¿Estás de guasa o qué? Si llevas la palabra Alby y la línea roja tatuadas por todo el cuerpo. Claro que lo sé.

—Y ahora vamos a Södertälje, eso también casi cuenta como mis *hoods*.

—¿Y? Has estado allí antes.

—¿Qué pasa si conozco a ese tipo al que vamos a ver?

—No creo que lo conozcas. Denny lo llama el Finlandés. ¿No conocerás a más Finlandeses aparte de Tompa Lehtimäki?

—Vale, pero puede que no sea finlandés. Puede que sea de los barrios del sur. Ya sabes, hubo una bronca fuerte hace unos años. La guerra de bandas contra Eddie Ljublic y su gente. Así que si el Finlandés es de aquí, es posible que estuviera metido en aquello. Y si es así, hay una posibilidad del cincuenta por ciento de que estuviera en el lado equivocado. Que estuviera en el lado de los maricas.

—¿Como que cincuenta por ciento? El riesgo es mucho menor.

---

[4] Del inglés *neighbourhood*, «barrio».

—Sí pero no. O estaba con los maricones o no lo estaba. Hay dos alternativas. Una cosa o la otra, eso es cincuenta-cincuenta. Así que creo que se puede decir que es del cincuenta por ciento.

Jorge sonrió.

—Eres un personaje.

Al mismo tiempo: las preguntas se le amontonaban en la cabeza. ¿A quién iban a ver, en realidad? ¿Cómo podían saber que no era un infiltrado de la policía? ¿Iba a haber negocio con él? Y si no, ¿qué iban a hacer con Hacienda y los yugoslavos? El estado sueco y el estado de los yugoslavos estaban a punto de reventar la cafetería.

El aire caliente del coche chorreaba ruido. Los limpiaparabrisas chirriaban.

Quizá: camino del asunto más gordo de toda su vida.

Quizá: camino de una nueva vida.

Veinte minutos después. Södertälje. La ciudad satélite a la que ellos se turnaban para ir cada dos mañanas. El sitio donde la gente de extrema izquierda quemaba tiendas de alimentación, donde los chicos de Ronna abrían fuego a la comisaría con rifles automáticos, donde el X-team estaba en guerra contra la hermandad siria y las panaderías industriales hacían el *ciabatta* más jugoso al norte de Italia. La ciudad desde la cual Suryoyo TV y Suryoyo Sat emitían programas de televisión por todo el mundo, el lugar que en realidad se llamaba la Pequeña Bagdad.

Södertälje: el sitio en el que se decía que se planificaban más de la mitad de todos los robos a furgones blindados en Suecia.

Estacionaron en un estacionamiento cubierto detrás de la calle peatonal del centro.

Mahmud sacó un dispositivo antirrobo para el volante.

—¿Qué haces? —preguntó Jorge.

—Ya sabes, esto es Södertälje, de cada dos niños que nacen, uno es jugador de futbol profesional y el otro, ladrón de coches.

—Venimos aquí todos los días, tío.

—Ya, pero justo aquí no. No al centro.

Jorge soltó otra sonrisa socarrona.

—Creo que estás loco. Estamos en un estacionamiento.

Salieron del coche. Caminaron hasta la calle Storgatan. El tiempo seguía aburrido.

Alrededor: sobre todo pensionistas, adolescentes y señores con bigote que estaban tomando cafés en las cafeterías.

Mahmud señaló a los ancianos.

—Esta es justo la pinta que tiene mi viejo. ¿A que sí?

Jorge asintió con la cabeza. Sabía: si Mahmud arrancaba en serio, podía pasar horas parloteando sobre cómo la Suecia vikinga había traicionado a su padre. Cómo Beshar primero no había encontrado trabajo, cómo había vivido de los servicios sociales para después encontrar trabajo, uno que le había jodido la espalda hasta tal punto que tuvieron que darle una baja médica de por vida. Y su colega tenía razón, pero Jorge no tenía ganas de escuchar.

Abandonaron la calle Storgatan por una calle perpendicular.

Sonó el móvil de Jorge.

Paola.

—Soy yo. ¿Qué haces?

Jorge pensó: «¿Le digo la verdad?».

—Estoy en Södertälje —dijo.

—¿En alguna panadería?

Paola: J-boy la quería. Aun así, no tenía fuerzas.

—Sí, claro, dónde voy a estar. Hablamos luego, estoy con las manos llenas de magdalenas —dijo.

Colgaron.

Mahmud lo miró de reojo.

El sitio al que iban, un poco más adelante: la pizzería de Gabbes.

Sonó el tintineo de una campanilla cuando abrieron la puerta. Una pizzería de barrio bajo de principio a fin. Una pared de ladrillo crudo; en la otra pared, un cartel descolorido: «Novedad, pizza taco mexicana». Jorge pensó: «Meganovedad, esa publicidad llevará allí desde los noventa o algo así».

En las mesas había viejas revistas para señoras y suplementos de *Aftonbladet*.

Eran las cuatro. La pizzería estaba vacía.

Un tipo salió de la cocina. Delantal manchado de harina, camiseta con letras rojas: «Gabbes lo hace mejor». Alrededor del cuello colgaban dos gruesas cadenas de oro.

Jorge guiñó un ojo al pizzero.

—Vadúr me ha enviado.

El tío los miró fijamente. Mahmud se movió nerviosamente detrás de Jorge. El pizzero volvió a entrar en la habitación detrás del mostrador. Habló con alguien en voz baja, o quizá por teléfono. Volvió a salir. Asintió con la cabeza.

Salieron por la parte trasera. Un Opel negro. Jorge echó un rápido vistazo al coche.

El asiento del copiloto y el asiento trasero estaban llenos de cartones de pizza. El tipo de las pizzas se puso al volante. Jorge y Mahmud tuvieron que sentarse entre los cartones del asiento trasero. Salieron del centro. Pasaron el centro comercial, el juzgado, los aparcamientos. En las afueras de la ciudad: los bloques del proyecto del millón se extendieron como cadenas montañosas, tan parecidas a su propio territorio.

Hasta el momento, el pizzero no les había dicho ni una sola palabra.

Mahmud se inclinó hacia Jorge, susurrándole al oído:

—Este tío corre el riesgo de morir ahogado, con todo el peso que lleva.

—¿Y eso? —le contestó Jorge, susurrando.

—Todo ese oro que lleva alrededor del cuello tiene que pesar más que una bola de *boliche*. Si el tipo no se anda con cuidado la próxima vez que prepare salsa de tomate es muy posible que caiga para abajo y no vuelva a salir.

Jorge estuvo a punto de soltar una risita. Las bromas de Mahmud le relajaban, rompían la tensión un poco. En realidad, no había razón para preocuparse hoy. Si funcionaba, funcionaba, y si no, no.

Salieron del coche junto a una torre.

El pizzero pulsó el botón del ascensor. Esperaron. Las puertas metálicas chirriaron. Inscripciones con firmas de grafiteros, números de teléfono de supuestas putas, insultos en árabe.

Subieron. A Jorge le parecía que la sensación de la tripa era casi como la de los ascensores rápidos. Sexto piso. Salieron. El tipo sacó unas llaves. Abrió una puerta. A Jorge le dio tiempo de ver el nombre en el buzón: Eden. Parecía una señal.

El piso tenía pinta de estar deshabitado. No había ropa, no había percheros, no había zapatos ni zapateros. No había alfombras, espejos ni cómodas en el vestíbulo. Solo una bombilla solitaria que colgaba del techo. El pizzero hizo un gesto con las manos: Tengo que cachearlos.

Jorge miró a Mahmud. El tipo ya no parecía estar de humor para bromas. Ahora simplemente había que *go with the flow*[5].

Movimientos rápidos y ligeros: un profesional.

El pizzero hizo otro gesto: Pueden entrar.

Jorge iba primero. Pasos cortos, silenciosos. Un pasillo. Paredes grises. Pobre iluminación. Entraron en una habitación más grande. Había tres sillas colocadas en el medio.

El tipo los dejó solos. Otro hombre entró en la habitación.

Llevaba jeans negros, una oscura sudadera con capucha y un pasamontañas sobre la cabeza.

—Bienvenidos, siéntense —dijo el hombre.

Las sillas crujieron. Jorge respiró hondo.

La persona hablaba un sueco perfecto.

---

[5] «Seguir la corriente».

—Pueden llamarme el Finlandés. Y tú, Jorge Salinas Barrio, pasaste tiempo con mi colega Denny Vadúr. Así que hay razones para confiar en ti. A Vadúr lo conozco desde hace tiempo.

—Denny es un buen tipo —dijo Jorge.

El otro se quedó callado un rato.

—Sí, es listo —dijo finalmente—. Pero no es bueno, eso lo has dicho tú. Habla demasiado. Y metió la pata la última vez. Bueno, ya sabes dónde lo conociste. Quiso ir por la libre. Y entonces eso es lo que pasa. Pero conmigo es diferente.

Sonaba como si el Finlandés estuviera comiendo algo, chasqueaba la lengua al final de cada frase.

Jorge esperó a que siguiera.

—Me buscaron porque quieren una receta —dijo el Finlandés.

—Así es.

—Y eso no es algo que vayas regalando por ahí sin más. Lo entienden, ¿no?

—Sí, claro, eso cuesta.

—Eso es, cuesta. Pero no es solo eso. También tiene que haber una sensación adecuada. Tengo que confiar al cien por ciento en todos los que estén metidos. Déjenme que lo diga de esta manera: soy un comerciante de la planificación. Vendo una estrategia. Una receta. Pero ninguna estrategia funciona, por buena que sea, si la gente que está metida no da la talla. Es una totalidad. ¿Lo entienden?

Jorge asintió con la cabeza sin decir nada. No estaba seguro de haberlo comprendido todo.

—Ustedes podrían ser las personas adecuadas. Podrían constituir las piezas que conforman la totalidad.

Jorge y Mahmud no se atrevieron a interrumpir.

El tipo continuó chasqueando la lengua.

—Quiero que encuentren a cinco chicos de confianza. Y no pueden ser unos idiotas. Luego quiero que me den una lista con sus nombres y números de identificación. Escrita a mano.

Jorge estaba esperando para ver si iba a haber más. El Finlandés estaba callado.

—No hay problema, lo conseguiremos —dijo Jorge, al final.

—Y eso no es suficiente. ¿Saben qué más se necesita?

Otra vez silencio. Jorge no sabía qué contestar. Todo el asunto: raro. No era como había pensado que iba a ser. Se había esperado un tipo como él, quizá unos años más mayor: un chavo de la calle que había tenido éxito. Uno que se había colocado a sí mismo en la cima. Uno que podía relajarse, dejando que los demás hicieran el trabajo sucio. Pero eso del pasamontañas y la dicción cool; vale que la gente quería esconderse, pero esto se parecía más a una película de Beck[6] que a la realidad.

Al mismo tiempo, Jorge lo sabía: era auténtico. Había oído las historias en prisión, en Sollentuna, de colegas y colegas de colegas: los que poseían las recetas eran serios. Meticulosos. Exageradamente cautelosos.

Mahmud miró a Jorge. Ahora le tocaba decir algo.

—Hacen falta muchas cosas —contestó—. Hace falta una buena planificación. Hace falta una buena organización.

El Finlandés le devolvió la pelota inmediatamente.

—Es cierto. Pero ahora escuchen y aprendan. Aquí va mi primer consejo. Ningún golpe a gran escala ha tenido nunca éxito sin contar con una persona que esté dentro. Hace falta un *insider*, esta es la parte fundamental de cada golpe. Alguien que sepa todo sobre el furgón blindado en cuestión y, a poder ser, que tenga acceso a él. Y yo llevo años colocando a ese tipo de gente.

Jorge solo pudo decir una cosa:

—Joder.

—Es una manera de decirlo. La persona que mejor conozco lleva más de siete años en el sector de la vigilancia. Confían en

---

[6] Serie de películas suecas sobre el agente Beck, basadas en las novelas de Maj Sjöwall y Per Wahlöö.

él para cualquier tarea. Así que, si vamos a hacer algo, lo vamos a hacer a lo grande.

En su interior: Jorge no podía dejar de sonreír. Esto era algo muy grande. Esto era el principio del fin del empleo como propietario de una cafetería. El principio del fin del pobretón extorsionado. La muerte de las magdalenas.

Vio imágenes en la cabeza. Pasamontañas. Oscuros maletines de dinero. Fajos de billetes de quinientos.

Vio dinero fácil.

Capítulo
2

El inspector de investigación criminal Martin Hägerström bajaba por la calle Sturegatan hacia Stureplan. La gente trajeada caminaba hacia sus bancos y bufetes de abogados. Iban adecuadamente vestidos, bien peinados, suficientemente estresados. Algunos iban ligeramente inclinados hacia delante, como si estuvieran cazando algo en la vida y necesitaran estirarse para alcanzarlo. Al mismo tiempo, Hägerström era consciente de que estaba generalizando; conocía personalmente a demasiada gente trajeada como para pensar que sus vidas se reducían solo a una carrera por la pasta. Su hermano Carl, tres años más joven que él, trabajaba a cien metros de allí. Su futuro cuñado trabajaba allí. Muchos de sus viejos amigos andaban por esos barrios.

Sin embargo, la mañana no era un buen momento para pensamientos profundos, así que Hägerström se regaló el derecho a simplificar la existencia.

No resultaba difícil caer en pensamientos oscuros a estas horas del día. Y no era difícil prever qué dos direcciones tomarían estos pensamientos oscuros.

Sólo habían pasado dos meses desde el entierro de su padre, Göran, y siete meses desde que había enfermado.

Y había pasado un año, tres meses y catorce días desde que le habían quitado a Pravat. Contaba cada hora como un reloj atómico. Las imágenes en la cabeza eran tan nítidas como si hubiera ocurrido esa misma mañana. Cómo Anna cerraba la puerta de golpe y salía con Pravat cogido de la mano. Cómo Hägerström se había puesto furioso, pero no había querido que Pravat viera cómo perdía el control. La tranquilidad total de ella.

Con una mirada retrospectiva, la manera tan estructurada con la que ella había actuado casi daba miedo. Él había esperado en el piso durante dos horas, tratando de tranquilizarse. Luego empezó a llamar. Pero ella no contestó, ni volvió. Había telefoneado a la guardería y a su hermana. Había llamado a su amiga de Saltis. Pero no les sacó nada sobre su paradero. De adónde había llevado a Pravat. Más tarde, casi una semana después, consiguió algo de información. Pravat estaba en un piso en Lidingö. Anna lo había alquilado secretamente hacía ya dos meses. Pravat tomaría sus meriendas en Lidingö, dormiría en su camita en Lidingö y, al parecer, ya tenía plaza en una guardería en la Lidingö de los cojones.

Un año, tres meses, catorce días.

Le dijeron que él se lo había buscado. Al principio, él se lo había pedido de rodillas, «Vuelve, vuelve a casa, por favor». Ella pasaba de él. Desconectaba el teléfono cuando llamaba, no contestaba a sus SMS, correos electrónicos o mensajes en Facebook. Pasó otra semana más antes de que le diera la gana contestar. Para entonces, Pravat ya había empezado con los días de adaptación en la nueva guardería.

Empezó la guerra del papeleo. Abogados, reuniones de mediación, documentos del tribunal. Esfuerzos inútiles por tratar de que ella comprendiera. No puedes separar a un hijo de su padre sin *justificación*. Un niño necesita a sus dos padres. A ella le daba igual; *sí* que había justificación, escribía su abogado. Había gente que no era apta para tener hijos. Gente que nunca debería haber obtenido permiso para adoptar a un niño. Según el abogado, Hägerström había actuado de manera profundamente irresponsable al participar en una misión policial con Pravat en el asiento trasero. Hägerström sabía que se había comportado como un idiota.

Pero seguía siendo un buen padre. Y su hijo todavía debería tener derecho a verlo más que unos pocos días al mes.

Aparcó en la comisaría de Kungsholmen. Delante de la entrada principal había un montón de motos. Los motociclistas estaban en mayoría absoluta entre los policías de Estocolmo.

Kronoberg: la sede de la policía de Estocolmo. Un edificio grande; había más pasillos, salas de interrogatorio y espacios para tomar café de los que él había oído hablar siquiera. Saludó con la cabeza al guardia de la entrada principal, al tiempo que deslizaba su tarjeta de identificación por el lector y se acoplaba al movimiento de la puerta giratoria automática para entrar. Su oficina estaba en el quinto piso.

Eran las ocho. Dentro del ascensor se miró en el espejo. Su pelo, peinado hacia un lado, estaba un poco revuelto y tenía la cara pálida. Le parecía que las arrugas de las mejillas se habían extendido un poco solo desde ayer.

Despacho 547: su mundo. Estaba desordenado como siempre, pero para Hägerström había un orden interno que no era visible para los demás. Su excolega Thomas Andrén solía decir que se podría esconder una moto allí dentro y ni los técnicos del SKL[7] serían capaces de encontrarla. Quizá había algo de razón en lo que decía. Una moto no, pero sí posiblemente una bicicleta de montaña. Hägerström sonrió en su interior; lo extraño era que en su casa él mantenía un estricto orden alemán.

A lo largo de una de las paredes había una estantería con libros, revistas y, sobre todo, carpetas. Junto a la estantería había carpetas de expedientes amontonadas. El resto del suelo estaba cubierto de investigaciones preliminares, informes de sucesos, protocolos de apropiación, material de información, informes de vigilancia, con o sin bolsillos de plástico. El escritorio estaba so-

---

[7] Siglas de Statens Kriminaltekniska Laboratorium, el laboratorio de análisis forense del Estado sueco.

brecargado de cosas parecidas. Además estaba lleno de tazas de café, botellitas de agua Ramlösa medio acabadas y notas post-it. Delante de la pantalla del ordenador había una treintena de bolígrafos amontonados. En medio del caos había una foto enmarcada de Pravat y, junto a ella, otra fotografía que Hägerström había colocado allí poco antes. Era de su padre, con camisa de verano, pantalones de lino y mocasines sin calcetines, tomada hacía diez años en Avesjö.

Los bolígrafos y las fotos eran los pilares sobre los que descansaba su trabajo. Necesitaba sus plumas; los repasos repetidos era su método. Marcar el material, subrayar, indicar con flechas y anotar en el margen. Ir añadiendo una pieza tras otra al rompecabezas.

Y las fotos: estaba pensando en Pravat todo el tiempo. La foto le daba fuerzas. El hecho de que pensara tan poco en su padre le preocupaba. La fotografía tal vez pudiera servir para que lo recordara más a menudo.

Tocaba pausa para el café en la sala de cafés. Hägerström oía las distantes voces de los colegas. Micke contaba chistes sobre maricones como siempre. Isak se reía demasiado alto como siempre. Pensó en lo que solía decir su padre sobre los descansos para el café: «Pausa para tomar, porque se dice tomar en el sector estatal, ¿no? Más que trabajar, lo que hacen es tomar café, ¿no?».

Su padre había sido un enemigo acérrimo del «sector estatotal», como lo llamaba él. Pero ni siquiera él pensaba que se debería privatizar la policía. Y además, Hägerström estaba convencido de que seguirían tomando las mismas cantidades de café aun en el caso de que algún capitalista de riesgo se hiciera con todo. Eso de tomar café estaba en los genes de los policías.

Tal vez estuviera más influido por la actitud de su padre de lo que desearía, porque solía saltarse el café. Ya de por sí le costaba llegar a todo con el poco tiempo del que disponía.

Alguien llamó a la puerta.

Cecilia Lennartsdotter metió la cabeza.

—Martin, ¿no vas a venir a tomar café?

Hägerström la miró. Llevaba la funda y la pistola de servicio a pesar de que estuvieran en la comisaría. Además, había enganchado otro cargador en el cinturón. Él se preguntó por centésima vez si Cecilia pensaba que saltaría la alarma de asalto allí, en el quinto piso..., ¿por si a alguno de los secretarios policiales le diera por asaltar el frigorífico?

Siempre había colegas que sobreactuaban. Por otro lado: quizá todos sobreactuaban en este lugar. Lennartsdotter no le caía mal. En realidad, le gustaba.

—Lo siento, hoy no tengo tiempo —dijo.

—¿Como siempre, entonces? Cuando los demás nos lo pasamos bien, tú te aburres.

—Sí, como siempre.

Ella le guiñó un ojo.

Hägerström miró hacia su escritorio de nuevo. Fingió no entender que estaba bromeando.

Las horas pasaban. Hägerström estaba con una investigación preliminar acerca de un grave delito de tráfico de drogas. Anfetaminas transportadas desde Estonia en furgonetas con un suelo añadido soldado. Siete sospechosos que llevaban cinco meses arrestados. Habían sido interrogados un total de cuatrocientas horas. Quedaban miles de páginas por repasar. Algunos conducían las furgonetas, otros eran camellos y uno era el cerebro que estaba detrás de todo. El asunto era averiguar quién era quién.

Sonó el teléfono. Era un número de la policía que Hägerström no reconocía.

—Buenos días, soy el comisario Lennart Torsfjäll.

Hägerström saltó inmediatamente al oír el nombre. El comisario de la policía criminal Torsfjäll era un pez gordo. Un policía mayúsculo. Una leyenda entre los polis, conocido por varias operaciones gigantescas. Sin embargo, según los rumores, los métodos de Torsfjäll no siempre eran del todo ortodoxos. Al parecer, le habían trasladado a otro sitio debido a desavenencias con el jefe de la policía regional relativas a determinadas acciones. El comisario no solo daba órdenes acerca de dónde y cómo sus fuerzas deberían actuar, también había remitido órdenes sobre la cantidad de violencia a utilizar. Y en la mayoría de las ocasiones las órdenes eran claras: detener a los sospechosos con el máximo grado de severidad.

Hoy en día se dedicaba a otra cosa. Hägerström no sabía exactamente a qué.

Una hora después estaba en la puerta de la oficina de Torsfjäll. El comisario le había pedido que acudiera inmediatamente a hablar con él.

Torsfjäll no estaba en la calle Polhemsgatan, donde todos los demás peces gordos tenían sus oficinas. Tampoco estaba en ninguna otra comisaría ordinaria de la provincia. La oficina estaba ubicada en unos aposentos decididamente más modestos; Torsfjäll campaba en los locales de la unidad de comunicación de la calle Norrtullsgatan. Comunicación: después de la unidad de embargos, era lo más aburrido y menos sexi que un policía podría hacer. Sin embargo, Hägerström sospechaba que el comisario, en realidad, se dedicaba a actividades más sofisticadas.

No tenía ni idea de lo que Torsfjäll quería de él. Pero no estaba allí por una petición. Había sido una orden clara y concisa.

Llamó a la puerta y entró.

El despacho del comisario Torsfjäll parecía un museo, o más bien una galería de arte kitsch. Había enmarcado y pegado en la pared cada diploma, título y certificado que había recibido a lo largo de su vida. Tenía el título de la Academia de Policía del año 1980, certificados de pruebas de tiro, un escudo de las fuerzas de asalto de Norrmalm, fechado en 1988, un diploma de veinte créditos de criminología en la Universidad de Estocolmo, cursos de búsqueda de ADN y tecnología de escucha, liderazgo, los cursos para la policía de la autoridad fiscal, niveles uno a cinco, certificados de cursos de colaboración con la Interpol, State Police Department de Texas y las diferentes unidades policiales de la Unión Europea.

A Hägerström solo se le ocurrió una expresión para describir el despacho: poco policial. Se preguntó de dónde había sacado Torsfjäll tiempo para trabajar durante los últimos veinticinco años. Además, el comisario había pegado tantas fotos de hijos y nietos en las paredes que uno podría pensar que era mormón.

Torsfjäll interrumpió su escrutinio.

—Bienvenido. Siéntate, por favor. Son guapos, ¿eh?

—Claro que sí. ¿Cuántos tienes? —Hägerström lo preguntó a pesar de haber calculado ya la respuesta.

—Son siete. Y además he hecho de canguro para todos.

—Qué bien.

Hägerström se sentó. El respaldo de la silla chirrió cuando se echó hacia atrás.

El escritorio de Torsfjäll estaba vacío salvo por un documento que se encontraba delante de él. Unos rayos de sol entraban por la ventana. Hägerström notó que no había ni una sola mota de polvo que destellara en la luz.

Torsfjäll abrió el documento de la mesa.

—No sé hasta qué punto estás familiarizado con la evolución del crimen organizado actual en el área de Estocolmo, así que voy a repasar algunos datos.

Hägerström le miró a los ojos. Todavía no entendía hacia dónde llevaba todo aquello. Pero no preguntó. Primero dejaría que Torsfjäll dijera lo que tenía que decir.

El comisario comenzó describiendo la realidad de la ciudad. Recitó números y estadísticas, verdades teóricas. Solo ese invierno habían realizado treinta redadas contra la mefedrona, una nueva droga de diseño. Se estaban formando nuevas bandas en el extrarradio en menos tiempo de lo que tardabas en pronunciar las palabras «política de integración». Los fraudes de internet habían aumentado en un trescientos por ciento solo desde el 1 de enero.

De repente se calló. Hägerström estaba esperando a que continuara.

Torsfjäll sonrió. Después se inclinó hacia delante, rozando el brazo de Hägerström.

—Déjame que te dé algunos datos más.

Hägerström notó un estremecimiento ante aquel roce, pero se controló para que no se notase.

—Hace cinco años hicimos una de las redadas más grandes de cocaína de toda la historia de Suecia. La Operación Tormenta de Nieve. Más de cien kilos. ¿Sabes cómo habían escondido esa mierda?

—Sí, recuerdo aquello, habían dejado que unas verduras la encapsularan orgánicamente.

—Bien, bien. Te suena el caso. Pillamos a algunos de los que estaban metidos. Uno se llama Mrado Slovovic, matón conocido y cacique en lo que llaman la mafia yugoslava, dirigida por Radovan Kranjic. Otro es Nenad Korhan, también él formaba parte de la red de los Kranjic y desempeñaba su actividad en la rama de estupefacientes de la organización. El tercero se llama Abdulkarim Haij, un árabe que vendía para los yugoslavos. Luego también había un personaje que no encajaba muy bien entre ellos.

—Johan Westlund —le interrumpió Hägerström—, JW, el chico de Norrland que llevaba una doble vida. Evitó el procesamiento por asesinato, le sentenciaron por delito grave de tráfico de drogas.

Torsfjäll le dirigió la sonrisa más amplia que había desplegado hasta el momento. Hägerström pensó que debía de ser imposible que un ser humano pudiera tener una sonrisa más grande que esa.

—*Eres* bueno, Hägerström. ¿Cómo es que conoces esos detalles?

—El caso me interesaba.

—Excelente. Parece que tienes una memoria ejemplar también. A lo que vamos, Johan Westlund era un personaje atípico, desde luego. Quizá fuera por eso por lo que solo le cayeron ocho años. Teniendo en cuenta la enorme cantidad de cocaína, deberían haberle caído catorce, si me preguntas a mí. Pero todos los tribunales de este país son unos maricones. En la práctica no va a tener que cumplir más que unos cinco años. En breve saldrá en libertad condicional. De momento, JW está pasando sus ultimísimos meses en la cárcel de Salberga.

Hägerström trataba de analizar la información que le transmitía Torsfjäll, pero todavía no entendía qué pintaba él en todo aquello.

Quizá Torsfjäll pudo ver en su cara lo que estaba pensando.

—Enseguida llego a ti, no te preocupes —dijo, y bajó la mirada hacia el documento de la mesa—. Hägerström, eres el candidato perfecto para una operación que estoy planificando. He repasado tu historial y tu carrera. Deja que me explique. Te criaste en un lujoso piso de cuatrocientos metros cuadrados en Ostermalm. Tu padre era el director ejecutivo de Svenska Skogs AB, una empresa exitosa en el sector de la materia prima. Tu madre era fisioterapeuta, pero viene de una familia acaudalada. Dinero antiguo, como lo llaman, dinero de terrateniente, como suelo decir yo. Tienes un hermano que es abogado y una hermana que es agente inmobiliaria, pero tú hiciste la especialización de enfermería en el Instituto de Östra Real. Una familia sólida, simplemente, con carreras profesionales previsibles. Salvo en tu caso.

Hägerström puso una de sus manos sobre la otra.

—No te he oído decir que esto iba a ser un repaso en plan Stasi.

Torsfjäll soltó una risita. Esta vez parecía más auténtica.

—Comprendo que pueda parecer un poco extraño. Pero tiene sentido, te lo prometo. Déjame continuar. En el último año del instituto te hicieron las pruebas del servicio militar. Ya por aquel entonces estabas bien entrenado, después de años de tenis en el club de Kungliga. Sin embargo, incluso con ese entrenamiento, tus resultados fueron excepcionales. Te resultó fácil ser seleccionado para las fuerzas de asalto costero de Vaxholm, podrías haber sido seleccionado para cualquier cosa.

Este repaso parecía cada vez más extraño. Hasta el momento, todos los datos eran correctos y era cierto que su historial no era ningún secreto. Hägerström se sentía halagado, pero a pesar de todo quería saber adónde llevaba esta conversación.

—Terminaste el servicio militar después de dos años con las máximas calificaciones posibles —continuó Torsfjäll—. En la evaluación final consta, por ejemplo, el siguiente comentario. —El comisario hojeó el documento—: «Martin Hägerström pertenece a aquel pequeño grupo de soldados entrenados en los que se puede confiar para la realización de cualquier tarea, independientemente del nivel de dificultad y de las condiciones externas».

Sonrió con socarronería.

—Si yo tuviera un certificado así, lo colgaría en la pared.

Hägerström se abstuvo de hacer comentarios.

Torsfjäll siguió hablando:

—Sin embargo, después comenzaste algo que no era precisamente *comme il faut* en los círculos sociales de tu familia. Comenzaste a estudiar en la Academia de Policía. O, mejor dicho, las autoridades policiales te convencieron para que entrases. Nos venías muy bien. Y ahora todo el mundo va diciendo que podrías convertirte en comisario en cualquier momento. No está mal.

Evidentemente, Torsfjäll quería reclutarle para algo, ya que le estaba acribillando a piropos tan descaradamente. Parecía que el comisario ya estaba al tanto de todo, incluso la actitud de la familia de Martin hacia la profesión de policía.

—Y en este contexto me gustaría mencionar otra cosa sobre ti. Por desgracia, lo tengo que decir, te has divorciado. Y has perdido la custodia de tu hijo. Lo lamento de veras. Algunas mujeres son unas putas.

Hägerström no sabía qué decir. Toda aquella conversación le resultaba extraña: un resumen de su vida que se parecía más a un homenaje. Y ahora esto de Anna. Era cierto que le había quitado a su hijo y eso era imperdonable. Pero nadie tenía derecho a llamarla puta.

Torsfjäll miró a Hägerström.

—Quizá haya usado una palabra poco apropiada. Te pido disculpas por ello. Pero por fin llego al meollo de la cuestión, por así decirlo. Como digo, eres perfecto para un trabajo que estoy planificando. Una misión muy especial, con permiso de la Policía Judicial Nacional.

—Sospechaba que terminarías diciendo algo así.

Torsfjäll estaba totalmente quieto. Solo una leve sonrisa. Su mirada no expresaba vida. Solo su voz sonaba humana.

—Quiero que te conviertas en agente secreto.

Silencio.

—Me imagino que puedes adivinar a quién me gustaría que te acercaras.

Hägerström esperaba. Ciertamente, había hecho un curso para los agentes *under cover*, pero solo uno. No tenía ni idea de quién tenía en mente Torsfjäll. Luego pensó en el largo repaso de Torsfjäll. Las vías de entrada a Suecia de la cocaína y la anfetamina. La red de los yugoslavos, Radovan Kranjic, el padrino de los padrinos. Hägerström no hablaba serbio y no conocía su cultura. Otros nombres aparecieron en su cabeza. La Operación Tormenta de Nieve: una de las redadas más grandes de la historia policial de Suecia. Mrado Slovovic. Nenad Korhan. Abdulkarim Haij. La pieza que no encajaba: Johan, JW, Westlund.

Las piezas encajaron.

—Queréis que me acerque a JW —dijo.

—Exactamente. Quiero que recojas información de Johan Westlund y su círculo social.

—Comprendo, les parece que soy el hombre apropiado porque JW trataba de parecer holmiense, a pesar de ser de Norrland. Les parece que soy adecuado porque mi pasado coincide con la lucha de JW por ascender en la jerarquía de los juerguistas de Stureplan. Piensan que me admirará y que podré llegar a ser íntimo suyo. Solo una pregunta, ¿por qué necesitan un infiltrado para empezar?

Torsfjäll contestó.

—No es una misión de infiltración cualquiera. Queremos que empieces a trabajar como empleado del Servicio Penitenciario en el pasillo de JW. La Policía Judicial Nacional sospecha que en la actualidad está utilizando a uno de los guardias del lugar, Christer Stare, como mula, o burro, de alguna manera.

—Veo que han intentado pensar.

—Suelo intentar pensar —contestó el comisario, ignorando por completo la ironía del comentario de Hägerström. Después dijo—: También hay otra circunstancia que hace que seas perfecto.

—¿Cuál?

—No tienes hijos, estás solo.

—Eso no es verdad, tengo a Pravat.

—Lo sé. Claro que tienes a Pravat, tu hijo adoptivo. Pero no sobre el papel. Ya no tienes la custodia. Así que el resto del mundo pensará que estás solo, sin hijos.

Torsfjäll se calló. Hägerström se preguntaba si esperaba una respuesta inmediata.

El comisario cruzó las piernas.

—Hay una guerra ahí fuera.

—No, no es una guerra.

Por primera vez en toda la conversación, Torsfjäll dejó de sonreír.

—¿Por qué lo dices? —preguntó.

—Porque las guerras tienen un final —constató Hägerström.

—Tienes toda la razón —dijo Torsfjäll lentamente—. Y justo por eso eres perfecto. Nadie trataría de hacerle daño a tu hijo si algo, contra todo pronóstico, saliera mal. Nadie sabe que tienes un hijo. No podemos encontrar a nadie mejor que tú. No hay nadie mejor que tú.

# Capítulo
## 3

Natalie esperaba con sentimientos encontrados. Esa noche, Viktor conocería a sus padres. Eso era ya de por sí una cosa importante, pero más importante aún era el hecho de que fuera a venir a su casa. Iba a sentarse en sus sofás de cuero, ver el falso estucado del techo y los bustos que su padre había mandado hacer de sí mismo y de su madre. Sorbería su té y seguramente se le invitaría a tomar *rakia*. Podría echar un vistazo a las plantas de su madre y reírse del retrato del rey que ella había enmarcado y colgado en el aseo de los invitados, en el que el muro de olor de los ambientadores era tan compacto que costaba entrar.

Pero sobre todo: lo más importante era que Viktor conocería a su padre.

A SU PADRE, ni más ni menos.

Natalie había vuelto de París hacía ya un par de semanas. Había estado allí seis meses. Dos días por semana había estudiado francés y el resto del tiempo había trabajado en un restaurante, propiedad de un amigo de su padre, lo cual además era mejor para el aprendizaje del francés que el aula de estudio. Ella se sentía más como en su casa en un restaurante que en muchos otros sitios. Su padre le había llevado a sus locales desde que era pequeña. Y cuando cumplió quince años comenzó a trabajar algunas horas en varios restaurantes de Estocolmo; no porque necesitara dinero, sino porque su padre pensaba que debía ganarse su propio dinero. Al principio trabajaba principalmente de camarera, pero luego empezó a pasar más tiempo en los bares y a responsabilizarse de la caja en la entrada de los clubes nocturnos. En los últimos años había trabajado como jefa del personal del Clara's Kök & Bar. Conocía el negocio como la palma de su mano. Pero no tenía intención de quedarse en el sector de por vida.

Había conocido a Viktor unos meses antes de ir a París. Era un buen chico que estaba familiarizado con mucha gente de la ciudad y que tenía una actitud adecuada ante la vida. Y estaba bueno. Puede que no fuera el amor de su vida, pero esta era la primera vez que un novio iba a gozar del privilegio de una audiencia. Era importante que su padre y su madre se acostumbrasen a la idea de que ella podía tener sus propias relaciones.

Natalie bajó a la calle y recibió a Viktor en la verja. Casi parecía un enano en el asiento del conductor de su BMW X6. Mientras él entraba por la rampa del garaje, apareció un Volvo verde detrás de él, avanzando despacito. Por un breve instante, Natalie pensó que Viktor había sido tan tonto como para traer a algún amigo. Pero luego desapareció el coche en la oscuridad de la calle.

En el garaje estaban estacionados los dos coches de su padre, el Renault Clio de su madre y el Golf de Natalie que le habían regalado cuando había cumplido los dieciocho años. Viktor tuvo que estacionarse fuera. La grava crujía bajo los neumáticos. Levantó una mano del volante para saludarla.

Su madre fue a su encuentro en la entrada. Llevaba una blusa casi transparente de Dries Van Noten y unos pantalones negros. El cinturón era de Gucci, con la hebilla en forma de una G.

Se acercó a Viktor. Con la cara más alegre y una sonrisa muy amplia.

—Hola, Viktor, cuánto me alegro de conocerte. Hemos oído hablar taaanto de ti.

Se inclinó hacia delante. Su cara contra la cara de Viktor. Su boca rozando la mejilla de Viktor. Él se quedó inmóvil demasiado tiempo, no estaba acostumbrado a la ceremonia de los saludos. Pero al final se dio cuenta. Besó las mejillas de su madre casi bien; debería haber besado la derecha dos veces, pero era mejor que nada.

Entraron en la biblioteca de su padre.

Radovan estaba sentado en su butaca de cuero, como de costumbre. Americana azul marino. Pantalones de pana claros. Gemelos de oro con el símbolo de la familia —era un diseño de él mismo—: una K con muchos ringorrangos y tres coronas encima. Su escudo de armas hoy en día.

El papel pintado de la biblioteca era de color oscuro. A lo largo de las paredes había estanterías bajas. En las paredes, sobre las estanterías: mapas enmarcados, cuadros e iconos. Europa y los Balcanes. El bello Danubio azul. La batalla de Kosovo Polje. La República Federal de Yugoslavia. Los héroes de la historia. Retratos de Karađorđe. El santo Sava. Sobre todo, mapas de Serbia y Montenegro.

Su madre casi empujó a Natalie, con una mano plantada en sus lumbares. Su padre se levantó al ver a Viktor.

—¿Conque tú eres el novio de mi hija?

Su padre estrechó la mano de Viktor.

—Vaya una gran biblioteca —dijo Viktor.

Radovan volvió a sentarse en la butaca. No contestó. Se limitó a coger la botella que estaba en la mesa auxiliar y llenó dos copas. *Rakia,* lo esperado.

—Siéntate. Todavía falta un rato antes de que la cena esté lista.

Era la manera que tenía su padre de decir que su madre ya podía salir a la cocina y continuar con los preparativos.

Viktor se sentó en la otra butaca. Con la espalda recta, casi un poco inclinada hacia delante. Parecía estar atento, preparado para cualquier eventualidad.

Natalie se dio la vuelta. Cerró los ojos por un instante. Salió.

A su padre le gustaba la buena comida. Ella pensó en aquella vez que él y su madre le habían hecho una visita en París durante un puente. El sábado alquilaron un coche y fueron al distrito de Champagne. Por la tarde fueron a un hotel de un auténtico pueblecito rural. Una recepción de madera, un viejo conserje con camisa blanca, chaleco negro y anchos bigotes. Las habitaciones eran pequeñas, con moqueta roja y camas que chirriaban. Las vistas abarcaban varios kilómetros de viñedos.

Su padre había llamado a la puerta, metiendo la cabeza.

—Ranita mía —dijo en serbio—, vamos a cenar. Reservé la mesa hace ya ocho semanas. En mi opinión, sirven comida bastante buena por aquí.

—¿Hace ocho semanas? Parece muy exagerado.

—No digas nada hasta que hayas probado la comida. —Su padre sonrió, guiñándole un ojo.

Después, Natalie buscó información sobre el restaurante. Lo encontró en la Guía Michelin: tenía tres estrellas y era considerado el mejor restaurante de todo el distrito de Champagne. Louise, la chica con la que compartía piso en París, chilló al oírlo:

—¡Joder, qué bien! La próxima vez tienen que invitarme.

Su madre terminó con los preparativos para la cena. La comida típica de Meze, dispuesta en fuentes cuadradas. *Burek, pěcena,* chorizo, el solomillo de buey ahumado y secado al aire. El queso *Kajmac* en un bol de cristal. Olía a *ajvar* y especias *vegeta,* pero esto era normal cuando su madre cocinaba. Natalie había echado de menos la comida de su madre. En París había sido adicta al régimen de LCHF: *Low Carb High Fat,* lo que en Francia significaba sobre todo *chèvre chaud* y chuletillas de cordero. No es que mamá siempre preparase comida tradicional. A menudo seguía las recomendaciones de *El Chef Desnudo* o las recetas de algún libro de comida sana. Pero cuando su padre cenaba en casa, quería cosas que sabía que le iban a gustar.

Su madre envió a Natalie al comedor con servilletas. Blancas, planchadas con rulo, bordadas con el escudo de armas de la familia. Había que doblarlas en forma de cucurucho y colocarlas en las copas de vino, que también tenían el escudo grabado en el cristal. Podría hacerlo con los ojos cerrados.

Volvió a la cocina.

—Me alegro tanto de que estés otra vez en casa —dijo su madre.

—Ya lo sé. Lo dices todos los días.

—Ya, pero especialmente hoy, cuando hacemos este tipo de comida y ponemos la mesa en el comedor y todo lo demás.

Natalie se sentó en un taburete. Tenía bisagras en medio, se podía doblar para convertirlo en una pequeña escalera.

—¿Es bueno? —preguntó su madre.

—¿Viktor?

—Quién si no.

—Es un buen chico, pero eso no quiere decir que me vaya a casar con él, y además no debemos hablar de él cuando no está delante.

—Si él no entiende el serbio, ¿no? Y ya sabes que solo queremos lo mejor para ti.

Se abrió la puerta. Su padre y Viktor entraron en la cocina.

Natalie trató de interpretar la cara de Viktor.

Había pasado media hora. Se habían llevado ya los platos de Meze de la mesa. Natalie ayudaba a su madre en la cocina. La primera mitad había ido bien. Viktor había podido hablar un poco sobre sí mismo: sobre sus negocios con coches y lanchas. Sus planes de futuro. La cosa iba bien: su padre no lo estaba interrogando en plan Guantánamo, sino que se lo tomaba con calma. Su madre preguntaba sobre todo cosas sobre sus padres y hermanos.

A Viktor se le daba bien hablar. Solía impresionar a Natalie. Era una de las cosas que le gustaban de Viktor; era capaz de hablar con todo el mundo. Esto le ayudaba en sus negocios. Y le ayudaba cuando se metía en problemas. Y además era guapo; era como una versión más atlética de Bradley Cooper, uno de sus actores favoritos. Se llevaban bien, pensaban lo mismo sobre muchas cosas. La necesidad de una economía solvente, una actitud adecuada hacia la gente desconocida y hacia el Estado, los amigos apropiados. Viktor tenía pinta de ser un joven que venía pisando fuerte; o eso esperaba ella.

Hablaba y hablaba. Decía cosas sensatas sobre su negocio; cosas que, con un poco de suerte, podrían impresionar a su padre. Trataba de devolver las preguntas, interesarse por la cocina recién reformada de sus padres, la casa de verano en Serbia, los elegantes cubiertos de plata con el escudo de armas grabado; posiblemente se había preparado.

El segundo plato ya estaba sobre la mesa. Chuletas de aguja, cebolla, *sremska*, patatas salteadas.

Radovan levantó la copa de vino.

—Viktor, amigo mío, ¿conoces la diferencia entre una chuleta de aguja sueca y una serbia?

Viktor sacudió la cabeza, tratando de mostrar un interés sincero.

—No echamos cerveza a la comida.

—Bueno, pero tiene pinta de estar buena.

—Te prometo que lo está. Porque nosotros, los serbios, somos así. No nos importa tomar una copa o disfrutar de un buen licor. Pero no lo *necesitamos*. No es algo que tengamos que meter en cada plato que preparamos para que sepa bueno. ¿Lo entiendes?

Viktor todavía sujetaba la copa en la mano.

—Suena interesante.

Su padre no dijo nada, pero todavía tenía la copa de vino en la mano. Natalie esperó. Los microsegundos eran largos como minutos. Contemplaba la chuleta de aguja.

La voz de su padre rompió el tiempo muerto.

—Bueno, pues nada, salud y bienvenido de nuevo a nuestra casa.

Una hora y media más tarde. La cena había terminado. El postre: habían ya acabado el *baklava,* el *schlag* y la tarta. Ya habían tomado el café. El coñac, Hennessy XO: no quedaba nada en las copas.

Era suficiente. A Viktor seguro que le dolían los músculos de la sonrisa.

A Natalie le apetecía salir esa noche. Quizá dormir en casa de Viktor después. O, dicho de otra manera: si su padre estaba contento, ella podría ir con él.

Se levantaron de la mesa. Natalie no paraba de mirar a su padre. Sus movimientos de dinosaurio. Lentos y enfocados, con la cabeza que tenía su propia vida: como un péndulo de aquí para allá —derecha izquierda, izquierda derecha—, aunque el resto del cuerpo estuviera inmóvil. Trató de establecer contacto visual. Una expresión de aprobación. Un guiño. Una inclinación de cabeza.

Nada. ¿Por qué tenía que jugar este juego?

Estaban en el vestíbulo, iban a ponerse los abrigos. La ropa de calle estaba colgada detrás de una cortina.

Natalie no iba a dar su brazo a torcer. Si su padre no quería que ella fuera con él, tendría que hablar claro, joder. El anorak de Viktor la rozó con un silbido apagado. Un North Face negro, tan grueso y emplumillado que seguramente aguantaría cincuenta grados bajo cero. Natalie se calzó sus Uggs. Luego se puso el chaleco de piel de conejo, que era calentito, aunque seguramente no sería ni la mitad que el abrigo grueso de Viktor.

Su madre siguió hablando: acerca de qué camino tomar, cuándo se verían al día siguiente, cuánto se había alegrado de conocer a Viktor.

Su padre estaba callado. Los observaba sin más. Esperaba.

Viktor abrió la puerta. Entró una ráfaga de aire frío.

Un coche pasó por la calle delante de la casa, podría haber sido el mismo Volvo verde que había visto antes.

Dieron un paso hacia delante. Ella, con el costado vuelto hacia el vestíbulo. La mitad del cuerpo, iluminada por la luz de la casa y la otra mitad, fuera. Miró a su padre de reojo. Se dio la vuelta. Le miró a la cara.

—Nos vemos mañana —dijo su madre.

—Les llamo, un beso, adiós —contestó Natalie.

Radovan dio un paso hacia delante. Se inclinó a través de la puerta. La parte superior del cuerpo expuesta al frío. Una fina nube de vapor salía de su boca.

—Viktor.

Viktor se giró hacia él.

—Conduce con cuidado —dijo su padre.

Natalie sonrió por dentro. Caminaron hacia el coche de Viktor.

La calle estaba tranquila.

Capítulo

4

Jorge se sentó en una butaca. Echó un vistazo al lugar, su propio garito, la cafetería, de *él*.

Él: un tipo que tenía su propia empresa.

Él: un tipo que era *propietario* de algo.

Al mismo tiempo: algo no encajaba.

Date cuenta del asunto. J-boy: el latino del gueto de Chillentuna *number one*, el exrey de la coca con una reputación, ahora dedicándose a algo anodino de cojones. Empleado en un trabajo totalmente gris. Soltando pasta a cambio de protección como cualquier otro vikinguillo de los pubs.

Vio su cara reflejada en los cristales que daban a la calle. El pelo corto rizado echado hacia atrás. La sombra de la barba de su jeta no le quedaba mal. Cejas oscuras, bien depiladas, pero por encima de ellas: arrugas. Tenían que haber aparecido en el jale. O si no, era el sol de Tailandia el que te marcaba la frente.

Pensó en el aspecto que había tenido durante el año después de la fuga. El recuerdo todavía conseguía sacarle una sonrisa. La Fuga con F mayúscula: un ataque mágico al Servicio Penitenciario sueco, una exhibición de un moraco con clase, una señal inequívoca para toda la peña encerrada: *Yes, we can*. Jorge Royale: el chico que se cogía a los guardias al ritmo de la salsa. El colega que se largaba de Österåker con la ayuda de un par de sábanas y un gancho fabricado de un aro de baloncesto. El tipo que desapareció sin dejar rastro. *Slam dunk,* agradeció los servicios prestados a los funcionarios y dijo adiós.

Por aquel entonces: el hombre, el mito. La leyenda.

Hoy en día: aquello pasó hace tiempo. Se había dado a la fuga en Suecia. Buscado por la policía en todo el país, como un pedazo de asesino. Se había reinventado. Había creado un *look* nuevo, *el zambo macanudo.* Jorge, el negrito en libertad. Había engañado a viejos amigos, había engañado a la policía, había engañado a unos cuantos familiares. Pero no había engañado a los yugoslavos. Mrado Slovovic, el asqueroso lacayo del Señor R, lo encontró y le dio una paliza. Pero no ganaron. Jorge renació de sus cenizas y asaltó Estocolmo.

Y después: se largó a Tailandia para escaparse de todo. Pero al final volvió a casa; en realidad, no sabía muy bien por qué, quizá porque se aburría.

El Estado lo pescó. ¿Qué esperaba? ¿Vivir fugado el resto de su vida? Eso solo lo hacía la gente de fraudes fiscales y los viejos nazis que cambiaban de nombre para comprarse chalés en Buenos Aires.

Entró en Kumla. Cárcel peligrosa para gente propensa a las fugas. Los permisos: *forget it.* Libertad condicional: *nope.* Visitas sin vigilancia: por favor, no me tomes el pelo. Aun así: se dio una palmadita en el hombro a sí mismo; había merecido la pena. Más de año y medio fugado. Tuvo tiempo para disfrutar de lo lindo, incluso de las copas tailandesas con sombrilla.

Y ahora: el nuevo proyecto le hervía la sangre.

La cafetería ya estaba cerrada. Estaba esperando a Tom Lehtimäki. Iba a preguntarle si se apuntaba al asunto del furgón blindado. El primer intento de reclutamiento. Aparte de Mahmud. Era importante. Al mismo tiempo: era peligroso; ¿y si el tipo no quiere? ¿Y si comienza a largar cosas sobre la planificación de Jorge?

Tom: al principio era un viejo amigo de Mahmud. Jorge lo conocía de la cafetería. Tom les había ayudado con la contabilidad. Lehtimäki: un contable enrollado, como esa gente del sector de la construcción de la que hablaba Peppe. Lehtimäki: un hijo de puta espabilado en quien se podía confiar. Contabilidad, historias de facturas falsas y papeleo, todo al mismo tiempo. El chico: como un abogado en miniatura/contable a la vez. Dominaba los trucos, afinaba las estrategias, se ocupaba de los asuntos de los que había que ocuparse.

Sin lugar a dudas: Tompa sería un recurso importante.

Jorge le había mandado un SMS. Un mensaje escueto, nada sobre el verdadero asunto. Solo: «Te importa venir a la cafetería después de cerrar. Es importante».

Jorge echó la cabeza hacia atrás. Estaba esperando a Tom. Repasaba los recuerdos. Cómo había hablado con Mahmud la primera vez. Una conversación más difícil de la que iba a tener ahora: Mahmud, su mano derecha, su *homie,* su *hombre.*

Jorge no las había tenido todas consigo. Quizá lo entendiera el árabe. Quizá se pusiera de mala hostia sin más. Daba lo mismo. J-boy tenía que cambiar la situación.

Cuando Jorge se salió del tambo, compró la cafetería junto con Mahmud. El árabe le agradecía a Jorge que quisiera ser su socio. Mahmud había decidido hacer feliz a su viejo: dejar la vida de gánster. Portarse bien. Casi convertirse en aspirante a vikingo. Jorge quería copiar el estilo, tratar de mantenerse lejos de cárcel, tratar de ganar dinero legal, tratar de no destacar.

Trabajaron sus contactos para arreglar lo del garito. Compraron las máquinas de la cafetería a unos sirios que Mahmud conocía a través de Babak. Consiguieron butacas y mesas agradables con mosaico incrustado en el tablero de un receptador de Alby.

Compraron tazas, platos, cuchillos y esa mierda en internet. Tom ayudó con los mayoristas de bollos, pasteles y bolas de chocolate. El revendedor de café y el mayorista sandwichero eran tipo que Mahmud había conocido cuando compraban amor a las putas que él solía vigilar.

Incluso contrataron a gente. A tres amigas de la hermana menor de Mahmud les pagaban por horas. Eran jóvenes, pero la idea era sencilla: chicas guapas aumentan el apetito de la gente, sobre todo de café.

En resumen: una sensación de puta madre. De estar al cien por ciento. Después de algunas semanas: el garito rodaba como un Maserati en el circuito de Falkenberg.

Se rompían las espaldas. Currando veinticuatro horas al día. Jorge casi dejó de fumar para poder aguantar. El árabe solo entrenaba dos veces por semana por falta de tiempo. Jorge lo veía como una inversión. La seguridad de la cafetería; ya no hacía falta buscar la pasta fácil. Además: necesitaba hacer algo. Tiró de sus últimos ahorros: la venta de coca y otras cosas, de la época de la libertad. Se convirtió en socio de Mahmud en la vida tranquila, fácil, honesta.

Pasaron los meses. La tendencia era clara: todo el mundo parecía estar loco por tomar café.

La pasta entraba a raudales. Los días pasaron a velocidad kárate de *Matrix*. Trabajaban como locos. Se levantaban todos los días a las cinco de la mañana para recibir leche o dar una vuelta por las megapanaderías de las afueras. Preparaban desayunos durante el resto de la mañana. Aliñaban ensaladas para el almuerzo antes del mediodía, vendían las mismas ensaladas como idiotas durante la hora de comer. Durante el resto del día le daban al capuchino, el *caffè latte*, el *caffè macchiato*, el *caffè-lo-que-sea*, hasta las nueve de la noche.

Su madre estaba cada vez más orgullosa. Su hermana, Paola, lo miraba con otros ojos. Podía decir con sinceridad a su hijo: «El tío Jorge *es un muy buen tío*».

Debería haber sido una sensación agradable.

Debería haber sido una cosa mayúscula.

Aun así: la sensación era rara.

La verdad: la sensación era rara de cojones.

Él: educado por el Estado, tratado por el Servicio Penitenciario, impregnado de trabajo. Había derrapado por la vida como un proyectil rebotado. Había dado por culo a los profesores con prejuicios, a los cansados psicólogos del instituto, a las viejas lloronas de los servicios sociales con discursos feministas. Había dominado a los inspectores de la libertad condicional con fingida comprensión, a los guardias brutales, a los policías más brutales aún. Había estirado el brazo y con un grito había hecho un corte de mangas a las chorradas semirracistas de la sociedad. Las reglas de la Suecia vikinga no eran para él.

Además: no todo marchaba tan de puta madre como antes. A Hacienda no le gustaban sus declaraciones. Comenzaban a aparecer los maricas de los recaudadores de impuestos. Los proveedores estaban dando la lata exigiendo pagos por adelantado.

A pesar de todo, él trataba de ser honrado. Al menos un chico tan honrado como él podía llegar a ser.

Pero el asunto: en vez de tener la sensación de estar bien, la vida le parecía un coñazo.

En vez de estar tranquilo, tenía la sensación de peligro.

Las ideas no paraban de darle vueltas al coco. El gen bandido le estaba acechando. Los mismos pensamientos todos los días. Todavía no había llegado la hora de volver al banquillo. Tirar la toalla, dejar de jugar. Todavía no había llegado el momento de rendirse. De echarse en la cama y morir.

Jorge había oído los pasos de Mahmud en las escaleras. Cuando el árabe llamó al timbre en casa de J-boy, él se sintió miserablemente nervioso. El colega: vestido como un tipo que se lo tomaba con calma. Pedazo de cazadora forrada, pantalones de chándal grises y zapatillas Sparco. Ya no era tan fuerte como antes, pero seguía siendo dos veces más grande que J-boy. Para la mayoría: el árabe irradiaba autoridad, un andar tranquilote, las manos metidas en los bolsillos superiores de la cazadora, balanceando el cuerpo hacia un lado a cada paso que daba. Emitiendo señales. Relax, amigo. Nunca intentes jugármela. Pero Jorge lo sabía: en el pecho de Mahmud al-Askori latía un corazón más grande que el de Melinda Gates y su propia madre juntos.

Los ojos de Mahmud se encontraron con los de Jorge, luego bajó la mirada, casi como si fuera tímido. Era verdad; el colega era blandito.

Se dieron la mano, no como lo hacen los vikingos normales: con la mano floja y mirándose brevemente a los ojos. No, doblaron los brazos antes de chocar las palmas vigorosamente, dejando que los pulgares se encontrasen en un apretón sólido. Como el cemento. Como los proyectos del millón. Como verdaderos amigos.

Cenaron y charlaron un buen rato. Repasaron los últimos chismes de la ciudad. Quién estaba detrás del gigantesco fraude fiscal de cincuenta millones por la venta de alcohol negro y cigarrillos no declarados. Cómo les iba a Babak y al resto de los colegas de Mahmud, tipos que todavía se dedicaban al negocio original. Dando palizas a caciquillos jugadores de manga, vendiendo coca, robando aparatos electrónicos de los megaalmacenes de las cadenas y despachando los mismos cacharros catorce veces en las páginas de anuncios en internet.

Toda la tarde: Jorge intentando pensar en cómo se lo plantearía. Cómo empezaría. Explicar lo que quería decir. Cómo conseguir que el árabe comprendiera.

Vale, tenían problemas con la rentabilidad. Tenían problemas con los yugoslavos. Aun así: Mahmud podría cabrearse a lo bestia. Quizá incluso podría ponerse triste.

Jorge metió la mano en el bolsillo. Sacó una bolsita de plástico de cierre automático. La sujetó en la palma de la mano.

—Mira lo que tengo.

Mahmud negó con la cabeza.

—No para mí. Esta noche no, soy yo el que tiene que ir a Södertälje a las cinco de la mañana.

Jorge dio un golpecito con la bolsita contra su otra palma.

—Venga ya, deja de gruñir. Escucha, hemos disfrutado de una buena cena, has podido entrenar, estamos contentos. Además, la maría no te va a dar resaca, tío.

Jorge sacó la hierba y la mezcló con tabaco. Un rollo OCB: bueeeeno para liar y extrafino. El porro ardería más lento.

Dieron caladas profundas.

Mahmud se echó hacia atrás.

—Buena materia prima.

—Mahmud, tengo que hablar contigo sobre un asunto serio —dijo Jorge.

Mahmud ni le miró, solo mostraba la sonrisa torcida que siempre le salía cuando estaba colocado.

—Claro, ¿de negocios?

—Desde hace medio año llevo este asunto contigo —dijo Jorge—. La cafetería está bien, es bastante honesta, pagamos bastantes impuestos, tenemos seguros y cosas de ese estilo, incluso ahorramos para la pensión como auténticos vikingos. Me caes de puta madre, Mahmud, entre los dos hemos montado un buen negocio. —Dejó el porro—. El asunto es que esto no me va.

Mahmud ya le estaba mirando. Parecía que el tipo ni siquiera pestañeaba.

—Quiero decir, no es que no funcione contigo. Eres mi mejor colega. Pero, ya sabes, esta vida...

Los ojos de Mahmud se convirtieron en dos rayas. Jorge esperó. ¿Ahora se le iría la pinza al árabe? Soltando insultos. Cabreándose y echando broncas.

Jorge se levantó. Comenzó a ir de un lado para otro. Trató de sacar por la boca las mismas palabras que tenía en la cabeza.

—Esta última vuelta, ya sabes, la que tuve que dar por Kumla, entonces estuve encarcelado con una verdadera leyenda, puede que le conozcas. Se llama Denny. Denny Vadúr, de Södertälje.

Mahmud no dijo nada. Esperaba sin más, querría ver adónde le iba a llevar Jorge.

—En mi primera vuelta larga aprendí mogollón sobre la cocaína. Chupaba toda la información igual que Jenna Jameson chupa verga. Pero hay otras cosas mejores. Que requieren un montonazo de cerebro.

Jorge hizo una pausa. Dando a Mahmud la oportunidad de adivinarlo.

El árabe le miraba fijamente.

—¿Cuáles?

—Has leído sobre estas cosas mil veces en los periódicos. Hemos hablado del tema cantidad de veces. Lo último, el asunto del helicóptero en el tejado de G4S. Estoy hablando de transportes de valores, ¿vale? Y ni te puedes imaginar cuánta pasta hay en eso. Cuando pone en los periódicos que han desaparecido cinco millones, el verdadero botín es cinco veces más grande. Pero los bancos y las empresas de transporte de valores no quieren reconocer cuánto pierden en realidad, porque, si no, los robos serían todavía más comunes. Y la gente se cabrearía más aún. Por ejemplo, el robo de Spånga, ¿te acuerdas de aquello?

—*Yes.*

—Esos tíos son de Södertälje. Reventaron el furgón blindado con una puta apisonadora. En el periódico ponía que se hicieron con cuatro millones. En realidad se hicieron con veintidós. ¿Te das cuenta? Veintidós millones. Puede que a este Denny Vadúr le queden unos añitos, pero cuando salga se doblará de risa todo el camino hasta el hoyo en el bosque donde han escondido el *cash*.

—Son unos putos reyes.

—Exactamente, amigo mío. Unos putos reyes. Un solo golpe, y puedes conseguir una independencia económica de por vida. Sin tener que pudrirse en una cafetería. ¿Y sabes cuál es el asunto? ¿El asunto realmente grande?

—No.

—Que yo le salvara la vida a Denny ahí dentro. Unos tipos con un extintor y Denny que estaba solo en la sala de pimpón. Intentaron reventarle la mollera con el extintor, pero el pequeño

J-boy se entrometió. ¿Me sigues? Vadúr me debe más de lo que se puede devolver en *cash*. Así que me ha puesto en contacto con el tipo de Södertälje que tiene las recetas para los robos de transportes de valores. Puede abrirme la puerta por ahí. Tengo la oportunidad de hacer algo gordo.

Jorge dio una última calada al porro. Las cenizas estuvieron a punto de quemarle los dedos.

De vuelta al presente. Tompa entró, con una hora de retraso. Había llegado el momento de tener otra conversación.

Jorge le preparó un *latte*. Entraron en el despacho.

Era un pequeño cuarto en la parte trasera de la cocina. No tenía ventanas. Dos sillas plegables. Una mesa que era tan mini que apenas cabían dos tazas de café. Un póster en la pared: un puente sobre algún río de Nueva York, envuelto en brumas.

Jorge abrió una silla y se sentó. Tom se sentó. Sorbió su *latte*. Se le quedó un poco de espuma blanca en el labio superior.

—Tom, qué bien que hayas podido venir tan rápido.

—Ningún problema.

—Hemos empezado a mezclar nuestra leche con mierda, ¿lo sabías? —Jorge tenía el rostro serio.

Tom tenía la jeta como el símbolo de *smiley*.

—Ya, seguro.

—¿Por eso no lo bebes, sino que intentas guardarlo todo en el labio?

Jorge soltó una sonrisa socarrona.

Tompa se partía. Relamiéndose la boca concienzudamente.

Jorge fue al grano. Podías ser sincero con Tom Lehtimäki. Era un hombre honesto.

—Mira, quería hablar contigo de un asunto de negocios.

—¿No lo haces todos los días?

—Sí, pero esto no tiene nada que ver con la cafetería. Esto es algo mil veces más grande.

Tom se tomó el último sorbo del café. Esperaba que Jorge continuara.

—Nos han abierto la puerta a Mahmud y a mí a un transporte de valores.

—No me jodas. Ojalá sea algo tan gordo como el robo del helicóptero, pero sin la policía acechando.

Jorge comenzó a contar. Las ideas básicas, lo poco que el Finlandés le había contado hasta el momento. Más o menos: cuánta gente hacía falta, qué cantidades barajaban, dónde deberían dar el golpe. No dijo nada sobre el Finlandés, pero Tom no era tonto; sabía de sobra que J-boy no se lo había inventado él solito.

—Así que no es poca cosa —dijo Jorge—. Esto será legendario. Los atracadores del cóptero eran listos, pero no lo suficiente. Nosotros batiremos todos los récords. Según nos dicen, estamos hablando de al menos cuarenta kilos. ¿Te das cuenta? No es un asunto de chiquillos, sabes.

Jorge fijó la mirada en el colega que tenía enfrente.

Tom parpadeó.

J-boy soltó la pregunta.

—Tom, me gustaría saber si estás interesado en participar.

# Capítulo
# 5

Hägerström estaba familiarizado con las rutinas de las actividades *under cover* de la policía. Sin embargo, el curso UC que había dado sobre el tema no le había aportado gran cosa. Sucedía lo mismo con todas las actividades policiales; aprendías el trabajo haciéndolo, en el campo.

Torsfjäll bautizó la operación con el nombre de Operación Ariel Ultra. Estaba enfocada al lavado, dijo, el lavado de dinero del más alto nivel. En cuanto a la parte que le tocaba a Hägerström, se diferenciaría de las actividades UC habituales. Para empezar, se trataba de un periodo de tiempo limitado; la idea no era que se metiera en la piel de un criminal y llevase esa vida durante varios años, ni siquiera que se pusiera en una esquina de la calle y fingiera ser drogadicto durante unas semanas, para después cambiar de esquina unas semanas más tarde. Él asumiría el papel de empleado del Servicio Penitenciario y se pondría en contacto con una persona de los bajos fondos —JW— que, a su vez, con un poco de suerte, le llevaría a la gente que utilizaba los favores de JW. Torsfjäll dijo que nunca antes un policía había asumido el papel de un guardia.

En realidad, era la primera operación de este tipo realizada en Suecia, según el comisario. Era importante que sus colegas profesionales no le vieran trabajando como guardia, podrían preguntarse si hacía horas extras o si estaba loco sin más. Por ello, a Hägerström le despedirían oficialmente de la policía y lo darían a conocer con una cierta publicidad, a poder ser. Solo una persona de una unidad especial dentro del Servicio Penitenciario estaba al tanto del proyecto, todo para disminuir el riesgo de filtraciones de información secreta. Pero Torsfjäll dijo que los únicos que realmente sabían que el propio Hägerström estaba involucrado en la operación eran su jefe inmediatamente superior en la Unidad Criminal Regional, el intendente superior Leif Hammarskiöld y él mismo.

El hecho de que Hägerström actuara como guardia suponía una ventaja que reduciría el riesgo de sospechas. Habría sido diferente si su misión hubiera consistido en hacerse pasar por un criminal. Pocos criminales confiarían en un ex policía que de repente trataba de actuar como uno de ellos; pero un guardia era algo diferente. Torsfjäll tampoco quería darle otra identidad, era demasiado fácil desenmascararla. Sería suficiente que algún colega viniera a la cárcel y reconociera a Hägerström.

Algunos podrían pensar que era raro que un poli despedido eligiera trabajar en el Servicio Penitenciario, pero, a decir verdad, tampoco es que hubiera muchos otros trabajos potenciales para un ex policía.

No debería haber fisuras.

Torsfjäll y Hägerström se habían visto una vez más después de la reunión de la semana anterior. Hägerström quería saber más antes de decidirse.

Torsfjäll justificó la operación. Las probabilidades de que JW fuera uno de los responsables de un gigantesco sistema de blanqueo de dinero eran altas. Podía haber cientos de suecos involucrados. Desgraciadamente, la policía no sabía más que eso. Al parecer, JW lo manejaba con soltura.

Torsfjäll repasó los preparativos de Hägerström de cara a la misión: qué cosas debería estudiar, qué otro personal trabajaba en la cárcel, cómo había que interpretar el papel, cómo escenificarían el despido. Lo último: había que divulgar la noticia de que Hägerström dejaba la policía con la fuerza suficiente como para que llegara a los oídos de JW.

Para empezar, Hägerström no estaba seguro de que quisiera ocuparse del asunto. Era excitante. Era un reto, sin lugar a dudas. Por otro lado, era algo muy arriesgado. Torsfjäll se lo había dejado claro en la reunión anterior. Era algo bueno que no constara en los registros que Hägerström tuviera hijos. Aun así: le apetecía muchísimo dejar la autoridad policial por una temporada. Además, estaba seguro de que se le daría bien hacer de agente UC.

Torsfjäll terminó su repaso.

—Para que lo sepas: ya no eres policía, eres un empleado del Servicio Penitenciario con una misión. Tienes que actuar por tu cuenta, sin inmunidad. ¿Estás conforme con ello?

Hägerström lo sopesó por un momento. Seguiría siendo policía, pero en secreto, y Torsfjäll le había prometido que no le perjudicaría económicamente. Repasó los posibles retos que supondría. Probablemente había que meter algún que otro teléfono móvil y sacar información a la calle. Quizá meter algunos centenares de gramos de hierba o un par de gramos de anfetamina. Esperaba que no fuera necesario meter armas.

—¿Supongo que es parte del procedimiento estandarizado?

Torsfjäll sonrió. Sus dientes eran de un blanco irreal.

—¿El procedimiento estandarizado? Me temo que no existe tal cosa. Pero quiero que empieces mañana. Tienes que aprenderlo todo sobre ese JW.

La gran pregunta, otra vez: ¿debería hacer esto? Hägerström no paraba de darle vueltas. Había querido ser policía toda su vida. Incluso había hecho la especialización de enfermería en el instituto porque era la mejor puerta de entrada a la policía. Solo eso molestó a su madre, Lottie, y a su padre, aunque su madre nunca lo mostraría. El servicio militar, por otro lado, les parecía algo muy positivo. Especialmente a su madre, a quien le daba la sensación de que «de esa manera puedes convertirte en oficial de la reserva igual que Gucke, no estaría mal, y además podrías llevar el uniforme cuando todos los demás llevan chaqué». En realidad, Gucke se llamaba Gustaf y era el primo de Hägerström por el lado materno, donde habían ido a la academia militar durante generaciones. Pero en lugar de eso, Hägerström optó por ir a la Academia de Policía. La consternación de su madre había sido tan grande que nunca había vuelto ni siquiera a mencionar el tema del oficial de la reserva.

—Martin, ¿no crees que echas a perder tu talento allí? —dijo su padre.

—Martin, ¿no te parece que hay trabajos más interesantes? —dijo Carl.

—Martin, ¿eso no es peligroso? —dijo Tin-Tin, su hermana. Peligroso.

Él había trabajado como patrullero durante los primeros años. Era un trabajo físico; a menudo había que actuar con mano dura, y probablemente recibirías un par de golpes. Te encontrabas con borrachos que te escupían a la cara, ciudadanos enfadados que pensaban que la policía no hacía bien su trabajo y jóvenes que se envalentonaban tratando de ensayar movimientos de MMA[8], aunque siempre acababan mordiendo el asfalto. ¿Pero peligroso? Nunca se había sentido expuesto. Siempre había contado con un buen apoyo de sus colegas.

Pero la Operación Ariel Ultra era peligrosa.

Y podía imaginarse los comentarios de mamá cuando se enterase de que le habían despedido de la policía.

Quizá debiera rechazar el puesto después de todo. Seguir haciendo lo que se le daba bien: investigar crímenes, detener a sospechosos, estructurar investigaciones. Esta era su última oportunidad de abandonar.

---

[8] *Mixed Martial Arts*, una técnica de autodefensa basada en diferentes artes marciales.

\*\*\*

*Necesitaba una nueva arma de fuego. La que había usado con la señora de la limpieza la tiré al fiordo de Estocolmo metida en una bolsa de plástico. El nuevo hotel en el que me alojaba estaba cerca del agua.*

*Afortunadamente, el que me había encomendado la misión, y que yo sospechaba era de Suecia, me pasó los contactos necesarios. Un restaurante en un barrio del centro de Estocolmo: Black & White Inn.*

*Me acerqué al sitio. El pub había cerrado, o eso ponía, pero la puerta estaba abierta. Entré y eché un vistazo. Una mujer estaba en la barra, secando vasos de cerveza. Le pasé una nota con un nombre. La miró, luego levantó la mirada. Puede que me reconociera, pero no dijo nada.*

*Me hizo una señal para que la siguiera. Atravesamos la cocina. Olía un poco a productos de limpieza. La pintura de las paredes del pasillo se estaba desconchando y en el techo había un tubo fluorescente mal colocado. Podía haber sido cualquier lugar de Europa. La sensación era familiar, la cutredad era la misma. La mujer estaba callada, pero cambió de actitud al enterarse de mi recado. Era guapa, su pelo color ceniza estaba recogido en un moño. Me recordaba a mi primera —y única— esposa.*

*Abrió una puerta y me dijo, en mi propia lengua, que me quedase quieto. Estiré los brazos y ella me cacheó a lo largo de la espalda, los brazos, los costados. Tocó mis zapatos y mis bolsillos. Al final pasó las manos por mis piernas y por la entrepierna. Noté un cosquilleo allí abajo. Solo un microsegundo. Después lo sofoqué. Ella asintió con la cabeza. Estaba limpio. Tenía que haberlo sabido desde el principio.*

*La mujer abrió una taquilla metálica y sacó dos maletines de metal. Los puso sobre una mesa, giró las rueditas de las cerraduras y los abrió. Vi gomaespuma oscura, moldeada para albergar objetos envueltos en tela, había cuatro en uno de los maletines y cinco en el otro. Desenvolvió los trozos de tela. Puso las armas sobre la mesa.*

*Las calibré, las inspeccioné, quería saber si resultaban cómodas en la mano. Al final me hice con una Glock 17, de segunda generación. Es un cacharro fiable que aguanta diferentes tipos de munición. Luego también tenía una Stechkin APS con cargador Makarov. No todo el mundo elegiría esa arma, pero yo la conozco mejor que mi propia polla. De hecho, me puse un poco nostálgico, era un tipo de nostalgia adecuado para la misión.*

*Cuando surgiera la ocasión, terminaría la misión. Sabía que podía costar semanas, pero ahora estaba otra vez materialmente preparado. Y no iba a asumir más riesgos, como lo había hecho con la señora de la limpieza.*

*En mi sector no pensamos de la misma manera que en otros. Actuamos según nuestras propias reglas. Creo que estamos hechos así. Somos como unas autoridades independientes. No podemos cambiar. Es nuestra fuerza. Como solía decir Alexander Solonik, que en paz descanse: «Eto vasja sudba», «Es tu destino».*

*Ahora estaba preparado.*

*Iba a terminar con Radovan Kranjic.*

# Capítulo
## 6

Natalie estaba sentada en el asiento del copiloto, al lado de Stefanovic. El olor a coche nuevo, asientos de color beis de tapicería de lujo, sistema informático incorporado en la parte central del salpicadero y un crucifijo colgando del espejo retrovisor.

Su padre viajaba en otro coche. Él quería que fuera así. Los negocios de su padre no se ajustaban herméticamente a las leyes del Estado, precisamente. Y a veces tenía que ser duro con gente que trataba de jugársela; así que a cierta gente no le caía nada bien. Pero eso de viajar en coches distintos a Natalie le parecía un poco exagerado.

Stefanovic conducía con calma, una mano sobre la rodilla, la otra descansando ligeramente sobre el volante. Hubo un tiempo en que Natalie y Stefanovic habían estado al revés en el coche; ella detrás del volante y él a su lado. Stefanovic había sido uno de sus profesores cuando ella había luchado como una loca para sacar el permiso de conducir, hacía año y medio. En total: más de setenta clases en la autoescuela y seguramente más de un centenar con Stefanovic. Lollo se partía el culo cada vez que hablaban del tema. Pero Natalie consiguió pasar el examen la primera vez que se presentó; Louise tuvo que hacerlo cuatro veces antes de aprobarlo.

Iban camino de una gala de MMA en el Globen Arena: Extreme Affliction Heroes. Natalie había ido un par de veces a ver boxeo y K1, pero nunca MMA.

—Antes todo el mundo hablaba de K1 —dijo Stefanovic—, pero ahora ha llegado la histeria del UFC[9] a Suecia. Hemos metido el veinticinco por ciento en esta gala y el veinticinco por ciento en uno de los gimnasios. Han venido luchadores fichados por el UFC esta noche. Pero nuestros chicos *kick ass*[10].

Resultaba divertido escuchar a Stefanovic cuando trataba de usar expresiones que le parecían enrolladas. *Kick ass,* por Dios; sonaba tan divertido como cuando mamá decía que sus nuevos zapatos de Chloé eran *to-die-for*[11].

—Es la primera vez que Extreme Affliction Heroes actúan en una arena tan grande como la del Globen —continuó—. Este es el próximo gran deporte en este país.

Pasaron por el puente que conectaba Södermalm con Gullmarsplan. Natalie miraba por la ventana. El agua parecía una chapa gris, estaba lloviendo. Otra vez. Una primavera sin sol casi por completo.

El chaleco de piel de conejo de Natalie estaba en el asiento trasero. Llevaba una camisa blanca con volantes de Marc Jacobs que Louise le había prestado, y un collar de Swarovski. También se había puesto unos jeans que había comprado en Artilleri 2, un par de Victoria Beckham Wide Leg de color añil oscuro. Iba suficientemente *sport* para encajar en la gala. Su pelo oscuro estaba recogido en un moño. Se miró en el espejo retrovisor, viendo sus propios ojos marrones y pestañas largas.

El Globen Arena iluminaba la noche en la distancia; los focos de color lila y azul supuestamente servían para hacerlo más bonito de lo que en realidad era. Natalie pensaba en la

---

[9] *Ultimate Fighting Championship*, una competición de artes marciales mixtas.
[10] Expresión coloquial, literalmente «dar una patada en el culo», pero con el sentido de hacer algo muy bien.
[11] «Para morir».

iluminación de París. Los franceses sí sabían cómo iluminar una ciudad por la noche, dirigiendo los focos hacia poderosas fachadas.

Se acercaron, buscando las señales de aparcamiento. Entraron por debajo del Globen. Un estacionamiento gigantesco. Un Volvo verde entraba detrás de ellos. ¿Era un color habitual hoy en día?

Viktor había querido venir a la gala. Pero a su padre no le había parecido apropiado. A Natalie no le importaba.

La gala estaba saturada de tipos. El ambiente en el aire: excitación mezclada con expectación mezclada con niveles casi enfermizos de testosterona.

Entraron por la puerta A. La arena se abrió a sus pies. Una marea oscura de gente y, en medio, una torre de diez metros de altura con focos de diferentes colores. Los espectadores, las cámaras, los focos, todos estaban enfocando el mismo objetivo: el cuadrilátero. En uno de los laterales, donde se solía montar el escenario para los conciertos de música, colgaban de la pared las gigantescas banderas de los países que competían. Suecia, Estados Unidos, Holanda, Rusia, Japón, Rumania, Alemania, Marruecos. Serbia. En la pared de enfrente colgaba una banderola enorme, la bandera oficial: Extreme Affliction Heroes.

Stefanovic daba la mano a gente a diestra y siniestra. Saludaba a conocidos que se abrían paso como locos para estrecharle la mano, recibiendo una comedida inclinación de cabeza.

Al fondo: el cuadrilátero, rodeado de una red de seguridad, a solo diez metros delante de ella. Natalie fijó la mirada en un punto lejano, no miraba a nadie. No miraba a su alrededor. Asumió una expresión de indiferencia total.

Vio de reojo una banda de tipas con silicona hasta en las orejas con el pelo rubio, escotes vulgares y faldas demasiado cortas. Pasarían con los carteles de los combates y esas cosas en las pausas. Vio a chicos de cabezas rapadas con orejas como coliflores. Se fijó en tipos trajeados que estaban sentados, como irritados por algo, y que no hacían más que mirar fijamente. Su padre estaría por allí. Parecía su gente.

Caminó a lo largo de la jaula del cuadrilátero.

Alguien se levantó a su lado.

Era su padre.

—*Dragi,* ¡qué maravilloso que hayas venido!

Había un asiento libre a su lado. Natalie se sentó. En el otro lado estaba Göran.

Los focos atrapaban a cada luchador nuevo que entraba. Los altavoces anunciaban los nombres de los tipos, su club y su nacionalidad. Las guitarras eléctricas chirriaban a un volumen ensordecedor entre los combates. Las tipas siliconadas se ponían camisetas ajustadas con publicidad y sujetaban carteles con el número del siguiente asalto. Natalie pensó: «Conque es así cómo se ganan la vida cuando no consiguen hacer portadas».

Es cierto que Lollo también se había puesto los pechos el año anterior, pero no tan exagerados.

Su padre charlaba con Natalie entre los asaltos. Hablaba de los combates y de que ella debería ir a la universidad cuanto antes. Le parecía que el derecho o la economía eran lo adecuado.

Natalie pensaba en la mañana. Viktor había ido a su casa, ella todavía seguía en la cama a pesar de que eran las once y media.

Oyó cómo intercambió algunas palabras con su madre. Luego entró con una bandeja de desayuno en las manos. Jugo de naranja Tropicana California Style, café *espresso,* un huevo cocido y pan de la panadería Kringlan de la calle Linnégatan. A pesar de que ella no tomaba pan debido al régimen: aun así, era un buen chico.

Viktor se sentó en un lado de la cama, poniendo la bandeja sobre el edredón con cuidado. Ella probó un sorbito de café. Dio unos golpecitos en el huevo.

Después del desayuno descargaron una peli de Adam Sandler; siempre tocaba alguna comedia romántica cuando veían películas juntos.

—Me gustaría hablar contigo de una cosa —dijo Viktor.

—Vale.

—Ya sabes a qué me dedico, ¿no?

—Sí, claro que lo sé. Coches y lanchas y esas cosas.

—El asunto es que las cosas van fatal ahora mismo. Primero llegó aquella crisis asquerosa que hizo que la gente ya no comprara coches y motos de nieve como antes. Así que pedí unos créditos para aguantar el tirón durante aquellos meses complicados. Y ahora me está costando salir.

Continuó hablando de cómo la competencia vendía cacharros de mierda por precios más bajos. Cómo el arrendatario había subido el alquiler. Natalie solo escuchaba a medias; en realidad, le interesaban los negocios, pero los asuntos de Viktor le parecían bastante triviales, de alguna manera.

Además, estaba empezando a darse cuenta de adónde quería llegar.

—Tengo que hacer frente a los créditos, no es un banco precisamente normal al que debo dinero. Luego tengo algunas deudas más por aquí y por allá, también impuestos. La situación está dura, si te digo la verdad. Al principio pensaba prender fuego a todo y sacar la pasta del seguro, ya sabes.

—No me lo creo.

—No, ni yo tampoco. Un fraude al seguro sería de bobos, las compañías de seguros están al loro. Así que no sé muy bien qué hacer. ¿Cerrar? Si no consigo pagar el alquiler, habrá quiebra y golpes, ¿sabes lo que significa eso? Si no consigo pagar los impuestos, esto puede acabar con bancarrota personal. Y si no consigo pagar los préstamos, pueden pasar cosas muy desagradables. Estoy en un momento bajo, ¿sabes?

Ella le miró. Claro que sabía qué era una quiebra. Al menos cinco empresas de su padre habían ido a la quiebra. Y eso de no pagar las deudas a ciertas personas; ella no era tonta, claro que lo entendía.

Cuando quería, Viktor era capaz de poner una cara tan triste. Al mismo tiempo que se dio cuenta de adónde quería llegar con esa conversación, se arrepintió de no haber dejado clara su postura hacía diez minutos. No quería mezclar mundos; quería mantener a Viktor alejado de la esfera de su padre. Y sobre todo: al revés.

Se levantó. Procuró terminar la conversación antes de que fuera más lejos.

—Ahora tengo que ocuparme del papeleo para entrar en la universidad.

Era verdad.

Tres horas dedicadas a rellenar los impresos *online* para solicitar una plaza en la Facultad de Derecho. En realidad, no hacían falta ni las notas del bachillerato ni las de la selectividad; resultaba evidente que el que consiguiera rellenar aquellos impresos adecuadamente era suficientemente inteligente.

Pensó en Lollo de nuevo: ya estaba en segundo de carrera. Parecía una vida relajada: Lollo actualizaba su estado en Facebook algo así como veinte veces cada mañana. Sobre todo hablaba de los cafés que no paraba de tomar.

Se acercaba el momento del combate de los pesos pesados. Su padre dijo que ese era el combate que todo el mundo había venido a ver. Y era un serbio el que iba a luchar: Lazar Tomic, de Belgrado, un auténtico luchador UFC. Su adversario era un sueco: Reza Yunis.

Cuando Serbia participaba en la competición, el asunto era serio.

El presentador presentó a los chicos que iban a luchar.

Cuando pronunciaba el nombre del sueco, el ruido se hizo ensordecedor. Por lo menos diez mil voces masculinas aullaban. Apoyo. Respaldo. Fuerza.

Sonó el gong, empezaba el primer asalto. Su padre comentaba los acontecimientos al oído de Natalie. Al parecer, Yunis llevaba la iniciativa y atacaba a Tomic con furia. Solo unos segundos después, ya estaba en el suelo del cuadrilátero después de una zancadilla del sueco. Yunis le saltó encima. Golpes y más golpes contra la cara del serbio. Tomic trataba de protegerse, bloqueaba los golpes lo mejor que podía. Pasaron los segundos. Consiguió enganchar las piernas alrededor del sueco. Rodaron por el suelo. Se pusieron en pie otra vez. Cada uno bailaba alrededor del otro, repartiendo patadas a la altura de la cintura.

El asalto llegó a su fin.

Extreme Affliction Heroes: la mejor variante de MMA. Todo estaba permitido salvo los cabezazos, los mordiscos, meter el dedo en los ojos y golpes en el cogote o en la entrepierna.

Su padre preguntó si quería tomar algo. En la pausa envió a Göran. Volvió con agua mineral para ella, justo antes de que comenzara el segundo asalto.

Su padre seguía charlando.

—Tomic ha competido mucho en Estados Unidos, se le dan bien las fintas y los cambios de ritmo explosivos. Suele tomárselo con calma durante un rato antes de arrancar en serio. Ya lo verás.

Natalie comenzaba a cansarse. Allí arriba se peleaban como locos. Patadas en las espinillas, golpes contra el cuerpo, agarrones cuando estaban tumbados en el suelo. Rodillazos contra las costillas, puñetazos contra la cabeza, golpe tras golpe hacia la cara. La gente chillaba a su alrededor. Los tipos del cuadrilátero resoplaban, luchaban, daban vueltas, una y otra vez, como unos chicos en un bar justo antes de lanzar una ofensiva de ligue a una tipa.

Estaba toqueteando su iPhone. Jugaba a Bubble Ball. Miraba el horario del gimnasio. Navegaba por el Face; el estado de Lollo: «Otra vez en casa después de una tarde de chicas buenas en el Foam».

El Extreme Affliction Heroes era más excitante, la verdad.

Algo le salpicó. Gotas de sudor de Tomic aterrizaron en la frente de Natalie.

Göran miró a Natalie.

—Qué bien —dijo Natalie.

Tercer asalto. Continuaban con su guerra. Tomic, el héroe de su padre, dominaba cada vez más. Natalie no prestaba mucha atención. A veces miraba de reojo aftonbladet.se en la pantalla del móvil.

Stefanovic, Göran y uno más de los chicos de su padre, Milorad, se habían puesto en pie. Seguían el combate de manera tan intensa que casi parecía que la paliza era para ellos cuando Tomic recibía los golpes.

Natalie trató de concentrarse durante los últimos segundos.

Tomic daba unos buenos rodillazos, pero Yunis también lo hacía. Tomic trabajaba con los puños y trataba de poner zancadillas. Yunis se metió cerca, golpeando hacia los riñones. Tomic consiguió desprenderse. Atacó con golpes secos contra la cabeza. Pero inesperadamente: los derechazos de Tomic no funcionaban, Yunis le imitaba y Tomic acabó en el suelo en lugar del otro. El sueco se le echó encima. Empujó sus brazos hacia abajo con las rodillas. Inundándole la cara de golpes. Tomic trató de escabullirse. Pero no había manera. Natalie vio cómo los puños de Yunis aplastaban la nariz de Tomic, aterrizando como un martillo sobre la barbilla, las mejillas. Casi parecía que Tomic se rendía.

Pero luego se giró bruscamente. Rodaron por el suelo y acabaron el uno al lado del otro. De repente, el serbio actuó rápido. Agarró la cabeza de Yunis con sus muslos. Apretó. Empujó. La cara de Yunis se puso cada vez más roja. Tomic continuó apretando los muslos. El sueco se estaba asfixiando. El juez dio un golpecito a Tomic. El serbio pasaba de él, continuaba asfixiando al sueco.

El juez le dio otro golpecito. La cara de Yunis se estaba poniendo azul.

El juez empujó a Tomic; entonces se puso de pie.

Todo el mundo esperaba.

Yunis no se movió.

La alegría inundó a Natalie por dentro. Se puso en pie. Levantó el puño.

—¡*Yes!*

El sueco seguía en el suelo. El juez comenzó a contar.

—Uno.

—Dos.

—Tres.

El personal de los servicios médicos entró corriendo en el cuadrilátero. Natalie se sentó. Su padre seguía de pie.

—*Ostani* —gritaba—. Quédate ahí. Quédate en el suelo. No te levantes, *pičko,* ingenuo.

—Cuatro.

—Cinco.

—Seis.

Se desató el caos en la Arena. ¿Estaba el sueco vivo siquiera? El tipo de los primeros auxilios se agachó, gritó al oído de Yunis.

—Siete.

—Ocho.

Yunis se movió en el suelo. Se esforzó por recuperar el aliento.

El juez tenía nueve dedos levantados.

—Nueve.

Era el final.


Cuando salían, Göran iba primero. Abriendo camino entre la muchedumbre como lo había hecho Stefanovic antes. Más o menos como un presidente con guardaespaldas; todos los fans y fotógrafos: apártense. Pero ahora no era tan fácil como cuando habían llegado. Las masas empujaban. Stefanovic caminaba detrás de ella, hacia un lado, procurando ensanchar el espacio. Detrás de ella caminaba Milorad.

Se sentía bien. El ambiente era bueno. Lazar Tomic, un héroe. Extreme Affliction Heroes, un éxito. Hablaban del combate, se doblaban de risa, explicaban una y otra vez: los cuádriceps de Tomic, la jeta azul marino de Yunis.

Era un día memorable. Iban a ir al Clara's Kök & Bar todos juntos. Aunque Natalie se sentía rara. Algo así como una sensación de malestar en el estómago. No era dolor premenstrual; era otra cosa. Algo desagradable.

Bajaron al estacionamiento. Manadas de gente salían de los ascensores. Los coches estaban haciendo cola para salir a la noche holmiense.

Stefanovic llevaría a Natalie. Su padre iría con Göran y Milorad. Vio su Lexus un poco más adelante. Él se dio la vuelta para darle un abrazo, decir «hasta dentro de un rato». Besarle en la frente como siempre hacía.

Entonces oyó algo.

Unos ruidos agudos. Estallidos.

Como fuegos artificiales.

Natalie vio a su padre delante de ella. Sus movimientos se quedaban entrecortados. Como si ella estuviera viendo lo que ocurría imagen por imagen, a través de un programa de edición de vídeo. Como si estuviera viendo los fotogramas de unos dibujos animados. Pequeñas alteraciones, como saltitos entrecortados, en el flujo. Lo vio todo: los cambios en los gestos de la gente, las expresiones en sus caras, las maneras de respirar.

Otro estallido retumbó en el estacionamiento.

Y otro más.

Los movimientos a su alrededor se detuvieron.

—Me han dado —gritó su padre.

Después, todo pasó muy rápido. Stefanovic se le echó encima. Empujó a papá al suelo. Al momento, ella misma estaba bajo Göran. Vio a Milorad agitando una pistola. Gritando a la gente que se apartara.

Todo el mundo gritaba.

Notó cómo Göran tiraba de ella. El estacionamiento parecía tan pequeño.

Vio a su padre debajo de Stefanovic.

Vio cómo se extendía un charco de sangre.

Vio su mano, quieta en el suelo de cemento.

No.

NO.

# Capítulo

# 7

Era el primer reclutamiento propiamente dicho; Tom Lehtimäki, por supuesto, dijo que sí.

El tipo era listo. Ya de entrada se sacaría dos, tres millones en efectivo, o lo que pudiera corresponderle: AB; Al Bolsillo. Tanta pasta no podía levantarla ni él en tan poco tiempo, hiciera los trucos económicos que hiciese.

En los días que transcurrieron después, Jorge habló con Sergio, Robert Progat y Javier, en ese orden.

Todos tenían la misma actitud: Jorge Bernadotte[12], el rey: eres Jesús. Por supuesto que queremos participar.

POR SUPUESTO.

La banda se estaba formando. El grupo creció. El equipo se estableció.

*Heat, Reservoir Dogs, Ocean's Eleven;* ahora ocurría de verdad.

Al mismo tiempo: el acontecimiento de la década acababa de ocurrir en Estocolmo.

La noticia del siglo. El punto álgido del puto milenio: alguien había intentado cargarse a Radovan. El jefe de los yugoslavos para Jorge: un odio tan profundo que le estaba haciendo

---

[12] Bernadotte es el apellido de la familia real sueca.

un agujero por dentro. Jorge ya había atacado los intereses del Sr. R antes: el golpe en Smådalarö, los tiros en el burdel de Hallonbergen. Y en el mundo de los sueños: una y otra vez. Un buen día, J-boy suprimiría al rey de los yugoslavos de una vez por todas. Cierto: el atentado contra Radovan era algo grande. No solo para Jorge. Para todo el mundo criminal. Todos parloteaban, charlaban, especulaban. Ventilaban opiniones. Un cambio de poder en ciernes, un nuevo señorito camino de convertirse en rey. Una oportunidad para varios jugadores de proclamarse dueño del territorio.

Aun así: no podía concentrarse en eso ahora. Ahora tocaba montar el atraco a los transportes de valores más inteligente de la historia. Jorge pensaba en los titulares que él querría leer en los periódicos después: «No quedan billetes en los cajeros automáticos de Estocolmo; los atracadores se hicieron con un botín histórico. Un golpe que supera a todo lo anterior. El robo a los transportes de valores más grande de todos los tiempos».

El último reclutamiento: dos vikingos.

Eran las órdenes del Finlandés desde el principio. «Necesitan a unos vikingos también. Para conseguir las herramientas, vehículos y esas cosas. Gente con más contactos en el mundo de la construcción que ustedes».

Jorge no se negó. Tom Lehtimäki propuso algunos nombres. Discutieron pros y contras. Qué gente era de fiar. Qué gente era de fiar al cien por ciento.

Jorge quedó personalmente con los dos que había propuesto.

Uno de ellos se llamaba Jimmy. Trabajaba en el sector de la pavimentación, declaraba cero, pero levantaba un dinerito en B y vendía maquinaria para la construcción robada en internet. El tipo: exageradamente positivo, a muerte con ellos, totalmente de acuerdo.

El otro tipo: más tranquilo. Hablaba como si ya dominara el asunto. A pesar de todo, transmitía buenas vibraciones; el chico no parecía tonto. Tenía su propia empresa. Trabajaba con coches y lanchas. Él mismo conducía un BMW X6. Su nombre era Viktor.

Tom decía que Viktorito estaba desesperado por conseguir *cash*. Parecía que su empresa iba mal, aunque él dijera lo contrario. Y estaba endeudado hasta las depiladas cejas con préstamos privados. Jorge veía posibilidades: un tipo que debería estar dispuesto a ocuparse del trabajo sucio.

Jorge dio las gracias a Tompa por las recomendaciones; estos tipos serían un recurso a tener en cuenta.

Jorge y Mahmud habían quedado de nuevo con el Finlandés.

Esta vez: una zona totalmente distinta. El tipo: asquerosamente listo; si hubieran sido unos infiltrados, no habrían podido preparar a la policía acerca de dónde le iban a ver.

Jorge y Mahmud se inventaron diferentes nombres para referirse a él. El Poseedor de Recetas, el Planificador, el Cerebro.

Bajaron por la autovía sur, el túnel, en línea recta hacia Nacka.

El coche de siempre, la *pickup*. Pero Mahmud había colgado una cosa verde con texto musulmán del espejo retrovisor.

—Te da suerte —afirmó, señalándola.

Jorge sonrió con malicia.

—Es que crees en tantas bobadas.

—¿Qué hay de bobo en eso?

Jorge dio un golpecito en el pequeño cacharro de plástico con el dedo. Se bamboleó de un lado para otro.

—¿Y qué se supone que este cacharro aportará al coche? ¿Lo sabes leer, para empezar?

—Déjalo. Si no tienes ni idea. Es la profesión de fe. Lo más importante que tenemos en nuestra religión. En serio, es la cosa más importante del mundo para todos. *Walla*.

—Ya, vale, en fin... —Jorge adoptó una actitud irónica. Mahmud no hacía más que decir chorradas: el tipo no tenía más fe que un vikingo.

Mahmud mantuvo los ojos en la carretera.

—Contéstame, entonces. ¿Sabes leerlo?

Afuera: diluviaba. Los limpiaparabrisas trabajaban a un ritmo constante.

El árabe no dijo nada.

—¿Lo sabes o no lo sabes?

El silencio continuaba.

—Qué carajo te importa —dijo Mahmud, al final.

El aparcamiento de la playa estaba totalmente vacío. Más adelante: un quiosco cerrado. Unos columpios abandonados. Detrás del quiosco: un Ford Focus aparcado. ¿Sería del Finlandés? Vaya un cochecito de pobre.

Mahmud aparcó justo al lado del Ford aunque había una cantidad ilimitada de plazas alrededor.

Apagó el motor. No dijeron nada. Un microsegundo: la sensación de un poco, un mínimo, de estrés. Un mínimo de dolor de tripa. Como un movimiento ahí dentro.

Jorge abrió la puerta del copiloto. Guiñó un ojo a Mahmud.

—Vamos a darnos un chapuzón, amigo.

Bajaron al lago. La primavera era helada. Jorge llevaba ropa demasiado ligera. Pantalón de chándal y una sudadera con capucha. Por fuera, una fina cazadora roja con el logo de la Fórmula 1 en la espalda y las mangas. Se puso la capucha y la ajustó. Luego se subió el collar de la cazadora, haciendo un tubo alrededor del cuello. Solo se le veían los ojos y la nariz.

La arena estaba dura pero a la vez mojada. Crujía bajo los pies.

Mahmud llevaba una bufanda apretada, enrollada varias veces alrededor del cuello. Parecía el típico tirador de piedras. Señaló el lago con el dedo.

—¿Te puedes creer que hay suequitos que se bañan a estas alturas del año?

Jorge negó con la cabeza.

—Entérate, compañero, nunca se puede entender a *los suecos*. No son de este planeta.

Cien metros más adelante vieron a una persona.

Jorge se dio cuenta: el lugar del encuentro era perfecto. Estaba totalmente protegido de las miradas. Nadie podía verlos desde el lago por los árboles. Y las dunas del otro lado eran tan altas que tampoco se les podía ver desde la carretera.

El Finlandés se acercó.

Hoy llevaba gafas de sol, a pesar del tiempo, además de gorro y bufanda.

—¿Dónde estacionaron el coche? —preguntó.

—Al lado de un Ford Focus. ¿Es tuyo o qué? —contestó Jorge.

El Finlandés no contestó.

—¿Alguien más entraba en el estacionamiento? —se limitó a decir.

—No. Estaba totalmente vacío, a excepción del Ford.

—Bien. Tienen que entender que esto es como un castillo de naipes. Se trata de construirlo con esmero, planificar el golpe desde los cimientos, desde el principio. Cada pieza tiene que ser perfecta. Basta con que una carta de la fila de abajo esté mal colocada para que todo se vaya al carajo. ¿Entienden lo que quiero decir? Basta con perder la concentración por un segundo.

Jorge y Mahmud asintieron con murmullos. Se mantuvieron controlados.

—Todos los golpes se han vuelto más complicados en los últimos años —continuó el Finlandés—. Eso ya lo saben. Hace diez años, esto era como entrar en el patio de una guardería y quitarles las palas y los cubitos a los críos. Bastaba con seguir las rutinas de las empresas de transporte de valores una semana y luego una semana más. Después ya conocías perfectamente cómo conducían, dónde conducían y el nivel de seguridad con el que contaba el transporte. Esto ya no es posible. El atraco del helicóptero estaba increíblemente bien planificado. Pese a todo, se fue a la mierda. La policía ha aprendido.

Hablaron durante un rato. Repasaron a los reclutas de Jorge. Las prioridades de la lista de asuntos pendientes. El Finlandés no soltaba toda la receta de golpe. Lo hacía poco a poco. Iban a tener que recoger la información en los sitios que él decidiera. Menudo maricón.

—El asunto es que hay que hacer las cosas correctas y hacerlas bien —continuó predicando—. Tienen que hacer las cosas correctas y tienen que hacerlas de la manera correcta.

El tipo habló de rutinas. Nunca hablar del golpe por teléfono. Nunca llevar el teléfono encendido ni siquiera cuando se hablaba de él. Cambiar de número a menudo. No parlotear con gente de fuera, ni siquiera chicas, colegas, putas.

—¿Podemos conocer al tipo de dentro? —preguntó Jorge.

—Por supuesto que no —contestó el Finlandés—. Así no funcionan las cosas en este negocio.

Jorge pensó: el Finlandés era un hijo de puta con actitud. Vale que el tipo tenía una computadora metida dentro. Tenía ideas. Pero ¿quién asumiría todos los riesgos? ¿Quién haría el trabajo sucio?

En la mollera de J-boy: una idea clara y nítida. El inicio de un pensamiento propio. Un plan propio. Procuraría cobrar más de la cuenta por este trabajo. Este ATV iba a tener que beneficiarle más a él que al Finlandés.

Tenía la intención de pillar más por su cuenta. Clavársela al Finlandés.

De alguna manera.

# Capítulo

# 8

Torsfjäll había enviado a Hägerström para recoger información privilegiada de un exmatón serbio. Lo habían mencionado antes, Mrado Slovovic. Condenado a catorce años de prisión por una de las operaciones de contrabando de cocaína más grandes de la primera década del siglo.

Mrado quería que borrasen sus datos de ADN y sus huellas dactilares de los registros cuando saliera de la cárcel. Quería cincuenta mil en *cash* en coronas suecas, diez mil euros en una cuenta del banco Beogradska Banka de Serbia, y la misma cantidad en Universal Savings Bank de Chipre. Quería una casa con jardín propio en las afueras de Čačak. Y quería ciruelos en ese jardín. Por lo visto, a la hija del matón le gustaba la fruta.

Torsfjäll afirmaba que le había prometido la mitad del dinero y la casa con tal de que hablase con Hägerström. No le había prometido ciruelos.

Mrado era valioso. Hägerström habló con él dos veces en la sala de visitas de Hallberga. Le pasó información general sobre la jerarquía y estructura de su exorganización. Soltaba nombres de restaurantes, bares, empresas. Sobre todo soltaba nombres de hombres. Todo giraba en torno al rey, el padre: Radovan Kranjic.

Los yugoslavos no eran como las bandas de los moteros o las de los suburbios. No llevaban colores o chalecos. No tenían motes cutres ni tatuajes.

—Todos los periódicos escriben sobre los unporcientos como si fuera una especie de mafia —dijo Mrado—. Pero mira qué pasa cuando se topan con algo de resistencia.

Bandidos, Ángeles del Infierno, da lo mismo. Hay muchos que no dan el brazo a torcer y entonces se retiran con el rabo entre las piernas.

La unidad de los yugoslavos dependía de lazos más íntimos que aquello. Tenían sentimientos compartidos por Serbia, por el honor y la honra. Hablaban la misma lengua, les gustaban los mismos *slivovits* y *schlag*. Eran amigos cercanos, a veces de la misma familia, o de la familia política, tenían casas en los mismos lugares de veraneo en la costa o en la región de Čačak. Todos respetaban al Sr. R. El *Kum* de todos, como lo expresaba Mrado. El padrino de todos.

El hombre que Mrado odiaba, según parecía. Pero también: el hombre que había convertido a Mrado en lo que él había sido. Y ahora: el hombre a quien alguien acababa de tirotear en un aparcamiento debajo del Globen.

Hägerström y Torsfjäll trataban de descubrir estructuras. Lazos entre las empresas y los verdaderos dueños: los que manejaban la economía por detrás de los nombres registrados de los testaferros. Videoclubes, soláriums, bares: instituciones de blanqueo. La asesoría MB Redovisningskonsult AB se ocupaba del papeleo. Recibieron listas de restaurantes y cafeterías que pagaban «seguros de calle» a los chicos de Radovan. La póliza de las compañías de seguros, en caso de que ocurriese algo, era más alta de lo que exigían los yugoslavos a cambio de su protección, así que la mayoría optaba por la variante de la calle. Algunas bandas nuevas habían empezado a competir con ellos, pero se les reventaría en breve. Las actividades de los yugoslavos eran amplias. Las tiendas de contrabando que compraban tabaco de Rusia, los hosteleros que metían vodka casero en botellas de Absolut Vodka, el servicio de guardarropa de los mismos bares, que no querían declarar sus ingresos. Potentados que necesitaban protección cuando venían a Suecia para hacer negocios medio serios, ejecutivos de empresas y líderes sindicales que querían mujeres en sus eventos de representación. Y más cosas: un montón de empresarios de la zona gris que estaban metidos de alguna manera u otra. Que necesitaban ayuda con la recaudación cuando fallaba Intrum Justitia. Cuando golpeaba la crisis financiera. Que necesitaban protección cuando habían engañado a algún cliente gruñón.

Mucho de lo que Mrado contaba eran cosas conocidas; después de todo, llevaba cinco años entre rejas. Y en cuanto a JW, no podía ofrecer gran cosa. Mrado no había visto al chaval en todo ese tiempo. Pero dijo que había seguido los movimientos del mocoso.

Según Mrado, el tipo era un genio de la economía que hubiera podido llegar muy lejos en el mundo legal. Pero la había cagado.

Eran las once y diez. Martin Hägerström abrió la puerta con llave. Miró el felpudo a través de la reja de la puerta. Era una creación de Liz Alpert Fay y solo existía un ejemplar: este.

Sobre el felpudo de Alpert Fay había tres sobres y una revista metida en una funda de plástico.

Abrió la reja, chirriaba.

Le gustaba su piso de la calle Banérgatan.

Se quitó los zapatos.

Echó la cazadora sobre el taburete que estaba junto a la pared y se puso unas zapatillas de terciopelo; se negaba a andar descalzo por la casa. Cuando le habían dado su primer piso, hacía ya casi veinte años, su padre había venido de visita y había dicho: «En todos los vestíbulos tiene que haber un taburete».

Después sacó un taburete de madera de la marca Svenskt Tenn, con cojín de tela de Josef Frank. Era de un diseño clásico y seguía en el vestíbulo de Hägerström.

La idea era que los invitados —y también el que vivía en el piso, claro— pudieran tener una oportunidad de sentarse cuando se quitaban y se ponían los zapatos. Nadie iba a tener que doblarse de una manera poco digna solo porque quería ponerse unas zapatillas de estar en casa. Un taburete simplificaba la función más importante del vestíbulo, según su padre. Pero Hägerström nunca se sentaba en él; en lugar de eso, era el lugar donde dejaba sus jerséis, guantes, bolsos y cazadoras. Así que su padre había tenido algo de razón: sí que simplificaba la vida del vestíbulo, pero no según el plan de su padre.

En la pared colgaba una fotografía de un metro cuadrado de un concierto de David Bowie, adquirida el año anterior en Sotheby's. Milwaukee Arena, 1974. Bowie sujetaba el micrófono con una fuerza casi exagerada. La otra mano estaba cerrada en un puño duro. Tenía una buena pinta.

En el suelo de la entrada había una alfombra *kilim*. En las paredes, unos apliques de cristal heredados. Le gustaba su propia mezcla de cosas nuevas y antiguas. Hägerström llevaba mucho tiempo interesándose por la decoración de interiores. No era algo a lo que se había enganchado desde que la era de Martin Timell[13] había conquistado los hogares del populacho sueco. Entusiastas de bricomanía, decoradores impostores y especialistas de diseño habían invadido todos los canales sin informar a la gente de qué era el buen gusto. Todos pensaban que se trataba del mismo diseño escandinavo cansino: sillas de Myran, Superelipses y AJ Pendlar. El nerviosismo de la gente se notaba en que todo el mundo pensaba que todo debía tener la misma pinta.

Se sentó en la cocina para repasar la correspondencia. En la mesa auxiliar había un jarrón con flores. Era una de las tareas de la señora de la limpieza: procurar que nunca faltasen flores en casa. Encima de la mesa había un retrato del conde Gustaf Cronhielm af Hakunge. El cuadro tenía más de cien años y se veían

---

[13] Presentador de televisión sueco.

pequeñas grietas en la pintura a la luz del foco que iluminaba el cuadro desde la parte superior del marco.

Abrió las cartas con el dedo. Una factura de la luz. Una factura del abogado. Si no hubiera sido por el dinero que había heredado, no habría podido hacer frente a las tarifas del abogado ni con todo el sueldo de policía.

La puerta de la habitación de Pravat estaba abierta, siempre la dejaba así; quería ver los juguetes y la cama del niño.

La última carta era una especie de envío publicitario de alguna lotería. Bobadas.

Cogió la revista. *Vanity Fair*. La hojeó sin prestar mucha atención.

El reloj del microondas marcaba las once y media. Un día largo en el trabajo. Tal vez trabajaba quince horas al día para olvidar. Diluir la ansiedad que sentía por no poder pasar más tiempo con Pravat. Seguir con su vida sin tener que verse demasiado afligido.

Había cenado en el Korvspecialisten de Östermalm, en la calle Nybrogatan. Bruno era el nombre del viejo alemán que tenía más de treinta tipos de salchichas diferentes en una superficie de menos de seis metros cuadrados. Kabanoss húngara, Zwiebelwurst alemana, merguez tunecina, chorizo argentino, dime-qué-quieres-y-Bruno-se-ocupa. Y la mejor de todas: Zigeunerwurst, la salchicha cíngara. Hägerström pidió dos con pan. Caminó a casa a través del día gris. Masticaba cada bocado con placer.

Su madre, Lottie, trataba de bromear sobre el divorcio. Decía: «Anna venía de Norrland. Y en Norrland todo el mundo tiene un apellido que termina con -*ström*[14], así que sería por eso por lo que ella pensaba que teníais que estar juntos».

Pero por esta regla de tres, hoy en día mamá también estaría como en su casa allí arriba. Después de todo, llevaba más tiempo

---

[14] Sufijo que significa «corriente de agua». Norrland es una región en la que abundan los ríos.

con el apellido Hägerström que él. En realidad, la cuestión era que le costaba aceptar que hubiera adquirido un apellido tan vulgar. De soltera, su apellido había sido Cronhielm af Hakunge —el conde Gustaf que colgaba de la pared era su abuelo—. Mamá era de una familia de aristócratas, pero según las reglas de la nobleza sus hijos perdían ese privilegio. Tenía que aceptar el destino de ver cómo ellos pertenecerían a las clases más bajas para siempre. A excepción de Tin-Tin, claro: ella recuperaría el nivel apropiado cuando se casara.

El padre de su madre era de la Finca Idingstad en las afueras de Linköping, pero se había ido a vivir a Estocolmo en los años treinta. La propia Lottie había nacido en la calle Narvavägen. Se había movido entre tres direcciones en toda su vida: la casa de sus padres, el primer piso de ella y papá en la calle Kommendörsgatan, y ahora el piso actual de la calle Ulrikagatan. Una vida entera en menos de quinientos metros cuadrados. Así que la calle Kommendörsgatan era lo más cerca que había estado de Norrland nunca.

Hägerström pensó en lo que Mrado le había contado.

Para un hombre como Mrado era malo, jodido, asqueroso, tener que pasar catorce años en la cárcel, pero no era algo de lo que tendría que avergonzarse. No era una cosa con la que no hubiera contado. Una vuelta por la prisión era una posibilidad real para toda la gente de su mundo, aunque quizá no tanto tiempo. Pero para JW se le habría caído el mundo encima. O, mejor dicho, los dos mundos.

Por un lado, el mundo normal sueco del que venía. Su madre no lo podía comprender. Sus viejos amigos del instituto de Robertsfors allá arriba se quedaron estupefactos. Su padre no le podía perdonar.

Por otro lado, su nuevo mundo, la clase alta. Ninguno de sus amigos lo había visitado durante esos años, según el Servicio Penitenciario. Ninguno de los que él se había esforzado en imitar le había enviado ni siquiera una carta. Nadie. Eso sí que era una verdadera amistad. Sin embargo, era cierto que el Servicio Penitenciario no podía saber quiénes le habían llamado a lo largo de los últimos años. Estas cosas no quedaban registradas.

A Hägerström no le gustaba cuando Mrado usaba la expresión «clase alta». Sabía qué tipo de expresión era; los que querían clasificar Suecia y señalar, por ejemplo, a su familia como algo diferente la utilizaban. Y además, Anna solía usarla cuando no le quedaban más argumentos contra él.

Pero no era algo que le molestara demasiado. Era *verdad* que su familia era diferente. Al menos, un poco.

Mrado le había contado que JW había mostrado síntomas de apatía en los primeros meses tras la sentencia. Pero luego se había recuperado poco a poco. Y, evidentemente, lo había hecho con un plan. Aceptaba su destino. Comenzaba a conocer a gente. A hacer nuevos contactos. Era indudable que JW había conseguido esconder algo de dinero que podía controlar desde prisión. Comenzó a prestar pequeñas cantidades a gente. Obtuvo permiso del Servicio Penitenciario para estudiar a distancia, pero solo sobre el papel. Según Mrado, en realidad, dedicaba su tiempo a administrar su propio dinero y a averiguar maneras inteligentes de ayudar a otros con la misma necesidad.

Mrado conocía a gente que había recibido ayuda del tío. Dinero de atracos, dinero de droga, dinero de putas, dinero de la extorsión: todo se podía blanquear con tal de que fueras un poco meticuloso y paciente.

Pero Mrado se negó a dar nombres. Fue un revés.

Torsfjäll dijo que él mismo habría podido imaginar más o menos lo que Mrado había contado. Estaba claro que JW ayudaba a la gente con el blanqueo. La pregunta era: ¿qué envergadura tenían sus operaciones? ¿Cómo recibía y sacaba la información? Y, sobre todo, ¿quiénes eran los clientes?

Torsfjäll también estaba al tanto de otro detalle. JW tenía una historia secreta. Un enigma trágico unos años antes de recibir su sentencia. Camilla Westlund, su hermana, había estado en Estocolmo. Rozándose con la gente equivocada. Paseándose por los sitios equivocados. Y algo había ido mal. La hermana de JW desapareció y nadie parecía saber qué le había ocurrido, pero todo el mundo sabía que era algo malo. JW había tratado de dar con ella, investigando y buscando.

Torsfjäll no sabía qué era lo que había descubierto. Pero era algo.

Hägerström miraba la revista *Vanity Fair*. Trataba de resumir la información. Tenía que comprender a JW. Tenía que conocer a aquel hombre desde la distancia. Entenderlo. Meterse bajo su piel, como un psicólogo.

Abrió el ordenador. La melodía de Apple cuando arrancaba. En realidad, debería irse a la cama, ya había terminado de pensar por esta noche. Pero antes tenía que hacer una cosa.

Un rato después: una veintena de imágenes que había encontrado en diferentes páginas web salieron en la pantalla. Diferentes ángulos: desde arriba, desde un lado, desde abajo. Posturas incómodas. Luz fría. Imágenes indiscretas que irradiaban frustración.

Saltaba entre las imágenes. Se acercaba con el *zoom*. Se alejaba.

A veces le parecía que el conde Gustaf le miraba desde la pared.

Quince minutos más tarde estaba en la cama. La polla seca. Los dientes lavados. La habitación sumida en oscuridad. No pensaba en nada. Tenía los ojos cerrados.

Tenía que dejar de vivir de esta manera.

Su padre estaba muerto.

Anna y Pravat ya no vivían aquí.

Su vida necesitaba un *boost*.

\*\*\*

### Policía despedido por agresión

Un policía de Estocolmo ha sido despedido por el órgano disciplinario de la Junta Policial Nacional tras acusaciones de agresión. Es el quinto policía despedido en lo que va de año.

La decisión del órgano disciplinario de despedir al policía no fue unánime. Tres de los miembros del órgano querían sobreseer la causa.

El hombre, que trabajaba como inspector criminal, estaba fuera de servicio cuando acudió a un quiosco de perritos calientes en la calle Nybrogatan de Estocolmo. Afirma que presenció cómo otros dos clientes del establecimiento molestaban a una joven en el lugar. Después de haber avisado al otro cliente repetidas veces, el policía le golpeó en la cara con el puño, con tal fuerza que cayó al suelo.

Pero el cliente y su amigo dan otra versión. «Este hombre me pegó sin ningún tipo de provocación y no tengo ni idea de por qué lo hizo. Es inaceptable que los policías hagan este tipo de cosas en su tiempo libre. Además, estaba borracho.»

Los testigos que han hablado con TT[15] confirman la versión del cliente.

TT

---

[15] Agencia de noticias sueca.

# Capítulo
# 9

Almohadas empapadas, sábanas arrugadas. La habitación estaba fría, a pesar de que su madre había subido el termostato a veintitrés grados. Todo el tiempo: pensamientos estáticos, duelo cíclico, recuerdos inquietos.

Natalie no se movió de casa. No la *dejaban* moverse de casa. Pasaba la mayor parte del tiempo en la cocina, a veces hablaba con Viktor por teléfono y veía cortos en YouTube para tratar de olvidar. Sobre todo estaba tumbada en la cama, contemplando la estructura del techo.

Tomaba una taza de té por la mañana y trataba de comer un huevo frito a la hora de comer. Eso era todo. Su madre insistía en que tenía que tomar algo más; hacía ensaladas y pedía productos dietéticos por teléfono. Pero Natalie no lo aguantaba, una rápida mirada a los tomates bastaba para que le entraran ganas de vomitar el huevo frito del almuerzo.

Por las noches veía la misma escena una y otra vez. El aparcamiento subterráneo: el charco de sangre que crecía bajo su padre. Los movimientos a su alrededor. Gente que se tiraba al suelo, corría hacia las salidas, se agachaba detrás de coches grandes. Podía oír los gritos y los aullidos. Stefanovic que gritaba órdenes en serbio. Göran que rugía. Después de unos segundos, todo se calmó a su alrededor. Sabía cómo se llamaba el fenómeno: el ojo del huracán.

Göran la metió a empujones en un coche. La aplastó contra el suelo del asiento trasero.

Natalie quería salir. Göran la sujetaba.

—No, Natalie. Puede haber más disparos ahí fuera. Tienes que quedarte. Por tu padre.

Ella chillaba. Gritaba.

—¿Está vivo? ¿Göran? Contesta.

Pero Göran no podía contestar. Se limitaba a sujetarla. Agarrándola fuerte alrededor del torso y los brazos. Ella trataba de mirarle a los ojos. Los vio. Estaban abiertos de par en par. Mirando fijamente. Tensos. Y ahora, en retrospectiva, sabía que había notado algo más: los brazos y las manos de Göran habían temblado. Como si estuviera tiritando.

Esperaron. Un minuto. Tal vez dos minutos. Natalie se levantó. Consiguió mirar por la ventanilla de la puerta del coche.

Stefanovic estaba de rodillas junto a su padre. Parecía que estaba tratando de comprobar algo. Se agachaba. Las lesiones. Las manos ensangrentadas. Su padre estaba quieto como un muñeco.

Dos minutos.

El tiempo era lo único que tenían. ¿Por qué estaba parado justo ahora? ¿Por qué no venía nadie a ayudar?

Se echó hacia la puerta del coche otra vez. Los brazos de Göran ya eran más firmes. Ella luchó por salir. Él la volvió a agarrar.

Tenía que salir a verlo.

Al final entró una ambulancia.

Dos enfermeros salieron y comenzaron a trabajar. Pusieron a su padre en una camilla.

Göran aflojó los brazos. Natalie abrió la puerta de golpe y salió corriendo. Su padre estaba en la camilla. Una manta naranja sobre el cuerpo. La cara ilesa. Parecía limpia. Quieta.

Levantó la manta. Sangre por todas partes. Buscó su mano. Göran estaba justo detrás, con la mano puesta en su hombro.

Ella se inclinó hacia delante. La corta barba de su padre contra su mejilla. Escuchaba. Oía su respiración. Débil. Sibilante. Irregular.

Estaba vivo.

Su padre estaba vivo.

Ahora le habían dicho que estaba en un hospital en algún lugar de Estocolmo. Ella y su madre no podían verlo. Stefanovic dijo que el o los que iban a por Radovan podrían estar vigilándolas a ellas también. Así que lo mejor sería que ni supieran dónde estaba. Stefanovic mencionaba las mismas palabras todo el tiempo: una situación delicada, una nueva época para la organización, competición agresiva. Pero no dio detalles, nunca elaboró más. Su madre no hacía más que asentir y asentir con la cabeza, parecía aceptarlo todo. Y Natalie no tenía fuerzas para tratar de contestar a la pregunta más obvia: ¿qué estaba pasando?

Según Stefanovic, una bala se había clavado en el chaleco antibalas. Gracias a Dios, lo había llevado puesto. La segunda bala le había atravesado el muslo. La tercera le había jodido la rodilla; no la había reventado por completo, pero era suficiente para provocar una cojera de algunas semanas. La cuarta bala era la peor; le había dado en el hombro, justo en la juntura entre la parte del pecho que estaba protegida por el chaleco y la parte exterior que no llevaba protección. Se habían destruido ligamentos, músculos y nervios. El médico no sabía cuánto tiempo tardaría en recuperar los movimientos del brazo. Pero Stefanovic dijo que el doctor prometía que se pondría bueno.

Estaba sentada en su cama con su iPhone. Echando un vistazo a alguna aplicación de noticias.

Apoyaba la espalda en unos pequeños cojines que normalmente estaban en la butaca. Llevaba su pijama rosa de veludillo de Juicy Couture. Hoy pasaba de meterse al Face. No quería verse obligada a chatear con amigas que en realidad nunca había querido tener. No quería ver todas las actualizaciones de cada uno; pequeños blogs falsos con solo un propósito: colgar una pequeña vida feliz, agradable, asquerosa. No quería ver más fotos subidas de las fiestas de Lollo y Tove, de la última salida o de las cenas de chicas. Quería evitar todos los ingenuos diálogos del muro.

Pero por otro lado: la preocupación ya comenzaba a transformarse en otra cosa, pensamientos que le estaban ardiendo dentro de la cabeza. Fuera quien fuese el que había disparado a su padre, tenían que encontrarlo. Fuera quien fuese, había que castigarlo. A Natalie solo se le ocurría una palabra al pensar en los disparos. Venganza.

Su madre parecía estar como en trance. Estaba estresada, decía que había que organizar muchas cosas. Natalie se estaba preguntando si su madre no sentía lo mismo que ella.

Stefanovic había estado allí. Durante el día daba órdenes a los albañiles que instalaban nuevas alarmas, cambiaban los cristales normales de las ventanas por materiales más resistentes, colocaban nuevas verjas detrás de las puertas que daban a la calle y montaban nuevas y más numerosas cámaras en el camino de entrada, el garaje, en cada fachada bajo el tejado, encima de la puerta principal y de la puerta trasera. Incluso habían montado cámaras en pequeños postes que sobresalían del césped. Después, Stefanovic había inspeccionado las obras de los últimos días. Él instaló personalmente unas cuantas cajitas de alarma en cada habitación; como pequeños mandos a distancia para la seguridad. Echó un vistazo a los detectores de movimiento del techo, que se podían activar incluso cuando Natalie y su madre estaban en casa. Inspeccionó los pequeños imanes de las ventanas, las sirenas de fuera y dentro con conexión directa a diferentes empresas de seguridad. Y a sí mismo. No se podía fiar de la policía en este país de demócratas suecos[16].

En resumidas cuentas: Stefanovic estaba por todas partes, todo el tiempo. Siempre dedicándose a alguna tarea importante.

---

[16] Referencia al partido Sverigedemokraterna, los «Demócratas de Suecia», un partido político de la ultraderecha.

Incluso dormía en la oficina; es decir, en el despacho de su padre. Una cama plegable y una bolsa de ropa y otras cosas era lo único que había traído. Para cubrir todas las eventualidades, como decía él.

La idea era que se sintieran seguras. Pero después de unos días habían llegado otros albañiles que habían empezado a construir una habitación. Lo que antes había sido una bodega se partió en dos con un tabique que llevaba un marco de metal; colocaron grandes vigas tanto en el techo como a lo largo de las paredes. Pusieron nuevos conductos de agua, hicieron una instalación eléctrica y pusieron estructuras de seguridad, colocaron paneles de metal en las paredes y en el suelo.

—Es una habitación de seguridad —explicó Stefanovic a Natalie y a su madre—, una habitación del pánico. Hemos reforzado las ventanas y las puertas exteriores de toda la casa para que la ayuda llegue a tiempo. Pero si alguien quiere hacernos daño de verdad, si las ventanas no aguantan, entonces tenéis que entrar en esta nueva habitación. Aguanta mucho, es mejor que un blindado.

El hecho de que construyeran una habitación del pánico en su casa era enfermizo en sí. Pero también había otra cosa: había dicho «hacernos daño», como si él fuera parte de la familia. Como si hubiera entrado a ocupar el puesto de su padre.

Al cabo de unos días, Stefanovic se marchó y un tipo que se llamaba Patrik vino a vivir con ellas. Natalie lo había visto algunas veces. Patrik no era serbio, sino ultravikingo, parecía un *hooligan* multiplicado por dos: tatuajes descoloridos con motivos de vikingos y runas que subían por el cuello y el cogote. Patrik llevaba sudaderas en las que ponía Hackett y Fred Perry, zapatillas de deporte Adidas, chinos y el pelo peinado hacia un lado.

En circunstancias normales: Natalie no se habría fiado de semejante hijo de puta racista ni por un segundo. Pero Patrik había trabajado en una empresa de su padre y había ido a la cárcel por él. Ella incluso había acompañado a su padre a la fiesta para celebrar la salida de la cárcel del tipo hacía tres años.

Stefanovic dijo que Patrik viviría en su casa de manera más permanente de lo que él había hecho. Entró a vivir en la habitación de los invitados, en lugar de la oficina. Metieron un armario en condiciones, donde Patrik colgó sus jerséis de pico, y un armario de armas cerrado con llave. Puso una banderita en la ventana: el escudo del AIK[17] en un lado, y la imagen de una rata, vestida con la camiseta del AIK, en el otro.

—Patrik les vendrá bien —les informó Stefanovic—, hasta que las cosas se tranquilicen. Es un tipo bastante divertido, creo que les caerá bien.

Unos días más tarde. Los albañiles, los instaladores, los consultores de seguridad habían dejado de corretear por su casa. En lugar de esto estaban rodeados de cosas electrónicas y cristales blindados. Habían tenido alarmas en casa desde que Natalie era pequeña, así que no era nada nuevo, pero todos los códigos, dispositivos de reconocimiento de voz y cámaras la irritaban. Era como si Stefanovic las hubiera metido en un búnker.

Pero había vuelto a la verdadera red, Facebook. No se podía evitar el sitio para siempre.

De alguna manera estaba contenta de haber vuelto: todo era igual. Lollo con la misma cantidad de fotos de sí misma, con copas de champán en la mano, como siempre. Tove con la misma cantidad de actualizaciones imbéciles como siempre.

Lollo escribió en el chat: «¡Natalie! ¡No te he visto por aquí en mil años!».

Natalie contestó con un poco más de mesura: «Ya sabes cómo están las cosas».

«Ya :-( pero ¿cómo estás?».

«Mejor».

Lollo escribió: «Jet-set Carl te ha invitado a una de sus fiestas ;-) ¿Lo sabías?».

---

[17] Equipo de futbol de Estocolmo.

Natalie no estaba segura de si soportaba este rollo. A veces parecía que Lollo pensaba que todo era como siempre.

La misma noche, un poco más tarde, Patrik entró en la cocina, poniéndose en el marco de la puerta. Natalie había tomado un *smoothie* mezclado por ella misma, ya tenía mejor apetito.

Patrik estaba esperando a que levantara la mirada.

—Viktor ya viene, está aparcando el coche en la calle.

Natalie asintió con la cabeza. Pensó: Parece que las cámaras de Stefanovic funcionan adecuadamente. Aunque Natalie ya sabía que Viktor estaba en camino. Él le había mandado un SMS para preguntar si podía venir.

Se levantó, salió al vestíbulo. En la pared colgaba un mapa enmarcado del este de Europa que tenía pinta de ser antiguo. Las fronteras eran diferentes comparado con hoy en día, sería de antes de la Primera Guerra Mundial o algo así.

La puerta exterior era nueva, de metal. Antes habían tenido una con una ventana cuadrada en el medio. Ahora había una pantalla plana al lado de la puerta. En ella podía ver cómo Viktor abría la verja un poco más abajo. Le había enviado el código de acceso en un SMS. Subió por el paseo. Llevaba su camiseta de la selección italiana y sus jeans con remiendos. Se detuvo unos segundos. Estiró la espalda. Miró hacia delante. Tocó el timbre.

Las nuevas cerraduras eran aparatosas. Ella abrió.

Se abrazaron. Viktor la besó en la boca. Preguntó cómo estaba. Después se quedó quieto.

Natalie le miró. La mirada de él se deslizó por su lado, hacia el interior de la casa.

Natalie se dio la vuelta.

—No le hagas caso —dijo Natalie—. Ahora vive aquí, ya sabes, después de lo que ha pasado.

Más tarde. Habían visto *The Blind Side,* Viktor la tenía en su iPad. Más o menos: Sandra Bullock era una buena mujer y construye un héroe del futbol americano. Una película muy linda, sin lugar a dudas; la vida era así también en la realidad. *Not.*

Estaban en la cama de Natalie, tenía una anchura de uno cuarenta. Le parecía estrecha en comparación con la cama XXL de Viktor. Era una sensación rara dormir juntos en la cama de ella.

Normalmente pasaban más tiempo en su casa, en el piso alquilado de tres habitaciones de Östermalm. Había pagado un montón de dinero B por el contrato, pero no podía permitirse comprar un piso en propiedad.

Viktor con el torso desnudo. Era bonito. Pero cuando terminó la peli se puso delante del espejo para inspeccionar sus propios tatuajes. Llevaba una cosa tribal sobre el bíceps y el hombro derecho: largas llamas puntiagudas que se entrelazaban, estirándose hacia el cuello. En el antebrazo izquierdo, con una fuente cursiva con muchos ringorrangos: 850524-0371 —su propio número de identificación personal— y dos estrellas negras de cinco puntas. Y en el otro lado, escrito a lo largo de todo el antebrazo en letras góticas de gánster: *Born to be King,* como si fuera un auténtico gánster latino del sur de L.A. O eso al menos le parecía a Viktor.

Lo miró. Los tatuajes de Viktor eran tan pretenciosos en comparación con los de los colegas y los amigos de su padre. El tatuaje medio descolorido de Göran: la doble águila y las cuatro letras cirílicas CCCC, el escudo nacional de la república serbia Krajina. Las plumas de indio de Milorad: feas, estilo años ochenta, de un solo color. O Stefanovic con el torso desnudo una vez cuando ella era pequeña y él la cuidaba en una piscina cubierta. No olvidaba el tatuaje que le cubría el pecho sobre el corazón: un crucifijo con una serpiente que se enroscaba alrededor. A ella le gustaba Viktor. Pero ¿él era adecuado para ella?

En un rincón de su habitación estaba la butaca de lectura de terciopelo que había sido de su abuela, en Belgrado. Cuando Natalie nació, su padre había pedido que se la enviaran.

Del techo colgaba una lámpara blanca con tul alrededor. A lo largo de una de las paredes había una estantería con unos libros:

novelas policiacas de Läckberg, libros de bolsillo de Marian Keyes, las novelas de Zadie Smith y dos libros de ese escritor abogado. En la estantería también había fotografías enmarcadas de los viajes de estudios a Francia e Inglaterra: la sonrisa brillante, el pelo rubio platino de bote y las tetas anormales de Lollo. Los brazos morenos de Tove cuando levantaba una botella de Moët & Chandon. Más fotos de Natalie en diferentes lugares de París: el bar de La Société, la pista de baile de Batofar. Dos fotos de Richie, el chihuahua de Natalie que había muerto hacía dos años.

Había sacado algunos de sus zapatos preferidos de su vestidor y los había colocado en la balda más baja de la estantería; casi se convertía en una instalación. Los zapatos negros de tacón alto de Jimmy Choo, hechos de una red de cuero; un par de Guccis de charol rojo, un par de Blahniks locos con plumas junto a la hebilla del tobillo. Zapatos por valor de varios miles de euros. El dinero de su padre venía bien.

Le gustaba su habitación. Aun así: lo notaba claramente; ya era hora de que se marchara de casa.

Apagaron la luz. La habitación estaba casi totalmente oscura. Viktor toqueteaba su reloj. Lo puso delante de sus caras. Brillaba en la oscuridad.

—He comprado uno nuevo. ¿Qué te parece?

Natalie entornó los ojos.

—La verdad es que no se ve gran cosa.

—Ya, pero sí que se ve lo fuerte que brilla en la oscuridad, echa un vistazo al doce y al seis. Son los números que mejor se ven. Es un Panerai Luminor Regatta. Está bastante bien, si quieres saber mi opinión. Casi dos centímetros de grosor, las fuerzas aéreas italianas los llevaban antaño.

Puso el brazo alrededor de ella.

—Creo que empezaré a estudiar la carrera de derecho después del verano —dijo ella.

—Súper. Y hasta entonces, ¿qué vas a hacer?

—Bueno, ya llega el verano, así que me lo voy a tomar con calma. Ya sabes cómo está la situación ahora mismo.

—Ya, ya lo sé. ¿Pero te gusta mi nuevo reloj?

Natalie se lo pensó. Se preguntaba cómo podía permitirse comprar ese reloj. En fin, enseguida entraría más dinero, al menos eso era lo que decía él. Últimamente Viktor le había parecido un poco ausente, solo pensaba en sí mismo y en su trabajo. Decía que cerraría un negocio de puta madre en cualquier momento, levantaría un dinero fácil.

A lo mejor no solo tenía que irse de casa. Tal vez había que dejar a ese chico también.

Natalie descubrió que estaba sola. Se dio la vuelta y se puso de medio lado. La almohada estaba fresca. Juntó los dedos de los pies. Alargó el brazo. Trató de tocar a Viktor.

No lo alcanzó. No había ningún Viktor. Abrió los ojos.

Él no estaba en la cama.

Natalie levantó la cabeza, no estaba en la habitación.

El móvil: eran las nueve menos cuarto. Se preguntó adónde habría ido.

Puso los pies sobre la alfombra. Una alfombra de nudos de color verde hierba en el suelo. Como tener un césped en la habitación, una sensación de verano durante todo el año.

Natalie se puso la bata de seda blanca que mamá le había regalado antes de irse a París. Ató el cinturón alrededor de la cintura.

Primero pasó el cuarto de los invitados. Patrik no estaba allí. Después atravesó el vestíbulo. Allí estaba Patrik. Esperando, vigilando, guardando. Pasó la sala de televisión. Echó un vistazo a las escaleras que bajaban a la bodega y la habitación de seguridad. Göran estaba junto a una ventana, mirando.

Fue hacia la cocina. Quería hablar con su madre. Quería tomar una taza de té. Quería saber adónde se había ido Viktor.

Abrió la puerta. Ahí dentro estaba Stefanovic, hablando con un hombre al que no había visto antes. Grandullón, pelo color ceniza, sueco Según su padre, expolicía. Se levantó, estrechándole la mano.

—Buenos días, Natalie. ¿Te acuerdas de mí? Soy Thomas Andrén. Ya siento haber tenido que llevar a tu chico a casa.

Su apretón de manos era firme, pero no tan exageradamente firme como el de muchos otros empleados de su padre.

—¿Qué pasa? —dijo ella—. Pensaba que ya habíamos tenido suficiente gente pululando por esta casa últimamente.

La pregunta iba dirigida a Stefanovic.

Thomas Andrén sonrió.

—Tu padre vuelve a casa en una hora —dijo.

*\*\**

*Los mejores de mi gremio son los que son capaces de ver hábitos antes que los demás. Pensaba que yo era uno de ellos.*

*El ser humano es un animal de costumbres fijas. Una criatura que actúa según determinadas estructuras. La manera de moverse de cada persona se convierte en un hábito, una estructura que hay que disecar y analizar.*

*Fue un fracaso. Yo era como un aficionado, un principiante, un actor de una serie B, que trataba de llevar a cabo un atentado sin haberlo comprendido adecuadamente. Ni siquiera contacté con la persona que me había encomendado la misión. Estaba avergonzado de mí mismo.*

*En los días que siguieron traté de reconstruir los hechos. ¿Por qué pasó lo que pasó? Repasaba mis notas. Miraba mis fotografías de vigilancia, limpiaba y controlaba mis armas. Llegaba a la misma conclusión una y otra vez. En primer lugar: sabía que casi siempre llevaba chaleco antibalas. Aun así, elegí una distancia que me obligaba a dispararle al cuerpo.*

*En segundo lugar: sabía que solía ir acompañado de un guardaespaldas. Aun así, elegí un lugar en el que resultaba fácil protegerlo.*

Además, Radovan, nada más salir del ascensor, cuando estaba a punto de colocarse en la línea de fuego, había torcido a la derecha y no a la izquierda, donde estaba estacionando su coche. Había llegado en un coche, pero había decidido volver en otro. Ya ahí debería haber interrumpido el intento.

Pensé en el golpe que hice en 2004 contra Puljev en aquella discoteca de San Petersburgo. Pasé cuatro guardaespaldas y lo tiroteé a cinco metros de distancia. Sabía que llevaba chaleco. Un tiro en la frente era suficiente, esto sí que podía hacerse a esa distancia.

Pero Radovan no era tonto.

Reconocí ante mí mismo que le había subestimado. Sólo porque este pequeño serbio era rey en la pacífica Suecia había pensado que iba a ser más inocente e imprudente que sus semejantes del continente. Pero el inocente era yo. Yo era el imprudente.

Naturalmente, el que me había encomendado la misión sabía que había fracasado. Los periódicos suecos parecían tener debilidad por odiar a Radovan Kranjic. Vi imágenes en los tabloides, entendí fragmentos de titulares, hojeaba las páginas dobles.

Pero sabía que, tarde o temprano, llegaría otra oportunidad en algún lugar.

Sólo era cuestión de esperar. Al final, el que me pagaba conseguiría lo que quería.

# Capítulo
# 10

Jorge estaba aparcado delante de una de las computadoras navegables del 7-Eleven.

7-Eleven: señales de colores con ofertas especiales. Café y bollo por solo quince coronas; eran sitios como este los que estropeaban el mercado para los propietarios de las verdaderas cafeterías.

J-boy prefirió tomarse un Red Bull.

A sus pies estaba su bolsa. En la bolsa: una pistola. Walther PPK. La vieja arma de la policía. Además de cuatro cargadores llenos. Le estaba quemando en la cabeza: ¿y si pasara algo? Al mismo tiempo: nada podía pasar. No hacía más que navegar por la red, en plan relajado. «Deja las paranoias, J-boy».

Necesitaba concentrarse. Repetía una de las reglas del Finlandés para sí: nunca había que navegar por la red desde tu propia computadora. Esto siempre dejaba rastros. Direcciones IP, cosas en los discos duros. Jorge no era un hacker, pero estaba al tanto: la policía siempre conseguía sacar la mierda, por muy bien que la borrases.

Así que el Seven era ideal, aquí podía navegar en una caja pública.

La investigación del día: sitios web que vendían inhibidores de frecuencias de telefonía móvil.

El Finlandés le había pasado un par de direcciones que pensaba que podían funcionar. Jorge incluso estaba dispuesto a largarse a Polonia para pillar un inhibidor in situ.

Se tomó un sorbo de Red Bull. Un sabor dulce y falso. Aunque estaba rico. Necesitaba la energía. En los últimos días: había trabajado al ciento diez por ciento en el plan para el ATV. Nunca se olvidaba del golpe. Siempre había preparativos pendientes. Siempre quedaban cosas por arreglar. Siempre lo tenía en la cabeza. Tenía que dejar a un lado la cafetería por un tiempo; dejaron que Beatrice asumiera más responsabilidades.

Desvió la mirada de monitor. La prensa de los tabloides publicaba el último titular de importancia global: «Tu tos puede ser una enfermedad mortal». Una de las noticias más comunes en aquellos periódicos. Los titulares que Jorge había visto en los últimos años: «Dolor de cabeza: una aflicción potencialmente mortal. Dolor de tripa: enfermedad grave. La barba puede ser señal de muerte». Según aquellos periodicuchos: Jorge debería estar más muerto que Michael Jackson y 2Pac juntos, ya desde hacía más de diez años.

A pesar de todo, hoy era el primer día que no chillaban cosas sobre el intento de asesinato a Radovan la Polla Kranjic. Lástima; a Jorge le molaba la noticia de que alguien hubiera intentado suprimir a ese cerdo.

El plan, otra vez. La clave para un golpe exitoso, según el Finlandés: planificación a largo plazo, una organización de puta madre, una peña sólida. Jorge lo llamaba sus *mandamientos*. Cada parte: un mandamiento. Un cimiento. Un pilar. Cada *mandamiento*: una ley que los reyes de los ATV siempre seguían.

De manera más detallada: planificación a largo plazo, un término profesional. El Finlandés insistía: esto era más verdad que todas las pelis de Scorsese juntas. Daba igual lo sólidos que fueran tus planes; si comenzabas el golpe sin la antelación suficiente, tendrías problemas. Sin planificación a largo plazo: la policía seguía tu rastro hacia atrás en el tiempo. Eran como perros de presa:

una vez que te habían clavado los dientes no te soltaban. Rompían tus explicaciones como un huevo contra el borde de una sartén.

Jorge sabía más. Colegas que habían sido pescados contaban historias que no eran fiables. Siempre eran tan listos. Pero J-boy era más listo. Empollaba solo. Tom Lehtimäki le ayudó a sacar un montón de sentencias. Tribunales de primera instancia por toda Suecia; habían enviado una cantidad jugosa de papeles a un apartado de correos que había registrado bajo nombre falso. El atraco del helicóptero, el atraco de Akalla, el atraco de Hallunda. Jorge estudiaba, tomaba notas con papel y boli. Aprendía de los errores que los demás habían cometido. Los payasos que la habían cagado; carecían de coartadas convincentes, habían cotorreado como chicas en los interrogatorios policiales, no se habían dado cuenta de que la poli podía haber colocado dispositivos de escucha, habían aflojado como billonarios los días después del atraco. Entendía cómo la policía rastreaba las huellas que dejabas. Cómo te interrogaban in situ cuando te detenían. Cómo te presionaban en los interrogatorios de la prisión. Cómo te la metían en las salas de juicio.

«Vemos aquí que todos metieron nuevas tarjetas SIM en sus teléfonos el día antes». «Ha trascendido que dos años antes del atraco adquiriste dos cargadores para un fusil automático». «Hay pruebas de que se juntaron diez personas en un apartamento de una habitación una semana antes del robo. ¿Por qué?».

¿Por qué? Esa pregunta no iba a salir siquiera.

Organización: la segunda ley del Finlandés. Sinceramente: la mayoría de la gente que trataba de dar un golpe no eran los tipos más listos del mundo. Un clásico: los chicos que tenían un exceso de confianza en sí mismos se sobreestimaban más de lo que los vikingos sobreestimaban su selección de futbol. El *jackpot* que cada *hombre* pensaba que le tocaría alguna vez en la vida. Salirse con la suya y hacer temblar al país entero. Parecía tan fácil hacer algo tan difícil. Billetes de dólares en fajos apretados, metidos en maletines. No, eso era escapismo.

En realidad: la organización requería una investigación de peso. Sobre todo: un dolor de cabeza de peso. Jorge nunca lo habría conseguido sin el Finlandés y, aun así, sería difícil. Pese a todo: en el fondo la responsabilidad recaía sobre él; una misión jodida que sobrellevar. ¿Cómo demonios saldría todo esto? La respuesta era clara. Se deletreaba: o-r-g-a-n-i-z-a-c-i-ó-n.

Y por último, la ley más importante. La regla que nunca podías olvidar. El tercer pilar del Finlandés. Lo repetía una y otra vez.

Jugadores de equipo fiables al cien por ciento.

—¿Tus colegas son de fiar? —insistía el Finlandés.

J-boy lo pillaba.

Con un solo soplón, todo podía irse a la mierda. Algún marica no aguantaba la presión, se dejaba llevar por las promesas de la policía de condenas rebajadas, protección personal, una nueva identidad, dinero, una casa en algún lugar del campo. Los jefes de interrogatorios listos fingían ser amables. Policías que te invitaban a pizza en la celda de la prisión preventiva y te llevaban una peli porno para pasar la noche. El canto de una sola rata. Las confesiones cobardes de una sola nena. Podría ser suficiente para una imputación. Peor: podría ser suficiente para una sentencia condenatoria.

Y por eso era tan importante que te rodeases de colegas que no abrían el culo. No bastaba con que fuera gente que en condiciones normales no cantaba; eso no lo hacía nadie. Tenían que estar hechos para aguantar más presión que eso. ¿Alguno de ellos había colaborado alguna vez con alguna autoridad? ¿Alguno de ellos había pasado meses enjaulado con el más alto nivel de restricciones? Máximo una hora al día en las jaulas del patio de cinco metros cuadrados; el único momento del día en que te permitían fumar. Sin ningún tipo de contacto con los demás prisioneros, nada de televisión. Nada de llamadas de teléfono o cartas al mundo exterior, ni a colegas ni a tu madre. Solo tú. Solo.

¿Cómo se habían comportado? ¿Cómo habían hablado? ¿Cómo se habían desenvuelto ante la policía?

Pensaba en los impresos que Red & White Crew y otras bandas hacían rellenar a los nuevos candidatos, como si fuera una puñetera solicitud a los cursos de acceso a la universidad para mayores de veinticinco años. Quizá Jorge debería montar algo parecido.

Pero conocía a Mahmud, Javier y Sergio como si les hubiera parido. Tom era del cien por ciento. Mahmud ponía las manos en el fuego por Robert. Tom ponía las manos en el fuego por Jimmy y Viktor.

Eran más sólidos que las bandas con sus chalecos y reglas inventadas; los tipos más serios nunca utilizaban estas chorradas: era como atraer las miradas de la poli hacia uno intencionadamente. Los más serios actuaban sin que se les notase.

De todas formas: el tercer pilar; si no te lo tomabas en serio, se podría decir que te merecías una condena.

Pensó en los progresos de las últimas semanas.

Navegaba por Google Earth e hitta.se como un friki. Las fotografías de satélite de Tomteboda: pedazo de álbum de *Enemigo público*. Se veía todo: coches, vallas, los garitos de control de las entradas, las vías de tren, los muelles de carga. Incluso se podían girar las imágenes en 3D. Explorar el mundo como en un videojuego. Joder, era la hostia. Trataba de pedir los planos de los locales de carga y descarga; se lo negaron. Parecía que era información confidencial. Se preguntaba por qué Wikileaks solo publicaba documentos para terroristas, pero nunca para atracadores.

El Finlandés le sacó unos planos dibujados a mano. Jorge los estudió como si fuera un estudiante del primer año de arquitectura de habitáculos de seguridad. El Finlandés dibujaba líneas rojas: «Así es como entran, según dice mi contacto de dentro». Jorge dibujaba líneas azules: «Así es como salimos de allí».

Robó una cámara digital en Media Markt. Un bicho pequeñito, Sony, trescientos gramos. Él y Mahmud dejaron que un viejo borracho les alquilara un coche y fueron a Tomteboda. Dieron vueltas por el sitio durante media mañana. Pedazo de planteamiento de espías. Aprendieron las carreteras. Registraron las señales, las rotondas, el número de filas. Se acercaron poco a poco. Fijaron la cámara con cinta aislante sobre el panel de control. Pusieron una camiseta alrededor para que no se viera.

Ya había llegado la primavera de verdad: pequeñas flores blancas entre la hierba en los jardines, quedaban rastros de grava en las carreteras, había mierda de perro calentada por el sol en las aceras.

Se veía Tomteboda en la distancia. Un edificio gigantesco: seiscientos metros de largo. El casco exterior de chapa. Habitáculos acristalados que sobresalían, pilares y huecos para ascensores en las fachadas. Tuberías gruesas, conductos de aire acondicionado, toldos que protegían del sol, canalones, chimeneas y un montón de cacharros más por todas partes. El sitio parecía una nave espacial.

Desgraciadamente, no pudieron acercarse lo suficiente. El mejor sitio para espiar era una pequeña colina a unos trescientos metros, al otro lado de las vías. Según el Finlandés: el miércoles era el día de la semana en el que llegaban los transportes de valores. Sin embargo, la empresa de transportes de valores cambiaba a menudo su rutina, era imposible saber la hora exacta. Esto se arreglaría; el contacto del Finlandés tendría que informar.

Jorge sacó unos prismáticos. Miró. Giró el enfoque. Una vista perfecta. Grava y asfalto alrededor del edificio. El sol brillaba en el casco metálico del terminal. Los muelles de descarga estaban alineados y enumerados; eran veintidós. Entraban y salían tráilers amarillos con el logotipo de correos. Marcha atrás hacia el muelle de carga. Trabajadores de correos con jerséis azules sacaban carritos con cajas azules. Metían los carritos de uno en uno. Eran cartas normales; en realidad, poco interesante. Pero podría ser bueno verlo.

Esperaron. Jorge sacó unos sándwiches envueltos en plástico que había comprado en Pressbyrån.

Comieron.

Vigilaron.

Bebieron Fanta.

A la una entraron dos camiones negros por la entrada del sur. No había logotipos ni emblemas de correos, no era un transporte de valores claro. Pero J-boy ya sabía en qué muelles debían parar si lo eran, los muelles vallados: veintiuno y veintidós.

La idea central del planteamiento del Finlandés: había que pillar el transporte durante la descarga. No en la carretera ni cuando los maletines ya estaban en el almacén. De esta manera podían evitar tener que forzar el blindaje de los furgones y el sistema de seguridad del almacén.

Continuaron vigilando.

Jorge toqueteaba la cámara, tratando de grabar; la distancia era demasiado grande. La imagen, una mierda.

Salía gente de los camiones. Uniformes verdes, gorras oscuras. Algunos: con teléfonos móviles o *walkie-talkies.* Algunas porras. Trabajaron rápidamente, metiendo grandes carros de metal con rejas en los laterales. Se veía claramente el color de los maletines con las grandes asas que estaban en los carros.

El pequeño granuja del contacto del Finlandés sabía de qué hablaba. Así era como tenían que ser los maletines de la pasta. Grandes asas. Medio metro de altura. Negros.

*Shit.* Habían dado en el clavo.

Jorgelito contra los transportes de valores de correos: uno-cero.

De vuelta en el 7-Eleven. Estaba pensando en el fajo de pasta del piso. Ochenta mil billetes.

Recogidos de los miembros del grupo. Mahmud tenía un fajo idéntico en su casa. Ciento sesenta de quinientos, con una goma alrededor. Metidos en una bolsa que estaba en la cisterna del inodoro.

Jorge. Mahmud. Tom. Sergio. Javier. Robert. Y los vikingos: Jimmy y Viktor. Tipos sólidos. Mahmud insistía: «Deberíamos meter a Babak también».

Sí, claro. Sigue soñando.

En breve tocaría montar una asamblea general. Jorge había repasado todo con el Finlandés. Iba a presentar el plan ante los chicos. Comentarles de qué iba la peli: este era un asunto de otro nivel.

Jorge borró el historial de internet Explorer. Cerró el lector web. Se levantó.

En la mano: la bolsa con la pipa.

Afuera, Mahmud estaba esperando en un Range Rover Vogue que el pobre de Babak le había prestado. Sobre el papel, algún vagabundo cuarentón figuraba como propietario del todoterreno. Babak: un coñazo de tipo, pero no era idiota.

Camino del almacén. Iban a dejar la Walther. Otra de las leyes del Finlandés: nunca tener armas en casa.

Más difícil de lo que pudiera parecer. Jorge y Mahmud: les encantaba tontear con pipas. Enseñarlas en fiestas. Dejándolas colgadas del cinturón del pantalón como si fuera algo de todos los días. Posar para los colegas, sacar fotos y enviar con MMS. Practicar el tiro en el bosque como auténticos gánsters.

Nada de eso ahora. Había que llevar cada pieza al almacén.

Jorge se giró hacia Mahmud. Hoy el árabe llevaba una riñonera. ¿Qué llevaría el tío en ella? J-boy estuvo a punto de preguntarle si era maquillaje, pero al final pasó.

Mahmud apagó el equipo de música.

—Se me ha ocurrido una cosa de matemáticas para el crimen perfecto —dijo.

—¿Qué cosa de matemáticas?

—A ver, escucha. Puedes contar calderilla. Hacer que las moneditas se conviertan en billetes. Trapicheando y vendiendo durante años. Puedes extorsionar a la gente, hacer robos pequeños, cualquier cosa. Cuanta más pasta, mejor. Cuanto menos tiempo de cárcel arriesgues, mejor, ¿no es así?

—Por supuesto.

—Vale, entonces la cosa es la siguiente. Si tomas lo que ganas y lo divides por el tiempo de condena que te puede caer, te sale un número. ¿Me sigues?

—Claro, yo saqué un puto Diez en matemáticas.

—Bueno, entonces si puedes conseguir cinco kilos y te pueden caer cinco años en el tambo, o puedes conseguir ocho kilos y te pueden caer diez años de bote, ¿qué haces?

—Eso depende.

—Piensa de la siguiente manera, cinco kilos dividido por cinco es un millón. Ocho kilos divididos por diez solo son ochocientos billetes. Así que hay que optar por lo primero. Salen más coronas por año. Es así como piensan los Ángeles del Infierno ahora que han empezado a montar sus crímenes económicos, no hay condenas.

—Vale, lo pillo. Pero también puede que quieras tener ocho kilos antes que cinco, ¿no? ¿Quizá prefieras poder conducir un Ferrari antes que un BMW?

Quince minutos más tarde. Entraron en la calle Malmvägen. El *hood* de la infancia de Jorge. Las torres de diez plantas de los proyectos del millón, llenas de escamas de cemento que se estaban cayendo. El lugar en el que se había convertido en lo que era ahora: J-boy, el camello de coca, el Fugitivo, el propietario de una cafetería. Donde su madre lo había intentado lo mejor que podía. Ella todavía vivía no muy lejos de ahí, en Kista.

Se preguntaba qué diría la gente sobre el coche. El Range Rover: macizo de cojones. La sensación de estar en un autobús.

Pensó: Malmvägen era una nación dentro de una nación. Una Suecia dentro de otra Suecia. Un estado soberano en el que gente como él conocía las leyes. Eso era lo que la Suecia vikinga nunca comprendería, porque se habían acostumbrado a madres divorciadas, hermanastros, padres adoptivos, a chicas de catorce años que se emborrachaban y eran violadas, viejos que acababan en residencias de ancianos, borrachos reventados en los bancos de los parques, con familias a las que les daba igual. Lejos del ideal. Así que los suburbios tenían que protegerse. Construir sus propios sistemas dentro del sistema de Suecia. Preservarlos. La mayor parte de lo que ofrecía el *hood* era mejor de lo que tenía la Suecia de los otros. La vida significaba algo de verdad. Amistad, amor, odio; los sentimientos no eran solo de mentira.

Levantó la mirada. El almacén estaba en el edificio número cuarenta y cinco.

Detrás de ellos: un sonido. Una luz.

Se dio la vuelta.

Un coche camuflado. Ya con la sirena colocada por fuera. Jorge no podía entender cómo no lo había notado. Un Saab 9-5 con ventanillas oscuras detrás y una cantidad innecesaria de antenas; avisaba de policías de paisano a gritos.

Miró la bolsa en el suelo entre los pies de Mahmud.

Paró el coche.

—Nos han pillado.

Jorge miró hacia atrás de nuevo. Un poli de paisano salió. Otro pareció quedarse en el coche.

Vio gotas de sudor en la frente de Mahmud.

El dolor de cabeza atacó. Pedazo de puñetazos contra el interior del cráneo.

Aumentó el dolor de la tripa, las arcadas iban subiendo por la garganta.

Pillados. Joder, pilladísimos.

El policía se acercó. Resultó ser una chica. Era alta, rubia. Las manos metidas en el cinturón: fingía estar relajada. Jorge vio una funda.

Hostia.

La chica se acercó a la puerta del conductor. Dio unos golpecitos en la ventanilla. Jorge pulsó el botón para bajarla.

¿Cuál era el récord de lentitud de bajada de una ventanilla de coches?

Miró hacia delante.

La cabeza un hervidero de pensamientos cruzados.

No merecía la pena intentar algún truco. No merecía la pena ni pensarlo.

Al mismo tiempo, él: todavía era rápido. Él: le llamaban el Fugitivo *for a reason*[18].

Al otro lado del parabrisas veía las fachadas desgastadas de la calle Malmvägen. Los portales, todos iguales. Solo los grafitis eran diferentes. Los pasos peatonales debajo de las casas, los patios, las buhardillas.

Él conocía esta zona.

Él la conocía mejor de lo que había hecho Michael Scofield en *Prison Break*.

La poli metió la cabeza.

—¿Podéis salir del coche, por favor?

Jorge reaccionó. Pisó el acelerador a fondo. El coche dio un salto hacia delante. El V8 aullaba. Trescientos caballos a pleno rendimiento.

La poli gritó algo. A Jorge le daba igual.

—¡Tira, joder, tira! —vociferó Mahmud.

Jorge giró hacia la derecha, tirando del volante. Su cuerpo estuvo a punto de chocar contra el interior de la puerta.

Vio cómo el coche de los polis activaba la luz. Oyó las sirenas.

Aceleró.

La calle Malmvägen a noventa por hora. El coche de los polis, cien metros por detrás.

Pensó a una velocidad supersónica. Quería meterse en uno de los paseos peatonales. Al mismo tiempo: si conseguían deshacerse del arma, los putos policías todavía podrían acusarles de conducción temeraria grave.

---

[18] «Por algo».

Continuó hacia delante. En plan *all in*[19].

Tomaba una curva loca a la derecha, entrando en la calle Bagarbyvägen. No aumentó la velocidad más de lo necesario.

Mahmud aullaba cosas.

—Tiro el arma.

Jorge dijo que no.

Giraron otra vez. La urbanización de chalés. Jorge había robado tantas manzanas aquí cuando era crío que podría haber montado una fábrica de sidra. Conocía estos caminos. Los conocía mejor de lo que había hecho Andy Dufresne en *Cadena perpetua*.

Un poco más adelante: dos bocacalles en dos direcciones diferentes. Perfecto. Si tomaban una de ellas, los policías no tendrían ni idea de cuál habían tomado. No deberían poder verlo, siempre y cuando tuvieran tiempo para tomar la curva. Todo lo que hacía falta: necesitaban tener tiempo para parar y deshacerse de la bolsa con el arma.

Tenía que quitarse este calor de encima.

Esto no podía terminar así.

---

[19] «Todo o nada».

# Capítulo
## 11

Estaba en prisión desde hacía unas semanas. Trabajando de chapas.

Oficialmente, a Hägerström le habían despedido de la policía. Extraoficialmente, era un infiltrado.

Oficialmente, le habían dado trabajo como empleado del Servicio Penitenciario en la cárcel de Salberga. Extraoficialmente, su nueva misión se deletreaba: agente UC en servicio.

Su madre Lottie no decía gran cosa, pero él sabía que le preocupaba que él hubiera dejado de ser policía.

Martin Hägerström ya sabía bastante sobre la estancia en prisión. Había leído informes e investigaciones sobre la vida en las cárceles de Suecia, los análisis del Servicio Penitenciario de las condiciones y problemas de los presos, los memorandos del propio Torsfjäll con información confidencial. Pero la realidad era distinta. Las teorías y los métodos ensayados desaparecieron en el día a día de la realidad. Las rutinas de seguridad le parecían rígidas y marginales. Incluso la información de Mrado Slovovic le parecía irreal.

Lo que sí importaba era la gente, cada persona constituía un reto particular al que tenía que hacer frente. Cada situación, una pequeña exhibición de teatro. Pero Hägerström era un profesional, eso lo sabía. Le parecía que siempre actuaba como otra persona.

Una colega de la cárcel se ocupaba de él. Esmeralda —la chica con al menos diez pendientes en cada oreja y unos brazos mejor entrenados que los de Madonna— le ponía al día de cómo funcionaban las cosas. Durante cada pausa para el café le soltaba todo lo que le parecía que él debería saber. Los rumores que circulaban. La jerarquía de los presos. Lo que en realidad ocurría cuando se cerraban las puertas de las celdas, quiénes se consideraban duros, quiénes se consideraban blandos. Era una parlanchina y utilizaba términos del futbol con más frecuencia que un comentarista de deportes durante una retransmisión. El personal de la cárcel tenía que interpretar el juego, había tenido un partido fuera de casa este fin de semana, por cómo actuaba una de las guardias femeninas era como jugar con uno menos, etcétera. Esmeralda era una fanática del futbol y fetichista de la cárcel. Hägerström apreciaba el excedente de información. Había mucho que aprender.

La cárcel de Salberga era relativamente nueva y por eso estaba en buenas condiciones. No por ello era menos dura por dentro, aunque no se encontraba entre las cárceles de mayor nivel de seguridad del país. Las rutinas de seguridad estaban bien desarrolladas y perfiladas. El contraste entre la fachada y las actividades que tenían lugar detrás de ella no hacía más que reforzar una verdad: la vida entre rejas no cambiaría gracias a unas paredes recién pintadas y cámaras electrónicas de última generación. Algunas cosas impregnaban la institución como tal.

No había patio. Los presos tenían que salir de cinco en cinco una hora al día en un espacio vallado. Ellos mismos podían elegir con quién salir. La división era automática: procedencia étnica, pertenencia a banda, tipo de crímenes. Algunos podían encajar en cualquier grupo: los moteros, los atracadores suecos, los reyes de la droga. Otros salían solos o de dos en dos: los que estaban condenados por crímenes sexuales o maltrato a mujeres. Y algunos se quedaban en sus celdas todo el día, eran los que nadie quería ni ver: los soplones. Los que vivían más peligrosamente que nadie.

La rutina se repetía cada vez: alguien del pasillo pedía la sentencia cuando llegaba un nuevo preso. La pasaba de celda en celda. Todos podían leer, juzgar, condenar. Los soplones tenían que beber orina en vasos de plástico tres veces al día, encontraban heces en sus bandejas de comida, se les machacaba hasta reventarles las venas con bolas de billar metidas en calcetines. Los soplones: los que solicitaban un cambio de pasillo en menos de veinticuatro horas y pedían traslado de penitenciaría después de cuarenta y ocho. Una vez rata, siempre rata, eso era lo que se decía. Hägerström pensó en su misión. Si la completaba con éxito pero quedaba desenmascarado, lo único sensato sería abandonar Suecia para no volver jamás.

Aprendió las reglas tácitas de la cárcel. Cómo manejar las provocaciones que cualquier policía patrullero habría castigado con ojos morados, amarillos y verdes. Qué hacer con la gente que bebía cuatro litros de agua al día —para diluir la orina y evitar que las pruebas dieran positivo por drogas— o con la gente que se cortaba para mezclar la orina con sangre, que era otra manera de ocultar lo que se había consumido.

Se convirtió en un experto en registrar las celdas de los presos. En el televisor pegaban bolsitas con cierre automático llenas de hachís, con la ayuda de pasta de dientes seca. Desmontaba computadoras: los presos podían usar sus propias laptops, pero sin internet. Eran escondites perfectos para los cuchillos caseros más pequeños. Aprendió a cachear a los presos de la manera más fácil; no era lo mismo que en la calle, aquí no tenías nada con qué amenazar cuando te la montaban. Normalmente, los móviles se escondían dentro de los calzoncillos. Esmeralda se carcajeaba.

—Las entrepiernas sudorosas y peludas es lo mejor que hay.

Después de unos días se dio cuenta de qué era en realidad lo más importante en aquel sitio. Las rutinas. Que el carrito del quiosco entrase a la misma hora todos los días, que no cambiasen los horarios de patio, que se respetaran los horarios del comedor. Estos tipos no necesitaban más caos en sus vidas. Y a muchos de los presos les parecía que la estancia en el tambo estaba bien los primeros seis meses. Si llevaban muchos meses en prisión preventiva, la vida en la cárcel era una liberación. Podían comer juntos, disfrutar de los juegos, tenían un horario fijo con actividades.

Si querían, podían trabajar y ganar nueve coronas la hora. Doblando sobres, fabricando perchas o pajareras. Algunos ahorraban su sueldo semanal en las cuentas de la cárcel, otros se lo gastaban todo en rapé y refrescos. Algunos enviaban cada corona a la familia de Sudamérica, Rumania u Örebro. Un preso pidió que todos sus ahorros, unas cuatro mil coronas, fueran transferidos a la cuenta de otro preso. La dirección de la cárcel sospechó que se trataba de una deuda de juego y prohibió la transacción. El tipo se volvió loco, se negó a salir de la celda durante dos semanas. En la tercera semana comenzó a pintar las paredes de excrementos. A veces se imponía la desesperación. Una deuda de póquer podía ser peor que toda la mierda del mundo.

La mayoría de la gente pasaba de trabajar. Preferían pasar el rato en el pasillo todo el día. Jugando a *casino* o a videojuegos. Se quedaban tumbados en sus camas viendo la televisión. Iban a la sala de pimpón a jugar.

A veces toda la gente del pasillo caminaba por el paso subterráneo hasta el polideportivo de la cárcel. Jugaban a bandy sala o a baloncesto. Casi siempre terminaban con discusiones. La gente aprovechaba la cancha para vengarse de agravios. Pero al menos era mejor que lo hicieran así que con un cepillo de dientes afilado en la ducha.

La misión de Hägerström consistía en convertirse en un guardia querido, un guardia del otro bando, un burro. El hecho de que los presos supieran que había sido policía no le facilitaba las cosas. Uno que habían mandado a la calle, cierto, pero aun así. FTP, ACAB. *Fuck the Police. All Cops are Bastards*[20].

---

[20] «Que se joda la policía. Todos los polis son unos hijos de puta».

Tenía que ganarse la confianza de los chicos. Llegar a ser conocido por ser lo suficientemente flexible. Nunca llamar a las fuerzas de seguridad innecesariamente. Siempre darles media hora más de tiempo en la sala de visitas con la mujer estonia que todos, menos la dirección de la cárcel, sabían que era una puta. No montarles un pollo aunque las puertas de las celdas estuvieran abiertas después de las ocho de la noche. No registrar las celdas con demasiado esmero. Procurar saltarse los controles innecesarios del espacio entre la cama y la pared, o de la suela agrietada de la zapatilla del Servicio Penitenciario.

Una noche, Hägerström escuchó ruidos cuando iba a tratar de entablar una conversación con JW. Una puerta de celda cerrada, la número siete. Abrió la puertecilla y miró hacia dentro. Al menos cinco presos amontonados en la celda. Ruidosos. Borrachos como cubas. Alegres. Llamó a la puerta antes de entrar. Quería mostrar respeto. Se callaron. Abrió la puerta. Habían conseguido levadura y pasas y habían hecho un mejunje en un cubo para la limpieza. Hägerström trató de hablar con los chicos de manera tranquila. Razonar con ellos e intentar que lo comprendieran: esto no era una buena idea. «Puedo dejarlo pasar sin avisar a nadie, pero más vale que se larguen ya».

Sólo podía adivinar lo que los demás guardias pensarían del asunto. La permisividad no era algo que se elogiaba. Sin embargo, entre los presos, el incidente aumentó su estatus inmediatamente. Lo notaba siempre en el momento en que desaparecían los demás guardias. Él comenzaba a gustarles.

Pero… Había un pero. No quedaba mucho tiempo. Dentro de unos meses se cerraría esta ventana. Tenía que llegar a JW antes de que esto sucediera.

Habían hablado muchas veces. JW, con un estilo educado, servicial. Sin malos rollos. Nunca daba problemas. Nunca daba la vara sobre por qué él y nadie más tenía derecho a repetir plato, a quedarse en la celda de otro o a cualquier otra cosa de las que siempre discutían y exigían. Era *easy-going*[21], elocuente, positivo. Algunos guardias opinaban que era tan escurridizo como la crema lubricante, pero, en términos generales, apreciaban que era tranquilo y se portaba bien.

Hägerström trató de preguntar a los demás, de una manera precavida, si alguien del personal tenía una buena relación con JW, si había alguien con quien hablara más que con los otros. Si alguien había conseguido ir más allá de la mera cortesía con él. La respuesta era unánime: nadie del personal actual tenía una relación así con JW. Pero Esmeralda confirmó la afirmación de Torsfjäll, la razón por la que Hägerström había venido:

—Christer Stare podía haberlo hecho, pero él ya no está aquí. ¿Llegaste a conocerlo?

A veces, Hägerström pensaba que las sospechas hacia JW parecían un poco infundadas. ¿Para qué utilizar a un preso para ayudar con complejos fraudes económicos? Al mismo tiempo, si todo funcionaba como Torsfjäll pensaba, era genial. Nadie sospecharía que una cárcel pudiera ser la sede de operaciones de blanqueo de dinero.

Hägerström hacía lo que podía, todos los días. Al mismo tiempo, no quería parecer demasiado insistente. JW no era tonto. Hägerström y Torsfjäll ya sabían que estaba medio paranoico, y además con razón. Y JW no tenía por qué conectar con un guardia nuevo sólo porque el guardia era amable. Hacía falta algo más. Y Hägerström creía que ya sabía de qué se trataba.

Durante la hora de comer, la mayor parte de los presos estaban en el comedor. Los dos pasillos de la planta tres tenían una cocina común en la que los aficionados a la gastronomía podían preparar sus propias comidas y cenas.

JW siempre estaba sentado junto a una de las mesas del centro. Era rubio, con un pelo de diez centímetros de largo. No

---

[21] «Una persona de trato fácil».

era fornido, pero parecía bien entrenado. Hägerström ya controlaba sus rutinas. JW corría diez kilómetros en la cinta de correr del gimnasio tres veces por semana. Lo interesante era que, fuese quien fuera el que estaba utilizando la cinta, cuando JW entraba en el gimnasio, siempre se bajaba para cedérsela. Era evidente que la posición del tipo en este lugar no era normal.

Los guardias comían al mismo tiempo que los presos. La idea de la dirección de la cárcel era crear un ambiente familiar. Pero eso era más que nada una fachada. Todos los guardias estaban sentados en su propia mesa. Aunque hoy Hägerström quería probar una cosa.

JW comía junto con otros tres presos. Hägerström los tenía controlados también a ellos. Los memorandos de Torsfjäll cubrían todos los detalles. A la izquierda de JW había un yugoslavo de cincuenta años llamado el Tubo, pero que en realidad se llamaba Zlatko Rovic. Hacía veinte años le habían apaleado tanto que había perdido la audición del oído derecho. Pero los médicos metieron algún tipo de artilugio, un tubo, en el conducto auditivo, y el Tubo pudo volver a utilizar su oído. Era un exmatón que había cambiado de gremio y que hoy en día se dedicaba más que nada a las facturas fraudulentas y otros asuntos de economía. En el otro lado de la mesa había un talento más joven, con el mote de Tim el Tarado. Su nombre completo era Tim Bredenberg Mc-Carthy. El tío tenía treinta y tres años y era un *exhooligan*, uno de los miembros más destacados de Firman[22] en los años noventa. Hoy en día, él también se dedicaba a delitos económicos, pero a una escala menor. El último hombre de la mesa se llamaba Charlie Nowak. Se dedicaba a otra cosa: era un criminal violento al cien por ciento. Su última condena era por agresión grave y extorsión. Tenía veintidós años. Encajaría en el grupo por alguna cosa que no tenía nada que ver con los delitos económicos, pero no le sorprendía a Hägerström. Las alianzas poco ortodoxas de

---

[22] Organización de *hooligans* vinculada al equipo de futbol AIK.

este tipo eran habituales. Los insignificantes se unían a los cerebros en prisión, tal y como lo expresaba Torsfjäll.

Hägerström preguntó si les importaba que se sentara con ellos.

El Tubo dejó los cubiertos sobre la mesa. Tim el Tarado se quedó tieso. Charlie Nowak dejó de masticar.

Los guardias y los presos no compartían mesa. Eran como el agua y el aceite, no se mezclaban. En otras palabras, era algo impensable.

JW seguía comiendo tranquilamente. Continuaba hablando con los demás. Ni siquiera levantó la mirada.

Señal suficiente. A JW no le importaba.

Los demás se relajaron.

Hägerström se sentó. El Tubo siguió mirándolo fijamente.

JW continuaba partiendo sus trozos de *stroganoff*. Sujetaba el cuchillo cerca de la hoja, meticulosamente. Partía cada trozo de salchicha en tres partes. Mezclaba con arroz. Empujaba el trozo elegido hacia el tenedor. A los ojos de Hägerström, la manera de comer de JW parecía la de un adolescente glotón.

Él era poco más que un bebé la primera vez que su madre le había dicho: «Los cubiertos hay que sujetarlos en el extremo del mango. Para que la gente no piense que estás metiendo los dedos en la comida».

En otras palabras: no como JW sujetaba los suyos.

JW abrió la boca.

—¿Cuánto tiempo llevas aquí ya, Martin?

Una oportunidad.

—No lo suficiente para conocer todos los pasillos, desde luego —dijo.

JW rio educadamente.

—Pero estoy cada vez más a gusto aquí —dijo Hägerström.

—Para ti es fácil decirlo —gruño el Tubo—, no te quedan tres años para poder volver a casa.

—Ya, ya lo sé, puede que suene raro cuando digo que estoy a gusto. Pero hay buen ambiente en esta sección.

—Creo que tienes razón —dijo JW—. He visto cosas mucho peores. Aquí se está bien. Lo único que echo de menos son unas instalaciones deportivas mejores.

Tim el Tarado esbozó una sonrisa socarrona.

—Aun así, eso de estar aquí metido te pone en forma, ¿sabes? Nada de emborracharte y esas cosas. Quiero decir, el coco lo agradece. Pero también te pones gordo, joder. Demasiado poco entrenamiento y demasiado poco sexo.

Todos los que estaban alrededor de la mesa se doblaron de risa. Hägerström también. Tim el Tarado era un miembro destacado de la reserva de inteligencia. Y los chistes verdes se parecían a la jerga pueril de algunos de sus colegas de la policía.

Al mismo tiempo trataba de pensar en algún comentario agudo, pero parecía que la cabeza se había ido a comer también. No se le ocurrió nada. Se sentía un poco tonto.

El Tubo, Tim el Tarado y JW continuaron hablando. No parecía que la presencia de Hägerström les molestara. Un paso hacia delante. Pero tampoco le había acercado a JW.

Sabía que podía costar tiempo.

Al cabo de diez minutos se levantaron. JW se puso en pie primero. Los demás le siguieron igual que los críos de una guardería siguen a su señorita. Hägerström se quedó. Estaba pensando en el siguiente paso. Demasiadas conversaciones con JW habían terminado de esta manera; eran agradables, sencillas, educadas. Pero no había cercanía. No había puertas por donde entrar.

Dentro de poco tenía que entrar en JW-landia.

Había discutido un montón de estrategias con Torsfjäll.

En breve, Hägerström daría comienzo a la fase seria de su operación.

Tenía un plan.

Capítulo

# 12

Louise dijo que ésta, sin lugar a dudas, iba a ser la madre de todas las fiestas privadas, la más cara y prestigiosa del año. La actitud de Natalie era más equilibrada. Le apetecía ir. Siempre le dejaban entrar en los bares alrededor de Stureplan. Si habías trabajado en el mundillo de los bares, tenías una pinta decente, piernas como las suyas y, sobre todo, un padre como el suyo, normalmente no había problemas. Pero el hecho de que hubieran sido invitadas a la fiesta de inauguración del nuevo piso de Jet-set Carl junto con otros doscientos invitados especiales, eso era casi VIP de verdad.

Al mismo tiempo: las vibraciones eran regulares; lo que había ocurrido a papá era algo desagradable.

Carl Malmer —también conocido como Jet-set Carl, también conocido como el príncipe de Stureplan— había hecho una reforma a tutiplén de su loft en la calle Skeppargatan y ahora lo iba a celebrar con el lujo más extravagante de la ciudad. Un piso de más de trescientos metros cuadrados en Östermalm: eso era clase con nivel. Jet-set Carl había comprado el piso de al lado hacía un año, había tirado las paredes, todo en plan diáfano. No tanto porque necesitara algo más grande, sino porque no quería vecinos que se quejaran cuando montaba sus fiestas. Sonaba exagerado. Pero al menos eso era lo que decía Louise.

Lollo había puesto al día a Natalie en los días anteriores al evento. Había llenado su muro en el Face. Los tipo más guapos vendrían. Los niños de las mejores familias. Estaba cada vez más emocionada. «Ten la cámara del móvil siempre encendida. Habrá oportunidades para buenas fotos, te lo prometo».

Natalie pensó que Lollo a veces, algo más que bobalicona, casi era un peligro para sí misma. ¿Qué creía que diría Jet-set Carl si viera sus mensajes?

La prensa rosa también había creado expectación. Jet-set Carl: se rumoreaba que tenía romances con estrellas de Hollywood y princesas europeas. La empresa de Jet-set Carl facturaba más que todo el grupo de Stureplan. Jet-set Carl: Stureplan. Se le consideraba la persona con más poder en el mundo del entretenimiento.

Louise parecía creer que habían sido invitadas gracias a ella. Eso podría haber sido verdad en ocasiones normales: salía todos los fines de semana y se dejaba invitar a champán por tipos con camisas desabotonadas que no querían más que metérsela. Pero Natalie conocía la verdadera razón por la que habían sido invitadas.

Lollo se ponía en el centro de atención demasiado a menudo. Era increíblemente escrupulosa con las bacterias: nunca tocaba la botella con los labios cuando bebía, abría las puertas usando la manga del jersey como barrera entre la mano y la manilla, nunca tocaba nada en un baño sin desinfectar las manos después con su pequeño tubito de DAX Alcogel. Al mismo tiempo, era capaz de hacer una mamada a cualquiera para que le prestaran un poco de atención durante algunas horas. El asunto era que Jet-set Carl conocía a su padre. Natalie y Lollo no habrían sido invitadas ni en segunda convocatoria si no fuera por ello.

Su padre no se había alegrado de los planes de Natalie de ir a la fiesta. Ella entendía que tenía que ser así. Sus padres no habían sido los más liberales del mundo antes del atentado contra él, pero tampoco querían seguir tratándola como una niña. Ahora tiraban de las riendas. Y ella les entendía: toda la familia debía tener cuidado. Tenían que vengarse de lo que había ocurrido.

Lollo lloriqueaba por las dudas de Natalie.

—Tienes que venir. Lo necesitas. Si no, voy con Tove.

Natalie quería ir, pero tampoco tenía ganas de comentar el infantil intento de Lollo de jugar a dos bandas, utilizando a Tove. Además: Louise debería tener la madurez suficiente como para no insistir después de lo que había pasado.

Sin embargo, fue su madre la que sacó el tema dos noches antes de la fiesta. Estaban en la sala de la televisión viendo *Anatomía de Grey*. No era el programa preferido de Natalie, pero lo aguantaba por su madre. Ésta dijo que había hablado con su padre y que habían llegado a la conclusión de que no podían encerrar a Natalie de por vida. Natalie tenía derecho a salir. Querían que se divirtiera. Como antes.

Pero su padre había sido tajante cuando volvieron a hablar del tema.

—Al menos dormirás en casa.

—Vale, ¿pero Viktor puede recogerme y llevarme a casa igualmente? —preguntó Natalie.

—¿No va a ir a la fiesta? —quiso saber su padre.

—No, él no está invitado.

A Natalie le parecía que eso, en realidad, era un alivio. Viktor siempre estaba trabajando últimamente. Pero no en su concesionario de coches de Hjorthagen. «Estoy fuera, haciendo negocios», era lo que decía para explicarlo, y: «Ya en cualquier momento llega la pasta». A ella le aburría el tema.

Su padre no hizo ningún comentario. En lugar de eso terminó la conversación.

—Ya que duermes en casa, iré yo o Patrik o Stefanovic a buscarte. ¿Dónde y cuándo quieres que te recojamos?

De vuelta en la megaguarida de Jet-set Carl. Había percheros a rebosar y un tipo enorme con el pelo rapado y pinta de película: jeans oscuros, chamarra de cuero negro, polo ajustado sobre un chaleco antibalas. Portero al cien por ciento.

Echó un vistazo a su lista. Natalie no sabía si ella y Lollo estaban allí.

Louise trataba de ligar. Hizo pucheros con la boca.

—¿Vas a entrar en la fiesta luego? Si eso, tienes que dejar que nos saquen una foto juntos. Nunca antes había visto un portero tan lindo.

Lollo olía demasiado a J'Adore; y también se portaba como una que olía demasiado a perfume.

El portero ni levantó la mirada. Detuvo su dedo a la altura de un nombre. Miró a Lollo, después a Natalie.

—Usted será Kranjic, ¿verdad?

Ella asintió con la cabeza.

—Bienvenidas.

Se quitaron los abrigos. Lollo preguntó a Natalie si le parecía que llevaba demasiado autobronceador en la cara.

Natalie llevaba un vestido que había encontrado en una tienda para coleccionistas del barrio de Marais. Diane von Furstenberg; un vestido muy conseguido, en su opinión. Llevaba un bolso de Louis Vuitton lleno de cosas, como por ejemplo su iPhone, el monedero, dos cajetillas de Marlboro Menthol, llaves, unos polvos de cara, el rímel clásico dorado de YSL, al menos cinco tubos de Lancôme Juicy Tubes y la nueva cajita de alarma.

Lollo llevaba una falda corta de volantes y una camiseta ajustada que había comprado en las rebajas de Marc Jacobs de París. Su sujetador *push-up* empujaba los pechos hacia arriba más que nunca. En realidad, debería haber llevado un sujetador *push-down*.

El calor, el ruido de la fiesta y el olor a expectación eran como un muro de maravillas. Se abrieron paso entre la multitud. Rubias de bote, modelos de ropa interior de segunda clase con sujetadores tamaño D y tipos vestidos con americanas por todas partes.

El objetivo era encontrar a alguien conocido, o conseguir que alguien se pusiera a ligar con ellas. Querían evitar quedarse como un par de tontas, esperando que pasara algo. Tener pinta de estar sola era tabú total.

Entraron en la cocina, una habitación gigante, al menos cien metros cuadrados. Habían levantado un bar que ocupaba la mitad de la estancia. Carteles publicitarios de Smirnoff cubrían las paredes: Jet-set Carl sabía cómo conseguir patrocinio. Barmans del Sturecompagniet mezclaban cocteles con el vodka de la publicidad como ingrediente principal y llenaban copas de Taittinger sin parar. En los rincones: altavoces gigantescos con música *schlager*. El techo estaba lleno de focos, y además había dos arañas de cristal grandes como motos. La luz se reflejaba como en las bolas de discoteca de los establecimientos que Jet-set Carl normalmente regentaba.

Natalie miraba fijamente hacia delante. Todas sus amigas lo hacían todo el tiempo: activar la mirada muerta. En la calle: pasos decididos, la cabeza fija, no había que moverla por nada salvo quizá por evitar que te atropellaran. En los bares: esperar a tu amiga en el baño de chicas sin mirar a nadie, mostrar que eras consciente de los demás era una debilidad.

Una mezcla de famosos de segunda y tercera clase entre la multitud. Echó un vistazo a la constelación de gente. Rebecka Simonsson, Björn af Kleen, September, algún hermano de Skarsgård, Blondinbella, Kissie y una decena más de chicas *bloggers*, Henrik Lundström y Sofi Fahrman desfilaron delante de ella.

En medio de todo el barullo estaba Björn Ranelid.

Natalie extrañaba París. Extrañaba los tiempos antes de que se iniciara todo contra su padre.

Lollo tenía ojos de Lady Gaga, sin haberse metido ni una raya esta noche. Hacía lo que podía por preservar el aspecto de aburrimiento. Era evidente: no debía mostrar lo impresionada que estaba.

Un poco más adelante estaba el propio niño del cumple ataviado con chaqué rosa.

Louise pinchó el brazo de Natalie sin que nadie se fijara.

—¿Lo ves? Ahí está Jet-set Carl. *Shit,* qué bueno está.

Natalie no se molestó en contestar. Evidentemente, el anfitrión la había visto. Se acercó a ellas. Una mirada que parecía auténtica. Una sonrisa ancha que resultaba asquerosa.

—Natalie, cómo me alegro de que hayas podido venir. ¿Cómo estás?

—Estoy bien. ¿Y tú?

—Pues estoy genial. Contentísimo de que toda la obra esté terminada. Ha costado casi año y medio. Pero ha quedado bien, ¿no te parece? —De repente su tono se volvió más serio—. Aunque entiendo tu situación. Tiene que ser una sensación muy desagradable. Por eso me alegro tanto de que hayas podido venir.

Natalie no sabía qué contestar. Su padre había sido víctima de un atentado, y ella estaba allí, de fiesta. Se sentía como una idiota.

—No pasa nada. —Se dio la vuelta hacia Louise—. Ésta es mi amiga Lollo Guldhake.

La sonrisa de Louise no era de verdad, sino más bien una mueca que ella creía que se asemejaba a una sonrisa. Pero parecía funcionar con Jet-set Carl. Le dio un beso en la mejilla.

—Qué tal, Lollo, me alegro de conocerte. Espero que estés disfrutando de la fiesta.

Después se inclinó hacia delante, susurró algo al oído de Louise. Natalie pensó: «Esto podría ser un momento memorable para Lollo Guldhake».

Más tarde. Salió al vestíbulo, buscó su abrigo de *shearling,* sonrió al portero y subió por la escalera.

La terraza parecía un bosque de setas de metal, calentadores de gas para aumentar el confort de la fresca noche de mayo. Jet-set Carl no se arriesgaba; un tercio de la terraza estaba ocupado por una carpa con calefacción propia. Pero fuera no se estaba mal. Los invitados inundaban la terraza. De los enormes altavoces salía el último éxito de Rihanna.

Los mismos carteles publicitarios de Smirnoff por todas partes.

Echó un vistazo a la gente. La misma mezcla de gente que en la planta de abajo. La misma expresión absurda en las caras. Salvo en las caras de aquellas personas que estaban demasiado colocadas como para ocultar su curiosidad por los famosos.

Natalie miró por la barandilla. El cielo era de un color azul oscuro. Las luces se elevaban de la ciudad. Pudo ver el tejado y la aguja de Hedvig Eleonora. Un poco más adelante estaba la torre del mercado de abastos. Siluetas oscuras en el espacio de una noche de primavera. Pensó en la conversación que había tenido con su padre cuando volvió del hospital.

—Natalie, me gustaría hablar un poco contigo. —Siempre en el complicado serbio, aunque bien sabía que Natalie prefería hablar en sueco.

Entraron en la biblioteca.

Junto al escritorio estaba Stefanovic. En uno de los sillones estaba Göran, en el otro, Milorad. Los tres estaban presentes en el estacionamiento cuando tuvo lugar el intento de asesinato. Su padre se sentó en su butaca, donde siempre lo hacía. Llevaba un brazo en cabestrillo.

Natalie saludó a los hombres, la besaron en las mejillas: derecha, izquierda, derecha. Ella ya los conocía a todos. Habían estado cerca de su familia desde que tenía memoria. Aunque no les conocía para nada. La sensación que ella tenía ahora era que hablaban de tú a tú. Por primera vez.

Su padre se llenó un vaso de whisky.

Agitó la bebida un par de veces antes de tomar un sorbo.

—Natalie, hija mía, me parece importante que estés presente en una parte de nuestra conversación aquí dentro. ¿Quieres tomar una copa?

Natalie lo miró. Sujetaba la botella de whisky y un vaso en la mano. Johnnie Walker Blue Label. También era la primera vez en su vida que su padre la invitaba a tomar un whisky.

Cogió el vaso. Su padre lo llenó.

Él se giró hacia los demás.

—Esta es mi hija, ¿lo veis? No rechaza una buena copa. Una verdadera Kranjic.

Stefanovic, sentado en el rincón, asintió con la cabeza. Ella les caía bien a los hombres de la habitación, lo notaba; los aliados de su padre. Los únicos, salvo la familia, en los que podía confiar ahora mismo.

Su padre comenzó a hablar de nuevo.

—Estamos en un cruce de caminos.

Natalie se tomó un sorbo del whisky, le quemó la garganta de manera agradable.

—Quiero que estés presente para que comprendas lo que está pasando. La empresa de derribos, la importación de alcohol y tabaco, las máquinas traga monedas, los servicios de guardarropa... Ya sabes a qué me dedico, Natalie. Luego también tenemos otros negocios funcionando. Pero por el momento lo dejamos en eso.

Agitó el whisky en el vaso otra vez.

Natalie estaba al tanto de más cosas de las que su padre había enumerado. Él jugaba a todos los palos en sus negocios. Mucho de lo que hacía no era considerado decente por gente como Lollo, por poner un ejemplo; pero esa era la suerte del inmigrante. ¿Y acaso era mucho mejor ganarte la vida como inversor de riesgo, sacrificando empresas y despidiendo a trabajadores, con planteamientos tan intrincados que no hacía falta pagar ni una corona en impuestos, que era lo que hacía el padre de Louise?

Radovan había llegado lejos desde que empezó con veinte años en las fábricas de Scania de Södertälje. Contra todo pronóstico, se había abierto camino por el mundo con dos manos vacías. La mayoría de los negocios que regentaba hoy en día no eran ilegales, pero a los ojos de la sociedad sueca siempre sería considerado un criminal. Así que los vikingos se lo habían buscado; si nunca le dabas una oportunidad de trabajar honestamente a una persona, tenías que aceptar que esa persona a veces se saltara las reglas. El país de los demócratas suecos solo iría a peor.

—Estocolmo ha sido nuestro mercado sin oposición durante muchos años —continuó su padre—. Hemos tenido nuestros contratiempos, claro está. Asesinaron al *Kum* Jokso. Mrado Slovovic trató de engañarnos. Esos hijos de puta que volaron el chalé de Smådalarö querían reventarnos otra vez. Pero, ya lo saben, nadie revienta a un Kranjic. ¿No es así, Natalie?

Natalie imitó a su padre, giró su whisky en el vaso. Sonrió.

—Y ahora, lo último: algún hijo de puta trata de suprimirme de una vez por todas en un puto estacionamiento. Corren otros tiempos. Llevamos unos años viendo esta evolución. Cada vez más gente quiere una parte del negocio. Ya saben quiénes son: Ángeles del Infierno, Bandidos, Original Gangsters, los sirios, los albaneses… Llevan aquí mucho tiempo. Pero hasta ahora ellos se han ocupado de lo suyo y nosotros nos hemos ocupado de lo nuestro. Y en realidad solo los Ángeles del Infierno han jugado en la misma liga que nosotros. Pero los más recientes: los gambianos, Dark Snakes, Born to be Hated, es como el puto libro de la selva. Antes, la gente nos aceptaba, sabían que no atacarnos era mejor para todos. Pero estos nuevos simios no se han dado cuenta de que hemos tenido un efecto estabilizador en las zonas grises de Estocolmo. No tienen historia, no se han dado cuenta de que todo el mundo aprecia el orden, incluso la policía. Los Ángeles del Infierno, Bandidos y los demás ganan una buena pasta en sus respectivos campos. Los que están en las posiciones más elevadas de la jerarquía montan negocios de trabajadores ilegales y asuntos de facturación en el sector de la construcción, los que están más abajo se dedican a la extorsión y a la droga. Pero los nuevos jóvenes solo quieren el caos, siempre y cuando sean reyes en sus propios guetos. Así que algunos pueden pensar que les va a beneficiar quitarme de en medio.

Respiró hondo.

—Por otro lado, no era un aficionado el que lo intentó en el estacionamiento, eso sí que lo tengo claro. Así que ya podemos descartar a algunos de los más verdes, solo se dedican al crimen *desorganizado*. No, hay alguien que trata de quitarme de en medio en serio. No sé quién es, pero lo que significa es que está tratando de quitarnos *a todos* de en medio.

Natalie escuchó. Estaba con su padre al cien por ciento. Alguien estaba tratando de eliminarlo, eso estaba claro. Y ese alguien había iniciado una guerra no solamente contra su padre. Era una guerra contra toda su familia y contra todos los que estaban en la biblioteca ahora mismo. No se podía tolerar. Era una humillación.

Miró a los hombres de la habitación.

Su padre llevaba una camisa y unos chinos. Tenía un aspecto serio.

Stefanovic estaba bien vestido. Una camisa a rayas bien planchada con botones dobles y gemelos de plata, con la palabra Gucci inscrita en ellos. Llevaba el pelo peinado a un lado con decisión, una barba corta y una pulsera dura de plata alrededor de la muñeca. Stefanovic era el único que se preocupaba por su aspecto de esta manera.

Göran llevaba el chándal negro de siempre. Siempre Adidas. Zapatillas de correr desgastadas, Nike Air, siempre. Era divertido pensar que Göran, el serbio menos preocupado por la moda del norte de Europa, había comprado un par de zapatillas retro que ahora estaban de moda. O, si no, seguía con las mismas zapatillas desde 1987, no resultaba del todo impensable.

Milorad llevaba jeans y un polo; un Lacoste rosa. Además estaba moreno y parecía estar en buena forma. Saint-Tropez, *here I come*[23], más o menos. Milorad trataba de mantener un aspecto joven, pero en el mundo de Natalie él llevaba allí tanto tiempo como su padre.

Se preguntaba quiénes eran estos hombres en realidad. Si podían proteger a su padre. Si eran capaces.

---

[23] «Allá voy».

Después se le pasó por la cabeza una última pregunta. Una idea que le produjo una quemazón instantánea: ¿de verdad se podía confiar en ellos?

Su padre hablaba de su nueva manera de trabajar. De diversificar más las actividades. Cambiar de rutinas. No repetir los mismos procedimientos demasiadas veces. Reclutar personal nuevo, aumentar los controles de seguridad, hacer una limpieza entre aquellos que no daban la talla.

Los hombres estaban callados. Escuchaban. De vez en cuando metían algún comentario.

Todo el tiempo, en sus caras: respeto.

Luego miró a Stefanovic. Lo miró de reojo otra vez. Estaba segura: los ojos le brillaban.

Lollo estaba hablando con un chico que llevaba un pañuelo rosa en la solapa y un reloj parecido al de Viktor en la muñeca.

Natalie había llamado a su padre para que viniera a recogerla.

Había hablado con Louise, con algunas otras chicas que solía ver por ahí, había intercambiado algunas palabras con Jet-set Carlitos otra vez, había hablado de tonterías con un tipo llamado Nippe, le había provocado una sonrisa un hombre de dos metros que estaba tan colgado como el Golden Gate y que pronunciaba la palabra *turquesa* de una manera extremadamente *funny*[24]. La noche no había estado mal, pero ahora quería ir a casa.

Su padre llamó. Dijo que ya estaba abajo, en la calle. Ella podía salir.

Bajó en el ascensor.

El portal de la casa era tan de la clase alta como podía ser: estucados antiguos y frescos con motivos nórdicos adornaban el techo. Una alfombra tejida a mano de felpudo. A través de los cristales de las puertas veía un BMW de color azul oscuro en la calle. Era el coche de su padre.

---

[24] «Divertida».

Salió.

El BMW estaba a veinte metros de ella.

Alguien pasó por delante del coche. Luego dio la vuelta a la esquina y desapareció por la calle Storgatan.

No se veía quién estaba dentro del coche.

Una de las ventanillas se bajó un poco.

Oyó una voz:

—Soy yo.

Una mano que saludaba. Era su padre quien le había hablado.

Natalie se acercó. Vio a su padre en al asiento del conductor.

Arrancó el motor.

Faltaban diez metros.

Entonces: un ruido. Algo que estalla.

El cuerpo de Natalie fue empujado hacia atrás, al aire.

No supo qué había pasado.

Oyó un ruido monótono.

Un silbido en los oídos que nunca quería parar.

El BMW.

Trató de ponerse en pie. Estaba a cuatro patas.

Salían grandes nubes de humo del coche.

Capítulo

# 13

Fuera llovía. Un repiqueteo bajo. Corría el agua por algún lugar dentro de la casa.

J-boy miró por la ventana. Árboles macizos. Arbustos. Largas hojas de hierba. Un pequeño cobertizo que Jimmy llamaba *friggebod*. Tres coches aparcados.

Los chasquidos de las gotas de agua seguían.

A la primavera le costaba arrancar este año.

Miró hacia arriba. Vigas en el techo. Parecía raro: ¿para qué hacer casas sin falsos techos? Tenía que ser una cosa de los vikingos. Pero al menos estaban secos. Así que las gotas no venían de allí.

Siguió repasando la estancia. Papel pintado con dibujos amariconados: flores azules y rosas. Estanterías de color madera, cortinas finas, pedazo de cornamenta de alce sobre una de las puertas. Un ramo de flores secas sobre la otra puerta. En el suelo había una alfombra de trapo, un cesto con leña, radiadores eléctricos que hacían tictac.

El sitio estaba en medio de la nada: habían llegado por un camino sinuoso. Los alrededores: granjas, graneros, tractores desgastados que estaban aparcados en cobertizos medio en ruinas. Las afueras de Strängnäs, o «tierra adentro», como decía Jimmy.

La casa: una de las llamadas casitas de campo. Una de esas casitas rojas con chimenea que cada suequito parecía tener.

Pero ¿por qué querrías tener una casa así? El aislante era malo, no había fregadero, no había falsos techos. *Shit*, no tenían ni reproductor de DVD o conexión a internet por allí. Jorge no pillaba para qué servía esta casa.

Breves destellos de memoria. Pensó en la carrera por las calles de Sollentuna.

Las ruedas chirriando. El cinturón de seguridad mordiendo su hombro. El móvil que estaba detrás de la palanca de cambios había botado como una pelota de tenis.

Entró en una de las calles de la urbanización de chalés. Condujo como un maniaco nada más desaparecer de la vista de la policía. Aulló a Mahmud para que se diera la vuelta.

—¿Los ves? ¿Los ves?

Mahmud no los vio. Los polis no parecían haber tomado la misma salida que ellos.

Jorge pegó un frenazo. Cogió la bolsa con la pistola dentro. Abrió la puerta de golpe. Saltó a la calle. Miró hacia atrás. Tiras de regaliz negro detrás del coche. *Fuck*. Pero no había coche de polis, que él pudiera ver.

—Coge el volante. Sal de aquí, hablamos luego —le dijo a Mahmud.

Jorge salió corriendo, como una repetición de la fuga de la cárcel de Österåker. Saltó un seto. Atravesó un césped. Pasó un arenal. Resoplaba. Respiraba. Se metía prisa.

Había que largarse de la calle ya. Deshacerse del arma.

Entrar en la urbanización.

Entrar en el seguro mundo de los chalés.

Corrió más rápido que Usain Bolt por los jardines, hacia el centro comercial de Sollentuna.

Echó un vistazo por encima del hombro. Bajó a la estación. Se subió a un tren de cercanías.

Más tarde habló con Mahmud. Después de algunos minutos, había llegado de frente un coche pintado y había parado al árabe. Los polis no encontraron gran cosa. Un cargador de móvil, una sudadera con capucha que era de Babak, una cajetilla de cigarrillos. Pero no había armas. Dijeron que habían visto a Jorge en el coche, pero daba lo mismo. No podían demostrar que habían conducido como locos por la urbanización. Qué clase.

Al mismo tiempo: una historia bochornosa.

Jorge dijo a Mahmud que no le contara nada a Babak.


De nuevo en la casita. Jorge se dio la vuelta. Detrás de él: dos trípodes. Una pizarra blanca. Una pantalla de cine.

El ruido del goteo otra vez. Tenía que entrar agua por algún lado.

Delante de él: siete mocosos.

Mahmud estaba más cerca de él, sentado en una silla de madera. Vestido de chándal, como de costumbre. Las rayas Adidas como símbolos tribales para el colega. Arrugas bajo los ojos; él y Jorge llevaban toda la noche preparando cosas.

En el sofá: Sergio, Robert y Javier. Parecían atentos. Charlaban. La mar de cómodos.

En la butaca grande estaba Jimmy. Acomodado, tranquilo de forma natural.

En las dos sillas de plástico que habían cogido del jardín estaban Tompa y Viktor.

Viktor, con pinta de estar nervioso. Tom estaba en forma; contaba chistes sin parar: viejos como los jubilatas. «¿Qué ves cuando miras a los ojos a una rubia? El interior del cogote».

Al menos aliviaban la tensión.

Jorge lo pudo comprobar: todo el grupo estaba reunido.

Y ahora: el equipo tenía su primera reunión formal, y eso era algo que se la ponía tan tiesa que le dolía la polla.

La casita era de la vieja de Jimmy. Al parecer, el tío había pasado todas las vacaciones de verano aquí cuando era crío. Jorge pensó: «Qué locura; ¿qué cojones había hecho el tipo allí todos los veranos?». No había nada allí. Y la única hierba era la que se zampaban las vacas.

Aun así, Jimmy dijo que había disfrutado como un tonto en ese lugar.

—Ya sabes, estamos a solo cien metros del lago.

Jorge pensó en sus propios veranos cuando era crío. Su madre, que se había llevado una manta y una botella de plástico llena de zumo concentrado mezclado con agua. Picnics en el parque detrás del centro comercial de Sollentuna. Su madre, Paola. Y el hijo de puta que él quería borrar de la memoria: Rodríguez.

«Tierra virgen», decía su madre. Como si un parque de unos pocos centenares de metros cuadrados fuera naturaleza salvaje.

Jorge repasaba en su interior lo que ya se había hecho. Uno de los principios del Finlandés: no valían las listas escritas; podrían convertirse en pruebas letales para los policías después. Pero J-boy tenía buena memoria. Esto le llenaba el coco durante el día.

La semana pasada: Tom Lehtimäki había conseguido ocho móviles sin estrenar a través de un borracho que los había sacado de dos tiendas The Phonehouse diferentes; había elegido sitios sin videovigilancia. Tompa le dio un billete de quinientos y una botella de whisky por las molestias.

Además: Tom había conseguido *walkie-talkies* de una tienda de Teknikmagasinet. Podrían tener que hacer cosas que no se pudieran rastrear a través de las redes de telefonía móvil. Tom hizo la misma jugada con eso: pidió al borracho que comprara todo para que nadie le viera manejar los cacharros. Tiró los recibos en una boca de alcantarilla.

Los otros chicos: se habían ido de gira de mangoneo. Habían pillado cubos, palanquetas, hachas, bidones de gasolina, destornilladores, caballetes, pegamento de aerosol y otras cosas que pudieran necesitar.

En el súper del centro comercial de Sollentuna, el propio Jorge compró treinta rollos de papel de aluminio. La cajera preguntó si tenía intención de forrar las paredes de aluminio. No podía saber que esa, precisamente, era la idea.

Jorge se puso en pie como un tutor de secundaria. Quería esperar hasta que todo el mundo estuviera callado. Nada de aclararse la garganta. Nada de «Oye, chicos, ya vale, ¿no?» ni mierdas del estilo. Solo esperar. Él: el líder.

Algunos segundos después: pillaron la indirecta. Se tranquilizaron. Se echaron hacia atrás en sus asientos. Lo miraron.

—Chicos —dijo Jorge—, hoy es nuestro día. Es la primera vez que estamos todos juntos. Así que quería explicar todo el asunto para todos. No cada detalle exacto, pero sí la mayoría de las cosas. Quiero que se queden con los principios básicos de este golpe. Si pasa algo, si alguno de ustedes desaparece o lo que sea, los demás tienen que estar preparados para entrar y asumir sus tareas. ¿Lo entienden?

Jorge había preparado su discurso. Tenía que mostrarse profesional ante los chicos.

—Es posible que tengamos que vernos de esta manera más veces. Vamos a tener que trabajar juntos en algunas cosas. Vamos a arreglarlo.

Oyó cómo las palabras del Finlandés salían de su propia boca.

—Quería empezar poniendo algunas palabras en esta pizarra. Cosas que debemos tener en cuenta. Reglas que hay que seguir. Créanme, si nos equivocamos, todo puede irse a la mierda, todo. —Jorge comenzó a escribir mientras explicaba—. Todos tienen que dejar vuestras propias historias. Y sé que saben a qué me refiero.

No hacía falta decir más. Todos lo sabían: Javier traficaba con hierba y salía de putas cuatro noches por semana. Robert se dedicaba a la extorsión cada cierto tiempo. El Viktor ese rematriculaba coches de lujo alemanes robados y los vendía a través de su empresa.

—Dejen ahora mismo cualquier negocio que no sea puro como la nieve. Si me entero de que alguien de ustedes va a su puto rollo, tendrá que responder ante mí.

Siguió escribiendo algunas reglas.

Nada de tomar seriamente.

Nada de drogas.

—Es lógico. Si están borrachos o drogados, siempre se les va la lengua. Dicen más cosas que el ejército americano. Siempre pasa.

Siempre estacionen el coche de manera legal.

—Si se estacionan mal, paguen la multa y no olviden tirarla lejos del barrio en el que viven después de pagarla. Si no, la policía la puede encontrar y enterarse después de dónde estuvieron. Siempre tienen que dejar que otra persona vaya en un coche por delante si llevan cosas calientes.

Pensó otra vez en la persecución en Sollentuna. Si hubieran tenido un coche que fuera por delante, que era lo que Jorge recomendaba ahora, posiblemente nunca habría ocurrido.

Continuó enumerando reglas.

Nada de notas recordatorias.

Nada de SMS.

Nada de tocar cosas importantes sin guantes.

Lo más importante de todo: nada de parloteo con nadie sobre esto. Ni siquiera novias/*homies*/hermanos.

Nadie.

—¿Lo han entendido?

Jorge les echó una mirada cabreada. Uno por uno. Estos no eran unos tipos que tragaban mierda. Estos eran chicos que en circunstancias normales darían de golpes a cualquiera que les provocase. Pero era ahora o nunca. Si no estaban por la labor de seguir las reglas, ya podían largarse.

Después de un rato: Jorge abrió su bolsa. Sacó una funda negra, grande como un reproductor de DVD. Bajó la cremallera. Un proyector. Estuvo un rato toqueteando la cámara de vídeo. Enganchando los cables. Tocando los botones. En realidad, la tecnología no era lo suyo, pero había chequeado este bicho en casa antes.

Salió una imagen en la pantalla. Una carretera borrosa a través de un parabrisas.

—Vemos aquí la entrada a Tomteboda.

La película continuaba. Jorge comentaba lo que estaban viendo. Ya conocía esa zona. La valla alrededor del edificio y los muelles de carga y descarga como pequeños juguetes al fondo. El *zoom*. Las vallas se acercaban, junto con las cámaras de vigilancia, las vías de tren, las entradas, las garitas de control.

El *zoom*: la maciza verja corredera. Con motor propio.

—Mi contacto y yo estamos tratando de averiguar cómo entrar. O bien cortamos un trozo de valla en algún punto, pero eso puede costar demasiado tiempo, o bien la volamos. O, si no, tendremos que forzar esta verja de alguna manera. Ya se arreglará.

Vieron camiones que entraban y salían. Empleados que pasaban por esclusas, pasando sus tarjetas de acceso para poder entrar.

El *zoom*: los guardias de las garitas de control. Recelosos. Atentos.

—Descargarán el transporte de valores en este muelle —dijo—. Pero también hay una cámara acorazada. Si podemos entrar en ella, nos toca el gordo de verdad. La gran pregunta ahora mismo es cómo hacerlo.

Después: unos minutos de rodaje más tarde. Rotondas, carreteras, salidas. Señales colgadas sobre la carretera: Estocolmo Centro, Solna, Sundbyberg. Al final: imágenes de las comisarías. Solna. Kronoberg. Södermalm. Sobre todo: largas secuencias que mostraban las salidas de los garajes. Jorge pulsó el botón de pausa. Congeló la imagen en la última secuencia: la salida del garaje de la comisaría de Västberga.

Se esforzó en no hablar con demasiada presunción.

—Comprenderán que este golpe es especial. Piensan que nadie se atreverá a atacar el almacén central de los transportes de dinero en efectivo porque está tan cerca del centro. Y es ahí donde nosotros entramos en acción. Vamos a noquear a la poli como si fueran unos bolos.

Jorge hizo una pausa de efecto. Trataba de ver la reacción de los chicos. ¿Lo pillaban? Iban a cargarse a los polis, como auténticos terroristas del *cash*.

Sergio fue el primero en abrir la boca.

—No lo capto. ¿Cómo vamos a noquear a la poli de Estocolmo si están por todas partes?

Jorge sabía que se le notaba la sonrisa socarrona. El momento culminante del plan. Las ideas del Finlandés. El golpe que marcaba la diferencia entre auténticos gánsteres y los miedosos aficionadillos, el elemento que les daría un estatus de leyenda.

—Han visto las imágenes de las comisarías y los garajes, ¿verdad? No vamos a utilizar helicópteros o cosas parecidas para entrar en Tomteboda, ya saben qué puede pasar cuando intentas hacer cosas demasiado rimbombantes. Nada, vamos a noquear a la policía sin más. Asegurar nuestra fuga.

Otra pausa. Jorge miró a su alrededor.

Los tipos estaban callados.

El goteo sonaba de fondo.

Jorge pensaba otra vez en las cuestiones que tenían pendientes. ¿Cómo forzarían la valla? ¿Cómo entrarían en la cámara? Después enfocó su propia gran pregunta: ¿cómo se la jugaría al Finlandés? Ni siquiera había mencionado el asunto a Mahmud.

Pero ahora tocaba despejar las dudas.

—Joderemos las posibilidades de la policía —dijo—. Prenderemos fuego en los lugares adecuados. Pondremos a toda la puta ciudad patas arriba.

Algunos de los chicos sonrieron. Parecía que Tom estaba pensando. Viktor negaba con la cabeza.

—¿No lo has pillado, Viktor? ¿O qué pasa? —preguntó Jorge.

—Sí. Sí que lo he pillado. Pero no entiendo qué tiene de fantástico el plan cuando ni sabes cómo vamos a entrar en la cámara. ¿Y de verdad crees que es muy inteligente prender fuego y esas cosas? ¿Sabes cómo lo van a llamar? Atentados terroristas o algo similar.

Jorge no contestó. Se limitaba a mirarlo con desprecio.

Pensó: ¿por qué le vacilaba Viktor? ¿Por qué no se callaba la boca sin más? El tío se comportaba como un pequeño Babak, un pequeño pringado.

Jorge se preguntaba si ese chico iba a aguantar la presión.

# Capítulo
## 14

Hägerström pensó en cómo habían ido las cosas con JW hasta la fecha: muy mal. Alguna que otra conversación en el comedor. Algo de parloteo en el pasillo. Incluso había estado en la celda del chico, intentando hablar de su familia aristocrática. La misma reacción cada vez. Respuestas educadas. Una actitud agradable. Pero ningún tipo de progreso. Evidentemente, JW estaba interesado en la vida de Hägerström en Estocolmo —le encantaba cuando hablaba de restaurantes y bares del centro, o de la gente que veraneaba en Torekov y Båstad—, pero no quería hablar de lo otro. Hägerström suponía que JW quería ver algo concreto antes de abrirse.

Ya se arreglaría. Hoy, Hägerström iniciaría su plan.

Una manera inteligente de ganarse la confianza de JW.

Una manera fea, dirían algunos.

Pero, en este caso, el fin justificaría los medios. Y además, Torsfjäll había dado su visto bueno.

Hägerström, camino de la cárcel en su Jaguar XK, tenía la cabeza despejada a pesar de que solo eran las siete de la mañana. El coche era un placer en sí mismo. El V8 de cuatrocientos caballos del XK sonaba como si fuera de un coche de carreras. Pero lo que le había terminado de convencer para comprarlo era el diseño. Las líneas del XK rozaban la perfección. Algunos decían que Jaguar incluso había superado a su E-type con el XK.

En cualquier otro coche, este lujo habría parecido ostentoso. Los coches caros tendían a transmitir una sensación de nuevo rico, al igual que los sistemas de cine en casa exagerados. Además, Hägerström trataba de mantener un perfil bajo ante los colegas. Pero cuando se trataba del Jaguar, no podía resistirse. Era clásico, sin más. Los colegas podrían decir lo que quisieran.

Ya casi pensaba en la cárcel como en un lugar de trabajo normal. Eso era una ventaja. Cuanto más cómodo se sintiera allí, mejor podría interpretar su papel.

Al principio iba y venía todos los días, pero ya que costaba dos horas ir y otras dos volver, sin contar los atascos, los días se hacían muy largos. Después de tres semanas se hizo con un departamento en Sala, a dos kilómetros de la cárcel.

A veces volvía a casa los fines de semana, sobre todo para ver a Pravat. Lo mantenía en secreto. Si los demás guardias se enteraban de que tenía un piso en Estocolmo, se harían preguntas. ¿Cómo podía permitirse tener dos casas? ¿No era suficiente con el Jaguar? Si eso, ¿por qué no trabajaba más cerca de Estocolmo? Sin embargo, si, por el contrario, únicamente pensaban que visitaba a alguien de la ciudad de vez en cuando, estaba bien. Ya sabían que acababan de despedirle de la policía en la capital.

Hägerström aparcó el coche en el aparcamiento reservado para el personal fuera de la penitenciaría. Destacaba, como siempre. La mayoría conducía coches medio ramplones como el Volvo V50 o el Passat. Esmeralda sí tenía un BMW de la serie 3, pero ya tenía unos cuantos años y era a un Jaguar XK lo que un reloj Certina a un Patek Philippe.

Hägerström se acercó a la valla exterior. Metió su licencia de conducir en el lector. Pulsó el botón. No tenía que decir nada, le dejaron pasar con un clic.

Atravesó el camino de grava. Había vallas por todas partes, salvo justo delante de él; allí se elevaba el muro. Repitió el mismo procedimiento. Metió el permiso de conducir. Pulsó un botón, miró hacia la cámara de vigilancia con una sonrisa.

La confusión era generalizada entre los presos. Lo que le había ocurrido a Radovan Kranjic, el padrino de los yugoslavos, también conocido como el rey mafioso, el Sr. R, había creado ondas expansivas. Los rumores crecieron más que todas las teorías conspiratorias sobre el 11-S juntas. Las preguntas se amontonaban como las rejas en la prisión: ¿quién estaba detrás del atentado, cómo reaccionaría la policía?

Hägerström pensó en la operación. Se había concentrado en un preso recién llegado, con el nombre de Omar Abdi Husseini. Condenado a cinco años de cárcel por un intento de atraco grave contra dos sucursales del banco Swedbank en Norrköping. Omar Abdi Husseini tenía aquel aspecto cansado y aburrido que uno solo estila si ha dormido mal o quiere demostrar lo mucho que le da igual todo y todos. Caminaba despacio, hablaba despacio, incluso se hurgaba la nariz despacio. El tipo olía a autoridad a kilómetros de distancia. O, si no, la impresión que causaba era de un psicópata loco inestable. No estaba claro cuál de las dos cosas era peor.

Hägerström había pedido a Torsfjäll que le enviara un informe sobre el tío.

Después de unos días le pasó una copia de una cosa llamada búsqueda múltiple, una búsqueda simultánea por todos los registros policiales disponibles: el registro criminal, el registro de sospechas, el registro de la división criminal de la aduana, el de Hacienda, entre otros. Además llegó un extracto de un informe de la Unidad Criminal Provincial, algunos artículos de periódicos suecos, un memorando redactado por la SGI, la Unidad Especial de Bandas, con información de los propios informantes de la SGI, de los agentes UC y de los soplones.

Una imagen más nítida comenzó a tomar forma cuando Hägerström estudió la información confidencial de la SGI y del ASP, conocido entre los policías con el nombre de *Aspen* —el registro general de investigación—, que contenía todas las observaciones derivadas de investigaciones que se habían producido a lo largo de los años, independientemente de las sospechas de criminalidad.

Resultaba extraño: desde el punto de vista de las mujeres de los servicios sociales, siempre eran las relaciones rotas, los padres ausentes y los padres drogadictos los que creaban a delincuentes juveniles que unos años más tarde ya llevaban una vida de gánsteres o estaban entre rejas. Pero en el caso de chicos como Omar Abdi Husseini —Hägerström lo había visto antes—, no era la ruptura de una familia o la incapacidad de poner límites claros lo que les había desviado del camino correcto. Abdi Husseini venía de una buena familia, su padre no era especialmente malo ni su madre una drogadicta perdida. Era otra cosa.

El asunto de Omar Abdi Husseini era que toda la información no oficial apuntaba en una sola dirección: el tipo era el presidente de Born to be Hated.

Y BTBH era la banda de crecimiento más rápido de Estocolmo. La banda había venido a Estocolmo desde Dinamarca vía Malmö y se había percatado de verdad del potencial de los chicos jóvenes y cabreados de los suburbios de Estocolmo. Reclutaba a su gente entre los chavales de la violencia callejera que prendían fuego a coches y contenedores de basura y después tiraban piedras a los bomberos cuando llegaban para extinguir el fuego. No como los yugoslavos o los sirios, que se mantenían fieles a sus compatriotas. No como los Ángeles del Infierno o Bandidos, que reclutaban casi exclusivamente entre los vikingos inadaptados y entre la segunda generación de inmigrantes que ya estaban bastante bien integrados. Ni tampoco como Fittja Boys, o los Tigres de Angered, que solo se organizaban en torno a un suburbio. Born to be Hated pasaba de las florituras y de las motos. Pasaba de los medios de comunicación y de los intentos de mantener una fachada legal. No trataban de idealizar un suburbio particular. Tenían un presidente y un vicepresidente, pero se la sudaban los estatutos avanzados y los locales de clubes. Las cárceles, los gimnasios, las pizzerías y las habitaciones de los chicos en casa de sus padres eran sus lugares de reunión. Reclutaban a los tipos inmigrantes más locos de toda la región. Y estaban subiendo.

Omar Abdi Husseini era perfecto para lo que Hägerström tenía en mente.

Una semana después de que Omar llegara a Salberga, Hägerström se acercó a él por primera vez. El presidente de BTBH estaba en la máquina del banco de prensa en el gimnasio. Resoplando y empujando. Haciendo pequeños ruidos cada vez que levantaba.

Aquí las pesas no estaban fijas, como en muchos otros penales y prisiones.

Hägerström se puso a su lado. Ayudó al tío en las últimas repeticiones, que no habría conseguido terminar de otra manera. El presidente era enorme. No solo alto y ancho; todo en él era grande. Los dedos podrían haber reventado un balón de futbol, según parecía; la cabeza era dos veces más grande que la de Hägerström y los bíceps eran enormes, como en un superhéroe de cómic. Tenía que haberse metido preparados de todo tipo antes de entrar. Los tatuajes en el cuello se veían claramente: BTBH y ACAB. En el brazo llevaba tatuajes con signos árabes y águilas. Crocs en los pies.

Omar levantó la mirada.

—¿Quieres algo o qué?

Hägerström trató de relajarse. Tenía que mostrar respeto hacia Abdi Husseini. No ser demasiado indiscreto.

—Solo quería saber cómo va todo. ¿Te parece bien? —dijo.

—Haz lo que quieras.

—¿Y qué tal en Kumla?

Era la pregunta clásica que se hacía a todos los recién llegados que habían sido sentenciados a condenas largas. Todos pasaban por el penal de Kumla, se quedaban al menos tres meses allí para ser evaluados y recolocados. La calificación de riesgo de

Abdi Husseini sí suponía una razón fuerte para mantenerlo en Kumla, pero como no había sido condenado previamente, el Servicio Penitenciario lo había recolocado.

—Estuvo bien —contestó Omar.

El presidente se incorporó sobre el banco. Se secó la cara con una toalla que le colgaba alrededor del cuello. Miró hacia otro lado. Pero Hägerström sabía cómo romper el hielo con el gigantón.

—Solo quería decirte que he oído hablar muy bien de ti.

—¿A quién?

—A Gürhan Ilnaz. Yo antes trabajaba en Hall.

Gürhan Ilnaz era exvicepresidente en la banda de Omar. En realidad, Hägerström nunca había conocido al tipo, pero Abdi Husseini tardaría en enterarse de eso.

Omar esbozó una rápida sonrisa: un relámpago de satisfacción en su cara de gigante.

—Guay. Gürhan es un buen tipo.

Omar se levantó. Volvió a secarse la frente, después secó el revestimiento de hule del banco.

Volvió al pasillo.

Dos días más tarde tocaba otra vez. Omar estaba en la puerta de su celda hablando con otro preso, acerca de quien se decía que era un exmiembro de Werewolf Legion. Hägerström se acercó. Un poco de conversación banal. El tiempo, la comida, la nueva cinta de correr del gimnasio, esto y lo otro. Podía hacerlo. Era conocido por ser un guardia bueno.

Después de cinco minutos, el tipo de Werewolf Legion se marchó.

Omar se quedó. Seguía bastante taciturno, pero no parecía oponerse al parloteo.

Después de unos minutos, Hägerström cambió de tema. Comenzó a mencionar a otros presos. Comentó lo mucho que se cotilleaba. Habló de todas las chorradas que se decían. No mencionó a JW, pero vio que Omar estaba escuchando.

Metía el mensaje: la gente hablaba.

Clavaba el mensaje: la gente cotilleaba.

Repetía el mensaje: había gente que hablaba mal de Omar.

Hägerström pasó por delante de la garita central de vigilancia. Saludó a los guardias. Siguió hasta el vestuario. Sacó su teléfono móvil. Colgó su ropa en la taquilla. Se puso el traje de faena: chinos de color azul oscuro, un robusto cinturón de cuero y una camisa azul oscuro con el logotipo del Servicio Penitenciario. Pasó por el escáner, dejó las llaves en la cinta de control. Saludó al guardia del control del día. No hubo ningún pitido cuando pasó. Nunca lo había.

Atravesó el pasillo que conducía a su sección, todavía envuelto en la breve sensación de felicidad del fin de semana.

Vio imágenes en la cabeza. Había ido a buscar a Pravat a la guardería el jueves. Habían ido a casa de la abuela. Lottie todavía vivía en el piso, aunque debía de sentirse sola tras el fallecimiento de su padre.

Debería hablar con su madre de algunas cosas. Pero ahora que estaba Pravat no era buen momento. Y además, seguramente estaría muy preocupada por lo de su despido de la policía. ¿Cómo iba a comprender lo que realmente estaba haciendo?

Era un piso bonito; por una vez resultaba adecuado usar la palabra «piso». La abuela Lottie llamaba a todas las casas «pisos». Todo, incluso el primer apartamento de Hägerström que solo tenía veintidós metros cuadrados. Sonrió para sí.

Lottie abrió la puerta. El olor de siempre en el recibidor. Una mezcla del perfume de su madre, Madame Rochas, muebles antiguos y productos de limpieza. No era un olor a viejo, pero tampoco el de una limpieza estéril. Para Hägerström, siempre sería el olor a casa.

Pravat se lanzó a los brazos de ella. Lottie llevaba unos pantalones beis estrechos, una camisa azul claro y un pañuelo alrededor del cuello, de Hermès o Louis Vuitton, pero probablemente de la primera marca. «Después de Hermès —solía decir Lottie—, no hay nada, después nada, después nada. Después puede que llegue YSL».

—¡Hola, mi pepita de oro! —gritó a Pravat.

Oír a Lottie exclamar era algo casi surrealista. Algo que ella misma, en ocasiones normales, habría considerado muy vulgar.

Pravat se quitó la cazadora. Lottie le ayudó a ponerse unas zapatillas de estar en casa que le había comprado.

Entraron en el vestíbulo. El papel de las paredes era de Josef Frank, con motivos de crisantemos. Hägerström oyó cómo ella sacaba sus viejos palos de bandy.

Comenzó a pasear por el piso. El salón; el comedor; la biblioteca; el salón de los caballeros; el antiguo despacho de papá; la habitación de los invitados; la habitación de la chica, ahora reconvertida en sala de la televisión; el viejo dormitorio de su hermano, reconvertido por su padre en sala de colección de trofeos de caza; y la habitación de su hermana, ahora convertida en lavandería.

Se vio a sí mismo en patín, atravesando a toda velocidad las cuatro habitaciones más grandes que estaban en fila. El salón, el comedor, el salón de caballeros y la biblioteca. Al menos treinta metros de alfombra tejida a mano: una pista perfecta para un niño de ocho años. Cuando la niñera estaba allí, podía ir y venir como le diera la gana. Pero su madre siempre entraba para pararle justo cuando alcanzaba la máxima velocidad. No bruscamente, pero sí con decisión. Como siempre. Nunca perdía el control, pero sabía lo que quería.

Había cuadros de Cronhielm af Hakunge por todas partes. El conde, los hermanos del conde, el padre de su madre. Paneles de madera en las paredes. Arañas de cristal sobre las mesas.

Hägerström pasó el dormitorio de sus padres. Su propia habitación estaba casi intacta. Su vieja cama danesa de madera estaba en su sitio, pero con una colcha nueva. La mesilla de noche, el escritorio estrecho con la silla de madera, también seguían allí. Sus tres cuadros estaban en el mismo sitio de siempre. Echó un vistazo al de Andy Warhol. Una fotografía coloreada y tratada de Michael Jackson. Había sido utilizada como portada en *Time* en el año 1984. Hägerström lo había recibido de su padre el mismo año. Cumplía doce años y el Rey del Pop era su gran ídolo.

En la pared de enfrente había dos cuadros del pintor sueco de fin de siglo J. A. G. Acke. En uno de ellos había un hombre fornido que parecía estar haciendo estiramientos, tenía la pierna izquierda estirada hacia atrás. Al fondo se veía un lobo. El hombre tenía el torso desnudo y cubría la parte de abajo con un pareo. El otro cuadro era más extraño. En él se veía un mar, olas azules se rompían contra el espectador. En una roca que sobresalía del agua había tres hombres desnudos. Pálidos, jóvenes, delgados, pero atléticos. No se tapaban.

Hägerström había elegido los dos cuadros de la colección de arte de su padre cuando cumplió dieciocho años. Se quedó quieto. Contemplando los hombres de la roca. Sus cuerpos blancos y fibrosos. El viento que alborotaba su pelo corto. La espuma de las olas. Las pollas de los hombres que colgaban hacia la roca sin complejos.

Tal vez solo posaban, enseñando sus cuerpos desnudos y disfrutando de ser contemplados. Hägerström despertó de su concentración. Oyó la voz de Pravat por detrás.

—Papá, ¿no vas a zampar con nosotros?

Miró a Pravat. El chico también estaba mirando los cuadros. Hägerström lo tomó de la mano y salió de la habitación.

Su madre no había puesto la mesa en el comedor, sino en la cocina, lo cual era una buena señal. Cuando Martin y Pravat venían de visita, tenía que haber un ambiente familiar.

—Pravat, no se dice zampar. Se dice comer —dijo ella.

—Me encantan tus bocatas, abuela —rio Pravat.

—No se dice bocata, cariño. Se dice bocadillo —dijo Lottie.

Hägerström continuó con el mismo plan en la prisión. Trabajándose al presidente de Born to be Hated. Haciéndose el amable. El sumiso. El abierto. Dándose por su lado. Repetía las impresiones positivas que había causado en Hall.

Y al mismo tiempo: Hägerström seguía dando a entender que aquí se decían cosas negativas sobre él. Que otros presos ventilaban opiniones sobre él, lo mencionaban, lo despreciaban.

Y en otras conversaciones: Hägerström hablaba con el tío de Werewolf Legion y con otros presos de la sección que él sabía que no eran amigos cercanos de JW; difundía el mensaje. A JW le caía mal Abdi Husseini. JW tenía opiniones sobre Omar. JW decía cosas feas sobre el presidente de BTBH.

Además: Hägerström procuró que Esmeralda requisara el teléfono móvil que JW escondía bajo la almohada del Tubo. Pidió a otro chapas que destruyera un montón de papeles impresos que JW guardaba en la celda de Tim el Tarado. Todo para ablandarlo de cara al acercamiento.

Hägerström contaba con que la propia mecánica del proceso de cotilleo hiciera el resto. Suficiente para crear el mito de un cisma. Omar tendría que colocar las piezas del puzle él solito.

La impresión general era inequívoca. El líder de Born to be Hated no era santo de la devoción de Johan Westlund.

La estrategia parecía funcionar después de unos días. Hägerström supo por diferentes fuentes que las cosas se ponían cada vez más calientes. Otros chapas dieron a entender que los rumores se habían arraigado. Oyó del propio Omar que el presidente de Born to be Hated había oído las mismas cosas de la boca del tipo de Werewolf Legion y otros. Parecía que el marica de JW tenía opiniones. El tipo cascaba. Largaba chorradas.

Hägerström seguía difundiendo informaciones falsas.

Sabía que la conclusión de Omar seguiría la lógica de una ley natural: había que darle un escarmiento a JW.

Eran las siete y media de una tarde, justo antes del cierre, cuando estalló. Hägerström observó la situación desde cierta distancia, sin interferir. Ya no era un juego. Omar no iba a aguantar más mierda.

JW estaba con la puerta de la celda entreabierta, estudiando, como lo llamaba él.

Omar abrió la puerta sin un ruido y entró. Después sacó las tabas de los nudillos provocando un ruido alto: pop-pop-pop.

JW levantó la mirada.

—Qué hay, ¿quieres algo?

Omar no dijo nada. Devolvió la mirada inquisitiva de JW sin más. Detrás de Omar, otro tío, llamado Decke, estaba con los brazos cruzados.

Silencio en la celda.

Se oían las voces del Tubo y Tim el Tarado fuera: una disputada partida de *hold'em*[25] junto a las mesas comunes del pasillo.

Omar se agachó. Puso una pata de metal de una silla contra la pared.

JW fijó la mirada. Una de las reglas básicas del tambo era la de nunca dar el brazo a torcer.

—Golpea demasiado —dijo Omar.

JW le miró con una expresión de cabreo.

—No es así como funcionan las cosas por aquí —continuó Omar—. No es así como funcionan en ningún sitio. Pero hoy estoy de buen humor, chiquillo. Por treinta billetes lo olvido todo. Como si no hubiera pasado nada.

JW siguió mirando al gigantón y a su colega, que estaba en el marco de la puerta.

—¿Qué me cuentas? No sé ni quién eres, Omar.

—¿No me has oído o qué? Ahora me debes cincuenta billetes. Y si dices una sola cosa más sobre mí, te reviento. *Walla.*

Omar cogió la pata de la silla con una mano. Decke dio un paso hacia delante, remangándose el jersey.

---

[25] Variedad de póquer.

—¿Quién te crees que eres? —dijo JW—. Sal de aquí antes de que me canse de ti en serio.

Las piernas largas de Omar: dos pasos. Ya estaba junto a JW. Le dio un par de bastonazos sobre la espalda. JW se cayó de la silla. Pegó un grito.

Omar volvió a pegarle, sobre la pierna.

JW trató de meterse bajo la cama a la vez que se protegía con los brazos.

La puerta de la celda estaba abierta: el Tubo y Tim el Tarado entraron corriendo. El Tubo cogió el brazo de Omar que sujetaba la pata. Decke lo alejó con un empujón. Tim el Tarado volvió rebotado. Dio un salto, aprovechando la cama de JW: estaba ya más alto. Trató de pegarle un rodillazo en la cabeza a Omar. Pero el presidente ya había reaccionado. Recibió la rodilla con la cabeza torcida y los músculos del cuello en tensión.

Decke dio otro empujón a Tim el Tarado, esta vez con ganas. Omar se dio la vuelta. Dio un puñetazo serio al Tubo. El puño más macizo de la penitenciaría clavado en la tripa del yugoslavo. El Tubo tratando de recobrar el aliento. Hipando. Soltando sus manos. Cayendo hacia atrás. Tim el Tarado le metió un derechazo a Decke. El tipo lo paró. Empujándolo otra vez. Omar, metiéndole un bastonazo con todas sus fuerzas a la mano de Tim el Tarado. Luego una vez más. Los dedos de Tim el Tarado crujieron. La sangre rociaba las sábanas de JW.

Decke apartó al Tubo.

Omar se agachó. Metió la pata de la silla debajo de la cama donde estaba JW.

Golpeó tan fuerte como podía.

El Tubo gritó.

Tim el Tarado gritó.

JW gritó más alto todavía.

Omar, dando golpes una y otra vez.

La pata de la silla estaba ensangrentada cuando la sacó.

Decke salió de la celda.

El propio presidente se dio la vuelta antes de salir.

—Maricón de mierda —gritó hacia la cama, agachándose—. La próxima vez te mato.

Telón.

\*\*\*

*Aftonbladet*

### Atentado contra el líder de los bajos fondos

Radovan Kranjic, cuarenta y nueve años, sospechoso de ser uno de los líderes de los bajos fondos de Estocolmo desde hace muchos años, ha sido víctima de un atentado con bomba.

A las tres y cinco de la madrugada, una fuerte explosión despertó a los residentes de la calle Skeppargatan de Östermalm en Estocolmo. Un coche-bomba había explosionado en la calle. En el asiento del conductor estaba Radovan Kranjic. Había también otro hombre, de unos treinta y cinco años, en el coche.

Un testigo que pasaba por la calle nos cuenta: «Estaba caminando de vuelta a casa y vi una enorme explosión treinta metros más adelante. La onda expansiva me tumbó. Se rompieron un montón de cristales de los coches y de las casas del alrededor. Pensé que era uno de esos suicidas haciendo de las suyas otra vez».

Se ha sabido que Radovan Kranjic estaba en el coche para recoger a su hija, de veintiún años, que había acudido a una fiesta en casa del conocido personaje de Stureplan y de la alta sociedad Carl Malmer, conocido como Jet-set Carl.

Carl Malmer, que reside en la calle Skeppargatan, dice a *Aftonbladet*: «Había mucha gente en mi casa y estábamos escuchando música. Pero de repente se oyó un estallido que ahogó la música y todo comenzó a temblar. Pensé que era un terremoto».

La policía llegó al cabo de unos minutos. Cercaron una parte de la calle y la fiesta en casa de Carl Malmer fue interrumpida.

Radovan Kranjic fue llevado en camilla hasta una ambulancia. Según los testigos, su hija estaba junto a la camilla en todo momento.

A la llegada al hospital Karolinska se comprobó que el estado de Radovan Kranjic era muy crítico. El hombre de treinta y cinco años que lo acompañaba en el coche también fue llevado al hospital. Nadie ha sido detenido por el atentado, pero se sabe que Radovan Kranjic fue víctima de un tiroteo tras acudir a una gala de artes marciales en el Globen. En aquella ocasión, escapó con vida gracias a un chaleco antibalas, aunque sufrió serias lesiones en el hombro.

Esta mañana, la policía seguía sin barajar ninguna hipótesis segura acerca del móvil del atentado.

«Siempre sospechamos que Radovan Kranjic ha desempeñado tareas importantes en los bajos fondos, pero hasta ahora no hemos podido demostrarlo», dice Claes Cassel, jefe de información de la policía. «Puesto que ya había sido víctima de otros atentados, este no ha supuesto ninguna sorpresa».

La policía cuenta con una veintena de testigos que presenciaron el suceso.

Anders Eriksson
Lotta Klüft


*Aftonbladet*

### El rey de los bajos fondos ha fallecido

Radovan Kranjic, de cuarenta y nueve años, ha fallecido, según un comunicado del hospital Karolinska. «Kranjic tenía serias lesiones provocadas por fuego y fragmentos de cristal, así como lesiones generalizadas en órganos internos vitales», dice el médico responsable de la UCI.

El coche de Radovan Kranjic explotó en la madrugada de ayer en la calle Skeppargatan de Estocolmo. Kranjic estaba en el lugar para recoger a su hija, que había acudido a una fiesta en casa del conocido personaje de la alta sociedad Carl Malmer, conocido como Jet-set Carl. En el coche había otro acompañante, de unos treinta y cinco años. Este sigue en cuidados intensivos en la UCI del hospital Karolinska.

Los testigos hablan de una fuerte explosión en el interior del coche. Se rompieron varios cristales de coches aparcados y pisos cercanos. Se pudo oír el ruido de la explosión hasta el barrio de Södermalm.

Los dos hombres fueron llevados en ambulancia hasta el hospital Karolinska.

«Nuestros equipos intentaron desde entonces salvar la vida de Kranjic, pero sin éxito», dice el médico responsable de los cuidados intensivos. «A las once y cuarto hemos podido constatar que no se podía hacer más».

La policía sigue varias líneas de investigación, pero todavía no cuenta con ningún sospechoso principal, dice una fuente policial a *Aftonbladet*.

Anders Eriksson
Lotta Klüft

*Aftonbladet*

### El rey de los bajos fondos será enterrado mañana

Muchos decían que Radovan Kranjic era el rey de los bajos fondos. Mañana será enterrado. La policía refuerza su vigilancia.

Tanto los medios de comunicación como la policía de Estocolmo han señalado a Radovan Kranjic como uno de los grandes de los bajos fondos. Él era consciente de que muchos pensaban que dirigía parte de las actividades ilegales de Estocolmo.

«Sé que me llaman el jefe de los yugoslavos y un montón de bobadas más», dijo en una entrevista a *Aftonbladet* hace cuatro años.

Medía más de dos metros y pesaba alrededor de cien kilos. Se sentía indestructible. Nadie iba a poder acabar con él.

«Soy un chico normal, pero llevo treinta años haciendo deporte», dijo con una risa.

Radovan Kranjic vino a Suecia desde la antigua Yugoslavia hace más de treinta años. Muchos pensaban que era un hombre encantador, y que no escatimaba en gastos. Entre sus intereses figuraban las carreras de caballos y era propietario de tres purasangres. También le gustaban las artes marciales y él mismo patrocinaba a numerosos luchadores, llamados *fighters*.

Pero Radovan Kranjic también había sido condenado a penas de prisión por amenazas ilícitas, agresión, crímenes de armas y fraude fiscal, entre otras cosas. Sin embargo, desde 1990 tenía un expediente policial totalmente limpio.

«Aquello fueron pecados de juventud. Yo no me dedico a estas cosas», dijo en la entrevista a *Aftonbladet*.

En Serbia tenía amigos íntimos que formaban parte del movimiento nacionalista serbio, entre ellos Zeljko Raznatovic, más conocido como Arkan, que lideró el ejército paramilitar privado Los Tigres Blancos. También se piensa que Radovan Kranjic participó en la guerra de la antigua Yugoslavia entre los años 1993 y 1995, periodo en el cual pasó mucho tiempo fuera de Suecia.

Radovan Kranjic comenzó su carrera profesional como portero de diferentes establecimientos nocturnos de Estocolmo. Era buen amigo de Dragan Joksovic, más conocido como Jokso, que también fue señalado como el líder de los bajos fondos hasta su asesinato en Solvalla en 1998. Muchos consideran que la muerte de Radovan Kranjic es una repetición del destino de Jokso.

Durante los años que siguieron, Radovan Kranjic desarrolló sus actividades, regentaba una empresa de vigilancia de bares y hacía negocios en los sectores inmobiliarios y de la construcción. La policía sospecha que, paralelamente, desarrollaba un imperio de contrabando de tabaco y de juego. Fuentes policiales dicen a *Aftonbladet* que Radovan Kranjic también era sospechoso de haber dirigido prostíbulos y actividades de extorsión en Estocolmo.

Una persona del círculo de Radovan Kranjic dice a *Aftonbladet:* «Radovan Kranjic llevaba una vida dura, pero para muchos de nosotros era un héroe. Mañana será enterrado. Por fin el rey podrá descansar en paz».

Sin embargo, la policía no opina lo mismo y tiene la intención de reforzar su vigilancia durante el entierro.

Anders Eriksson

Capítulo

# 15

Canto del coro. A voces. Ambiente sacro. Después, el obispo cantó en solitario durante unos minutos.

Otra vez el coro. El eslavo de la iglesia. Los textos sagrados de Kyrillos.

Olía a incienso y a mirra. Natalie trataba de escuchar las palabras aunque no entendía.

Su madre se santiguó. Natalie se sentía fuera de lugar.

*Lit de parade*[26]. Natalie estaba junto al ataúd abierto. Alrededor había una montaña de coronas de flores. Ella trató de fijar la mirada en la cruz detrás del ataúd. Pero no pudo apartar la mirada de su padre. Parecía estar tan solo, a pesar de que la capilla estaba llena a rebosar de gente. Llevaba un traje negro. El pelo con raya al lado. Los brazos cruzados sobre el pecho. Un icono con su *svetac*, san Jorge, en las manos. Su padre parecía pequeño. Y estaba quieto.

Tan quieto.

Natalie y su madre habían hablado con el obispo el día anterior. Habían hablado de sus preferencias en relación con las ceremonias y los rituales. Cada familia serbio-ortodoxa tiene su pro-

---

[26] Expresión francesa que se refiere a la colocación de un féretro abierto con la persona fallecida dentro, normalmente reservada a personas prominentes.

pio santo, un *svetac*. En el clan de los Kranjic, tenían a san Jorge desde hacía más de cien años. Y según la leyenda, san Jorge había matado al dragón, era un guerrero. Esto era más adecuado para su padre que para cualquier otro de este lugar.

La noche había sido larga. Según la tradición, el cuerpo debía ser enterrado en menos de veinticuatro horas. Pero no había sido posible traer a todos los asistentes en un plazo tan corto, y además la policía quería hacer la autopsia, así que decidieron esperar unos días. Pero más de una semana habría sido un escándalo. Dijeron al cura sueco-serbio de Södertälje que estaban dispuestos a pagar a sus empleados para que estuvieran presentes en el velatorio y leyeran el Salterio. Era importante: nadie podría decir que la familia Kranjic no lo había hecho según los mandamientos de la tradición. Su madre acudía a la capilla todos los días para ver cómo lo hacían. Había que tratar a su padre como el héroe que había sido.

Natalie llevaba un vestido negro largo de cuello redondo de Givenchy. Nada que hiciera sospechar lo caro que era en realidad. No habría sido apropiado. El obispo había sido claro. Nada ostentoso, nada de tacones altos o faldas demasiado suecas.

Su madre iba más sobria aún. Llevaba un traje negro con una falda que le llegaba hasta las pantorrillas. Y un sombrero con un crespón oscuro.

Hacía calor; habría doscientas personas en la capilla. Pero Natalie sabía que había al menos otras trescientas amontonándose fuera. Y, además de eso, estaba la vigilancia policial, por alguna razón que no atinaba a ver.

Ella y su madre habían llegado a la capilla dos horas antes. Habían visto cómo metían el ataúd en la capilla con el pie delante. Recibieron condolencias, flores, besos en las mejillas. Más de quinientas caras a las que tenían que saludar. No reconocía ni a la décima parte de ellas.

Apartó de su mente el coro, las caras, las débiles llamas de las velas de cera. Vio a su padre en su cabeza. En la calle Skeppargatan. En la camilla. Debajo de una manta amarilla. Sucio. Ensangrentado. El silbido provocado por la explosión seguía en sus oídos. Aun así: su padre no tenía ese silbido.

El silbido. Papá.

El caos.

Ella corriendo a su lado.

Tuvieron que apartarla de la ambulancia con fuerza.

Diez horas después del estallido de la bomba, se encontraba en una pequeña habitación del hospital. Nada de ramos de flores, nada de cajas de bombones. Solo aparatos con números digitales. Primero no habían querido decir dónde estaba su padre, pero esta vez Natalie exigió que la llevaran hasta él. La estructura de la cama era de metal y resplandecía a la luz de los rayos de sol que entraban por las persianas. Llevaba una venda que le cubría media cara y tenía tubos metidos en la nariz y en los brazos.

Su madre estaba en el pie de la cama, sollozando. Natalie y Göran estaban cada uno en una silla. Tenía que haber sido Stefanovic, pero decían que él también estaba en cuidados intensivos. Fuera, un policía montaba guardia. Sospechaban que pudiera haber más violencia.

Al cabo de un rato, una enfermera entró en la habitación.

—Tienen que salir ahora. Hay que operarle otra vez.

Su madre dejó de llorar.

—¿Qué van a hacer?

—Tendrá que preguntárselo al médico.

—¿Es tan grave como la operación anterior?

—Lo siento, no puedo decírselo.

Su madre y Göran se levantaron. Natalie no quería marcharse. Quería quedarse allí, quería estar al lado de su padre el resto de su vida.

—Vamos, cariño. Tenemos que salir —dijo su madre en serbio.

Natalie se levantó, inclinándose para besar la frente de su padre. Entonces: su mano tembló.

Natalie miró hacia abajo. Puso la mano sobre la suya. Era más que un temblor. Movía los dedos.

—Espera, mamá. Se está moviendo.

Su madre dio unos pasos rápidos hacia delante. Göran también se acercó para ver mejor.

Su padre levantó la mano del colchón.

A Natalie le parecía que quería decir algo. Se acercó más.

Oyó una leve respiración.

Sintió a su madre justo por detrás.

Otra respiración.

Después una voz débil. Su padre susurrando en serbio:

—Ranita mía.

Natalie le apretó la mano.

—¿Qué dice? —dijo Göran.

—Cállate —susurró Natalie, sin darse la vuelta.

Göran se inclinó hacia delante, tratando de escuchar.

La voz de su padre otra vez.

—Ranita mía. Ahora tú te encargas.

Natalie le miró. No podía ver el movimiento en sus labios. La habitación estaba sumida en un silencio absoluto.

—Ahora tú estás al mando de todo —dijo su padre otra vez.

El obispo pronunció su discurso. Llevaba algo parecido a una mezcla entre un vestido negro con ornamentos dorados y una capa de mago. Natalie había ido a misas serbio-ortodoxas unas siete veces en su vida, y siempre en Semana Santa. Pero hoy no era un cura cualquiera. El obispo era un pez gordo del mundo eclesiástico. El obispo Milomir: obispo de Gran Bretaña y de los países nórdicos. Normalmente estaba en Londres, pero para esto había acudido enseguida.

El obispo seguía hablando. De cómo su padre había llegado a Suecia en 1981 en busca de trabajo. Cómo había empezado a trabajar en Scania, en Södertälje. Cómo había avanzado, montando empresas, creando negocios. Se convirtió en un hombre adinerado, un hombre de éxito, un ciudadano respetado. Cómo seguía yendo a misa con regularidad, donando dinero para fines benéficos y para la construcción de la iglesia de Enskede Gård. Sobre todo: cómo nunca traicionaba al pueblo serbio y la fe serbia. Era evidente que había oído algunas cosas de otros, o simplemente se las había inventado. Como por ejemplo eso de que su padre iba a misa con regularidad; había tanta verdad en esa afirmación como en decir que existían los caramelos frescos.

El coro cantó otra vez. El obispo giró una lámpara de aceite sobre el suelo. Todos cantaron juntos: el himno nacional no oficial a san Jorge; era más apropiado que nunca. Las velas que todo el mundo sujetaba en sus manos estaban a punto de extinguirse. Las llamas oscilaban lentamente. Ya llevaban más de una hora encendidas.

El obispo comenzó a leer en eslavo de la iglesia. Echó aceite sobre el cuerpo de su padre. Gotas sobre su pálida frente.

El olor a mirra. El coro salmodiando con monotonía.

Ya había terminado.

El cura sueco de Södertälje anunció que había llegado el momento del último beso. Su madre comenzó a moverse. Había que hacerlo en un orden especial y tenías que volver a tu sitio en sentido contrario a las agujas del reloj.

Natalie sujetaba su mano con fuerza.

Se acercaron a su padre.

Su pelo color ceniza parecía más claro que antes. La mandíbula, que solía parecer tan ancha cuando sonreía a Natalie, ahora daba la sensación de ser estrecha. El cuello, que siempre había parecido tan fuerte, ahora era delgado como el cuello de un pájaro.

Su madre se agachó y dio un beso ligero en la frente de su padre.

Natalie se colocó encima del ataúd. Tenía la sensación de que todo el mundo de la capilla se paraba para observarla. Esperando para ver qué hacía.

Bajó la mirada. La cara de su padre. Los ojos cerrados. Las pestañas brillantes.

Se inclinó más. Paró con su boca a unos milímetros de la frente de su padre. No lloraba. No pensaba. No estaba afligida.

Solo un pensamiento en su cabeza: «Papá, estarás orgulloso de mí. Los que han hecho esto se arrepentirán».

Después lo besó.

La muchedumbre comenzó a dispersarse. Ahora quedarían cien personas en el cementerio. Incluso los policías se alejaban del lugar en sus coches.

Natalie empezó a caminar hacia un taxi que había pedido hacía más de quince minutos. Sólo eso la irritaba; tener que esperar un cuarto de hora cuando debería haber coches a la vuelta de la esquina.

Viktor caminaba unos pasos por detrás de ella. Su madre se lo había dejado claro: «Todavía no están casados, así que no puede estar a nuestro lado en la capilla».

Parecía que a Viktor le daba igual. A decir verdad, parecía que todo le daba igual últimamente.

Un poco más allá, junto a la valla, apareció Göran.

La cabeza ligeramente inclinada hacia delante. La expresión de Göran era grave.

Se detuvo delante de ella.

Derecha, izquierda, derecha. A pesar de que ya le había dado los besos antes del entierro.

—Natalie, lo lamento —dijo.

Se preguntó por qué lo repetía ahora.

Le estrechó la mano. Cogió la mano de Natalie en la suya. La sujetó durante unos segundos. La apretó. Sus ojos grises miraban fijamente a los suyos. Su mirada no era de compasión, como la de los demás. Era firme. Decidida.

Soltó su mano. Siguió hacia el cementerio donde todavía estaban su madre y algunas personas más.

Natalie se quedó. Miró su mano.

Una nota arrugada.

La abrió; las palabras estaban escritas a lápiz, con una letra descuidada. Dos palabras y una hora: «Stefanovic. Mañana 18.00».

Viktor la alcanzó.

—¿Qué era eso?

Natalie dobló los dedos sobre la nota.

—Nada.

El taxi estaba esperando al otro lado de la verja. Vio cómo un policía entraba en un coche un poco más adelante.

—Nada de nada…

## Capítulo
# 16

Jorge iba rumbo a casa de Paola. Y de Jorgito. Se esforzaba por mantener la velocidad legal. Después de la historia de la persecución, era todavía más importante rebajar los riesgos a cero.

Tenía la mollera llena de detalles. El plan estaba en pleno proceso de desarrollo. Después de semanas de planificación, estaban a punto de ponerlo en marcha.

*Shiiit*; qué pedazo de subidón.

El tema de las imitaciones de armas ya estaba arreglado: Javier había robado pistolas Taurus de Jula. Copias de Parabellum, un arma de la policía brasileña. Negras, suficientemente pesadas. Parecían la hostia de reales. Era increíble: el Estado sueco quería controlar las armas, pero entonces ¿cómo era posible que cualquier mocoso pudiera hacerse con una copia perfecta en cuestión de minutos?

La idea era del Finlandés: dejarían un arma falsa tras el robo; así no podrían ser condenados por atraco a mano armada si se jodieran las cosas.

Robert y Sergio habían robado coches en Noruega y los habían aparcado en la casita de verano de Jimmy; otra idea del Finlandés. Los limpiaron de huellas dactilares. Los cubrieron con lonas.

El Finlandés los puso en contacto con cantidad de traficantes de armas sirios de los gordos. Les habían prometido al menos un Kala más una pistola de alguna buena marca. Jorge todavía no había decidido quién llevaría el Kaláshnikov, pero debería ser para él. El arma de más peso, al tipo de más peso.

Jorge dio vueltas por la ciudad todos los días. Comprobando cosas de las comisarías, de la zona alrededor de Tomteboda, de las vías de escape. Mantuvo a los chicos controlados. Intercambiaba ideas con el Finlandés. Hablaba con Tom sobre la posibilidad de conseguir un contrato de alquiler de segunda mano en algún sitio.

Los planes iban tomando forma. Pero todavía había dos cosas que le roían por dentro: ¿cómo iban a forzar la valla? Y sobre todo: ¿cómo iban a entrar en la cámara?

Se podía cortar la valla con una cizalla en varios puntos, pero no era suficiente. Tenían que entrar y salir en coche. Y el único sitio donde había un camino asfaltado pasaba por la verja. Así que era la verja o nada, y había que reventarla; era la hostia de sólida. El Finlandés informó: verja industrial de una clase de seguridad estándar. Una cizalla nunca haría el trabajo, pero el Finlandés dijo que una rotaflex fuerte funcionaría. El problema: no iban a tener tiempo para bajar de un vehículo y ponerse a cortar la verja en pedazos. Tenían que encontrar otra manera de hacerlo. La pregunta era cuál.

Pasaba lo mismo con la cámara. Necesitarían volarla para entrar. La alternativa era que el contacto de dentro encontrase a alguien que pudiera abrirla desde el interior, pero eso no iba a suceder. En otras palabras: iban a necesitar dinamita.

El Finlandés lo había dejado claro:

—Para que funcione, necesitamos unos planos serios del lugar. Sin planos no se puede dejar que nadie calcule la carga explosiva necesaria y todo eso. ¿Lo entienden?

Jorge lo entendía: sin planos, podían olvidarse de la cámara.

Jorge tenía tantas ganas de encontrar soluciones propias. Pero el Cerebro era el cerebro en esto. Además: el Finlandés también tendría que trabajar un poco. Tal y como estaban las cosas ahora mismo: Jorge se rompía la espalda mientras el Finlandés se limitaba a mandar y a filosofar sobre esto y lo otro. Dando órdenes. Decidiendo las cosas. Pero terminaría con los papeles invertidos. Jorge y Mahmud: ya habían planificado su pequeña estrategia personal.

Otra área problemática estaba tomando forma: Viktor. No bastaba con la actitud chorra que había mostrado en la reunión; el pavo arrastraba los pies con las cosas que Jorge le había pedido. Tenía que haber conseguido guantes de trabajo, monos, etcétera. En lugar de esto, lloriqueaba cada vez que Jorge hablaba con él. Decía que todo el asunto se les estaba escapando de las manos. Que era demasiado peligroso, demasiado *crazy*. Que las condenas serían demasiado largas si fallaban.

A menudo ni devolvía sus llamadas.

Después de unos días: el tío se esfumó del mapa, más o menos. Jorge llamó dos, tres veces. Pero al vikinguillo pringado se la sudaba devolverle la llamada. Jorge habló con Tom. Le pidió que parloteara con su colega, que hiciera que Viktor se diera cuenta. A Jorge le quedaban dos milímetros de paciencia antes de explotar en la cara del chico.

Pasaron los días. No ocurrió nada.

Jorge salió del coche. Interrumpió sus pensamientos de atracador. Levantó la mirada hacia el piso de Paola. Quinta planta. La calle Hägerstensvägen. En Örnsberg. Paola: había ido a vivir lo más lejos que podía de su patria, Sollentuna. Una señal; quería mostrar que ella llevaba las riendas de su propia vida. Pero Jorge se preguntaba si había olvidado a su madre. Vale, seguramente quedaba con ella con más frecuencia que él. Pero Jorge al menos vivía más cerca.

Tocó el timbre de la puerta.

Oyó un ruido que venía desde dentro. Vio algo que oscureció la mirilla.

Dos segundos más tarde: ella abrió.

—Entra —dijo.

Él se quitó los zapatos. Entró en el piso. Había piezas de Lego y Playmobil en el suelo.

Jorgito vino corriendo.

—Hola, hola, hola. ¡Ven a ver!

Jorge levantó al niño, lo tiró al aire, le besó las mejillas.

Dijo las mismas cosas en español que su madre siempre había dicho.

—*¡Caramba, cómo has crecido!*

Entraron en el cuarto del chiquillo. Papel pintado azul con animales. Una alfombra con motivos de calles y casas. Juguetes de plástico por todas partes.

Los pasos lentos de Paola al fondo.

Puso a Jorgito sobre el suelo. Miró a Paola.

—¿Qué pasa?

—¿Qué?

—Paola, no lo intentes. Puede que no me conozcas a mí, pero yo a ti te conozco. ¿Qué te pasa?

Paola se agachó. Cogió la mano de Jorgito.

—Ven, vamos a la cocina.

Tenía la cara tensa.

Se puso delante de ella. Ella lo rodeó para llegar al fregadero. Preparó un vaso de jugo para el pequeño Jorge.

Jorge se puso delante de ella otra vez. Cogió su cara entre las manos.

—Paola, *¿qué* es lo que te pasa?

—Hoy me han despedido.

Paola tenía pinta de estar destrozada. A punto de hacer pucheros. Soltó la mano de su hijo. No quería que la viera si se ponía a llorar. El chiquillo miró a Jorge.

—¿Me has traído alguna avioneta hoy?

Jorge trató de sonreír. La última vez que había estado allí le había traído un avión de Playmobil. Esta vez tenía otro regalo.

Joder, no tenía tiempo para problemas familiares ahora mismo. La planificación del ATV consumía todo su tiempo.

Aun así: sabía cómo se había alegrado Paola por haber conseguido el trabajo como administrativa en una empresa de informática. Además: sabía que le resultaba muy difícil salir adelante como madre soltera.

Dio el regalo a Jorgito, una maqueta de Lego. En realidad, se había pasado: «Lego Racers 8199 – Atraco de furgón blindado». Leyó el texto del dorso. «El coche acorazado está parado debido a unas obras públicas cuando es embestido por el camión verde, que quiere hacerse con el dinero».

Trató de preguntar a Paola qué había ocurrido. Por qué había tenido que dejar el trabajo.

Hablaron durante un rato. Se sentaron. La mesa de madera tenía unos círculos producidos por tazas de té demasiado calientes.

—No solo me han despedido a mí. Ha habido recortes por todas partes. Hay reglas para estas cosas.

—Pero ¿y en la sección de economía?

—Solo estábamos tres, y yo fui la última en llegar. El último que llega, el primero que sale, como dicen. Si no encuentro trabajo dentro de noventa días, lo tendré complicado.

El *feeling* de Jorge: le daba pena. Al mismo tiempo: paro de noventa días sonaba bastante bien. Ella ya era una trabajadora de nueve a cinco. Era una parte del sistema. Y en breve: él tendría independencia económica; podría ayudar a Paola con lo que fuera.

Puso un brazo alrededor de ella. Vio imágenes en la cabeza. Él y Paola juntos. El estéreo de su madre, encendido. Carcasas de CD por todo el suelo. Paola hurgando entre los discos. Leyendo los textos de las contraportadas. Tratando de explicarle a Jorge por qué Janet Jackson y Mariah Carey eran las mejores. Ponía canciones, cantaba las letras de las canciones: *Oooooh, I'm gonna take you there, that's the way love goes*.

Pero para Jorge: ella: su ídolo más grande. En realidad: el único ídolo que había tenido nunca.

Jorgito volvió a la cocina. Miró a Paola.

—Ya he montado el atraco.

—Entonces me lo tienes que enseñar —dijo Jorge.

Paola le miró.

—¿Qué has dicho, Jorgito?

—Ya he montado el Lego. Es un atraco grande. El camión choca con el coche que tiene el dinero.

Paola se dio la vuelta y miró a Jorge. Suspiró.

—Eso no está bien.

Jorge esbozó una sonrisa socarrona.

—Ya te estás largando. Hablaremos luego —dijo Paola.

—No seas así, si al chico le encanta el Lego. Y te prometo que se arreglará. No tienes por qué preocuparte.

—No, vete, por favor. Y no quiero tu dinero. No encaja aquí.

Jorge se detuvo.

—¿Qué quieres decir? No me vengas con estas bobadas otra vez. Pensaba que ya lo habíamos superado.

Paola ya se estaba dirigiendo a la habitación de Jorgito.

—No puedes mantenerme a mí con lo que ganas en la cafetería. Eso ya lo sé. Así que, si hablas de arreglar algo para mí, tiene que ver con dinero sucio. Y no queremos ese tipo de dinero. ¿No te habías enterado?

En ocasiones normales: Jorge, un rey. J-boy *the man,* el tío que siempre tenía buenas salidas y un pedazo de *flow* de éxito. Ahora: no sabía qué decir. Callado como un móvil estrellado. Patético como un mocoso apaleado en el suelo de un bar.

Salió al vestíbulo. Echó una rápida mirada al cuarto de Jorgito. Los pensamientos le rebotaban en la mollera: si Paola no quería ayuda, ya podría dejar de lloriquear. Si ella no quería su *cash,* Jorgito tampoco iba a tenerlo. Si su pasta era tan sucia, el Lego también lo era. ¿O no? Debería entrar y recoger los juguetes del cuarto del pequeño Jorge.

Dio un paso hacia delante en la habitación del niño. El chaval estaba junto a su construcción. Esperándole a él y a Paola para enseñarles lo que había hecho.

Sus ricitos, sus ojos traviesos llenos de risa. Una persona inocente.

Jorge dio un paso hacia atrás. Volvió al vestíbulo.

Abrió la puerta.

La cerró de golpe. Tan fuerte como pudo.

En el coche, camino de casa: pedazo de bola de nervios en la tripa. Puso *The Voice*.

Robyn, como siempre en todos los canales de radio.

Sonó el móvil. Pensaba que sería Paola, disculpándose.

Era Tom Lehtimäki. Una conversación breve, sin nombres ni detalles. Siguiendo los principios de Jorge.

—Tenemos problemas.

—¿Y eso?

—El ocho está atrancado, lo intenté como dijiste, pero nada.

—¿Qué le pasa?

—La verdad es que no hay más que mierda.

—¿Podemos quedar para hablarlo?

—Estoy en casa.

—Vale, voy para allá. Ya.

Jorge llevaba tiempo sospechándolo. El marica de Viktor no estaba a la altura. El tío trataba de viajar gratis a costa de los demás.

Había llegado el momento de hablar con ese chorbo.

Un día después, estaban de vuelta en la casita de verano de la madre de Jimmy. Las sillas estaban en su sitio. El trípode, con la pizarra colocada. El sol pegaba con fuerza fuera; había llegado el verano. Iba a ser un verano largo con una cantidad loca de *cash*.

Pero para eso todo tenía que funcionar.

El fin se estaba acercando. En la última semana se habían arreglado muchas cosas. Ningún marica llamado Viktor iba a poder sacar una entrada libre. *No way in hell*[27].

---

[27] «De ninguna manera».

Pero también había cosas importantes pendientes. La valla. La cámara. El plan privado.

Echó un vistazo a los chicos de la casita.

Mahmud: hermano de cafetería. Hermano de planificación. Hermano de armas. Los ojos oscuros y tristones con pestañas largas: como unas medias lunas invertidas. El árabe tenía pinta de estar cansado.

Sergio: su propio primo. Javier: latino. Ambos: *hermanos*, pero posiblemente les encantaban más los porros que el plan. La última vez que había hablado con Javier: el tipo estaba tan colocado que su caspa nevaba sobre la luna. El propio J-boy había sido un fumador de primera. Pero para él: aquello se había acabado. Aun así, lo dejó pasar; necesitaba a estos tipos. Además: Javier no era un don nadie; conocía a todo Alby.

Robert: taciturno. Iba a lo suyo. Pero no tomaba iniciativas propias. En realidad: eso estaba bastante bien.

El pavo de Jimmy: también se portaba decentemente. La única desventaja, el tío era colega de Viktor.

Tompa: un talento con humor. Un técnico con contactos. Hasta ahora se había portado de manera ejemplar. Al mismo tiempo: exigía *mucho*. Quería decidir cada detalle. Dar su opinión. Escuchar su propia voz. Pero Jorge pensó: «Hay que darle cuerda, siempre y cuando responda después».

Viktor, por otro lado: un jeta que debería haber pedido disculpas hace tiempo.

Jorge comenzó a hablar. Repasó brevemente todo lo que ya estaba hecho. Parloteó sobre el planteamiento, el equipo, las armas. Repasó fechas, horas, momentos clave. Los ingresos de toda el área metropolitana de Estocolmo eran depositados en las cajas de servicio de los bancos, se juntaban, se recogían por guardias jurados y transportes blindados, terminaban en la central de recuento de Tomteboda. Y allí también estaba lo que tenía que salir al día siguiente.

Además: en la cámara estaban los restos, lo que podría no salir, lo que quedaba de la semana anterior. Pedazo de superávit de *cash*.

Los tipos parecían contentos a pesar de que Jorge les dijera que seguía sin averiguar cómo forzar las verjas y la cámara.

—Pero también tenemos otro problema —continuó—. Un problema gordo. Hablaré claro. Uno de nosotros no está dando la talla. A uno de nosotros se la suda todo el asunto. Solo piensa en sí mismo. Como un marica.

Los tíos le miraban fijamente. Solo Tom y Mahmud sabían de qué hablaba Jorge.

La cabeza de Jorge: hirviendo.

—Uno de nosotros quiere que los demás hagan el trabajo mientras él se limita a aprovecharse de las ventajas. Quiere colarse en el metro sin billete, pero esta vez cobrando, según parece.

La mirada de Jorge: clavada en Viktor. El tipo comenzaba a comprender.

Ya podía soltar la noticia.

—Estoy hablando de ti, Viktor. No estás haciendo ni una mierda. Ni siquiera contestas al teléfono. ¿Te das cuenta de los riesgos que los demás hemos corrido por ti?

Los otros tíos miraron a Viktor.

Respiraban, aliviados de que Jorge no estuviera hablando de ellos. Al mismo tiempo: caras inquisitivas. ¿Era verdad que Viktor solo trataba de aprovecharse de ellos?

La mollera de Jorge: las sienes estaban latiendo. La saliva salía a chorros.

Los pensamientos estallando en su interior: ¿quién hostias pensaba que era, ese vikinguillo de mierda? ¿El idiota de Viktor realmente pensaba que les podía engañar?

Jorge se puso en pie. Levantó la voz.

Venga a darle: problemas de actitud, estilo valemadre. Viktor: una postura de perdedor respecto al golpe. Su compromiso con el equipo daba por culo.

Viktor no hacía más que devolverle la mirada rara. Jorge trataba de pillarlo. Los ojos del tipo parecían asustados. Pese a todo, iba de fresco. ¿Qué hostias le pasaba?

Tras unos segundos. Jorge paró para respirar. Mirada asesina. Seguía de pie. Los ojos clavados en Viktor.

—¿Ya has terminado? Porque estoy hasta los huevos de ti —dijo Viktor.

—¿Cómo?

—He dicho: estoy hasta los huevos de ti. Estás tan lleno de mierda que te sale por los oídos.

El humor de Jorge: avería total. Aulló. Dio unos pasos hacia Viktor.

—¡Puto marica de mierda!

Viktor: soltó algo en plan bravucón. Se puso de pie.

Las alertas de pelea de todos: a nivel rojo oscuro.

Mahmud también se levantó.

—Relájate, Viktor.

—¡Venga, idiota, inténtalo! —gritó Viktor.

Tom se puso de pie.

—Siéntate, Viktor. Relájate ya, joder.

Demasiado tarde.

Jorge voló los últimos metros. Si ese payaso quería que le dieran de hostias, él se las daría.

Todo le estaba hirviendo por dentro: la falta de gratitud de Paola, la actitud de Viktor, las dificultades con la verja y la cámara que todavía estaban sin resolver.

Empujó a Viktor en el pecho con todas sus fuerzas.

El tipo tropezó y cayó hacia atrás. Golpeó el sofá.

Jorge: ya estaba encima.

Abofeteando a la *puta* como a una insoportable. Clis-clas.

Viktor trató de desviar los brazos de Jorge. Agitaba las manos como una pava.

Trató de ponerse en pie.

Jorge ya estaba con los puños: dio un par de derechazos medio decentes al pobre.

Después terminó. Javier y Mahmud ya lo estaban sujetando. Agarrándole de la cintura. De los brazos.

Las mejillas de Viktor estaban rojas como la casita de verano de la vieja de Jimmy; el tío soltaba palabrotas. Después se dio la vuelta.

Salió corriendo de la casa.

Diez minutos después. Jorge se había calmado. Estaba en la cocina con Mahmud y Tom. En un rincón: un viejo horno; tendría cien años. Hierro negro, iniciales grabadas en la parte frontal, un montón de ornamentos en las manillas. Jorge no entendía por qué la gente guardaba esas cosas.

Los demás se habían quedado en el cuarto de estar.

Tom hablaba en voz baja.

—Jorge, creo que Viktor está cagado de miedo.

—¿Por qué hostias le metiste en esto, entonces?

—Vale, me apunto ese error. Pero ahora en serio, está cagado de verdad.

—¿Porque vamos a prender fuego a coches?

—No. ¿No sabes quién es Viktor?

—Sí, un marica.

Tom repiqueteó con los dedos contra la mesa.

—¿Qué pasa? —preguntó Jorge.

Tom dejó de mover los dedos. Esperó unos microsegundos.

—Viktor está saliendo con la hija de Radovan Kranjic.

Jorge le miró fijamente.

—El tío está endeudado hasta las cejas —dijo Tom—. Teme que nuestra operación salga mal. Pero sobre todo teme por su vida, se ha metido en una familia que es peligrosa de verdad.

## Capítulo
# 17

Se notaba que estaba llegando el verano también dentro de la penitenciaría. Había más claridad en las celdas, los pájaros cantaban desde los muros, soplaban brisas suaves en el patio. Esmeralda dijo que esto, normalmente, afectaba a los presos. Se levantaban de mejor humor, tenían los cuerpos más inquietos, había más chistes verdes. Calentamiento previo al partido.

Pero ahora: los ánimos estaban por los suelos. Según Esmeralda no había hinchas suficientes en las gradas y, además, el ambiente en el vestuario era penoso.

Una guerra fría en la penitenciaría, que en cualquier momento podría convertirse en un conflicto abierto. Otra vez. La pelea en la celda de JW: Omar y el amigo habían dado de hostias al Tubo. El presidente también había machacado bien a Tim el Tarado. Y le había dado tantos golpes a JW con la pata de la silla que el resultado fue un diente roto, dos puntos en la ceja, ocho puntos en el muslo y cuatro días en la enfermería.

Hägerström estaba contento con su planteamiento. Torsfjäll estaba más contento aún. Había conseguido que el Tubo y Tim el Tarado fueran transferidos a otra prisión. Formaba parte del protocolo. Si se producían conflictos graves, había que separar a los pendencieros. A alguno se le trasladaría, otro podría pasar un par de semanas en aislamiento. O, si no, se les castigaba con otra cosa. Cancelando los permisos vigilados, o lo peor de todo: cancelando el tercio. No saldrían en libertad condicional después de cumplir dos tercios de la condena. Para JW, esto supondría hasta dos años más entre rejas.

Pero lo principal era que Omar Abdi Husseini se quedaría, él no iba a tener que cambiar de penal ni de sección. Y JW también se quedaría. Dos gallos peleones en el mismo gallinero.

En otras palabras, JW se quedaría solo con su nuevo enemigo mortal. Se agobiaría. Se preocuparía. Además, echaría en falta sus papeles y su móvil.

Ahora sí que había algo que Hägerström podía hacer por él.

Pasaron los días. Hägerström trabajaba como un loco, cogiendo todos los turnos que podía. Quería estar siempre en la prisión.

JW se mantenía al margen todavía más que antes del conflicto. Pasaba la mayor parte del tiempo en su celda. A la hora del almuerzo siempre tenía al chico joven, Charlie Nowak, muy cerca. Pero las cosas habían cambiado. Charlie Nowak trataba de ponerse a la altura de la situación. Jugar a ser guardaespaldas para JW, tomar el control. Pero sin el Tubo y Tim el Tarado faltaba la fuerza indiscutible, los nombres de peso.

El miedo a más ataques impregnaba el aire, aunque nadie quería reconocerlo abiertamente.

Por las noches, Hägerström se dedicaba a inventarse diálogos. Escribía guiones alternativos. Trataba de averiguar cómo funcionaba la cabeza de JW. Sabían que había utilizado al guardia Christer Stare antes. La pregunta era: ¿cómo lo había hecho?

En breve, Hägerström lo sabría. O eso esperaba.

Otra vez le tocaba tener a Pravat el fin de semana. Almorzaron en casa de la abuela Lottie. Albóndigas caseras con macarrones para Pravat y solomillo de ternera con patatas al horno para Martin y la abuela. Estaban en el comedor. En la mesa había un mantel a cuadros de hule. Pravat tenía una servilleta de tela en su pequeño regazo.

La abuela señaló el mantel.

—Lo compré ayer para el peque.

Hägerström se rio.

—¿De verdad ha sido para Pravat?

Lottie puso los cubiertos sobre el plato y se limpió la boca con la servilleta de tela cuidadosamente. Martin vio en su cara que iba a decir algo.

—Ese nuevo *look* sin pelo, ¿a qué se debe?

Martin se había rapado el pelo unas semanas antes. Que él pudiera recordar, nadie de su familia había tenido este aspecto nunca.

—Es más cómodo así.

Mamá le miró. Cambió de tema.

—Martin, ¿por qué venías tan poco por aquí cuando papá todavía vivía?

La pregunta lo pilló por sorpresa. En circunstancias normales, la madre de Martin Hägerström solía aplicar una regla básica: la de nunca iniciar discusiones incómodas en la familia. Había tenido que aguantar mucho de su padre en su vida. Ausencias por trabajo varios días por semana, explosiones de ira loca, posiblemente aventuras extramatrimoniales. Pero no se quejaba nunca en público. Nunca la había visto discutir con su padre. Lucharía hasta la muerte por no causar problemas a la familia.

Las preguntas incómodas no tenían cabida en la familia Hägerström, según su madre. Pero lo que acababa de decir era algo diferente. Quizá porque su padre ya no estaba. Quizá porque estaban los dos solos.

Martin no supo qué contestar. En realidad, debería contarlo sin más. Que le costaba estar con su padre después del divorcio de la madre de Pravat. Que le miraba con ojos raros.

Los divorcios no existían entre los amigos de sus padres. Hägerström sabía que alguno de los amigos de Carl se había separado, pero ahora no recordaba quién era. Al mismo tiempo, su madre tendría que entender que él estaba mejor sin Anna, pero no sin Pravat.

La vida de Hägerström y Anna había estado tan llena del proyecto de adoptar un niño que no se habían dado cuenta de lo poco que tenían en común en lo demás. Y su vida sexual era una broma. Aunque lo cierto es que había sido una broma desde el principio.

Pero ahora, delante de Pravat, no podía.

En las paredes del comedor colgaban algunos de los mejores cuadros de la colección de su padre. Había un Miró y un Paul Klee. El último mostraba una serie de viaductos que habían comenzado a moverse. Marchaban con ímpetu hacia delante, coloridos, patilargos. Edificios que se movían; era una protesta estrafalaria. La rebelión de los puentes, la sublevación de los viaductos firmes. Quizá fuera así como se sentía su madre ahora mismo. Un edificio que había estado inmóvil toda su vida, inamovible en su estructura de hormigón, que finalmente estaba dando un paso.

Llevó a Pravat a la guardería el lunes por la mañana. Hägerström tenía el resto del día libre. La dirección de la cárcel le había obligado a tomarse un día libre porque había trabajado demasiado últimamente. Almorzó con su hermano en el Prinsen. Se compró dos camisas y un par de jeans en NK.

Por la noche se sentó en el sofá del salón. Encendió la tele. Zapping entre los canales. *Las Noticias. CSI Miami.* Algún concurso de talentos: *American Idol, Top Model, Let's Dance*, la caza-de-cualquier-inútil-que-busca-la-fama. No estaba al tanto de qué iban los programas, pero sabía que no los quería ver. Se quedó con un documental sobre Rusia: antiguos soldados del KGB que habían montado patrullas de la muerte para ejecutar a periodistas disidentes.

Fue a la cocina. Metió una cápsula en su Nespresso. Livanto, la intensidad del café con sabor tostado. Escuchó el zumbido del aparato. Se llevó el café de vuelta al televisor.

El documental le hizo pensar en su servicio militar. Las fuerzas de asalto costero tenían la misión de proteger las fronteras del país, pero sobre todo la de realizar actividades guerrilleras si el país era invadido. En aquella época se consideraba que Rusia constituía una amenaza seria contra Suecia.

Ya se había tomado el café. Y además, tres copas de Bordeaux. Hägerström no estaba acostumbrado a tanto ocio.

Estaba pensando en qué hacer. Hasta cierto punto, estar viendo la tele, sin encontrar siquiera nada decente que ver, era como desperdiciar el tiempo ahora que estaba en la ciudad. Podría ver una peli de DVD. Podría ver fotos de Pravat y soñar con otra vida. Podría irse a la cama e intentar dormir. O, si no, podría llamar a alguien, salir a tomar algo. La pregunta era a quién. Tenía treinta y ocho años y ni siquiera era fin de semana. Todos sus amigos estaban o casados y con hijos o divorciados, pero todavía con hijos. Las probabilidades de que le acompañaran a tomar una cerveza espontánea no eran muy grandes. Sabía cómo funcionaban las cosas. Si quería quedar con alguno de ellos tenía que planificarlo, a menudo con semanas de antelación. El único que se le ocurrió que podría estar dispuesto a salir a la noche holmiense para quedar con él era Thomas Andrén, el excolega de la policía. Ciertamente, él también tenía hijos —también un hijo adoptivo—, pero nunca diría que no. Por otro lado, llevaban más de dos años sin verse. Y además se rumoreaba que se había pasado al otro bando. A Hägerström no le apetecía quedar con él esta noche.

Una hora más tarde estaba solo en el Half Way Inn junto a la plaza Mariatorget. Su bar preferido.

Al principio de su carrera había trabajado en la comisaría que estaba al lado. Unos compañeros de trabajo solían tomar una cerveza o dos después de trabajar, normalmente los viernes, pero a veces otros días de la semana también. No era el tipo de bar que le iba a Hägerström. Pero aun así: una cerveza o una copa de vino en el Half Way Inn servía para despejar la cabeza después de un día de trabajo.

También había otra cosa. Half Way Inn estaba en el barrio de Söder. Para Hägerström, eso era algo radical. Tras graduarse en la Academia de Policía a principios de los noventa incluso había ido a vivir a ese lugar. Un pequeño apartamento de Hornstull. Todavía recordaba las caras de su madre, su padre y su hermano cuando se enteraron de dónde estaba. «Söder, pero *¿por qué?*».

Hoy en día, Hägerström se había tranquilizado. Todavía prefería salir por Söder, pero vivía en Östermalm. Ya no necesitaba marcar su terreno. Elegía lo que le iba mejor y, de todas maneras, Östermalm no dejaba de ser su casa.

El garito era un pub inglés clásico de ambiente marino. Un viejo rótulo sobre el bar: Hardy & Co Fishing Rods. Un pez espada de plástico que colgaba del techo. Una borda de latón a lo largo de la barra del bar. En las paredes, papel pintado de cuadros escoceses e imágenes de las Tierras Altas, gaiteros y naves. En el suelo había una vieja moqueta, impregnada de cerveza derramada.

En el bar: Samuel Adams, Guinness, Kilkenny. Y —a pesar de que lo francés no solía encajar en estos ambientes— Pelforth de todos los sabores: *brune, blonde, ambrée.*

La clientela era variada. En el rincón a la izquierda de la puerta de salida, junto a las ventanas, siempre estaban los viejos: barba de tres días, medio sebosos, totalmente borrachos. La antigua población de Södermalm. Antes de la pijificación. Junto a las mesas del centro, delante de la barra del bar, había padres y madres normales, amigos y compañeros de trabajo. Tomándose una caña, relajándose, hablando de la vida. Y al fondo, al lado del *jukebox* digital, estaban los niños lindos que iban a la moda. Hägerström había visto cómo habían cambiado su forma de vestir a lo largo de los años, pero nunca habían cambiado de compañía. Los chicos iban ataviados con chinos beis, zapatillas blancas y llevaban barba. Las chicas llevaban sombreros y tenían tatuajes. Evidentemente, en

Söder la moda solo podía ser de una manera a la vez, al igual que en los círculos de su propio hermano y sus amigos; eran clonados.

Dos horas más tarde salió.

Fachadas en movimiento. Dientes rojos. Sabor a vino en el paladar. Eran las doce y media.

El barman estaba encadenando las mesas de la terraza para cerrar. Empujó las plantas falsas del pub hacia la pared y se giró hacia Hägerström.

—¿Quieres que te pida un taxi?

Hägerström negó con la cabeza. No iba a ir a casa. Quería follar.

Side Track Bar estaba al lado de Half Way Inn.

No había cola para entrar.

Un portero le dejó pasar con una inclinación de cabeza.

La planta de la entrada era minúscula. Bajó por las escaleras. Del techo colgaba una bandera de colores. Hägerström se sujetó con fuerza al pasamanos. Se inclinó hacia atrás, tratando de mantener el equilibrio. Las escaleras giraban y Hägerström giró con ellas. Paso a paso.

Una sala grande. Arañas de cristal en el techo y velas encendidas sobre las mesas.

La sala estaba llena de mesas con manteles a cuadros y ruidosos comensales. Nadie le hizo caso.

Continuó hacia delante.

Allí abajo, la iluminación se volvía más débil. Una barra larga delante de él.

Abba en los altavoces.

Los techos eran bajos. Una bola de discoteca giraba lentamente por encima del bar. La luz de un foco rojo quedaba refractada en miles de pequeños puntos de luz rojos repartidos por la sala. Un poco más adelante se veía otra sala más y una pista de baile con paredes pintadas de negro.

Delante de él, había manadas de hombres. Hombres con camisetas interiores. Hombres con pantalones de mezclilla azules y joyas. Hägerström bajó la mirada. El suelo era un mosaico verde. Miró sus pies. El mosaico tenía el color del arcoíris. Alguien tocó su hombro. Levantó la mirada. Vio dos ojos claros.

—¿Eres miope? —El tipo sonreía.

Hägerström le devolvió la sonrisa.

—No, quería llamar la atención sin más.

—Lo has conseguido.

El tipo tenía la cabeza rapada, pero llevaba barba. Puso la mano sobre la espalda de Hägerström. Le llevó hacia dentro.

La espina dorsal de Hägerström emitía señales a chorros. Sinapsis fuertes. El cosquilleo se multiplicó por todo el cuerpo.

Ponían Lou Reed. *Said, hey baby. Take a walk on the wild side. And the coloured girls go doo do doo do doo do do doo.*

Hägerström siguió al hombre de la barba a la pista de baile.

La araña de cristal giraba lentamente.

*Doo do doo do doo do do doo.*


Eran las dos y media. Hägerström y el hombre de la barba salieron a la calle dando traspiés.

Hägerström oyó una voz.

—¿Hola?

Se dio la vuelta. Entornó los ojos.

Uno de los amigos más íntimos de su hermano, Fredric Adlercreutz, estaba delante de él, vestido con un abrigo oscuro y un chaqué por debajo.

Hägerström le devolvió el saludo.

—¿Qué haces tú por aquí? —Imitó el tono de voz de su hermano cuando hablaban de Söder.

—¿Qué quieres decir? —preguntó Fredric.

—Quiero decir aquí en Söder, ¿qué si no?

—He tenido una cena de caballeros. —Fredric desvió la mirada. No sabía cómo encajar eso de ver cómo Hägerström cogía a un hombre de la mano. Educación, ante todo.

Pasó un taxi. Hägerström aprovechó la oportunidad. Cogió al hombre de la barba del brazo y entró. No podía dejar de pensar en la expresión de Fredric. No era la primera vez que alguien le veía así, pero siempre le daba un poco de cosa.

Después pensó: «¿Cena de caballeros, en Söder?». En realidad, ¿Fredric Adlercreutz estaría a punto de entrar en el mismo sitio del que Hägerström acababa de salir? Por otro lado, si fuera así, ¿por qué habría elegido saludarle?

Fueron a la casa del hombre en la calle Torsgatan. Se llamaba Mats. Comenzaron a besarse ya en el vestíbulo.

Se quitaron la ropa con movimientos ansiosos. Acariciando los brazos, el pecho, el cuello del otro.

Mats olía a colonia que llevaba todo el día allí.

Entraron en su dormitorio. La cama estaba sin hacer. En una de las paredes había fotos de sus hijos y en la otra colgaba un batín de un gancho.

Mats dijo que trabajaba en el sector de las relaciones públicas.

Mats hizo una felación a Hägerström en el borde de la cama.

Mats veía a sus críos cada dos fines de semana.

Mats sacó lubricante. Metió un dedo en el culo de Hägerström.

Mats dijo que había visto a Hägerström en el Side Track Bar más veces.

Mats metió su polla en Hägerström.

Ambos gimieron.

Era un placer sensacional.

De vuelta en la penitenciaría. Una mañana después de desayunar, Hägerström llamó a la puerta de la celda de JW. El tío se encerraba allí siempre, pero no podía evitar que los guardias entrasen.

Hägerström echó un vistazo a JW. Todavía se veían los puntos sobre la ceja. El pelo rubio ya no estaba tan repeinado como antes; estaba más bien cayendo en mechones lacios sobre las orejas. Aun así, parecía relativamente tranquilo.

Todo según el plan. Justo como Hägerström quería.

Se sentó en el borde de la cama de JW.

—Cuéntame, ¿cómo estás?

JW estaba sentado en su silla, con una computadora portátil abierto delante de él.

—No llevas mucho tiempo aquí, Hägerström, pero ya sabes lo que ha pasado. Es una parte de la vida aquí dentro, pero eso no quiere decir que sea divertido.

—Comprendo. Y tus chicos han sido trasladados.

Hägerström había sopesado cuidadosamente las palabras que debía utilizar: «Tus chicos». Una señal de las premisas de la vida en la cárcel. Tienes a tus chicos, a tu grupo; en el caso de JW: tus protectores.

—Ya, han tenido que irse. Una putada, era buena gente.

Había suspirado al pronunciar la palabra «ya». A Hägerström le había parecido oír un leve rastro del dialecto de Västerbotten en su pronunciación, era típico de la zona.

—Oye, tengo una propuesta —dijo.

Se levantó, acercándose a la puerta de la celda de JW. La cerró suavemente. Volvió a sentarse en el borde de la cama.

—Abdi Husseini sigue aquí. Su gente sigue aquí. Tú sigues aquí, pero estás solo. No es una gran combinación que se diga. Como el gato y el ratón. Pero puedo conseguir que lo trasladen a otro sitio.

JW cerró la computadora. Lenta, atentamente. Era evidente que escuchaba con atención.

Hägerström continuó.

—Bien, tú no me conoces, pero tengo buenos contactos. Buenos amigos en el Servicio Penitenciario. Algunas llamadas por teléfono y asunto arreglado. Abdi Husseini se larga, y fuera problemas. ¿Cuántos meses te quedan?

—No llegan a tres.

—Vale, casi tres meses con Omar. O tres meses relajados y agradables sin ese loco.

—Lo último suena mejor.

—Así que ¿qué eliges?

JW sonrió. Una sonrisa torcida. Una sonrisa de negocios. Lo entendía; a fin de cuentas todo es cuestión de dinero. También era la premisa básica de él.

—¿Cuánto va a ser?

La respuesta de Hägerström llegó rápida como una bala rebotada.

—Quince mil.

JW le devolvió la pelota con la misma velocidad:

—Diez mil. ¿Y cuánto tardas en eliminarlo?

Hägerström pudo oír su propio grito de triunfo en la cabeza.

—Creo que me llevaría menos de cuatro días. Pero si eso, quiero quince mil.

JW soltó una risita. Sus dientes eran tan blancos y relucientes como los de Torsfjäll.

—Tenemos un *deal*[28] —dijo.

Hägerström pensó: «Ya has picado».

Ahora solo queda subirte a bordo.

---

[28] «Trato».

# Capítulo
## 18

El día después del entierro: Natalie estaba en la butaca de su habitación. Viendo su cara reflejada en la pantalla del televisor apagado.

El televisor que su padre le había regalado.

En realidad, debería ir a la ciudad y quedar con alguna amiga. Dar un paseo con su madre. Entrenar. O descargar alguna película. Hacer algo.

Pero no le apetecía hacer nada de eso.

Por la tarde iba a quedar con Stefanovic. La nota que Göran le había pasado tras el entierro: no era una pregunta; era una orden. Pero él no tenía un rango como para mandar sobre Natalie. Nadie mandaba sobre ella; los empleados de su padre deberían callarse la boca y obedecer. Aun así: el caso era que le apetecía ver a Stefanovic ahora mismo. Ver cómo estaba, oír lo que tenía que decir.

Se quedó en la butaca. El mismo reflejo en la pantalla negra de la tele. El mismo absurdo.

La foto de su padre —cuando era joven— en la pared.

Los pendientes de Tiffany's que su padre le había regalado en la mesilla de noche.

Su padre.

Veía las mismas imágenes pasar volando en su cabeza una y otra vez.

El BMW azul oscuro al otro lado de la calle. La voz de su padre desde el coche. Las llamas. El olor al cuero de los asientos y a piel humana que se estaba quemando.

Después oyó un ruido. Un ruido irritante, persistente, del interior de la casa. Era la señal de alarma de la verja. Alguien estaba acercándose a la casa. Alguien que había optado por no identificarse en el videoportero.

Su madre o Patrik parecía que no oían. La señal seguía zumbando. Solo eran las diez de la mañana.

Durante un breve instante pensó en correr hacia la habitación de seguridad. Pero eso parecía exagerado. Debería poder ver de quién se trataba en la pantalla primero.

Sonó el timbre de la puerta. Fuera quien fuera el que estaba llegando, evidentemente ya estaba en la puerta y quería entrar.

Se levantó. Tenía la camiseta que llevaba puesta desde los catorce años. Se había lavado tantas veces que estaba suave como la seda.

Salió al vestíbulo. Echó un vistazo a la pantalla de vigilancia. Tres hombres que ella no reconocía estaban al otro lado de la puerta. No tenían pinta de ser unos asesinos.

—¿Sabes quiénes son?

Natalie se dio la vuelta. Patrik estaba detrás de ella.

—No, no tengo ni idea. Hay tres personas. ¿Les pregunto?

—No. Yo me ocupo. Sal del vestíbulo, Natalie, hasta que haya comprobado quiénes son.

Natalie entró en la cocina.

Oyó la voz de Patrik.

—¿Y quiénes son?

Sonó el ruido del eco que salía del altavoz que estaba junto a la puerta.

—Somos de la policía.

Por lo menos no era alguien que quisiera hacerles daño físicamente.

Oyó cómo Patrik abría la puerta.

Natalie quería salir a saludarles. Se detuvo por un momento antes de entrar en el vestíbulo. Una sensación le atravesó el cuerpo; lo mejor sería andar con cuidado después de todo.

Oyó sus voces.

—Venimos de la Autoridad de Delitos Económicos.

—Bien, ¿y con quién quieren hablar?

—No queremos hablar con nadie. ¿Quién es usted, por favor?

—Me llamo Patrik Sjöquist.

—¿Puede identificarse, por favor?.

Ruidos como de crujidos de papel. Natalie estaba alerta. Estos policías no parecían haber venido para interrogarla, ni para investigar el asesinato de su padre. Querían otra cosa.

—Vamos a repasar los documentos de Radovan Kranjic —les oyó decir—. Contabilidad y esas cosas. Así que le agradeceríamos que nos enseñara dónde guardaba ese tipo de material, después ya nos arreglaremos solos.

Patrik no hablaba con tanta educación fingida.

—Entonces están en el lugar equivocado. Esas cosas no están aquí, ¿saben? Los papeles están en los locales de las empresas o en la asesoría. Tienen que ir allí. Esta es la residencia de la familia. Y está guardando luto.

Natalie trataba de evaluar lo que estaba sucediendo lo más rápido que podía. No sabía si su padre guardaba documentos de contabilidad en casa. Pero sí sabía que fuera lo que fuese lo que querían buscar, ella no quería que lo encontrasen.

Del vestíbulo llegaba la voz de Patrik, que seguía protestando.

Al final, una voz amañada de poli replicó:

—Oye, cálmate un poco. Nosotros decidiremos si podemos encontrar algo aquí o no. Si no dejas de dar problemas ahora mismo, vamos a tener que pedir refuerzos.

Natalie había oído suficiente. Salió de la cocina. En el pasillo: trató de escuchar las voces de los policías. Ya estaba a varias habitaciones de distancia de ellos.

Pasó la habitación de sus padres. Estaba vacía. Dos metros de cabecero, como una cama con dosel pero sin el dosel. La cama de tamaño XXL estaba hecha con una colcha de seda lila, con un emblema de la familia Kranjic bordado en el medio.

La moqueta amortiguaba el ruido de sus pasos.

Pasó el baño de su madre, la sala de televisión, su propia habitación. Una curva. Pasó la habitación de los invitados donde se alojaba Patrik. La puerta de la biblioteca y del despacho de su padre, tres metros más adelante.

Ahora podía oír la irritada voz de Patrik a lo lejos. Bien; seguía contestando a los policías.

Abrió la puerta del despacho. El escritorio era de madera maciza y por encima tenía un gran cartapacio de cuero. Encima de él había un montón de papeles bajo una prensa de papel con el escudo de los Kranjic, una computadora portátil cerrado y un portaplumas; muchas plumas llevaban el escudo grabado. En el suelo había una alfombra hecha a mano y jarrones decorativos. En la estantería: libros de economía, montones de papeles, carpetas.

Natalie no tenía tiempo para elegir. Se movió como un perro bien adiestrado hacia su objetivo: la estantería. Cogió tantas carpetas como pudo. Abrió la puerta con el pie. Echó un último vistazo al despacho. Quería llevarse otra cosa más. En el escritorio había una carpeta que estaba abierta. Su padre habría trabajado con ella la última vez que estuvo allí.

Dejó una de las carpetas que llevaba. Cogió rápidamente la carpeta del escritorio. En total: podía llevar siete si las apilaba sobre los dos brazos a la vez. Si tuviera tiempo, volvería a por más.

Salió del despacho. Atravesó el pasillo.

Oyó voces.

Voces de policías.

Voces de cabrones.

Natalie abrió la puerta de la cocina. Salió por la puerta trasera hasta su coche. Esperando que los putos polis no la vieran.

Puso rumbo a la ciudad. Llamó a Louise para preguntar si podía pasar. Lollo no estaba en casa. Llamó a Tove. Fue hasta su casa con las carpetas.

Estaba otra vez en su coche. Se había echado una siesta. Había hablado con Patrik, que le había garantizado que no había razones para preocuparse. Dijo que todo lo importante debería estar en los locales del contable de su padre, Mischa Bladman, de la asesoría Redovisningskonsulten.

Los policías habían vaciado la oficina de su padre. Natalie no dijo nada de que se había llevado siete carpetas.

Ahora se dirigía al hospital de Söder, adonde habían trasladado a Stefanovic. Había llegado el momento de hablar.

Tenía mucho tiempo. Atravesó la ciudad. Entró por Norrtull. La rotonda de Vanadis con un montón de pasos de cebra muy molestos donde la gente cruzaba la calle sin mirar. La ciudad todavía no estaba tranquila.

Cruzó la calle Karlbergsvägen. Recorrió la calle Sankt Eriksgatan con la mirada. Se podía ver hasta el otro lado del puente, hasta Kungsholmen, casi hasta la calle Fleminggatan. Abarcaba un tramo inusualmente largo. Un corte que atravesaba la ciudad. Una arteria que bombeaba vida a Estocolmo. El territorio de su padre. Su territorio.

Aparcó el Golf en un aparcamiento para visitantes junto al hospital. Estuvo a punto de olvidarse de cerrar el coche. Apretó el botón de la llave a veinte metros de él. Oyó cómo las cerraduras se activaban.

La entrada principal era grande. Miró a la gente. Viejos con andadores, chicos de siete años con brazos escayolados acompañados de sus madres, mujeres somalíes envueltas en múltiples capas a pesar del sol que abrasaba fuera. Natalie no tenía ni idea de cómo iba a llegar a la sección donde estaba Stefanovic. Tenía miedo de perderse.

Pero no era solo eso. También tenía miedo de no estar a la altura. El encuentro con Stefanovic no era el único asunto. Pasaban cosas todo el tiempo. Antier: había estado en un interrogatorio en la comisaría acerca del asesinato. Querían saber qué había visto en la calle cuando lo volaron. Ayer: el entierro. Hoy: el rescate apresurado de las carpetas para salvarlas de los putos polis. Y cada día desde el asesinato de su padre: pertinaces periodistas que buscaban un comentario. ¿Qué cojones se pensaban, que ella iba a abrir su corazón ante *ellos?*

Sección 43.

Caminaba por el pasillo. Delante de una de las puertas había un chico de unos veinticinco años. Natalie no lo reconocía, pero reconocía el estilo: pantalón de chándal, una sudadera con cremallera en la que ponía «Budo Nord», músculos exagerados y mirada recelosa. Tenía que ser uno de los empleados de su padre.

Inclinó la cabeza hacia el chico. Se levantó para abrir la puerta. Natalie entró.

Una habitación luminosa. Ventanas con vistas a la bahía de Årstaviken. Dibujos floreados en las cortinas y los muebles de colores claros. Papel pintado con textura, suelo de linóleo y ambiente de hospital al cien por ciento.

En la cama que estaba contra una de las paredes, Stefanovic estaba sentado, apoyado en unas cuantas almohadas.

Göran, Marko, Milorad, Bogdan ocupaban varias sillas. Quedaba un asiento libre.

La cara de Stefanovic parecía pálida. Por lo demás, ella no vio más rastros de la explosión. Le costaba hasta mirarlo; todo le recordaba demasiado a su padre.

—*Dobrodošao.*

Stefanovic se quedó en la cama. Los otros se levantaron, besándola en las mejillas de uno en uno.

Natalie se sentó en la silla que estaba vacía.

Stefanovic se aupó más aún sobre las almohadas y dijo en serbio:

—Bien, ya está aquí todo el mundo. Podemos empezar. —Se giró hacia Natalie—: Si puedes apagar el móvil, mejor.

Natalie miró a sus pálidos ojos.

—Llevo tiempo sin encenderlo. Ya sabéis, los jodidos periodistas.

—Entiendo.

Tenía la cara muy seria.

—Aprecio mucho que hayamos podido quedar tan pronto. En primer lugar, quiero decir que he oído de mucha gente que la de ayer fue una ceremonia realmente digna. Muchas personas importantes estuvieron presentes. Dmitrij Kostic, Ivan Hasdic, Nemanja Ravic. Magnus Berthold, Joakim Sjöström y Diddi Korkis, por mencionar algunos. Me alegro por ti, Natalie.

El discurso de Stefanovic era raro; iba más sobre los invitados que sobre la ceremonia propiamente dicha. Pero Natalie no dijo nada. Dejaría que terminase de hablar.

—Y ahora nos toca enfrentarnos a la realidad. Tenemos dos asuntos pendientes. En primer lugar, tenemos que salvar los bienes del *Kum*. La Autoridad de Delitos Económicos ha visitado a la familia y además ha exigido ver material contable de la asesoría. Si no fuera por mi actual situación, me habría ocupado de las carpetas hacía ya varios días. Las empresas seguramente recibirán cartas desagradables de Hacienda en breve. Natalie, quiero decirte que puedes contar con que irán también a por la testamentaría directamente. Hay cuentas en muchos países que tenemos que investigar y asegurar. Puedo proponeros un buen administrador de testamentarías. —Stefanovic continuó—: Vamos a formarnos para enfrentarnos a todos los cabrones que piensan que estamos al borde de la disolución. Estoy seguro de que los chiquillos ahí fuera se piensan que abandonaremos la carrera solo porque ha desaparecido el *Kum* Rado. Supongo que ya los han interrogado. Al menos han venido por aquí para interrogarme a mí y tuve una sensación muy clara de que no les interesa investigar este asunto a fondo. Ya lo saben, la policía no está haciendo nada. No quieren encontrar al asesino. Al revés, están contentos de que el *Kum* haya desaparecido y se toman los interrogatorios como una oportunidad de sacarnos información. Y quieren que haya una guerra en esta ciudad para que todo el mundo se debilite.

Natalie escuchó. Los hombres discutieron las preguntas que Stefanovic había planteado. Göran y los demás aportaron sus opiniones. Hablaron de estrategias. De alianzas. Analizaron: quiénes son los enemigos y quiénes son los amigos.

Al mismo tiempo, Natalie no pudo evitar notarlo: Stefanovic voceaba como un jefecillo desde la cama. Parecía creer que era su padre.

Soltaron nombres de bandas, suburbios y prisiones. Hablaron de entregas de anfetaminas, empresas de servicios de portería y traficantes de armas extranjeros. Hablaron brevemente de las empresas. Delegaron tareas. Esperaban que Mischa Bladman hubiera podido salvar todo el material posible. Ella seguía sin mencionar las carpetas que se había llevado.

A Natalie le sonaban la mayoría de las cosas. Pero algunas eran nuevas para ella. Dejó que los hombres siguieran hablando. Fingió no saber. Escuchó.

Aprendió.

Terminaron la reunión una hora después.

Se sentía cansada. Mareada. Confusa. El hecho de que le hubieran permitido asistir a esta reunión era una nueva sensación. Al mismo tiempo: la actitud de Stefanovic era extraña.

Göran la acompañó al coche.

Ahora hablaba sueco.

—¿Qué tal estás, mi niña?

—Estoy bien —mintió—. Aprecio que me hayan dejado participar en esto.

—He sido yo quien pensó que era lo mejor.

—Gracias. Dentro de poco me toca ir a otro interrogatorio con la policía.

—Vale. Entonces quiero que pienses en algunas cosas.

—¿Como qué?

Göran le explicó cómo pensaba que ella debía actuar. No contestar a preguntas innecesarias. No especular sobre teorías propias.

—De todas maneras, no puedes ayudarles a encontrar al asesino del *Kum*.

Luego propuso que de ahora en adelante ella grabara todos los interrogatorios en su iPhone.

A Natalie eso le sonaba raro.

—No, no es raro —dijo Göran—. Si no hacen su trabajo y siguen sin encontrar al asesino de tu padre, tenemos que hacernos cargo nosotros.

Ella prometió considerarlo.

—Ha sido importante que estuvieras hoy. Eres la hija —afirmó Göran.

—¿Qué quieres decir?

—Eres la hija de Rado. Eres la heredera. Oí lo que dijo el *Kum* en el hospital. ¿Lo entiendes? Lo oí.

—Sí, tenemos que hablar de eso en otra ocasión.

—Por supuesto. Por cierto, deberías conseguir un nuevo número de móvil. Y, cuando lo tengas, comunícamelo a través de Patrik. No llames.

—Ya entiendo, no llamaré.

—Y una última cosa.

Natalie se preguntó qué le diría ahora. Estaba tan cansada.

—¿Tu madre y tú tienen controlado qué bienes hay en la testamentaría?

—No lo tengo del todo claro, pero he oído lo que dijo Stefanovic. No he tenido fuerzas para ocuparme de ello. Pero vamos a contratar a un abogado para que lleve lo de Hacienda.

—No lo digo solo por Hacienda. Hay muchas otras manos largas ahí fuera.

Göran se acercó a ella. Las sienes canosas casi parecían blancas a la luz del sol.

La besó en las mejillas.

—Trata de hacerte una idea de lo que hay en la testamentaría. Es un consejo.

Natalie asintió con la cabeza. No tenía fuerzas para preguntarle qué quería decir. Solo quería ir a casa a dormir.

—¿Te arreglarás, entonces? —preguntó él.

Natalie no sabía qué contestar.

# Capítulo
# 19

Hoy: el preparativo más importante de todos. O, en realidad: ya había pasado la época de los preparativos; ahora arrancaba la cosa.

Hace dos días: Jorge había recibido la fecha y la hora del Finlandés, a quien se lo había pasado su contacto de dentro.

Además: Jorge tenía su propio plan. Había posibilidades profesionales ahí fuera. En breve, un colega saldría de prisión, JW. Un tío que controlaba. Había continuado con sus negocios desde el otro lado de los muros. Cosas avanzadas. Transferencias de dinero, tratamiento de pasta, inversiones millonarias. En resumidas cuentas: blanqueo. JW podría hacer magia con el botín. Una transformación total: en lugar de billetes, números en cuentas. Vinculadas a las tarjetas de crédito más exclusivas. Lejos de los tristes zulos del Finlandés en Södertälje.

Una nueva vida. De verdad.

Estaba disfrutando de sus pensamientos: la entrega del año. Los sueldos de verano más la retribución por vacaciones, el aumento de los reintegros de cara a las vacaciones, la invasión de los turistas que llegaban a la ciudad, todos necesitaban *cash*. Y había que llevar *cash* a los cajeros automáticos de Estocolmo. Además, el contacto había pasado nueva información al Finlandés: han empezado con una nueva rutina de descarga, tienen nuevos GPS, puede que saquen más de la cámara acorazada. El tipo parecía ser el director ejecutivo de la empresa de seguridad o algo así.

Ahora empezaba.

Era la hostia, AHORA EMPEZABA.

Jorge, Mahmud, Tom, Sergio: camino de la base de los helicópteros.

Tom: una estrella, pedazo de investigador, planificando el golpe como si fuera un atentado de Al Qaeda.

Tres preguntas.

La valla: Tom había calculado qué hacía falta. Había pedido consejo a gente. Estudiado otros robos. El Finlandés tenía razón: la rotaflex no era una buena idea. Pero, según Tom, se podría reventar la verja con un vehículo lo suficientemente grande y pesado. Propuestas: pala cargadora, dúmper o motoniveladora. Tom incluso había hecho la prueba de atravesar la verja de una zona de construcción con una pala cargadora. No era tan fuerte como la verja corredera de Tomteboda, pero debería funcionar.

Se decidieron. Jorge se lo contó al Finlandés. El tipo estaba de acuerdo, era una buena idea. El único problema: probablemente no iban a poder sacar el vehículo de allí; había riesgo de dejar rastros de ADN, *big no no*[29]. Jorge pensó: «Ya se le ocurrirá algo a Tom».

En segundo lugar: el tema de los helicópteros. Cuando Jorge pensaba en ello: era sorprendente. La policía solo tenía seis helicópteros en todo Vikingolandia. Eurocopter EC135, ese era su modelo. Estaban aparcados en helipuertos repartidos por el país. ¿En qué estaban pensando los vikinguillos? No tener más que seis *choppers* en un país entero, *crazy*. Y además deberían haber aprendido la lección tras el robo del helicóptero hace unos años. El Estado sueco se lo había buscado: Jorge, el hombre ATV, *the Heist Guru*[30], les iba a enseñar. Sin cópteros en el aire no había

---

[29] Más o menos, «para nada recomendable».
[30] «El Gurú de los Atracos».

caza. Sin cópteros en el aire, pan comido. El Finlandés ya lo tenía todo estudiado. Y Jorge había planificado su propia versión de los hechos.

Tres preguntas. Dos de ellas resueltas.

La última: la cámara.

El Finlandés seguía sin sacar planos u otra información de cómo era. De la construcción de las paredes. El grosor y los mecanismos de las cerraduras de las puertas de la cámara.

Lo había dejado claro:

—Tengo que saber más para poder volar esa mierda. Pero mi contacto afirma que no puede sacar nada.

Lo más probable: no iban a poder entrar en la cámara.

Pregunta: ¿debería poner a Tom a trabajar en esto también?

La GRAN pregunta: ¿cómo podría evitar que el Finlandés se enterase de todo esto?

Una noche en el quinto pino: casitas de verano, granjas y animales a contraluz. Árboles, campos cultivados y más árboles. El cemento invertido: esto era la verdadera Suecia para la gente que Jorge no conocía.

El ambiente: tenso. Una sensación de mareo en la tripa. Estaba irritado por tener que aguantar la angustia criminal ahora mismo. Mahmud, por otro lado: parecía estar totalmente relajado. Escuchaba su música árabe de siempre. Haifa Wehbe, Ragheb, Alama, los auténticos ritmos del Oriente Medio, como decía él. Fuera de la ventana: *Den blomstertid nu kommer*[31].

El ambiente: *shit, this was it*[32]. Ahora iba en serio. Ahora no se podía fallar. No se podía joder este asunto. Nunca la jodas, ese era un lema por el que merecía la pena vivir.

Porque algunos sí la jodían: el marica de Viktor la había fastidiado con sus mariconadas. Necesitaban ser ocho. Pero Jor-

---

[31] Título de uno de los salmos más conocidos en Suecia, que significa: «Ya llega la época de las flores».

[32] «Ya había llegado el momento».

ge nunca dejaría que el maricón-V participara en esto después del numerito homosexual que había montado en la casa de la vieja de Jimmy. Con sus protestas y bobadas. Así que: solo quedaban siete tíos. No era suficiente.

Puto maricón.

Tom decía que el chico estaba cagado de miedo. Que lo estaba pasando mal, que no aguantaba la presión. Parecía que tenía angustia por todo lo que pudiera pasar ahora que se habían cepillado a Radovan. Pero qué hostias, ¿por qué no espabilaba sin más? De todas maneras, ya era tarde, el tipo estaba fuera del juego.

¿Y el riesgo de que cantara? Igual a cero. Jorge dejó que Javier y Sergio charlaran un poco con Viktor. Le explicaron con gran detalle cómo se sentiría uno al tener un tubo metido por el culo, por el que se hacía entrar una rata y que después se taponaba. La rata solo tendría un camino de salida.

Mahmud había sacado el tema una noche en la cafetería. Beatrice se había ido a casa; ella ya manejaba el garito como una auténtica líder empresarial.

Mahmud había perdido peso en los últimos meses. Normalmente: el árabe se entrenaba muy a menudo. No como antes de la época de la cafetería —por aquel entonces era como un adicto a los esteroides—, pero aun así entrenaba mucho. Ahora: era incapaz de dedicarse a otra cosa que no fuera el golpe; si uno era un profesional del crimen, había que actuar como tal.

Jorge había intentado pensar en sustitutos. Una lista en la cabeza. Viejos *homies:* contactos de Märsta, compañeros del trullo, criminales de la coca. Eddie estaba en prisión. Elliot y los hermanos con los que Jorge solía quedar para fumar los Sunny Sunday habían sido echados de Vikingolandia; los permisos de residencia no eran lo suyo, según parecía. Vadim y Ashur —amigos de antaño— no eran de fiar: habían pasado de la inofensiva coca a la guarrada de la anfetamina. Del suburbio lindo a la vergüenza del zulo.

Pensó en otros tíos de Chillentuna. Había algunos que él creía que podrían dar la talla, pero eran demasiado pretenciosos: exigirían una parte demasiado grande del botín.

Pensó en Rolando: el chico de la cárcel de Österåker que le había enseñado más cosas sobre coca de lo que sabía un *gaucho* sobre mierda de heroína. Hoy en día: el latino cocainómano se había vuelto legal. Tenía familia. Había comprado un adosado. Vendía seguros por teléfono. Vivía como un hombre sin polla.

—Hay que encontrar a otro. Tienen que ser ocho —insistía el Finlandés.

Jorge tenía que encontrar, otro tipo.

El árabe sacó el tema.

—Entonces, ¿qué vamos a hacer con ese Viktor?

—Él ya está fuera. Además, ya han suprimido a Radovan.

—Sí, eso es algo grande. En serio, eso de que el jefe de los yugoslavos esté eliminado significa mucho. ¿Incluso habría que quedarse en Suecia después del golpe?

—Quién será el nuevo, quién será el nuevo. La gente no habla de otra cosa.

—¿Pero a quién vamos a meter para sustituir a Viktor? Necesitamos a otra persona.

—Ya, eso es lo que dice el Finlandés. Hace falta alguien más para una de las comisarías de los policías, tienen mogollón de salidas de garajes. Dos tipos no serán suficientes. Créeme, he tratado de pensar en gente.

Jorge tomaba café. Mahmud tomaba jugo.

Levantó la botella.

—Dice que es fruta al cien por ciento. Pero este jugo sabe a manzana. No a naranja. Luego vas y miras la etiqueta, qué va a ser, la Coca-Cola Company. Y entonces te das cuenta. Esos judíos no hacen más que engañarte todo el tiempo.

—¿De qué hablas? Coca-Cola no es lo mismo que los judíos y ya tenemos que resolver el asunto del Viktor ese.

Mahmud se tomó un sorbo de jugo.

—He preguntado a Babak.

Jorge puso la taza de café sobre la mesa con un golpe. Café negro en la mesa. Gotas que caían del borde de la mesa.

Mahmud echó la silla para atrás.

—¿Qué hostias te pasa?

Jorge trató de decir algo.

No consiguió sacar nada.

Era tan evidente: Babak, el mejor amigo de Mahmud. Claro que el árabe había preguntado a ese hijo de puta. Para Mahmud el asunto era sencillo y natural. Pero Jorge no quería meter al iraní, el tipo que iba tras Jorge en plan *bullying* escolar.

Al mismo tiempo: entendía por qué Mahmud le había preguntado. Babak estaba en el sector de la coca.

No iba a largar nada, fijo. Era de fiar: Jorge no lo podía negar.

Puta mierda.

Solo quería gritar. A pesar de todo, se quedó callado.

—¿Estás mal del coco o qué? —dijo finalmente—. ¿No podrías haberme preguntado primero?

Mahmud sorbió el último jugo que quedaba en la botella.

—¿Qué pasa? Podemos confiar en Babak. Es legal.

—Ya conoces las reglas, colega. No parloteamos con nadie de fuera. *No matter what*[33].

—Escucha, para mí Babak no es gente de fuera.

La boca de Mahmud: una línea.

La boca de Jorge: una mueca.

Vaya una mierda.


De vuelta en el quinto pino. Delante de ellos: el helipuerto de Myttinge. Tom y Sergio ya habían salido de su coche. Estaban esperando en la penumbra.

No se veían las estrellas muy bien, el cielo era de verano. Jorge y Mahmud estacionaron al lado del coche de Tom. Salieron.

---

[33] «Pase lo que pase».

Un poco más adelante se veía el hangar de los helicópteros. Como una colina gris y redonda en medio del prado. Un poco más allá del hangar, luces azules que mostraban la colocación de las plataformas de los helicópteros.

Se acercaron a Tompa y Sergio.

—Muy bien. Hasta aquí todo va bien. Sergio, ya puedes coger el coche de Tom y llevarlo de vuelta.

Sergio asintió con la cabeza. Todo el mundo sabía qué había que hacer.

—Tú, Tom, baja al agua y ocúpate de tus cosas —continuó Jorge.

Tom bajó medio corriendo por el camino. Desapareció en la oscuridad.

Sergio entró en el primer coche. Arrancó el motor. Salió a la carretera lentamente.

Volvió a la ciudad.

Jorge y Mahmud se quedaron solos. Volvieron al coche robado. Los dos llevaban monos de trabajo. Abrieron el maletero.

Todo estaba tranquilo. El bosque de alrededor, silencioso como una piedra dormida. Jorge pensó en las veces a lo largo de su vida que había estado en un bosque. En una excursión del cole: lo mandaron a casa. De mayor: apaleado por los yugoslavos. Para él: el bosque era lo mismo que malas vibraciones. El bosque era otro mundo. Una selva *scary*[34] para cualquiera que no lo conociera de antes. Cualquiera que no hubiera nacido para estar a gusto en el bosque. Pero Jorge ya estaba seguro: por fin había tomado el rumbo correcto. Hoy, el bosque era su amigo. Por fin estaba cerca de su éxito definitivo.

El dolor de tripa desapareció. Ahora tocaba entrar en acción a saco.

Se pusieron los guantes. Sacaron dos bolsas de plástico negro del maletero. Las abrieron. Un Kala para cada uno. Mahmud también sacó una bolsa, metió la carabina en él.

---

[34] «Tenebrosa».

Jorge se quedó con la suya en la mano. La inspeccionó: *AK fortyseven*. Metal oscuro que parecía negro. El asa, la culata, el agarre debajo del cañón era fresco al tacto, las piezas de madera se adaptaban bien a su piel. Afortunadamente, habían conseguido dos.

Era una verdadera arma de gánster. Un arma para el jefe del gueto.

La adrenalina comenzaba a correr por sus venas y, a pesar de todo, J-boy se sentía tranquilo. Pensó: «Para los vikingos la adrenalina es lo mismo que estrés. Pero para gente como yo nos tranquiliza».

Atravesaron el camino. Hierba alta. Humedad contra los muslos.

La valla tenía apenas dos metros de altura. Ya habían venido a hacer un reconocimiento la semana anterior. Ya se sabían todo. Mahmud sacó la cizalla. Jorge encendió la linterna.

Chop, chop. El árabe cortó la valla como si fueran las uñas de sus pies.

Entraron por el agujero.

Posiblemente ya habían activado alguna alarma en algún sitio, pero de momento no se oyó nada.

Veinte metros para llegar al hangar.

Cámaras: dos de ellas, colocadas en cada esquina, apuntando en ambas direcciones. Nadie podía acercarse a los muros exteriores sin que las cámaras lo registrasen. El logotipo del fabricante del hangar sobre la pared: De Beur. Sonaba holandés.

Se bajaron los pasamontañas.

Quedaban diez metros.

Todo seguía igual de tranquilo.

Tres metros.

Entonces: se activaron unos focos. Iluminaban la hierba hasta unos diez metros alrededor del hangar.

Era algo esperado. Las cámaras de seguridad necesitaban luz. Lo que era inesperado: Jorge oyó ruidos. Ladridos leves, gruñidos.

Dos pastores alemanes vinieron corriendo. Jorge apenas tuvo tiempo para darse la vuelta. No vio más que babas y mandíbulas que se abrían y se cerraban. A dos metros de distancia.

Monstruos que ladraban.

Odiaba a los perros.

—Mata a esos hijos de puta —gritó Mahmud.

Jorge dio un paso hacia atrás. Levantó la AK47.

Trató de apuntar.

Bam-bam-bam. El perro de los cojones chilló un poco. Cayó al suelo.

Jorge se giró hacia Mahmud. Estaba corriendo. A quince metros de Jorge.

El otro perro le estaba persiguiendo. Jorge echó a correr hacia ellos.

No podía disparar en la oscuridad.

—Mahmud, ven aquí —gritó.

Oyó a Mahmud. Oyó al perro.

Después: el árabe, con pánico en los ojos. Corriendo en círculos. Acercándose a Jorge. Hacia la luz.

El perro iba un metro por detrás de él. Jorge levantó el arma. Siguió al perro.

Apuntó. El punto de mira. La ranura. Las mandíbulas abiertas del puto perro.

Pof. Aulló.

Pof otra vez.

Fin.

Mahmud resoplaba. Se agachó, apoyando las manos sobre las rodillas.

Jorge se dobló de risa.

—Menudo susto, ¿eh?

Mahmud levantó la mirada. Escupió a la hierba.

—*Kaleb,* odio a los perros. Son animales impuros.

No tenían tiempo para seguir hablando, tenían que seguir ya. Corrieron hasta el hangar. No les quedaban muchos segundos.

Mahmud hurgó en la bolsa. Sacó algo con la mano. Lo sujetaba como si fuera una pelota de tenis. Jorge no necesitaba apuntar con la linterna. Los focos junto a las cámaras de vigilancia ya hacían el trabajo por él.

Sabía lo que llevaba Mahmud. Una auténtica manzana; una granada, modelo M52 P3.

Mahmud la metió debajo del metal que sobresalía en la parte inferior de la pared. Un rápido movimiento con la mano. Jorge, a cierta distancia.

Mahmud dando pasos de gigante hacia atrás. Diez metros.

BANG.

Una onda expansiva de la explosión. Pitido en los oídos.

*Abbou,* pedazo de explosión.

El metal de la pared se partió hacia un lado, dejando una abertura de un metro.

Corrieron hacia delante. Cantidades locas de adrenalina en el cuerpo.

Jorge apuntó con la linterna. Dos helicópteros en la oscuridad del hangar. Los rotores, como unas alargadas alas de un insecto.

Metieron los Kalas por el agujero. En modo automático.

Ra-ta-ta-ta-ta. Jorge ya era un profesional, había ensayado con los perros.

El repiqueteo rebotaba en el hangar. Sonaba diferente dentro que fuera.

Vació el cargador.

Mahmud hurgó en la bolsa. Dos manzanas en cada mano.

Sacó los pasadores. Dejó rodar las granadas hacia los helicópteros.

Volvieron corriendo hacia el agujero de la valla.

El cielo era de color azul oscuro. Pasado mañana serían multimillonarios.

Escucharon el ruido de los estallidos casi enseguida.

Pum.

Pum.

# Capítulo
## 20

Hägerström iba a ver al comisario Lennart Torsfjäll. Informar sobre los últimos avances en el caso. El camino a Estocolmo desde Sala era lento en el primer tramo hasta Enköping. Viajaba lo suficientemente tarde como para evitar el peor tráfico de la E 18, pero hasta ahora no se notaba nada del ritmo supuestamente más tranquilo del verano. Aun así, le gustaba esta carretera. El paisaje alrededor era campestre. Las hojas de las patatas acababan de brotar de la tierra, los campos de cereales eran de color verde claro, faltaba mucho para la cosecha. Hägerström no era un hombre de campo, pero tampoco estaba totalmente perdido. A su madre, Lottie, le encantaba el campo. Si no fuera porque la finca Idingstad estaba en fideicomiso, no le hubiera importado hacerse con la propiedad. Y Carl ya vivía todo el año en Avesjö, el sitio en Värmdö que sus padres habían comprado en 1972. Hägerström había pasado los veranos allí cuando era niño, había visto las vacas del granjero arrendatario que daban vueltas por los pastizales, había acompañado al mismo granjero en la matanza de pollos y había ayudado a su madre con los ruibarbos de la huerta. Un día, quizás él se comprara una casa en el campo. La única pregunta era con quién compartiría el placer.

Pensó en el tipo que había conocido en el Side Track Bar unos días antes. Mats. Pero no, aquello había sido una aventura de una noche normal y corriente. Mats no le despertaba sueños de una vida tranquila en común en el campo.

El piso estaba en la calle Surbrunnsgatan. Probablemente pertenecía a la unidad policial de Torsfjäll de alguna manera. La última vez se habían visto en un piso de Gärdet. Según el jefe de la policía, tenían varios pisos a su disposición por la ciudad, para informadores, infiltrados, testigos y demás gentuza que necesitara alojarse en un lugar secreto durante algún tiempo. Ya que había que rotar constantemente, siempre mantenían unos pisos vacíos para suplir las posibles carencias. Eran buenos lugares de reunión.

Hägerström estaba delante de la puerta que daba al piso. En el buzón ponía Johansson. Según las estadísticas que Hägerström había leído alguna vez, era el apellido más común de Suecia. Llamó al timbre.

Torsfjäll abrió.

El comisario llevaba unos chinos de color marrón claro y una camisa muy meticulosamente planchada, como siempre. Hoy también llevaba una corbata con un dibujo Paisley de color lila chillón. No parecía ser de una calidad especialmente buena, brillaba de una manera que no lo haría una corbata de cien por ciento seda. Hägerström sabía que nunca podías saber si una corbata era buena o no, pero siempre podías saber si era mala. Además, las corbatas de colores chillones resultaban un poco ridículas, al menos cuando las llevaban los jefes de policía.

Torsfjäll sonrió. Los dientes estaban todavía más blancos que la última vez que se habían visto. Utilizaría algún tipo de blanqueador.

El piso no tenía muchos muebles, al igual que los demás sitios donde habían quedado. De hecho, los muebles eran más o menos los mismos en todos los pisos; debían de tener algún tipo de convenio con Ikea. Había un televisor de pantalla plana de cuarenta y seis pulgadas en la pared. A Hägerström le sorprendía que la autoridad policial se hubiera gastado tanto dinero en una cosa así, pero suponía que era el mejor amigo de los inquilinos. Si habías cantado, preferirías quedarte en casa las veinticuatro horas del día.

Torsfjäll le preguntó si había ido bien el viaje y comentó la muerte del jefe de los yugoslavos. Radovan Kranjic, asesinado en pleno Östermalm. Según Torsfjäll, podría desencadenar más actos de violencia en los bajos fondos.

Hägerström quería ir al grano.

—Ha empezado a abrirse.

El comisario sonrió y entornó los ojos. Era muy dudoso que Torsfjäll pudiera ver algo cuando sonreía.

—Cuéntamelo. Me muero de ganas —dijo.

Hägerström le devolvió la sonrisa. Sabía que era una sonrisa tranquila y relajada. Al menos había conseguido ciertos avances en la operación.

—Ha empezado a utilizarme.

—Bien, muy bien. Entonces ha colado.

—Exactamente. Ya sabes lo que hizo a cambio de que trasladara a Abdi Husseini. Quedamos en quince mil coronas. Le pregunté cómo me iba a pagar. JW dijo que era parte del acuerdo, que yo mismo me encargaría de cobrar.

Torsfjäll estaba encantado. Hägerström ya le había contado partes de todo esto, pero parecía que al comisario le gustaba oírlo más de una vez.

—Me pasó una dirección de correo electrónico y un código de ocho dígitos. Al día siguiente envié un *e-mail* a la dirección, con la combinación numérica y la información de mi propia cuenta de Suecia. La dirección era gs@nwci-managemenet.com. Una hora después me contestaron que se me enviaría dinero de una cuenta del banco Arner Bank & Trust de las Bahamas vía otra cuenta de Liechtensteinische Landesbank. Y abracadabra, a los cuatro días ya tenía quince mil en mi cuenta del SEB.

—¿De quién era la cuenta de Bahamas? ¿Te informaron de ello?

—Por desgracia, no. Pero en mi extracto de cuentas ponía Mueble.

—¿Lo cual quiere decir?

—JW dijo que era para que, en el caso de que me preguntaran por ello, dijera que había vendido un mueble a un banco extranjero a través de un anuncio en internet.

—¿A quién?

—Me dijo que dijera que no sabía cómo se llamaba el comprador. Que era alguien que había visto mi anuncio y vino a mi casa para recoger un sofá. Parece que tiene anuncios preparados por si alguien empieza a hurgar.

Hägerström no necesitaba consultar sus notas. Recordaba todas las fechas y horas como un robot. Unos días más tarde, Omar Abdi Husseini había sido trasladado a Tidaholm. Además, Hägerström le había metido un nuevo móvil a JW, pinchado, pero esto no lo sabía él. JW estaba contento, incluso había más guardias que se habían acercado a Hägerström para comentar que el ánimo del tipo había mejorado notablemente.

—Ahora eres su nuevo burro, muy bien —dijo Torsfjäll—. Pero lo del móvil no ha salido como esperábamos, ¿verdad? Tenía que haberlo cambiado, tal vez por otro teléfono. Solo nos entran llamadas de otro preso que, es cierto, se dedica a traficar cocaína fuera de los muros. Pero si le pillamos de una manera descuidada, JW comprenderá que el teléfono está pinchado.

Hägerström asintió con al cabeza. Era una lástima que no hubiera funcionado.

Continuó contando cómo JW se había acercado a él en el comedor unos días después. Lo hizo de manera muy discreta. Nada de gestos grandilocuentes o palabras llamativas, solo un guiño. Después quiso saber si Hägerström quería pasar a verlo más tarde.

Pasó por la celda de JW aquella tarde. Estaba con la computadora encendida y los libros de clase delante de él, como siempre. Los otros presos lo llamaban el *Nerd*; estaba claro por qué. JW cerró la puerta cuando Hägerström entró.

Hägerström hizo una pausa retórica en la narración. El comisario estaba inmóvil, con los ojos pegados a Hägerström.

—Primero estuvimos un rato hablando de tonterías. Le gustan la ropa y los zapatos, especialmente los zapatos británicos, Crockett & Jones, Church y esas cosas, así que estuvimos hablando de suelas de cuero.

Torsfjäll abrió la boca.

—¿Le gusta la ropa? ¿Eso no es un poco…?

El comisario lo miró con socarronería. Hägerström sabía cómo iba a terminar la frase. Lo miró con irritación.

La sonrisa socarrona de Torsfjäll no desapareció.

Hägerström continuó el relato. Él había seguido hablando de su familia y de su pasado y JW estaba visiblemente impresionado. Pero lo más importante era que había dejado claro a JW que estaba dispuesto a hacer de mensajero. Cuando terminaban con la conversación informal, JW le preguntó si podía hacerle un favor. Necesitaba entregar cierta información a cierta persona. Nada complicado. Esta vez, JW quería hacerlo de otra manera y le daría dos mil a Hägerström por las molestias.

Hägerström le preguntó de qué se trataba.

—Números, solo un montón de números —contestó JW.

—Así que me preguntó qué teléfono móvil tenía. Describí el modelo y esas cosas. Dejamos nuestros móviles privados en el vestuario. Pero me pidió que le trajera una tarjeta SIM para el día siguiente. Ya sabes, no hay casi nada de metal en esas tarjetas y según mis análisis no se detectan en los escáneres. Compré una nueva tarjeta SIM y, por si acaso, la metí en la cartera. Siempre la tienes que sacar antes de pasar por el escáner.

Hägerström vio la situación en su cabeza mientras la describía. La cara alegre del chapas de control cuando se saludaron. Se llamaba Magnus y en realidad le habría gustado ser policía, como tantos otros de los empleados del Servicio Penitenciario. Sintió cierto nerviosismo al pasar por el escáner. De todas formas, lo peor que podía pasar era que le despidieran del trabajo en la cárcel.

Hägerström continuó hablando.

—Todo el sistema se basa en cierta confianza en el personal, así que tiene que haber motivos fuertes para que hagan algún tipo de control más exhaustivo. Metí la tarjeta y, en un momento dado, cuando estaba solo en la sección, entré en la celda de JW. Metió la tarjeta en su computadora, que tiene un lector especial para tarjetas de memoria y tarjetas SIM. Diez segundos más tarde me la devolvió y explicó lo que tenía que hacer.

Hägerström respiró hondo. Así fue cómo había empezado. Y así fue cómo había empezado a entender cómo JW había trabajado con el burro anterior, Christer Stare.

Hägerström preguntó cómo JW podía tener tanta información en la computadora, ¿nadie lo miraba?

—Los guardias no tienen un gran talento para la informática que se diga —le contestó JW, doblándose de risa—. Si ni siquiera conocen la diferencia entre Word y Excel, ¿cómo van a conocer la diferencia entre documentos de estudio y documentos de verdad? Ya sabes que estoy estudiando economía a distancia.

—De modo que es así como lo hace, el granuja —dijo Torsfjäll—. Para mí, el simple hecho de que el Servicio Penitenciario permita los ordenadores es un enigma. Pero que permitan ordenadores con esos lectores de tarjetas de memoria me parece totalmente incomprensible.

—Podría parecerlo, sí. Sin embargo, después de todo, hace falta un guardia corrupto para que funcione. Se controla a los visitantes mucho más meticulosamente, con detectores de metal manuales y a veces cacheos íntimos. Además, solo puede sacar cierta información por esa vía. Creo que comunica la mayor parte de las cosas oralmente a la gente que viene a verlo. Eso ya lo hemos mirado, ¿no?

—¿Supongo que hiciste copias de todo? —preguntó Torsfjäll.

Ahora le tocó a Hägerström bromear.

—¿La gallina pone huevos? Pero... hay peros. La información está codificada.

El comisario soltó una risita.

—Vale. Envíamelo y lo analizamos. SKL domina ese tipo de cosas. Y, en el peor de los casos, lo enviaremos a los británicos.

Hägerström asintió con la cabeza.

—Me pidió que entregara la tarjeta de memoria a una persona de la estación central del metro. Un hombre de unos treinta años. Dijo que me la devolvería al día siguiente. Naturalmente, lo seguí sin que se diera cuenta.

—Ejemplar. Modélico.

—Me llevó a una asesoría de Södermalm. MB Redovisningskonsult AB, que antes formaba parte de la empresa Rusta Ekonomi Aktiebolag. La empresa está controlada por un tal Mischa Bladman. La asesoría tiene un número de empresas medianas entre su clientela. Por ejemplo, Byggplus AB, KÅFAB y Claes Svensson AB. Pero también Rivningsspecialisterna i Nälsta AB y Saturday's AB, que antes era parte de Clara's Kök & Bar y Diamond Catering Aktiebolag. ¿Te suena de algo?

La sonrisa de Torsfjäll se hizo más amplia por cada nombre de empresa que Hägerström mencionaba. Hägerström casi tenía que taparse los ojos con la mano para que no le cegara.

—Claro que me suena. Las últimas empresas que mencionas están todas relacionadas de una manera u otra con el difunto señor Radovan Kranjic. No del todo inesperado, aunque ciertamente interesante.

—Exactamente. Y el hecho de que acaben de asesinarlo no lo hace menos interesante.

—Vamos a tener que poner vigilancia a Bladman.

—Y deberíamos solicitar permiso para espiar la sala de visitas.

—¿Solicitar permiso? No, no tenemos por qué hacerlo. HRA ya está en ello, que lo sepas.

Hägerström se sobresaltó: ¿por qué no lo había dicho antes?

—Y ahora pienso poner a HRA a trabajar en esa asesoría también —continuó Torsfjäll—. Lo que acabas de contar seguramente será suficiente para obtener el permiso.

Hägerström pensó en cómo Torsfjäll había formulado la frase: «*Seguramente* será suficiente». Los rumores sobre el comisario no eran infundados. Torsfjäll no tenía reparos en manipular las reglas.

# Capítulo
## 21

Desde que habían asesinado a su padre: las peores horas que jamás había tenido que aguantar. Los segundos más insoportables, tristes y peores que se había obligado a sí misma a respirar. Ya habían pasado demasiados segundos de añoranza desesperada.

Y no iban a terminar.

Más tarde le tocaría ir a otro interrogatorio en la comisaría.

Ahora mismo no hacía más que estar en su habitación. Pensando en la reunión del hospital. La actitud de Stefanovic le molestaba. Intentaba mandar y tomar el control. Eso no estaba bien.

¿En quién podía confiar ahora? Ella no les importaba una mierda a los policías con los que había estado. Y su padre, menos. La última vez que había estado allí había sido como una comedia, se portaron como cerdos. Tenía intención de seguir los consejos de Göran y grabar los interrogatorios a partir de ahora. Y los policías de delitos económicos que habían ido a su casa solo pretendían arruinar el imperio empresarial que su padre había construido.

Algunas personas de Suecia no eran capaces de aguantar que otra persona tuviera tanto éxito como el que había tenido su padre. Que la gente nacida fuera de los países nórdicos se convirtiera en brillantes jugadores de futbol o atletas, eso estaba bien. Algunos podían llevar pizzerías, lavanderías de éxito, a lo sumo una cadena de restaurantes, también era algo esperado. Que algunos cantaran bien y tuvieran éxito en *Operación Triunfo* se podía tolerar. Pero que alguien fuera el dueño de empresas de la magnitud de las de su padre, eso no estaba previsto, según parecía. Algunas cosas no estaban bien, sin más. Pero que la sociedad no fuera capaz de mostrar un poco de respeto a un padre de familia muerto, eso era enfermizo. Natalie pensó en lo que su padre siempre solía decir: «No existe la justicia. Así que tenemos que crear la nuestra propia».

Era verdad; no existía la justicia. La policía debería apoyar a la familia. Buscar al asesino, proteger a Natalie y a su madre. En lugar de eso: la sociedad se cagaba en todo lo que se deletrease honor. La justicia era algo de lo que debía ocuparse cada uno.

Igual que su padre siempre había dicho.


Había recogido las carpetas que había escondido en casa de Tove la noche anterior, y no había dormido ni un segundo desde entonces. Solo había repasado hoja tras hoja en las carpetas con un bolígrafo en una mano y un cuaderno en la otra. Subrayando todo lo que le parecía interesante, poniendo post-it. Formulando preguntas que había que hacer. No sabía a quién. El abogado que habían contratado para ocuparse de la testamentaría parecía simpático, pero no era el más adecuado para estas cosas. Göran podría saber quién lo era.

Las carpetas delante de ella en el suelo: eran siete, negras, gruesas. El escudo de los Kranjic en los lomos. En la asesoría tendrían cientos de ellas. En la habitación de su padre, al menos cuarenta. Y la policía las había requisado todas salvo estas siete.

Primero las había ojeado al azar, después se había sentado para ver mejor. Se fijó en algo que le llamó la atención.

Era una oportunidad de averiguar más cosas sobre su padre. Sobre todo: de tratar de encontrar pistas para entender lo que había pasado. Descubrir quién había cometido el atentado.

¿QUIÉN?

Trató de entender el material. Crear orden. Encontrar una estructura. Priorizar lo que podría ser importante y descartar lo que evidentemente no tenía interés.

Dos de las carpetas estaban llenas de recibos y copias de recibos. Cinco años de la vida de su padre, en cuanto al consumo. Parecía que coleccionaba recibos de todo tipo, ya fuera de cenas en el Broncos o de coches de lujo por ciento cincuenta mil euros de Autoropa. Había jeans Levi's de NK, un par de zapatos hechos a mano cada año, gemelos de Götrich —aquella tienda de ropa masculina cerca de la calle Biblioteksgatan donde siempre había ido a comprar ropa—, al menos doscientas cenas, algunos teléfonos móviles, accesorios Bluetooth, ordenadores, pantallas de lámparas, colonia de Hugo for Men, cremas de cara, viajes en avión a Inglaterra, Belgrado y Marbella, muebles y hasta algunas comidas en McDonald's.

Cuatro de las carpetas estaban divididas en secciones. En cada sección había papeles de diferentes empresas. Eran informes anuales de los últimos años y más cosas, documentos de contabilidad, correspondencia con contables. En total: veintiuna secciones; en otras palabras: veintiuna empresas. Natalie apuntó en un papel los nombres de cada una, y cuánto habían facturado durante los años cubiertos por los informes.

Ahora en serio: sabía que se le daban bien los números. Kranjic Holding AB y Kranjic Holding Ltd, Rivningsspecialisterna i Nälsta AB, Clara's Kök & Bar y Diamond Catering AB, Dolphin Finans AB, Roaming GI AB, etcétera. Reconocía algunos de los nombres: Kranjic Holding AB era la casa matriz de su padre. Era verdad que no conocía la existencia de una empresa extranjera, pero no le sorprendió. En cuanto a Clara's, era algo con lo que su padre llevaba años, al igual que la empresa de catering, y Göran y los demás solían hablar a menudo de Rivningsspecialisterna. Pero, en realidad, no le sorprendió tanto el hecho de que hubiera empresas desconocidas para ella como la cantidad de ellas.

Más de veinte empresas. Cuatro de ellas declaraban cero de facturación en los últimos años. Cinco declaraban más de veinte millones cada una. Ella sabía que a su padre se le daban bien los negocios; pero esto: era uno de los grandes de verdad.

Pero fue lo que encontró en la última carpeta lo que le hizo reaccionar. Actas de asambleas anuales, informes técnicos, contratos de compraventa y algunos documentos sobre llaves y alarmas. Todo tenía que ver con la misma cosa: un piso de la calle Björngårdsgatan en Södermalm.

Leyó el informe técnico del piso una y otra vez. Se trataba de un último piso de ochenta y tres metros cuadrados. Diáfano. Rehabilitación de lujo con materiales sólidos: suelo de piedra caliza de Gotland, paneles de nogal, cocina de Poggenpohl. Al parecer, alguien llamado Peter Johansson lo había comprado por cinco millones trescientas mil.

En el margen, junto al primer punto de una de las actas de la comunidad de propietarios, alguien había escrito a boli: «Peligroso».

PELIGROSO.

El asunto del apunte: la letra era de su padre.

El punto del acta hablaba de que, en el piso de arriba, la persona que vivía allí no era quien figuraba como miembro de la comunidad de propietarios.

Natalie estaba segura, a pesar del nombre del dueño; este piso tenía que ver con su padre. Su padre estaba relacionado, de alguna manera, con un piso en Estocolmo que no había mencionado en casa. Y había sido peligroso de alguna manera.

Tenía que averiguar más cosas. Volvió a pensar a quién podría consultar al respecto.

Solo había una persona.

Llamó a Göran.

—Tengo carpetas que la policía está buscando.

—¿Qué carpetas?

—Cosas de empresas, carpetas que estaban en casa. Ya sabes que vinieron por aquí ayer, los polis de delitos económicos, pero conseguí sacar algunas cosas.

—Escóndelas en algún sitio seguro. Las vemos juntos —dijo Göran.

—Ya las he repasado, me las conozco casi de memoria.

No dijo nada sobre la anotación en el acta sobre el piso.

—Vale —dijo—. Entonces escóndelas sin más. Tendremos que hablar sobre ellas cuanto antes.

—Sí.

—Y otra cosa, Natalie. No hagas nada de lo que te puedas arrepentir. Tienes que entender una cosa: la vida de tu padre no siempre era tan fácil. Algunos dicen que eligió el camino fácil, pero puedes estar segura de una cosa: su camino no era ancho. Había muchos que lo odiaban, eso lo sabes, ¿no? Así que ahora te toca a ti elegir el camino, recuérdalo. Y las malas acciones no harán que la elección sea más fácil.

Natalie estuvo un rato pensando en preguntarle qué quería decir. Pero lo descartó, él tenía razón. El camino de su padre no era fácil. Ni ella misma sabía qué quería hacer ahora mismo.

En breve iría al interrogatorio de los putos polis. Sabía lo que iba a hacer hasta entonces. Su madre había metido las cazadoras de su padre en el despacho. Ni siquiera lo habían hablado; qué iban a hacer con todas sus cosas: los móviles, los bolis, las computadoras, la ropa. Pero su madre no quería tener las cazadoras colgadas en el vestíbulo. Natalie estaba de acuerdo; nadie quería recuerdos innecesarios ahora mismo.

Entró en la habitación. Una esperanza en la cabeza. Un objetivo.

Sacó las cazadoras y el abrigo. Habían estado en el vestíbulo hasta antes de ayer. Una trinchera de Corneliani que tenía que haber costado una fortuna. Una cazadora náutica de Helly Hansen que parecía demasiado juvenil para él. Una cazadora de cuero sin marca; esta parecía más normal para su padre.

Repasó las prendas. Los bolsillos exteriores, los interiores, las solapas.

La cazadora náutica tenía por lo menos diez bolsillos.

No encontró nada.

Repitió la misma acción.

Nada.

Se sentó en el suelo de su habitación. Las carpetas estaban alrededor de ella. Pensó: ¿dónde estarían las llaves de su padre? ¿Los policías las habrían encontrado y se las habrían llevado?

Después se le ocurrió una cosa. Tenía que llevarlas encima la noche que fue asesinado. Por lo tanto, no deberían estar entre las cazadoras que había dejado en casa. Pero tampoco había sido enterrado con ellas. O bien la policía se las había devuelto a su madre, y ella las había dejado en algún sitio, o bien estaban en manos de la policía.

Dio una vuelta por la casa. Su madre estaba en la sala de la televisión. Natalie continuó hasta el dormitorio de ella y de su padre. Se acercó a los armarios donde la ropa de su padre solía estar. Lo abrió. La ropa seguía allí.

Una oleada de dolor le atravesó el cuerpo.

Apenas fue capaz de mirar. Los pantalones, los jerséis y las camisas de su padre, que abarcaban la escala de colores desde el blanco hasta el azul oscuro, pasando por el azul claro. Sus cinturones estaban colgados en tres perchas en la parte interior de la puerta del armario. Sus corbatas colgaban de cuatro soportes plegables montados en la otra puerta del armario; el escudo de la familia adornaba varias de ellas. Sus americanas y trajes ordenados por color.

Su olor.

Natalie quería darse la vuelta y salir. Volver corriendo a su habitación. Tumbarse en la cama y pasar la tarde llorando. Al mismo tiempo, tenía una cosa clara: ya sabía lo que quería; quería encontrar las llaves. Quería llegar a algún sitio.

Respiró hondo.

Sacó una caja del armario. Un humidificador. Un pequeño indicador en el exterior mostraba el nivel de humedad del aire. Lo abrió: Cohiba de miles de coronas. No había llaves.

Sacó otro cajón del armario. Gemelos y alfileres de corbata con el emblema de la K, un montón de pañuelos de seda, tres carteras vacías, un clip para billetes con el escudo de los Kranjic otra vez, cuatro relojes que probablemente no eran suficientemente buenos para que mereciera la pena guardarlos en la pequeña caja fuerte al lado de la cama: Seiko, Tissot, Certina, Calvin Klein.

Además: un manojo de llaves.

Lo cogió.

Pudiera ser.

Capítulo

## 22


Hoy empezaban pronto. Jorge llevaba despierto desde las cinco de la mañana. Había abierto los ojos sin provocación, como un bebé que no podía volver a dormir. No hacía más que pensar en el golpe.

Preparó café. Dio vueltas y más vueltas por el piso en calzoncillos. Bebió agua. Meaba una y otra vez.

Jorge lo notaba en la tripa. La angustia criminal: la maldición de todos los gánsteres.

Hoy: el primer día de la guerra; el día D. El día grande, gordo: el día del ATV.

En resumidas cuentas: el día en que J-boy se convertiría en el latino más forrado al norte del cartel de Medellín. Aun así: la inquietud trepaba por su cuerpo, peor que un ataque de paranoia por culpa de la maría.

Se notaba en todo el mundo que había llegado la hora.

Robert y Javier: habían llamado cantidad de veces a lo largo de la noche para preguntar cosas, a pesar de que iba en contra de las reglas.

Jimmy y Tom habían enviado SMS sobre asuntos de planificación, a pesar de que ya conocían las respuestas. Tenía que recordarles que tirasen las tarjetas SIM y los teléfonos.

Mahmud y Sergio tocaron el timbre de la puerta ya a las siete, a pesar de que habían quedado a las ocho.

Hasta el payasete de Babak había llamado sobre las dos de la madrugada para preguntar una cosa. El iraní que, por lo demás, siempre se lo sabía todo. O eso era lo que él había pensado; ¿ahora quién era el genio?

Una tensión evidente en el aire.

Tocaba entrar en acción dentro de cuatro horas. Hasta entonces tenían una agenda de locura.

Habían viajado en lancha desde Värmdö, desde los cópteros saboteados. Tompa lo había preparado: la noche anterior había robado una pequeña Buster; tan fácil como tirarse un pedo. Había estado amarrada al embarcadero de algún pringado, atada solo con una cadena y cerrada con un candado.

Una lancha, joder: de nuevo; no era un transporte para millonarios. A decir verdad, Jorge nunca había estado en una barca antes. Pensamientos serios: lanchas, casas de verano, el mar, las vacas. Para los vikingos de pura sangre sería algo tan natural como cagar. Para Jorge: algo tan poco natural como pagar un montón de impuestos.

El mar mecía la lancha. El agua estaba oscura. Estaba cerca. Si estiraba el brazo, podría haber tocado la superficie. Trató de mirar hacia abajo. No vio más que un centelleo.

Los motores tronaban. Cortaba el agua como un machete. Pasaron otras dos lanchas motoras. Una lamparita roja en el lado izquierdo y una lamparita verde en el derecho. Por lo demás, el mar estaba vacío.

Sin embargo, ahora debería haber un despliegue de la hostia en la base de helicópteros. Pero no encontrarían *jack shit*[35], aparte de dos perros acribillados y dos *choppers* totalmente demolidos. Sergio: había llevado el coche legal de vuelta a la ciudad. Jorge y Mahmud: habían colocado el coche robado en el extremo del muelle del transbordador, empujándolo al mar.

---

[35] «Nada de nada».

Volviendo del mundo de los pensamientos. En la guarida. Mahmud y Sergio sentados en el sofá de Jorge. Sergio charlando sin parar. Bromeando, ganseando. Parloteando sobre la matanza de los helicópteros.

—¿Habéis leído lo que decían en el *Expressen*? Ponía que ahora no iban a poder usar los helicópteros para luchar contra los mosquitos.

—¿En serio? *Shit,* es terrible. ¿No tienen helicópteros de rescate?

—Sí, pero no los pueden utilizar para los mosquitos. ¿Se dan cuenta de la faena que le hemos hecho al pueblo sueco? Habrá picaduras de mosquitos. Socorro.

La sonrisa torcida de Jorge. Repasaba sus listas mentales. Los monos, los móviles del robo, las tarjetas SIM, los coches, los cordones policiales, la sincronización de los relojes. Pensó en la recaudación propia de él y de Mahmud; el bonus solo para ellos.

Mahmud y él inspeccionaron las armas. Una pistola de aire comprimido y los dos Kalas; estos sí que funcionaban, ya lo habían comprobado. El resto de las cosas ya estaba donde Tom y los otros chicos.

Comprobaron los móviles. Para el atentado contra los helicópteros habían usado otros. Antes del golpe encenderían sus nuevos juguetitos una vez que estuvieran en las posiciones asignadas. La razón: la policía no podría rastrear los teléfonos a repetidores cerca de sus casas.

Dieron las ocho. Jorge recibió un SMS de Tom: «Uno cero». Era el código: Tom estaba despierto y preparado. Bien.

Sergio y Mahmud estudiaron los mapas una última vez antes de quemarlos en el depósito general de basura en el sótano de su casa.

Las listas se proyectaban en el interior de los párpados. El inhibidor de frecuencias, el papel de aluminio, los *walkie-talkies*, la rotaflex, las alfombras con clavos, la pala cargadora. Lo último: Jimmy lo había conseguido, machacaría la verja de Tomteboda con más facilidad que la maqueta de Lego que Jorge le había regalado a Jorgito.

Aun así: ¿los chicos darían la talla?

A las ocho y media sonaron los pitidos de cuatro SMS en el móvil de Jorge: «Cuatro cero», «Tres cero», «Cinco cero», «Dos cero». Estaban despiertos y hambrientos. Contestó con el código: «Buen resultado». Para que supieran: él, Mahmud y Sergio estaban en su sitio.

Bajaron a la calle. Había gente caminando al trabajo, a la guardería con sus hijos. Estresados, con pasos rápidos, miradas rígidas. Críos chillando. Jefes quejándose. Conductores de autobuses que cerraban las puertas delante de las narices de pensionistas que no habían tenido tiempo de llegar. Una vida que Jorge no pensaba vivir nunca.

La furgoneta estaba aparcada a cuatro manzanas del sitio para que nadie la viera cerca del portal de Jorge. Le echó un vistazo. Una Mercedes. Robada la misma semana y con una matrícula falsa y la otra arrancada. Si les paraban y les preguntaban por qué iban con una matrícula robada, podrían decir que ellos mismos habían denunciado el robo. Señalar la matrícula arrancada: «Mira, nos falta una». Había sido idea de Mahmud. La verdad es que era ingeniosa.

Sergio abrió el portón trasero. Chirrió. Jorge entró.

El interior del espacio de carga: tapizado de plata. Tal y como habían acordado, Sergio había forrado el interior con tres capas de papel de aluminio. Cerraron el portón. Encendieron la luz del techo.

Sergio señaló las paredes.

—Me llevó un día entero, que lo sepan. Y esa cola de aerosol, joder, era mejor que veinte mililitros de Supergen.

El dedo de Jorge rozando el papel de aluminio.

—Esto debería ser suficiente. Pero lo dicho, no nos vamos a arriesgar. ¿Este es el inhibidor? —Señaló una bolsa de basura negra.

Sergio asintió con la cabeza. Se agachó. Quitó la bolsa de basura.

El inhibidor.

Sonrisa torcida de Jorge.

—Pedazo de cacharro.

Estuvieron toqueteando el aparato durante media hora. Encendiendo, apagando, seleccionando diferentes frecuencias, comprobando en sus propios auriculares que funcionaba.

Nueve y media: Tom pasó para recoger los móviles de Mahmud y Jorge. Comprobaron el funcionamiento de los *walkie-talkies*. Comprobaron la radio de la policía. Dentro de una hora: había que encender los móviles del atraco. Jorge miró a Tompa; por primera vez el colega parecía estresado: hablaba rápido. Manoseaba el *walkie-talkie*. Tenía pinta de estar cansado; tenía unas ojeras oscuras como si le hubieran dado una hostia en plena cara.

Jorge también lo notaba. Todo el tiempo: la tripa tronaba.

Quince minutos: él, Mahmud y Sergio en la furgoneta. Yendo hacia la ciudad. Iban a recoger la pala cargadora.

Estaban callados. Sergio había dejado de bromear. Jorge echaba la cabeza hacia atrás. Miraba el techo del coche. Mahmud estaba al volante. Tratando de no conducir demasiado rápido. La pala cargadora: la clave para el éxito. Según el Finlandés: la pala cargadora aseguraba que este golpe no podía fallar.

Después, Jorge pensó: «El Finlandés puede irse a la ducha si quiere». Eran Jorge y Tom los que habían dado con la idea de la pala cargadora, *no* el Finés. Eran J-boy y los chicos los que asumían todos los riesgos. Y además: la cámara; esa era su propia historia.

Pasaron Frösunda, las aguas de Brunnsviken a la izquierda. Mahmud salió de la autovía a un kilómetro del sitio. Norte de Haga. Una salida pronunciada de la E4 hacia el parque. El parque de Haga. Los árboles estaban verdes: parecía una selva tropical. Llegaron a las verjas. Un pequeño aparcamiento. El colega paró el coche.

Jorge estiró el brazo y cogió su mochila del asiento trasero. Sacó uno de los móviles nuevos. Metió una tarjeta SIM. Después sacó un *walkie-talkie:* MOTOTLKR T7, el modelo más avanzado de Motorola. Tenía más de diez kilómetros de alcance.

Lo encendió. Pulsó el botón de *Push to talk*[36].

—¿Hay alguien?

Crepitaba al otro lado.

Esperó un rato. Intercambió una mirada con Mahmud. Ahora nada podía fallar.

Lo acercó a la boca de nuevo.

—¿Hay alguien?

Seguía chisporroteando al otro lado.

Una tercera vez.

—Sí, ¿me recibes?

Ruidos crepitantes, chisporroteos, silbidos.

Al final: la voz de Tom.

—Qué pasa, tío. Te recibo. Y estoy en mi sitio. Listo para entrar en acción. Cambio.

Jorge levantó el pulgar hacia Mahmud y Sergio.

—¿Y los demás? Cambio.

La idea: ninguna llamada tenía que pasar por el móvil de atraco de Jorge. En vez de eso: todos informaban a Tom, que hacía de centralita e informaba a Jorge a través del *walkie-talkie.* Un obstáculo para la policía: no iban a poder rastrear ni una llamada al sitio en donde se efectuaría el propio golpe.

Tom contestó. Usó nombres auténticos, los polis no iban a poder registrar ondas radioeléctricas a posteriori.

—Babak y Robert están en su sitio junto a la comisaría principal de la ciudad, Jimmy está en Stora Essingen, listo para tomar la vía de Essinge hacia el norte. Javier ya está en su sitio en Kungsholmen. Todos están preparados. Cambio.

---

[36] «Pulsa para hablar».

Todo el tiempo mientras hablaba, Jorge miraba a Mahmud. Sergio estaba en el asiento trasero. El ambiente de la furgoneta: la concentración de un laboratorio de ébola.

Eran las diez y cuarto. Muy pronto tocaría arrancar.

Jorge acercó el *walkie-talkie* a la boca.

—Vale, arrancamos. Mantenme informado continuamente. Cambio y fuera.

La voz de Tom sonaba alegre. El estrés que Jorge había visto en su cara antes había desaparecido.

—*Yes, sir* —voceó Tom.

Jorge se giró hacia Mahmud y Sergio.

—Comprobemos todo una última vez.

Asintieron con la cabeza. Mahmud salió; comprobó que el inhibidor de atrás seguía funcionando. Sergio se cercioró de que llevaba las llaves de la pala cargadora. Echaron un vistazo a las armas, los pasamontañas, las llaves y todo lo demás. Una última vez.

La última vez.

El *walkie-talkie* del salpicadero zumbó. La voz de Tom otra vez:

—Todos están en sus puestos. Estamos preparados para arrancar. Así que cuando quieras, *boss*. Cambio.

Jorge trató de sonreír, aunque sabía que se parecería más a una mueca tensa.

—*Fire away*[37] —contestó.

Mahmud arrancó la furgoneta. Jorge estaba con el *walkie-talkie* pegado al oído. Seguía cada paso en la información de Tom.

Tom llevaba un coche robado. La noche anterior había aparcado un coche legal en la calle delante de la comisaría de Solna.

Mahmud condujo con tranquilidad. Estaban acercándose al lugar donde iba a estar la pala cargadora. Diez minutos para *strike down*[38].

---

[37] «Arranca».
[38] «El ataque».

Tompa explicaba lo que estaba haciendo a través del *walkie:*

—Ahora estoy delante del coche. He jodido el salpicadero. He sacado toda la mierda que he podido. Les va a costar horas arrancar este cacharro. Ni siquiera el mejor receptador de Alby sería capaz de arreglarlo ahora. La única manera es traer una grúa. Lo prometo. Cambio.

—Muy bien, Tompa. ¿Sabes algo de los demás?

—Sí, Javier va despacio como un pensionista por la vía de Klarastrand. Y Jimmy va tan despacio como tu vieja por la vía de Essinge. Cambio.

—Guapo.

—Todos los bidones y los neumáticos metidos desde antes —continuó Tom desde las puertas de su comisaría—. Esto va a ser fácil.

Jorge oyó cómo cerraba la puerta del coche. Tom jadeaba. Jorge sabía qué era lo que llevaba el tipo en las manos: una de las maletas de las bombas.

Mahmud y Tompa habían montado las imitaciones de las bombas. Se habían utilizado cosas parecidas en los ATV suecos antes. Pero según el Finlandés daba lo mismo; la policía tenía la obligación de andar con cuidado. Robaron seis maletines de cabina del almacén de Åhléns donde Sergio tenía un colega que les dejó entrar. Tom metió una vieja batería de coche en cada maletín, conectó los cables de arranque. Mezcló veinticuatro kilos de harina de trigo de la marca Kungsörnens con agua, cogió la masa y la repartió en seis bolsas de plástico. Envolvió todo el paquete con unas cuantas vueltas de cinta aislante negra. Tom pintó la palabra «BOMBA» en texto blanco sobre los maletines. Pedazo de taller terrorista. Al Qaeda habría estado orgullosa de ellos. Hamás habría tenido envidia. ETA se habría cabreado, queriendo participar: son los campeones de la construcción de bombas.

Ahora en serio: parecían la hostia de auténticas.

Y ahora: Tom jadeando como un corredor de maratón.

—Acabo de colocar la bomba falsa en medio de la calle y le he dado la vuelta para que se vea el texto. Por aquí no van a pasar los coches de la policía. Ahora estoy caminando hacia el coche legal. Dentro de treinta segundos volamos el coche de la gasolina. Cambio.

—De puta madre. ¿Y los demás? Cambio.

—Acabo de recibir un SMS de Babak y Robert. Están a punto de encender sus coches allá por Kronoberg. Cambio.

—Quedan seis minutos.

Mahmud entró con la furgoneta por Haga Sur. Delante del restaurante, o lo que fuera, había coches aparcados. Jimmy y Robert habían estacionado la pala cargadora detrás del edificio la noche anterior. Jorge registraba todo con la cabeza puesta en otras cosas. El oído pegado fuerte al *walkie-talkie*. Junto al restaurante había cuatro canchas de tenis; la peña estaba dándole a la pelota. Jorge se puso unas gafas de sol.

Oyó un estallido fuerte. Después la voz de Tom en el *walkie:*

—¡*Abbou*, pedazo de explosión!

Después: la puerta de un coche que se abría. Tom tenía que haberlo hecho ya: había colocado la falsa bomba y prendido fuego al coche incendiario.

La policía lo tendría difícil para salir de su comisaría. La unidad de desactivación de bombas se tomaría su tiempo. Estúpidos hijos de puta.

—Tenían que haberlo visto —gritó Tom.

Jorge trató de echar una risa para acompañar.

—Ahora sal de ahí inmediatamente. Y pásame las noticias de los demás.

Bajó el *walkie-talkie*. Ellos, hasta ahora: lo estaban haciendo de puta madre.

Jorge se bajó de la furgoneta junto con Sergio. Caminaron hacia el restaurante.

Jimmy había descrito la pala cargadora: una Volvo Construction Equipment amarilla de diecinueve toneladas. Gorda como una montaña de cemento. El tipo lo había conseguido: había hablado con contactos de contactos en el sector de la construcción que le habían ayudado a comprarla de un receptador de materiales de construcción de Skogås por treinta mil en *cash*. De todos modos, era barato para un monstruo.

Sería imposible no encontrar el gigantesco vehículo.

Sergio se giró hacia Jorge. Estaba pálido.

—*Hombre*, si esto sale a tomar por culo, ¿qué abogado querrías?

Pregunta de pesimista. Pero importante. La última vez que Jorge fue condenado le había tocado un tipo asignado por el juzgado. No parecía mal tipo, pero no era demasiado astuto. Fue hace mucho tiempo. Antes de que se convirtiera en gánster de verdad. Antes de que se convirtiera en el rey de coca del cemento. Antes de que fuera a vivir a Tailandia.

—Pues mira, no lo sé —contestó Jorge a Sergio—. El de la otra vez no. Quizá Martin Thomasson, o ese Jörn Burtig. Me han dicho que son la hostia. Luego está la nueva estrella. El tipo alto ese, Lars Arstedt creo que se llama.

Sergio estaba callado.

—Pero qué cojones, *hermano*, no seas tan *pesimista*, no nos van a pillar —dijo Jorge.

Dieron la vuelta al edificio hasta llegar a la parte trasera. Grandes ventanales que daban al agua. Madera pintada de marrón.

Un pequeño aparcamiento. Tres coches: un Volvo, un Audi, otro Volvo. Tres plazas vacías.

Ninguna pala cargadora.

—Iba a estar por aquí, ¿no? —preguntó Sergio con voz chillona.

Jorge echó un vistazo al lugar. No vio nada que se pareciera remotamente a una pala cargadora.

Llamó a Tom.

—Pregunta a Jimmy o Robert dónde está la pala.

Tompa volvió al cabo de veinte segundos.

—Se supone que tiene que estar ahí, los dos lo dicen.

¿Cómo era posible?

Jorge no lo pillaba. La cabeza noqueada.

No había ninguna pala cargadora.

NINGUNA PUTA PALA CARGADORA.

Mil pensamientos al mismo tiempo.

Como bombas estallando en la mollera.

Gritó.

Sus tripas estallaron.

Uno de los pensamientos arrasó con todos los demás: ahora todo se iba a la mierda.

Vomitó por todas partes.

# Capítulo

# 23

Hägerström no tardó en volver a la ciudad. Tenía una razón especial para viajar a Estocolmo. JW se iba de permiso, veinticuatro horas, y Hägerström lo escoltaba hasta Estocolmo. Ahora los permisos eran más frecuentes, puesto que tenía que adaptarse a una vida fuera de los muros.

JW y él en el coche de traslados de la penitenciaría. Había sido un viaje interesante, habían conversado. Hägerström ya estaba entrando. Entrando en el mundo de JW. Y Torsfjäll estaba al tanto, si algo interesante sucediera en el día de hoy, estaría disponible.

Estaba *under cover* en dos frentes a la vez. Sobraba uno.

Varias semanas en la cárcel. Varias semanas de acercamientos, adulaciones e intentos de ganarse la confianza de JW. Tal vez estuviera cerca de conseguirlo.

Pero JW seguía tomando precauciones exageradas. Era más paranoico que un embajador americano tras lo de Wikileaks. Convencido de que la policía había pinchado sus conversaciones telefónicas y visitas. Y con razón, claro. Además, Hägerström hacía lo que podía por reforzar estas ideas; cuantas más precauciones tomaba, más cosas pasaría a Hägerström.

Funcionó. JW había empezado a pedirle favores con cada vez más frecuencia. Pasa un mensaje por teléfono a *x* o *y*. Envía un

SMS a este número con la siguiente secuencia numérica. Imprime esta carta y envíasela al banquero de este u otro sitio.

JW compró nuevas tarjetas SIM para el móvil constantemente; hacía llamadas de al menos cuarenta minutos todos los días. Los demás comenzaron a quejarse. Algunos le llamaban Judío en lugar de *Nerd*; el tipo ocupaba la cabina de teléfono igual que Israel ocupa el Oriente Medio. Recibía visitas de Mischa Bladman una vez por semana. De hecho, dedicaba todo su tiempo de visitas a ese contable. Torsfjäll espió la sala de visitas, pero no sacó nada: o bien susurraban JW y Bladman entre sí, o bien utilizaban un lenguaje codificado.

JW podría haberle pedido a Hägerström que le metiera otro móvil, o una conexión a internet. Pero Hägerström consiguió que los otros guardias incrementaran la vigilancia con respecto a estas cosas. Aumentaron el número de cacheos y los registros de las celdas de la sección. Encontraron recortes de revistas porno enrollados y metidos en perchas, anfetamina en dibujos que habían recibido de sus hijas de tres años, móviles metidos en espacios que habían sido tallados en la pared. JW se volvió aún más precavido. Se abstuvo de correr riesgos innecesarios.

Necesitaba a Hägerström más todavía.

Por las noches trató de analizar lo que en realidad estaba ocurriendo. La información que había sacado. Las combinaciones numéricas, los bancos a los que había llamado, los correos electrónicos que había enviado. Una estructura comenzó a tomar forma. Estaba realizando algún tipo de traslado. Liquidaban empresas, terminaban relaciones con sus contactos en los bancos, cerraban cuentas y transferían capital. Liechtenstein, islas Vírgenes, islas Caimán. Al mismo tiempo, montaban nuevas empresas, establecían contacto con otros bancos, abrían cuentas y transferían capital a otras jurisdicciones: Dubái, Liberia, Letonia, Bahamas, Panamá. Contrataban tarjetas de crédito, pedían garantías bancarias, enviaban avisos a cuentas. Podría tener algo que ver con nuevas leyes de discreción de algunos Estados.

Pero nunca había nombres suecos. Todas eran empresas extranjeras, y detrás de ellas: abogados extranjeros, contables u otros testaferros.

Torsfjäll vociferaba sobre actividades terroristas. Al mismo tiempo se quejaba de que no hubiera sacado nada importante de las escuchas. Exigía a gritos que sacaran la información del ordenador de JW, de alguna manera. Pero Hägerström tenía otras ideas.

Torsfjäll dijo que había puesto a un especialista en contabilidad de la autoridad de delitos económicos a revisar todo. Que estos putos países de negros tenían más discreción que la Säpo[39]. Que el contable había constatado que se trataba de un lavado de dinero avanzado, pero que no iban a poder conseguir ningún tipo de ayuda de los países donde estaban las cuentas bancarias.

Un problema era que apenas podían constatar cantidades de dinero que salían de empresas o cuentas en Suecia. Si hubieran descubierto grandes flujos de capital, habrían podido seguirlos hasta la fuente. Estas cosas eran más fáciles hoy en día.

JW y su gente tenían que llevar la pasta en *cash*. Con mensajeros. O, si no, les estaba ayudando algún operario de divisas de Suecia: un banco, una casa de cambio, una financiera o algo parecido.

La pregunta era cómo podrían demostrar que era ilegal.

De vuelta en el coche de transportes. Primero habían hablado de las cosas de siempre. La comida del bote, otros presos, nuevas rutinas. JW no hablaba mucho de lo que quería hacer en su permiso.

Hägerström llevó la conversación hacia otro lado. Comenzó a soltar nombres. Viejos amigos del instituto y colegas de su hermana. Financieros, abogados, magnates industriales, herederos, amigos de la familia real. Hombres que habían nacido en el

---

[39] Nombre del servicio secreto de la policía sueca.

mundo que ahora les pertenecía. Hombres que vivían con sus familias ocupando *petits hôtels* enteros de Östermalm. Hombres de familias que habían tenido tierras en los alrededores de Uppsala durante generaciones. Hombres que habían sido modelos para JW hace cinco años, antes de que lo encerraran.

Hägerström seguía soltando nombres del círculo social de su hermana. Pasaba lo mismo ahí. Las colegas de Tin-Tin habían sido las reinas de Stureplan hacía cinco-diez años. Entonces JW había sido el *wannabe* número uno. Debería reconocer la mayoría de los nombres, podría preguntarse qué hacían hoy en día, dónde vivían.

Hägerström pronunció todos los nombres correctamente, mostrando de nuevo quién estaba al tanto. Wachtmeister con «k» y «e», Douglas con una «u» al principio. Y el más difícil de todos: Du Rietz, tenía que pronunciarse «Dyrrye».

Hägerström sabía que había dado en el clavo. Funcionaban. La debilidad de JW por la vida sofisticada: los estratos más altos, *la crème de la crème*. El deseo del tío de formar parte de un mundo al que no pertenecía. Pero ese era el mundo en el que Hägerström había crecido.

Antes de que Hägerström hubiera empezado a llevar mensajes para JW, puede que no le escuchara con demasiada atención. Pero ahora, JW absorbía todo como una esponja. Hägerström le contó cómo habían sido las invitaciones a la boda de su hermano. Todos los invitados habían recibido una gran caja por mensajería. Una botella de Lanson rosé, cremas solares y productos para la piel de Lancôme, y un DVD con una película encargada especialmente. Robert Gustafsson[40] haciendo de guía en la casa paterna de los Bérard, burlándose, tomando el pelo a todo el mundo. Una pequeña tarjeta de invitación a la boda: «Destino desconocido. Tres días. Dejad los niños en casa. Dejad las tarjetas de crédito. Llevad el pasaporte».

---

[40] Conocido y popular cómico sueco.

Poco después, Hägerström quería sacar temas más calientes. Y parecía que JW entendía.

Los dos estaban solos en el coche. En realidad, iba en contra de las normas, pero Torsfjäll había tirado de sus contactos. Dos horas de viaje. Hägerström dijo que él había conseguido que los dos pudieran ir solos. Parecía que ya había preparado a JW lo suficiente. Ya no había razones para no ir al grano.

Pero JW se le adelantó.

—¿Tienes alguna idea de dónde soy? —dijo.

Hägerström lo sabía.

—No tengo ni idea, pero, si te soy sincero, no pareces encajar muy bien en una cárcel.

—Soy de Västerbotten. ¿No te has dado cuenta?

—En absoluto. Suenas más bien como si fueras oriundo de Östermalm. O si no, quizás incluso más de Lidingö. Tienes las íes de la zona.

JW dejó escapar una risita. Evidentemente, estaba contento con la respuesta de Hägerström.

—Estoy muy lejos de mis orígenes, ¿sabes?

Hägerström notó un cosquilleo en el cerebro. Ahora estaba entrando en terreno privado. El haber viajado lejos de sus orígenes no era necesariamente algo bueno en el mundo del que él venía. El hecho de que JW lo dijera significaba que se estaba abriendo.

—Estudié en la Facultad de Empresariales —continuó JW—. No me dejaron terminar mis estudios, ya que fui condenado, así que ahora estoy estudiando en la Universidad de Örebro. No me queda nada para terminar, solo me falta conocer las notas de mi trabajo de fin de carrera.

Hägerström se giró hacia él con una sonrisa torcida, guiñándole el ojo.

—¿Estudiando? —JW se limitó a sonreír levemente. Hägerström continuó—: Si te apetece, me encantaría presentarte a algunos contactos del mundo de los negocios cuando salgas.

—Suena interesante. ¿Qué contactos?

—Ya sabes, gente que necesita que le ayuden con su dinero. Los impuestos en este país obligan a la gente a pensar de otra manera, aunque, gracias a Dios, sí es cierto que hemos tenido un gobierno mejor en los últimos años.

—Desde luego, nadie podría estar más de acuerdo que yo. Vas a por la gente que lo ha hecho bien, ganando dinero, pero pasas de los asesinos y los violadores. Tú ya lo sabes, has sido tanto policía como guardia.

Estaba entrando en arenas movedizas. Se sentía cómodo con la nueva confianza de JW, pero había reglas de cómo hablabas de crímenes, incluso entre los criminales. La norma era no abrirse así como así. No había que confiar en nadie. No había que dejarse llevar. La información caliente podría llegar a ser una carga.

Hägerström mantenía los ojos en la carretera.

—Exactamente. Así que la gente necesita ayuda para entender lo que hay que hacer con el dinero después, para evitar las manos largas del Estado sueco y las habladurías.

JW se rascó el pelo con aire despistado durante un rato. Casi parecía que había perdido el interés. Interpretaba bien su papel.

—Vale, hablemos de esto… —dijo finalmente. Luego hizo una pausa. A Hägerström le dio tiempo a pensar: *Jackpot*. Después, JW continuó—: Cuando salga en libertad.

Mierda. Entonces tendría que esperar.

Aun así, tal vez era un éxito: JW había comprendido. Y lo había aceptado.

Fueron a Djursholm. JW pidió que le dejara en la avenida Henrik Palme. Hägerström tenía intención de engancharse. Vio cómo JW caminó por la avenida y dobló por la calle Sveavägen. Paró el coche. Salió de él. Anduvo deprisa hasta el cruce. Vio a JW ciento cincuenta metros más adelante. Dobló otra vez, a la izquierda.

Hägerström corrió como un poseso. Hasta el siguiente cruce. Tenía que llegar a tiempo para ver dónde se metía JW.

Justo a tiempo. JW estaba en la puerta de un chalé a cien metros de distancia.

Alguien le abrió la puerta. JW entró en la casa.

JW en un chalé de Djursholm. Esta no era cualquier urbanización de chalés. Era aquí donde estaban los chalés más grandes de Estocolmo. Los terrenos más grandes de cualquier gran urbe. Éste era el más rico de los barrios ricos; todo lo demás era segunda clase en comparación. Y era aquí donde JW había elegido ir en su permiso.

Hägerström se metió en Hitta.se y comprobó la dirección. No tenía dueño registrado. Llamó a Hacienda. Una empresa británica era propietaria de la casa: Housekeep Ltd. Muy sospechoso.

Llamó a Torsfjäll y le pidió que averiguara más detalles sobre el inquilino de la casa.

Después se puso detrás de un seto de avellanos. Vigilando la casa en la que había entrado JW. Sin soltarla con la mirada por un solo momento.

El edificio tenía una fachada de cemento amarillo. Era de dos plantas, podría tener unos trescientos metros cuadrados en total. El jardín parecía estar bien cuidado.

Vio cómo alguien se movía en el interior. Pensó en llamar a Torsfjäll otra vez para pedirle que le enviara un agente de paisano que pudiera acercarse más que él. Pero luego se lo pensó mejor, quería ocuparse él solo.

Se quedó esperando. ¿JW no iba a quedarse en el interior de la casa todo el día?

Una hora más tarde. Un taxi paró delante del chalé.

Se abrió la puerta. JW salió. Otro hombre salió tras él. Cerró la puerta con llave.

El hombre era rubio, un poco fofo y tenía la papada fláccida. Llevaba pantalones rojos y una americana verde. Podría tener unos cincuenta años. Hägerström entornó los ojos para tratar de ver mejor. Levantó el móvil y trató de sacar algunas fotos. Era inútil.

JW y el hombre estaban demasiado lejos.

Entraron en el taxi. Taxi Stockholm, la compañía de taxis más grande de la ciudad. El coche se puso en marcha.

Hägerström volvió a llamar a Torsfjäll.

—Ahora sale JW acompañado de un hombre en un taxi con la matrícula NOD 489, ¿puedes hacer que Taxi Stockholm guarde la grabación de la cámara de seguridad del taxi?

—Por supuesto. Una idea brillante. Me encanta la sociedad de la vigilancia. Y además puedo contarte que me acaba de llegar un *e-mail* con el nombre de la persona que usa la casa. Antes estaba registrada a nombre de un tal Gustaf Hansén. Era el director ejecutivo y jefe de una oficina de Danske Bank antes de que lo echaran. Según los registros, está empadronado en Liechtenstein desde hace cuatro años. Huele tanto a delito económico que tengo que taparme la nariz.

Hägerström echó un vistazo a la casa.

—¿Qué piensas que debería hacer? —preguntó—. No voy a perseguir al taxi en un vehículo de transporte oficial del Servicio Penitenciario.

—No, eso sí que no. Pero puedes entrar en la casa. Ya sabes que no hay nadie ahí dentro ahora.

Hägerström trató de coger aire.

—Pero ¿y las alarmas? Seguro que ese chalé tiene alarmas.

—No te preocupes, yo me ocupo de eso.

# Capítulo
## 24

Un poco más tarde. Ella estaba delante de la puerta de un loft de la calle Björngårdsgatan.

No, pensó: *el* loft, con artículo determinado.

Pleno día. Dentro de veinte minutos tenía que estar en el interrogatorio de la policía. Pero antes quería hacer sus propias pesquisas. Tendrían que aguantar que ella llegase tarde.

El ascensor solo llegaba hasta el quinto piso, tenía que subir a pie los últimos peldaños que llevaban al loft. Las paredes parecían recién pintadas.

Sacó el manojo de llaves. Hizo ruido.

O tal vez fuera por culpa de su mano, que temblaba.

La puerta delante de ella: dos cerraduras. Una cerradura reforzada y otra cerradura de seguridad normal.

En el manojo que tenía en la mano: en total siete llaves. Cuatro llaves para la cerradura reforzada, de las cuales dos eran de su casa. Las reconocía.

En otras palabras: dos llaves posibles.

Cogió la primera. La metió.

Trató de girarla.

No funcionaba.

La sacó. La volvió a meter. Trató de darle una vuelta.

No, no podía moverla en la cerradura.

Sacó la otra llave. La acercó.

La metió en la cerradura.

Trató de girarla.

Nada.

Tampoco funcionaba.

Intentó otra vez.

Joder, joder, joder.

No era la llave buena.

Un ruido: su teléfono; sonaba su móvil.

Reconocía el número, eran los putos policías. Apagó la llamada. Natalie iba a acudir al interrogatorio, no tenían por qué preocuparse.

Metió el móvil y las llaves en el bolso.

Se sentía sola.

Se quedó un momento delante de la puerta del piso. Luego se dio la vuelta. Comenzó a bajar las escaleras.

Esperó el ascensor. Oyó cómo chirriaban los cables. Estaba subiendo.

Se abrió la puerta del ascensor: una chica de su edad salió de él. Se rozaron: el bolso de Louis Vuitton de la chica con el bolso de Bottega Veneta de Natalie.

La chica miraba hacia delante. Ni una mirada a Natalie. Natalie entró en el ascensor. Cerró la puerta. No pulsó ningún botón.

Miró a través del cristal de la puerta del ascensor. La chica que acababa de llegar subió las escaleras. Hacia el loft. Natalie oyó cómo abrió la puerta allí arriba. Evidentemente tenía las llaves correctas.

Natalie bajó en el ascensor. Abrió las puertas correderas. Se quedó en el ascensor unos segundos. Escuchó.

Tenía la cabeza tensa. Un pensamiento limpio, claro, decidido: «Tengo que averiguar quién es ella. Tengo que subir tras esa chica».

No estaba la pala cargadora.

No estaba la puta pala cargadora.

Jorge gritó. Rociando saliva. Rompiendo los límites conocidos de los tacos.

Sergio le miraba con los ojos como platos. Jorge seguía aullando.

—*¡Mierda! ¡Joder! ¡Hostias ya! ¡Me cago en mi puta mala suerte! ¡Manda cojones! ¡Me cago en su puta madre!*[41]

Se calló. No se le ocurrieron más palabrotas con fuerza suficiente. Se quedó ahí sin más. Contemplando el aparcamiento medio vacío.

*Nada*, cero palas cargadoras.

Volvió a consultar a Tom al respecto.

—¿Dónde hostias está la pala cargadora?

Tom volvió después de medio minuto.

—Jimmy y Robert la colocaron ahí ayer. No tienen ni idea de dónde puede estar.

Jorge colgó. Miró al suelo.

Vómitos sobre el asfalto: sobre el lateral de uno de los coches aparcados, sobre sus pantalones, zapatillas.

---

[41] En español en el original.

Sentía el pulso en la cabeza. Las manos le temblaban. El pulso: como una canción tecno de segunda clase.

Las tripas le volvieron a sonar. A pesar de que todo ya estaba fuera, apestando.

¿Qué cojones iban a hacer?

¿Qué cojones iba a hacer *él?*

La pala cargadora era la base para todo el golpe. Era fundamental.

Habían pensado, estrujándose los sesos. Al final: habían dado con la solución. La pala cargadora rompería las puertas correderas para entrar en lo más sagrado del santuario de Tomteboda. Forzaría las verjas que daban acceso a los muelles donde cargaban los maletines de billetes. Donde los guardias se lo tomaban con más calma.

Abriría el camino para el ATV de la década.

Y ahora no estaba allí.

Dentro de exactamente cuatro minutos iban a atacar... supuestamente. Mientras los policías estaban encerrados en sus garajes y las entradas y salidas a Estocolmo estaban salpicadas de espinos y coches en llamas.

Los pensamientos se tambaleaban en su mollera.

Su cerebro gritaba: «Cancela el golpe, sé inteligente. No asumas riesgos».

Su corazón aullaba: «Cárgate la verja con la furgoneta si no puede ser con otra cosa. Es ahora o nunca».

*Get rich or die trying*[42].

Se negaba a cancelar este asunto; era su seguro de jubilación. Su sueño. Pero no podían atravesar las verjas con la furgoneta. No aguantaría el golpe. Los postes de la verja eran demasiado gordos, eso era evidente. Además: era de vital importancia; si tenía el menor problema mecánico, estaban jodidos.

No podían robar los otros coches del estacionamiento; los inmovilizadores electrónicos modernos hacían que nadie más que

---

[42] «Hazte rico o muere en el intento».

un hacker de la talla de Julian Assange pudiera birlar coches más nuevos. Y tampoco ellos iban a poder con las verjas.

Jorge trató de concentrarse. Puso las manos sobre la cara.

De nuevo, en su cabeza: «J-boy, déjalo. Interrúmpelo. Sé un poco listo».

«Cancela».

«CANCELA».

Miraba las palmas de sus manos. No tenía fuerzas para volver a la furgoneta. Oyó a gente hablando de fondo. Sergio, Mahmud. Voces rápidas, estresadas. Alguien le cogió el *walkie-talkie*. Oyó la voz de Tom a través del aparato. Parloteo sobre coches. Tamaños. Verjas.

Jorge comenzó a flotar. Breves fogonazos de imágenes en su cabeza. Paola y él camino del cole. Caminaban solos. Lo último que siempre decía su madre antes de que salieran de casa era: «Caminad cogidos de la mano». Cogidos de la mano. Su madre siempre pensaba en ellos, siempre y cuando Rodríguez no se metiera.

Los pasos peatonales por debajo de los bloques de pisos de la calle Malmvägen estaban pintados con todo tipo de grafitis. El sol atravesaba los cristales sucios. Miraba afuera. Rododendros sin capullos en los patios, porque los chiquillos los habían arrancado para hacer la guerra de los capullos. Alumnos de secundaria que hacían cola y bancos de parques con inscripciones de nombres de bandas. Paola estaba estresada. Tiraba de él. Ella siempre quería llegar a tiempo. Jorge nunca quería llegar a tiempo.

Entonces Paola se paró. Se quitó la mochila. Era bonita. La abrió y soltó un grito.

Jorge la miró.

—¿Qué pasa?

—Se me han olvidado los deberes en casa.

—¿Volvemos corriendo a por ellos?

—No, no. No llegaríamos a tiempo.

Vio lo que iba a suceder. Empezaron las convulsiones en la cara de Paola.

Cerró los ojos con fuerza. Gritó las mismas palabras una y otra vez.

—No llegaríamos a tiempo. No llegaríamos a tiempo.

Después llegaron las lágrimas.

No, tenía que volver ya. Volver a Haga Sur, el aparcamiento. Volver a la jodida realidad.

Levantó la mirada. Quería explicar a los chicos que había llegado la hora de dejarlo. Cancelar este asunto. Podrían intentar el mismo golpe la semana siguiente.

Pero Mahmud dijo, antes de que tuviera tiempo para abrir la boca:

—*Brushan,* tenemos una propuesta.

Jorge no estaba de humor para chorradas.

—Ahora no —dijo.

Mahmud puso una mano en su hombro.

—Escucha, Babak tiene el Range Rover. Está aparcado en Solna. Le cuesta tres minutos venir aquí. No está a su nombre y está dispuesto a prestárnoslo si le soltamos la tela después. Podemos usarlo para forzar la verja. Debería poder aguantarlo.

Jorge miró a Mahmud. Ahora resultaba difícil interrumpir los pensamientos negativos.

—No podría con las verjas.

—Sí, seguramente podría. Babak cree que sí. Y Tom también lo cree. Ya lo has conducido, es el modelo más grande de Range Rover del mercado. Pesa más de dos toneladas y media, motor V8, tracción a las cuatro ruedas, una carrocería la hostia de rígida, una parrilla que se come a cualquier otro todoterreno con patatas.

—Ya lo sé. ¿Pero quién nos lo va a traer?

—Babak, ya ha terminado con sus historias en la comisaría. Está volviendo a casa, llega en dos minutos.

—Entonces no nos da tiempo.

—Vamos, igual llegamos cinco minutos tarde, máximo. No pasa nada. *Walla.*

—¿Y luego qué hacemos con él?

Mahmud cogió el hombro de Jorge con la otra mano también.

—Vamos, hombre.

Jorge levantó la mirada. Vio los ojos de Mahmud. Ya no eran unos ojos de perro triste. Ahora: un brillo, un ardor. Una mirada de gánster. Su colega creía en esto.

Jorge tragó saliva. El paladar todavía sabía a vómito.

Mahmud: su mejor *homie*.

Mahmud: un tío auténtico.

Mahmud: un chico en el que confiaba.

Además: el árabe tenía una especie de *gut feeling*[43].

Jorge volvió a tragar saliva.

—Vale, vamos. Tiene que cubrir las matrículas y, cuando terminemos, hay que destruir el coche. ¿Eso lo entiende?

Mahmud sonrió, reaccionó al instante. Pulsó el botón del *walkie*.

—Dice que adelante.

Se oyó la voz de Tom. Una nueva energía.

Jorge le oyó hablar con los demás a través de sus móviles.

Las órdenes salían como chorros: los caminos a seguir, el nuevo planteamiento.

Luz verde para seguir adelante.

El Range Rover Vogue *versus* las verjas de Tomteboda.

Seis minutos y veinte segundos más tarde. Jorge y Mahmud en la furgoneta. Babak y Sergio en el Range Rover delante de ellos. Llevaban menos de tres minutos de retraso.

El iraní había puesto cinta aislante sobre las matrículas. Las verjas de la terminal de correos a cien metros de distancia. La hora: las once y cinco. Las voces de la radio de policía que habían colocado en el asiento trasero: indignadas. La ciudad estaba en llamas. Era una guerra en toda regla. Bombas sospechosas por

---

[43] «Intuición».

todas partes. Toda la vía de Essinge antes del túnel de Eugenia, taponada. Una treintena de coches con neumáticos destrozados. Alfombras con clavos o espinos. La policía seguía sin enterarse. Jimmy había hinchado el stock como un héroe, Jorge casi había olvidado el bajón de la pala cargadora. La vía de Klarastrand también era un caos. El tráfico se movía más lento que un bebé caminando a cuatro patas. Javier también había cumplido con su parte, la misma historia. Pero la salida norte de Estocolmo estaba libre. Despejada como un circuito de coches. Sin cópteros policiales en el aire.

Además: alertas generales de la policía, órdenes de comunicación regional, preparativos para las fuerzas de asalto. Sabotaje contra la policía de Estocolmo. J-boy lo oyó todo. *Tough luck, pacos*[44]. Las órdenes habían sido claras: alerta máxima. Podría tratarse de un ataque planificado para otro lugar. Podrían ser activistas políticos. Podría ser un atentado terrorista. Cortando las salidas y entradas a la ciudad. No era nada nuevo para la policía: los veteranos de los ATV solían causar mucha confusión. Pero nunca a esta escala.

Jorge se sentía mejor. De hecho: estaba con ganas. Se giró hacia Mahmud.

—*Loco*, ahora sí que va en serio. ¿Quieres?

Le tendió una bolsita de plástico de cierre automático con unas pastillas dentro.

—Rohypnol.

La sonrisa torcida de Mahmud.

—Ya me he tomado algunas cosillas por mi cuenta.

Jorge asintió con la cabeza.

Esperaron.

Las pastillas sabían amargas en la boca, pero era mejor que el sabor a vómito.

---

[44] «Mala suerte, pitufos». «Pacos» es un término chileno coloquial para referirse a la policía.

La verja estaba cerrada. Había guardias en el puesto de control de al lado.

Se abrieron para dejar paso a un coche de correos que salía. Babak aceleró el Range Rover. Jorge oyó cómo aumentaron las revoluciones del coche. Iba en primera. No iban a poder entrar antes de que se cerrase la verja, eso lo sabía. Pero el mecanismo de la verja era menos fuerte cuando no estaba totalmente cerrada, según los cálculos de Tom y del Finlandés. Una pala cargadora la habría reventado sin problemas. La pregunta: ¿el coche de Babak iba a poder con ella?

El Range Rover, acelerando a tope. Jorge todavía no había soltado el embrague. Quería saber si el gigantesco todoterreno que iba delante lo conseguía o no.

Treinta metros más adelante: la verja. Se estaba cerrando rápidamente. Aunque ahora parecía que se movía despacio. El Range Rover la embistió con todo lo que llevaba dentro. Crujió.

El Range Rover derrapó.

Vio cómo la verja se tambaleaba en sus puntos de apoyo.

Se dio cuenta: el Range Rover había abierto camino. Había reventado las verjas. Había conseguido una vía libre.

Dios existía.

Ahora: J-boy había vuelto a meterse en el partido.

Pisó el acelerador hasta el fondo.

Treinta metros más adelante, Jorge atravesó la verja jodida.

Frenó. Mahmud abrió la puerta trasera. Tiró una bolsa con un texto bien visible: bomba. No querían arriesgarse a que algún idiota que jugara a ser héroe tratase de bloquear el camino de salida.

Ahora les quedaban máximo tres minutos, y ya iban tarde.

Siguieron hacia delante. Gente de correos, gritando alrededor.

El sol de verano, con una fuerza sudorosa. Al igual que J-boy. Fuerte. Sudado. A punto de quemar a esos tipos de pies a cabeza.

Se atrevería con cualquier cosa.

Los muelles número veintiuno y veintidós estaban detrás de otras vallas.

Sergio en el Range Rover; conocía el camino. Había visto los videoclips de Jorge al menos quinientas veces.

Jorge frenó. Se enfundó el pasamontañas sobre la cabeza. Sacó el Kaláshnikov y una bolsa del asiento trasero.

Mahmud hizo lo mismo. El árabe: parecía un profesional de los ATV, mono gris, guantes de jardinería, pasamontañas negro. Pedazo de Kala en las manos. Salieron. Lo sabían: las cámaras de vigilancia no estaban grabando. De verdad: el contacto de dentro no tenía precio.

Sergio corrió hacia delante. Llevaba la misma ropa que Jorge y Mahmud. En las manos: la pieza más pesada de De Walt, la rotaflex del infierno. Fue a por la segunda valla que les separaba de los muelles. Por aquí no podían entrar con el todoterreno y posiblemente tampoco con una pala cargadora; los zócalos de la parte inferior de la valla estaban hechos para aguantar una guerra menor.

Jorge vio una furgoneta aparcada al otro lado, junto al muelle número veintidós.

A siete metros de distancia. Totalmente negra, sin texto ni logotipos. Era el furgón blindado. La parte trasera, arrimada al muelle. La plataforma de carga, subida. Dos guardias abrieron una puerta de metal, pero se quedaron tiesos al oír los gritos.

La información del contacto de dentro era correcta.

Jorge miró el Range Rover: la parte frontal estaba abollada. El parabrisas roto. Pero no habían saltado los airbags. El iraní era listo. Los había desactivado.

Jorge y Mahmud apuntaron con sus armas a través de la valla. Apartaban a los eventuales minihéroes que quisieran joder el golpe. Mantenían en su sitio a guardias que de otra manera intentarían huir. Babak se quedó en el Range Rover; no tenían ningún pasamontañas para él. El iraní cubría su cara como buenamente podía, detrás de una capucha enfundada.

Veinte segundos. Sergio ya había penetrado. Dio un golpe a la valla. Un trozo cuadrado se cayó, creando una puerta de entrada.

J-boy atravesó la valla, siguió hacia delante. Hacia la puerta de metal al lado de la otra, por donde habían desaparecido los guardias. Una oleada de adrenalina le atravesó el cuerpo. Subidón de gánster.

La puerta estaba abierta. De nuevo: el contacto era la hostia.

Vio un pasillo. Lo conocía tan bien como su propio baño.

Paredes de cemento. Iluminación débil. Una puerta al otro lado. La abrió.

La sala de carga y descarga: paredes blancas. Guardias. Carritos con maletines.

Ahora: apuntó con el arma.

—*This is a robbery! Open the door!*[45] —gritó en el mejor inglés que pudo.

Sergio también entró detrás de él. Tenía una Walther en la mano. Él también apuntó a los guardias.

Se abrió la puerta que daba al muelle de carga de fuera. Los guardias de dentro y de fuera comenzaron a levantar maletines. Jorge trató de contarlos: podría haber hasta dieciséis.

En el exterior: Mahmud se movía con torpeza. Apuntaba con el arma. *Put the cases in our car*[46].

Los guardias levantaban los maletines de uno en uno. Atravesaron el agujero en la valla.

Al mismo tiempo: Jorge veía la otra puerta de metal. La puerta que daba a la cámara.

Mahmud tomó el control fuera. Apuntando con el Kala de un lado a otro. Apremiando a los guardias.

Jorge puso la bolsa en el suelo.

La gran noticia: antes de ayer habían resuelto el problema de la cámara.

---

[45] «¡Esto es un atraco! ¡Abran la puerta!».
[46] «Coloquen los maletines en nuestro coche».

Jorge se había puesto en contacto con un tipo: Mischa Blad-man, socio de JW. Granuja con una cara de paisaje lunar; el problema de acné del tío tuvo que haber sido peor que el de Freddy Krueger cuando era joven.

Bladman dijo que había una vía segura para llegar a JW. Jorge envió un mensaje a través de Bladman. Dos días después le llegó la respuesta a Jorge. Sí, JW podría encontrar a gente que podría encontrar a gente que podría sacar planos secretos de la oficina municipal de urbanismo. Era solo una cuestión de pasta. Jorge ofreció cien mil a través de JW. Cinco días después: Bladman le entregó los planos; JW era un dios. El propio Jorge los llevó a la pizzería Gabbes de Södertälje. El Finlandés dejó que algún experto en explosivos analizara los papeles. Les dio su ok.

Así que ahora: Jorge sacó un cuadro de explosivos de la bolsa.

El Finlandés había sido escueto.

—En realidad, son cosas que suelen utilizar los bomberos que quieren abrir boquetes en paredes y esas cosas para rescatar a gente. Mi hombre ha aumentado la carga explosiva diez veces.

Sergio ayudó a Jorge a colocar el cuadro. Pusieron las instrucciones igual que lo había hecho el Finlandés. Enseñaba exactamente cómo había que colocar el cuadro. Cómo, exactamente, había que fijarlo. La forma exacta de encenderlo.

Jorge se dio la vuelta. Miró a través de la puerta.

Ahora: cuatro maletines ya estaban metidos en la furgoneta.

La siguiente tarea de Sergio: taladró la pared. Jorge sujetaba el cuadro de explosivos. Sergio lo atornilló. Estaba bien sujeto.

Uno de los guardias, un tipo barrigudo, se había quedado junto al carrito de los maletines. Trataba de ganar tiempo. Estaba viendo lo que estaban haciendo.

Jorge lo sabía: era una estrategia que utilizaban. Hacer todo despacio; darle tiempo a la policía para llegar.

Apuntó el Kala directamente hacia el guardia.

—*Hurry up or I blow your fucking head off*[47] —dijo en inglés otra vez.

El ajustado guardia se movió.

Cinco maletines metidos en la furgoneta.

Mahmud gritó. Cosas imprecisas en *svengelska*[48].

Sergio apretó el botón de activación. Volvieron corriendo al pasillo.

Se taparon los oídos con las manos. Jorge vio los ojos de Sergio en los agujeros del pasamontañas. Brillaban.

Después llegó la explosión.

PUM.

Volvieron a entrar. Dos guardias en el suelo. Humo en la sala de carga y descarga. Las lámparas del techo, rotas.

En la pared: un agujero.

Jorge entró. Tuvo que agacharse para poder pasar por el agujero. Oyó a Mahmud gritar a los dos guardias que siguieran cargando su furgoneta.

Dentro de la cámara: oscuridad.

Buscó a tientas el interruptor de la luz. Agredeció a JW otra vez: J-boy sabía exactamente dónde iba a estar.

Lo tocó. Apretó.

Aun así, no pasó nada. Lo apretó otra vez. Y otra vez.

La hostia, la explosión debía de haber jodido la electricidad de la cámara.

Miró a su alrededor. La poca luz que entraba por el agujero estaba llena de polvo.

No había tiempo para buscar.

Dio unos pasos hacia delante. Atisbó mesas. Atisbó sillas. Atisbó armarios alrededor de las paredes.

Trató de acostumbrar los ojos lo más rápido que podía. Imposible. Todavía no se veían más que los débiles contornos de las cosas.

---

[47] «Date prisa o te vuelo la puta cabeza».

[48] Mezcla de sueco e inglés.

Sergio metió la cabeza.

—¿Qué ves?

—Hemos jodido la luz. Y no tengo linterna. No veo ni una mierda —dijo Jorge.

Vislumbró más mesas. Máquinas para contar billetes. Cajas en el suelo.

Vio algo que podrían ser sacos. Se abrió paso a tientas. Tropezó. Le estaba costando demasiado tiempo.

Dos sacos. Medio metro de altura. Los tocó. Sellados. Por el peso podría ser *cash*.

Los cogió. Arrastrándolos por el suelo. Volvió a salir por el agujero.

Los guardias seguían en el suelo. Debajo de uno de ellos: sangre.

Vio cómo Sergio se metía en el Range Rover. Jorge esperaba que arrancase.

Los guardias que seguían en pie metieron los últimos maletines en la Mercedes.

Estaban sudando. Bien, eso era lo que tenían que hacer.

Trece maletines.

Comenzó a meterse a gatas por el agujero otra vez. Tenía que haber más sacos.

—*We gotta go*[49] —gritó Mahmud.

Jorge se detuvo. Ya llevaban dos minutos de retraso debido a la espera del Range Rover y el tiempo que había empleado en la cámara. La policía podría llegar en cualquier momento. Aun así: podría haber más sacos ahí dentro.

—*For fuck's sake, let's go*[50] —gritó Mahmud de nuevo.

El amigo dio un paso hacia delante, agarró a Jorge del brazo.

Jorge quería volver a entrar en la oscuridad. Mahmud tiró de él.

---

[49] «Tenemos que salir».

[50] «¡Joder, vámonos ya!».

No funcionaba. Se arrastró hacia fuera. Mierda.

Tiró los sacos de la cámara a la Mercedes. Metió una mano en el bolsillo. Cogió la pipa de aire comprimido. La tiró al suelo para despistar a los policías.

Quince maletines.

Mahmud aullaba. Llevaban un retraso de la hostia.

Se quedó inmóvil. Los pies separados. Preparado.

Apuntaba con el Kala.

Dieciséis maletines.

Taaaaantos maletines más los sacos; tenía que haber una cantidad de *cash* impresionante.

A Jorgelito ya le daba igual la cámara. En breve: iba a ser un moraco muy adinerado.

Diecisiete maletines.

Un moraco asquerosamente forrado.

Dieciocho.

Un chileno con estilo y mogollón de pasta.

Arrancaron la furgoneta.

Jorge oía sirenas.

# Capítulo
# 26

Hägerström estaba delante de la puerta del chalé. Primero había querido entrar por las ventanas. Pero Hansén entendería que le habían robado si encontraba una ventana rota. Sería mejor entrar por la puerta, si podía.

Había pegatinas en la puerta y en las ventanas: la casa estaba protegida con alarmas.

Pan World Security. Sin embargo, Torsfjäll se había ocupado justo de ese detalle. El comisario había llamado a Pan World Security y había pedido que ignorasen todas las eventuales alarmas procedentes de aquella dirección a lo largo de la próxima hora.

Hägerström se arriesgó. Esperaba que su ropa de guardia engañara a los posibles vecinos o transeúntes. Hacer que no se preguntasen por qué estaba él toqueteando la puerta de la casa. Había aparcado el coche a cierta distancia. Comprendía por qué JW había querido bajar del coche a medio kilómetro del chalé; no quería que ningún vecino curioso descubriera la conexión entre Hansén y un coche de la penitenciaría. Esto era Djursholm; era más raro ver un coche del Servicio Penitenciario por estas calles que un Skoda.

Hägerström sacó la ganzúa eléctrica, la herramienta estándar de la policía que Torsfjäll acababa de enviarle con un taxi.

262

Seguramente serviría para la puerta exterior. Metió la punta de la ganzúa en la cerradura inferior. Assa Abloy: un modelo normal. La ganzúa zumbaba.

Sus pensamientos se desviaron.

La operación progresaba. Incluso antes del viaje en el coche de la prisión, JW le había hecho alguna que otra preguntilla.

«A ti qué te parece, ¿Juan-les-Pins está mejor que Cannes?».

«Estoy pensando en comprarme un piso en la calle Kommendörsgatan cuando salga de aquí, ¿crees que está demasiado lejos del centro?».

«¿Qué opinas del nuevo Audi? ¿Es un poco amanerado o está bien?».

Hägerström pensó: «¿No es un poco de horteras conducir un Audi? Si lo que querías era un buen coche, habría que apostar por la verdadera calidad, ¿no? Porque, de la otra manera, ya podías comprar cualquier Volvo viejo».

Después se avergonzó: resultaba curioso; el tío parecía totalmente confiado y seguro entre su gente, en el trullo. Pero con relación a Hägerström, cuando hablaban de estas cosas, era como un adolescente angustiado. Casi llegó a sentir un instinto maternal.

Hägerström se concentró otra vez.

Se oyó un chasquido en la cerradura. La puerta se abrió. Detrás de ella había una verja cerrada con llave. Sabía que era mucho más difícil de forzar. Se puso de rodillas delante de ella. Sacó otra ganzúa.

Trató de recordar lo que había aprendido en el curso de manejo de ganzúas. Solo había leído un libro, pero había practicado mucho más. El secreto del manejo de ganzúas era tripartito. Cualquiera podría aprender a forzar la cerradura de un escritorio en un día. Pero abrir cerraduras intrincadas requería una buena capacidad de concentración, talento analizador y, sobre todo, tacto mecánico.

Era más difícil de lo que había pensado. Pero el profesor le había dicho que tenía un talento natural.

La concentración no era un problema. Él era un exsoldado de las fuerzas de asalto costero, investigador interno de la policía, pensador. La concentración formaba parte de su trabajo diario. A pesar de que casi siempre tenía muchos pensamientos en la cabeza al mismo tiempo, era capaz de concentrarse cuando se trataba de cerraduras.

Pero, sobre todo, el manejo de la ganzúa era más bien una cuestión de tacto mecánico. De aprender a variar la presión. El problema era que la mayoría de las personas habían aprendido, ya desde pequeños, a colocar el cuerpo o las manos en una determinada postura, independientemente de la fuerza con la que empujaras. Pero en el arte del manejo de la ganzúa era al revés. Ahí se trataba de mantener la presión en sí a un nivel determinado. Cuando sacabas la ganzúa, la presión contra las clavijas tenía que ser constante. El que manejaba la ganzúa movía su mano, pero mantenía una presión constante.

Metió la ganzúa en la cerradura de la verja.

Trató de no imponerse la concentración como una obligación, de ignorar todos los sentimientos que no tuvieran que ver con la cerradura. Una leve brisa contra la cara. Una puerta que se cerraba en algún lugar lejano. Un pájaro que gorjeaba desde un tejado.

Sintió la gravitación, la fricción. Las clavijas que se movían una céntesima parte de un milímetro. Un pestillo que se resistía. La ganzúa era una prolongación de las puntas de sus dedos y de sus nervios. Mantuvo la presión a las clavijas en el mismo nivel exacto.

Giró lentamente.

Notó el momento de torsión, la ganzúa, las clavijas.

Sintió cómo el pestillo se movía.

Se produjo un chasquido en la cerradura.

Cerró la mano alrededor de la verja.

Se abrió.

Entonces se activó la alarma del detector de movimientos. Chillaba a un volumen que estaba al límite de lo soportable.

Hägerström cerró la puerta tras de sí. Se acercó a la cajita de la alarma que estaba justo a la derecha de la puerta. Metió el código que le había dado Torsfjäll, quien, a su vez, lo había recibido de Pan World Security.

La alarma se calló tan rápido como había empezado.

Oyó su propia respiración. Se quedó en el vestíbulo. Aguardó, por si algún vecino comenzaba a gritar.

No sucedió nada.

Miró a su alrededor. Una pequeña mesa rococó y un aplique en la pared. No había taburete, pero sí una escalera que conducía al piso de arriba.

Hägerström continuó hacia dentro. Una sala de estar justo delante de él. Alfombras hechas a mano en el suelo. Más muebles rococó. Cuadros gigantescos en las paredes: Bruno Liljefors, Anders Zorn, tal vez un Strindberg. Se parecía al piso de su madre, pero con menos estilo. Esto le parecía vulgar.

Atravesó la cocina, que estaba decorada en un estilo rústico. Puertas de armarios blancas, con una especie de panel, tiradores de metal mate. No había mecanismos invisibles o materiales extraños. Una isleta en el centro con placas de inducción y una campana por encima que tenía el tamaño aproximado del Jaguar de Hägerström. Una cafetera de Moccamaster; lavavajillas, frigorífico, congelador y microondas de Miele. Cuatro taburetes de bar alrededor de una mesa alta. En el suelo había baldosas de piedra blancas y negras, estaban calientes; seguramente contaba con calefacción integrada.

Siguió hacia delante.

Un pasillo con cuatro puertas. Echó un breve vistazo a las habitaciones. Un dormitorio, una sala de televisión. Un despacho. Hägerström entró.

Allí podría haber cosas interesantes. El comisario Torsfjäll debería haber conseguido una orden de registro inmediatamente. Pero no había querido hacerlo.

—Es mejor contar con pruebas sólidas antes de dar el golpe —le había explicado el comisario cuando hablaban por teléfono—. Además he hablado con Taxi Stockholm y he puesto a alguien a vigilar a JW y a este señor Hansén para ver qué hacen ahora, así que de eso nos enteraremos.

La oficina parecía ordinaria. Muebles ingleses de roble, una estantería con tres carpetas y libros de economía, un ordenador de sobremesa. Relativamente pocos documentos. Hägerström había esperado encontrar más información.

No había muchas cosas interesantes en las carpetas. Algunos billetes de avión antiguos, recibos de taxi, facturas de hotel. Parecía que Hansén se movía mucho y muy a menudo: Liechtenstein, Zúrich, Bahamas, Dubái.

Oyó un pitido.

Era la computadora. Hägerström se acercó a él. Se había encendido del modo *standby*. Una nota recordatoria parpadeaba en la pantalla. «Hoy: comer con JW, llamar a Nippe, llamar a Bladman, cena con Börje».

JW y Bladman. Evidentemente, las relaciones sociales de Hansén tenían un tema.

Levantó la mirada del ordenador.

Había alguien en la casa.

Escuchó otra vez.

Silencio.

Deseaba haber llevado su P226 encima.

Dio un paso hacia la pared para que no le vieran desde la puerta.

No se oían ruidos.

Dio un paso cauteloso.

Seguía sin haber ruidos.

Cogió un bolígrafo del escritorio. Lo sujetó en la mano delante de él.

Salió al pasillo.

Con mucho cuidado.

El silencio era total.

Podría haberse equivocado. Podrían haber sido ruidos de fuera.

Pasó la cocina.

Entró en el salón.

Algo duro le impactó en el cogote.

La fuerza del golpe hizo girar a Hägerström. Perdió el bolígrafo, pero le dio tiempo a ver un hombre alto, vestido de negro, antes de caer al suelo.

Oyó una voz:

—Puto yonqui, ¿cómo hostias desactivaste la alarma?

Dolor, otra vez. El hombre le estaba dando patadas en la espalda.

Trató de proteger la cabeza con los brazos. Vio otra figura más al lado del hombre que le daba patadas. Analizó la situación con rapidez. Había al menos dos atacantes. Podrían haber llamado a la policía, pero entonces no deberían actuar con tanta agresividad. Al menos uno de ellos estaba armado con un objeto duro, tal vez algo más. Pero lo más importante: no se habían enterado de lo que él en realidad estaba haciendo allí. Y no se habían enterado de quién era él.

Otra patada. Pero ahora, Hägerström estaba preparado. Paró el golpe. Al mismo tiempo se arrastró hasta la cocina.

Otra patada más. Hägerström giró el cuerpo; la patada no acertó. Se tiró por la pierna, tratando de apretar por la parte trasera de la rodilla. Le habían formado para estas cosas, pero aquello había sido hace unos años. En las fuerzas de asalto costero enseñaban una versión extremadamente reducida de Krav Magá. En la policía, la formación de combate cuerpo a cuerpo era prácticamente inexistente.

—Suéltame, pinche guarro —gritó el hombre.

Hägerström tiró con todo el cuerpo de cintura para arriba. El hombre perdió el equilibrio. Se cayó.

Hägerström se levantó. Cogió la cafetera. La plantó en la cabeza del hombre con todas sus fuerzas.

El hombre aulló.

El otro, también él vestido de negro, trató de meterse en la cocina. Ahora estaban en una parte estrecha, justo como Hägerström quería. Podía enfrentarse a ellos de uno en uno.

El primer hombre ponía una mano sobre la cara. Seguía aullando. Chorreaba sangre de su frente.

El número dos vino hacia él. Era grande. Chamarra de cuero. Jeans negros. Pelo corto.

Tenía un objeto estrecho en la mano. Sacó una hoja.

Un estilete.

Hägerström notó que el hombre lo sujetaba como alguien que sabía manejarlo. El pulgar contra la parte plana de la hoja, moviendo el brazo en círculos delante de su cuerpo.

—Yo me ocupo de este marica —gritó.

Hägerström se quedó quieto. El hombre de la navaja tenía un ligero acento de alguna lengua del Este de Europa. Atacó.

Hägerström se movió hacia un lado, esquivando el navajazo. Acompañó el movimiento empujando el brazo del hombre hacia un lado. Trató de agarrar su mano. Falló. El tipo realmente era un profesional, realizó un fuerte movimiento de muñeca al contraer el brazo. Hägerström notó el dolor en la mano, pero no la miró. No podía distraerse ahora.

El primer atacante trató de tirarse hacia él de nuevo.

Al mismo tiempo, otro navajazo cortaba el aire.

Hägerström no lo podía parar con los brazos. Giró el cuerpo. La hoja de la navaja rozó su mejilla, a menos de dos centímetros.

El hombre que sangraba por la cara trató de agarrarlo. Los dos brazos alrededor de él. Esto no podía suceder. Hägerström le dio un cabezazo tan fuerte como le fue posible. Esperaba darle en el mismo punto donde antes le había dado con la cafetera. El hombre chilló como un cerdo en el matadero.

Fue demasiado tarde. Hägerström notó un dolor en el costado. Un dolor intenso, agudo, peor que muchas cosas que había experimentado anteriormente.

La navaja.

No podía agarrarse la tripa. No podía perder el control.

Se alzó sobre la encimera y dio una patada hacia la entrepierna del hombre de la navaja.

Le dolía la tripa. Falló.

Hägerström tuvo tiempo de ver su propia sangre en el suelo. ¿O era la del otro?

El hombre de la navaja actuó con rapidez. Otro navajazo hacia la tripa.

Un dolor que quemaba junto al ombligo.

Hägerström no gritó. Se oyó a sí mismo soltar un ruido sibilante, el mismo sonido que cuando echas un trozo de atún en una sartén caliente.

Se preparó. Con todas las fuerzas que pudo sacar de dentro.

La mano recta. Golpeó al hombre de la navaja contra los ojos a la vez que le daba otra patada en la entrepierna.

Método de combate clásico en una situación de pánico: apuntar hacia las partes débiles.

El tipo puso las manos contra su cara. Aulló.

Hägerström aprovechó la oportunidad. Lo apartó con un empujón. Pasó estrujándose.

Salió de la cocina. Salió del chalé.

Salió a la calle.

La sudadera estaba empapada en la zona del estómago.

Sentía un dolor como de fuego ahí abajo. Como si no tuviera fuerzas para dar un solo paso más.

Le dio tiempo a pensar: «Puede que esto sea el fin. Puede que nunca más vuelva a ver a Pravat».

Era una tarde tranquila en Djursholm.

Notó cómo goteaba la sangre.

Corrió hacia su coche.

# Capítulo
# 27

Natalie se puso en la acera de enfrente de la calle Björn-gårdsgatan, vigilando la puerta. Esperando que saliera la chica del bolso de Louis Vuitton. Esperaba que el edificio no tuviera salidas por el garaje o desde el patio interior. En realidad, debería haber ido al interrogatorio hacía tiempo, pero que se jodieran los polis; tendrían que dejar el interrogatorio para otro día.

Tuvo suerte. En menos de quince minutos se abrió la puerta. Salió la chica Louis Vuitton. El bolso del monograma colgaba de su brazo. Pasitos rápidos con los zapatos de plataforma con un tacón de diez centímetros, y una mirada que ni trataba de registrar sus alrededores; parecía una tontita.

Natalie la siguió. Dobló por la calle Wollmar Yxkullsgatan hacia la estación del metro. La chica llevaba demasiado maquillaje. Llevaba un top rosa, una chaqueta negra, corta y brillante, jeans azules ajustados. Resultaba difícil definirla. Por un lado: la chaqueta y los zapatos de plataforma medio baratos. Por el otro: el bolso que parecía auténtico.

Bajaron al andén. Solo había un tío con una sillita de bebé un poco más adelante.

La tipa se colocó más o menos por la mitad. Mirando de frente todavía. Hacia los carteles publicitarios del otro lado de las vías: las chicas en bikini y bañador de H&M y publicidad para una nueva tarifa de móvil que incluía cuarenta millones de SMS gratis. Según la señal electrónica del techo, el próximo tren llegaría dentro de cinco minutos.

Dos tipos de unos treinta años aparecieron andando por el andén, cada uno con una sillita de bebé.

Natalie dio unos pasos hacia delante: estaba a aproximadamente treinta metros de la tipa Louis Vuitton.

Otro chico más con sillita de bebé apareció en el andén. Parecía una especie de religión aquí en Söder; todos los hombres tenían que ir con una silla de bebé. El barrio era como una gran sede para una secta.

Entonces llegó el tren. La tipa se subió. Natalie la siguió.

A la altura de la estación central del metro, la chica se bajó y cogió las escaleras mecánicas hacia la línea azul.

Caminaron hacia la zona subterránea por los pasillos. Se colocaron en las cintas automáticas que transportaban a gente entre los túneles. Allí había otro ambiente comparado con Söder: no había papaítos blandengues con complejos maternales, sino que el ambiente era más bien internacional. Las líneas azules del metro conectaban el centro con los guetos. Natalie no pudo ver ni a una persona con pinta auténticamente sueca. Aun así, se sentía fuera de lugar: ninguno de aquellos somalíes, kurdos, árabes, chilenos o bosnios cuestionaría que ella fuera sueca. O, mejor dicho, ella lo sentía, lo veía en sus ojos. La miraban como si formara parte del sistema, parte de este país: una vikinga al cien por ciento. En ocasiones normales, ella siempre era la moraca. Aunque Lollo, Tove y las otras nunca lo dirían abiertamente.

Entró un tren. La chica se subió. El vagón estaba lleno a rebosar. Natalie se metió tras ella. La tía estaba a cuatro metros. Natalie la miró más de cerca. Llevaba el pelo teñido de rubio con un par de centímetros de color natural saliendo del cuero cabelludo.

El verdadero color de su pelo era difícil de ver, probablemente gris ratón. Las cejas estaban bien depiladas; tampoco aquí resultaba fácil decidir el color. Estaba bronceada de solárium, al igual que Viktor. No podía ser mucho mayor que Natalie, pero parecía desgastada de alguna manera. Tal vez estuviera nerviosa. Lo constató: aquella chica estaba asustada.

Natalie sacó su iPhone. Lo sujetó con languidez. Fingía navegar o enviar SMS. En realidad, estaba sacando una foto tras otra.

La tía Louis Vuitton se bajó en Solna. Natalie la siguió. A quince metros de distancia. Largas escaleras mecánicas para llegar a la superficie; la línea azul era la más profunda de todas.

El tiempo seguía siendo bueno en la calle. La chica atravesó el centro de Solna. Ni una mirada por encima del hombro. Ni un indicio de que caminaba más deprisa. Salieron del centro. El estadio de futbol de Råsunda se erguía como un ovni mal aparcado al otro lado de la calle. La chica se metió en un pasadizo que pasaba por debajo de la carretera. Natalie no quería caminar demasiado cerca. Esperó unos segundos. Después se metió en el pasadizo. Justo le dio tiempo a ver cómo la chica desaparecía en dirección a las casas del otro lado.

Natalie apuró el paso para no perderla de vista. Esperaba, rezaba por que la tía Louis Vuitton siguiera sin prestar atención.

La vio a treinta metros de distancia. Seguía caminando. Bloques de viviendas más adelante. La chica aflojó el paso. Se metió en un portal: el número 31 de la calle Råsundavägen.

La casa tenía cuatro plantas. Una cajita en la puerta para introducir el código del portal. Natalie se dio cuenta de que no iba a poder llegar más lejos aquel día, allí no iba a poder entrar.

Pero esto no había terminado. Era el principio. Tenía intención de averiguar quién era esa chica. Tenía intención de hurgar hasta dar con la respuesta.

# Capítulo
## 28

Salieron de Tomteboda exactamente tres minutos y veinte segundos después de que el Range Rover de Babak hubiera reventado las verjas. Con dos minutos y cuatro segundos de retraso con respecto al horario establecido por el Finlandés.

La bolsa con la bomba que habían colocado junto a las verjas seguía en su sitio. El camino estaba despejado para salir.

Oían las sirenas de la policía.

Podrían haberla jodido.

De todas formas, no se veían coches policiales. Debían de estar lejos todavía. O, si no, los guripas se habrían enganchado en las alfombras de clavos.

Salieron en dirección a Solna. Primero el Range Rover con Babak y Sergio. Después, la furgoneta con Mahmud y Jorge.

Mahmud conducía el coche como un piloto de Fórmula 1. Jorge controlaba las frecuencias de la radio de la policía como un policía de *The Wire*. Pilló todos los distritos salvo las frecuencias de investigación; para ello habrían hecho falta antenas especiales. El distrito Västerort, frecuencia 79,000; eran los primeros en llegar.

Los operarios de la policía regional gritaban como locos. Pedían ambulancias, expertos en explosivos, jefes de operaciones externas. Trataban de definir el camino de huida, el modus operandi y averiguar si podían traer helicópteros de Goteborg.

Esto no estaba previsto, que hubiera guardias ensangrentados en el suelo. Sobre todo: que se largaran en *dos* coches. Dos coches que podían ser identificados. Dos descripciones de vehículos que salían en la radio de la policía. Dos coches con rastros que debían borrar.

Aun así: hasta ahora todo había sido como tirar un penalti sin portero, aparte de la luz de la cámara que habían jodido. Los guardias no habían montado jaleo; no podían llevar armas en la Suecia buenaza, pero sí llevaban botones de alarma. J-boy & Co. se habían hecho con todos los maletines, colocados ordenadamente con las asas hacia fuera y el pequeño piloto rojo que seguía parpadeando como si no hubiera pasado nada. Además de dos sacos con pasta de la cámara. Jorge decidió considerarlo como un bonus.

Perdedores, *adiós*.

Cinco minutos más tarde salieron de la carretera por detrás del cementerio de Helenelund. La salida de la ciudad había sido la mar de tranquila. Apenas había tráfico: gracias a Jimmy y Javier; las principales arterias todavía estarían ardiendo. No había coches policiales en la carretera: gracias a Jimmy, Tom, Robert y Babak; los guripas seguirían estrujándose los sesos para desactivar las bombas falsas de Jorge. No había cópteros: se dio las gracias a sí mismo por ello; lo sentía por los perros que habían muerto.

No había habido sorpresas, salvo lo de la pala cargadora: gracias a Dios.

No sabía cómo tratar el tema con Jimmy y Robert cuando los viera: el enigma de la pala cargadora en realidad no era culpa suya.

Entraron en el estacionamiento detrás de la capilla. Las tripas de Jorge estaban revueltas otra vez: ¿y si los coches del cambio tampoco estaban aquí? ¿Y si pasaba la misma mierda que con la pala cargadora?

El estacionamiento estaba delante de ellos.

La vio enseguida. La camioneta estaba en su sitio. Una Citroën negra. Menos mal, chaval.

Estacionaron la furgoneta cerca. Salieron volando de los coches. Abrieron el portón trasero de la furgoneta. Pasaron los sacos y los maletines. Un, dos, tres. Iba rápido. Cuatro, cinco, seis. La zona de carga de la Citroën también estaba forrada de papel de aluminio. Siete, ocho, nueve. Jorge recibió un mensaje de Tom a través del *walkie-talkie,* diciendo que todos ya estaban camino de casa. Diez, once, doce. También se llevaron el inhibidor. Trece, catorce, quince. Mahmud y Sergio entraron en la Citroën, largándose hacia el piso.

Dos sacos, además de taaantos maletines de pasta, ya estaban viniendo a papá.

Ahora, el último paso. Uno de los más importantes: tenían que borrar sus propias huellas.

Jorge sacó el extintor de la furgoneta. Comenzó a echar espuma por la parte interior de la Mercedes. Esto eliminaba huellas dactilares y corroía la mayor parte de los rastros de ADN. Babak estaba al lado, mirando.

—¿Y qué hacemos con mi coche?

Era una pregunta imposible de esquivar.

—No voy a gastar todo lo que tiene este extintor. Dejo lo último para ti —dijo Jorge.

Babak le echó una mirada asesina.

—¿Estás mal del coco o qué? ¿Qué te piensas, que yo voy a asumir más riesgos que el resto? ¿Voy a tener que conformarme con el último sorbito de tu puto extintor?

Jorge siguió echando espuma. Ignoraba el lloriqueo del iraní.

—Tú o el testaferro de este coche deberían llamar a la policía y denunciar el robo de este vehículo, esta noche como muy tarde.

—¿Qué hostias dices?

Jorge dejó de echar espuma.

—Deja de gruñir ya. Ya estabas al tanto de los riesgos cuando decidiste usar el coche. Ahora tenemos que minimizar ese riesgo.

Babak siguió mirándole con cara de pocos amigos. Jorge esperaba que no diera más la lata.

El Range Rover parecía una lata; el hecho de que hubiera podido llegar hasta allí había sido una especie de milagro. Y un embrujo aún mayor, el que nadie en la carretera hubiera reaccionado.

Jorge dejó de echar espuma. Babak cogió el extintor. Jorge le dijo que comenzara con el volante, el salpicadero y el asiento. El riesgo de que hubieran dejado huellas dactilares y rastros de ADN era mayor allí.

La espuma daba para toda la parte delantera del coche.

—Joder, también he llevado a gente en el asiento trasero —chilló Babak—. Allí tiene que haber cantidad de pelos, mocos y esas cosas.

Jorge no lo aguantaba. Pero había que reconocer que el iraní tenía razón. La furgoneta estaba asegurada: había espuma en todas las superficies. Pero el Range Rover seguía siendo un peligro mortal. Aunque no estuviera a nombre de Babak. La espuma en los asientos delanteros no era suficiente.

Tenían que quemar el puto coche.

De nuevo: esto no estaba previsto.

Abrió una de las puertas traseras. Todavía llevaba los guantes puestos.

Hurgó en la bolsa que estaba en el suelo. De todas maneras iba a quemar su ropa. Sacó una botella de alcohol de quemar, echó más de la mitad sobre el cuero marrón claro de los asientos traseros.

Estaba estresado. Ya llevaban demasiado tiempo allí. Habían pasado más de cinco minutos. Sacó la caja de cerillas.

Las manos le temblaban. Se le cayó una cerilla. Era difícil con los guantes puestos.

Si no fuera porque Mahmud se había llevado las armas, podrían haber disparado al Range Rover hasta que comenzara a arder. Eso era lo que siempre hacían en las películas, pero ahora tenían que hacerlo con cerillas. Las viejas, cansadas, lentas cerillas.

Se quitó uno de los guantes.

*Fuck;* la mano le temblaba de verdad. ¿Sería por culpa de los rohypnoles? ¿Sería por el robo del siglo? ¿Sería la angustia criminal en modo de pánico?

Consiguió encender una cerilla. La tiró al asiento trasero. Vio cómo prendía el alcohol de quemar.

Babak se rio. El fuego flambeaba sus asientos de lujo.

Llamas azules.

Jorge comenzó a quitarse el mono. Era una sensación de alivio quitárselo de encima. El sol calentaba.

Sacó un par de jeans y un jersey de la bolsa. Metió el mono, los guantes y el pasamontañas. Echó un chorro de lo último que quedaba del alcohol de quemar.

La bolsa, la ropa, los rastros de Jorge Royale se esfumaron.

Babak comenzó a lloriquear otra vez:

—Eh, mira eso. El coche no arde.

Jorge levantó la mirada.

Esto NO estaba previsto.

El fuego se había extinguido en el asiento trasero.

Un minuto más tarde; era como si llevaran tres años en aquel sitio. Jorge estaba esperando el ruido de sirenas todo el tiempo. Coches de policía con los frenos chirriando. La unidad de asalto con las armas levantadas.

Babak desenroscó la tapa del depósito, metió ramitas y hierba en el tanque y colocó un trozo de corteza en la apertura para dejar pasar el oxígeno.

Jorge volvió a coger las cerillas.

Su mano: temblaba peor que un vibrador a máxima velocidad.

A pesar de todo, lo consiguió. Encendió cuatro a la vez. Las tiró al depósito. Dio unos pasos rápidos hacia atrás.

Esperó una explosión.

No pasó nada.

Estuvieron mirando durante algún minuto. Esperando. Rezando.

Al final: parecía prometedor. Salía humo por el agujero del depósito.

No podían quedarse más tiempo.

La última cosa antes de largarse. En el suelo quedaban tres maletines. Los cogió.

—¿Qué hostias es eso? —dijo Babak.

Jorge caminó hacia el miniFiat que habían aparcado en el lugar la noche anterior. Metió los maletines en el minúsculo maletero.

—¿Estos no iban con Mahmud al piso? —preguntó Babak.

—Estos son nuestro bonus —dijo Jorge—. Mahmud también está metido en esto, está al tanto. ¿Te apuntas?

Babak refunfuñó. Pero no protestó. *Cash* extra *für alle*[51].

Jorge arrancó el coche. Se dirigieron hacia el piso.

Hagalund. Blåkulla. Todas las casas eran idénticas. De color azul claro, muy altas, muy llenas de iraquíes, practicantes de artes marciales y seguidores del AIK. Y de tipos legales; J-boy conocía a muchos buenos tíos de por allí.

Cuando llegaron él y Babak, todos estaban ya allí. Y el Finlandés había enviado a un tipo para controlar el botín. El chico se estaba apoyando contra la pared, tratando de asumir un aire calmado. Había que repartir el *cash* inmediatamente; el Finlandés iba a llevarse su parte.

Jorge entró por la puerta tras Babak. Lo saludaron con vítores.

Mahmud le dio un abrazo. Tom Lehtimäki levantó una botella de champán. Jimmy daba saltos.

Primero, Jorge quería decir algo sobre la pala cargadora. Pero, en lugar de eso, se relajó. Sonrió.

—¡Somos unos cracks!

Se doblaron de risa, gritaron al unísono, volvieron a abrazarse.

---

[51] «Para todos».

Incluso el Finlandés parecía estar de buen humor.

—No quiero joder el ambiente —dijo Jorge—, pero todavía no hemos terminado. Primero tengo algunas preguntas. Después vamos a abrir estos sacos y maletines.

Los señaló con el brazo extendido. Contra una de las paredes había quince maletines alineados.

—¿Alguien ha visto los maletines cuando los han metido?

—No, estaban en las bolsas de deporte —dijo Mahmud.

—¿Todos han liquidado sus móviles?

Asintieron con la cabeza.

—¿Rompieron y tiraron las tarjetas SIM?

—¿Quemaron su ropa?

—¿Tiraron la rotaflex?

Volvieron a asentir.

—Tom, ¿has tirado el *walkie-talkie* en un lugar seguro?

Tom asintió.

—Mahmud, ¿has preparado las armas?

—Las he desmontado y están en el baño, rociadas con espuma del extintor y listas.

—Bien, cuando terminemos las tomas y tiras las diferentes piezas donde hemos acordado.

Mahmud asintió.

—¿El inhibidor estaba encendido todo el rato?

Asintieron.

—¿Está aquí la ropa de faena, las máscaras y todo eso?

Robert asintió.

—¿Hemos preparado las cajas?

Jimmy asintió.

Jorge levantó la barbilla. Miró a los chicos de uno en uno. Se sentía como un general. Un jefe mafioso que pasaba revista a su ejército. Un padrino que premiaba a sus hombres.

—Entonces, señores, ha llegado el momento de abrir los maletines.

\*\*\*

Inspector de policía Jörgen Ljunggren
Calle Granitvägen, 28
Huddinge

Acerca de comportamiento indebido grave en interrogatorio
policial
Vuestro número de referencia: K-2930-2011-231

El abajo firmante representa a Natalie Kranjic en el asunto arriba
indicado y tiene potestad para comunicar lo siguiente.

Usted forma parte de la investigación preliminar del asesinato de Radovan Kranjic en Estocolmo. En el marco de la investigación preliminar, la policía ha tomado declaración a mi cliente
en cuatro ocasiones. En todos los interrogatorios, usted ha sido
el máximo responsable del interrogatorio. En las últimas tres ocasiones, mi cliente ha grabado los interrogatorios con la ayuda de
un equipo de grabación personal.

He sacado las transcripciones de estos interrogatorios y he
podido constatar que el comportamiento de usted ha sido grave-
mente indebido en muchas ocasiones. En al menos tres ocasiones,
usted también es culpable de acoso sexual.

Para su conocimiento, mi cliente está barajando la posibilidad de denunciarlo por los delitos mencionados así como por
prevaricación grave. También valora la posibilidad de denunciar-
le ante el Defensor del Pueblo. El abajo firmante volverá a ponerse en contacto con usted con más información acerca de estas
eventuales medidas legales.

Adjunto encontrará una selección de transcripciones de los
interrogatorios policiales de mi cliente.

Mi cliente también quiere hacer constar que ella, para mostrar su buena voluntad, de momento solo se lo ha comunicado a
usted de manera privada.

En Estocolmo, con la fecha señalada,

Abogado Anders Nyberg

\*\*\*

Anexo

*Transcripción de grabación de interrogatorio*

—Bien, ya hemos apagado esta pequeña grabadora. Así que lo que digamos a partir de ahora no saldrá en el interrogatorio. ¿Lo entiendes?

—¿Y por qué?

—Porque queremos hablar contigo de algunos asuntos un poco más graves, ¿sabes? Cosas un poco serias.

—Pues adelante.

—Sabemos quién era tu padre. Llevamos años tras él. No era el mejor cristiano, lo sabes, ¿verdad? A decir verdad, era un cabrón cobarde que conseguía asustar a la gente en esta ciudad. ¿No es así? Pero nosotros no tenemos miedo.

—Si vas a empezar con esas cosas, me marcho.

—También lo dijiste la otra vez, pero no lo haces. Escúchanos. Tu asqueroso viejo destrozó esta ciudad. A gente como él y como tú no hay ni que devolveros al lugar de donde han salido. Habría que fusilaros sin más. Menos mal que por fin hemos podido meter un gobierno como Dios manda en este país.

(Sonido de silla que se mueve).

—Ahora me marcho, ya te lo he dicho.

—Si te vas, te puedo garantizar que no trabajaremos para arrestar al asesino de tu padre. Entonces ya puedes olvidarte de nuestra ayuda en eso. Así que vas a quedarte aquí y vas a escucharme, mocosilla. Lo que quiero decir es que todos tenemos que colaborar. Si quieres que nos esforcemos en arrestar al caballero que hizo picadillo a tu padre, queremos que nos des algo de información. ¿Lo entiendes?

*Transcripción de grabación de interrogatorio*

—Bien, entonces también me gustaría sacar algunos temas de los que ya hablamos la otra vez. Como puedes ver, he apagado la grabadora.

—Si comienzan con esta mierda, hemos terminado por hoy.

—Ya sabes de sobra lo que hay. De momento, los dos queremos lo mismo, averiguar quién acabó con tu padre. Y si quieres que nos esforcemos, tienes que colaborar.

—Eres un cerdo, ¿qué quieres saber?

—No me hables en ese tono, pequeña putilla. Entonces sí que me cabreo. Lo que quiero saber es quiénes trabajaban para tu padre.

—Olvídalo. Si me vuelves a llamar lo que me has llamado, me da igual que encuentren al asesino o no. Entonces ya se acabaría este circo.

—Ya te he dicho que no me hables en ese tono. ¿Sabes qué?, ¿Igual te apetece pasar esta noche en una celda de arresto? ¿Igual te apetece darte un revolcón conmigo en el suelo de cemento?

PARTE 2

# Capítulo

# 29

*Alrededor de dos meses más tarde*

J W celebraba su salida con una fiesta. El tipo llevaba menos de veinticuatro horas fuera.

Hägerström podía haber enseñado su placa para entrar. Luego se acordó: ya no tenía placa policial.

En vez de eso, dijo el nombre de JW al portero y le dejó pasar inmediatamente. No podía ser porque JW fuera tan conocido en este sitio; después de todo, el tipo había estado en la cárcel más de cinco años. Pero había muchas maneras de colarse. El método más eficaz se deletreaba: gastar dinero.

Stureplan: era la única zona de Estocolmo a la que acudía la élite de las fiestas. Sturecompagniet era el nombre de ese sitio. Estaba tan lejos de la ley de Jante[52] como se podía llegar. Un sitio que a todos los suecos les encantaba odiar, pero en el que todo el mundo por debajo de los treinta años probablemente soñaba con tener un pase VIP para poder entrar. Aspiraba a ser un lugar para la flor y nata, era glamuroso; heterosexual a más no poder.

---

[52] Norma tácita de la sociedad sueca que popularmente se resume con la siguiente frase: «No te creas mejor que nadie».

Aquí había venido JW en busca de la fortuna hacía seis años. Para convertirse en el emperador de los niños bien, el rey de los principiantes, el señor del dominio holmiense. Y lo había hecho convirtiéndose en proveedor real de cocaína. JW era el camello de lujo que todo el mundo quería conocer, el novato repeinadito que se bañaba en pasta. Después se dio de bruces.

La eterna regla no podía haberse confirmado de manera más clara: cuanto más alto estés, más dura será la caída.

Hägerström sentía curiosidad por saber a quiénes había invitado esa noche JW.

Al otro lado de las puertas de entrada había casi tanto caos como fuera. Cantidad de gente, a la que él sacaba unos diez años. Chavales del campo, que se habían echado tanta gomina en el pelo que tardarían dos meses en quitarla, estaban agitando sus tarjetas Visa —ni siquiera eran Visa oro—, preguntando si podían pagar la entrada con ellas. La cajera negaba con la cabeza. *Cash only*, chavales; por cierto, ¿cómo os han dejado pasar a vosotros? Tipos con más práctica, que venían del centro y de las urbanizaciones más exclusivas, pasaban por el pasillo VIP con sus camisas desabrochadas y sus jeans ajustados, fingiendo ser elegantes de verdad. Pero las camisas eran flojas y las suelas de los zapatos eran de goma. Aun así, eran escoltados hacia dentro por porteros de trajes oscuros y guantes negros. Manadas de chicas con demasiado maquillaje, probablemente menores de edad, no podían reprimir las risitas, felices por haber entrado. Otras tías con más clase y bolsos que costaban dos sueldos mensuales de policía pasaban por delante de la caja a grandes pasos, con un pie delante del otro como si estuvieran caminando por una pasarela.

Pensó en las chicas con las que había intentado salir en los años antes de Anna. En cuanto querían convertirse en pareja o hablaban de verse con más frecuencia, él salía corriendo. Naturalmente, él era consciente de que le iban los tipos, que los tipos lo ponían cachondo, pero nunca había tenido relaciones serias con ninguno. En lugar de eso, frecuentaba el Side Track Bar, el baño turco del gimnasio Zenit de S.A.T.S. en la calle Mäster Samuels-gatan, el US Video. Había ido al monte de Långholmen un par de veces durante las templadas noches de verano.

Pero seguía esperando que las chicas también lo pusieran cachondo. Sería más sencillo. Al mismo tiempo sentía angustia solo con pensar en tener una relación estable con una mujer.

Después pensó en la hermana de JW. La muchacha que había pasado mucho tiempo en Stureplan y que, al parecer, había desaparecido. La chica que JW había buscado. Hägerström se preguntó qué había pasado. Y cómo le había afectado a JW.

De vuelta al presente. Era la noche de un viernes y Johan *JW* Westlund iba a celebrar que había salido en libertad. Fiesta para un expríncipe de Stureplan.

De nuevo: Hägerström se preguntó quiénes iban a estar.

No lo encontró. Hägerström dio vueltas y más vueltas, arriba y abajo. El sitio era más grande de lo que recordaba de la última vez que había estado allí. Eso fue hacía ocho años.

Era tarde, Hägerström quería que JW estuviera borracho para cuando él llegara.

Tuvo que abrirse paso para poder avanzar, empujando cuidadosamente pero con firmeza a las adolescentes y los hombres de su edad que estaban comiéndose a las mismas tías con los ojos. Notaba cómo le tiraban las cicatrices de la barriga, a pesar de que las heridas se habían curado bien.

El ritmo de la música era insistente, algún tipo de eurotecno cuyo nombre Hägerström no conocía.

Las lámparas del techo eran gigantescas.

Las bolas estroboscópicas de la pista de baile captaban a la gente en plena acción con sus fogonazos.

Pensó en la Operación Ariel Ultra.

La entrada en el chalé de Gustaf Hansén había terminado de manera brusca. Cuando Hägerström se dio a la fuga, se arrepintió de haber aparcado el coche de la prisión tan lejos; por un momento pensó que no conseguiría llegar hasta él. Pudo haber perdido un litro de sangre.

Pero en retrospectiva estaba contento de que el coche estuviera donde estaba; si no, los atacantes podrían haber visto que había huido en un coche oficial del Servicio Penitenciario. Si JW se hubiera enterado, toda la operación se habría ido al garete.

Hägerström arrancó el coche y se marchó de allí como buenamente pudo, con una mano sobre la tripa. Solo aguantó unos centenares de metros. Después detuvo el coche y llamó a una ambulancia.

La médica vino a verle un día después en el hospital de Danderyd.

El primer navajazo del atacante le había provocado una herida superficial que pudieron arreglar con solo tres puntos. El segundo había penetrado cinco centímetros, justo por debajo del ombligo. Hicieron falta seis puntos, pero había tenido una suerte increíble, según dijo. Medio centímetro hacia un lado y su hígado hubiera podido haber sufrido daños de por vida.

Tres días más tarde, Hägerström ya estaba de vuelta en Salberga. A JW le explicó que le había entrado un dolor de tripa muy agudo y por eso no había podido llevarle de vuelta a la penitenciaría. La cara de JW permaneció neutra; quizá ni sabía que alguien había forzado la puerta de la casa de Hansén.

Desgraciadamente, la entrada en la casa no aportó tanto a la Operación Ariel Ultra como Hägerström y Torsfjäll habían esperado. No había tenido tiempo suficiente para buscar antes de que lo asaltaran. Pero habían podido constatar al menos tres cosas. En primer lugar, que Gustaf Hansén estaba vinculado, de alguna manera, a los negocios de JW. En segundo lugar, que Gustaf Hansén era un tipo raro. Para empezar, el chalé donde parecía vivir durante sus estancias en Suecia no estaba a su nombre, y además parecía que tenía dobles alarmas. Una alarma que estaba conectada a un servicio de vigilancia normal, y otra que estaba conectada a un servicio de una naturaleza considerablemente más violenta. En tercer lugar, el recordatorio en el ordenador de Hansén. «Hoy: comer con JW, llamar a Nippe, llamar a Bladman, cena con Börje». Se mencionaba a Bladman. Pero también a otras dos personas: alguien con el nombre de Nippe y alguien que se llamaba Börje. Siempre podía suceder que ninguno de los dos tuviese nada que ver con nada. Pero también podría ser importante.

La intuición de Hägerström le decía que había más cosas en el chalé. Pero Torsfjäll quería esperar con el registro de la casa.

Después de que Hägerström hubiera visto a JW salir del chalé, Torsfjäll había contactado con Taxi Stockholm y le habían dado la dirección en la que JW y Hansén se habían bajado, el restaurante Gondolen junto a Slussen. El comisario envió a un agente de paisano. Al cabo de unos minutos, otros tres hombres se unieron a ellos en la mesa. El agente no consiguió sacar buenas fotos, pero pudo constatar que eran un hombre joven y dos de mediana edad que hablaban sueco. La mesa estaba reservada a nombre de un tal Niklas Creutz. Probablemente, Niklas y Nippe eran la misma persona.

Además, Hägerström sabía quién era. Su hermana, Tin-Tin, era amiga de la hermana de Nippe. Según todas las convenciones, Nippe Creutz no debería moverse en los mismos círculos que un nuevo rico convicto; Nippe era de una de las familias más acaudaladas de Suecia. El clan Creutz era propietario del quinto imperio de banca, factoraje, recaudación y cambio de divisas más grande del país. Resultaba extraño.

JW caminó hacia Hägerström con los brazos abiertos.

—Coño, el guaaardia, me alegro de verte.

Hägerström le devolvió el abrazo a JW.

—Mi tarjeta está en el bar —dijo JW—. Pide lo que quieras. Yo venía mucho por aquí. Tengo que recuperar el tiempo perdido.

Detrás de JW había una mesa con cocteles. Dos grandes cubos plateados llenos de hielo y dos botellas mágnum en cada uno. Copas de champán vacías. Además había botellines con tónica, Coca-Cola y *ginger-ale* más dos botellas de vodka medio vacías.

Alrededor de la mesa había ocho hombres y cuatro chicas. Hägerström reconoció a tres de los chicos. Allí estaban Tim el Tarado y Charlie Nowak, ambos salidos de la cárcel. Estaban radiantes; tan felices como JW de poder respirar aire libre otra vez. Además, era una experiencia en toda regla para estos chicos el poder entrar en uno de estos sitios y sentarse alrededor de una mesa de cocteles. Hägerström esperaba que no tomaran a mal que él apareciera por allí.

La tercera cara que reconocía, en realidad, no era una sorpresa, o al menos ya no. Era Nippe.

Hägerström se inclinó sobre la mesa, saludó a Tim el Tarado y a Charlie. No parecía importarles que un empleado de la cárcel se apuntara a la fiesta. Tal vez sabían que JW había contratado los servicios de Hägerström en la cárcel.

—Hola, chicos, también yo he terminado con Salberga, ¿lo sabían?

Lo miraron con caras inquisitivas.

—Me he despedido — dijo Hägerström.

Se doblaron de risa. Levantaron las copas de champán. Brindaron por la libertad. Por poder cerrar la puerta del baño desde dentro por primera vez en años. Por salir y comerse a Estocolmo.

JW presentó a Hägerström a los demás. Aparte de Nippe, los otros parecían ser otros amigos del bote. Hägerström interpretó sus miradas medio atontadas, los tatuajes, los pantalones de mezclilla y los nikis ajustados. El estilo encajaba tan mal allí como lo había hecho el pelo repeinado de JW en la cárcel. Aunque quizá no tanto, después de todo. Hägerström echó un vistazo al lugar otra vez. No todo el mundo iba vestido de niño bien allí dentro. Muchos de los hombres señalaban otra afiliación, de dinero que no venía del aburrido trabajo en el sector financiero.

Nippe se inclinó hacia delante y saludó a Hägerström.

—Qué tal, yo soy Niklas Creutz.

Era otro tipo de saludo, en un sueco bien articulado. Las vocales largas, la voz ligeramente nasal. No podía estar más lejos de la dicción de la cárcel.

JW se acercó a Hägerström.

—Le llaman Nippe. Es un viejo amigo mío.

—Encantado de conocerte, soy Martin Hägerström.

—Mucho gusto —dijo Nippe—. ¿Tú eres el hermano mayor de Tin-Tin?

—Sí, ¿la conoces? — preguntó Hägerström.

—Mi hermana mayor es muy amiga de ella. ¿Conoces a mi hermana Hermine?

Hägerström asintió con la cabeza. Sonrió.

Sentían afinidad.

Hägerström estableció el objetivo de la noche: averiguar qué tenía que ver Nippe con JW.

No vino más gente a la fiesta de JW. A Hägerström le dio un poco de pena, era evidente que el tipo no tenía muchos amigos. Más de cinco años en la cárcel y solo ocho personas acudieron para celebrar su libertad, además de Hägerström, claro. Pero él era un amigo auténtico. Luego se le ocurrió que podría haber mucha gente que quisiera celebrarlo, pero que no querían ser vistos con él en público.

Hägerström se marchó al bar. Trató de abrirse paso. Chicos de las provincias que agitaban sus tarjetas Visa. Tipos *cool* agitaban billetes de quinientas. Le costó quince minutos atraer la atención de un camarero. Pidió una botella de Heineken. Dijo que se llamaba Johan Westlund y que necesitaba su tarjeta. El barman, con cara de aburrido, ojeó las tarjetas de crédito que la gente le había dejado. Volvió. Dejó la tarjeta sobre la barra del bar.

Hägerström la tomó. Le echó un vistazo. Cuatro segundos. Memorizó el número de la tarjeta. 3435 9433 2343 3497. MasterCard. Gold. Emitida por un banco de Bahamas, Arner Bank & Trust.

Hägerström la devolvió y regresó a la mesa.

Se hizo evidente que JW quería emparejar a Hägerström con Nippe. Conversó. Hizo preguntas a Hägerström solo para demostrar su pasado. Martin Hägerström no era un don nadie de la clase media, era del mismo planeta que Nippe. Pero Nippe ya lo había pillado después de dos segundos.

Nippe bebió tanto como los demás. Hägerström no entendió cómo se atrevía a sentarse con aquellos tipos. Si estaba involucrado en los negocios de JW, debería querer mantenerse tan lejos como le fuera posible de un contexto así. La mesa de cocteles era un escenario. Cientos de espectadores disfrutaban del espectáculo del grupo de tipos que se gastaban decenas de miles de coronas esa noche.

Aparte de al menos seis copas de champán y tres de licor, Hägerström había conseguido que Nippe se tomara cuatro chupitos de vodka. Ya habían conversado sobre trivialidades el tiempo suficiente. JW estaba ocupado con otras cosas, hablando con dos chicas. Nippe estaba suficientemente borracho. Era el momento.

Hägerström se arriesgó, acercándose a él.

—¿Y cómo es que conoces a JW?

Una pregunta afortunada. Nippe comenzó a burbujear, como la copa de champán que tenía en la mano.

—Quizá no debería estar aquí. JW ha quemado tantas naves. Pero ya sabes, es un tipo genial.

—Yo también lo pienso.

—Yo lo conocía antes de que se le fuera la olla, ¿sabes? —balbuceó Nippe—. Salíamos juntos por aquí y esas cosas. Y además estudiábamos juntos en la universidad. Es un genio, ¿lo sabías? Un genio matemático y jurídico. Era de los tres mejores en todos los exámenes. Y paralelamente estudiaba Derecho. Era uno de esos tipos a los que los bancos de inversión ingleses quieren llevarse antes de que hayan terminado el tercer cuatrimestre.

Hägerström asintió, consiguió que Nippe continuara.

—JW no era como los demás, que solo estudiaban para sacar notas suficientes en los exámenes. Él aprendió cosas que quería poner en práctica de inmediato, un poco como esos emprendedores cabrones del centro de Suecia que están invadiendo la Facultad de Empresariales. La diferencia era que JW era como uno de nosotros, o casi.

Nippe vació su copa. Hägerström tomó un sorbito de la suya. Echó más. Pensó: «Bebe, Nippe, bebe».

Nippe se tomó un sorbo.

—JW quería hacer demasiadas cosas. En mi opinión, todo ese asunto de vender droga fue mala suerte sin más. JW se movía demasiado deprisa, ¿sabes? Pero no quería hacer daño a nadie. Así que he querido darle una oportunidad. Es un tipo muy listo y tiene buen corazón. Me ha contado que ya ha empezado a prestar dinero a la gente del mundo de la cárcel, chicos que necesitan dinero a corto plazo. Yo pienso que no tendría que andar con esas cosas.

Hägerström siguió interpretando su papel.

—No, es demasiado bueno para eso. La verdad es que me cae muy bien. ¿Ya sabes que trabajé en la cárcel?

—Sí, ya me lo ha dicho JW. ¿Cómo acabaste allí?

A lo largo de los años, a Hägerström le habían hecho la pregunta de por qué había optado por la profesión de policía miles de veces. Tenía una serie de respuestas prefabricadas almacenadas. Ahora, una de ellas era especialmente apropiada.

—Bueno, soy un poco especial, ¿sabes? No me gusta hacer siempre lo que hace todo el mundo. Pienso que cada uno tiene que buscarse su propio camino en esta vida. ¿Verdad?

Sacó una sonrisa socarrona. Echó un vistazo a la reacción de Nippe.

—Tienes toda la razón. Toda la razón.

Hägerström quería volver al tema de JW.

—Pero yo, que conozco lo que es la penitenciaría, tengo que preguntarte: ¿no era peligroso para JW prestar dinero?

—Yo qué sé. Pero estaba en una posición bastante segura, protegido por los muros, por decirlo de alguna manera. Ja, ja. Tienes que entenderlo, nunca he conocido a nadie que tenga tanta hambre como JW. Para el resto de nosotros es apetito. Para JW es supervivencia. ¿Has hablado de negocios con él alguna vez?

Echa un vistazo a sus ojos. Arden. Él sabe que para ser alguien en este mundo hay que construir una fortuna. Llegar a ser un hombre acaudalado, por así decirlo. Puede que sea diferente para ti, Martin. Has podido hacer lo que quieres, no has tenido que luchar por ser alguien, porque ya sabes que eres alguien. Todo el mundo sabe quiénes son tus padres. Todo el mundo sabe de dónde viene tu familia. Ese no es el caso de JW.

—Puede que tengas razón.

Hägerström se preguntaba adónde iba a llevar aquella conversación. Nippe hablaba con una seriedad extraña. Tal vez trataba de justificar el hecho de que, de alguna manera, colaborase con JW. Decidió ir más al grano.

—Yo le ayudé un poco en la cárcel, ¿te lo ha contado?

—No. ¿Ayudar cómo?

—Ya sabes, algún que otro favorcillo. Tiene un negocio, como bien has dicho antes.

—Ajá, pues qué bien.

Hägerström era todo oídos. ¿Nippe entendía que él estaba al tanto de todo? ¿Revelaría algo?

—El caso es que JW comprende el sistema mejor de lo que los delincuentes moracos harán jamás —dijo—. Y puede ser mucho más directo y abierto de lo que puedan llegar a ser los abogados o los contables al uso. Eso es necesario. Aunque hayamos cambiado el gobierno de este puto país de sociatas, todavía tenemos los impuestos más altos que en cualquier otro sitio. Cualquier persona con un poco de sentido común se empadrona en Malta o en Andorra. ¿No es así?

Nippe vació la copa otra vez. Balbuceó más que nunca. Hägerström tenía que sacarle algo ya, porque aquel chico no iba a poder aguantar mucho más.

—Lo único que quiero decir es que me alegro un montón de que quieras ayudar a JW —dijo Hägerström—. Yo mismo voy a tratar de conseguirle algunos clientes.

Nippe se echó más champán. Miró a Hägerström.

Tenía los ojos neblinosos.

—¿Clientes?

—Sí, clientes, o como los llame él.

Nippe tenía pinta de estar mareado. Aun así, a Hägerström le parecía que estaba tomando nota de lo que decía.

—Mmm —dijo Nippe; después guardó silencio.

No iba a funcionar. Nippe estaba demasiado borracho. Murmuró algo de que estaba muy cansado y que tenía que levantarse pronto al día siguiente porque tenía una pista de tenis reservada en el club de Kungliga Tennishallen. Sonaba como una excusa mala. Hägerström se arrepentía de haberle metido tanto alcohol.

En cuanto Nippe Creutz se marchó a casa, Tim el Tarado, Charlie Nowak y los otros se animaron. Parecía como si se hubieran reprimido hasta entonces. La jerga se volvió más cruda. Las miradas a las tías se intensificaron. Pimplaron con más ganas. Pidieron una botella de Dom Pérignon por treinta mil coronas.

No parecía importarles que Hägerström, un exempleado de la prisión, estuviera escuchando. Hablaron de cuánto se podía ganar vendiendo cocaína de mentira, métodos inteligentes para esconder objetos robados, las mejores calles de Berlín para ir de putas. Hablaron de amigos en común que habían sido encerrados, colegas que habían salido, conocidos que habían muerto. JW dijo que estaba pensando en irse a Tailandia, donde conocía gente. Discutieron el robo al almacén de Tomteboda —según ellos, una copia más floja del robo del helicóptero— y el asesinato de Radovan Kranjic, así como las nuevas constelaciones en la selva de Estocolmo.

Hägerström trató de seguirles el rollo como buenamente pudo. Pero no podía ser demasiado exagerado. Los chicos alrededor de la mesa ya sabían que él no había empezado como gánster.

Había dos tipos en la barra del bar que los miraban de manera desafiante. Al menos, eso según Tim el Tarado. Parecían tener la

edad de JW, llevaban americanas con pañuelos metidos en la solapa, pantalones con raya.

Eran las dos y media. Tim el Tarado estaba tan borracho
que no hacía más que balbucear.

—Esos pringados de ahí llevan toda la puta noche mirán-
donos. Ahora voy a hablar con ellos.

JW puso la mano sobre su brazo.

—Tranquilízate un poco, joder, Tim. No quiero broncas
esta noche.

—Venga ya. Solo voy a ir a preguntar qué quieren.

JW lo sujetó.


Al cabo de media hora, JW se levantó.

—Chicos, yo ya me voy a casa.

Los tíos estaban borrachos como cubas. Aunque Tim el
Tarado preguntó a JW si necesitaba que le acompañara.

JW se lo agradeció.

—No, no te preocupes. ¿Pero tal vez puedes acompañarme
al taxi, solo para que no haya jaleo?

Se había dirigido a Hägerström.

—Claro.

Un pequeño paso hacia delante.

JW abrazó a Tim el Tarado, a Charlie y a los otros chicos.
Él y Hägerström bajaron juntos las escaleras hacia la salida. El sitio
todavía estaba lleno a rebosar. Hägerström iba primero, apartaba a
la gente con las dos manos. Despejando el camino para JW.

Había sido una buena noche, se había ganado la confianza
de JW. Lo de Nippe había resultado interesante. Una de las teorías de Hägerström y Torsfjäll se verificó. Los bancos extranjeros emitían tarjetas que eran usadas por gente de aquí. Además,
JW más o menos le había pedido a Hägerström que hiciera de
guardaespaldas.

No tenían chaquetas que recoger en el guardarropa. La noche de agosto era fresca pero agradable.

JW se acercó a uno de los porteros. Susurró algo al oído del tío. Sonrió.

Hägerström se puso en el bordillo de la acera. Trató de parar un taxi. Notaba los efectos del alcohol.

Todos los coches estaban ocupados.

Los dos lo intentaron durante cinco minutos, pero no había nada que hacer. Parecía haber una sequía de taxis esa noche.

—Creo que iré andando —dijo JW finalmente—. ¿Te apetece acompañarme hacia mi casa?

No era una pregunta. Era una orden.

Subieron por la calle Humlegårdsgatan. JW tenía un piso alquilado en la calle Narvavägen.

Sin embargo, antes les había dicho a los chicos:

—Dentro de tres meses me compro uno, lo juro. Solo tengo que encontrar uno apropiado.

Tim el Tarado y Charlie Nowak no hicieron más que reírse; ni siquiera practicaban el mismo deporte que JW.

A la altura de la plaza de Östermalmstorg, JW se detuvo. Señaló a dos tipos un poco más atrás.

—Allí van los pavos a los que Tim el Tarado quería golpear.

Hägerström los vio. Estaban a veinte metros de distancia, mirando a JW. La irritación de Tim el Tarado podría haber estado justificada; las sonrisas de aquellos tipos no eran amables.

—Esa gente me conoce de antes. ¿Lo entiendes? —dijo JW.

Hägerström asintió con la cabeza. Pensó en la anterior doble vida de JW. Se preguntó si en realidad estaba más tranquilo en su interior ahora que todo el mundo sabía que había estado en chirona. Ahora que no se le tomaba por algo que no era.

Los tipos se rieron. El sonido retumbó en la plaza.

JW y Hägerström continuaron caminando.

Llegaron a la calle Storgatan. Pero Hägerström podía oír los pasos de los chicos por detrás continuamente; se acercaron, demasiado rápido para ser normal. Se preguntaba qué era lo que JW esperaba que hiciera.

Al cabo de unos segundos se dio la vuelta.

—¿Quieren algo o qué?

Los tipo solo estaban a diez metros por detrás de ellos. Caminaban despacio hacia delante.

—¿Qué has dicho? ¿Has dicho algo?

Hägerström y JW estaban quietos.

—No pasa nada —dijo JW—, mi colega se ha tomado alguna cerveza de más.

Los tipos se acercaron a ellos. Les bloquearon el paso. Se detuvieron.

—Yo te conozco —balbuceó uno de ellos—. JW. ¿Te acuerdas de mí?

JW comenzó a rodearlos.

—No, no sé quién eres. Que tengas una buena noche.

El tipo no se contentó con eso. Dio un paso más hacia JW y lo empujó con el hombro.

JW tropezó. Los tipos se partieron de risa.

Hägerström dio un paso hacia delante. JW se retiró, sacó su móvil.

—Tranquilizaos —dijo Hägerström.

El tipo pasó de él, girándose hacia JW.

—No había mucha gente muy normal en tu fiestecilla esta noche, ¿eh?

JW estaba a tres metros, hablando por el móvil en voz baja. Ni siquiera reaccionó ante las provocaciones de los tipos.

—Id a casa. Han bebido demasiado —dijo Hägerström.

El primer tipo se giró hacia él. Se puso cerca. Pecho contra pecho. Eran igual de altos.

—¿Y quién hostias eres tú?

Hägerström no contestó, pero tensó el cuerpo.

El tipo escupía saliva mientras hablaba.

—¿Qué? ¿Qué clase de payasete eres? ¿Sabes con quién andas haciendo el tonto esta noche?

Hägerström no habló mucho, solo trató de tranquilizar al chico.

—No queremos broncas esta noche.

El tipo no se rindió. Siguieron discutiendo durante un rato.

Había llegado la hora de sacar a JW de allí. Hägerström caminaba hacia atrás. No apartaba la mirada de aquel tipo.

No funcionó. El tipo le siguió. Seguía provocando.

—Puto payaso.

Al mismo tiempo, Hägerström vio de reojo cómo el otro tipo cogía carrerrilla. Dio otro empujón a JW con el hombro.

Había que tomar una decisión rápida: o bien se enfrentaba a esos dos tipos o bien JW y él salían corriendo. Lo primero podría degenerar en algo no deseado. Lo segundo podría ser un motivo de vergüenza que JW odiaría.

JW chocó contra una pared. Hägerström elevó la voz.

—Ahora se tranquilizan.

Trató de establecer contacto visual con JW, ver cómo quería que actuara.

El tipo que estaba junto a Hägerström gritó:

—Maricón de mierda, ¿quién cojones te has creído que eres?

Las palabras provocaban. Hägerström miró a JW otra vez.

Pero ya era demasiado tarde. Oyó los gritos de una tercera persona.

A diez metros de distancia, Tim el Tarado venía corriendo.

Al mismo tiempo, el tipo que estaba junto a Hägerström se abalanzó sobre él. La americana ondeaba. El puño del chico se cerró. Rozó la oreja de Hägerström.

Tim el Tarado llegó. Hägerström vio que llevaba algo en la mano.

Una porra de goma.

Movió el arma y dio un golpe en el cogote del tipo. Cayó al suelo.

El otro hombre volvió a empujar a JW. Después trató de correr hacia su amigo tirado en la acera.

La cabeza de Hägerström echaba humo. Esto no estaba bien, pero, al mismo tiempo, estos jodidos gallitos se comportaban como cerdos.

Hägerström agarró al hombre. Le dio un empujón. Se tambaleó hacia atrás.

Tim el Tarado se lanzó sobre él. Golpeándolo en la cara con la porra.

El que estaba en el suelo comenzó a levantarse. Estaba a cuatro patas.

Hägerström se acercó a él. Lo mantuvo en el suelo con las rodillas y los brazos.

El chico lo miró con ojos neblinosos.

Sangraba por la nariz.

—Están mal de la cabeza, joder.

Después trató de liberarse de Hägerström.

Y una mierda. Hägerström notó cómo la adrenalina le subía por el cuerpo.

El tipo trató de ponerse encima de él.

Algo hizo crack en Hägerström. Le golpeó en la cara.

Con fuerza.

Notó cómo la nariz se rompía.

Volvió a golpear.

Notó cómo los labios se desgarraban.

Volvió a golpear.

Al final el tipo se quedó quieto. El cuerpo encogido en posición fetal, con los brazos levantados sobre la cabeza.

Hägerström se levantó. Estaba jadeando.

El otro tipo también estaba quieto en el suelo.

JW y Tim el Tarado miraban a Hägerström, con caras de aprobación.

# Capítulo
## 30

Natalie estiró los brazos todo lo que pudo. Trató de sentir los músculos de su espalda.

No siempre era fácil; era difícil sentir la musculatura de la espalda con precisión. Trató de estirarlos, ablandarlos. Estirar como una profesional.

El monitor había puesto una canción tranquila: Michael Jackson, *Heal the World*.

Todos a su alrededor estaban en las colchonetas del suelo, igual que Natalie. Tirando de sus cuerpos. Estirando los músculos. Había chicas de su edad, alguna que otra mujer de mediana edad, pero solo tres chicos. Los tipos no necesitaban las sesiones de gimnasio de la misma manera que las chicas; ya tenían sus clubes de artes marciales, equipos de futbol de aficionados y torneos de bandy sala. Tenían lugares más naturales donde moverse, en lugar de estar delante de un espejo en una sala sin ventanas. En realidad, todo este asunto del gimnasio era de locos; intentos fingidos de toda una generación de tratar de estar a la altura de unos ideales físicos enfermizos. Una generación de personas que habían aprendido a no estar nunca contentas consigo mismas, tuvieran el aspecto que tuvieran. Que estaban buscando un sentido a sus vidas.

Natalie apartó los pensamientos negativos. Ella sí que sabía lo que daba sentido a su vida.

La sesión de *body pump* había sido dura; le gustaba esforzarse. Todavía tenía el pulso acelerado. Su cuerpo estaba caliente. El sudor se evaporaba de la cabeza y los brazos. Vio en el espejo que cubría una de las paredes que tenía la cara roja.

Pensó en el verano que había pasado. Un verano difícil, con tantas noches de insomnio y lágrimas que había estado a punto de venirse abajo. Se había aislado; no tenía muchas fuerzas para ver a Viktor, solo quedaba con Louise y Tove en su propia casa. No las había acompañado a Saint-Tropez o Gotland. No salía con ellas por Stureplan. Ni las acompañaba en sus chistes y su humor. Solo quería mantener los pies en el suelo, mantener la estabilidad suficiente para poder con los estudios de derecho en otoño.

No quería involucrarlas en lo que realmente importaba: averiguar más sobre lo que había sucedido con su padre. Quién había acabado con su vida.

En junio, unos días después de que hubiera perseguido a la chica Louis Vuitton hasta Solna, llamó a Göran.

Quedaron en casa de Natalie. Hablaron brevemente en el vestíbulo. Göran quería que dieran un paseo por la zona. Se inclinó hacia ella y le susurró al oído:

—Por si acaso.

Natalie entendió. Era lo correcto. No había necesidad de arriesgarse.

Se puso la cazadora de cuero corta. Salieron.

Fuera no había nadie. Las vacaciones todavía no habían empezado y los vecinos estaban trabajando.

Göran preguntó cómo estaba. Después constató que todo lo de la muerte de su padre había sido innecesario. Ahora todo había cambiado. No utilizó palabras vacías acerca de que su padre estaba en el cielo entre otros héroes, etcétera. Se notaba que le importaba de verdad.

Caminaron hacia la zona boscosa donde ella a menudo había jugado de niña. A Natalie le gustaba ese sitio. Los árboles, las piedras y las piñas eran suyos. Era su mundo.

Se giró hacia él.

—Göran, me gustaría pedirte un favor.

Continuaron caminando. Göran colocó un rapé debajo del labio superior.

—Ya sabes que tomé aquellas carpetas.

Göran se hurgó la nariz.

—En algunas se hablaba de un extraño piso.

Göran se rascó la oreja.

—¿Eso te da igual? —dijo ella.

Göran se giró hacia ella. El rapé corría por sus incisivos.

—Ya te lo he dicho antes. Tú eres su hija. Yo te apoyaré y te ayudaré, hagas lo que hagas. Eso lo sabes. Pero tú eliges el camino. Yo no.

*Flashback*: las palabras de Göran en el estacionamiento del hospital de Söder tras el encuentro con Stefanovic. Prometiendo lealtad. Prometiendo respetar las promesas hechas.

Continuaron hablando durante un rato.

—La poli no está haciendo lo que tiene que hacer —dijo Natalie—. En realidad, me da igual cómo se comporten conmigo. Pero parece que no tienen ni idea de quién hizo aquello contra mi padre. Quiero saberlo.

Discutieron diferentes estrategias de cómo Natalie podría hacerse con la información de la investigación preliminar de los policías. Había grabado el último interrogatorio al que había acudido. Cuando ella le habló de eso, Göran tuvo la idea de dejar que un abogado redactara una carta amenazadora. Además, averiguaría si podía ayudarle de otras formas. Hablar con Thomas Andrén, el expoli que solía ayudar a su padre. Él podría dejar caer el tema entre sus excolegas. Tirar de sus contactos. Ofrecer lo que se conocía como primas.

Natalie reflexionó: todavía no había dicho nada sobre la chica a la que había perseguido. ¿Debería ir tan lejos? O bien Göran no sabía nada del piso o bien nadie quería que ella conociera su existencia. Aun así: no podía estar sola en esto.

Dio el paso. Comenzó a hablar sobre cómo había averiguado lo del piso. Que había tratado de encontrar las llaves, pero sin éxito. Que había ido hasta allí. Que había visto a una chica de su edad entrando en el piso y luego salir de él.

Que había seguido a la tía hasta la calle Råsundavägen.

Se detuvieron. En una piedra había una gran cantidad de piñas amontonadas.

—Quiero que te enteres de quién es esa chica —pidió Natalie—. Y que me lo cuentes todo, aunque sea algo embarazoso.

Göran volvió a hurgarse la nariz. El tío no tenía educación.

—Si es algo embarazoso, pues que así sea. Pero no quiero hablar mal de los muertos. Un hombre es un hombre, y no hay más que decir. Y un hombre como tu padre seguramente necesitaba lugares adonde ir para ser hombre.

—Entiendo lo que dices.

—En cuanto a ese piso en particular, lo único que puedo decir es que no lo conocía. Nunca he oído hablar de él.

Natalie miró a Göran. Estaba sin afeitar. Llevaba su ropa de siempre. Su mala postura. Decía que no sabía nada sobre ese piso. Y, pese a ello, confiaba en ese hombre. Todo él emitía la misma señal: «Me importa».

Y ahora mismo eso era algo muy importante para ella.

—¿Y de la mujer? —preguntó Natalie.

—De ella tampoco —dijo Göran—. Pero no hay problema. Me entero de todo sobre ella.

Göran había puesto a Thomas a trabajar en el asunto.

Instalaron Skype en los móviles. Ni a Göran ni a Thomas se les daba bien la informática, pero estaban al tanto de temas de seguridad. Con el Skype, la policía no podía escuchar ni aunque pincharan alguno de sus móviles.

El expolicía le había llamado dos semanas más tarde.

—Qué tal, soy yo. Thomas Andrén.

Natalie incluso podía ver una pequeña imagen de video de Thomas en la pantalla.

—Sí, te veo. ¿Has encontrado algo?

—Un poco. Se llama Melissa Cherkasova y viene de Bielorrusia, pero lleva cinco años viviendo aquí. Habla sueco y vive sola allí en Solna. Tiene veinticinco años y no parece tener un trabajo normal.

—¿Qué es entonces? ¿A qué se dedica?

—Déjame que te lo diga de esta manera: queda con hombres en hoteles.

Natalie se calló. Inspiró un par de veces.

—¿Qué hombres?

—Hasta ahora la he visto quedar con dos diferentes. Dos veces con cada uno. En el hotel Sheraton.

—¿Quiénes son?

—Uno de ellos es británico y parece que solo viene aquí por negocios. El otro es sueco, de mediana edad. No sé mucho más sobre él. No bajan a buscarla, sino que ella va a sus habitaciones. Pero tengo algunas fotos de los tipos.

Natalie inspiró un par de veces más.

—Thomas, entérate de todo lo que puedas sobre ellos.

\*\*\*

K0202-2011-34445
Interrogatorio
Hora: 5 de junio, 09.05-09.16
Lugar: Hospital de Söder, Estocolmo

Presentes: Stefan Rudjman *Stefanovic* (SR), jefa de interrogatorio
Inger Dalén (FL)

*Transcripción en forma de diálogo:*

FL: Quiero empezar diciendo que no eres sospechoso de nada. Esto es un interrogatorio para aclarar los hechos y has sido informado de la razón. Se trata, pues, del suceso que tuvo lugar en la calle Skeppargatan hace algún tiempo.

SR: Mmm, ya sé de qué va esto.

FL: Entonces me gustaría saber si puedes decirme de qué conoces a Radovan Kranjic.

SR: Somos conocidos, nada más.

FL: Pero tú también estabas en el coche, ¿no?

SR: Sí, eso es bastante evidente, por eso es por lo que estoy en esta cama.

FL: Efectivamente. Por cierto, ¿cómo estás?

SR: Podría estar mejor.

FL: Bien, te lo preguntaré de otra manera. ¿Por qué ibas con Radovan en el coche?

SR: Íbamos a recoger a su hija.

FL: ¿Y de qué conoces a Radovan?

SR: Ya te lo he dicho, somos conocidos. Hola hola, más o menos, no mucho más que eso. Y te diré desde ya que no voy a poder contestar a muchas de tus preguntas porque no sé nada de nada sobre esto. Apenas conozco a Radovan, no conozco a nadie de su familia, no tengo ni idea de nada.

FL: Vale, pero ¿cómo conociste a Radovan?

SR: No me acuerdo.

FL: ¿Fue hace varios años o hace solo unos meses?

SR: No me acuerdo muy bien.

FL: ¿Tienen negocios en común?

SR: No lo creo.

FL: ¿Has estado en su casa?

SR: Alguna vez.

FL: Pero, entonces, ¿conoces a su hija?

SR: Ya te he dicho que no. ¿Soy sospechoso de algo o qué? Tal y como hablas, parece que soy un asesino o algo así. Estaba en el puto coche, ¿verdad? Ya llevo más de una semana en esta cama. Soy una víctima de esto, ¿o no?

FL: Sí, eso es correcto, formalmente eres querellante en esta investigación. Sin embargo, entenderás que tengo que hacerte algunas preguntas. Cuanto más sepamos de Radovan, mejor podremos investigar este suceso.

SR: Vale, pero ya no recuerdo más cosas. He dicho todo lo que sé.

FL: Entonces te preguntaré sobre otras cosas. ¿Cuándo te sentaste en el coche?

SR: No me acuerdo.

FL: De veras. ¿Radovan ya estaba en el coche cuando tú entraste?

SR: No me acuerdo.

FL: Bien, pero ¿cuánto tiempo viajaron en el coche juntos?

SR: Ni idea.

FL: ¿Has ido en ese coche más veces?

SR: Sin comentarios.

FL: ¿Qué habías hecho antes de entrar en el coche?

(Silencio)

FL: ¿No quieres contestar?

SR: Sin comentarios.

FL: ¿Por qué no quieres contestar? No eres sospechoso de nada.

SR: No tengo más comentarios. Ya podemos terminar con esto.

FL: ¿Por qué? Lo único que pretendemos es investigar esto lo mejor que podamos.

SR: Sin comentarios.

FL: ¿No quieres colaborar en la resolución de esto?

(Silencio)

FL: ¿Cómo?

SR: Sin comentarios.

FL: ¿No crees que podría parecer un poco raro que no quieras colaborar?

(Silencio)

FL: Bien, de acuerdo, lo interpreto como que no quieres decir más cosas. Entonces damos por finalizado este interrogatorio. Son las 9.16.

# Capítulo
## 31

Tailandia. Pattaya. Queen Hotel. Un bungaló propio con piscina.

Jorge estaba en la piltra. Miraba al techo. Estaba decorado con coños pintados.

El aire acondicionado zumbaba; parecía que chorreaba.

Tailandia. Pattaya. Queen Hotel, puticlub en toda regla: cuando Jorge había reservado las habitaciones, el hotel le preguntó si querían una *special reception*. Sabía que esto haría felices a los tipos.

Once horas para llegar a Bangkok; volaron dos días después del golpe.

Dos horas hasta Pattaya; fueron en microbús. Pattaya era el destino turístico más grande que había cerca de Bangkok; era fácil desaparecer en las multitudes. Un lugar perfecto para atracadores fugados.

Llevaban muchas semanas en el Queen Hotel; en los menús del restaurante se indicaban los precios de las chicas. Tailandia no había cambiado, el ambiente era clavado al de hacía cuatro años, cuando había ido la última vez. Las palmeras, las sombrillas, los viejos pedófilos; todo estaba demasiado cerca. La única diferencia: la última vez ponían Police, Dire Straits, U2. Ahora: rhythm & bass americano.

Pero el tiempo era bueno y estaban lejos.

Jorge se dio la vuelta en la cama. Tomó el reloj que estaba en la mesilla de noche: pesaba. Era un Audemars Piguet Royal Oak Offshore, con una esfera de cuarenta y cuatro milímetros, un grosor de diecinueve milímetros. A pesar de los *mandamientos* del Finlandés, Jorge no había podido resistir la tentación. Un día después del golpe se marchó a la relojería Nymans Ur en la calle Biblioteksgatan. Compró el modelo más bestia que tenían. Hubiera podido pedirlo en la red o comprarlo en Bangkok. Pero no era lo mismo. Una de las principales atracciones residía en entrar y aflojar en *cash* en el barrio más fino de vikingolandia. Recoger el recibo y la garantía y tener a un vikingo delante que se inclina y sonríe y te lame el culo con tanta insistencia que le sale la mierda por las orejas.

Mahmud, Jimmy y Javier estaban en el garito de siempre. Pattaya Sun Club. Estaba junto a la playa. De fondo: Akon, con el volumen a tope.

Babak no estaba; todavía dormía.

Robert y Sergio no se habían apuntado al viaje a Tailandia. Se marcharon a otros países.

Tom tampoco estaba allí; el chico se había largado a Bangkok para jugar. Jorge había intentado prohibírselo.

—No vas a poder resistirte, hombre. Vas a empezar a apostar cada vez más pasta. Te conozco.

Tom no hizo más que esbozar una sonrisa socarrona. Decía que podría multiplicar su *cash* por diez en los casinos de Bangkok. Decir que a Lehtimäki le había pegado fuerte el demonio del juego no era ni siquiera exacto. En las últimas semanas, el tipo apostaba por cualquier cosa. Quién conseguía meter más maría en un porro. Quién vaciaba una botella de vino más rápido. Qué cucaracha llegaba primero al azucarillo que había puesto bajo la mesa.

Jorge se sentó. Por las noches se encendían unos farolillos: colgaban de las palmeras. Las sillas de rota chirriaban.

No tenía hambre, pidió jugo de piña recién exprimido. Jimmy y Javier estaban desayunando. Mahmud decía que estaba almorzando. Jorge sospechaba que se dedicaba a vender droga por las noches, a británicos, alemanes y suecos que necesitaban alejarse de sus patrias en más de un sentido.

Gafas de sol. Todos los tipos morenos. Apenas se veían los tatuajes de Mahmud. Las letras de Alby Forever del antebrazo comenzaban a palidecer. Debería rellenarlas.

Javier incluso se había quemado. Lloriqueaba diciendo que así no iba a conseguir pavas tan buenas. El colega: fuera de control. El *hermano*, una especie de adicto al sexo. Parloteaba sin parar sobre los mejores garitos de estriptis, los bares de putas, las bailarinas gogós. Se jactaba de sus kamasutras, penetraciones dobles, sus dos por uno. Incluso cascaba sobre *the lady boys*, la versión tailandesa de los travestis; estaban por todas partes. Los otros tipos se burlaban, llamándole a Javier trolo, chupabananas, el follatravestistailandesas.

Parecía que a Javier le daban igual los motes.

—Me tiro a cualquier cosa por encima de los catorce. Me da igual que sean mujeres de verdad o no. Siempre y cuando estén buenas.

Llegó el jugo de Jorge.

—Jorge, escucha esto —dijo Jimmy.

Jorge también se puso las gafas de sol. Cerró los ojos. Fingió escuchar.

Mahmud continuó con la historia que estaba relatando:

—Así que bebía y bebía sin parar, a saco, como un vikingo. *Happy hour* multiplicada por dos. Luego llegó esa tía rusa con la que salía las primeras semanas por aquí. ¿Se acuerdan de ella?

Al parecer, los otros sabían de quién estaba hablando.

—Estaba con unos turcos alemanes que son unos tipos legales —continuó Mahmud—, y ella va y se presenta así sin más. Va y dice: «Estás ahí». Y yo: «¿Quién eres?». Y la tipa va y me dice: «No puedes andar vendiendo por ahí. Esta no es tu zona. Vas a tener que pagar». Y yo, sin más, partiéndome el culo. ¿Quién hostias se cree que es, sabes?

Jimmy sonrió con malicia.

—¿No le habías dado suficentemente duro o qué?

—Déjame en paz —escupió Mahmud—. ¿Qué cojones voy a hacer? Si apenas he vendido nada. Solo un poco de hierba a unos alemanes y británicos. Y cinco gramos de coca a un chico de Goteborg que conocí en la playa. La coca viene en tizas, tú mismo las rompes en pedazos y las machacas sin más. No pueden tener el monopolio de eso.

Jorge se inclinó hacia delante.

—¿Qué te he dicho?

—Lo sé, lo sé —dijo Mahmud—. Pero era tan poco. En serio, no pensaba que fuera a sentar mal a nadie.

—¿Y cuánto te dijo que tenías que pagar?

—Paso de soltar nada, joder.

Jorge le interrumpió.

—Vas a pagar. No queremos atraer la atención innecesariamente.

—Pero Babak sí piensa que debería pasar.

Jorge elevó la voz.

—Vale, ¿así que Babak piensa que deberías pasar de lo que dijo? Muy listo. Ya te digo yo que es listo de cojones. Estoy hasta los huevos de Babak. Se cree un pedazo de rey solo porque usamos su coche. Pero él no manda. ¿Qué hostias ha aportado, por lo demás? Si yo te digo que sueltes la tela, sueltas la tela. ¿Cuánto querían?

—Diez mil dólares.

—¿Qué? —Jorge derramó jugo de piña por el cristal de la mesa de rota—. ¿Quieren diez mil dólares?

—Sí. —La voz de Mahmud: inquieta.

—Vamos a ver, ¿cuánto has vendido?

—No mucho, en serio.

Jimmy se entrometió.

—No es eso. El asunto es que no se han dado cuenta de que no somos unos turistas normales. Se creen que queremos establecernos aquí porque llevamos ya un tiempo.

La preocupación iba y venía. Diez mil dólares, igual a mucha pasta. Todos estarían pensando en lo mismo ahora mismo, cómo podría haber sido la situación.

Jorge vio imágenes en el interior de sus gafas de sol. Todos los tipos en el cuarto de estar del piso de Hagalund. Ropa de seguridad, guantes de plástico, botas y nuevos pasamontañas puestos. Preparados para aguantar el ataque de un virus del infierno.

Un maletín de dinero en medio del suelo.

Era importante sacar el dinero rápido. El consejo del Finlandés: «Quitaos el *cash* de encima cuanto antes. Guardadlo en unos escondites seguros: porque, pase lo que pase, pueden deteneros, condenaros, encerrarnos muchos años, pero si tienen el *cash* siempre han ganado algo».

El hombre del Finlandés sujetaba el hacha. En cada maletín parpadeaba un piloto rojo. Dos agujeros a cada lado del piloto: hacían falta dos llaves distintas para abrir esos maletines.

O, si no, hacías lo que estaba a punto de hacer el hombre del Finlandés. Jorge estaba al lado. Ya sabía más que la mayoría sobre los ATV. Pero había una cosa que no sabía: no tenía ni idea de cómo funcionaba eso del ADN inteligente. El Finlandés tampoco lo controlaba demasiado. Solo sabían que en los maletines podía haber ampollas con contenidos que podrían verterse sobre aquellos que los abrían. La policía podía utilizarlo para buscarles, era imposible de eliminar del cuerpo, cada sustancia estaba íntimamente relacionada justo con esos maletines individuales. Por eso llevaban esa pinta de investigadores del virus del sida.

El tipo levantó el hacha.

Todo el mundo lo miraba fijamente.

Jorge ya estaba de bajón, aunque solo había pasado una hora desde que se había tomado los rohypnoles.

El tipo dejó caer el hacha.

Un chasquido. Jorge se agachó. Lo comprobó con esmero. Se había abierto una grieta en el lateral del maletín. Justo como estaba planificado. No hacía falta más que levantar la tapa.

Los otros chicos también se agacharon. Jorge abrió el maletín.

Se ajustó las gafas de plástico. Miró hacia abajo. Cuatro bolsas de plástico. Nada que salpicase. Ningún ruido. Ningún polvo que él pudiera ver. Quizá todas las habladurías del ADN inteligente no eran más que una leyenda urbana.

Abrió las bolsas de una en una. Colocó el botón en el suelo.

Mahmud se acercó. Contó cada fajo para que todos lo vieran.

El hombre enviado por el Finlandés hizo lo mismo, contó cada billete.

Mahmud contaba en voz alta. Ochenta y una mil coronas suecas en efectivo. Tres mil euros. Diez mil en bonos de restaurantes suecos. Diecisiete mil en billetes de lotería.

Mal.

Era como una mala comedia. Una puta parodia asquerosa.

Pero podría haber más en los otros maletines y en los sacos.

Repitieron el procedimiento, maletín por maletín. El hombre del Finlandés los partía. Jorge buscaba el ADN inteligente. Jorge y Mahmud contaban.

El hombre del Finlandés volvió a contar.

Tres horas después, ya habían revisado todos los maletines más los sacos.

No llegaba ni a dos millones y medio de coronas en total.

Ellos: embaucados.

Ellos: engañados por correos. Tal vez también por el contacto de dentro.

Ellos: perdedores sin límites.

Ellos: follados como principiantes.

La única esperanza de J-boy ahora mismo. Que le tocara el Gordo: que los tres maletines que había escondido tuvieran cantidades inesperadas de *cash*.

Los maletines por los que él, Mahmud, y ahora también Babak, habían engañado al Finlandés y a los otros.

# Capítulo
## 32

Al día siguiente, el móvil despertó a Hägerström.

Número oculto.

Contestó.

—¿Todavía estabas en la cama?

Era el comisario Torsfjäll. Su voz sonaba rasposa y ronca. Como si él también hubiera salido de marcha la noche anterior.

—No pasa nada —dijo Hägerström.

Era una mentira en más de un sentido. Notaba cómo el cuerpo le dolía.

—Llamaba para ver cómo van las cosas. Ya llevamos algún tiempo sin hablar.

En realidad, habían acordado que Torsfjäll nunca le llamara primero.

—He intentado dar contigo —dijo Hägerström—. Tenemos que tomar una decisión. Formalmente, mi misión tenía que haber terminado cuando JW saliese de la cárcel. Y eso sucedió hace un día. ¿Ahora qué hago?

Torsfjäll se calló durante unos segundos.

—¿Tú qué opinas? —dijo finalmente.

Hägerström reflexionó. Había recogido un buen material durante los últimos meses. Cada vez que JW le había pedido que hiciera de burro, él copiaba la información. Tenían cientos de números de cuentas, nombres de empresas, bancos y abogados testaferros en al menos diez países diferentes. Un rompecabezas gigantesco para el agente de delitos económicos de Torsfjäll.

Pero hasta ahora Hägerström no había empezado a acercarse. La fiesta de JW de ayer, Nippe, el paseo de anoche, lo que había hecho con aquel tipo en la calle.

Storgatan.

Dios mío.

¿Qué había hecho?

Hägerström apartó los pensamientos de su mente.

—Últimamente hemos avanzado —dijo.

—Piensas lo mismo que yo, según parece. De momento no tenemos nada sólido, pero estás en el buen camino. Quiero decir, es más que evidente que esa joya está metido en negocios muy sucios.

—Pero no me deja entrar en los detalles.

—No, pero los detalles que ya tenemos van a mantener a mi contable ocupado durante algún tiempo. Según mis fuentes, además Hansén se trasladará a Dubái este otoño. Esto casa bien con nuestra teoría de que JW y compañía tienen que mover sus bienes al mismo ritmo que los diferentes países van aflojando su discreción bancaria. Y este Nippe, lo he tenido vigilado varias veces desde que le vimos comer con JW. Por cierto, ¿sacaste algo de él anoche?

Hägerström se preguntó cómo Torsfjäll podía saber que había hablado con Nippe en la fiesta de JW. En realidad, Hägerström ni siquiera le había contado que iba a ir a la fiesta de JW. Evidentemente, Torsfjäll disponía de otros canales.

—Sí y no —dijo—. Estaba muy borracho. Pero confirmó que conocía bien a JW y, como dijo él: quiere ayudarle. No me dijo en qué consistiría esa ayuda. Pero parecía interesado cuando le hablé de que podía conseguirle clientes.

—Bien.

Hägerström pensó en si debía contarle algo sobre la paliza de anoche. Miró los nudillos de una de sus manos. Sangre coagulada. Costras que se estaban formando. Torsfjäll tal vez ya lo supiera.

—De todas maneras —continuó el comisario—, hemos podido constatar que Nippe es el lord Moyne[53] de JW, por así decirlo. Viene de una buena familia, está respaldado por dinero del bueno y tiene un montón de contactos. Es una buena fachada hacia el exterior. Posiblemente también están ayudando a las oficinas de cambio y a las sucursales bancarias, de alguna manera. Si fuera así, sería una cosa absolutamente prioritaria. Mis chicos lo han visto en varios bares y restaurantes con al menos siete personas diferentes, en lugar de quedar con ellos en su despacho habitual. De esas siete personas, hemos visto a cinco quedar después con unos satélites que trabajan para Mischa Bladman. Está todo conectado.

—Sí. Eso parece.

—Sin embargo, seguimos sin ver billetes que cambian de manos. Así que, desde el punto de vista de las pruebas, la cosa sigue siendo floja. Ya sabes, no es que la autoridad de investigación de delitos económicos tenga un historial de campeones cuando se trata de condenar a gente.

—Pero no deja de ser un comienzo, ¿no?

—Sí. Y he podido sacar un número de identificación fiscal a través de la información que le has ayudado a JW a sacar de la cárcel. Es una empresa sueca, creemos que la controla Nippe Creutz. Vendió un inmueble en el centro de Estocolmo por cuatro millones de euros hace dos semanas. El comprador era una empresa registrada en Andorra. También eso consta en la documentación de JW.

Torsfjäll hizo una pausa retórica. Hägerström se preguntó qué vendría ahora.

—Me dice mi investigador contable que el inmueble fue valorado en el doble hace dos años, más de ocho millones de euros. Lo cual quiere decir que la empresa de Nippe ha vendido un bien a un precio fuertemente rebajado. Los compradores pa-

---

[53] Empresario irlandés de la conocida familia Guinness, involucrado en un escándalo de fraude fiscal en Estocolmo en 1997.

garán la diferencia en dinero B, la empresa de Nippe evita los impuestos sobre la venta correspondiente y los compradores se hacen con un bien, la mitad del cual es adquirido por dinero negro, que pueden vender y así obtener dinero limpio. De esta manera, JW y Nippe han ayudado a alguien a blanquear cuatro millones de euros.

—Ajá. Pero eso ¿parecen pruebas bastante sólidas?

—Tal vez. Pero la valoración de inmuebles no es una ciencia exacta.

—¿No me estás diciendo que se ve que JW ha planificado el negocio?

—Sí, pero se podría sostener que él solo les había asesorado sobre los números. Eso no es ilegal.

Hägerström no dijo nada. Comprendía que se trataba de delitos complejos.

—También Mischa Bladman queda con gente sin parar —continuó Torsfjäll—. Los granujas con los que él queda son de una categoría un poco más turbia que los contactos de Nippe. Gente de la mafia de los yugoslavos, gente de los Ángeles del Infierno, atracadores de furgones blindados. Parece que se han repartido los clientes, por decirlo de alguna manera.

—¿Están utilizando la empresa de Nippe?

—Puede ser. Nippe fue nombrado director ejecutivo de World Change AB hace cuatro meses. La empresa es propiedad de su familia. Tienen más de cincuenta oficinas de cambio de divisas, repartidas por todos los países nórdicos. Desde que Nippe asumió el cargo, la facturación procedente de empresas registradas en el extranjero ha aumentado en un ochocientos por ciento. Hemos podido rastrear varios números de cuenta, facturas y transacciones a través de la documentación que has ayudado a JW a sacar de la cárcel.

—¿Y eso qué quiere decir?

—Quiere decir que Bladman deja que unos pitufos, unos caminantes, saquen grandes cantidades en efectivo de las diferentes oficinas. Esto, por ejemplo, sirve para financiar el trabajo ilegal o blanquear dinero procedente de robos. Después, la empresa cubre los reintegros que constan en la contabilidad con referencia a las facturas extranjeras. Pero lo más seguro es que estas sean ficticias.

—No te sigo, todo esto quiere decir que tenemos unas buenas pruebas, ¿no?

—Como ya te he dicho, no tenemos pruebas de que Nippe o Bladman estén al tanto de esto o que estén directamente implicados. Y hay una gran parte de la información que tú ayudaste a JW a sacar que no conseguimos descifrar, sin más. No merece la pena efectuar registros si lo único que conseguimos rascar va a ser unos testaferros o caminantes medio alcoholizados.

Hägerström no dijo nada.

—Depende de ti —dijo Torsfjäll—. Tenemos que sacar los nombres de sus clientes. Y necesitamos tener acceso a su material. Deben de tener una contabilidad real en algún sitio. Eso cae de cajón; sin material no podemos atarles a esto. En el chalé de Hansén apenas encontraste nada. En casa de Bladman puede haber algo, pero estoy convencido de que guardan todos sus documentos en otro sitio. La cuestión es si puedes conseguir que JW te revele dónde.

—Puedo intentarlo. Hasta ahora no es que se haya abierto demasiado a mí.

—Tienes que seguir tentándolo. Hacer que se sienta privilegiado.

—¿Qué quieres decir?

—Llevarlo a hacer algo que le guste. ¿Una fiesta de la princesa Magdalena? ¿Caza de alces? Yo qué sé.

Terminaron la conversación.

Hägerström reflexionó durante unos segundos. Se preguntó qué le estaba pasando. ¿Estaba perdiendo los estribos? Como si no solo fuera él el que estaba infiltrándose en el mundo de JW, sino que el mundo de JW también estuviera infiltrándose en él. ¿Se llevaría a JW a cazar alces? A su familia. ¿A su mundo de verdad?

Pensó en una escena de *Donnie Brasco*. Estaban en un restaurante japonés. Brasco se cabreaba con el camarero. Los amigos mafiosos daban de hostias al pobre hombre, Brasco le daba todavía más hostias.

Hägerström se toqueteó las heridas de sus nudillos.

Cerró los ojos. Era como si tronase ahí fuera.

# Capítulo
# 33

Natalie estaba en la mesa de estudio en la Universidad de Estocolmo, tratando de estudiar. Habían tenido sus primeras clases esa semana. Metodología y teoría jurídica. Ella sabía que al principio tocaba ver temas poco provechosos.

Delante de ella, sobre la mesa: *Los fundamentos jurídicos*, de Åke Blom, trigésima edición. El profesor era el propio señor Blom, había hablado del libro como si se tratase de un clásico. El viejo sacaba una pasta obligando a los estudiantes a comprar ediciones de su libro. Así iba el mundo.

Tove estaba en la mesa detrás de Natalie. Ella estudiaba economía. Lollo estaba tres mesas más adelante; tenía cuadernos, libros jurídicos, notas post-it, manoplas, marcapáginas, reglas, calculadoras y dieciocho millones de rotuladores en la mesa. Natalie era más selectiva. Subrayaba las cosas en su libro con un lapiz, eso era suficiente.

Habían encontrado su rincón en la biblioteca y se habían puesto de acuerdo: Aquí estaremos, venimos aquí para encontrarnos. Alrededor de ellas había chicas parecidas: bien vestiditas, arregladitas. Todas guapitas como Olivia Palermo. La biblioteca de la Universidad de Estocolmo no era para nada aburrida. Natalie estimaba que a nivel de las últimas tendencias en la moda, la biblioteca tenía clase mundial. A la gente le importaba cómo vestía, sin más; y las que más eran las chicas que estudiaban Derecho.

Hoy en día, la licenciatura de Derecho estaba dominada por chicas. Las más dedicadas, las que mejor se organizaban, las más centradas en sacar buenas notas. Había que estudiar intensamente en la licenciatura de Derecho. Natalie contaba con pasar mucho tiempo en ese sitio a lo largo de los próximos años.

Con tal de que pudiera concentrarse.

Los pensamientos se trituraban como en un molinillo de café. Los descubrimientos del verano: las investigaciones de ella, Göran y Thomas. Los pensamientos en su padre.

Después de la carta de amenaza del abogado, Natalie había contactado con uno de los guripas en persona, no había enviado una carta o un correo electrónico; había llamado sin más. Lo presionó como una profesional. Si él no le daba acceso a la investigación preliminar, ella entregaría las grabaciones. Después lo denunciaría ante el Defensor del Pueblo. Habría investigación interna, CU: prevaricación grave, acoso sexual. La decisión de la comisión disciplinaria sería fácil de calcular.

En resumidas cuentas: o el puto policía le enviaba la investigación por mensajería ahora mismo o su carrera como policía había llegado a su fin.

Había sido idea de Göran. Y funcionó. A los dos días llegó un mensajero con los resultados de la investigación preliminar. Era una situación nueva: Natalie ya disponía de quinientas páginas de pistas.

Stefanovic le había llamado cuatro días más tarde. Ella no sabía cómo se había enterado, pero lo sabía.

—Has conseguido apropiarte de algo muy importante. Algo que en realidad no deberías tener. ¿Supongo que lo sabes?

Natalie no iba a avergonzarse.

—En mi opinión me pertenece. Están investigando el asesinato de mi padre.

—Sí, y todos estamos de luto por él. Pero también va de otras cosas. Negocios, relaciones valiosas que siguen vigentes. No es bueno que estas cosas salgan. ¿Eso lo entiendes, verdad?

—Claro que sí. Y no va a salir nada si me llega a mí primero.

—Tu padre fue un hombre de éxito. Construyó algo en esta ciudad. Y el Estado se lo quiere quitar. Están hurgando en cosas en las que no hace falta hurgar. Están buscando cosas que es mejor mantener bajo tierra. Como seguramente has podido comprobar, yo hice lo que pude en mi interrogatorio para que la policía no me sacara información innecesaria. Espero que todos actuemos de esta manera. No es fácil para ti saber qué es información importante y qué es solo un intento de los guripas de destrozar los negocios de tu padre. ¿Verdad?

Natalie no contestó.

Stefanovic bajó la voz.

—Quiero que me entregues los resultados de la investigación preliminar y que no intentes ir por libre. Quiero que dejes esa investigación preliminar en paz. Tienes que dejar que la policía haga su trabajo y a mí hacer el mío. ¿Lo entiendes? Quiero que abandones tus propios intentos de hurgar en lo que pasó con el *Kum*.

Natalie se negaba a aguantar esto. Dijo que no tenía tiempo para hablar más; cortó la llamada.

Después llamó directamente a Göran.

—Stefanovic está mal de la cabeza.

—No es tu amigo.

—No, eso ya lo sabía. Pero ahora me llama y me dice abiertamente y con toda su jeta que le entregue los resultados de la investigación preliminar. Él, que no dijo ni una mierda a los policías para ayudar. ¿Qué hago?

Göran gruñó, sonaba como uno de los coches de Viktor.

—Natalie, tú eres la que tienes que elegir tu camino.

Natalie pensó: tenía razón. Ella tenía que elegir. Tenía que elegir vida.

Y ahora: otros dos dolores de cabeza. La economía. Y la situación en casa.

Las últimas semanas. Las predicciones de Stefanovic se habían cumplido. Sobres abiertos. Las cartas estaban extendidas por toda la mesa de la cocina; los logotipos azules y negros de la parte superior de las cartas estaban grabados en el subconsciente de cada sueco. El banco SEB, el Handelsbanken, Hacienda, el Servicio de Ejecución Judicial. Además, había algo de American Express y de Beogradska Banka.

Mierda.

Primero pensó: *Jebi ga, fuck it*. No había tenido fuerzas para sentarse con esas cosas. Pero ahora recogió las cartas, repasándolas una por una.

SEB: cuentas dejadas al descubierto. Pensó: era de esperar, y además le daba igual el SEB; de todas formas, el Servicio de Ejecución Judicial ya había embargado la cuenta de ahorro de la testamentaría en el SEB.

Handelsbanken: el seguro dotal estaba terminado; los últimos valores, vendidos, no quedaba nada en la cuenta. Eso lo sabía; era ella la que había vendido las últimas posesiones para sacar algo de *cash*.

Hacienda: informes sobre fraude fiscal en dos empresas diferentes que habían pertenecido a su padre. A Natalie le daba lo mismo, ya habían contratado los servicios de un abogado para eso. Él tendría que hacer su trabajo. En cualquier caso, Hacienda tardaría años en sacar algo en claro.

El Servicio de Ejecución Judicial: nuevos intentos de embargar los coches y el yate de su padre. Afortunadamente, estaban registrados a nombre de otras personas. Pero el abogado tenía que luchar para que el Estado no ganase.

La situación no había cambiado, Suecia ya no ofrecía nada que mereciera la pena.

Pero había peores noticias. American Express notificaba que habían cancelado las tarjetas tanto de Natalie como de su madre. Los créditos estaban sin pagar desde hacía tres meses.

Y lo último era lo peor de todo. Una sorpresa que sentaba como una patada en el culo. Un golpe mortal. Una amenaza seria contra todo lo que tenían. El Beogradska Banka: proponía vender el inmueble que su padre había tenido en Serbia para cubrir las deudas. Estaba hipotecado. Y las cuentas estaban vacías, dejadas al descubierto, finiquitadas.

Natalie tuvo una sensación de preocupación en la tripa: la casa de Serbia era casi lo último que les quedaba. Aparte del dinero en efectivo que su padre había dejado en la caja fuerte en casa y en la caja de seguridad en Suiza. Natalie estaba contenta de que su madre y ella hubieran vaciado la caja fuerte antes de que vinieran los policías de delitos económicos.

Después se enfadó: ¿cómo podía ser que las cuentas estuvieran vacías? La última vez que las había controlado tenían una buena cobertura. No era de extrañar que se quejase American Express; el crédito estaba vinculado al Beogradska Banka. Todo se apoyaba en los bienes que había abajo; las cosas que el Servicio de Ejecución Judicial de Suecia desconocía.

De nuevo: ¿quién tenía acceso a las cuentas de Serbia? ¿Por qué llegaban todos estos problemas después de que su padre hubiese sido asesinado? O era una casualidad o la economía de su padre había sido mala todo este tiempo y él lo había ocultado. O, si no, había alguien que hacía que todo esto sucediera justo ahora. Y ese otro tenía que ser alguien que tuviera acceso a las cuentas. Alguien que conociera la economía de su padre, sus soluciones fiscales, sus estrategias financieras.

No había muchos candidatos posibles.

Realmente había muy pocos.


Después de repasar las cartas, Natalie fue a buscar a su madre. Estaba en la sala de televisión, como siempre. Desde lo de su padre parecía necesitar la tele más que las pastillas para dormir.

*Mujeres desesperadas*, *Cougar Town* y películas de Hugh Grant las veinticuatro horas del día.

Natalie quería hablar de la economía.

Puso la mano sobre la rodilla de su madre.

—Hola, mamá. ¿Qué tal?

Su madre no se movió. Tenía la mirada desenfocada.

—¿Estás pensando en papá?

—No. No te preocupes.

—Yo no paro de pensar en él.

—Entiendo.

Se quedaron calladas durante un rato. Viendo la falsa sonrisa de Eva Longoria.

Su madre se dio la vuelta. Su mirada ya no era ausente.

—Tienes que tratar de dejar de pensar en él de vez en cuando.

—Quizá. Pero pensar en él también me da fuerzas.

—Eres una ingenua. Solo ves lo que te interesa ver.

Natalie no entendía qué quería decir.

—Anda, déjalo —dijo.

—No. Ahora quiero que me escuches.

Natalie se levantó, dio unos pasos hacia atrás, hacia la puerta de la sala de televisión. No tenía ni pizca de ganas de discutir en aquel momento.

Ya era tarde. Su madre estalló.

—No entiendes nada. Tú idolatrabas a tu padre como si fuera un dios. ¿Pero crees que era un dios?

Natalie se detuvo.

Su madre levantó la voz.

—¿Cómo crees que ha sido para mí? Siempre tratada como un puñetero trofeo. Primero como madre. Y después como niñera. Siempre tenía que adivinar lo que estaba haciendo tu padre. Que yo no era la única. ¿Sabes lo que hacía él? ¿Sabes qué clase de persona era? ¿Eh? ¡Contéstame!

Natalie la miró. Habían tenido muchas discusiones. Cuando ella había llegado cuatro horas tarde después de acompañar a Lollo a una fiesta privada, cuando su madre había encontrado papel de fumar Rizla y una bolsita con cierre automático en su bolsillo interior, cuando había detectado el olor a vómitos en el baño, cuando había descubierto que ella se había gastado más de diez mil euros de la tarjeta de su padre en un fin de semana en París en el último año del bachillerato. Pero todas aquellas batallas ya quedaban lejos en el tiempo. En los últimos años, ella y su madre habían tenido una relación de amigas. Como colegas que quedaban, tomaban café, veían pelis y hablaban de los tres asuntos de siempre: tíos, amigas, ropa. Y ni siquiera en aquellos tiempos, cuando todavía discutían, Natalie había oído algo parecido a eso. Era exagerado. Daba miedo.

Su madre gritaba. Un montón de mierda sobre su padre: el fraude que había sido, cómo se había reído de ella en la cara, cómo la había ignorado. No lloraba, pero era como si los ojos chorreasen desesperación. Estaba fuera de control. Estaba histérica.

—Yo tenía veintiún años cuando tú naciste. ¿Lo entiendes? ¿A ti te gustaría ser madre ahora?

Natalie trató de detenerla.

—Tranquilízate, mamá.

No funcionó.

—No quieres ver quién era él. Eres una inocentona. Una estúpida inocentona.

Su madre escupió.

—Tu padre no era humano. Era un animal.

Ya era suficiente. Natalie salió al vestíbulo. Levantó la voz para que llegara hasta la sala de televisión.

—Ahora, cállate. Si dices una palabra más sobre papá, te echo de casa.

De vuelta a la universidad. Los fundamentos del derecho civil. *Pacta sunt servanda*. Hay que cumplir los tratos. Hay que preservar las alianzas. No se puede mancillar el honor. No hay que dividir las familias. Hay que fortalecer los lazos de amistad. Hay que mantener la lealtad de aquellas personas de las que se pueda esperar lealtad.

Mierda.

Natalie se levantó. Louise y Tove se quedaron en sus sillas; la miraron cuando se marchó hacia los baños.

La cabeza le daba vueltas. Todas las chicas de alrededor estaban con los ojos clavados en sus libros. Tratando de hacerse las interesantes. ¿Qué importaba? No hacían más que interpretar su papel, fingiendo controlar sus vidas. Eran unas consentidas. No tenían ni puñetera idea de la realidad. Eran princesas que nunca habían tenido que ensuciarse las manos.

El suelo de la biblioteca estaba cubierto de moqueta. Abrió la puerta del baño. Oyó el golpeteo de los tacones de sus zapatos al caminar por el suelo de baldosas.

Se sentó sobre la tapa del inodoro. Dejó su bolso en el suelo. Se abrazó a sí misma. El pánico llegaba en oleadas.

Se inclinó hacia delante.


Diez minutos más tarde las lágrimas brillaban en el suelo. Se levantó. Estaba mejor. Lo conseguiría. Los estudios. Los arrebatos de locura de su madre. El dolor por la muerte de su padre.

La traición de Stefanovic.

Ella tenía el informe de la investigación preliminar. Ella tenía la información. Natalie iba a enterarse de quién había acabado con la vida de su padre, y procuraría que el responsable pagase por ello.

Se miró en el espejo. Se notaba que había llorado. Tomó su bolso.

Pensó en el verano. Era como si Viktor no hubiera sido capaz de manejar los sentimientos de Natalie después de lo de su padre. Ella quería quedarse en casa, él quería salir a tomar cafés o cañas o salir de marcha. Ella quería ver películas o la televisión, él quería ir a demostraciones de artes marciales, fiestas de famosos o al gimnasio. Nunca habían estado demasiado compenetrados, y en las semanas siguientes al asesinato eso se hizo todavía más evidente.

Cuando no estaba pensando en su padre en el pasado, sus pensamientos estaban en el mundo de su padre en el presente.

Hablaba con Göran varias veces por semana. Paseaban frecuentemente: iban a la ciudad o daban vueltas por el parque Näsbypark cerca de la casa de Natalie. Se repartían el trabajo. Discutían la nueva actitud de Stefanovic. La actitud de Milorad y Patrik. La lealtad de Thomas. Analizaban la información. Intercambiaban ideas constantemente. Pensaban que deberían asumir el control de la contabilidad de su padre. Especulaban sobre cuánto duraría el dinero en efectivo.

Dejaron que Thomas forzara la puerta del loft; estaba vacío. Alguien se había llevado los muebles, desmontado las estanterías, sacado el yacusi, incluso se habían llevado el telefonillo de la ducha y el grifo del lavabo. Natalie tenía que preguntar al abogado quién tenía derecho a vender el piso. Formalmente, estaba a nombre de un testaferro. El abogado lo sentía: el piso ya estaba vendido; en breve entraría a vivir el nuevo dueño. Nadie sabía adónde había ido a parar el dinero de la venta y no había forma de dar con el testaferro.

Pero también había puntos de luz, pistas. Entre otras cosas, la policía había requisado las grabaciones de las cámaras de seguridad de casa. Después del atentado contra él en el aparcamiento, Stefanovic había instalado un montón de ellas; todas guardaban las grabaciones durante cuarenta y ocho horas. Göran pidió a Thomas que sacara las grabaciones.

De nuevo: gracias a la carta de amenaza a los jodidos polis.

Thomas analizó el material. Natalie casi había esperado ver a algún asesino profesional deslizarse por los matorrales con un rifle en las manos. En cambio, vio otra cosa que le sorprendió: varias veces, durante los dos días, aparecía un Volvo verde que pasaba por delante de la casa.

Se culpaba a sí misma. Solo se acordó al ver las grabaciones: había visto el Volvo verde en el aparcamiento antes del atentado. Tal vez podría haberlo visto también cerca de su casa en una ocasión. Debería haber estado más atenta, debería haber podido avisar a su padre de que se estaba cociendo algo.

Thomas vigilaba continuamente a los tipos con los que Melissa Cherkasova quedaba en diferentes hoteles. La propia Natalie había estado en su coche en la calle delante de la casa de la bielorrusa un par de veces. Apuntando sus horarios de entrada y salida en un cuaderno. Persiguiéndola como podía.

Thomas había sacado más información sobre ella. *Thank God*[54] por sus viejos colegas en la policía. Melissa Cherkasova tenía un permiso de residencia permanente en Suecia. Llevaba seis meses casada con un hombre sueco de cincuenta años; era así como había llegado al país. No tenía antecedentes penales, pero cuatro años antes había sido procesada por fraude. Thomas pidió la sentencia. Parecía que Cherkasova se había hecho con los números de DNI y de las tarjetas de crédito de dos tipos suecos, y después había comprado billetes de avión a Bielorrusia y Francia con su dinero. Lo interesante: ninguno de los dos querellantes había querido denunciarla, sino que el fraude fue revelado por la empresa de las tarjetas. Cuando llegó la hora de la sentencia, ni siquiera se presentaron ante el tribunal; Cherkasova salió sin cargos. No estaba empadronada en la calle Råsundavägen, 31, donde Natalie la había visto, sino en una dirección de Malmoe, en la casa de una mujer con un nombre bielorruso. Pero pasaba tanto tiempo en el domicilio de Estocolmo que resultaba evidente que esa era su casa. La mayor parte del tiempo se quedaba en casa. Por las noches iba a algún hotel de vez en cuando, y un par de veces la vieron hacer la compra. En alguna ocasión acudió a un chalé de Huddinge, y una vez Natalie la vio pasear con otra mujer que tenía un perro. Por lo que pudieron comprobar, nunca volvió al piso de Radovan en Söder. Además: nunca la vieron quedar con nadie que tuviera pinta de rico. Tampoco encontraron anuncios en internet donde ella figurase. Ni Thomas ni ninguno de sus excolegas de la policía pudieron encontrar nada en los expedientes que dijera que Cherkasova fuera una prostituta. Tal vez no tuviera nada que ver con el asesinato. Podría ser una quimera.

---

[54] «[Daba] gracias a Dios».

Por otro lado: los hombres con los que ella quedaba eran interesantes. Thomas vio un total de seis tipos en tres hoteles diferentes de la ciudad. Siempre venían solos. Cherkasova siempre venía sola. Uno era el británico, y sobre él no pudieron encontrar gran cosa, trabajaba para un fabricante de aviones en Inglaterra y vivía solo en Londres. Otro era el tipo del Sheraton, a cuya habitación Cherkasova acudió cinco veces durante el verano. Dos eran hombres suecos más jóvenes; estuvo tres o cuatro veces con ellos. Los últimos dos parecían indios o algo parecido, ella estuvo cuatro veces con cada uno de ellos.

—Esto no es como un libro o una peli —dijo Thomas—. Esto es de verdad. ¿Sabes lo que significa eso? Que paso la mayor parte del tiempo colgado del teléfono, en mi coche o delante de una pantalla. Y odio los ordenadores.

A Natalie le gustaba Thomas. Pensó: «Es un expoli, pero no habla como un poli. Habla como un ser humano».

Thomas trabajaba con precaución. Esperaba en la calle junto a los hoteles. Cuando salían los hombres, ya de madrugada, los seguía hasta sus casas. Vivían por toda la ciudad. Consiguió las direcciones de todos menos del tipo del Sheraton; él era más precavido. Siempre salía por alguna puerta lateral del hotel. Thomas no conseguía pillarlo. Uno de los suecos más jóvenes se llamaba Mattias Persson, tenía veintinueve años, trabajaba en una empresa de informática, vivía desde hacía cuatro años con una chica a la que le llevaba ocho años. El otro sueco vivía en Örebro y era soltero. Uno de los hombres con aspecto de indio se llamaba Rabindranat Kadur, cuarenta y nueve años, autónomo en el sector textil, casado desde hacía veinte años con una mujer sueca. El otro hombre no era indio, venía de Irán, se llamaba Farzan Habib. Cuarenta y cinco años, trabajaba como agente de viajes y llevaba ocho años divorciado de su mujer. Thomas no encontraba nada raro con aquellos puteros, pero seguía insistiendo en su intuición: le decía alto y claro que el tipo del Sheraton era interesante. El tipo que tomaba tantas precauciones.

A finales de julio, Natalie estaba a punto de dejarlo.

Una mañana había sonado el móvil de Natalie. Una llamada del Skype. Thomas.

Su madre estaba desayunando en la cocina. Natalie salió al jardín. Nunca cogía esas llamadas dentro de casa.

—Qué tal, soy yo.

Salió su cara en la pantalla. La oficina en la que estaba: estanterías desordenadas, papel pintado hortera y una pobre iluminación. Se limpiaba los dientes con un palillo mientras hablaba. Si su padre lo hubiera visto, habría colgado el teléfono inmediatamente. Según él, limpiarse los dientes con palillo era algo que únicamente hacían los drogadictos y los vagabundos de los bares de Belgrado, gente que no había comprendido la importancia de limpiarse los piños, gente que nunca había ido al dentista en su vida. Era una cuestión de estatus para su padre: unos dientes buenos eran lo mismo que un nivel socioeconómico bueno.

—Hoy he dado un paso importante —dijo Thomas—. Uno de mis contactos reconoció la foto del hombre del Sheraton. El tipo se llama Bengt Svelander, tiene cincuenta y dos años. No vive en Estocolmo.

—Fantástico. ¿Sabes algo más de él?

—Esa es la cuestión. Ese tipo no es un tipo cualquiera. Es político desde hace muchos años, es parlamentario, está en un montón de comisiones y chorradas de esas.

—Joder.

—Es un tipo con poder. Voy a vigilar a ese cabroncete.

Natalie se levantó. Vio su cara en el espejo del baño de la universidad. Llevaba allí veinte minutos. Lollo y Tove estarían preguntándose adónde habría ido. Ya había terminado de maquillarse. Los rastros de las lágrimas estaban eliminados. La fachada había recuperado un aspecto digno.

Abrió la puerta. Fuera: la sala de historia. Las estanterías de alrededor llenas de libros sobre el Imperio romano. El auge y la caída del imperio de los Kranjic.

No, no se trataba de una caída en el caso de su familia. Tenía a Göran. Tenía a Thomas.

Natalie volvió a su mesa en la biblioteca de la universidad. Las chicas seguían en su sitio. Los mismos libros, las mismas posturas, el mismo ángulo de sus cuellos. Lollo levantó la mirada.

—¿Dónde has estado?

—No me encontraba bien.

—Vaya. Si quieres hablar, me lo dices.

—Nada, no te preocupes. Gracias.

—¿Por qué no vamos a tomar un café? Estos procesamientos ya me están trepando por el pelo. Estropeando mis nuevas mechas. Por cierto, ¿te gustan?

Bajaron a la Trean, la cafetería que estaba en el tercer rascacielos de la universidad. Las escaleras estaban en el centro de la biblioteca: una exhibición delante de las narices de los pobres filósofos, historiadores de las ideas y lingüistas que nunca llegarían a ligar con mujeres como Natalie, Tove y Lollo. Natalie notó cómo su teléfono vibraba en el bolso. Era una llamada Skype.

Se disculpó. Se apartó unos metros. Vio cómo Tove y Lollo la miraban raro. Metió el auricular en el oído. Vio la cara de Thomas. Contestó susurrando.

—Soy yo —dijo.

—Sí, ya lo veo.

—Otro paso importante. Esta vez un paso de *gigante*.

Natalie contuvo la respiración. Hacía tres semanas que había identificado al putero político. Esta llamada parecía ser algo parecido.

—Estuve vigilando a Svelander —dijo Thomas—. Lo seguí hasta la ciudad. No había quedado en un hotel. Se fue al Gondolen, ya sabes, el restaurante de lujo junto a Slussen. ¿Te suena de algo?

Naturalmente, a Natalie le sonaba el restaurante. Había estado allí varias veces con sus padres.

—Sí, lo conozco.

—Sospechaba que sí. Porque tu padre solía llevar a gente allí. Así que el político entró en una sala privada. No sé con quién estuvo cenando. Pero sí vi cómo salía un viejo y querido amigo del restaurante unos minutos después de que Svelander saliera.

—¿Quién? —Natalie tenía una sensación de *déjà-vu*. La misma sensación que hacía tres semanas cuando Thomas había vigilado al putero.

—Stefan Rudjman. Stefanovic.

—Joder.

—Y además, veinte minutos después vi cómo Stefanovic entregaba un sobre a un tal Johan *JW* Westlund. ¿Sabes quién es?

—No.

—No es que sea alguien importante, si preguntas a cualquiera. Acaba de salir de la cárcel, condenado por un delito grave de tráfico de drogas. Pero si preguntas, por ejemplo, a Göran, él sabría muchas más cosas sobre JW. Es conocido como lavador, consejero y organizador de aquella parte de la economía que cubre el espectro que va desde el gris oscuro hasta el negro azabache. Trabaja con Mischa Bladman, el dueño de la asesoría MB Redovisningskonsult. ¿Lo comprendes?

—Sí.

—Fueron ellos los que ayudaron a tu padre, por ejemplo, con la sociedad *holding* y la cuenta bancaria de Suiza.

Natalie no tomó café con las chicas. En lugar de eso, salió.

Respiró el agradable aire de septiembre. Los estudiantes iban y venían delante de ella. Ella no se movía.

Sentía cómo una especie de energía le atravesaba el cuerpo. Göran había dicho que ella era la que elegía el camino; había llegado a un cruce de caminos. Podía seguir estudiando Derecho, pasar tiempo con las chicas, llorar la muerte de su padre y seguir investigando poco a poco lo que le había ocurrido. Fingir que la vida era como antes.

O, si no, podría empezar a hacer algo importante. Empezar a actuar por su cuenta. Canalizar el dolor.

Notaba cómo la sangre fluía por sus venas, cómo le latía el corazón. Notaba cómo el aire enfriaba su cerebro sobrecalentado. Ella era fuerte; era la hija de su padre. Tenía demasiada fuerza como para seguir el camino de siempre. Su padre había abierto otra vía. Ahora le tocaba a ella recorrerla.

Tomar el control. Tomar el poder.

\*\*\*

FUERZAS ARMADAS
Denominación SWEDEC
Centro de munición y dragado de minas de las fuerzas armadas
383883:2011

Gestor/contratante
Técnico de la Policía Judicial Lennart Dalgren
Sección Técnica de Estocolmo
Investigación preliminar
K-2930-2011-231
Identificación de granada de mano

*Objeto:*
Se ha encargado a SWEDEC la identificación de un objeto. La consulta llega de la autoridad policial de Estocolmo y se refiere a una granada de mano, así como otros explosivos utilizados en la calle Skeppargatan de Estocolmo. La policía ha enviado fotografías y fragmentos para su identificación. Las fuerzas armadas contestan con extractos de la base de datos de EOD IS acerca de la construcción y el funcionamiento de los mismos.

*Identificación del objeto de munición:*
El objeto de munición ha sido identificado como:
Tipo de munición: granada de mano
Modelo: M52 P3
País de origen: antigua Yugoslavia
Otros fragmentos explosivos han sido identificados como:
Tipo de explosivo: material explosivo moldeable, conocido como carga plástica
Tipo: Semtex
Fabricación: Semtin Glassworks
País de origen: República Checa

*Estimación:*
Las fotos adjuntas y los fragmentos señalan de manera inequívoca que se trata de una granada de mano de modelo M52 P3 de la antigua Yugoslavia. Alrededor de la granada, es probable que se hayan colocado aproximadamente mil gramos de carga plástica del tipo Semtex.

*Descripción de la construcción:*
*M52 P3*
M52 P3 es una granada de mano fabricada con el propósito de detener a un atacante, dejarlo fuera de combate o matarlo. No tiene usos civiles. El modelo en cuestión es pequeño y manejable; 56 mm de diámetro, 105 mm de alto y con un peso de alrededor de medio kilo. El casquillo de la granada está lleno de trotyl (100 gr). La granada tiene una fragmentación dirigida. Es lisa por fuera, pero por dentro cuenta con trazos fresados. Cuando la granada estalla, se desprenden los trozos, puede romperse tanto en fragmentos grandes como pequeños. El peso de los fragmentos es de 2,5 gr. La cantidad de fragmentos es 150 y llevan una velocidad de 1.400 metros por segundo. Si la granada de mano estalla en el suelo y no hay objetos protectores de por medio, hay un riesgo considerable de fallecimiento.

*Semtex*

Semtex es un tipo de carga plástica compuesta por hexógeno y pentilo. Es una masa parecida a la del pan que se puede aplicar y moldear según la necesidad del usuario. La carga plástica cuenta con usos civiles, por ejemplo, en la demolición avanzada de grandes inmuebles. Semtex, de la marca registrada Semtin Glassworks, se suministra en forma de cartucho, cubierto de una funda de papel. La velocidad de detonación de la masa es de 7.800 metros por segundo y tiene una densidad de 1,5 kg/dm³. Para detonar la masa normalmente se utiliza un detonador adherido a una mecha de pólvora. Es difícil provocar la explosión de la masa, por lo que en condiciones normales proporciona un alto nivel de seguridad. Sin embargo, en una explosión de la potencia de la de una granada de mano, la masa se enciende y estalla inmediatamente.

*El procedimiento en el suceso objeto de investigación:*

El procedimiento más probable es que el autor del crimen ha sustituido el pasador de la granada de mano por un alambre, colocado por debajo del percutor. A continuación, el autor del crimen ha aplicado la carga plástica tanto debajo de la granada como encima de ella, para después colocarla delante de la rueda delantera derecha del coche, de modo que el alambre quede apuntando oblicuamente hacia la rueda. Esta acción puede llevarse a cabo de manera muy rápida. Probablemente, el autor del crimen solo ha tenido que acercarse al coche, agacharse y colocar la granada con la carga plástica aplicada. Cuando el coche ha comenzado a rodar hacia delante, el neumático ha desplazado el alambre y, dos segundos más tarde, la granada y la carga plástica han estallado. La explosión se efectúa en un punto por debajo de la parte trasera del coche, puesto que el coche ha tenido tiempo para rodar aproximadamente dos metros.

 Un procedimiento alternativo es que el autor del crimen ha hecho rodar, o ha tirado, la granada con la carga plástica debajo del coche. Sin embargo, esta manera de proceder habría expuesto al autor del crimen a un serio peligro de resultar herido durante el ataque. Tampoco explica la presencia de rastros de alambre que se han encontrado en los alrededores del lugar del crimen.

Con toda probabilidad, una granada de estas características sin una carga plástica aplicada habría tenido serias dificultades de atravesar el chasis del coche con la fuerza necesaria para causar heridas mortales al conductor o al pasajero. Por lo tanto, la utilización de la carga plástica indica que el autor del crimen cuenta con sólidos conocimientos de explosivos, efectos explosivos y detonaciones dirigidas.

# Capítulo
## 34

Faroles de colores colgaban de los árboles. El ritmo de una canción de Usher de fondo.

Tom había vuelto de los casinos de Bangkok. Naturalmente, le había ido fatal: después de diez días estaba desinfectado y despachado, listo para mendigar. Tuvo que volver a Pattaya en microbús; Jorge tuvo que reservarlo *y* pagarlo.

De todos modos, Jorge estaba contento de que Tompa hubiera vuelto. Lehtimäki era el único que no estaba cabreado.

—He conocido a un tipo que me va a enseñar a hacer trampas con los dados. Es un negocio mayúsculo por aquí. Me refiero a lo de los dados —dijo Tom, tirando unos dados invisibles sobre la mesa.

Jorge se tronchaba.

—Lehtimäki, eres un personaje. Nunca te rindes, ¿eh?

—Apuesto cuatro veces el dinero a que tendré éxito haciendo trampas con los dados —dijo Tom.

—Apuesto ocho veces el dinero a que te engañarán a ti —dijo Jorge.

Babak —que por una vez estaba despierto— se entrometió.

—Claro que sí, Jorge, parece que controlas eso de engañar a la gente.

Silencio alrededor de la mesa. En ese momento no sonaba la música del sistema de altavoces. Solo el ruido de las olas que se rompían en la playa. Empapando la arena, igual que el mal ambiente.

Jorge lo sabía: las mismas imágenes en la cabeza de todos. Los subnormaletines rotos sobre el suelo del piso. Junto a ellos, apilados en montones: menos de dos tristes kilos y medio. Después del reparto: se sentirían la hostia de pobres. Y eso que no conocían el significado completo de lo que Babak quería decir con «engañar a la gente».

El mal rollo había empezado ya en el piso. Javier se quejó. Robert se limitó a sentarse tapándose la cara con las manos. Jimmy comenzó a lloriquear. A Babak se le fue la olla en serio: la tomó con Mahmud. Insistía en una parte más grande para él. El riesgo que había asumido. Que nunca lo habrían conseguido sin el Range Rover.

El único que no había abierto la boca era el hombre del Finlandés. No hizo más que embolsarse la parte del Finlandés. Metió la pasta en dos bolsas. Tal vez comprendiera que nadie, ni siquiera el contacto de dentro, podría haber sabido cuántos maletines o cuánta pasta iba a haber. Que ahora lo único que había que hacer era lamerse las heridas y preparar el siguiente golpe.

Cuando el tipo se hubo marchado: las broncas comenzaron de nuevo, pero esta vez en serio. Estuvieron a punto de llegar a las manos. A Babak se le fue la pinza más todavía. Comenzó a empujar a Mahmud y a Jorge. Tom y Robert tuvieron que sujetarlo. Todos cabreados. Todos gritando. Todos quejándose del reparto.

Jorge se mantuvo totalmente tranquilo; tenía taaanto miedo de que Babak dijera algo sobre los maletines que él había hecho desaparecer.

Tampoco servía de nada que Jorge prometiera pagarles los viajes al extranjero. Ni que dijera que hablaría con el Finlandés sobre eso. Al final: Jorge redujo una parte de sus propios beneficios; regaló treinta billetes más a cada uno.

Y ahora, aquí en Tailandia: Babak venga a vacilar otra vez. Había estado a punto de darle cuatro golpes bien dados al menos diez veces desde que llegaron a Pattaya. Pero Jorge no quería todavía demasiadas broncas con Babak.

Babak no lo dejaba.

—¿Me vas a contestar o qué? ¿Quién ha engañado a quién? Joder, si he sido yo el que ha asumido el riesgo más grande de todos, ¿o no? Utilizamos mi coche.

—Tuvimos que hacerlo, hostia. ¡Los dueños de la pala cargadora se la habían llevado!

—Sí, ya sé que la encontraron, pero a fin de cuentas yo soy el único buscado por la policía gracias a este negocio. ¿O no?

Babak se calló.

Jorge levantó la mirada. Se dio cuenta enseguida: algo iba mal.

Junto a la mesa había dos tipos. Un tailandés y uno con pinta de ser del este de Europa.

Dijeron algo a Mahmud en un inglés macarrónico. Jorge lo pillaba: era la gente que lloriqueaba porque el colega había vendido hierba.

El tipo del este dio un paso hacia delante.

—Tienes que pagar, has violado las leyes de este lugar. Has intentado llevarte cosas de nuestro mercado.

—¿Qué me cuentas? No he hecho nada de eso —replicó Mahmud en un inglés más macarrónico.

El tipo tailandés se colocó al lado del tipo del este, que ya estaba inclinado sobre la mesa.

—Tienes que pagar. Es así, sin más. Sabemos que has venido para quedarte. Y me importa tres cojones lo que dices. Mañana a las doce como muy tarde. Vendremos a tu hotel.

Mahmud trató de protestar otra vez.

Los tipos ya se estaban marchando de la mesa.

Mahmud se levantó. Los siguió a grandes zancadas. El árabe no era el tipo al que podías aleccionar de cualquier manera.

Cinco metros de la mesa. Los alcanzó. El hombre del este se dio la vuelta.

—¿Quién cojones te crees que eres? —dijo Mahmud.

Jorge miró a su alrededor. Vio a las camareras de pie junto a la barra del bar. Sus ojos oscuros: abiertos como platos. Siguió sus miradas. Un poco más adelante, junto a la entrada del garito: cinco tipos tailandeses. El estilo no dejaba lugar a dudas. Ellos: no eran grandullones, no llevaban ropa especial ni de ningún color particular. Aunque lo pilló inmediatamente; conocía Tailandia lo suficientemente bien como para ver las pequeñas cicatrices en las caras, los tatuajes en las manos, las botas en sus pies.

Jorge se levantó. Fue a buscar a Mahmud. Le agarró del hombro. Lo sujetó.

—Vale, vale —dijo—. Mi amigo pagará. No se preocupen. Mañana a las doce como muy tarde. Se los prometo.

Mahmud trató de decir algo en sueco.

—No, hablamos de eso luego —lo cortó Jorge con una voz estridente.

El ruso, o lo que fuera, se contentó. Se marcharon.

Los cinco tipos de la entrada también se dieron la vuelta.

Pasos lentos. Señalando quién estaba al mando. Una señal intencionada.

Mañana a las doce.


Más tarde, por la noche: Jorge paseaba a orilla del mar. Los otros chicos habían salido por ahí. A sus *table-dance* favoritos, antros de juego, chicas de esa semana.

No entendía qué estaba sucediendo. El coco se iba de paseo cuando estaba con los otros. Necesitaba pensar por su cuenta. Reflexionar. Decidirse. ¿Qué coño iba a hacer?

Leía periódicos suecos todos los días en la red. En los días después del golpe había grandes titulares en casa. «Un nuevo robo de la talla del robo del helicóptero. Los atracadores vuelven a engañar a la policía. Guardia herido tras atraco».

Pensaba que las cosas iban a tranquilizarse. El botín era pequeño. Los medios de comunicación comprenderían el asunto mejor que nadie: la calderilla no era una cosa muy sexi.

Pero después: «Guardia en estado crítico. Brutales atracadores. El guardia ha perdido la vista y se quedará en silla de ruedas de por vida. La familia y Suecia entera, en estado de shock».

Era asqueroso. El puto guardia que estaba más cerca del cuadro de explosivos: heridas muy graves. A punto de morir.

Ahora: ya jugaban en otra liga totalmente distinta. Herido grave. Atraco a mano armada, seguramente. ¿Intento de homicidio?

*Joder;* no tendrían que haberse molestado con esa cámara. Se encontraban demasiado estresados por el fiasco con la pala cargadora. El Finlandés había recibido los planos con poco tiempo de margen, no había tenido tiempo para ver qué tipo de explosivos era el bueno. Puto Finlandés.

Idiotas.

Además, la policía ya había identificado a Babak y estaba en busca y captura; eso era lo que ponía en la prensa, aunque no mencionaran su nombre. Y en el último artículo que Jorge había leído, la policía daba algunas pistas sobre lo que estaban haciendo.

«La policía ha confirmado hoy que el análisis técnico de uno de los coches sospechosos de haber sido usados para la fuga ha arrojado nueva luz sobre el suceso. El coche de la fuga, un Range Rover, también fue utilizado para forzar las verjas de la terminal de correos de Tomteboda. El coche, que fue encontrado en llamas en una zona boscosa de Helenelund, en los alrededores del centro de Estocolmo, lleva tiempo siendo la pista más sólida de la policía.

»A pesar de que el Range Rover estuviera totalmente quemado, los técnicos de la policía han podido rescatar ciertos rastros del asiento trasero del coche que ahora han sido analizados. Los rastros muestran ADN de personas con conexiones con el sospechoso autor del crimen que ya había sido arrestado *in absentia.* El responsable de prensa de la policía, Björn Gyllinger, comenta los hallazgos de la siguiente manera:

»"Esto no hace sino confirmar nuestra teoría de que algo salió mal. ¿Por qué, si no, los atracadores utilizarían un coche con claras conexiones con ellos? También demuestra cuánto ha evolucionado la técnica del ADN; lo que hemos utilizado en este caso se llama análisis LCN y es un procedimiento muy sofisticado. La técnica de ADN LCN *(Low Copy Number)* es un análisis de cantidades muy pequeñas de materia orgánica".

» "Necesitamos un mínimo de diez células para poder usar la técnica", dice el responsable del laboratorio de SKL, Jan Pettersson, a *Aftonbladet*. "Basta con que alguien ponga la palma de la mano contra un cristal para que podamos rastrear el ADN de la grasa de la mano. Es casi como ciencia ficción. Pero quiero añadir que además tenemos otras pruebas que ligan al sospechoso al atraco. No puedo revelar más detalles, ya que podría ir en detrimento de la investigación"».

La angustia criminal.

Daba igual que Jorge ronzara Stesolid, Atarax, benzo y toda la mierda tailandesa que pudiera encontrar.

La angustia criminal trepaba por su cuerpo como una cucaracha.

Pensó en el hecho de que las autoridades aduaneras tailandesas sacaban fotos a todos los que entraban en el país cuando pasaban los controles de pasaporte. Se despertaba bañado en sudor frío, pensando que no deberían haber matado a aquellos asquerosos perros en la base de los helicópteros; la policía intentaría rastrear la munición. Tuvo pesadillas sobre sudor de manos que dejaba rastros de ADN.

Jorge perdió el apetito. Iba al baño siete-ocho veces al día. Perdía peso como un adicto a la heroína.

La puta angustia criminal lo estaba hundiendo.

Y ahora: la mafia rusa, con apoyo tailandés, que quería presionar a Mahmud.

Pattaya; odiaba este lugar.

Dejó atrás una fiesta en la playa. Continuó caminando por la orilla.

Un viento ligero en la cara. Le relajaba los nervios.

Sabía lo que tenían que hacer. Lo que deberían haber hecho hace tiempo.

Mañana tenían que largarse.

Habría preferido esperar unos días. Pero ahora ya era demasiado tarde.

Pensó en Krabi, Koh Phi Phi, quizá Koh Lanta o Phuket.

Mahmud y él ya conocían el sector de las cafeterías. Podrían montar algún desayunador allí abajo. ¿Podría convertirse en Jorge el rey Bhumibol en lugar de Jorge Bernadotte?

Subió al paseo marítimo. Quería tomar algo mientras terminaba de pensar.

Un lugar un poco más adelante. Un rótulo azul: Poppy's Bar. No parecía un puticlub. No había ni rusas ni tailandesas dentro.

Un taburete libre junto a la barra. Pidió una taza de té. El barman lo miró como si fuera marica.

A su lado había unas mochileras que tenían que haberse equivocado de sitio; Pattaya no era para ellas. Una llevaba rastas y una camiseta con el texto: «Lisbeth Salander for president». Podría ser sueca.

Pensó en su colega JW. El tipo que quería ser de la *jet set* pero que era de Norrland.

El chico que Jorge había conocido cuando vendían coca hacía cinco años. Un buen amigo. Sabía que llevaba unos días en libertad.

Si él y Mahmud querían comprar un garito, necesitarían ayuda. En condiciones normales, Tom Lehtimäki habría sido perfecto. Pero ahora mismo no; abusaba del juego como un adolescente de la calle Malmvägen abusaba de los porros. No se podía confiar en Lehtimäki mientras no se calmara.

¿Y los demás? Javier sólo quería ir con mujeres y con maricones que se les parecieran.

Jimmy era demasiado zoquete y echaba demasiado en falta a su novia de Suecia. Babak era el diablo en zapatillas de playa.

Jorge debería haber reventado al iraní hacía tiempo; si no fuera porque él sabía que J-boy había engañado al Finlandés.

Necesitaba otra persona.

Llamó al barman. Preguntó por el número de teléfono del Poppy's Bar.

Se acercó a las mochileras. Jorge tocó a la pava de las rastas con el dedo.

—*Excuse me, can I ask you a favour?*[55]

La chica contestó en un buen inglés. Pero no era un inglés perfecto.

—¿Eres sueca? —preguntó él.

La joven lo miró. La misma reacción de siempre por estas latitudes: los vikingos no podían creer que un moraco pudiera irse de vacaciones.

—Oye, necesitaría enviar un SMS a un colega de Suecia —dijo Jorge—, pero mi bicho se ha quedado sin crédito. ¿No tendrías un móvil por ahí?

La chica soltó una risita.

—Lo tiene todo el mundo hoy en día, ¿no?

—Vale, es que es una emergencia. ¿Te pago?

La chica volvió a sonreír. Tenía unos ojos bonitos: de distintos tonos, quizá. Resultaba difícil verlo bajo los focos azules/rojos/verdes de Poppy's Bar.

El trato le pareció bien. Su teléfono era de un modelo barato. Daba lo mismo.

Jorge despachó un SMS al número de JW que él tenía. «Cabroncito, soy tu latino preferido. Llama al 0066-384231433 si tienes tiempo».

En Suecia todavía no era de noche.

Al día siguiente. Temprano. Solo eran las diez y media. Mahmud debería estar despierto; el árabe se había ido a la cama

---

[55] «Disculpa, ¿podría pedirte un favor?».

antes de la medianoche la noche anterior. Jorge ya había hecho las maletas.

Pasó junto a la piscina.

El bungaló de Mahmud estaba a cincuenta metros. Llamó a la puerta.

Se oyó la cansada voz de Mahmud desde el otro lado.

—¿Quién es?

—Soy yo. Abre.

Transcurrieron más de cinco minutos antes de que la puerta se abriera. Bóxers y camiseta interior. Las mismas pinturas en el techo que en el bungaló de Jorge. La habitación estaba increíblemente desordenada. *Shit,* esto podría llevar un rato.

—Qué pasa, socio, tenemos que largarnos. Hoy, antes de las doce.

—Pero qué hostias, ¿acaso no dijiste que íbamos a soltar la tela a estos chinitos?

—*No fucking way*[56]. Nos largamos. Había pensado en Krabi o Phuket. Tengo algunas ideas, ¿sabes?

Cuarenta minutos más tarde: Jorge había ayudado a Mahmud a hacer las maletas. Parecía que el tío coleccionaba cremas solares, copias de DVD y pajitas para la farla. Pero Jorge quería llevar o tirar todo. No quería dejar rastros innecesarios.

Mahmud no quería abandonar a los chicos. Jorge le convenció como buenamente pudo. Aseguraba. Prometía.

—Es bueno que estemos separados una temporada —garantizó—. No hay más que broncas con Babak todo el rato. Pueden venir cuando nos hayamos establecido.

Llevaron sus maletas a la recepción del hotel de al lado. Reservaron un microbús rumbo al sur. Saldría en dos horas. Después volvieron a Queen Hotel para pagar la cuenta.

Eran las doce menos cuarto.

---

[56] «De eso nada».

—Echaré en falta los coños del techo —dijo Mahmud.

Caminaron hacia sus vespas. Había que devolverlas y pagarlas.

De nuevo: Jorge no quería problemas.

Se subió a la vespa y arrancó.

Mahmud hizo lo propio.

Salieron a la vía principal.

El mar a la izquierda. El aire transparente. Jorge pensó: Mahmud no se habrá levantado tan temprano desde que vinimos aquí.

Las vespas levantaban polvo.

Entonces: neumáticos que chillaban.

Gente que gritaba a su alrededor.

Una gran ranchera, una Toyota Hilux, que iba demasiado rápido.

Iba hacia Mahmud.

Iba por el árabe.

Mahmud trató de esquivarla. Se subió a la acera.

La Toyota le persiguió.

La gente se tiró al suelo.

Jorge no sabía qué hacer.

Aceleró, trató de no perderlos de vista. Seguirlos.

El coche dio un golpe en la parte trasera de la vespa de Mahmud. La vespa se tambaleó. Jorge le gritó que tratase de bajar a la playa.

La vespa volvió a tambalearse.

La gente corría para escapar.

La gigantesca Toyota aceleró.

Volvió a embestirlo. Golpeó la vespa con toda su fuerza.

Jorge vio a Mahmud: fotograma por fotograma.

El colega cruzó el aire como una pelota de playa.

Un arco pronunciado.

El mar de fondo.

Mahmud aterrizó siete metros más adelante.

Todo se volvió negro.

Capítulo
# 35

Hägerström estaba esperando a JW en su coche. Ya llevaba allí una hora.

No era la primera vez. JW le había llamado varias veces desde la paliza que había ocurrido después de la fiesta para preguntarle si podía llevarle en su coche por la ciudad.

A JW le habían retirado la licencia cuando fue condenado por delito grave de tráfico de drogas. Y en prisión no había posibilidad de sacarse uno nuevo. Eso le pasaba siempre a la gente que acababa de salir de la cárcel: no solo tenías que volver a habituarte a la sociedad después de años en una penitenciaría; a menudo carecías de vivienda, estabas endeudado con el Servicio de Ejecución Judicial y no tenías licencia. Además, no tenías precisamente un contacto demasiado bueno con amigos honestos y con tu familia después de los años que habían pasado. A eso había que añadir las dificultades a la hora de buscar trabajo. Cada vez más empresarios de Suecia exigían ver tu expediente. No es que volvieras a empezar de cero. Empezabas en números muy negativos.

JW juraba que se sacaría una nueva licencia en menos de tres meses. Pero hasta entonces había un problema. Se negaba a ir en metro. «No es apropiado para una persona como yo», fue lo que dijo cuando Hägerström propuso que se comprara una tarjeta de SL. Hägerström reconocía el argumento. Su padre no había cogido el metro ni una sola vez en su vida. La vía de los rojos no era para él, tal y como solía decir.

Así que Hägerström llevaba a JW en su coche cuando hacía falta. A menudo iba a las oficinas de MB Redovisningskonsult AB, al gimnasio, a diferentes restaurantes. A veces JW le pedía que esperase y a veces que se quedase sin más delante de su portal para procurar que la gente no invitada no se tomara la molestia de acercarse. Después, JW le pasaba uno o dos billetes de quinientas.

Fue la continuación de su relación. Una continuación de la infiltración.

Y Hägerström tenía unos objetivos claros: recoger pruebas sólidas de lo que JW estaba haciendo.

Se aburría en el coche. Estaba pensando. Recordando. Hojeaba el álbum de su propia historia.

Había comenzado a estudiar en la Academia de Policía cuando tenía veintiún años. Fue un tiempo extraño. Pruebas ultramasculinas, chistes sobre maricones en los vestuarios, colegas que llegaba a conocer muy bien. Hizo lo que siempre había soñado: convertirse en policía. Mientras tanto, otro sueño secreto también se cumplió.

Después de la fiesta de verano para celebrar el final del primer semestre en la academia, se subió al autobús de noche para volver a casa. Estaba tan borracho que apenas conseguía sacar el dinero del bolsillo para pagar el billete. Normalmente siempre iba en taxi, pero por alguna razón quiso viajar en autobús. Eran las cuatro y media de la mañana. El autobús estaba casi vacío. Delante del todo había tres tipas muertas de risa con sus blancos gorros de graduación manchados de vino. Eso era todo.

Se sentó en el fondo del autobús. Estaba a punto de quedarse dormido. Las chicas se bajaron en la siguiente parada y se subió un tipo. Solo quedaba Hägerström en el autobús. Había más de cuarenta asientos libres y, aun así, el tipo se sentó a su lado. Era una provocación. O, si no —Hägerström solía ver en las caras de los hombres si pensaban lo mismo que él—, una proposición.

El tipo puso una pierna sobre la otra. Llevaba una parka y pantalones de mezclilla ajustados. Hägerström se apoyó contra la ventanilla. Fingió dormir. Ya tenía el cuerpo totalmente tenso. Casi se sentía sobrio.

Tuvo la sensación de que el hombre acercaba la pierna a la suya.

No había tenido tiempo de echarle un vistazo al tío antes de que se sentara, pero eso tenía que ser una señal muy clara.

¿Se atrevería a hacer lo que quería?

La pierna del tipo contra la suya. Estaba sudando.

Hägerström deslizó la mano, como si cayera, junto a su pierna.

Rozó la mano del otro.

Se tocaron las puntas de los dedos. Se cogieron las manos.

El tipo se inclinó hacia delante y besó a Hägerström.

Fue la primera vez que sus labios rozaron la boca de otro hombre.

Salieron dos paradas más adelante. Fueron a casa de Hägerström.

Cuando se despertó al día siguiente, el tipo había desaparecido. Hägerström nunca supo cómo se llamaba. Pero nunca olvidó aquel beso en el autobús.

Vio a JW por el espejo lateral. Tenía un caminar de gallito. Al tipo le encantaba el Jaguar de Hägerström. Hägerström se fijó en otros dos hombres que también salían de Riche, el restaurante donde JW acababa de almorzar. Tomó notas mentales sobre el aspecto de las personas.

JW se puso en el asiento del copiloto.

—¿Podrías llevarme a la oficina de Bladman? —dijo.

Hägerström arrancó el motor.

—Por supuesto.

Condujo por la calle Hamngatan hacia el oeste, pasando la plaza Norrmalmstorg. Los grandes bancos y bufetes de abogados de la zona. Pensó que ya debería ser la hora de dar el golpe. Efectuar registros en los locales de Mischa Bladman y en casa de JW. Pero Torsfjäll quería esperar. Estaba seguro.

—Tienen otro lugar donde guardan los documentos, o son idiotas. Tienes que encontrar ese sitio. Necesitamos más pruebas. Tienes que enterarte de dónde guardan el material.

Pero hasta ahora no había dejado a JW en ningún sitio de esos. JW parecía estar tranquilo.

Abrió la boca.

—Hägerström, tú conoces a mucha gente con pasta. ¿Sabes cuál es la manera más fácil de lavar dinero?

Hägerström prestó atención. Esto podría ser interesante.

—No.

—Ve a las carreras de caballos o al casino. Busca a alguien que acabe de ganar dinero. A todo aquel que gana le dan un recibo, un boleto. Normalmente pagas entre el ciento diez y el ciento veinte por ciento del valor del boleto. Es un Estado amable el que te da recibos por ganancias del juego. Si tienes problemas con la policía o con Hacienda, no haces más que enseñarles el papelito. Allí pone claramente de dónde viene el dinero.

—Qué listo. ¿Conoces a alguien que lo ha hecho en la vida real?

—Tal vez, pero es algo que se hacía más antes. Yo opino que hay que jugar en otra liga. Con todo lo que te roba el Estado, me parece de justicia que los ciudadanos recuperen algo. ¿O no?

—Estoy de acuerdo.

—En las carreras de caballos y en el casino solo puedes apostar calderilla. Si alguien estuviera interesado en ello, hay otros planteamientos sencillos que son mejores.

—¿Como por ejemplo?

—Procuras meter tu dinero en diferentes cuentas, pero en cantidades suficientemente pequeñas como para no activar los sistemas de alerta de los bancos. Después transfieres el dinero a una empresa con una cuenta extranjera en algún país con discreción bancaria. Luego dejas que la empresa extranjera te preste dinero a ti, aquí en Suecia. Es perfecto, sobre el papel no tienes ingresos; es solo un préstamo. Y lo mejor de todo es que en Suecia puedes desgravar los intereses que estás pagando a tu propia empresa extranjera, ¿qué bonito, verdad?

—Ingenioso, pero ¿sabes de alguien que haya hecho *eso* en la vida real?

—Tal vez, pero, a pesar de todo, no recomendaría el lío de andar con un montón de cuentas y hacer todos esos pequeños ingresos.

—¿Y entonces qué hay que hacer?

—Hay que tener contactos en el mundo de los bancos o de las oficinas de cambio de divisas. ¿Entiendes? Contactos.

Hägerström pensó: «Esto podría ser lo que llevaba esperando». Ahora JW tal vez se soltaba de verdad.

—Así es, sin contactos no haces nada —dijo Hägerström—. Si te interesa, yo podría presentarte a gente cuando surja la ocasión.

—Sería maravilloso.

—Pero, dime, ¿cómo has aprendido todo esto?

—Bah, aprender. Ya sabes, tenía algo de dinero ahorrado cuando estaba en prisión. He trabajado con mi propio dinero. Empecé a pequeña escala. No quería exponerme a broncas allí dentro, como aquel negro que me atacó en Salberga, ya te acordarás. Así que, cuando un tipo me preguntó si podía ayudarle con una cosa, le dije que sí, a cambio de un poco de protección. Tenía algunos cientos de miles de coronas. Y nunca pregunto de dónde viene, en mi opinión es asunto de cada cual lo que haga o deje de hacer con su dinero.

Hägerström asintió con la cabeza.

—El tipo quería que la novia y el crío pudieran comprarse un piso. Perfectamente comprensible, solo quería ayudarles. Pero no se suelen comprar inmuebles en efectivo porque la gente comenzaría a hacer preguntas. Así que montamos el numerito que te acabo de comentar. Hablé con un colega que acababa de salir, le pedí que acompañara a la novia y le ayudara a abrir cuentas en cuatro bancos distintos. Estas cuentas estaban vinculadas a una sola cuenta que ya estaba siendo controlada desde antes en la isla de Man. Durante unos meses, ella ingresaba cuatrocientas mil coronas en cada cuenta, pero no hacía ingresos superiores a veinte mil cada vez. Al cabo de cuatro meses, estaba toda la pasta en la cuenta de la isla de Man y pudo comprarse un pequeño piso de tres habitaciones en Sundbyberg.

Hägerström aplaudió en silencio.

—Pero hoy en día una cosa como esa sería aún más fácil —dijo JW—. Como te dije: es una cuestión de tener los contactos más adecuados. Las oficinas de cambio de divisas es lo mejor que Dios ha creado.

—Bravo. —Esperaba que JW siguiera hablando.

JW esbozó una sonrisa torcida.

—No necesitas más detalles. Pero diles a tus conocidos que nadie sabe hacer estas cosas como yo. Y, más importante todavía, tengo todos los contactos que hagan falta.

# Capítulo
# 36

Ataques contra las finanzas de Natalie, los bienes de la testamentaría. Ella tenía que enterarse de cómo los bienes de Serbia se habían esfumado. Tenía que ocuparse del asunto del dinero en efectivo en Suiza. La solución se llamaba Mischa Bladman, o su compinche, JW. Eran ellos los que habían planificado la economía de su padre en el extranjero.

A esto había que añadir el hecho de que Thomas hubiera visto cómo Stefanovic había quedado con ese JW justo después de haber estado con el putero Svelander; JW estaba metido de alguna otra manera. Quería saber más. Tenía que quedar con JW.

Natalie habló con Bladman; él no le quiso decir gran cosa.

—Conozco a JW, llevamos algunos asuntillos juntos. No puedo decirte nada más sobre él. No tiene nada que ver con esto.

Natalie sabía que mentía, pero a la vez no podía presionar demasiado a Bladman; poseía información de vital importancia.

—JW: él es la versión sueca de Bernard Madoff —dijo Göran.

—¿Crees que está con Stefanovic? —preguntó Natalie.

—No lo sé. Este tipo va por libre.

Ella le pidió que encontrase a JW. Göran prometió que echaría mano de sus contactos.

Algunos días después la volvió a llamar.

—Ya he hablado con ese tipo. O, mejor dicho, envié a uno de mis chicos. Le expliqué a JW que no aceptamos que los negocios o estrategias financieras iniciados por el *Kum* no sean transferidos a nosotros. Pero no pareció que me hiciera demasiado caso. Creo que deberías ir a hablar con él personalmente.

Quedaron en el Teatergrillen unos días después.

A ella le gustó la elección del restaurante. El Teatergrillen: un ambiente internacional. Clase global. El lujo bien presentado.

Había detalles de temática dramática por todas partes: cuadros abstractos, arlequines, antifaces de mascaradas con narices largas, capas y cortinas con aspecto de telón. Biombos redondos dispuestos en semicírculos alrededor de la mesa. Paredes de piedra clara. Apliques en forma de máscaras de teatro, moqueta roja, fondo de techo rojo, butacas rojas; todo en plan rojo. Pero los manteles de las mesas eran blancos. Discreción de la manera adecuada. Detrás de los asientos había tabiques que protegían de miradas indiscretas. Se veían otros comensales en el restaurante, pero no se podía oír todo lo que decían.

JW ya estaba en el reservado, esperando su llegada. Se levantó. Le estrechó la mano. La miró a los ojos. Ella sonrió. Él no.

Él llevaba unos pantalones de franela gris oscuro con rayas, americana de doble botonadura y camisa azul claro con gemelos azules adornados con una corona real dorada. Llevaba el pelo repeinado, como si acabara de salir de la ducha.

Se sentaron. JW pidió un Martini. Natalie quiso tomar un Bellini.

Ojearon la carta de vinos.

Hablaron de amigos en común: Carl Jetset y Hermine Creutz. Hablaron de algunos sitios de fiesta de Estocolmo: el nuevo bar del Sturecompagniet, la nueva planta superior de Clara's. Repasaron las semanas holmienses de Saint-Tropez y Båstad.

JW sonaba como si fuese rico; y eso que Natalie sabía que el tipo acababa de salir de la cárcel después de cinco años encerrado. ¿Cómo podía ser?

JW pidió una botella de vino que costaba siete mil coronas.

Les sirvieron el primer plato. Empezaron a comer.

A Natalie le sorprendía que el ambiente fuera tan liviano. Después de todo, el chico de Göran había sido un poco durito con JW. Le volvió a mirar. El tipo: un actor. Interpretaba el papel arquetípico del niño fresa de Stureplan. Una copia de Carl Jetset. Un trepa hasta la médula. Pero había algo más por detrás. Los ojos de JW eran inteligentes, centelleantes.

Natalie se acercó a él en el asiento. Sus cuerpos casi llegaron a tocarse.

Pinchó un trozo de pescado con el tenedor, pero se arrepintió y lo dejó sobre el plato.

—Quiero hablar contigo de negocios, JW.

Él se tomó un sorbo del vino.

—Sé que trabajabas para mi padre antes de que desaparecieras —continuó Natalie—. También sé que no siempre fuiste del todo legal con él. Cometiste ese error. Pero él lo dejó pasar, así que tú pudiste ayudarle en algunos asuntos económicos. Te aseguro que mi padre sabía interpretar a la gente. Pensó que no nos la jugarías otra vez. Nadie lo hace.

Las llamas de las velas bailaban ligeramente.

Ella vio en sus ojos que él sabía de qué hablaba. Göran le había contado cómo JW rápidamente se había convertido en uno de los dealers estrella del equipo de su padre. Pero justo al final había intentado una jugarreta; había ido por libre con algunos otros hombres. No cuajó, la policía detuvo tanto a JW como a los otros. Todos fueron encarcelados con largas condenas.

—Relájate —dijo JW—. Eso fue hace mucho tiempo. Pero ya sabes que ahora se habla mucho. De Stefanovic, de Göran. De ti. Yo ayudé a tu padre. Pero a mí me gusta poner todas las cartas sobre la mesa. ¿Qué es lo que quieres?

Natalie volvió a levantar el tenedor con el trozo de pescado. Lo metió en la boca. Terminó de masticar antes de hablar.

—Es muy sencillo. Yo estoy al mando de todos los negocios que mi padre había iniciado. Eso también incluye a todos los colaboradores.

Las manos de JW estaban totalmente quietas sobre la mesa. Los gemelos brillaban. Natalie pensó en sus uñas. Eran uñas de sueco completamente: innecesariamente cortas, estaban sin limar, sin pulir. Los dedos de su padre jamás habrían tenido ese aspecto.

JW se inclinó hacia delante.

—Tienes que entender que no soy cualquier asesor de poca monta. En circunstancias normales, cuando la gente busca consejo, acude a algún abogado o a un contable más o menos favorablemente dispuesto. En el mejor de los casos fingen no entender de qué les estás hablando. Están entrenados para parecer inocentones y después hacen los arreglos necesarios para que funcione. Conmigo esto no funciona así. Conmigo puedes hablar claro y mis planteamientos están directamente enfocados a cumplir con los deseos de mis clientes.

—Bien, pero ¿has entendido lo que te he dicho? Yo dirijo todos los negocios que eran de mi padre. Nadie más. Y eso incluye a Stefanovic.

Él entendía, eso se veía. Pero explicó que no sabía exactamente a qué se dedicaba Stefanovic. Solo que procuraba mover el dinero de un lado a otro de la manera más adecuada posible. Se negó a mencionar nombres de personas o de bancos. Pero Natalie ya conocía el nombre de uno de los protagonistas: el viejo político, Bengt Svelander. Aun así, JW hablaba con la suficiente sinceridad como para que Natalie pudiera sacar algo en claro de la conversación; no negó sus contactos con Stefanovic. El tipo era un profesional.

—También tienes que entender que no quiero problemas —dijo JW—. Si dejo que te hagas cargo de esto, ¿qué voy a decirle al que fue el favorito de tu padre? No funciona de esa manera. Esto ya ha echado a rodar. Es una máquina que funciona.

Natalie giró la cabeza. Miró a JW a la cara. ¿No lo había captado? Como no hiciera lo que ella decía, lo que iba a rodar era su cabeza.

Al día siguiente. Natalie estaba en su Golf. Camino del sur. Ella conducía; era una sensación un tanto absurda: a su lado —doblado para caber— estaba Göran. Él había insistido cuando ella lo había recogido junto a Gullmarsplan.

—Conduce tú. Es tu coche, jefa.

La misma ropa de siempre: chándal y zapatillas de deporte. Pero hoy se había remangado. Sus musculosos antebrazos lo delataban: tatuajes de color verde claro; la doble águila y el escudo de armas de la república serbia de Krajina. A Natalie le encantaban esos brazos; la habían sujetado aquella vez en el estacionamiento subterráneo del Globen. Aquella vez cuando habían disparado a su padre.

Tomaron la salida hacia Huddinge. El tráfico era fluido. Era mediodía, antes de la hora punta. La persona a la que iban a ver debería estar en casa a estas horas. La persona a la que iban a ver debería saber cosas que eran importantes.

Era agradable conducir el Golf. No como esos cacharros que vendía Viktor, que ella a veces cogía prestados, donde un ligero apretón del dedo gordo del pie hacía que el motor entrara en erupción como un volcán islandés. De todos modos, el Golf era poderoso. Vigoroso, de alguna manera.

Ella y Göran guardaban silencio. Natalie estaba concentrándose en encontrar el camino. El GPS le comunicaba las salidas.

—Natalie, conduces bien —dijo Göran.

—Gracias. Ya sabes quién me enseñó a conducir, ¿no?

—Lo sé. Él. El *izdajnik*.

—Sí, él. El traidor.

—Tu padre también era buen conductor.

—Quizá esa era la razón por la que tenía demasiados coches.

Göran sonrió. Natalie sonrió. Era la primera vez que había bromeado sobre su padre desde que lo asesinaran.

Estuvieron callados un par de minutos.

—Tienes humor —dijo Göran al cabo de un rato—. Igual que tu padre. Y sabes interpretar a la gente. También en eso te pareces a él. Recuerdo cuando me iba a contratar para su empresa de porteros. ¿Sabes lo que hizo?

—No.

—Había colocado una cajita de rapé y una cajetilla de cigarrillos sobre la mesa sin decir por qué. Comenzó la entrevista. Estuve todo el tiempo con las manos sobre las rodillas. Porque conocía su truco, pues ya lo conocía de antes. Nunca contrataba a los que giraban la cajita o la cajetilla de cigarrillos. Era la manera que tenía tu padre de probar a la gente.

—¿Por qué?

—En los bares de Belgrado están todo el día fumando y toqueteando sus cajetillas de cigarrillos. Gente sin trabajo, gente que no quiere trabajar, holgazanes. Tu padre no quería contratar a ese tipo de gente. Quería gente activa a su alrededor.

Natalie se giró hacia él.

—Göran, estoy contenta de tenerte conmigo. No sé dónde estaría si no fuera por ti. Por mí puedes girar cajitas de rapé todo lo que quieras.

Al final: la urbanización de chalés. Pequeñas casitas planas. Por lo general, la mitad del tamaño de las casas de Näsbypark, donde ella vivía. Esto: el *sur* de Estocolmo; el mero hecho de que existieran urbanizaciones de chalés iba contra la lógica. Ella creía que en esos territorios no había más que bloques de viviendas.

Pasaban por las calles de la urbanización. Los coches aparcados: Volvos, Saabs, coches familiares japoneses. De nuevo: un parque móvil distinto comparado con Näsbypark. Aparte de los Volvos, claro: estaban por todas partes en este país; pero en la zona donde ella vivía dominaba la versión todoterreno y el S60. Natalie pensó que algunos suecos eran unos bobos; amaban a la Volvo como si fuera la casa real, a pesar de que la marca de coches llevaba diez años sin tener nada que ver con Suecia.

Después pensó en el Volvo verde que Thomas había visto una y otra vez en las grabaciones de las cámaras de vigilancia de su casa. La colocación de las cámaras tenía un gran fallo: la zona por encima del seto y la calle que estaba por detrás se veían bien, pero la parte inferior de la calle quedaba oculta a la vista. No habían podido ver la matrícula del coche.

Thomas, Natalie y Göran trataban de encontrar otros detalles que pudieran ayudarles a avanzar. El coche era un viejo S80, con un desgaste normal, no tenía transpondedor junto al espejo retrovisor. No había sillas de bebé ni cacharros en el salpicadero, la luneta trasera era oscura, con una especie de mancha oscura. Era como tratar de identificar una hoja de hierba en un campo de futbol.

Intentaron discernir quién estaba al volante. Era un hombre, eso estaba claro. Bastante grande, con el pelo oscuro y los ojos hundidos. Y conducía con guantes. No se podía ver mucho más que eso, las imágenes estaban muy pixeladas. Aunque Natalie estaba segura. El que estaba en el Volvo tenía algo que ver con el asesinato.

Pero nunca iban a poder identificar el coche sin el número de la matrícula.

Treinta metros más adelante: la casa a la que iban.

Ella aparcó el Golf.

Salieron del coche.

El cielo era de un azul grisáceo. La casa era de un color entre amarillo y gris, como una fachada sucia junto a una autovía.

Comprobado: aquí había una conexión con Melissa Cherkasova. Tanto Natalie como Thomas la habían visto venir varias veces. Entrar y salir después de unas horas. A menudo en pleno día, cuando la mujer estaba sola en casa.

Comprobado: ella se llamaba Martina Kjellsson. Tenía veintinueve años. Estaba de permiso de maternidad con una niña de un año. Debería estar en casa a estas horas.

Natalie llamó a la puerta.

Al cabo de un buen rato, la puerta se abrió. La mujer los miró con cara inquisitiva. Natalie la escaneó durante un segundo. Los ojos estaban muy juntos. Llevaba un pantalón de chándal.

Laca de uñas descascarillada. Una joya alrededor del cuello: *Hope*[57].

Una niña en brazos.

Comprobado: esa era la mujer. La que Cherkasova solía venir a ver.

Martina Kjellsson levantó las cejas.

—Nos gustaría entrar y hablar un rato contigo —dijo Natalie.

Todo el tiempo: la mirada clavada en Martina. Natalie lo vio directamente en sus ojos, la misma expresión que la de Cherkasova: preocupación. O, en realidad: terror.

—¿Y de qué quieren hablar?

Göran: a dos metros de ella. Tal vez no era una buena idea que hubiera venido.

Natalie fue al grano.

—Queremos hablar de Melissa Cherkasova. Y nos gustaría entrar.

Göran dio un paso hacia delante.

La mujer sujetaba la puerta. Era evidente que era reacia a abrirla más. A Göran le daba igual; dio otro paso hacia delante. Agarró la puerta. La abrió. Empujó a la mujer adentro.

Natalie cerró la puerta tras ellos.

—No pueden entrar aquí de cualquier manera. No tengo nada que ver con vosotros.

El vestíbulo estaba recogido. A la derecha había una cocina. Sobre las paredes había fotos de niños y de un velero. Natalie la señaló con toda la mano. Martina entró a regañadientes.

—Solo queremos hablar. No queremos hacerte daño. Te lo prometo.

---

[57] «Esperanza».

La mujer se quedó de pie. Natalie le dijo que se sentara.

Martina puso el bebé en una silla de niño junto a la mesa de la cocina. Había una lámina de plástico transparente debajo de la silla; probablemente para proteger el suelo de las porquerías de la cría.

—No tengo nada que ver con vosotros. Quiero que se marchen —repitió.

Natalie se sentía cansada.

—No vamos a salir hasta que hayamos hablado —dijo.

Se sentó. La mujer se sentó. Göran se quedó en el marco de la puerta.

La cocina era nueva. Suelo de gres de baldosas blancas y negras. Las puertas de los armarios eran de color beige. Una lámpara PH colgaba cerca de la mesa.

—Háblame de Melissa Cherkasova —dijo Natalie.

—¿Por qué?

—Sé que la conoces. Sabemos que ella ha estado aquí.

—¿Y qué quieren de ella?

Natalie se sentía cansada otra vez. ¿Por qué aquella mujer tenía que complicarse la vida tanto? Se puso de pie; dio un golpe a la mesa. Una taza vacía tembló.

—Hoy soy yo la que hace las preguntas. Si hay algo que no entiendes, me lo dices. Solo quiero que me hables de esa Cherkasova. Y no podemos esperar todo el día.

El bebé la miró con los ojos como platos. Martina parecía estar a punto de llorar.

—Tienen que prometer que se irán después.

Natalie volvió a sentarse.

—Sí, claro.

—La conozco solo de manera superficial. Nos conocimos por ahí hace unos años. Es la conocida de una conocida. Desde entonces ha venido a tomar café tres o cuatro veces como mucho. Pero de eso hace ya algún tiempo.

Natalie sintió cómo la irritación se superponía al cansancio.

—Si no dejas de mentir, esto puede llegar a ser muy desagradable. Sé que Cherkasova vino por aquí hace tan solo una semana.

—Sí, posiblemente. Podría ser. Nos vemos de vez en cuando. A ella le encanta la pequeña Tyra. Le encantan los niños.

—¿Y qué más? Quiero saber más cosas. ¿Quién es ella, qué hace?

—Creo que es de Bielorrusia, pero ya lleva unos cuantos años aquí. Habla un sueco bastante bueno. Estudia sueco e inglés, creo. Ha tenido algunos trabajos esporádicos por ahí. Vive en Solna, así que le lleva bastante tiempo atravesar toda la ciudad para venir aquí.

Natalie sintió la irritación de nuevo, ya estaba llegando al límite. Se inclinó hacia delante. Miró a Martina a los ojos.

—Esta es la última vez que te aviso.

Tomó la mano de Martina. Miró hacia la niña que estaba en la silla de bebé.

—Si no empiezas a hablar ahora mismo, va a ocurrir algo muy, muy desagradable. A mí también me gustan los niños, me encantan los bebés monos. Pero también me gusta que la gente colabore. Hoy parece que hay un conflicto de intereses. Y ahora quiero que empieces a hablar de verdad. ¿Entiendes?

Natalie volvió a mirar a la mujer. Lo que vio en la mirada de ella era una cosa diferente a lo que había visto antes. No era miedo. No era terror. Sino odio, un odio tan espeso que se podía cortar con cuchillo.

A pesar de todo, empezó a hablar.

—Vamos a ver, ya sé quiénes son. Nunca me habían enviado a una chica como tú, pero de todos modos lo sé. Conozco su estilo. Y no tengo nada que ocultar. He dejado aquella vida atrás. Y ya que tienen tantas ganas de saberlo, les contaré lo que sé de Melissa Cherkasova. Y si después no me dejan en paz, iré directamente a la policía. Se los prometo, me da igual que me hagan daño a mí o a mi familia. Haré que la policía los detenga.

Natalie estaba callada sin más. Contenta de que la mujer hablara.

—Melissa y yo somos iguales. ¿Lo entiendes? Yo he sido como Melissa. Y he salido de ahí por mi cuenta, sin la ayuda de nadie. Mira lo que tengo ahora; todo lo que había soñado. Tengo marido, un chalé, una niña. Tenemos un bonito coche que está en el garaje ahí fuera. Hoy soy feliz. Y Melissa también podría estar aquí ahora, pero quiere llegar más lejos. Trato de hacer que ella comprenda que esta vida es suficiente. Pero tú nunca podrás entender esto. No sabes lo que es estar abajo.

Martina gesticulaba mientras hablaba. Natalie pensó: «Podría venirle bien a esta mujer tener a alguien para soltar todo».

Quería parecer comprensiva.

—Puede que no. Pero yo también soy mujer. Respeto lo que dices.

—Me cuesta creerlo. Y me cuesta creer que puedas comprender. Cuando yo tenía diecisiete años, había pasado por más cosas de las que una persona normal tarda una vida entera en conocer. Vengo de una familia de mierda. Me han pegado. Me han echado de casa. Me han metido en un centro de rehabilitación juvenil. Han abusado de mí, me han engañado. He probado todas las drogas que te puedas imaginar, aparte de inyectarme heroína. Todos los que yo creía que me querían me han traicionado. Así que al final me convertí en lo que todo el mundo ya decía que era. Todo empezó cuando estudiaba en un centro de enseñanza para adultos para tratar de recuperar mis estudios. Otras dos chicas y yo. Nos invitaban a salir a sitios lindos, nos hacían caso y nos invitaban a las copas. Pero siempre se suponía que teníamos que dar algo a cambio, y no me parecía mal dárselo. Lo asqueroso era que fuera uno de los profesores el que organizaba todo aquello. Después, todo comenzó a ir cada vez más rápido. Yo podía ganar tres mil coronas en una noche y a veces no tenía ni que hacer nada con aquellos hombres. Algunas de nosotras éramos suecas, pero la mayoría venía del este. Estuve haciéndolo unos años, pero sabía que lo dejaría cuando hubiera ahorrado el dinero suficiente. Y después ocurrió algo que dio la vuelta a todo.

Natalie vio, con el rabillo del ojo, cómo Göran se movía. Se acercó a la mesa de la cocina.

—Habla demasiado —dijo en serbio—. Esas historias no nos interesan. Dile que nos hable de Cherkasova.

Natalie negó con la cabeza.

—No, quiero escuchar eso.

—Pero no creo que te convenga. Pueden ser cosas que te perturben innecesariamente.

Natalie no le hizo caso. Indicó a Martina con la cabeza que continuara.

—Una de las chicas, era de Norrland, se pasó de lista. Comenzó a reunir información sobre los hombres y los viejos con los que quedábamos. Nosotras éramos las *escorts* más solicitadas, las de élite. Nos enviaban a nosotras cuando los tipos pagaban realmente bien. Quedábamos con clientes que tenían poder, y esa chica procuró enterarse de quiénes eran. Escondió reproductores MP3 con grabadoras en las mesillas de noche, escondió webcams entre los objetos de decoración de las habitaciones del hotel y después se hizo con una especie de cámara de espías. Parecía un bolígrafo. Sacó fotos de todos ellos. Pero ustedes se enteraron de lo que ella hacía. Y no podían tolerar que alguien tratara de sacarse sus propios beneficios. Así que procuraron que ella desapareciera.

Natalie la interrumpió.

—¿Qué coño dices? «Ustedes»; ¿qué quieres decir con eso?

—Lo que digo: no sé quién eres. Pero sé que fueron ustedes. La gente de Radovan Kranjic.

—Ya es suficiente —dijo Göran en sueco—. Cuéntanos lo que sabes de Cherkasova, no un montón de mierda que no viene a cuento.

Natalie no sabía qué decir. Se inclinó hacia delante. Se sujetó con los brazos contra la mesa. El bebé estaba tranquilo, estaba agitando una sonaja en su silla alta. Natalie miró a Göran. Tenía la cara relajada, no revelaba nada de lo que estaba pensando.

Nada.

Tal vez todos supieran de qué iba esa historia de Cherkasova salvo ella. Tal vez había juzgado mal a Göran. Pero eso era algo para tratar en otro momento. Hablaría con él sobre eso después. Ahora tenía que mantener la calma.

No enseñar nada.

La mujer comenzó a hablar otra vez.

—Vale, vale, les contaré lo que sé de Cherkasova. Pero tienen que entender de dónde vengo. Conocí a Melissa en un evento hace unos años. Una fiesta enorme en un chalé gigante al sur de Estocolmo. Comenzamos a hablar de cosas serias. Unas semanas después lo dejé. Ella acababa de empezar. Nos vimos un par de veces después de la fiesta. Luego pasaron unos años en los que no hablamos nada, yo conocí a Magnus y comencé a vivir esta vida. Pero hace cosa de un año, Melissa se puso en contacto conmigo. Seguía en el negocio, pero realmente quería dejarlo. Y lo único que he hecho desde entonces es apoyarla. Prepararla para salir. Viene por aquí de vez en cuando. Hablamos. Trato de guiarla. Ella necesita apoyo. Es lo único que puedo darle.

Natalie trató de concentrarse.

—Antes has mencionado a Radovan Kranjic. ¿Cuál es la conexión entre ellos dos? —preguntó.

Pareció que Martina trataba de acordarse de verdad.

—No tengo ni idea. No sé si llegó a estar con él siquiera. La mayoría de nosotras nunca le vimos. Solo sabíamos que era una persona a la que todo el mundo temía. Nosotras solo veíamos a aquellos que organizaban el negocio. Otros hombres. Nunca lo ha mencionado. Además, he leído que él ahora está muerto.

—Sí, eso es cierto. Y Bengt Svelander, ¿ella lo ha mencionado alguna vez?

—¿Svelander?

—Sí, uno de sus clientes.

—Un cliente, entiendo. Nunca dice los nombres de los clientes.

—Es político.

Martina pareció pensar otra vez.

Natalie vio en su cara que sabía algo más.

—¿Político? ¿De Estocolmo?

—Sí.

—Ha mencionado a un político. Pero es algo que tienen que saber ustedes.

—¿Por qué?

—Fue su gente la que le pidió que grabara sus sesiones. Han aprendido lo mucho que se puede ganar recogiendo material.

Silencio en la cocina.

El bebé balbuceaba.

—Vale, haremos lo siguiente —dijo Natalie—. Tú le cuentas a Melissa que hemos estado aquí. Dile que de ahora en adelante no puede entregar grabaciones a nadie salvo a mí o a Göran. A nadie más. ¿Has entendido lo que te he dicho?

Martina asintió con la cabeza.

*\*\**

*Aftonbladet*

## Los paraísos fiscales, a punto de desaparecer

Olvida ya los tiempos en que los suecos ricos podían esconder su fortuna en paraísos fiscales como la isla de Man.

Hacienda acaba de cerrar acuerdos con varios países, y ha podido sacar información sobre cuentas bancarias y transacciones, según los informativos *Aktuellt* de SVT.

«Ya no quedan muchos lugares donde esconder dinero de forma segura», dice Jan-Erik Bäckman, jefe de la sección de análisis de Hacienda, al programa.

## Se podrán solicitar extractos de cuentas

Los acuerdos permiten a Hacienda tener la posibilidad de controlar el manejo de capitales de los suecos en el extranjero a través de extractos de cuentas, el seguimiento de transacciones y la visualización de datos de tarjetas de crédito, entre otras cosas.

Solo este año, Hacienda ha ingresado ochocientos cincuenta millones de coronas de las cuentas extranjeras de los suecos, según *Aktuellt*. Se trata de ciento sesenta personas físicas que juntos deben pagar quinientos millones de impuestos pendientes, además de cien millones por el retraso. Por otro lado, trescientas setenta y cinco personas honradas han informado de ganancias que hasta la fecha no habían sido declaradas, lo cual ha aportado otros doscientos cincuenta millones a las arcas de Hacienda.

El último país en firmar un acuerdo con Hacienda es Liechtenstein. Este acuerdo implica que ya no será necesario contar con el apoyo de un fiscal para pedir información de los diferentes países.

«Ya no va a hacer falta una investigación judicial para poder hacer preguntas sobre dinero e ingresos en el extranjero. En breve no quedarán sitios donde esconder capital», dice Jan-Erik Bäckman a *Aktuellt*.

Capítulo
# 37

Samitivej Hospital Phuket. Jorge se había esperado otra cosa: algo más sencillo, más sucio, más cutre. En lugar de eso: pedazo de vestíbulo de lujo, techos la hostia de altos, flores en jarrones muy grandes en el suelo. Lámparas que se balanceaban en el techo y vitrinas con reliquias tailandesas o algo parecido. Un poco más adelante: un piano. Un tipo con traje negro que tocaba pling-plong, pling-plong, auténtica música de chinos. Estaban en un hospital, joder, un poco *crazy* ya era.

La recepción era como en un hotel de lujo: un mostrador de cristal, paneles de madera oscura de fondo, gente haciendo cola educadamente. Una recepcionista con gorro blanco de enfermera que juntaba las manos y decía: *Kapun kha;* como todo el mundo en este lugar. Pero cuando Jorge empezó a hablar, ella le contestó en un inglés perfecto.

*Shit,* aquello era realmente estrambótico. Pero para eso soltaban una buena pasta.

Lo sabían perfectamente: Mahmud al-Askori. *«Yes sir*. La cuarta sección. Le acompañaremos a la habitación».

Jorge sujetaba las flores con una mano tensa.

Las paredes eran blancas como la tiza, no había nadie.

La enfermera pulsó el botón.

Las puertas del ascensor eran de metal.

Entraron.

Jorge se alojaba en un hotel barato cerca del hospital. Phuket era más caro que Pattaya. La cama de hospital de Mahmud costaba dinero.

El *cash* no iba a durar *forever*. El botín había sido de risa. Además, J-boy había tenido que renunciar a una buena parte para calmar a los chicos tras el fiasco. Aparte: la vida en Pattaya había salido cara.

Estaba pensando en volver a Vikingolandia para desenterrar los billetes que él y Mahmud habían escondido en el bosque. Lo que habían sacado de los maletines que él había apartado. Seiscientos billetes. A Babak le había dado doscientos y estaba contento. O eso fue lo que dijo. ¿Pero ahora?

Jorge no había visto a Mahmud desde que los rusos le atropellaran.

El mal ambiente entre los chicos había alcanzado nuevas cotas cuando se enteraron de lo que había pasado.

Tom quería volver a Bangkok para jugar. Opinaba que toda la peña debería darse un tiempo. Jimmy quería regresar a Suecia. Le daba todo igual, según dijo. Especialmente, después de que Jorge hubiera metido la pata más todavía. Jorge le prohibió largarse: si era él quien había jodido el tema de la pala cargadora.

Javier lloriqueaba como siempre.

Y Babak se enojó la hostia. Tembló como un tonto.

—Eres un pedazo de inútil. Engañaste a Mahmud. Le dijiste que pagaríamos a esos hijos de puta. Después trataste de convencerlo de largarse al día siguiente. ¿Cómo mierda pensabas que iba a reaccionar la mafia ruso-tailandesa? ¿Sonreír y desearles un buen viaje o qué?

Babak podía follarse a su madre. Jorge no iba a aguantar más mierda del iraní.

—Olvídalo.

Se dio la vuelta y se marchó. Esperaba que Babak gritara algo sobre los maletines escondidos.

En cambio, Babak fue corriendo tras él. Gritando tanto que salpicaba todo de saliva. Jorge no hacía nada. Ahora no tenía energía para broncas. Y no dijo nada sobre el timo.

Seguía caminando. Los tipos podían elegir. Él o Babak.

Al día siguiente: se dividieron. Tom y Jimmy se marcharon a Bangkok con el iraní. Jorge y Javier se fueron a Phuket.

En realidad, deberían haberlo hecho desde el principio; los atracadores nunca podían dejar de pelearse. Era un clásico. Caía de cajón. Casi un *mandamiento*.

La ambulancia había llevado a Mahmud al hospital local de Pattaya. Pero cuando se enteraron de que era ciudadano sueco lo habían trasladado a este sitio, a Phuket. Jorge y Javier llegaron después. Esperando poder ver al árabe. Primero, las putas del hospital les dijeron que no; Mahmud estaba inconsciente. Después se dijo algo de que había una gripe que arrasaba en Tailandia; riesgo de infecciones y esas chorradas. Luego dijeron que solo los familiares podían hacer visitas. *Bullshit;* si Jorge hubiera sido un vikingo rubio no habrían montado estos numeritos. Ahora ya llevaba más de una semana esperando.

La habitación de Mahmud: suelo de parqué, una cama de hospital, una nevera, una butaca de cuero junto a una ventana con vistas al parque del hospital, flores secas en un cesto colocado sobre una mesita. Hasta había cuadros en las paredes.

Podría haber sido una habitación de hospital en cualquier lugar de Suecia. Pero había diferencias: el suelo de parqué, los cuadros, la nevera…, esas cosas no existían en sitios suecos. Tailandia-Suecia: una victoria inesperada; Tailandia tres, Suecia cero.

La enfermera iba detrás de Jorge.

Mahmud estaba en la cama. Con los ojos cerrados. Todavía tenía costras y tiritas en la cara, un cacharro blanco en el cuello, uno de los brazos vendados y un tubito metido en la mano. El resto del cuerpo estaba bajo una manta verde.

No tenía buena pinta.

A decir verdad: tenía muy mala pinta.

—Hey, socio, ¿estás despierto?

Mahmud no se movió.

—*Chabibi,* ¿cómo va eso?

No ocurrió nada.

Jorge se acercó a la cama. Se agachó.

—¿Qué pasa, colega?

Mahmud movió la mano. Abrió uno de los ojos. Parecía que estaba ido.

—¿Cómo estás? ¿Puedes hablar?

Mahmud abrió el otro ojo. Intentó una sonrisa. Parecía más bien que le había salido un tic en la comisura de los labios.

Jorge le enseñó las flores.

—Te he traído esto. Pero tendrás que decirme si necesitas alguna otra cosa.

Mahmud hizo un movimiento débil con el brazo. Jorge lo pilló: el amigo estaba demasiado cansado como para sujetar las flores. Jorge se las pasó a la enfermera.

Mahmud hablaba lento.

—Si te digo la verdad, estoy regular, ¿sabes?

—Joder. ¿Pero han terminado de operarte y esas cosas?

—No lo sé. Pregúntale a ella.

Jorge se giró hacia la enfermera. Hablaba un inglés decente.

—En realidad, deberías hablar con el médico. Pero lo que sí te puedo decir es que el señor Al-Askori estuvo inconsciente hasta ayer. Se ha fracturado las dos clavículas, algunas costillas y uno de los brazos. Le hemos dado puntos en la cara, el brazo y en la espalda. El hombro derecho estaba dislocado y tenía una conmoción cerebral grave.

—¿Conmoción cerebral?

—Sí, una conmoción cerebral. Y además grave. Ha tenido problemas de desmayos, y ahora dolor de cabeza, náuseas, alteraciones de la vista y trastornos de equilibrio.

Mahmud movió la mano otra vez.

—Ahora dile que se vaya.

Jorge mandó a la enfermera afuera. Sacó una silla y la puso cerca de la cama. Se sentó.

—Doy gracias al rey tailandés y a Dios por la morfina de este sitio —balbuceó Mahmud.

Jorge le miró. Una sonrisa débil, al menos.

—¿Quieres que te traiga alguna cosa?

—No. Dicen que recuperaré la memoria antes... —Mahmud hizo una pausa. Recobró fuerzas—. Si no me meto tanta mierda. Pero, joder, ni recuerdo el atraco.

No dijeron nada durante algunos segundos.

Mahmud trató de decir algo. Palabra por palabra. Lentamente.

—Gracias por venir, Jorge.

—Por supuesto, haría cualquier cosa por ti. Yo puse la fianza cuando te movieron. Este hospital es privado, ¿sabes? Si no hubiéramos hecho un pequeño reintegro de Tomteboda, nunca habríamos podido permitirnos este lujo.

Ahora le tocó a Jorge tratar de sonreír. Se miraron a los ojos. Mahmud parecía inseguro. Tal vez triste. Tal vez asustado. La verdad es que el árabe hablaba la mitad de rápido de lo normal. Quizá estuviera preso de los mismos pensamientos que no paraban de darle vueltas a la cabeza de Jorge. La gran pregunta: ¿cómo cojones acabaría esto?

—Es una pena que no sea un tipo de nueve a cinco —dijo Mahmud.

—¿Y eso?

—Seguro de vivienda y seguro de viaje.

—Ya, es cierto, tienen esa mierda. Pero jamás he conocido a un auténtico gánster del *hood* con seguro de vivienda.

Jorge se echó el pelo para atrás con una de las manos. Volvió a ver aquella mirada en los ojos de Mahmud. Lo sentía como una cuchillada en el corazón. Su colega, el *homie* de la cafetería, su mejor amigo: parecía que estaba seriamente afligido.

—Por cierto —dijo Jorge—, ¿te acuerdas de mi colega, Eddie? Él tenía un seguro de hogar. Luego entraron a robar, alguien se llevó todo. La nueva tele, más de cuatrocientas películas de DVD, la computadora, los aretes de brillantes de su mujer, su reloj Cartier de dieciocho kilates y brillantes en cada número. ¿Sabes lo que dijo la compañía de seguros?

—No.

—Más o menos que un tipo con una economía como la que tenía él no podría haber tenido esas cosas. Dijeron que no era más que un fraude. Pero sé que él tenía esos cacharros porque los he visto mil veces y sé que no eran robados. Eran cacharros legales de cabo a rabo.

De nuevo, silencio. Jorge oía la respiración de Mahmud: al colega le silbaba el pecho.

—Nos hemos dividido —dijo.

Mahmud guardó silencio.

—Ya no funcionaba. No había más que broncas. Tom quería volver a Bangkok. Y tu amigo se ha portado como un cabrón demasiadas veces ya.

—Una pena.

—Ya, pero es lo que hay. Javier y yo estamos aquí en Phuket. Pienso que deberías salir pasado mañana.

—Espero que sí.

Jorge pensó: «Diez mil baht por día, eso es mucho dinero».

Mahmud cerró los ojos. Apoyó la cabeza en la almohada.

Jorge estaba quieto.

Pensó: «Pérdidas de memoria. Alteraciones de la vista. Náuseas». Joder, su mejor *homie* se había convertido en un tipo totalmente ido. ¿Cómo acabaría esto?

Jorge trató de animar el ambiente.

—Todo irá bien. Compramos un garito por aquí. Lo podemos llevar como la cafetería de casa. Estar tranquilos una temporada.

Mahmud seguía con los ojos cerrados.

—Estaría bien, *chabibi*.

Jorge pensó en los sustitutos de la escuela primaria. Llegaban, sonreían, pensaban que podían cambiar algo. Fingían enseñar cosas de fundamental importancia.

—Son importantes, pueden ser lo que quieran.

Al cabo de unos días: empezaban a entender de qué iba la peli; «Los *kids* de este cole pasamos olímpicamente de tus historias porque ya hemos tenido otros cuarenta sustitutos que han hablado como tú». Tenían un aspecto cada vez más cansado, explotaban, gritaban. Al final de la semana: se veía el pánico en sus ojos. Los gestos revelaban lo hechos polvo que estaban. Empezaban a llorar, salían corriendo del aula, nunca volvían.

Todo el atraco: era como una semana para uno de esos sustitutos. Habían tenido unos planes tan grandes, unas ideas de la hostia, una planificación de primera. Él pensaba que podía cambiar la historia de la criminalidad: convertirse en *legendario,* J-boy Royale, el rey, el mito del extrarradio con la reputación más sólida del norte de Europa. Luego llegó el golpe, fue regular. Se escaparon, pero en un Range Rover con más rastros de ADN que una cuchilla de afeitar usada. El botín: no era pequeño como el cojón de una mosca, pero era más pequeño de lo esperado. Y después, después llegó el fin de la historia. Seis chicos en Tailandia que no se soportaban muy bien. Comenzaron a tocarle los cojones a la mafia rusa. Comenzaron a tocarse los cojones los unos a los otros. Se les fue la olla. Se separaron.

No solo la angustia criminal.

Jorge sentía ya pánico.

Quería llorar, echar a correr, no volver nunca más.


Estaba bajando en el ascensor. Había hablado brevemente con una enfermera. Mahmud tenía algún tipo de infección, según decía. Iba a tener que quedarse al menos dos semanas. Pero solo si alguien podía pagar.

Fue como un shock, ¿cuánto tiempo estaría allí dentro? No obstante, Jorge prometió que lo arreglaría. Tuvo que firmar una fianza, pagar treinta mil bahts por adelantado.

Pensó que había prometido a Mahmud que llamaría a su hermana, Jamila. Después pensó en su propia hermana, Paola. La había llamado desde una cabina, después del accidente de Mahmud. Necesitaba oír su voz. Comprobar que Jorgito estaba bien, que su madre estaba viva. En diez minutos de conversación, siete habían sido de lágrimas.

Se abrieron las puertas del ascensor.

Jorge atravesó el vestíbulo.

El calor le golpeó fuera. Del frescor del aire acondicionado al calor del infierno.

Necesitaba más pasta, fijo.

Necesitaba algo de qué vivir: un bar o alguna cafetería. Cumplir con lo que había prometido a Mahmud. Pero el colega tal vez estuviese ya totalmente fuera del partido.

Necesitaba quedarse allí unos años, hasta que la situación en casa se tranquilizase un poco.

Necesitaba hablar más con JW.

Necesitaba que alguien le ayudara.

Alguien que supiera cómo funcionaban las cosas en Tailandia.

No tenía ni idea de quién podía ser.

# Capítulo
# 38

Hägerström echó la cabeza hacia atrás. Notó un ligero dolor en la espalda. El asiento del avión no estaba mal, pero había poco espacio para las piernas. Llevaba ya nueve horas en esa postura. Había leído la revista de la compañía aérea y una novela policiaca de Roslund & Hellström, había visto una película y programas de naturaleza en la pequeña pantalla que estaba a treinta centímetros de su cara.

Estaba camino de dar un giro a la Operación Ariel Ultra. Un giro inesperado. Estaba volando a Tailandia, enviado por JW.

Se levantó y se abrió paso entre los otros pasajeros. Se estiró. Trató de enderezar el cuerpo.

Era un avión grande con unas escaleras que llevaban a la primera planta, donde estaba la gente de primera clase. Hägerström deseaba haber podido viajar en clase Economy Flex, por lo menos, pero eso habría levantado sospechas. Un exempleado del Servicio Penitenciario no pagaba veinticinco mil coronas por un viaje a Tailandia.

Echó un vistazo a las filas de asientos. Hägerström ya había hecho el mismo viaje varias veces en su vida. El avión estaba lleno de la mezcla de siempre. Familias suecas de la clase media con críos que corrían por los pasillos tosiendo y con los mocos colgando.

Tipos en grupos de tres o cuatro que estaban borrachos desde que habían facturado las maletas. Hombres solteros que volaban en pantalones cortos caqui y camisetas de manga corta y que personificaban la imagen estereotipada de pedófilos occidentales, pero que, en realidad, quizá podrían ser hombres de negocios. Finalmente, las propias tailandesas, solas o con niños, que iban a ir a casa para ver a la familia.

Cerró los ojos. Trató de dormir. En vez de eso, comenzó a pensar en cosas que en realidad habría preferido apartar de su mente.

Después de la Academia de Policía había avanzado rápidamente. Asistente de policía, inspector. De vez en cuando quedaba con tipos en el Side Track Bar, el Patricia y el Tip Top. Él mismo bajó tres veces solo a Ámsterdam para ir a The Bent. Pero nunca inició relaciones serias. No funcionaba. Y en algunas ocasiones incluso se acostaba con chicas.

Llevaba una doble vida, una vida secreta, una vida en el armario.

Cuando cumplió treinta años alquiló el restaurante Östergök e invitó a cincuenta personas, incluidos sus padres y hermanos. Organizó una fiesta de cumpleaños. El noventa por ciento de los discursos iban sobre cómo él era el sueño de todas las suegras, pero que nunca sentaba cabeza. Que podía tener a quien quisiera, pero que nunca estaba contento. Que no había tenido una relación seria con una chica desde el instituto.

Empezó a pensar. Los colegas de profesión comenzaban a vivir con sus parejas, a tener hijos, comprometerse, casarse. Sus viejos amigos lo hacían de manera inversa: se comprometían, se casaban, tenían hijos.

Le costó alrededor de un año darse cuenta de que él también deseaba tener hijos. Pero no podía hablar con nadie sobre ello. Hägerström: un exsoldado de las fuerzas de asalto costero, inspector de policía hambriento de trepar, camino de ser ascendido a comisario, quería tener críos. No parecía apropiado. Pero los pensamientos no le abandonaban; se preguntaba todos los días cómo iba a conocer a una chica aceptable.

Pero sobre todo quería escaparse.

Tres meses después llegó una oferta como una bendición del cielo policiaco. Le dieron la oportunidad de pedir una excedencia para una plaza en el extranjero, en la unidad de coordinación de los países nórdicos en Bangkok.

Fue una bonita época en su vida. El trabajo no era demasiado intenso, pero resultaba interesante. Las tareas típicas se centraban en la extradición de escandinavos huidos a Tailandia y crímenes de drogas y de pedofilia. Aprendió a hablar un tailandés aceptable y aprendió cosas acerca de la mentalidad tailandesa. Quedaba con los policías escandinavos de la unidad y con algunos suecos del consulado. Pero, en general, su vida social era pobre. En su tiempo libre hacía deporte o daba vueltas por Bangkok. Pasó mucho tiempo solo. Iba por los bares gais y se sentía libre.

Cuando faltaban menos de dos meses para terminar su servicio, conoció a Anna. Ella trabajaba como secretaria en el consulado. Se conocieron en un coctel organizado por la unidad de coordinación. Ella tenía treinta y dos años, era de Tyresö y había trabajado como secretaria de dirección anteriormente. Compartían el mismo deseo: tener hijos. Por lo demás, Hägerström no estaba seguro de que hubieran compartido algo más.

Aun así, habían empezado a pasar cada vez más tiempo juntos y habían llegado a ser buenos amigos. Hacia el final de su servicio, ella lo sedujo tras una cena. A él le gustaba la idea por aquel entonces: intentar iniciar una relación con una persona que era una buena amiga y que deseaba tener hijos. Desgraciadamente, les costó más de lo esperado tener justo eso, hijos, en parte quizá porque Hägerström no estaba dispuesto a intentarlo tan a menudo. Después de cuatro años de angustia, adoptaron un niño, Tailandia parecía una opción natural.

Pravat tenía alrededor de un año cuando llegó. Fue la mejor época en la vida tanto de Hägerström como de Anna. Habían estudiado, habían ido a reuniones informativas, habían formado parte de grupos de discusión. Se había sentido preparado, sabía que iba a ser un buen padre. Anna también era una bellísima persona, en realidad. El problema era que los dos no tenían nada más en común. Su propósito común en la vida —tener hijos— ya se había cumplido, pero no había ni amor ni atracción sexual entre ellos.

De vuelta en el avión. Diez filas más adelante había un grupo de tíos demasiado alegres, que ponían música alta en un ordenador con altavoces externos. Nueve filas más adelante, una mujer tailandesa trataba de ignorar a los mismos niños. Dos filas más allá, un padre, cuyo hijo por fin se había desplomado en sus brazos, estaba roncando. Todos los pequeños llevaban camisetas blancas con el logotipo de Nike. En cuanto a Hägerström, él viajaba en camisa blanca remangada. Podía oír la voz de su padre en la cabeza: «Siempre hay que viajar con cuello».

Si Göran hubiera estado presente en ese avión, habría obligado a su hijo a reservar asientos en Business Class para evitar las manadas de suecos de basura blanca. Pero su padre nunca habría utilizado esa expresión, *basura blanca*. Podría haberles llamado *svenssons de autocaravana*[58].

Göran solía bromear sobre aviones.

—Dicen que la caja negra puede aguantar cualquier cosa. Está hecha para aguantar accidentes en el mar, el desierto o impactos directos en montañas. Entonces, ¿por qué no fabrican todo el avión con el mismo material?

Era el auténtico humor de su padre.

Hägerström le echaba en falta.

Se sentó. Eran las nueve y media de la noche en Suecia.

Sacó la manta de su funda de plástico. Era de color lila con rayas naranjas y amarillas, al igual que todo lo demás en los vuelos

---

[58] Svensson es el apellido por antonomasia en Suecia. Por lo tanto, un *svensson* hace referencia al sueco medio. «De autocaravana» hace alusión a la extendida afición de la clase media sueca a las vacaciones con autocaravana.

de Thai Airways: los asientos, las almohadas, la moqueta del suelo, los uniformes de las azafatas, el logotipo en las alas del avión.

Fue JW quien le había llamado a él. Preguntó si Hägerström podía pasarse, si podía llevarlo al gimnasio. Su relación se basaba en encontrarse a medio camino. Hägerström era un chico bien que estaba de capa caída; JW, un chico malo que venía pisando fuerte.

Hablaron de nada en especial durante un rato.

—Hablas tailandés, ¿no? —preguntó JW, justo antes de salir del coche.

—Sí, ya te lo he contado. He vivido allí.

—Ya, pero hay siete millones de tipos que incluso tienen esposas tailandesas y que no hablan ni inglés.

—No soy uno de ellos. Viví en Bangkok más de un año. Sé hablar *thai*. Conozco cantidad de cosas de Tailandia. Si quieres saber dónde están las mejores nenas, pregúntame a mí. Si quieres saber dónde puedes conseguir el mejor precio para una pistola de nueve milímetros, pregúntame a mí. Si quieres saber con quién tienes que hablar en Klong Teuy para mantenerte lejos de los problemas, pregunta a míster Martin Hägerström.

—Muy bien, mi niño. Te pillo la indirecta. Entonces tengo una pregunta para ti.

—Vale.

—Tú me estás ayudando con el transporte y procuras que esté bien.

—Ya lo sabes.

—¿Tienes algún otro trabajo en el horizonte?

—No, pero he pedido un trabajo de guardia de seguridad en Estocolmo.

—¿Y cuándo te lo darán?

—No sé si me lo van a dar o no, pero, si eso, empezaría en cuatro semanas.

—Vale, entonces me gustaría que te fueras a Tailandia unas semanas. ¿Qué te parece la idea?

—¿Para?

—Tengo un colega ahí abajo que necesita que alguien le ayude con sus historias. Se ha metido en un lío y le hace falta alguien que conozca Tailandia. Yo pago la mitad del viaje. ¿Entiendes?

En realidad, JW no se lo estaba preguntando; era una orden. Podría llevar a algo interesante. De todas maneras, la Operación Ariel Ultra estaba estancada en aquel momento.

# Capítulo
# 39

Por primera vez, ella metió a gente de fuera.

Göran y Thomas se lo habían aconsejado. O, mejor dicho, fue Thomas quien había sacado el nombre: Gabriel Hanna. Oficialmente era conocido por ser un vendedor de chalecos antibalas, botas militares y pistolas de *paint ball*. Tenía dos tiendas en Västerås, una en Örebro y otra en Eskilstuna. Además: tenía la página web más visitada de accesorios militares. Los porteros, los fetichistas militares y los policías de poca monta lo adoraban. Pero, según Thomas, en los bajos fondos, Gabriel Hanna era más conocido como algo auténtico. El rey de la pólvora de Mälardalen, el traficante de acero caliente, de mercancías calientes. En resumidas cuentas, Gabriel Hanna: el mayor traficante de armas ilegales del centro de Suecia. Quizá de todo el país.

Natalie, Göran y un tipo joven que llevaba una sudadera con capucha caminaban por un pasillo. Algunas máquinas traga monedas de Jack Vegas estaban colocadas a lo largo de unas paredes pintadas de negro. Una máquina de refrescos. Una máquina de sándwiches y chocolatinas. Después, unas escaleras estrechas que subían. El tipo encendió la luz justo cuando estaban llegando al primer piso.

Natalie echó un vistazo a la sala. Era grande. Ocupaba toda la planta superior del edificio. Había vigas en el techo. Linóleo en el suelo. Papel pintado blanco en relieve. Cuatro grandes mesas de juego, cubiertas de fieltro verde, estaban repartidas por la sala. En el medio: una gran ruleta de madera oscura. Alrededor de las mesas de juego había sillas de oficina con un toque de los años ochenta: cuero negro suave y apoyabrazos de madera. De las paredes colgaban pósters de diferentes empresas de juego en internet y la revista *Poker*.

Habían entrado en Västerås Gaming Club. Un club de juego semilegal para chorbos que querían quemar su *cash* en el póquer, la ruleta y los dados. Deberían haber intentado conseguir un ambiente de más glamur; beneficiaría al juego. Por otro lado: estaban en provincias; una ruleta quizá fuera suficiente para que los habitantes de Västerås tuvieran la sensación de ser gente con clase.

Natalie y Göran se sentaron cada uno en una silla junto a una de las mesas de juego. El cuero del asiento produjo un ruido sibilante al ser comprimido. El sueco del tipo no era bueno.

—Él venir enseguida.

—No tenemos todo el día. Llámale —dijo Göran.

El tipo llevaba un tatuaje de un águila con las alas extendidas en el antebrazo derecho. Natalie sabía lo suficiente: era la marca habitual de los asirios.

El hombre metió las manos en los bolsillos de la cazadora. Repitió lo que acababa de decir.

—Él venir enseguida.

Después bajó por las escaleras.

Göran ya le había avisado. Era un juego; quién espera a quién. Quién da el brazo a torcer ante quién. Quién sodomiza a quién. Y en este momento eran ellos los que necesitaban información, para eso tenías que ponerte debajo durante un rato.

Veinte minutos más tarde, Gabriel Hanna subió por las escaleras con el mensajero detrás. No tenía el aspecto que Natalie había esperado. Iba bien vestido. Bien afeitado. Raya a un lado bien peinada. Camisa azul claro, americana azul oscuro y unos chinos de color beige con raya. Ahora en serio: Hanna parecía un abogado en toda regla, incluso le recordaba a JW. Lo único que podía diferenciarle del estilo holmiense: grandes costuras en los zapatos. Suela de goma. Sobre todo: los zapatos tenían una punta megafina. Natalie pensó en lo que solía decir Lollo: «Se puede comprar casi todo con dinero, pero estilo no».

Hanna sonreía. Le estrechó la mano.

—Muy buenas, qué bien que se hayan tomado la molestia de venir hasta aquí.

Acento de Västerås. Actitud agradable. Un tono agradable, a pesar del acento. No era precisamente lo que Natalie se había esperado de un comerciante de algo tan ilegal como las armas.

Se sentó. Hizo una señal con la cabeza hacia el tipo, que se marchó.

—Te agradezco que hayas podido atenderme —dijo Natalie.

Puso el taco de hojas de la investigación preliminar sobre la mesa de juego.

Según Göran: si había alguien que sabía algo sobre armas ilegales en Suecia, ese era Hanna.

El chico volvió con tres latas de Coca-Cola.

Hanna las tomó y miró a Natalie.

—¿Quieres?

El gas de la lata de Göran salió con un estallido ahogado cuando la abrió.

Gabriel Hanna estaba de buen humor, contó chistes sobre kurdos.

—¿Saben por qué todos los kurdos hacen las tareas en el tejado?

Natalie quería ir al grano.

Hanna contestó a su propia pregunta.

—Porque quieren tener notas *altas*.

Se rio de su propio chiste.

Después comenzó a leer los papeles de Natalie. Los locales de Västerås Gaming Club quedaron sumidos en el silencio durante quince minutos.

El mensajero jugaba con su móvil. Göran no miraba a ningún sitio. Natalie pensó en Viktor. Él también solía reírse de sus propios chistes. Llevaban una semana sin verse. La última vez que habían quedado no había hecho más que hablar de su crisis financiera y de sus nuevas ideas de negocios. Natalie, en realidad, solo quería tirárselo. Eso le haría olvidar toda la mierda durante un rato. Pero después Viktor había empezado a divagar, diciendo que había gente en Tailandia que él creía que podrían tener algo que ver con el asesinato. Que había oído hablar de unos tipos criminales que se habían ido allí poco después. Gente a la que su padre le caía mal.

Hanna hojeó los papeles lentamente. Mantuvo la misma postura, como una figura de cera. El traficante de armas se concentraba al máximo.

Natalie pensó: Gabriel Hanna es un tipo serio. Una actitud profesional mezclada con humor. Talento social, un tipo que cae bien a la gente. Comprendía por qué había llegado lejos. Alguna vez, en el futuro, quizá pudieran hacer negocios. Pensó en JW; debería ir a verle de nuevo, él o Bladman tenían que pasarle la información correcta.

Transcurrieron los minutos.

Hanna levantó la mirada.

—Llevo el tiempo suficiente en este negocio. —Göran se giró hacia él. Natalie esuchaba—. Nunca se puede estar seguro al cien por ciento de nada. Pero creo que sé de dónde viene esta munición, la granada y la carga plástica.

Un día después, Natalie salió de su Golf en el bosque de Lill-Jans. Acompañada de Göran, como siempre. Ya se sentía sola si él no estaba.

Un lugar curioso. Había estado allí muchas veces con su padre, pero ahora le parecía hostil.

Delante de ella había una torre de saltos de esquí. Su padre solía llamarla la Torre, sin más. La había comprado hacía unos años, a través de un testaferro. Una antigua torre, medio en ruinas, desde la cual bajaba una rampa de salto de esquí que terminaba en un prado rodeado de bosque más abajo. La rampa en sí llevaba treinta años sin usarse y la Torre había sido la sede de un club de bicicleta de montaña. Su padre había rehabilitado el sitio. Tiró las paredes, construyó nuevas escaleras, arregló los suelos. Instaló una cocina industrial en la planta baja. Trajo un cocinero y personal. Era perfecta para conferencias y reuniones de empresas.

Y ahora era la guarida de Stefanovic. El testaferro se había aliado con él; formalmente, Natalie no podía hacer gran cosa.

Sentía cómo la irritación crecía en su interior a cada paso que daba. Stefanovic: un puto imbécil. Stefanovic: un cabrón. Un *izdajnik*.

Tenía que relajarse. Saber jugar sus cartas. Respirar hondo tres veces.

Tenía que manejar la situación como una profesional.

La parte más alta de la Torre: una sala grande. Ventanas que miraban en tres direcciones diferentes. Había buenas vistas del bosque de Lill-Jans. Se veía Östermalm. Un poco más adelante se podía ver el ayuntamiento, los campanarios de las iglesias y las casas altas junto a la plaza de Hötorget. Al fondo: se distinguía el Globen. Estocolmo se extendía a sus pies. Su ciudad. Su territorio. No el territorio del traidor.

Un grupo de sofás, una mesa con seis sillas alrededor, un minibar lleno de botellas junto a la pared que carecía de ventanas.

En un sofá: Stefanovic.

Marko, el musculitos de Stefanovic, estaba sentado en una de las sillas.

Stefanovic se levantó. Beso-beso-beso. Unos saludos formales, no sentidos.

A Natalie le parecía que sus ojos estaban más acuosos que de costumbre. Todavía tenía un auricular del Bluetooth metido en uno de los oídos.

Natalie se sentó junto a la mesa. Göran se quedó en la puerta.

—¿No necesitaremos público, verdad? —dijo Stefanovic.

Hizo un gesto a su gorila, Marko. El tipo se levantó, salió de la sala. Natalie hizo una señal con la cabeza. Göran también salió.

Ella y Stefanovic.

—Hace mucho tiempo que no vengo —dijo ella.

—Es un buen sitio —replicó él.

—Es el sitio de mi padre.

—No, los dos sabemos que Christer Lindberg es el propietario.

A ella le daba igual. Fue al grano.

—Stefanovic, tú fuiste la mano derecha de mi padre. Quiero que me cuentes qué está pasando.

Stefanovic contestó en serbio.

—Tendrás que ser más explícita. Nunca te he ocultado nada, cariño. Te lo prometo.

Puso la mano sobre el corazón, como si tuviera uno.

No había razones para seguir con aquella comedia.

—Vale, entonces quiero que me expliques quién es Melissa Cherkasova.

Stefanovic permaneció impasible.

—Natalie, amiga mía, tu padre gestionaba muchas actividades. Algunas eran más lucrativas que otras, eso ya lo sabes. Algunas eran totalmente legales, otras no. Algunas estaban dirigidas al público general, otras solo a hombres.

—Sé de qué me hablas.

—Bien. A veces hacen falta chicas para romper el hielo y pasar un buen rato. Sobre todo los clientes internacionales opinan que, cuando hay que ir a cenar, o a un club nocturno, hay que hacerlo en compañía de bellas mujeres. Así que: Melissa Cherkasova era lo que se conoce como una chica *escort*. No tiene mayor misterio. ¿Por qué preguntas por ella?

—¿Qué más sabes de ella?

—¿No vas a contestar a mi pregunta primero?

Natalie no iba dejar que la presionara.

—No, quiero saber qué otras cosas sabes de Cherkasova —contestó.

—Vale, pero luego tendrás que responder a mi pregunta. Y te puedo adelantar que no sé gran cosa. Sé que dejó de trabajar para nosotros hace varios años. Es posible que tu padre se pusiera en contacto con ella alguna otra vez después. De eso no sé nada. Pero ahora te toca contestar.

Natalie no dijo nada. Pensó en JW, el tío tenía carisma. Y había ayudado a su padre, y ahora a Stefanovic, con algo que iba más allá de los métodos habituales para evitar los impuestos.

Pensó en qué otras cosas sabía. Había visto un Volvo verde en el aparcamiento donde habían tiroteado a su padre, y un Volvo verde había dado vueltas por su calle en los días antes del asesinato, podría ser el mismo vehículo. Thomas había intentado que la empresa que gestionaba el estacionamiento subterráneo del Globen sacara imágenes de sus cámaras de vigilancia; desgraciadamente habían sido borradas hacía tiempo. Natalie pensó en la golfa de Cherkasova, que quedaba con el político Bengt Svelander, que a su vez había quedado con Stefanovic en un restaurante de la ciudad, que a su vez había quedado con JW. La exgolfa Martina Kjellsson, que afirmaba que era la gente de su padre la que había ordenado a Cherkasova grabar sus sesiones con el político. Thomas había indagado un poco más en la biografía de Svelander; entre otras cosas, el político estaba metido en la Comisión de Concesiones en el Mar Báltico del Departamento de Exteriores.

—Ellos son los que toman las decisiones sobre la zona económica de Suecia en el Báltico —le había explicado Thomas—. Y, más concretamente, los que toman la decisión de si van a dejar a los rusos construir aquel enorme gaseoducto, Nordic Pipe, en el fondo del mar.

Y allí estaba Stefanovic, mintiéndola en su cara recién maquillada.

—Stefanovic —contestó Natalie finalmente—, déjame que te

lo diga de otra manera. Sé que está pasando algo, y que Cherkaso-va está metida en ello. Sin embargo, ya que no estás dispuesto a contármelo, creo que hemos terminado de hablar por hoy. Espero que a partir de ahora me presentes las cuentas de todos los negocios iniciados por mi padre. No me importa que dirijas tus propios asuntos. Pero lo que es mío, es mío.

Esto era el final; esto era el principio. Había dado el paso. Había dejado claro cuál era su postura. Stefanovic debía bajarse los pantalones o desaparecer. Ahora estaba esperando su respuesta. Sintió cómo su corazón repiqueteaba como un pájaro en su pecho.

¿Qué iba a contestar?

Pensó en su padre. Su viaje: la ascensión y la caída. Cómo se había abierto camino en la sociedad sueca. Haciéndose un hueco. Ayudando a tantos otros compatriotas. Reventando la segregación social: consiguiendo la aceptación de los suecos como un vecino más de la urbanización de chalés, un elemento de peso en la ciudad.

Stefanovic abrió la boca lentamente. Sonrió.

—Natalie, te he considerado como a una hija. Y veía al *Kum* como a un hermano. Puedes estar segura de que le honraré en todo lo que haga. Pero él se hubiera reído con gusto si hubiera oído este dramón que estás montando. Eres una chica guapa. Muy mona. Pero no eres más que eso. Este sector no es apropiado para mujeres.

Natalie esperaba que continuara.

—El *Kum* lo sabía —dijo Stefanovic—, y yo lo sé. Así que ahora te lo pido por última vez: deja de creerte que eres tu padre. Llévate a Göran y sal de aquí, ya es suficiente. Ya te he dicho que no pierdas el tiempo con esa investigación preliminar. Así que escucha lo que te digo: nunca vuelvas por aquí. Olvida lo que pasó con tu padre. No vuelvas a exigir nada más de mí. No quiero convertirme en tu enemigo.

Natalie se levantó. Negó con la cabeza.

Stefanovic la siguió con la mirada.

Ella abrió la puerta.

Göran estaba allí. Tal vez sabía lo que había ocurrido.

Bajaron las escaleras.

En su cabeza: ¿ella aguantaría la presión?

No tenía ni idea. Pero sí sabía una cosa: su padre no se habría reído de ella hoy.

Oyó su voz en la cabeza. «Ranita mía. Ahora tú te encargas.»

\*\*\*

*Menos de medio año después de haber estado en Estocolmo la última vez, estaba otra vez en un taxi, camino del hotel desde Arlanda. Camino de un trabajo.*

*Y no era solo que estaba otra vez en Suecia, en la misma ciudad que en la última misión. Se trataba de la misma gente que la otra vez, las mismas personas.*

*La misma familia.*

*Resultaba inverosímil. Pero era así.*

*Me preguntaba si de verdad podría tratarse de una casualidad. Aunque esta vez quería hacer un trabajo más elegante que la última vez. La señora de la limpieza y lo del aparcamiento eran dos recuerdos bochornosos.*

*En algunas lenguas nos llaman* clean up men[59]. *El asunto es que todo tiene que estar muy limpio cuando terminamos el trabajo. El caso es que el fracaso en el aparcamiento durante la gala de artes marciales todavía me fastidiaba enormemente. Mi falta de profesionalidad me corroía por dentro, mi actuación de patán me recordaba lo complejas que eran mis operaciones. Pero también había problemas prácticos. La policía sueca seguramente no había terminado todavía con sus investigaciones. No deberían tener nada que me señalase a mí. Pero quién sabe; alguien podría haberme sacado una foto cuando efectuaba aquellos disparos. Al-*

---

[59] «Hombres de la limpieza».

guien podría haberme visto en el coche a las puertas de la casa de los Kranjic cuando estaba espiando. Alguien podría haber apuntado la matrícula del coche de alquiler, contactado con la empresa de alquiler, encontrado el vehículo y realizado una búsqueda de ADN en él. El coche estaba alquilado a otro nombre, pero podría ser.

El taxista había colgado una especie de carné de taxi con una pinza delante del asiento del copiloto. Leí el nombre. Vassilij Rasztadovic. Por lo visto, era de la antigua Yugoslavia. No me gustaba su aspecto. Me recordaba al juez que me condenó al gulag.

Le hablé en inglés, ocultando mi acento como buenamente pude. En realidad, daba lo mismo. Viajaba con un nuevo nombre, con nueva documentación y una nueva tarjeta de crédito. Pero quería evitar las preguntas innecesarias.

Estaba relajado cuando salí del coche. Los meses que había pasado en Zanzíbar me habían venido muy bien. Siempre me alojaba en el mismo bungaló, a menos de cincuenta metros de la playa. Siempre desayunaba en el mismo hotel. Siempre que salía a correr hacía el mismo recorrido a lo largo de la playa y por el pueblo. Tenía una mujer allí que, por alguna razón, estaba dispuesta a esperarme. O tal vez fuera yo el que la esperaba a ella. Seguramente quedaba con otros hombres cuando yo estaba fuera.

Estaba relajado.

Estaba concentrado.

Tenía ganas de hacer este trabajo.

Mi objetivo esta vez era matar a Natalie Kranjic.

# 40

Jorge y Javier estaban desayunando. Dos tostadas con unas gruesas capas de Nutella.

Este hotel: más cutre que el de Pattaya.

Más barato que el de Pattaya.

Había todavía más putas que en Pattaya.

La pasta de Jorge se estaba agotando en serio; la factura del hospital de Mahmud minaba los fondos más que los asuntos puteriles de Javier. A pesar de todo, estaba contento de que Javier hubiera querido acompañarlo.

La hora: las diez y media.

Estaban esperando al nuevo tipo; Martin era su nombre. Hägerström, el apellido. Un nombre de *svensson* total. El pavo era un vikingo de pura cepa, no como Jimmy y Tom, que eran vikinguillos, pero que se comportaban como los niños del cemento. Martin Hägerström, joder, ¿cómo podía uno tener un nombre tan vikingo?

Ahora mismo, Hägerström seguía en la piltra. Dormía mucho, el tipo ese.

Javier decía que estaba cansado, a pesar de haberse tomado tres latas de Krating Daeng, el Red Bull tailandés.

—Bueno, ¿y cuándo crees que saldrá Mahmud?

—La última vez que estuve me dijeron que no sabían. Los tornillos del brazo se habían doblado de alguna manera.

Luego también tiene la enfermedad de hospital, ¿sabes lo que es eso?

—Se supone que vas al hospital para curarte, ¿no?

—Sí, pero también se propagan las enfermedades ahí dentro, listillo. La enfermedad de hospital es una especie de bacteria que se llama estafilococo, según me dijeron. Nada bueno, tío. Y ahora está compartiendo habitación, la habitación privada salía demasiado cara, así que tiene muchas ganas de salir.

—Ya lo creo. ¿Con quién está?

—Depende. Van y vienen.

Javier tomó un sorbo de su cuarta lata.

—¿Chicas?

Jorge sabía qué iba a llegar ahora; alguna broma acerca de las posibilidades de follar de Mahmud. Jorge: estaba hasta la polla de la fijación de Javier.

Javier no esperaba la respuesta de Jorge.

—Porque si son nenas, al menos podría darse algún que otro revolcón. Cuando duermen, por ejemplo.

—Mmm…, pero tú, con lo mariconzuelo que eres, ¿no dirías que no si tuvieras que compartir habitación con alguna de esas *shemales*[60]?

Javier bebió haciendo ruidos guturales aposta.

—Me encanta Tailandia.

—Mahmud saldrá en breve —dijo Jorge—. Pero antes de eso quiero hacerme con un negocito. Para que podamos ponernos manos a la obra enseguida. Y ese Hägerström me va a ayudar. Ya sabes, lo echaron de la policía. Y luego ha ayudado a mi colega en Suecia con un montón de cosas. Mi colega dice que se puede confiar en él, pero yo no me fío de un ex policía.

—No hay que hacerlo nunca. Pero no entiendo por qué quieres montar un negocito por aquí. Sé que se está agotando el *cash*. Pero hay otras cosas que son bastante mejores que llevar bares.

---

[60] «Travestis».

—¿Eres un poco duro de mollera o qué? Ya has visto lo que le pasó a Mahmud. Puede que tengamos que quedarnos aquí una temporada y no quiero hacer nada que pueda llamar la atención.

—Los rusos, qué cabrones.

—Es la ley de la naturaleza. También en casa. Nos comemos a los vikinguillos como si fueran galletas de jengibre. Los somalíes y los iraquíes nos comen a los que llegamos en los ochenta como si fuéramos pinchos de *baklava*. Y los rusos nos comen a todos como si fuéramos empanadillas con sésamo encima. Los rusos, joder.

Aun así: por la tarde Jorge quedó con Martin Hägerström solo. Al día siguiente tocaba reunirse con un tipo tailandés que vendía su pub deportivo. Jorge quería repasar la estrategia antes.

Estaban de nuevo en el restaurante del hotel. El tal Hägerström no se parecía a los típicos europeos de por allí. Llevaba camisa en vez de camiseta de manga corta. Zapatos normales en lugar de crocs o chancletas de playa. Sobre todo: pantalones largos en lugar de pantalones cortos. Causaba una buena impresión: Hägerström se parecía más a los tailandeses que a los turistas.

El exchapas ya llevaba allí casi una semana, pero hasta ahora no había hecho gran cosa. Solo había hablado brevemente con Jorge acerca de un listado de agencias inmobiliarias que había conseguido, y había consultado a los tailandeses para ver si había algo en venta, pero ahora mismo él era el único que le podía ayudar. Y Jorge necesitaba arrancar con algo en breve.

Pero había otra cosa: Hägerström había traído un sobre para Jorge de Suecia. Dijo que era de JW. Jorge lo había abierto: algunos papeles doblados. No veía lo que era. Los desdobló. El primero estaba escrito a mano:

«¡Socio! He conseguido un poco de información que podría interesarte. Echa un vistazo a los papeles que he metido. Luego he entendido que ahora mismo estás un poco pelado. Te envío algo de dinero por si lo necesitas».

Abajo del todo: un código de Western Union. Mil euros. JW, un tipo legal.

Y los papeles eran realmente especiales. En realidad: montón de secretos, documentos clasificados. Era una copia de algún expediente policial. JW debía de tener un contacto privilegiado que había podido sacar la mierda desde dentro. Los policías a menudo cotorreaban como críos, lo cual demostraba que todos eran unos hipócritas.

La policía estaba al tanto de la hostia de cosas. El protagonista: él. Primero, una página con diferentes fotos de él. Diferentes alias: J-boy, Jorge Bernadotte, el Fugitivo. Datos personales, direcciones de diferentes pisos donde había vivido, qué coches había tenido, cuándo fue la última vez que le habían tomado las huellas dactilares. Y más cosas: sospechas. Jorge Salinas Barrio: uno de los personajes centrales del sur de Estocolmo en cuanto a tráfico y venta de cocaína. Extractos del registro general de investigación judicial, los papeles de la unidad de delitos aduaneros, el registro de antecedentes penales. «Según la Unidad Internacional y la Interpol, en la actualidad Jorge Salinas Barrio probablemente se encuentra en Tailandia. Falta más información al respecto».

Después venían los asuntos menos agradables. Un listado de sus contactos, conocidos, colegas. Cosas de antes: gente a la que había vendido, gente a la que había comprado, gente con la que había estado en prisión, tipos a los que había amenazado por tratar de pillar en su territorio. Tenían listados de toda la gente que le había visitado en Österåker, chicas que se había follado, *hermanos* en cuyas casas se había alojado.

Luego aparecía una sección especial: las sospechas acerca del golpe de Tomteboda. Lo relacionaban con Babak, que estaba vinculado con el Range Rover. Por lo demás, no tenían gran cosa. Jorge lo sabía: también había una investigación preliminar con más detalles, pero la peor parte figuraría en ese resumen.

Suspiró de alivio.

Aun así: casi se mareó; la policía poseía tanta información... Sabían más de él de lo que sabía él mismo. Suspiró de nuevo: menos mal que estaba en Tailandia.

Al final llegaba lo peor de todo: el listado de la familia. Los datos personales de su madre, de Paola y de su primo Sergio, sus lugares de trabajo, los datos fiscales, el tipo de relación que Jorge mantenía con ellos. Positiva, neutral, negativa. Incluso tenían una puta lista de las cuidadoras de la guardería de Jorgito. El niño tenía cuatro años, ¿qué hostias pintaba él en todo esto?

Asqueroso. Odiaba a la policía. Odiaba Suecia. Odiaba una sociedad que tenía que meter a un niño inocente en esto.

Hägerström hablaba de técnicas de negociación. En Asia: siempre hay que ser educado, seguir el rollo de *kapun khap*, no mirar a los ojos. Nunca calentarse. No decir no, no, no y dárselas de duro. En lugar de eso decir sí, sí, sí y después cambiar de idea. Sonreír y fingir que ya había acuerdo, aunque todavía faltaran decenas de kilómetros para el encuentro.

—Da igual que tengas razón o no —dijo el ex guardia—. Que hayan tratado de jugártela hasta la médula. Porque si te calientas, demuestras que has perdido el control y entonces pierdes. Entonces los tailandeses ya no te tienen ningún tipo de respeto. Siempre hay que conservar la calma.

Jorge escuchaba, trataba de asimilar los consejos de Hägerström. Solo iba a comprar una cafetería, después el cabroncito podría irse a casita.

—Nunca van a poder enseñar nada por escrito de cuánto facturan —dijo Hägerström—. Así que tú y yo debemos tener derecho a echar un vistazo al negocito de cerca durante un par de días. Ver cuánta gente viene, calcular la venta de cerveza, ver si pagan protección a alguna familia Seedang, comprobar cuánta caja hacen al día.

Jorge se rio.

—¿Por quién me has tomado? Eso también pasa en casa. Todos engañan a todos. No hay más que vigilar el *cash* que entra.

Aun así: apreciaba las ideas del vikinguillo de Hägerström. Era bueno tenerlo a bordo.

Al día siguiente negociaron con el vejete tailandés. Quedaron en el pub deportivo.

En un lado de la mesa estaban Jorge y Hägerström. En el otro lado estaban el viejete y sus dos hijos.

Toda la conversación, en tailandés. Hägerström parloteaba. Jorge seguía sus instrucciones: inclinaba la cabeza como un niño de visita en la casa real. En cuanto el vejete tailandés levantaba la mirada, Jorge soltaba un pedazo de sonrisa.

La reunión duró hora y media. Hägerström le estuvo explicando continuamente lo que estaba ocurriendo.

Había un gran problema. El tipo quería que aflojara en *cash, up front*[61]. Nada de transferencias, nada de pagos parciales. Hägerström trató de convencer al viejo de un plan de pago de tres meses, dejarle un tiempo a Jorge para que pusiera el garito en marcha.

El vejete no quiso cambiar de idea; todo de golpe o no había acuerdo.

*Fuck.*

*Fuck, fuck, fuck.*

Jorge nunca iba a poder pagarlo.

No funcionaría ni aunque pidiera dinero a Javier, Jimmy y Tom. Tendría que volver a casa y desenterrar el resto del *cash*.

Ya podía olvidarse del tema.

Llamaron a la puerta. Una de las tipas que solía estar en la recepción metió la cabeza. Jorge estaba en la cama viendo la tele.

—*Mister, there is a man wants to talk to you. Phone*[62].

---

[61] «Todo de golpe».

[62] «Señor, hay un hombre que quiere hablar con usted. Teléfono».

Jorge se levantó. Bajó a la recepción. No había teléfonos en la habitación en ese sitio.

—Qué hay, ¿qué pasa?

Era Tom. Parecía estresado. Jorge quiso saber qué le pasaba.

—Se jodió.

—¿Qué ha pasado?

—La policía tailandesa ha detenido a Babak.

—¿Cuándo? ¿Por qué?

Tom parecía estar a punto de llorar.

—Lo arrestaron en medio de la noche. Jimmy y yo estábamos por ahí de fiesta. Parece que entraron en su habitación sin más. Va sobre el asunto de Suecia.

—¿Cómo puedes saberlo?

—Nos enviaron un mensaje que explicaba adónde lo habían llevado. Una comisaría de aquí cerca. ¿Sabes cómo son las comisarías tailandesas? Las celdas tienen rejas que dan a la calle junto a la entrada oficial de la comisaría. Con tal de soltar un poco de tela a los guardias, puedes acercarte para parlotear con los que están metidos, unos mil bahts o así. Así que eso fue lo que hice.

—No me jodas. Bien hecho. ¿Y qué pasó?

—Estuve hablando con él un cuarto de hora. Han informado a Babak de que hay una orden de arresto internacional contra él. Que van a negociar la extradición a Suecia. También ha visto a un abogado tailandés. Tardarán por lo menos dos semanas en enviarlo a casa. Parece que no hay tratado oficial de extradición entre Tailandia y Suecia, así que tienen que tramitar todo a través de embajadas y esas cosas. ¿Lo entiendes?

—Sí, sí. Mierda. ¿Qué más dijo?

—No está contento, Jorge. Está a punto de reventar, ya lo sabes. Y ahora ha visto papeles de Suecia con las sospechas contra él. Se la jugaste.

Jorge no comprendía lo que estaba diciendo Tom. Se la había jugado al Finlandés, a los otros, Tom incluido. Pero no se la había jugado a Babak.

—Le han informado de su coche —continuó Tom—, el Range Rover. Se ha enterado de que la policía lo estuvo persiguiendo unas semanas antes del robo. Mahmud y tú iban dentro. Y la sudadera de Babak también. Ahora tienen más pruebas para relacionar el puto coche con su persona. Porque la sudadera ha quedado grabada por cámaras. Y nadie se lo había contado.

Jorge lo entendió. Él: un idiota.

Él: un IDIOTA.

J-boy se había largado del coche de Babak cuando él y Mahmud llevaban el arma encima. El asunto era que ni él ni Mahmud se lo habían contado a Babak. Y ahora volvía rebotado como una bala.

—Joder, si no pasó nada aquella vez —dijo—. Aquello da igual. Tendrá que espabilar.

—Tu opinión le importa una mierda. Babak dijo que, como no le ayudes cuando vuelva a Suecia, él va a cantar más que un soplón con inmunidad diplomática.

—¿Qué mierda es esa?

—¿Qué eres, un poco lerdo? Si no lo sacas del arresto, va a enterrarte.

Parada cerebral.

Cortocircuito de pensamientos.

Silencio de ideas.

Jorge no sabía qué pensar.

Qué hacer.

Qué contestar.

Pensaba que ya había tocado fondo.

Y ahora esto.

Hägerström llevaba unas dos semanas en el lugar. La comida le producía nostalgia. Le gustaba el tiempo, el olor en las calles y la educación de los tailandeses. Pero echaba en falta Bangkok. Phuket era un destino turístico muy cutre. Y el hotel debía de ser uno de los más asquerosos en los que se había alojado nunca.

El primer día vio a Jorge brevemente. Le contó por qué lo había hecho venir; no sonaba como un propósito especialmente criminal. Pero Hägerström esperaba enterarse de más cosas. Una cosa sí estaba clara: Jorge Salinas Barrio no era un don nadie. JW había pedido a Hägerström que le llevara un sobre al tío. Lo abrió a escondidas y echó un vistazo al contenido; un resumen de los informes policiales sobre Jorge. JW debía de tener un contacto en la policía que le había pasado el documento. Eso ya de por sí resultaba incómodo.

En los días que siguieron, Hägerström se mantuvo al margen. Paseaba por la ciudad y visitaba las comunidades de la isla. Alrededor de cada complejo turístico había decenas de restaurantes, bares y cafeterías. Patong Beach, Karon Beach, Kata Beach. Solo las playas de Mai Khao y Nai Yang formaban una orilla urbanizada de más de dieciséis kilómetros, con más de quinientos posibles locales susceptibles de ser comprados. Echaba un vistazo a los sitios que pudieran ser interesantes para Jorge. Por las noches probaba la cerveza en los mismos garitos. Evaluaba la clientela, el número de empleados, trataba de calcular mentalmente la facturación. Estaba esperando a que Jorge lo llamara otra vez.

Unas semanas más tarde, Hägerström estaba en el restaurante junto al hotel.

Estaba pensando en Pravat. Era tan raro: el bichito, el granuja de papá, su niño, iba a empezar el cole.

Pensó en el último fin de semana que se habían visto. Pravat quería dormir en su cama. Y nada daba más paz a Hägerström que estar junto a su hijo dormido. Era como si la calma de Pravat tranquilizara la agitación de su propia alma. La respiración del chico envolvía sus demonios en una niebla relajante. A Hägerström no le preocupaba ni la investigación ni sus propios retos. Estaba tranquilo, sin más. Fue uno de los mejores fines de semana de su vida.

Levantó la mirada. Abandonó sus pensamientos. Una voz cerca de él decía algo que pudiera ser sueco:

—*Sho bre*.

El que estaba junto a la mesa era el colega de Jorge, Javier.

El tipo sacó una silla.

Hägerström lo miró.

—Hermano, ¿no entiendes lo que estoy diciendo? —dijo Javier.

—Pues no.

—Pero comprenderás ese tipo de jerga, has sido guardia, ¿no?

El tipo se sentó. Hägerström seguía mirándolo con cara de pocos amigos. No sabía si Javier le estaba tomando el pelo o no.

—Ok, bien —dijo—. Pero también entiendo el sueco. ¿Tú lo hablas?

Javier se rio lentamente.

—Hablo tres lenguas.

—¿Qué, español, sueco y ese galimatías?

—No, ese galimatías *es* sueco, aunque ya no hablo de esa manera. Son sobre todo los críos los que andan con ese *brushan* por aquí, *brushan* por allá. Me refiero a la tercera lengua, *the international language.*

Hägerström levantó las cejas.

—*The language of sex.*

Hägerström levantó la botella de Singha.

—Brindemos por ello.

Javier levantó su vaso.

—Ahora cuéntame, ¿qué haces tú aquí?

De nuevo Hägerström no sabía qué contestar. No tenía ni idea de por dónde iba a salir aquel tío. Trató de captar el ambiente, interpretar la voz amodorrada de Javier. Era diferente.

—¿Sabes cuánto gana un guardia?

—Más de lo que ganamos nosotros aquí.

—Puede ser, pero todo ello es una mierda. El Estado sueco nos engaña. Trabajamos como cabrones, ¿y qué nos dan a cambio?

—Al menos sabes que te dan *algo*.

—He trabajado como un negro. ¿Sabes qué hacía antes de convertirme en guardia?

Javier negó con la cabeza.

—Pues adivina entonces, hermano.

Javier soltó una sonrisa socarrona.

El tipo le recordaba lo poco que había visto de Jorge. La misma dicción, la misma jerga, la misma manera de moverse. Javier era más lento; la voz amodorrada era del hachís. Aun así, tenía otra intensidad comparado con Jorge. Un brillo en los ojos que parecía más desenfadado.

Cuando Javier, después de media hora, se enteró de que Hägerström había sido policía, no parecía sorprendido. Probablemente, Jorge ya se lo había contado. Quizá fingiera que no le importaba, sin más.

Unos días más tarde, Javier volvió a acercarse a Hägerström.

Durante el día, Hägerström había dado vueltas por la península con Jorge, paseando por las playas y señalando qué sitios estaban en venta. Llevaban un listado de una inmobiliaria en tailandés, en el que Jorge había apuntado cosas.

Javier se sentó sin pedir permiso. Pidió una cerveza.

—Qué, ¿encuentras algo?

Hägerström suponía que se refería a la búsqueda de bares.

—Hay muchos sitios por aquí que están en venta. Pero ya sabes, es una cuestión de precios y también de otras condiciones, los ingresos que puedas obtener a corto y medio plazo.

Continuaron charlando. Javier dijo que algunos colegas suyos podrían venir.

Hägerström trató de averiguar cuánto tiempo llevaban en Tailandia, qué estaban haciendo allí, por qué habían venido. Javier fue sincero, pero sin revelar detalles.

—Bueno, hay cosas de las que no se habla, ya sabes.

Javier también le hizo preguntas a él. Tal vez tratara de sacar algo de Hägerström. De dónde era. En qué penitenciarías había trabajado. Por qué había dejado la policía.

El tipo era majo, pero sin llegar a ser exageradamente agradable. Tampoco era algo que se pudiera esperar de una persona que sabía que había sido policía. A pesar de todo, era abierto, hablaba mucho de sexo, de Tailandia en general y de su infancia en Alby. Javier no era un novato, eso estaba claro.

Hägerström tomó la decisión de pedir a Torsfjäll que averiguara todo lo que pudiera sobre aquel tipo dentro de unos días.

Interpretó su papel. Soltó su historia por enésima vez: ahora odiaba la autoridad policial. Quizá ya hubieran sacado toda la información sobre él; lo cierto era que JW tenía un contacto dentro. No pasaba nada. Torsfjäll ya había metido a Hägerström en el registro de investigación por sospechas no verificadas de delito de tráfico de drogas, agresión y receptación.

Siguieron tomando. Javier hablaba cada vez más de su intención de llevarse a Hägerström para enseñarle las nenas de aquel pueblucho. Hägerström trató de escurrir el bulto. No quería verse en una situación en la que tuviera que acostarse con una prostituta para demostrar algo. Posiblemente había llegado la hora de irse a la cama.

Javier dejó el tema por el momento. Pidieron dos copas con sombrillas. Javier parloteaba sobre la obligación de un gánster de no tener demasiados intereses secundarios si quería ser auténtico. Si querías llegar a ser alguien, no podías estar demasiado pendiente de música o de deportes.

Continuaron parloteando. Javier metía preguntas sobre Hägerström cada cierto tiempo. ¿Tenía hijos? ¿En qué unidad de la policía había trabajado? ¿Cómo se había sentido cuando le despidieron?

—Venga. Las chicas de por aquí están buenas —volvió a insistir al cabo de una hora.

—Bah, quedémonos aquí. No tengo ganas —dijo Hägerström.

—Qué pasa, ¿eres marica o qué?

Hägerström ignoró el comentario.

—Vamos, enséñame que eres un hombre. Apúntate.

Hägerström se limitó a sonreír.

—Quieres hacerlo, lo veo en tu cara. Quieres hacerlo. ¿No tendrás mujer en casa?

Hägerström negó con la cabeza.

—Venga ya, joder. Solo porque seas vikingo no hace falta ser tan cagón.

—Mejor volvamos al hotel —dijo Hägerström finalmente—. Allí también habrá chicas.

Ahora tenía que saber jugar sus cartas. No tenía ninguna gana de acabar haciendo cosas cutres con una mujer. Y al mismo tiempo necesitaba ganarse la confianza de Javier. Si se rajaba, podría perder demasiado.

Se levantaron, pagaron y caminaron el centenar de metros que les separaba del hotel donde estaban alojados. Se sentaron junto a una mesa del bar. La decoración era la de siempre: farolillos de colores, hojas de palmera y figuras de Buda por todas partes.

Hägerström se notaba un poco borracho. Javier comenzó a hablar de otras cosas. El tipo hacía continuos viajes a la barra para pedir diferentes cocteles.

—Quiero enseñarte una cosa —dijo Javier.

—Vale, ¿qué?

—Aquí no. En mi habitación.

Hägerström se preguntó de qué se trataría.

Subieron por las escaleras. La habitación de Javier era una minisuite con un minidormitorio y una minicocina. A Hägerström le sorprendió lo limpia que estaba. Aunque quizá solo fuera porque el personal del hotel hacía su trabajo.

Javier se sentó en el pequeño sofá. Tenía un coctel en la mano que había subido del bar de abajo.

Hägerström se puso junto a la ventana. Miró la obra de un hotel que estaba en construcción al otro lado de la calle. Andamios hechos de bambú, lonas y contenedores. En breve empezarían otra vez. El ruido de los taladros y de los camiones que iban y venían.

Javier sacó su móvil y comenzó a toquetearlo.

—Siéntate en el sofá.

Hägerström se preguntó qué sucedería a continuación. ¿Qué era lo que Javier quería enseñarle?

Llamaron a la puerta.

Javier sonrió. Abrió la puerta.

Fuera había dos chicas tailandesas en el pasillo. Faldas cortas, camisetitas cortas, coletas con lazos en el pelo.

Era evidente qué eran.

La sonrisa de Javier se hizo más amplia.

—Ya está aquí mi sorpresa. Ahora nos lo vamos a pasar bien, tú y yo.

De repente, Hägerström se sintió totalmente sobrio.

Las persianas estaban bajadas en la biblioteca. Además estaba oscuro fuera. Natalie había encendido los apliques y las lámparas que estaban en los estantes más bajos. El papel pintado no reflejaba demasiado la luz. Todo adquirió un tono azul oscuro: los mapas de Serbia y Montenegro, los cuadros que mostraban escenas de diferentes batallas y ríos europeos, y los iconos de los santos.

Era como si fuera una película. Pero sucedía de verdad.

Natalie estaba sentada en la butaca de cuero de su padre.

Sí; *ella* estaba sentada en la butaca. Y alrededor de ella, en los otros sillones, estaban Göran, Bogdan, Thomas y uno que se llamaba Milad. Los hombres de su padre.

Sus hombres.

Era la primera vez que les había invitado a la biblioteca. La primera vez que había convocado una reunión. Con este encuentro se hacía más o menos oficial.

Natalie Kranjic era la nueva jefa.

Göran ya lo sabía. Ella llevaba semanas discutiéndolo con él, y ahora el comportamiento de Stefanovic no le dejaba otra alternativa. Thomas también lo había sospechado, aunque el hecho de que él estuviera allí era un paso atrevido. El tipo no dejaba de ser vikingo y además había sido policía; ahora estaba en la sala de reuniones con los demás, formando parte del círculo más cercano. Pero Natalie confiaba en él, era seguro y llevaba meses apoyándola. Y lo que era más importante: Göran aseguraba que su padre tenía la misma impresión sobre él. Esto ya de por sí habría sido una razón de peso suficiente.

Habían aumentado el nivel de seguridad, como sucedió después del primer ataque a su padre. Todas las cámaras de vigilancia y alarmas estaban operativas. La habitación de seguridad estaba activada. Patrik estaba en casa las veinticuatro horas del día. El conflicto con Stefanovic no solo se veía venir; ya era un hecho. Solo Dios sabía qué intentaría hacer ese traidor.

Thomas y Milad habían hecho el repaso habitual de la casa en busca de micrófonos. Habían colocado sus teléfonos en la cocina y habían sacado las baterías. Habían llegado en diferentes coches y habían aparcado en diferentes lugares. Querían evitar que los vecinos u otras personas comenzaran a hacerse preguntas. La gente de la zona sabía qué le había pasado a Radovan; no querían mancillar su bonita urbanización de chalés. Querían seguir disfrutando de la mentira de Näsbypark.

Natalie había pensado en la posibilidad de invitarles a tomar un whisky, igual que su padre siempre hacía. Pero había cambiado de idea. Una *nueva era*. Ella debía imprimir su propio sello en esto. Y no le gustaba el whisky, así que ¿por qué todo el mundo iba a tener que tomarlo? Les dijo que tomaran lo que quisieran del minibar.

Bogdan se tomó un *gin-tonic* poco cargado.

Thomas eligió cerveza.

Milad quería una Coca-Cola.

Göran quería tomar whisky. Johnnie Walker Blue Label; el mismo que su padre siempre solía ofrecerles.

Los hombres tenían una expresión seria. Al mismo tiempo, había un ambiente de expectación en el aire. Natalie creía saber por qué. Querían que ella organizara este asunto.

Ella pensó en el día en que su padre le había invitado a tomar un whisky en la biblioteca delante de algunos de ellos. Fue su señal: Natalie cuenta con mi confianza plena, y también contará con la suya.

Le había dicho a su madre que se quedara en la sala de televisión o en la cocina. Era un poco raro tener que darle órdenes, especialmente teniendo en cuenta cómo había sido el ambiente entre ellas últimamente. Pero no había otras alternativas, no podía tenerla entrando y saliendo de la biblioteca en medio de la reunión.

Natalie y los hombres charlaron un rato mientras ella les llenaba las copas. Después se sentó en la butaca otra vez.

—Estoy agradecida, no podría estar más contenta. —Habló en sueco, no en serbio. Más que nada para que Thomas comprendiera, pero también: tenía ideas nuevas. Luego continuó—: Ya saben que echo de menos a mi padre todos los días. Saben que he luchado con el dolor desde que ocurrió. Lo han respetado. Me han apoyado. Pero también saben que hay gente que ha manejado esta situación de manera opuesta.

Los cuatro hombres asintieron con la cabeza. Natalie hizo una pausa. Los miró a todos.

Göran llevaba su atuendo de chándal habitual. Tenía la cabeza ligeramente inclinada hacia arriba. No de una manera insolente, sino más bien porque estaba prestando atención a sus palabras.

Bogdan vestía un jersey rojo con el logotipo de Ralph Lauren del jugador de polo montado a caballo en formato gigante sobre el pecho. Bogdan movía la cabeza todo el tiempo cuando Natalie hablaba, asintiendo lentamente: aceptaba lo que estaba diciendo.

Thomas iba ataviado con una camisa y un par de jeans y Milad con jeans y una sudadera con capucha, con un dibujo tribal. Los dos escuchaban con atención.

—En primer lugar —dijo Natalie—, he sacado material de la investigación preliminar de la policía. La policía ha analizado fragmentos del atentado, cartuchos y materiales similares del intento de asesinato en el garaje, y han llegado a la conclusión de que se trata de una granada específica, un tipo concreto de carga plástica y balas de una pistola concreta. Después hemos contactado con Gabriel Hanna, ya saben quién es. Él dice que sabe de dónde vienen los artefactos. Ve una conexión.

Hizo otra pausa. Comprobó el interés de los hombres.

—Según Hanna, la granada, la carga plástica y el arma proceden del pub Black & White Inn. Él sabe que han tenido una carga de este tipo de granadas, que han tenido ese tipo de carga plástica a su disposición, y que les llegó una partida de pistolas rusas a principios del año.

Un «Ajá» inundó la biblioteca. Todo el mundo conocía el Black & White Inn. El pub era una institución en los bajos fondos. Un mercado para cualquier cosa. Göran se lo había explicado a Natalie: Black & White Inn, la mejor tienda para ir de compras si te interesaba la autodefensa o querías hacer daño serio a alguien. Pero el asunto no era el hecho de que conocieran el Black & White Inn. El asunto era que el pub era propiedad, al cincuenta por ciento, de la testamentaría de Radovan. Y lo peor de todo: era Stefanovic el que llevaba el sitio en la práctica incluso cuando el *Kum* vivía.

La conexión: Stefanovic-el Black & White Inn-la venta de las armas con las que habían matado a su padre. La conexión: Stefanovic trataba de impedir que Natalie hurgase en la investigación preliminar. La conexión: Stefanovic quería tomar el mando del imperio de su padre.

Aun así: había una circunstancia que contradecía el protagonismo de Stefanovic en el asesinato: él mismo estaba en el BMW cuando lo volaron. Podría haberla palmado con bastante facilidad.

Entonces, ¿quién estaba detrás?

Natalie repasó los demás datos que había sacado de la investigación preliminar de la policía. El procedimiento, tanto en el intento de asesinato como en el atentado final, señalaba que se trataba de alguien con un pasado militar, un profesional. El autor del crimen había utilizado una granada de la antigua Yugoslavia. Y Stefanovic no había soltado ni un pedo en el interrogatorio.

Los hombres escuchaban en silencio. La información no les resultaba sorprendente. Que pudiera ser alguien de la patria con un pasado militar era algo esperado. Pero que hubiera una conexión con el Black & White Inn no se lo esperaban.

Natalie continuó analizando la situación. No solo el asesinato; quería hacerse una idea global de todo. JW se negaba a pasarle toda la información y todo el control. El Beogradska Banka daba problemas. Alguien tenía que haber cantado a las autoridades, no podía ser una casualidad. El Servicio de Ejecución Judicial estaba tras la testamentaría con exigencias de impuestos, devoluciones y amenazas de embargos. No obtenía beneficios de aquellos negocios que seguían funcionando a nombre de Radovan, a excepción de aquellos que estaban manejados por Göran y Bogdan.

Los hombres comentaban las cosas que ella decía. Aportaban más datos. Querían saber qué había que hacer para resolver la situación.

Natalie dio instrucciones a Bogdan de viajar a Zúrich y hablar con el banco de allí, tratar de abrir las últimas reservas, la caja de seguridad de las empresas de su padre. Le dio una autorización, esperando que funcionara. No mencionó que el dinero en efectivo del que disponían en casa se agotaría en el plazo de un mes.

Recordaba una ocasión en la que le habían dejado acompañarles en un viaje hasta allí. Había sido unos ocho años atrás, era una niña por aquel entonces. Diferentes llaves, códigos, recepcionistas que sonreían y hablaban un mal inglés. Cantidad de cajas. Su padre había abierto la suya, la había sacado y se la había llevado a una habitación privada. Natalie había tenido que esperar fuera.

También dijo a Bogdan que contactara con aquellos servicios de guardarropa con los que solía trabajar para comunicarles que solo se efectuarían los pagos a él o a alguno de sus chicos. Ordenó a Göran que pasara el mismo mensaje a los camioneros que traían el alcohol y los cigarrillos ilegales del extranjero. A partir de ahora sólo harían las entregas a Göran y a la gente autorizada por Göran. Pidió a Milad que recuperase el control sobre los traficantes de anfetaminas y los contactos del mundo de los objetos robados.

Reconquistaría lo que le pertenecía. Estaba calculado: Stefanovic lo tomaría como una provocación abierta. Conclusión: iba a haber una guerra de verdad.

Había que prepararse.

Estuvieron hablando del tema durante un rato. Tenían que procurar que todos sus partidarios estuvieran atentos. Que llevasen chalecos antibalas, armas, que nunca estuviesen solos. Todos los trabajos, aunque solo fuera vender un par de gramos, se realizarían en grupo. Sobre todo: Natalie nunca debía estar sola.

Por último: sacó la historia de Cherkasova. Los otros se retorcieron en sus asientos.

Ella quiso ser clara.

—Ya he entendido lo que estaba haciendo mi padre. No tienen por qué sentirse avergonzados. No le juzgo, aunque bien es cierto que no me encanta tener que oír esas cosas, precisamente. Él era mi padre. Eso es suficiente para mí.

Göran tomó el relevo.

—He indagado un poco más en aquello. Resulta que el político ese, Svelander, es miembro de una comisión del Báltico. He hablado con gente. Tu padre estaba metido en eso, eso sí que lo he podido comprobar.

—¿Metido de qué manera? —preguntó Natalie.

—Todavía no lo sé exactamente. Pero Stefanovic ha dado instrucciones a esa, ehm..., no sé cómo llamarla, esa prostituta, de grabar a Svelander. El tipo tiene influencia sobre la concesión de derechos de construcciones en el Báltico. Y los rusos están construyendo un gaseoducto en el fondo del mar. Así que Stefanovic cree poder presionar al vejete con las grabaciones de esa mujer.

Natalie inspeccionó a los hombres otra vez: la determinación en sus ojos, las cabezas ligeramente inclinadas, los murmullos. Lo pillaban, se daban cuenta, lo captaban; no se trataba de los asuntos de siempre. Esto era algo de otra liga. Evidentemente. Y Stefanovic trataba de hacerlo él solito. Sin que la hija del *Kum* pudiera recoger su parte. Pedazo de cabrón.

—Esto tiene relación con los rusos —dijo Göran—; tu padre les ayudó utilizando a esa chica, la Cherkasova. Es posible que les ayudara de otras maneras también. Y ahora es Stefanovic el que lleva el carro solo. No está bien.

—¿Y dónde entra este JW? —preguntó Natalie—. Hemos visto a Stefanovic quedar con él.

Göran la miró a los ojos. Él sabía que ellos se habían reunido. Ella no sabía qué opinaba sobre ello.

—No tengo ni idea —contestó él—. Pero sé que diseña sistemas para blanquear dinero. Él y Bladman tienen que estar de nuestro lado. Y ahora que estamos en guerra abierta contra Stefanovic no pueden seguir escondiendo la cabeza como los avestruces. Tienen que elegir bando.

Finalizaron la reunión. Los hombres parecían contentos, a pesar de todas las preguntas. Por fin, ella se había hecho cargo de la situación. Por fin les había dado unas directrices.

Pese a todo, tenía la sensación de que solo dependía de sí misma. Ella vivía en dos mundos distintos. Los hombres la escuchaban. Aun así, estaba sola.

Sola con su dolor.

Sola con la responsabilidad.

Sola con su odio.


Pasaron los días. Dejó los estudios de Derecho. Trabajó frenéticamente. Ahora la vida real tenía prioridad. Llamaba a Göran, a Bogdan y a Thomas varias veces al día. Le devolvían las llamadas, desde diferentes números de teléfono o a través del Skype; eran unos fascistas de la seguridad. Ella apreciaba que ellos le enseñaran lo mismo. Hablaba, enviaba faxes, correos electrónicos a American Express, SEB, Handelsbanken: al menos salvó algo. Trató de hacer entender al Beogradska Banka que Bogdan era su representante, y nadie más. Leyó la investigación preliminar de la policía. Investigó sobre el Black & White Inn, sobre todo a través de Thomas y Göran, pero también a través de Mischa Bladman, que accedió a sacar la contabilidad y otros documentos. Estudió todo lo que pudo encontrar sobre el político que se acostaba con la Cherkasova, sobre las concesiones en el Báltico, sobre los otros tipos que contrataban los servicios de Melissa. Dio vueltas por la ciudad, pasando por los restaurantes, los bares, los pubs y los clubes que deberían recibir la visita de Bogdan o alguno de sus hombres para poner sus servicios de guardarropa bajo su protección. Probó sus estrategias para traer anfetaminas, diluir la droga, colocar laboratorios en Suecia en lugar de tenerlos en los países bálticos. Eran cosas nuevas para ella; Milad se lo enseñó desde el principio. Elaboró estrategias para enfrentarse a Stefanovic; solo era cuestión de tiempo que las cosas se pusieran feas y empezara a actuar. Una cosa estaba clara: ella —ellos— necesitaban dinero. Sin pasta no podían llevar adelante ese proyecto. Sin pasta no iban a poder aguantar una guerra contra el traidor.

Se despertaba a las seis de la mañana todos los días. Se iba a la cama después de la una todas las noches. Tomaba ocho tazas de café todos los días, además de, al menos, tres latas de Red Bull; bebía valeriana por las noches para poder dormir. Tomaba huevos duros y tomates. Perdió peso. Le dijo a Viktor que se mantuviera alejado. Ella ya le llamaría: «Cuando esté mejor».

Se metía en el chat de Facebook esporádicamente. Le escribió a Lollo que estaba demasiado depre para salir.

Mischa Bladman no se dio por aludido. Aceptó sentarse con Natalie para explicarle las características generales de las empresas de su padre. Seis de las empresas estaban en bancarrota. Algunas estaban en *stand-by*. Quedaban cuatro. Kranjic Holding AB,

Rivningsspecialisterna i Nälsta AB, Clara's Kök & Bar, Teck Toe AB. Un número de empresas había sido controlado por su padre de diferentes maneras sin que él figurase como propietario oficial; Bladman estaba visiblemente nervioso, no quería hablar de estructuras de acciones ahora mismo. No sabía sobre qué grano del culo sentarse. Mischa Bladman nunca lo dijo claramente, pero Natalie se dio cuenta; hasta ahora había recibido instrucciones de Stefanovic.

Encargó un chaleco antibalas a medida. Göran contrató a un par de gorilas que la acompañaban siempre, Adam y Sascha. Algunas noches dormía en hoteles. Miraban debajo de su coche, siempre la sentaban lo más lejos posible de las ventanas, nunca le dejaban entrar la primera en ningún sitio. Estudió la investigación preliminar por vigésima vez. Tenía que haber algo allí. Estuvo pensando en informar a la policía de que sabía de dónde provenían las armas. Se reunió con el abogado y con otro asesor fiscal. Fue al puerto de Frihamnen y echó un vistazo al muelle y a cómo entraban los ferris de Tallin. ¿Podrían quizás tirar bolsas de anfetaminas desde los barcos? Tomaba seis latas de Coca-Cola al día, tomaba pastillas de ginseng todas las mañanas y Citodon a partir de las cinco de la tarde todos los días para aliviar el dolor de cabeza.

Un día llamó JW.

—Quiere volver a verte —dijo.

—Bien.

—Natalie, ten cuidado, ¿vale?

Quedaron cuatro horas más tarde. En el Teatergrillen otra vez. La misma tapicería roja. Las mismas velas. La misma intimidad.

Adam, su guardaespaldas de aquel día, tuvo que quedarse en el coche.

JW llevaba un traje gris oscuro y una corbata verde.

Habló claro desde el principio:

—Esto no es bueno.

Natalie supuso que se refería a la situación entre ella y Stefanovic.

—Bladman se siente presionado —continuó él.

—Tú déjame que me ocupe de mis cosas —replicó ella— y yo dejaré que Bladman y tú se ocupen de las suyas. Y la última vez que nos vimos no estabas demasiado dispuesto a colaborar.

—Colaboramos con la gente con la que nos interesa colaborar —contestó él—. Tengo muchos clientes. Tu padre era uno de ellos. Ahora Stefanovic es uno de ellos.

Natalie no tenía intención de dar el brazo a torcer. Hacía lo que tenía que hacer. Al mismo tiempo, necesitaba la ayuda de JW. Él y Bladman habían ayudado a su padre con todas las cosas de las que Stefanovic ahora intentaba apoderarse. Además, él estaba metido en la historia de Cherkasova-Svelander.

—Dame una razón por la que no debería intentar recuperar lo que es mío —dijo ella.

El brillo en sus ojos otra vez. Quizá una leve sonrisa apreciable en las comisuras de los labios.

—El derecho a la propiedad es el derecho más importante que tenemos. Créeme, lucho por él. Pero también tienes que comprender cómo es la realidad ahí fuera. No puedo posicionarme frente a dos clientes.

—Tú tendrás tus principios, igual que yo tengo los míos. Voy a recuperar lo que me pertenece. Bladman y tú tendrán que elegir bando, así de sencillo.

—No lo vamos a hacer. Pero déjame que te lo diga de otra manera. Tú quieres algo de mí. Yo quiero varias cosas de ti. Creo que llegaremos a un acuerdo. Pero necesitaré un poco de tiempo.

Era diferente. Sueco, pero con la misma forma de hablar y la misma calma que los hombres de su padre. *Look* de ejecutivo, aunque formaba parte del mismo mundo que ella.

Había estado en la cárcel; no obstante, pedía vino con el mismo estilo que su padre. Jugaba varios partidos al mismo tiempo. Igual que ella, quizá.

Y todo el tiempo: aquel brillo en los ojos. Jamás había conocido a nadie como él.

Por la noche mandó un SMS a Viktor para pedir que pasara por casa. Su madre estaba en yoga. Pidieron pizzas que él recogió en el camino. Natalie quitó los bordes con el cuchillo y comió; el régimen de LCHF había sido suspendido hasta nuevo aviso.

Viktor quiso saber qué pasaba. Por qué nunca quería quedar. Por qué la gente decía que la habían visto por ahí con otro tipo. Natalie trató de explicarle; la situación era mala otra vez. No andaba por ahí con el mismo tipo siempre. Eran diferentes guardaespaldas.

Viktor siguió dando la lata. Natalie no quería hablar más del tema.

—Venga, vamos mejor a la sala de televisión —dijo.

Encendió el televisor y se tumbó en el sofá con los pies en la mesa de centro. Viktor se sentó a su lado. Un *reality* sobre el lugar de trabajo en la tele. Podías seguir el día a día en un bufete de abogados de Estocolmo.

Natalie puso el brazo sobre el muslo de Viktor.

—¿Te apetece ir a mi cama?

No se andaba con rodeos.

—Joder, Natalie, llevamos más de una semana sin vernos, casi ni hemos hablado, ¿y ya quieres hacerlo?

—Venga, espabila.

Él sonrió.

—Me gustas.

—Ídem —dijo ella.

Aun así, él no hizo nada. Se quedó sentado sin más. Viendo la tele. Un abogado hablaba sobre lo inocente que era su cliente solo porque la cocaína que habían encontrado estaba diluida con lidocaína.

—Venga, hombre, arranca.

Viktor hizo un gesto torpe para acercarse a ella. No tenía ganas, eso era evidente. Pero Natalie no tenía ganas de esperar a que se pusiera cachondo. Desabrochó su bragueta. Llevaba calzoncillos de Polo Ralph Lauren. Sacó su cansada polla. La masajeó.

Viktor se acomodó en el sofá. Ella siguió acariciándolo. La verdad es que se notaba que no quería en aquel momento.

Pero ese no era asunto suyo. Pasó la mano por sus ojos, hizo que cerrase los párpados. Bajó el prepucio. Lamió el glande.

Él emitió un gemido. Era una buena señal.

Su polla estaba al nivel medio de dureza. Ella se la metió en la boca. Sabía a gel de ducha y sudor.

—¿No deberíamos ir a tu habitación? —murmuró él.

Ella le ignoró. Continuó chupando hasta que consiguió una erección en condiciones.

Desabrochó su propio pantalón. Se puso encima de él.

—Aquí no —dijo él.

Ella pasó de él, se la metió dentro.

Tenía las manos sobre su pecho. Empujaba con los brazos. Se movía de arriba abajo y hacia los lados. Lo notaba dentro de ella.

Cerró los ojos. Los pensamientos corrían por su cabeza. Se movió más rápido.

Mañana iban a ir a Black & White Inn y hablar con las ratas que habían vendido las armas que se usaron contra su padre. Les iba a sacar la verdad.

Viktor estaba medio tumbado en el sofá. Natalie siguió follándolo con movimientos más rápidos y enérgicos. Podía oír su propia respiración.

Viktor estaba callado. Pasaba de él ahora.

Puso las manos de él sobre sus caderas. Sintió cómo la agarraba. Se acercó a él tanto como pudo. Su polla no podía estar más metida.

Ya estaba cerca.

Movió el culito. Se empujó hacia delante.

Arriba y abajo.

Vio máscaras y arlequines.

Vio una cara en el interior de sus párpados.
Arriba y abajo.
Vio telones rojos y velas de cera.
Vio la cara otra vez.
Era JW.
Vio a JW.

# Capítulo
## 43

Jorge: agobiado como un correo de droga con la tripa llena. Nervioso como un niño de primer curso en su primer día de cole.

Crispado como un atracador de furgones blindados fugado. Justo lo que era.

El mundo de Jorge se había venido abajo. Otra vez. Mahmud seguía en el hospital. Los putos tailandeses que querían vender querían todo el *cash* de golpe. Babak amenazaba con cantar como un mariquita.

La vida se cagaba en Jorge. La vida valía verga de caballo. La vida era más injusta que la manía de los tribunales suecos de condenar a los drogadictos. Estaba cansado. *Rap-life* convertida en *crap-life*. *G-life* convertida en *l-life*[63]. L de *loser*[64].

La angustia de Jorge se repetía: quizá debiera entregarse a la justicia. Llamar al 114 14 y exigir que le recibieran. Entrar en el hotel Kronan[65] durante unos meses. Volver a instalarse en una celda otra vez. Ser interrogado las veinticuatro horas del día. Ser

---

[63] «La vida de rap convertida en vida de mierda. La vida g [de gánster] convertida en vida p [de perdedor]».

[64] «Perdedor».

[65] «Kronan» hace alusión a la corona real sueca, que por su presencia en el escudo de Suecia es otra manera de denominar al Estado sueco.

humillado por policías que fingen ser majos, pero que lo único que tratan de conseguir es que traicione a sus colegas.

No.

NO.

Él era J-boy: el rey. Iba a aguantar el tirón. Podían contar hasta nueve; él siempre se levantaría.

Además: había puntos de luz. El Hägerström ese le venía bien a pesar de haber sido policía. Según JW, los expedientes policiales mostraban que era un chico malo. No era de extrañar que la policía le hubiera puesto de patitas en la calle.

Jorge iba a comprar un garito en Phuket. Mahmud y Javier esperaban. Y Tom y Jimmy también le necesitarían tarde o temprano. No podía defraudarles.

Ahora, hoy: el efecto de demasiada mierda. Jorge estaba en las escaleras mecánicas de Arlanda. No había otra salida: estaba llegando a Estocolmo para o bien ayudar al iraní de alguna manera o bien desenterrar el *cash* y llevárselo de vuelta a Phuket. Las alternativas seguían abiertas. Pero tenía que volver a casa.

Había conseguido pasar la aduana con el pasaporte falso. Ahora: solo quedaba el control de maletas. No podía fracasar ahora. No podían pillarlo. No podía joder esto.

En las paredes: grandes imágenes de holmienses. Benny Andersson, Björn Borg, el rey. Y luego un dueño de un puesto de kebabs. Este último: un chico totalmente desconocido. «Bienvenidos a mi ciudad», ponía. Jorge pensó: «Si ese moraco de kebab no es sueco, ¿cómo va a poder dar la bienvenida?».

Luego se dijo: «Mal pensado; el tipo de los kebabs es exactamente tan sueco como yo. Y yo no tengo otra cosa; esta es mi ciudad, mi hogar. Pertenezco a este lugar».

Sus pensamientos fueron interrumpidos. Alguien puso una mano sobre su hombro.

—Qué tal. No sabía que habíamos viajado en el mismo avión.

Jorge se dio la vuelta. Reconoció enseguida los ojos de diferentes tonos. La chica de las rastas que le había prestado su teléfono en el bar de Pattaya. Estaba sonriendo.

—Sí, probablemente —contestó Jorge—, pero tuve que viajar en la bodega, entre las maletas.

Ella se rio. Tenía una boca bonita.

—Pero entonces deberías haber salido por esa cinta de maletas, ¿no?

—Sí, pero he salido sin que nadie se diera cuenta y me he escondido en tus rastas. ¿No lo has notado?

Se doblaron de risa juntos.

La tipa le preguntó por dónde había viajado las últimas semanas. Jorge le dijo la verdad, que había estado en Phuket. Ella había viajado por medio mundo, según parecía. Haciendo *trekking* en las selvas de Malasia, visitando orangutanes en Indonesia, comprando electrónica en Singapur, fumando hierba en Vietnam.

Llevaba un aro en la nariz, una camiseta blanca y desgastada de manga corta, y pantalones hippies con dibujos de batik. Jorge haciendo castillos en el aire: si los aduaneros no la paraban a ella para buscar hierba, no pararían a nadie en ese vuelo.

Continuaron charlando. Las maletas empezaron a salir por las cintas transportadoras. La maleta de Jorge era la primera. La tomó. La puso sobre el suelo. Se acercó a la chica, a punto de despedirse. Después se detuvo. Pensó: «Será mejor que la espere».

Ella se dio cuenta de que él la esperaba. Lo miró de reojo. Con una sonrisilla. Preguntó si tenía más maletas.

Su maleta salió al cabo de unos minutos.

Se dirigieron juntos hacia el control de la aduana.

La chica preguntó a qué parte de Estocolmo iba. Qué hacía. Cuándo viajaría la siguiente vez. Él sentía cómo la preocupación iba apoderándose de él. Le dolía la tripa. Las ganas de vomitar le subían por la garganta. Iba con la mirada clavada en la nada delante de él. Vio a los aduaneros charlar entre sí a cincuenta metros de distancia. Trató de contestar a las preguntas de la chica.

Vio un perro, un pastor alemán.

Vio cómo husmeaba las maletas que pasaban por el control.

Sintió cómo su propio corazón latía más deprisa que el corazón de bebé de Jorgito.

Sabía que no llevaba droga encima. Pero la presencia del perro significaba que los aduaneros estaban ojo avizor. Que estaban listos para meter a los que pasaban en la habitación de control. Y un control significaba un nuevo escrutinio del pasaporte. Él no creía que hubiera una orden de busca y captura contra él; de lo contrario habría salido en los documentos que JW le había pasado a través de Hägerström. Pero ahora habían pillado a Babak; la situación podría haber cambiado.

Se acercaban.

El sudor de las manos hacía que le costara agarrar el asa de la maleta.

La chica seguía charlando.

Caminaron hacia el puesto de control de la aduana.

*Nothing to declare.*

Miró a los ojos de un aduanero. El tipo le atravesó con la mirada.

Pero no hubo reacción.

Jorge pasó. El perro ni siquiera se molestó en husmear su maleta.

Salieron al otro lado.

Había algunas familias tailandesas y taxistas gordos que sujetaban carteles con apellidos.

Estaba otra vez en suelo sueco.

Dios existía.


Un día después. Estaba en casa de Paola. Örnsberg. Colores otoñales en los árboles de fuera.

Jorgito estaba loco de felicidad por tener a su tío en casa. Corría de aquí para allá enseñando los dibujos que había hecho.

*Hijo predilecto.* Lo mejor que había.

En la cocina. Jorge y Paola. Mamá todavía no sabía que estaba en casa.

Jorge había llamado al timbre a las doce de la noche. Al principio, Paola no quería dejarlo entrar. En la rendija de la puerta: treinta minutos de discusión a susurros. Al final le dejó dormir en el sofá del salón. Todavía estaba enfadada con él.

Pero ahora: acababa de recoger al chiquitín en la guardería. Se apoyaba en la mesa de la cocina. Jorge la miró. Los ojos habían perdido la risa. Los hoyuelos de las mejillas habían desaparecido. En lugar de eso: dos arrugas que tiraban de las comisuras de los labios hacia abajo. Parecía haber envejecido desde la última vez que se habían visto. Parecía diez veces más triste.

—Todavía no he conseguido un trabajo en condiciones y se me acaba el paro. ¿Sabes lo que significa eso? Que estoy en el mínimo vital y voy a tener que pedir ayuda a los servicios sociales.

—Comprendo que estás atravesando un bache. Te prometo que haré todo lo que pueda por vosotros.

Paola echó chispas.

—Déjate de chorradas. Si vas a empezar con eso, ya puedes marcharte ahora mismo.

Él no dijo nada.

Ella tampoco.

Él miró a su alrededor. Sobre el fregadero: una máquina de refrescos Sodastream, un hervidor de agua, una tostadora. En el frigorífico: números de teléfono de la pizzería local, fotos de Jorgito en la guardería y dibujos. Un montón de ropa sobre una silla. Un ruido sibilante del frigorífico; probablemente había que cambiarlo.

Llevaba una vida de nueve a cinco. No se arriesgaba, había pagado sus impuestos y el paro todos estos años. Pero ¿quién la ayudaba ahora? ¿Los servicios sociales, con cuatro mil coronas al mes? Eso era una broma. En estas situaciones solo podías contar con la familia.

Lo extraño: aun así, en aquel momento Jorge sentía envidia de la vida que ella llevaba.

Vio imágenes. Él y Paola en la cocina de Sollentuna cuando eran pequeños. De pie junto a la tostadora, esperando. Cada uno había metido una rebanada de pan. Cuando saltaban, se tiraban a por ellas. Arrancando las rebanadas de la tostadora. Volvían corriendo a la mesa, se tiraban a por el cuchillo que estaba metido en el bote de mantequilla. Se trataba de llegar el primero. De poder untar tu tostada primero. Era su carrerita matinal particular. Los dos querían que la mantequilla estuviera lo más derretida posible en la tostada.

Jorge estiró sus manos sobre la mesa. Tocó los codos de Paola.

—*Hermana*, ustedes lo son todo para mí. He cometido tantos errores últimamente. Pero ya he vuelto. Pondré todo en orden.

Paola se limitó a mirarlo. Jorge no sabía cómo interpretar su mirada. ¿Estaba cabreada otra vez? ¿Estaba a punto de llorar? ¿Comprendía todo el amor que él sentía por ella?

Pensó en sus propias alternativas. Podría tratar de organizar algún tipo de coartada para el iraní. Pero no tenía ni idea de lo que Babak había podido decir en los interrogatorios sobre lo que había hecho el día del ATV. También podría intentar liberar a Babak. ¿Pero con quién? No lo conseguiría solo. Y ahora todos sus *homies* estaban en el extranjero o se habían vuelto legales. A excepción de JW. Jorge tenía que hablar con él. Cuanto antes.

La otra alternativa: pasar del iraní, desenterrar la pasta de él y Mahmud en el bosque y volver a Tailandia. Comprar un garito con la ayuda de Hägerström.

Mierda.

Se arrepentía de haber abandonado la vida de la cafetería en Suecia. ¿Quién se había creído que era? La gente no paraba de hablar todo el puto rato. Lo fácil que era conseguir *cash*. Lo fácil que era forrarse. Pero la vida criminal era tan difícil como un trabajo normal. O peor. Provocaba aún más dolores de cabeza y úlceras.

No había caminos sencillos. No había caminos anchos. No existía eso que llaman vida de lujo.

Todo era una mentira.

Todo le estaba jodiendo vivo.

Todo le estaba venga a dar por el culo.

Miró hacia fuera: el viento soplaba en los árboles.

Había una TORMENTA en su cabeza.

Capítulo

# 44

El tiempo era tan bueno como siempre. La contraventana proyectaba unas débiles rayas de luz en la pared blanca. No había cuadros, no había estanterías, no había cortinas. La decoración no era lo que más les preocupaba a los dueños de aquel establecimiento, precisamente.

Hägerström tenía la cabeza llena de pensamientos. Al mismo tiempo, un solo pensamiento se elevaba por encima de todos los demás. Un pensamiento que le producía una especie de calma.

En los últimos días habían pasado cosas importantes.

Pensaba en Pravat. Hägerström le escribía varias postales por semana. Un adulto habría pensado que era algo enfermizo, pero él sabía que a Pravat le gustaban las fotos y los saludos, especialmente porque eran de Tailandia. Pravat había empezado a hacer preguntas sobre qué era la adopción y cómo se había producido la suya. A veces hablaban por Skype. Hägerström desde un cibercafé, Pravat desde su ordenador del cole. Hägerström le explicaba que tanto él como su madre habían trabajado allí y por eso habían elegido justo a Pravat.

—Te queríamos justo a ti, te elegimos por amor —le decía.

No estaba claro si Pravat le entendía o no.

Vio el SMS de su hermano delante de él. Carl quería saber cuándo volvía a casa; en breve empezaba la caza del alce. Ni siquiera el propio Hägerström lo sabía.

Pero si le daba tiempo a volver a casa, tal vez podrían organizar algo con JW de cara a la caza.

Pensó en todos los SMS de Torsfjäll. Breves trozos de información sobre Jorge y Javier. Hägerström tenía mucho cuidado de eliminar siempre los mensajes después de leerlos.

Pensó en todas las negociaciones que él y Jorge habían realizado antes de que Jorge volviera a Suecia. Ya habían terminado. Jorge había hecho una oferta por una cafetería y después de tres días el vendedor la había aceptado. Estuvieron negociando las condiciones de aquí para allá, pero sobre todo aquellas que estaban relacionadas con los términos del pago. El trato en aquel momento: pago a plazos. Era justo lo que Jorge quería; tendría una oportunidad de poner en marcha el negocio, obtener unos ingresos.

Se preguntaba por qué Jorge no volvía de Suecia, había prometido volver a Phuket lo más rápido posible. En realidad, el vendedor debería haber recibido sus dólares el día anterior. Tal vez fuera difícil conseguir billetes de avión.

El repentino viaje de Jorge a casa resultaba claramente interesante. La primera cosa realmente interesante que había ocurrido desde que Hägerström había llegado. Porque, a decir verdad, la estancia en aquel sitio no había aportado nada a la Operación Ariel Ultra. Jorge nunca hablaba de JW. No parecía conocer a Mischa Bladman, ni a los yugoslavos, ni a Nippe ni a Hansén. Torsfjäll dijo que Jorge y Javier probablemente estuvieran implicados en el atraco de Tomteboda de ese verano. Podría ser, pero Jorge nunca había mencionado nada al respecto. No hacía más que lloriquear sobre la falta de dinero. Tenían un amigo en un hospital de al lado, Mahmud, al que Jorge iba a visitar cada cierto tiempo. Todo el asunto se parecía más a un fracaso.

Quizá hubiera llegado el momento de abandonar esa línea de investigación y volver a casa; allí no había nada que hacer ahora mismo.

Aunque, pensándolo bien, había algo fantástico que hacer.

Volvió a recordar la noche en que Javier le había llevado a su habitación.

Las tailandesas entraron en el salón de la suite. Javier se tomó lo que quedaba de su copa de un solo trago.

—Ja, ja. Esto era lo que tú querías, ¿a que sí? —le gritó a Hägerström.

Se quedó tieso como un carámbano colgado de un tejado de Estocolmo. Pensó: «¿Y ahora qué cojones hago?».

Una de las chicas se acercó a Hägerström. Tenía flequillo y parecía joven.

—*You are very pretty, did you know that?*[66]. —Hablaba un buen inglés.

—Esta noche no me interesa —contestó Hägerström en tailandés.

La chica soltó una risita, dijo a su amiga que él hablaba su lengua.

Javier estaba en el sofá, manoseando a su chica. Hägerström vio que había sacado una bolsita con un polvo blanco.

Trató de sonreír. La chica puso un brazo sobre su hombro y le contestó en tailandés:

—Ven, vamos al dormitorio.

Vio cómo Javier echaba el polvo blanco sobre un DVD.

Hägerström no quería estar en la misma habitación que él. Llevó a la chica al dormitorio de Javier. Ella se sentó sobre la cama. Él se quedó de pie junto a la cama.

Antes de que le diera tiempo a preguntarle si quería salir a dar una vuelta con él, la puerta se abrió. Javier y su chica entraron dando tropezones. Hägerström vio anillos de cocaína alrededor de su nariz.

---

[66] «Eres muy guapo, ¿lo sabías?».

Se tiraron a la cama. Javier tomó el brazo de Hägerström mientras caían. Lo tiró a la cama junto con él.

Las chicas soltaron una risita. Javier dio una vuelta, poniéndose encima de Hägerström antes de que pudiera levantarse.

—Venga ya, maderito mío, no tengas vergüenza.

La cabeza de Hägerström buscaba alternativas. Salidas. Podía levantarse y salir, sin dar explicaciones. Mañana podría decir que se había sentido mal o algo. Podría tratar de llevarse a su chica al salón otra vez, fuera de la vista de Javier. O, si no, podría seguirle el rollo y después intentar escaparse mientras Javier se concentraba en su chica.

Era como si todo estuviera borroso. Estaba borracho. Los pensamientos no querían cristalizarse. Todo daba vueltas.

Una de las chicas empezó a desabrochar su camisa. Javier estaba boca arriba en la cama ancha, la otra chica le estaba quitando los pantalones. Hägerström se sentó. Puso los pies sobre el suelo. La chica le quitó la camisa. Él estaba con la espalda vuelta hacia Javier. Oyó cómo gruñía. La chica comenzó a masajear su torso.

Quería echar un último vistazo a Javier antes de ponerse de pie y bajar a su habitación. Giró el cuerpo, se dio la vuelta. Javier seguía boca arriba. La chica estaba de rodillas sobre él, inclinada, tenía la parte superior de la polla metida en la boca. Su pelo largo y negro enmarcaba la imagen, casi como una fotografía. Hägerström estaba petrificado. Con los ojos como platos.

La chica que estaba a su lado empezó a desabrochar su pantalón.

Javier levantó la cabeza.

—¿Qué te pasa? ¿Necesitas ayuda o qué?

Antes de que Hägerström tuviera tiempo para reaccionar —o probablemente antes de que *quisiera* reaccionar—, Javier se echó sobre él, cogiéndole de los calzoncillos. Metió la mano. Sacó la polla de Hägerström.

Se le puso tiesa inmediatamente.

Javier se rio. La chica tailandesa que estaba sobre él levantó la mirada. La chica de Hägerström bajó la cabeza rápidamente. Le lamió el glande. Hägerström se estremeció. Javier seguía agarrando su miembro.

La chica le volvió a lamer.

Todo el rato, Javier sujetaba su polla firmemente.

La chica levantó la cabeza.

Javier estaba boca abajo. Se alzó con la mano libre. Hägerström solía reconocer qué hombres se sentían atraídos por otros hombres; normalmente creía verlo en sus miradas. Pero no se había fijado en Javier; ahora sabía qué significaba aquel brillo en sus ojos.

Javier abrió la boca.

Tragó la polla de Hägerström.

Al día siguiente se despertó en la cama de Javier. Las tailandesas se habían marchado. Las sábanas estaban arrugadas. El aire acondicionado zumbaba.

Hägerström se giró. Oyó cómo se abría, o se cerraba, la puerta. Vio condones y crema lubricante en la mesilla de noche. Se levantó. Estaba desnudo. Le escocía un poco el culo.

Javier entró en el dormitorio con un vaso de jugo en la mano, partiéndose de risa.

—Qué pasa, sí que no nos dimos un buen homenaje ayer.

Hägerström no estaba preparado. Acababa de pasar una noche de ensueño con un pedazo de gánster. Un hombre que según las informaciones de Torsfjäll estaba condenado por una cantidad impresionante de delitos de violencia y de drogas, que probablemente estaba implicado en el robo del año y al que —sobre todo— él tenía la misión de espiar. Era una persona a la que tenía que engañar constantemente. No follar.

¿Qué iba a decir? No parecía que a Javier la situación le preocupara. No mostraba sus inclinaciones abiertamente ante Jorge, era un jugador a dos bandas, igual que él. Por otro lado: Jorge estaba en Suecia ahora. Y él no podía saber que Hägerström jugaba a dos bandas *dobles*.

Se puso los calzoncillos que estaban al pie de la cama. Primero no quería decir nada. Solo quería salir de allí y hacer como si no hubiera pasado nada.

Pero Javier se le adelantó.

—He ido a ver a Mahmud al hospital. Le dejan salir dentro de un par de días.

—Vale, bien. —Hägerström todavía no conocía a Mahmud. Se agachó a por sus pantalones.

Javier sonrió.

—Así que en mi opinión deberías quitarte los calzoncillos otra vez, tomar un poco de jugo y luego nos volvemos a tumbar en esta cama.

Hägerström no pudo hacer más que devolverle la sonrisa.

—Eres un buen tipo, preparando jugo y todo —dijo.

Javier se tiró a la cama.

—Nací bueno. Y ahora nos damos un revolconcillo, ¿eh?

Hägerström se tumbó a su lado.

Javier lo besó en el pecho.

Hägerström se levantó de su propia cama. Las maletas estaban hechas. Abrió la puerta.

Habían pasado tantas cosas en tan poco tiempo. Había pasado los días junto a Javier. Habían fumado cigarrillos, habían pedido comida para llevar del restaurante preferido de Hägerström y habían tenido un montón de sexo. Habían hablado de todo y de nada. Por qué la policía le había dado puerta a Hägerström, por qué Javier odiaba a los policías. Por qué Phuket era un pueblo de mala muerte mientras que Bangkok estaba bien. Por qué todos los restaurantes tenían sillas de plástico y los anacardos sabían a chocolate de avellanas de la marca Marabou.

Por las noches salían a cenar. No se tocaban abiertamente, pero estaban rozándose continuamente. Rodilla con rodilla.

Mano con cadera. Hombro con hombro. Cada vez que se tocaban, Hägerström sentía un fuego por dentro.

Y hoy el amigo de Jorge y Javier, Mahmud, saldría del hospital. Eso significaba el final de la historia entre Hägerström y Javier.

Pero Javier tenía una idea.

—¿Por qué no vamos unos días a Bangkok? Ahora que ha salido el árabe y puede valerse por sí mismo, ya no hace falta que me quede en este pueblucho. Tú y yo podemos ir a pasarlo bien en otro lugar.

—*All right* —dijo Hägerström.

Le apetecía mucho ir a Bangkok. Le apetecía mucho pasar más tiempo con Javier. Solo tenía una pregunta: ¿qué hostias estaba haciendo? Bajó las escaleras. Javier ya estaba en el taxi que les llevaría al aeropuerto.

Unos días en Bangkok, después no había más cosas en la agenda.

Transcurrieron cinco días. Hägerström y Javier pasaban cada minuto juntos. Se alojaron en un buen hotel, Hägerström pagaba. Estaban sobre la cama hablando del Jaguar de Hägerström y del coche de los sueños de Javier, el Porsche Panamera. Hablaban de cómo sería eso de ser padre; Hägerström no mencionó a Pravat, pero todo lo que decía estaba basado en experiencias propias.

Analizaban la vida en prisión: Javier desde su perspectiva y Hägerström desde el punto de vista de un guardia. Hacían el amor. Bromeaban sobre la mejor manera de esconder armas. Una vez, Javier había salido sin cargos de un registro de su casa porque había pintado su Glock de amarillo. La policía pensó que era una pistola de juguete. Idiotas. Se partían, volvían a hacer el amor.

Salían a cenar en restaurantes donde la comida sabía como en casa. Hägerström le enseñaba los bares gais que había frecuentado cuando estaba de servicio en el extranjero. Paseaban por las megagalerías, contemplaban la histeria de las compras. Hablaban de los pequeños altares en las tiendas de 7-Eleven y de las figuritas de Buda que los vejestorios occidentales llevaban alrededor del cuello.

Jorge seguía en Suecia. Hägerström llamó al vendedor del garito de Phuket y consiguió posponer el plazo. Javier llamó a Mahmud; el árabe estaba feliz por haber salido del hospital, pero quería saber cuándo volvían Jorge o Javier a Phuket. Javier pagó la factura del hospital con el último dinero que Jorge le había dejado.

Hägerström y Javier compraron unas gafas de sol Ray-Ban idénticas. Iban por las calles en camiseta interior y chancletas de playa. Había una diferencia de edad de más de diez años entre ellos. Fueron a ver los templos junto al río y echaron un vistazo al gigantesco Buda dorado recostado. Visitaron el mercado flotante. Se relajaban en la habitación del hotel.

Caminaban por la calle cogidos de la mano.

Para Hägerström era la primera vez en su vida que cogía la mano de otro hombre en público. Pero no era solo eso. Estaba a gusto con ese chico. La vida le resultaba maravillosa. Lo único malo era que echaba de menos a Pravat. Pero lo cierto era que tenía una sensación diferente con Javier, no había sentido nada parecido en años. Era como si conectaran, a pesar de ser tan diferentes. Como si hiciera clic cada vez que hablaban.

Una combinación absolutamente imposible. Un ex policía, ex guardia, con un pedazo de gánster. Un hombre de Östermalm con un chico de los suburbios. Dos machotes embarcados en una relación homosexual. Un poli *under cover* con uno de sus objetivos de vigilancia.

Debería haber puesto fin a aquello el primer día.

Pero no podía hacerlo, no quería hacerlo. En realidad, no era para tanto. Estaban completamente solos en Bangkok, nadie los vería. Todo el asunto podía mantenerse separado del resto de sus vidas y de la operación de Hägerström. Posiblemente, acabaría convirtiéndose en una relación de amistad.

Pensó en su hermano. Todos los amigos de Carl eran del colegio o del instituto, o de su época de estudiante en Lund. No tenía ni un solo amigo que hubiera conocido después de los veintitrés años. Y estaba tan orgulloso de ello. «Hay algo raro con la gente que hace un montón de amigos siendo adultos —solía decir—. O bien es porque no tenían amigos cuando eran jóvenes o bien porque sus amigos ya no quieren saber nada de ellos. Claramente sospechoso, en mi opinión».

Hägerström pensó en su padre. Pensó en su madre. Todos sus amigos eran del principio de los tiempos. Todos sus amigos llevaban exactamente la misma vida que ellos. Pisos enormes en un radio de quinientos metros, chalés gigantescos en las urbanizaciones del norte o fincas en Sörmland. Agradables casas de verano en Torekov o en el archipiélago. Cero divorcios. Cero amigos de países no europeos. Hijos que se casaban entre ellos, matrimonios heterosexuales estandarizados. No había un policía entre sus filas hasta donde alcanzaba la vista.

El sexto día, Hägerström se obligó a sí mismo a espabilar. Llevaba más de dos semanas sin ponerse en contacto con Torsfjäll. El comisario enviaba SMS, él los eliminaba sin contestar.

Pero ahora escribió: «Estoy en Bangkok con Javier. Mahmud ha salido del hospital. Jorge sigue fuera».

Una respuesta en su móvil después de veinte segundos. Estaba en el baño. El teléfono en modo silencio. La cautela seguía teniendo la máxima prioridad.

«Por qué no me has escrito. Llámame».

Un cuarto de hora más tarde estaba en la calle. Dijo a Javier que tenía que llamar a su madre, en privado.

—¿Dónde te habías metido? —preguntó Torsfjäll.

Hägerström sabía qué contestar.

—Cuando salió Mahmud del hospital, Javier no tenía por qué quedarse más tiempo en Phuket y quería ir a Bangkok. Así que le acompañé.

—Comprendo. Aquí en casa han pasado unas cuantas cosas. Han traído a un tal Babak Behrang de Tailandia, lo han arrestado por ser sospechoso del atraco de Tomteboda. Y forma parte del mismo círculo que Jorge, Mahmud y los demás tipos de ahí abajo. Así que era como te había dicho: todos tienen que ver con aquel atraco.

—Es probable, pero no han dicho ni mu. Puede que sean unos profesionales, sin más. Pero no parece que les sobre el dinero. Y no he oído hablar de ningún Babak.

—Ya, al parecer no sacaron unas cantidades muy alucinantes del atraco. Además, eran muchos a repartir; hay más hombres con conexión ahí abajo, donde estás tú. Y la hipótesis de trabajo del grupo de investigación es que puede haber otra gente detrás de todo. Su información señala a una persona que se hace llamar el Finlandés. No saben quién es, pero la Policía Judicial Nacional sospecha que está detrás de varios de los mayores atracos de transportes de valores de los últimos años. ¿Alguien lo ha mencionado?

—Nada de nada. No hablan de esas cosas conmigo.

—Puede que llegue. Ya han efectuado tres interrogatorios con este Babak.

—¿Y qué cuenta?

—No mucho. Pero los investigadores creen que pueden hacerle hablar. Y Jorge, ¿qué tienes sobre él?

—Tal y como te puse en el SMS, sigue fuera. Que yo sepa está en Suecia. ¿Nadie ha tenido noticias de él allí?

—No, y además a ese pequeño granuja se le da bien esconderse. Estuvo fugado durante más de un año de una prisión hace unos años.

—Bien, ¿y qué hago ahora, entonces?

Torsfjäll se quedó callado, reflexionando durante unos segundos.

—Volveré a llamarte con instrucciones. Tal vez tengas que quedarte una temporada en Tailandia, tal vez quiera que vuelvas. O quizás quiera que trates de traerte a todos los que estén ahí abajo a casa, para que podamos detenerlos aquí.

Colgaron. Hägerström se quedó en la calle unos minutos. Los taxis paraban para dejar salir a turistas y a hombres de negocios tailandeses. Un poco más adelante vio unas grandes escaleras de caracol que subían hacia la vía férrea elevada. Venía una familia con niños pequeños. Los observó.

La madre empujaba una sillita doble. Sonrió fugazmente a Hägerström.

Él subió a la habitación donde estaba Javier.

Unos días más tarde, Hägerström salió de la ducha. Javier estaba en la cama. Su cuerpo, que antes estaba tan tostado por el sol, había empezado a perder el bronceado.

Estaba mirando algo que tenía en la mano.

Hägerström estaba totalmente desnudo.

Javier mostraba el móvil de Hägerström.

—¿Qué hostias es esto?

Hägerström tomó el teléfono. ¿Cómo podía haber sido tan idiota como para dejarlo encendido?

Evidentemente, Javier había estado fisgoneando mientras Hägerström se duchaba.

Era un SMS. El remitente era uno de los números utilizados por Torsfjäll.

Ponía: «Trata de traer a todos los que puedas a casa».

# Capítulo
# 45

Natalie estaba frente a Lollo en la Brasserie Godot de la calle Grev Turegatan. Adam estaba esperando fuera. No soportaba tener que llevarse al guardaespaldas cuando quedaba con Louise.

El sitio: frescos creativos, lámparas de diseño en el techo, candelabros aún más de diseño en las mesas. La iluminación ajustada hasta la perfección: suficientemente intensa como para permitir ver a todo el mundo. Suficientemente débil como para ser agradable. La música de fondo, de bajo volumen: algo parecido al jazz, con mucho ritmo, muy actual. El precio de las copas, a partir de ciento cincuenta para arriba. El precio de los segundos platos, alrededor de quinientas. Natalie no quería ni pensar en por cuánto saldría una botellita de Moët.

En resumen: una sensación *very* VIP.

La gente: el primer equipo de los suecos más megaarios. La *crème de la crème*, gente con buena pinta a pesar del mal tiempo de otoño que reinaba fuera. Gente que pasaba los veranos en Saint Tropezlandia, Gotland o Torekov. Natalie conocía a algunos y reconocía a unos cuantos más. Jet-set Carl y Hermine, entre otros. Nadie con nombres como Natalie, ni nada parecido a Daniella o Nadja. Nadie con padres nacidos en la antigua Yugoslavia. Eso no era una cosa apropiada por allí, sin más.

Un tipo que estaba dos mesas más allá vio que ella levantaba la mirada. Trató de tirarle los tejos descaradamente.

Natalie se giró hacia Lollo de nuevo. Llevaba una minifalda y un par de Louboutin con tacones como jeringuillas. El top estampado mostraba un dibujo de cerezas. Natalie sabía que costaba medio riñón. Aun así: enseñaba demasiado. Como de costumbre, Louise había abombado sus pechos, ya de por sí irreales, tanto que casi llegaban a rozarle la barbilla.

Natalie miró su primer plato: terrina de hígado de pato con granadas, gelatina de oporto, *rilettes* de muslo de pato y un brioche tostado. Habría preferido una ensalada de col normal y corriente.

Le parecía que todo lo que le rodeaba era ajeno a ella. Absurdo. Casi repugnante. Se sentía como una turista en ese sitio. Este ya no era su mundo. De alguna manera era como si hubiera llegado a casa; cuando estaba en la biblioteca con los hombres, se sentía más cómoda de lo que se había sentido jamás en compañía de Lollo, Tove y las demás, aunque hablaran de cosas mucho más extrañas.

—¿Qué tal está? —preguntó Lollo.

Natalie pasaba el tenedor por la comida sin ganas.

—Mmm. Nada mal.

—¿Has visto que Jet-set Carl está aquí?

La misma fijación por los famosillos de segunda y los pijillos de Stureplan de siempre.

—Mmm.

—¿Has visto a Fredrika?, ahí va —dijo Lollo—. No puede ni andar con esos zapatos. No hay nada peor que las chicas que doblan las rodillas cuando andan con tacones, ¿verdad?

Natalie miró a la chica que Lollo había señalado. Por lo que podía ver, no había nada raro en su forma de andar. El tipo que estaba dos mesas más adelante trató de captar su atención otra vez. Natalie lo ignoró.

Pensó en JW; se preguntó cómo lo haría él. El chico del restaurante era tan grosero, tan poco sofisticado.

JW aparecía a menudo en su cabeza desde la última vez que se habían visto. Vale, era importante para los negocios. Podría saber algo sobre el político. Pero había gente más importante. Aun así: JW no la dejaba tranquila. Quería volver a verle. Tenía la sensación de que andaba por ahí, entre bambalinas, todo el tiempo. Parecía saber más que cualquier otra persona. Parecía mover más hilos incluso que Stefanovic. Pero no se trataba solo de eso; también su personalidad le interesaba. Irradiaba una confianza en sí mismo que le atraía, y mucho. Además, parecía llevar una doble vida en muchos sentidos, igual que ella.

Lollo continuó hablando. De nuevas cremas de Dior. Un nuevo club nocturno en París. Un nuevo blog en la red. Natalie solo escuchaba a medias. Se dejó llevar otra vez.

Göran había llamado el día anterior. Él y Thomas habían ido al Black & White Inn unos días antes. Göran solía ser siempre escueto, claro y conciso, en plan militar. Pero esto lo había descrito con pelos y señales.

Se había dirigido directamente a la mujer de la barra —todo el mundo sabía que ella era la puerta de entrada al negocio secundario de aquel sitio— y le había dicho en ruso:

—Quiero hablar contigo cuando cierres. Esperaremos aquí.

A la una cerró el pub. Los camareros pusieron las sillas sobre las mesas, comenzaron a fregar el suelo. La mujer se llevó a Thomas y Göran a la parte trasera de la barra. Atravesaron la cocina y salieron por el otro lado. El pasillo olía a productos de limpieza y a ajo. Un hombre salió de una habitación. Les cacheó rápidamente. Después volvió a entrar. La mujer abrió otra puerta. Ella, Göran y Thomas se sentaron sobre unas sillas sucias en un pequeño despacho. Sin florituras. Al grano.

Preguntó qué querían comprar.

Göran contestó en sueco.

—Queremos información.

La mujer lo miró fijamente.

—Eso no vendo.

—¿Sabes a quién representamos?

La mujer siguió mirándolo.

—No queremos problemas —continuó él—. Tú no quieres problemas. Pero ya sabes lo que le ocurrió al *Kum* Rado. Tenemos que investigarlo. También tu gente lo comprenderá. ¿Verdad?

La mujer no contestó.

Siguió explicándose. Sabían, de una fuente fiable, que Radovan había sido asesinado con armas y explosivos que habían sido comprados en el Black & White Inn. Quería saber quién había comprado la artillería.

La mujer todavía le miraba fijamente.

—No tengo ni idea. Ya lo saben. ¿Quién creen que soy? ¿Alguien que comprueba el número de pasaporte y las huellas dactilares de toda la gente con la que hacemos negocios?

Göran no se dejó amilanar.

—Puede que tú no, pero tenemos nuestros métodos para comprobar esas cosas. Quiero que pases el recado a tu gente de que queremos ver todos los objetos que él ha tocado.

—¿A qué te refieres? Vas a tener que volver mañana.

—Me refiero a que vas a sacar todos los objetos que él ha tocado —dijo Göran—. Y vas a tener que llamar a tu gente ahora mismo.

Eso fue lo que había sucedido. Mágicamente, el Black & White Inn accedió a las exigencias de Göran, a cambio de diez mil en efectivo.

Había vuelto al coche otra vez. Recogió al que estaba esperando en el asiento trasero: Ulf Bergström. Químico y exempleado de SKL; hoy en día, socio de un laboratorio propio, Forensic Rapid Research AB. Una alternativa privada a la autoridad estatal de análisis forenses.

Ulf se pasó toda la noche en el despacho. Cepillando, cuidando, picando. Según la mujer: el que había comprado las armas también había tocado una maleta, dos pistolas y cuatro granadas. Había ocurrido hacía casi medio año. Las probabilidades de encontrar algo eran menores que las de encontrar un sitio para estacionarse en Östermalm a las diez de la noche de un domingo.

A pesar de todo, merecía la pena intentarlo.

Ulf Bergström había prometido que volvería a ponerse en contacto con ellos en cuanto saliera el resultado de las pruebas.

Habían terminado de comer. Natalie propuso que salieran a la terraza a fumar un cigarrillo.

Salieron. Encendieron un Marlboro Menthol cada una. El aire era fresco. El aire caliente salía de radiadores colgados.

Un camarero se acercó con una bandeja con dos copas de champán.

—Aquel chico de allí los invita —dijo.

Natalie vio cómo el tipo ligón la saludaba con la mano.

—¿Sabes quién es? —preguntó Lollo.

—No.

—Yo tampoco. Pero no tiene mala pinta, desde mi punto de vista.

Natalie se limitó a negar con la cabeza.

Lollo preguntó qué tal iban las cosas con Viktor.

—No nos vemos mucho y además el tipo es un poco coñazo.

—Vaya. ¿Qué quieres decir?

—No lo sé. Llevamos un tiempo así. Me molesta. No pilla que a veces estoy triste, pensando en papá. O bien quiere hacer un montón de cosas todo el rato o bien no para de trabajar. No tengo mucho tiempo para eso. En serio, pienso que es un cero a la izquierda.

—¿Por qué no se van de viaje y se dan un poco de tiempo de calidad de pareja?

Las propuestas de Lollo eran malas. A Natalie no le sobraba el tiempo para irse de viaje ahora mismo.

—No, no quiero. Ahora no puedo. Además, creo que me impacientaría todavía más. Ayer tuvimos una discusión.

—Qué me dices, cariño. ¿Sobre qué?

—Tiene celos. Empezó a darme la lata, que si salía con otro, que no sé qué. Pero es mentira cochina. Tengo un ayudante a veces, eso es todo. Pero Viktor no lo pilla. Él piensa que no quiero tomar sus llamadas. Que no le cuento lo que hago. Pero eso también es mentira. Simplemente, no me apetece contarle todo.

—¿Pero no puedes comprenderle ni siquiera un poco?

—No, después de lo de papá y todo eso, no. Y luego viene con toda su jeta a pedirme dinero. ¿Entiendes?

—Qué caradura.

Lollo se interrumpió. Su mirada se estaba moviendo sin rumbo fijo.

—El de antes nos está haciendo señas —dijo—, quiere que nos sentemos a su mesa. ¿Por qué no vamos?

Señaló al ligón. El tipo: americana oscura, camisa a rayas desabrochada en el cuello, corbata rosa con el nudo flojo. Natalie pasó olímpicamente.

—No, creo que me marcho a casa ahora —le dijo a Lollo.

Louise parecía decepcionada.

—Anda, cariño, vamos. Quiero que te diviertas un poco.

Natalie puso su copa sobre la mesa.

—¿Estás de broma?

Adam se mantenía a una distancia prudente, unos cuatro metros. Caminaban hacia su coche, que estaba aparcado en uno de los laterales del parque de Humlegården. La noche era oscura. Hacía viento. Unos cinco grados de temperatura. Una de las lentillas de contacto de Natalie le hacía picar un ojo.

No se arrepentía de haberle pegado un corte a Lollo. Desde el asesinato de su padre ya no congeniaba con esas chicas. Podían dedicarse a vivir sus insignificantes vidas hasta que madurasen dentro de unos años.

Los pensamientos revoloteaban en su cabeza, al igual que las hojas de Humlegården. Tal vez estaba borracha. Tal vez estaba simplemente agotada por el trabajo de las últimas semanas. Tal vez necesitara sentarse frente a una computadora y tratar de poner orden en todo lo que estaba pasando.

La guerra ya estaba en marcha en la calle. La reacción de Stefanovic había llegado inmediatamente después de la reunión en la Torre. El abogado que administraba la testamentaría de su padre había recibido una llamada nocturna de un desconocido que hablaba con un acento de algún país del este. La persona prometía que les abriría las tripas tanto al abogado como a su mujer si no devolvía el derecho a los testaferros de Stefanovic de representar varias de las sociedades. Al día siguiente: Marko y otros dos chicos habían entrado con bates de béisbol en el gimnasio de su padre, Fitness Club, y lo habían reventado por dentro. Cuando los recepcionistas intentaron detenerlos, les dieron una paliza. Dos de ellos seguían en el hospital, uno con fracturas muy graves en el cráneo. Dos días después de la paliza: un traficante de anfetaminas encontró la cabeza de su perro en el maletero de su coche con un post-it en el suelo: «Último aviso. No vendas a Kranjic». La misma semana: varios bares de la ciudad recibieron cartas que olían a gasolina. Los mensajes eran claros: «No sigas haciendo negocios con Kranjic».

Natalie pensó: «Vamos, Stefanovic, no eres don Vito *fucking* Corleone. Eres un puto perdedor».

Göran dijo a Natalie que tenían que devolver el golpe. Claro que tenían que devolver el golpe.

—¿Pero cómo?

—Hagamos lo que solemos hacer —dijo él.

Dejó que Göran se hiciera cargo de los detalles de la guerra. Intentaron prender fuego a la Torre. Por desgracia, el sitio se libró de las llamas con daños menores. Secuestraron una carga de cigarrillos destinados a la gente de Stefanovic. Mataron al mejor caballo de carreras de Stefanovic, Timba Efes. Metieron la cabeza del caballo en una enorme nevera portátil y se la enviaron por mensajería. Se llevaron a un portero relacionado con Stefanovic hasta un almacén de Huddinge y le machacaron una de las rótulas con un martillo. Fue la primera venganza por la paliza del Fitness Club.

La propia Natalie trabajaba como una loca. Hablaba y enviaba *e-mails* a los bancos todos los días. Discutía ideas con Göran y Thomas. Daba órdenes a Bogdan y otros. Planificaba las vueltas por la ciudad con sus guardaespaldas. Contactaba con gente en prisión que saldría en breve, daba dinero a sus mujeres. Hizo una donación a la Asociación Nacional Serbia de Estocolmo. Donó dinero al club deportivo de Näsbypark. Se estaba quedando a dos velas; Bogdan tendría que ir a Suiza cuanto antes. Pero primero tenía que organizarlo todo con JW.

Dio otro paso: se puso en contacto con Melissa Cherkasova.

Tocó el timbre de su piso de la calle Råsundavägen. Adam y Sascha estaban cerca. Eran las tres de la tarde.

Sabía que Melissa estaba en casa, Sascha llevaba diez horas en un coche vigilando el portal. La tipa había entrado, no había salido.

La mirilla se volvió negra. Oyó una voz. Con fuerte acento, pero en un sueco correcto.

—¿Qué quieren?

—Solo quiero hablar. Soy Natalie Kranjic.

La voz al otro lado sonaba débil.

—Lo sé. Ya has hablado conmigo cuando estuviste con Martina.

—Bien, pero quiero hablar contigo cara a cara. Te prometo que no te pasará nada.

Se oyó el ruido de la cadena de la cerradura del otro lado.

Melissa estaba descalza con unos jeans ajustados y una amplia camiseta de manga corta.

Sin maquillar, sin arreglar, pero no sin preocupación.

La misma mirada que cuando Natalie la había perseguido.

Sascha cerró la puerta tras ellos.

Melissa no les hizo pasar al interior del piso. Natalie trató de echar un vistazo. Un pequeño piso de tres habitaciones, con cocina. Vio un sofá y una mesa de centro. Vio un portátil y DVD sobre la mesa.

Se quedaron en la entrada.

—Lo sé todo sobre ti —dijo Natalie—. Sé lo que haces. Sé lo que hacías con mi padre en el piso de la calle Björngårdsgatan. Sé lo que haces con el político Bengt Svelander. Sé que grabas todo.

Melissa miró al suelo.

—Lo que haces no me molesta —continuó Natalie—. Pero Martina ya te habrá dicho que no entregues el material a Stefanovic. Escúchame. —Natalie respiró hondo, después siguió hablando—: No voy a continuar con la actividad a la que tú te dedicas. He dicho a los hombres que Stefanovic puede seguir si quiere, pero nosotros no vamos a seguir vendiendo servicios de *escort*. Tú también podrás hacer lo que quieras, pero personalmente no me gusta ese tipo de actividad. ¿Entiendes?

Melissa seguía con la mirada clavada en el suelo.

—Pero ese material me pertenece. Y me lo vas a dar a mí, no a Stefanovic.

Melissa no se movió.

—Bien, ¿le has entregado algo a Stefanovic? —preguntó Natalie.

La voz de Melissa era aún más débil que antes.

—No, todavía no. Pero él lo quiere.

—¿A quién se lo va a dar?

—No tengo ni idea.

—Entiendo. Entonces ya puedes darme el material.

Melissa señaló el ordenador.

—Tengo que pasar las grabaciones a un DVD o a una memoria USB para poder dártelo. Me llevará una hora.

A Natalie le gustaba lo que oía. Pero no quería estar esperando allí una hora entera.

—Entonces nos llevamos tu ordenador. Te lo devolveré pronto.

—Pero no saben qué documentos son —dijo Melissa—, hay cientos de grabaciones y muchas de ellas están borrosas.

Natalie asintió con la cabeza.

—Vale, entonces vamos a hacer lo siguiente: tú pasas el material y nos llamas en cuanto hayas terminado.

De vuelta a la noche holmiense. Ella y Adam caminaban a lo largo de Humlegården. Melissa no se había puesto en contacto con ellos. Natalie comenzaba a impacientarse, pero también había otras muchas cosas pendientes.

A doscientos metros de distancia estaba la Seta de Stureplan. La luz de los focos rebotaba hacia el parque. Tipas más o menos escandalosas estaban conversando en grupitos camino del Sturecompagniet. Tipos obsesionados con la juerga gritaban para tratar de reunirse. El ruido sibilante de taxis que pasaban.

Estaba pensando en qué hacer con Viktor.

Entonces: uno de los taxis se detuvo justo detrás de Natalie. Los frenos chirriaron.

Una de las puertas traseras se abrió de golpe.

Un hombre salió apresuradamente.

Ella se dio la vuelta justo cuando la alcanzó. La agarró del brazo.

Oyó a Adam gritar algo.

Inspiró aire frío.

Un solo pensamiento: «¿Este era el final?».

¿Qué estaba pasando?

\*\*\*

DENUNCIA
Autoridad policial de la región de Estocolmo

------------------------------------------------------------

Aut. Pol. receptora de den.: Región de Estocolmo Dnr: 2010-K30304-10

Unidad: Arl
Fecha de denuncia: 2 de octubre.
Tramitado por: Pa David Carlsson.
Redactado por: Pa David Carlsson.
Modo de denuncia: Policía en servicio.

------------------------------------------------

LUGAR DE DELITO Código de zona: 21A3049034900
CALLE STUREGATAN, PARQUE HUMLEGÅRDEN, ES-
TOCOLMO

------------------------------------------------

FECHA DEL DELITO
Sábado 29 de septiembre 23.00–23.10

------------------------------------------------

DELITO/SUCESO
Agresión grave, amenaza ilícita

------------------------------------------------

RESUMEN
QUERELLANTE: Axel Jolie
TESTIGOS: Saman Kurdo, Fredric Vik
SOSPECHOSOS: Desconocidos
Señas:
S1: Hombre de mediana edad, fornido, alrededor de 190 cm, pelo
color ceniza con raya, abrigo negro, jeans oscuros.
S2: Mujer joven, alrededor de 180 cm, pelo largo y oscuro, ropa
oscura.

------------------------------------------------

TEXTO LIBRE:
LKC recibió llamada de Saman Kurdo. RB 2039 y 2048 se perso-
naron en el lugar.

SUCESO:
El hombre del matorral ha recuperado el conocimiento cuando
Pa David Carlsson y Pa Emma Skogsgren llegan al lugar. La per-
sona en cuestión es Axel Jolie. Se encuentra en estado de embria-

guez. Tiene heridas en el rostro y en la cabeza. Declara que ha sido atacado cuando salía de un taxi para hablar con una mujer que creía conocer. El hombre sospechoso (S1) se abalanza sobre Jolie y lo saca del taxi. S1 da golpes en la cara de Jolie hasta que este pierde el equilibrio.

A continuación, S1 saca algo que Jolie cree ser un arma de fuego y obliga a Jolie a entrar en el parque. La mujer (S2) se encuentra a su lado durante todo este tiempo y grita a Jolie. Se introducen unos diez metros en el parque.

S1 empuja a Jolie a un matorral. Jolie vuelve a perder el equilibrio. S1 le propina patadas en el estómago así como varias patadas dirigidas a la cabeza. A continuación, S2 entra en el matorral. Pega a Jolie en la cara con la mano abierta varias veces y le grita algo. Después obligan a Jolie a ponerse de rodillas y a pedir perdón. Entonces S2 le da una patada en el pene. Esto causa terribles dolores y Jolie pierde el conocimiento.

## LESIONES:

Axel Jolie presenta enrojecimientos en la frente, los ojos y las mejillas, así como un hematoma junto a la ceja derecha. Presenta hemorragias en el interior de la mejilla y una herida superficial en la oreja izquierda. También presenta enrojecimientos en el brazo derecho y el muslo izquierdo. Está en estado de shock. No quiere enseñar el pene.

## DATOS DE LOS TESTIGOS:

El taxista Saman Kurdo declara que Axel Jolie entró en el taxi en la calle Linnégatan. Le pidió que condujera despacio y que siguiera por la calle Sturegatan junto a Humlegården. Parecía que estaba buscando a alguien constantemente. Cuando vieron a la mujer en cuestión junto al parque, pidió a Kurdo que se acercara y parase el coche de un frenazo. A continuación, Jolie salió rápidamente del coche y trató de hablar con la mujer y agarrarla. A Kurdo no le dio la impresión de que la mujer conociera a Jolie muy bien.

Se resistió. Al cabo de un par de segundos llegó un hombre y golpeó en la cabeza a Jolie. Jolie acabó en el suelo. Después, los tres entraron en el parque. Kurdo oyó gritos desde el interior del parque. Entonces llamó a la policía y trató de pedir ayuda a un hombre que se encontraba en la acera de enfrente.

Saman Kurdo, que estaba junto a su taxi en la calle Sturegatan, pidió ayuda a Fredric Vik. Al principio, este no comprendía lo que estaba pasando. Cruzó la calle para preguntárselo a Kurdo. Entonces Kurdo dijo que alguien estaba siendo víctima de una paliza en el interior del parque. Vik caminó hacia el parque, oyó ruidos procedentes del interior del mismo. Un poco más adelante vio a dos personas que caminaban apresuradamente, alejándose del lugar. No pudo ver qué aspecto tenían. Miró a su alrededor. Entonces vio a Jolie, tumbado en un matorral, aparentemente inconsciente.

OTROS DATOS:
Jolie es conducido al hospital Karolinska para recibir atención médica y hacer un informe de sus lesiones.

Jolie no quiere colaborar con descripciones más detalladas de S1 y S2. Declara que eso podría ser peligroso para él. Por lo tanto, las señas se basan exclusivamente en los datos del testigo Saman Kurdo.

Capítulo
# 46

Cuánto tiempo, pedazo de cabrón!

Peppe llevaba el traje de faena. Mono de albañil de tela de camuflaje, gorra negra de Harley-Davidson y sudadera con un texto sobre el pecho: *Support your Local Bandidos*[67]. La misma silueta que en la fiesta de vigesimoquinto cumpleaños de Babak: la de un simio. Hombros exageradamente anchos y unos brazos tan largos que sería capaz de rascarse el talón sin agacharse, más o menos.

Palmadas en la espalda. Jorge no podía evitar que Peppe le cayera bien. Se sentaron junto a la mesa: el McDonald's de Kungens Kurva.

Jorge se comió dos maxihamburguesas con extra de queso. Disfrutaba de no tener que tomar comida tailandesa.

Una reunión importante para Jorge. Quería pedirle unas herramientas de trabajo a Peppe para desenterrar el resto del *cash*. Con un pelín de suerte: podría tener seiscientos billetes en la mano ya esa noche. Solo necesitaba un Peppe voluntarioso y unas horas en el escondite.

Peppe parloteaba sin parar, como siempre. Trabajaba como carpintero. Jorge ya lo sabía: era más que nada una fa-

---

[67] «Apoya a tus Bandidos locales».

chada, pero no había nada malo en eso; todo el mundo necesitaba una fachada.

Peppe le contó que iba a ser padre.

—Es increíble, yo que casi solo descargo sobre los melones, ¿cómo habrá podido salir un bichito de esta manera?

El humor de Peppe. Jorge le felicitó con una sonrisa torcida.

Peppe preguntó sobre Babak, Tompa, los demás. Jorge evitó el tema como buenamente pudo. Evidentemente, Peppe no sabía que habían llevado a Babak a Suecia. A pesar de que los periódicos ya llevaban días proclamando: «Hombre de veinticinco años, sospechoso del atraco de Tomteboda, detenido en Tailandia».

Peppe continuó parloteando sobre sus inteligentes planes habituales. Las facturas ficticias del sector de la construcción, los últimos métodos de control de Hacienda, las empresas de trabajo temporal con chicos trabajadores de Latinoamérica, que quitaban la nieve de los tejados por cuatro euros la hora.

—Ya sabes que se acerca el invierno. Y todas las comunidades de vecinos están cagadas por el miedo de que caiga nieve y hielo sobre algún tío en la calle. Sueltan la tela que haga falta para un poco de curro con las palas. Montamos una empresa para los tíos, luego nuestra empresa, que tiene todos los cachivaches, los subcontrata. La empresa de los currantes les paga a todos en dinero B, hasta el último céntimo. Si Hacienda se queja, nuestra empresa nunca se lleva el palo.

—Suena bien —dijo Jorge—. Entonces supongo que tienes un montón de palas y artilugios, ¿no?

Ya estaba oscuro en la calle cuando Jorge aparcó la *pick-up*. Peppe se la había prestado. Atrás había artilugios para profesionales. Palas grandes, una palanca, cadenas, correas, guantes y un mono de trabajo azul.

También podía dormir un par de noches en el coche. A Peppe no le hacía falta inmediatamente.

Quizá todo se solucionara, después de todo.

La prudencia era su mayor *mandamiento* ahora mismo. Había ido de casa en casa como un vagabundo sin techo desde que había vuelto a Suecia. Había estado en casa de Paola, de su madre, de la hermana de Mahmud, incluso en casa de Rolando el vikinguillo. Comprobaba la matrícula de cada coche que se comportaba de manera extraña; enviaba SMS a Tráfico. Servicio a la ciudadanía: contestaban con un SMS en el plazo de tres minutos. Información sobre el propietario oficial del coche. Se veía directamente si era la autoridad policial la que trataba de vigilar en un vehículo camuflado. Evitaba su territorio, salvo por las noches. No enseñaba el número de su tarjeta de crédito a nadie. Se compró un par de gafas de sol y comenzó a andar con un estilo hip-hop. Alteró el ritmo. Movía el brazo. Los pasos de la pierna derecha, con una trayectoria un poco más amplia. *Nigga with attitude*[68]. Era como si se hubiera andado de esta manera toda la vida. Esperaba que esto hiciera que se pareciera un poco menos a sí mismo.

Todo le recordaba a la época cuando se había fugado del trullo, pero entonces lo había llevado al extremo, untando todo el cuerpo con autobronceador. El Fugitivo. Babak podía follarse a su madre. ¿Ahora quién estaba en prisión?

Salió del coche. El bosque de Sätra. Abetos y pinos y árboles caducifolios. La grava crujía. Abrió el portón trasero. Se veía la torre de agua a cien metros de distancia como una especie de seta alucinógena gigante. Sacó la cadena y las correas. Dio cuatro pasos por el bosque. Encendió el foco que llevaba en la frente. Intentó orientarse.

Pasó la luz por encima de las hojas. El musgo. La hierba amarillenta.

El aire era frío. Tal vez cinco grados de temperatura. Sintió un escalofrío.

---

[68] Literalmente, «negro con actitud»; es decir, algo así como «negros con problemas de actitud». La expresión se popularizó gracias al grupo de rap NWA (Niggaz Wit Attitudes) en los años ochenta y noventa.

Las ramas de los abetos que colgaban obstruían la vista. Iba de un lado a otro. Dio patadas a piñas y a terrones con hierba.

Buscó el sitio. El lugar donde habían escondido la pasta que nunca habían enseñado ni a los otros chicos ni al Finlandés.

Volvió a la carretera. Miró hacia el bosque. Izquierda, derecha. Derecha, izquierda. La luz era como un pequeño puntito en una oscura masa de abetos.

Luego los vio. Tres pedruscos alineados. Cinco centímetros entre cada piedra. Recordaba cómo habían luchado por colocarlos. Cada piedra pesaría al menos ciento cincuenta kilitos.

Se acercó. Sabía que no tenía ningún sentido jugar a *El hombre más fuerte del mundo*. Se agachó. Echó la correa dos veces alrededor del pedrusco más grande, que estaba entre los otros dos. Enganchó la cadena en la correa. Llevó la cadena hasta el coche, a cuatro metros de distancia. La enganchó en el gancho de remolque.

Arrancó el coche. Lo llevó despaciiiiito hacia delante.

Estaba demasiado oscuro como para poder ver algo por el espejo retrovisor.

Abrió la puerta, inclinó el cuerpo, iluminó con el foco. Siguió la línea marcada por la cadena hacia la oscuridad. La piedra se había movido. Eso era suficiente.

Saltó del vehículo. Tomó la palanca y la pala. Se puso los guantes de jardinería.

Había arrastrado la piedra medio metro. Se veía una marca redonda y plana en la hierba donde había estado. Clavó la palanca.

No pensó en nada. Solo excavaba con la pala y clavaba la palanca. Lo único que le quedaba: sacar la pasta y volver a Tailandia. Iba a pasar del iraní. Le importaba una mierda que ese gilipollas cantara. Le importaba una mierda que la Autoridad Judicial expidiera una orden de búsqueda y captura más gorda que para un terrorista suicida. Tenía un pasaporte que funcionaba. Tenía un amigo que había salido del hospital allá abajo.

Todo parecía tan sencillo.

Bañado en sudor. Los dedos jodidos. ¿Cómo podían formarse tantas raíces en un solo verano? Tampoco recordaba todas esas piedrecitas. ¿De dónde habían salido? ¿Brotaban piedrecitas de los hoyos de tierra o qué?

Miró. Un montón de tierra al lado del hoyo.

Un metro de profundidad.

Le dolía la espalda.

Continuó excavando.

Clavaba la palanca para ablandar la tierra. Machacar las raíces. Apartar las piedras.

Al cabo de una hora larga: una bolsa de plástico.

Había ochocientas mil en los maletines, pero le había dado doscientas mil al cabrón del iraní. ¿Ahora quién le daba las gracias por ello? Menudo idiota que había sido. Debería haber finiquitado a Babak directamente.

Se agachó.

El pulso: BPM[69] en *prestissimo*. El sudor le corría por los ojos. Notó cómo su vieja tripa volvía a hacer de las suyas. Estaba hasta los huevos de ella.

Tuvo que bajar al hoyo. Agarró la bolsa por el extremo superior. Había que sacarla con cuidado.

Cogió una pala más pequeña con la otra mano. Trató de dar estocadas pequeñas. No quería estropear la bolsa.

Estuvo diez minutos dándole.

Después: la bolsa quedó totalmente liberada. La cogió.

No podía esperar.

Notaba el peso de seiscientas mil en billetes de quinientas y de cien.

Comenzó a desatarla.

---

[69] *Beats per minute*, «latidos por minuto».

## Capítulo
# 47

Era de noche.

Hägerström pensó en cómo había metido la pata. Había dejado el móvil encendido y sin cerrar. Normalmente hacía falta un código de cuatro dígitos para meterse en su móvil. Pero cuando no estaba cerrado con tapa no se activaba esa función, según parecía.

Javier estaba con el móvil en la mano. Era un tipo curioso, con manos muy largas, y demasiado interesado en la vida de Hägerström. No se veía quién lo había enviado, pero el mensaje era suficientemente sospechoso en sí.

«Trata de traer a todos los que puedas a casa», había escrito Torsfjäll. Era una orden. Hägerström entendía el razonamiento. Era más fácil detener a sospechosos en Suecia que abrirse paso entre toneladas de burocracia para sacar una orden de arresto internacional y después doblar la cantidad de burocracia para hacer que la policía tailandesa actuara.

Se rio, quitándole el móvil a Javier.

—Es mi hermana. Quiere que le lleve el mayor número posible de esos brillantes tailandeses. Ya sabes que por aquí están tirados de precio, ¿no?

Javier le miró, durante un buen rato.

Después se puso en pie. También él estaba desnudo. Cuerpo fibroso, la mitad de él cubierto de tatuajes con tema de bandas.

«Alby Forever» en uno de los hombros. Un crucifijo y un mini-uzi sobre el corazón. Y en la espalda, «Mamá intentó». Javier estaba más orgulloso de este último que de los demás. Amaba a su madre por encima de todo lo demás en Alby. No quería culparla por haberse convertido en lo que era. Profesional del crimen, gánster del cemento. Bisexual.

Javier se puso los calzoncillos. Seguía sin decir nada. Hägerström se quedó de pie toqueteando el móvil. Borró el SMS. Volvió a comprobar que no había olvidado borrar algún otro también.

—¿Por qué no me habías dicho nada sobre los brillantes? —dijo Javier.

—No sé, se me pasaría.

—Con todo lo que hemos hablado. Me has hablado de tu hermana. ¿Por qué no dijiste nada?

—No se puede contar todo, ¿no? —dijo Hägerström.

Javier volvió a callarse. Se puso la camiseta de manga corta.

—Porque tengo un colega, Tompa, que controla todo ese rollo —dijo finalmente—. Ha estado en los casinos de por aquí, en Bangkok. ¿Quieres que le llame?

Hägerström suspiró de alivio por dentro.

Era lo más cerca que había estado de ser desenmascarado. Tenía que espabilar.


Anuncios de los nuevos teléfonos androides de HTC en la pantalla del cine. Hägerström estaba cómodo. Solo había otras dos personas en la sala.

Cuando era adolescente, le encantaban los anuncios en el cine. Él y sus amigos podían ir al cine casi solo por ver los anuncios. Pero aquello fue en la antigua Suecia, antes de que el Estado hubiera permitido anuncios en la televisión. Ahora le parecían un coñazo.

Llegó un tráiler de alguna película de suspense sueca. *Dinero fácil 2*. Los actores parecían creíbles por una vez; normalmente las pelis de suspense de Suecia no solían caracterizarse precisamente por tener unos vínculos muy convincentes con la realidad.

Hägerström estaba de vuelta en Estocolmo. Y ahora mismo estaba en un cine, esperando a Torsfjäll.

Había decidido volver. Todo ese rollo con Javier era de locos. Torsfjäll le había ordenado que tratara de volver con todos los que pudiera. Babak estaba detenido y ya lo habían traído a Suecia. Jorge ya estaba en casa, probablemente para conseguir dinero para el negocio de la cafetería. Hägerström no tenía ni idea de dónde andaba Mahmud y le habría costado ganarse su confianza, ya que nunca se habían visto. Había más gente en Tailandia también, ahora ya lo sabía. Tom Lehtimäki y Jimmy, pero nunca los había visto. Al único al que había podido llevar a casa era a Javier.

Diez minutos más tarde, Torsfjäll se acomodó en el asiento de al lado. Hägerström no giró la cabeza, pero suponía que la sonrisa del comisario era la de siempre. Amplia, blanca como la tiza y medio falsa.

Inclinó la cabeza y susurró al oído de Hägerström:

—¿Esto de verdad es necesario? ¿No podríamos haber quedado en alguno de los pisos, como siempre?

—Hay una filtración en algún sitio —contestó Hägerström—. JW ha sacado un montón de material que envió a Jorge. Solo puede haberlo hecho a través de alguien importante de la Autoridad Judicial. Había extractos del registro general y un montón de otras cosas.

—Bien, pero eso no quiere decir que lo haya hecho mi gente. Puedes confiar en los que trabajan conmigo.

Hägerström negó con la cabeza, lentamente.

—Tú no eres el que asume los riesgos.

Torsfjäll sonrió de nuevo. Aceptó.

—¿Has tenido tiempo para quedar con JW?

—No, llegué antes de ayer. Pero nos hemos enviado SMS. Nos veremos en breve.

—¿Cómo conseguiste traer a Javier?

—No fue difícil. Estaba bastante cansado de Tailandia y le parecía que si Jorge había podido volver, pues él también. Así que no resultó especialmente difícil convencerlo, sobre todo porque yo pagué el billete.

—Bien, muy bien. Han identificado y detenido a otros dos sospechosos del atraco en países de la Unión Europea. Es mucho más fácil traerlos a casa que de aquel puto país de chinos. Uno es Sergio Salinas Morena, el primo de Jorge, que está en España. Y otro es Robert Progat, que está en Serbia. Van a ser trasladados a Suecia dentro de unos días. ¿Javier lo sabe?

—No creo. Al menos no me ha dicho nada.

—Bien. ¿Sabes dónde está ahora mismo?

Hägerström apuró la respuesta. Pensó en los días junto a Javier en Bangkok. Ya lo estaba echando en falta. No habían pasado ni cuarenta y ocho horas desde que se habían despedido en Arlanda.

Dijo la verdad.

—No sé dónde está. Pero voy a quedar con él esta noche.

Torsfjäll puso una pierna encima de la otra.

Estuvieron viendo la película durante unos segundos. El actor de Hollywood que hacía de protagonista estaba jugando al tenis.

—¿Tienes alguna idea de dónde está Jorge? —susurró Torsfjäll.

—No, pero seguro que está en Estocolmo. Javier ha dicho que Jorge seguramente tiene dinero escondido por aquí.

—¿Puedes conseguir que Javier te lleve a Jorge? ¿Cuando quedes con él esta noche? No quiero detener a Javier sin detener también a Jorge a la vez, que, si no, corremos el riesgo de que huya del país.

—Puedo intentarlo. Pero ¿qué tipo de pruebas tienen contra estos tíos con respecto a Tomteboda? ¿Voy a tener que prestar declaración o ya tenemos suficiente?

—Yo opino que no deberías tener que declarar, ya sabes que quiero seguir con la Operación Ariel Ultra contra JW y ese Bladman. Pero no soy yo quien lleva la investigación del atraco.

Hägerström pudo ver la escena. Un precio a su cabeza. Jorge, Javier, JW, todos querrían verlo muerto si saliera a la luz el papel que había jugado en todo esto. Podría ser tarde ya, aunque la idea siempre había sido la de encontrar información que pudiera ser suficiente por sí sola. Y mientras el comisario Torsfjäll dirigía la operación, no había problemas. Pero ahora la situación había cambiado. La investigación de Tomteboda no formaba parte de las responsabilidades de Torsfjäll. El viaje a Tailandia podía haber sido el error de su vida.

Pensó en Pravat.

—El HRA a Bladman ha empezado a dar resultados —continuó Torsfjäll, como si eso diera igual.

—¿Cuáles?

—Dos cosas. En primer lugar, se ha podido saber que cuentan con un lugar de almacenaje de datos, o una oficina, en un lugar que no es la sede de MB Redovisningskonsult AB, tal y como yo sospechaba. No mencionan la dirección explícitamente, pero es evidente que lo tienen en algún sitio. ¿Has apuntado las direcciones·donde has llevado a JW antes de ir a Tailandia?

Hägerström seguía enfrascado en sus pensamientos. En Suecia los testigos anónimos no estaban permitidos, pero podría obtener permiso para declarar bajo otro nombre, dependía de lo cualificada que fuera la protección de su identidad. Tuvo que reflexionar durante unos segundos antes de contestar a la pregunta de Torsfjäll. Por supuesto que conocía todas las direcciones a las que había llevado a JW. Torsfjäll las comprobaría cuanto antes.

El comisario cambió de postura.

—En segundo lugar, ha estallado una guerra dentro de la mafia yugoslava —susurró—. Desde el asesinato de Radovan, uno de sus hombres, Stefanovic Rudjman, se ha hecho cargo de una parte de las actividades. Al mismo tiempo, parece que la hija de

Radovan, Natalie Kranjic, también quiere tomar las riendas del imperio. Hemos podido saber que esto significa que JW y Bladman tienen que decidir para quién quieren trabajar. Puede ser interesante. Como suelo decir: del caos nacen buenas operaciones policiales.

Hägerström escuchó. Ni siquiera estaba viendo la película.

—Tenemos que atar todos los cabos y terminar esta operación. Están haciendo grandes transferencias. El contable de la unidad de delitos económicos está viendo la estructura, y es como tú y yo ya hemos sospechado. Están moviendo grandes sumas ahora. De países que van a abandonar la discreción bancaria tras la presión de Estados Unidos y la Unión Europea a los Estados que siguen en la lista negra. Países en los que puedan continuar su actividad. Tenemos que dar el golpe en breve, no queda mucho tiempo.

Torsfjäll continuó hablando. Discutieron la operación. El fiscal ya estaba al tanto y había un grupo de investigación con cinco agentes que se dedicaban exclusivamente a analizar quiénes compraban los servicios de JW y Bladman. Nippe Creutz tenía una red de contactos importante dentro de su clase social. Bladman tenía otro, igual de grande, en el suyo. Hansén efectuaba las operaciones en el extranjero. JW era el cerebro que organizaba todo.

Al cabo de unos minutos, Torsfjäll se levantó.

Habían llegado a un acuerdo. Hägerström contactaría con él en cuanto supiera dónde estaban Javier y Jorge. A poder ser, él también debería estar con ellos. Todo por asegurar una detención eficaz.

—Tenemos que averiguar dónde esconden su segunda contabilidad —repitió Torsfjäll.

Hägerström quedó con Javier esa misma noche en un apartamento de una habitación en Alby que un colega del tipo le había prestado. Pósteres de *Scarface* en las paredes y una colección de réplicas de pistolas y revólveres que pondría cachondo a cualquier adolescente obsesionado con las armas.

Practicaron el sexo en la estrecha cama.

En Bangkok habían hecho el amor varias veces al día. El resto del tiempo habían hablado y habían estado juntos. Claro que había muchas cosas que Hägerström no podía contarle por razones de seguridad, y Javier seguramente tampoco le contaba todo, pero, aun así, habían estado *cerca* el uno del otro allá abajo.

Aquí todo parecía más estresante. A Hägerström no le importaba tirarse a Javier, o que Javier se lo hiciera a él. Pero el contraste con Tailandia resultaba extraño. Aunque podría ser comprensible. Ya estaban en casa; salir juntos en público no era posible, ni para Hägerström ni para Javier.

Estaban tumbados en la cama. Javier estaba fumando un cigarro. Hägerström estaba de bajón.

—¿Sabes dónde está Jorge? —preguntó.

Javier hacía anillos de humo.

—Ni idea. Tendrá que ocuparse de sus asuntos y volver después. Yo también pienso volver enseguida. Solo he venido para tomarme un respiro, ¿sabes? ¿Tú qué vas a hacer?

—Ya he terminado con lo mío en Tailandia. Me quedo aquí.

—¿Por qué no vuelves conmigo, aunque sea una semana?

—Ya veremos. No sale gratis la cosa. Por cierto, ¿tienes el número de Jorge?

—No. El colega está obsesionado con la seguridad. Puede que ni siquiera tenga móvil ahora mismo. ¿Por qué quieres hablar con él?

Hägerström había contado con que le hiciera esa pregunta.

—No soy yo el que quiere hablar —dijo—. Son los tailandeses, están lloriqueando sobre la compra de la cafetería. Ya se echaron atrás una vez, pero conseguí que se subieran al tren de nuevo. Ahora quieren dejarlo otra vez. ¿No puedes tratar de localizarlo?

Al día siguiente, Hägerström fue a Lidingö. Había llamado a su abogado nada más llegar a Suecia para pedirle que tratara de solicitar una oportunidad de ver a su hijo. Anna se mostró inusualmente complaciente. Tal vez fuera su manera de agradecer que Hägerström no había dado guerra durante más de cuatro semanas seguidas. En los últimos años, las amenazantes cartas de los abogados, las reuniones de evaluación y las vistas en los tribunales habían estado a la orden del día. Por no hablar de todos los SMS y correos electrónicos subidos de tono entre Hägerström y Anna cada vez que tenían que fijar la hora para recoger y llevar al niño.

Recogió a su hijo en el cole. Fueron al parque preferido de Pravat. Solo hacía dos grados en la calle. Jugaron a indios y jeans. Hägerström deseó que hubieran podido estar jugando en Tailandia.

Pravat le habló del colegio. Leía. Dibujaba. Escribía letras.

Hablaron sobre qué serpientes eran las más largas y de si Spiderman sabía volar o si solo era que se le daba especialmente bien saltar.

Después del parque fueron a casa de Hägerström. Pidieron pizza y cenaron delante del televisor. Hägerström trató de enseñar al chico que no masticara con la boca abierta, que tapara la boca con el brazo y que no pusiera los codos sobre la mesa. Se sentía como su madre.

Al día siguiente recibió un SMS de Javier. «Ya lo tengo».

Hägerström le llamó.

—Soy yo.

—*My friend*, he hablado con tanta gente que ni te lo puedes imaginar.

—De puta madre.

—Con su vieja, con su hermana, que estaba hasta las tetas de él. He hablado con Rolando, un colega de antes que lleva una auténtica vida de nueve a cinco. Incluso he podido hablar con un viejo colega del trullo de J-boy, Peppe.

—¿Y?

—Y tengo un número.

—Eres un ángel, en más de un sentido. Llámale y dile que quiero verle cuanto antes. Los tailandeses quieren abandonar. Tenemos que hablar.

Hägerström estuvo pensando en terminar la conversación con un beso. Se arrepintió enseguida. No es que hubiera indicaciones de que el teléfono de Javier estuviera espiando, pero si lo estuviera habría problemas.

La noche siguiente. La cafetería para taxistas Koppen de la calle Roslagsgatan. Abierta todos los días de la semana, veinticuatro horas al día. La sopa de garbanzos y los *crêpes* de los jueves tenían fama de ser excelentes. Se decía que la decoración del interior no había cambiado desde 1962. Se decía que las máquinas de Jack Vegas daban suerte a los taxistas cansados que hubieran tenido pocos clientes. A partir de las doce de la noche, el personal permitía fumar.

Eran las doce y media. La cafetería estaba medio vacía. Dos hombres con chamarra de cuero de taxista estaban sentados sobre los taburetes altos junto a las máquinas tragamonedas. Detrás del mostrador había un hombre gordo con una red en el pelo. Tenía la boca medio abierta. La expresión en su cara no irradiaba inteligencia, precisamente.

El hombre de la barra podría ser latinoamericano. Tal vez fuera por eso por lo que Jorge había querido quedar justo allí.

Hägerström pidió un café de poli normal y se sentó junto a una de las mesas.

Fuera, al otro lado de la esquina, en coches estacionados por la zona y en un piso del edificio al otro lado de la calle, había cantidad de policías. La unidad de asalto estaba preparada, lista para detener a dos de los hombres más buscados del país ahora mismo.

Hägerström se había puesto en contacto con Torsfjäll nada más enterarse del lugar del encuentro.

Pasara lo que pasase con la Operación Ariel Ultra, al menos habrían conseguido algo. La detención de dos profesionales del crimen que habían cometido el peor atraco del año y causado una invalidez pemanente a un guardia. Esto mandaría una señal clara a los gamberros, y a todos aquellos nenes de los suburbios que quisieran ser como los gamberros. No merece la pena. La policía siempre acaba ganando.

Al mismo tiempo, Hägerström tenía una bola en el estómago. La confusión no había cesado desde que volviera a casa. Ahora estaba siete veces peor. Con su actuación, él conseguiría que detuvieran a Javier y lo más probable era que le sentenciaran a una larga condena. El propio Hägerström se encargaría de que nunca más lo volviera a ver.

Era asqueroso.

Se abrió la puerta. Fuera llovía. Javier entró en la cafetería. Tenía el pelo empapado. Gotas de agua corrían por su cara y la barba rala. Miró a Hägerström, guiñándole un ojo.

Hägerström cerró los ojos durante unos segundos; esto era demasiado.

Cuando volvió a levantar la mirada, Javier estaba en el mostrador, pagando una botella de Coca-Cola Zero.

Se dio la vuelta.

—Qué, H, ¿has estado por aquí alguna vez? Ven, te presento a Andrés. Un compatriota.

Hägerström verificó sus sospechas. El hombre que trabajaba en la cafetería era latinoamericano. Parecía que Javier estaba colocado; iba a resultar fácil detenerlo.

Jorge entró por la puerta cinco minutos más tarde. Llevaba una cazadora cortavientos negra y un pantalón de chándal oscuro. En la espalda llevaba una mochila y estaba completamente empapado.

Jorge se dirigió directamente a la mesa de Hägerström y Javier, sin pedir nada en el mostrador.

No hacía falta que Hägerström notificara a alguien que Jorge había llegado. La unidad de asalto tenía al menos de cinco tíos en la calle con *walkies* ocultos que ya habrían comunicado el mensaje de que el águila había aterrizado.

Jorge y Hägerström se dieron la mano de la manera habitual. Jorge giró el brazo y chocó la palma contra la de Javier, de la manera del cemento.

Javier sonrió.

—*Wazzup?*[70]

Jorge se sentó.

—¿Qué coño haces tú aquí?

Parecía que el comentario le daba igual a Javier. Estaba realmente fumado.

—Tú volviste a casa, ¿no? ¿Por qué no iba a poder venir yo?

—Ya sabes por qué.

—Pero Mahmud ya ha salido. No tengo por qué seguir haciendo de niñera. Él se las arregla solito ahí abajo. ¿Sabes las ganas que tenía el tipo de ver algo que no fueran enfermeras?

—Escucha, tú haz lo que quieras, pero yo voy a largarme dentro de unos días. Ya no me responsabilizo de ti. Si te están buscando y te quedas aquí, acabarán pillándote tarde o temprano. ¿Te enteras?

Hägerström estaba sorprendido. Nunca habían hablado de sus problemas tan abiertamente delante de él.

Jorge se giró hacia Hägerström.

—Bueno, guardita, ¿querías hablar conmigo sobre el negocio?

—Los vendedores han vuelto a llamar, quejándose. ¿Ya tienes el dinero?

—Sí, ya lo tengo.

—Bien, entonces no hay problemas.

—Solo hay un problema, pero de eso se va a ocupar JW —dijo Jorge.

Parlotearon unos segundos.

Se oyeron gritos desde la puerta.

Hägerström sabía más o menos lo que iba a suceder ahora.

---

[70] Del inglés *what's up*, «qué pasa».

Cuatro polis de asalto, vestidos de negro, entraron corriendo. Pasamontañas enfundados y cascos sobre sus cabezas. Chalecos antibalas del modelo más grueso. MP5 con miras láser, listos para disparar, en las manos.

—¡Están detenidos, al suelo los tres! —gritaron.

Capítulo
# 48

Natalie se manchó los pantalones de sangre. Pequeñas manchas en las rodillas. Tal vez desaparecieran en la lavadora. Le daba igual; si no, tendría que tirar los pantalones. Había que hacer lo que fuera preciso. De ahora en adelante iba a haber más manchas de sangre.

Se sentó sobre una silla de plástico. Cerró los ojos. En su cabeza vio las imágenes de los últimos días.

Melissa todavía no se había puesto en contacto con ellos el domingo. Natalie esperó hasta el lunes. Llamó por la noche desde dos números de teléfono distintos. El teléfono de Cherkasova estaba apagado, no había buzón de voz. Trató de llamar otra vez el martes. Pidió a Sascha que le enviara un SMS. Lo mismo; cero respuestas.

Entonces decidió ir a su casa.

Ahí fuera: los bloques de viviendas en un lado de la calle, un instituto grande enfrente. Solna: no era un suburbio de gueto como los territorios al sur o más adelante en la línea azul del metro. No era un barrio para gente bien como donde vivía Natalie o las demás urbanizaciones de chalés del norte. Solna: un punto intermedio. Como helado de vainilla. Como leche semidesnatada. Como Kungsholmen en relación con Östermalm y Söder.

Adam se unió a ella y Sascha en la calle.

Tenía unas profundas ojeras.

—Llevo en el coche desde las cinco de la tarde de ayer —dijo—. No la he visto ni entrar ni salir.

—Ya veremos —dijo Natalie. Tenía un mal presentimiento. Una pequeña bola en el estómago.

Adam se sabía el código del portal. Abrió la puerta.

No había ascensor. Subieron por las escaleras.

Natalie tocó el timbre. Esperaron.

Silencio en el piso.

Volvió a tocar el timbre.

Llamaron a la puerta.

Adam puso el oído contra la madera.

—No se oye ni un ruido ahí dentro. Igual está dormida.

Volvieron a llamar a la puerta.

No pasó nada.

Adam tocó la manilla.

La puerta estaba abierta.

Esto no tenía buena pinta.

Adam, como un auténtico policía de comando: sacó la pistola y la sujetó con las dos manos.

Esto tenía una pinta muy jodida.

Entraron.

Natalie estaba en el vestíbulo, mirando a su alrededor. Echó un vistazo a la sala. Los cojines del sofá y los DVD estaban en el suelo. Una estantería estaba tumbada. Las cortinas, en el suelo. Libros de bolsillo, fotografías enmarcadas, muñequitas, ceniceros y cajetillas de cigarrillos, esparcidos por toda la habitación. Incluso un cartón de pizza estaba hecho pedazos.

Joder.

Sascha la llamó desde la cocina.

—Por aquí le han dado un buen meneo a todo. Pienso que no deberíamos tocar nada.

Ella dio unos pasos hacia la cocina.

Oyó la voz de Adam. Sonaba débil.

—Natalie, ven aquí.

Estaba en el dormitorio. Ella se dio la vuelta y se dirigió allá. La bola del estómago creció hasta el tamaño de una naranja.

Las cortinas estaban echadas. La luz era débil. Todos los cajones de los armarios estaban tirados. Tops, faldas, medias y bragas por el suelo. Olía raro. Melissa estaba en la cama con una manta ensangrentada echada encima. Tenía una especie de trapo metido en la boca.

La muerte la había pintado con sus propios tonos; un retrato para nada halagüeño. Todo el color había desaparecido de su cara. Todo el brillo había desaparecido de su piel. Todo lo dulce había desaparecido de sus ojos. Melissa tenía una expresión asustada la primera vez que Natalie la persiguió. Pero el terror que se veía en sus ojos ahora era otra cosa. Fuera cual fuese el aspecto de la muerte, no le había resultado agradable a Melissa Cherkasova. Estaba segura al cien por ciento.

Adam se agachó y le quitó la manta.

El cuerpo de Melissa estaba lacerado. Las sábanas y el colchón estaban ensangrentados.

Sus manos estaban atadas con cinta de embalar.

Tenía quemaduras en los pechos y en el interior de los muslos. Tenía heridas de sangre en los brazos y en el estómago. Tenía sangre entre las piernas. Tenía dos agujeros de bala en el pecho.

Adam se tapó la boca. Natalie notó cómo se movía la bola de naranja en el estómago. Corrió a vomitar.

Media hora después, Thomas ya había llegado. Aparcó una furgoneta justo delante de la puerta. Natalie y los chicos esperaban en su coche.

Entraron juntos.

El olor se notaba más ahora. O, si no, era simplemente porque Natalie sabía lo que había ahí dentro.

Thomas y Adam entraron en el dormitorio. Natalie esperó en el vestíbulo. Sascha estaba en el coche con el teléfono preparado por si a la policía le diera por aparecer.

Thomas salió.

—Qué hijos de puta. ¿Han tocado algo?

—He tocado los pomos de las puertas, pero nada más —dijo Natalie—. Luego también vomité en el váter.

—Aparté la manta, por lo demás, solo pomos —dijo Adam.

Thomas cruzó los brazos sobre el pecho.

—Vale, tenemos que limpiar los rastros que nosotros hayamos podido dejar. Luego pienso que deberíamos ocuparnos del cuerpo, por si acaso.

Thomas repartió órdenes. Empezó a sacar cachivaches de una bolsa.

—Utilicen estos trapos de cocina. Limpien las manillas, los lavabos, el suelo del baño y todas las demás superficies a las que se han acercado. Utilicen cantidades exageradas de Cillit Bang. Coloquen toda la ropa de cama en una bolsa de basura negra.

Trabajaron durante veinte minutos. Thomas: el señor Wolf de *Pulp Fiction*, pero en la vida real.

La gran pregunta: ¿cómo iban a sacar a Cherkasova?

Colocaron el cuerpo sobre un plástico extendido en el suelo. Thomas puso la cama boca abajo. Era un modelo sencillo, el colchón era de gomaespuma normal. Sacó una sierra de calar y la enchufó. Cortó la cama desde abajo. Metió el cuerpo en el marco de la cama. Parecía un ataúd. Cubrieron todo con el colchón y más plástico negro. Unas cuantas vueltas de cinta aislante alrededor.

Thomas salió a las escaleras. Desenroscó todas las bombillas, pensando en los vecinos curiosos. Bajaron la cama. Melissa estaba dentro como un pesado colchón de lujo.

Adam se marchó con la furgoneta, con el cuerpo dentro.

—No creo que consiguieran el material —dijo Thomas—. Parece que tuvo que aguantar muchas cosas. No la habrían torturado tanto si les hubiera dado lo que querían. Y no creo que haya nada aquí dentro. Han buscado por todas partes.

Natalie levantó la mirada. Seguía sentada. Delante de ella estaban Göran, Bogdan y Sascha. El almacén refrigerado de la cocina del restaurante Bistro 66. El establecimiento era de un viejo amigo de su padre.

En los estantes: cajas de leche, cajas de jugo, ramitas de apio y otras verduras, un montón de limas y limones. Cantidad de guarnición para cocteles. Grandes congeladores colocados en el suelo.

Sobre los estantes: *film* transparente. Sobre el suelo: lona. Toda la habitación estaba plastificada.

Estaba bien pensado, porque en el suelo estaba Marko.

Natalie se levantó. Hacía cuatro días que habían encontrado a Melissa Cherkasova torturada y asesinada en su piso. Al final, Thomas había encontrado el material. Un DVD fijado con celo detrás de una tubería de la lavandería de la comunidad de vecinos en el sótano. En total: veintisiete minipelículas. Tres tíos distintos, tres habitaciones distintas. Tres perversiones diferentes, más o menos. Uno de ellos era el político, Svelander; otro era desconocido; el tercero era un alto cargo de la policía que Thomas reconocía. Parecía que a Svelander le molaba el sexo anal. El vikingo quería que se la chupara. El último quería vestir a Melissa como una colegiala, esposarla y después tirarse tres horas practicando S&M.

Natalie había enviado a Sascha para informar a Martina Kjellsson. Tenía que enterarse de la mitad de lo que había sucedido: «Melissa ha desaparecido, no somos nosotros los que estamos detrás. No intentes contactar con ella, no llames a la policía ni a otra persona. Nosotros nos ocuparemos de esto solos».

Natalie había visto imágenes impactantes. Los ojos de Melissa abiertos como platos. El trapo que habían metido en su boca. Las lesiones en sus genitales.

Los pantalones de Marko estaban llenos de sangre. La camiseta de manga corta estaba rota. Pedazo de anillo de oro en el meñique.

Natalie se acercó a él. Göran acababa de darle un buen repaso.

—Déjame salir ya —gimió.

—¿Por qué? —preguntó.

Escupió un diente.

—No sé nada sobre lo que sucedió con tu padre.

—Sí, yo creo que sí.

—Que no, joder. Te lo juro. No tengo ni puta idea. Él tenía muchos enemigos. Se puede decir que se lo buscó.

Lo que acababa de decir: Natalie sintió una tormenta en su interior.

Le dio una patada en la cara. Escupió sangre.

Más sangre sobre su pantalón.

—¿Y Cherkasova qué? —dijo ella.

Marko escupió otro diente.

—Por favor, yo no me la cargué.

—Me importa una mierda. Sé que fuiste tú el que reventó Fitness Club, sé lo que hicieron a los recepcionistas.

Le dio otra patada.

Otro diente más cayó al suelo.

—Elegiste el lado equivocado, cabrón —gritó Göran.

Natalie cogió el bate de béisbol de Göran. Golpeó a Marko en las piernas, el estómago.

Clavó el extremo en su cara con todas sus fuezas.

Su nariz se convirtió en fragmentos ensangrentados. Gritó.

Salió una espuma roja de su boca. Sangre. Dientes. Mucosidad. Sustancia de labios.

Natalie elevó la voz.

—Cállate, hijo de puta. ¿Qué pasó con mi padre?

La tormenta en su interior tronaba contra el cráneo.

—No tengo ni idea. —La voz de Marko sonaba desesperada.

Ella le pisó la frente.

Él lloró, babeó, pidió clemencia.

Ella vio breves imágenes de Melissa otra vez. Le golpeó la polla con el bate de béisbol.

Gritó como un loco.

Le volvió a golpear en el mismo sitio.

Continuó gritando. Llorando. Tosiendo.

Hizo un *swing* con las dos manos, como si fuera un palo de golf.

No consiguió sacar más que un ruido sibilante.

Se calló.

Natalie se secó el sudor de la frente. Se calmó. Miró a Göran.

—Córtale el meñique del anillo y envíaselo a Stefanovic. Luego, remátalo.

Salió de la cámara refrigerada. Sascha la siguió.

No se duchó en el baño habitual junto a su habitación, sino que usó el del sótano. Su madre estaba dormida. Sascha estaba arriba. Eran las doce y media.

Se mojó el pelo y se lo masajeó con champú: Redken All Soft. Inclinó la cabeza hacia atrás y lo aclaró. Después lo escurrió, como si fuera un trapo. Cogió el acondicionador de la misma marca, Redken All Soft. Dejó que hiciera efecto durante un rato. Se duchó el cuerpo y los brazos. Limó los talones con una lima para pies que había olvidado que estaba allí abajo. Luego activó la ducha del techo. Se sentó en el suelo. Dejó que el agua caliente le cayera encima. Se formó vaho en la puerta de cristal de la mampara. Se echó más gel de ducha de lo normal: Dermalogica Conditioning Body Wash. Se lavaba mientras caía el agua. Espuma en el suelo. Se dio cuenta de que llevaba varios días sin depilarse las piernas. Deslizó la puerta hacia un lado. Salió, goteó sobre el suelo. Buscó una cuchilla en el armario del baño. Había un paquete sin estrenar. Se metió en la ducha otra vez. Dejó que el agua corriera. Se rasuró las piernas con movimientos lentos.

Era agradable poder relajarse.

No pensaba en la guerra con Stefanovic. No pensaba en Melissa. Ni siquiera pensaba en su padre. Solo disfrutaba del calor, de dejarse relajar por el agua.

Vio la cara de JW delante de ella.

Sabía lo que él pensaba sobre sus acciones contra Stefanovic, aunque él no lo hubiera vuelto a mencionar.

JW tenía que haberse puesto en contacto con ella otra vez con algún tipo de estrategia; cuando se vieron por segunda vez en el Teatergrillen había prometido que la ayudaría. En parte, a través de Bladman, que revisaría todo lo que tuviera que ver con los bienes de su padre, dándole a ella y a su abogado pleno derecho a disponer de ellos. En parte, por elegir bando: ella se negaba a que ayudaran a Stefanovic con negocios que en realidad eran suyos.

Habían hablado por teléfono dos veces. Él le daba largas, diciendo que llevaba tiempo. Que era difícil. Natalie quería llamarlo una y otra vez. No solo para que se pusiera a currar. También quería oír su voz. Oír sus excusas. Göran se lo tenía prohibido, pero él no podía saber lo mucho que le latía el corazón cada vez que veía un número desconocido en el móvil.

Un poco más tarde estaba en la cocina, todavía con el albornoz puesto. Comía queso *cottage* con tomate. Estaba medio colocada de Citodon y valeriana y, aun así, no era capaz de dormir. Hizo unas llamadas. Thomas. Göran. Pasaban cosas constantemente. La noticia de lo que habían hecho con Marko saldría en menos de dos días. Iban a tener que esperar la reacción de Stefanovic. Esto debería hacer que se lo pensara dos veces.

Bajó el teléfono. Ahora sí que debería irse a la cama.

Antes de levantarse volvió a sonar el móvil. Número protegido. Ni Göran ni Bogdan ni Thomas andaban con esas historias. Adam tampoco.

Era Viktor.

—¿Dónde cojones has estado?

Natalie no tenía paciencia para sus chorradas.

—En casa y con los chicos. Nada raro.

—Hace una semana que no sé nada de ti. —La voz de Viktor se quebró.

—¿Y?

—He oído cosas raras de ti.

—Si oyes cosas raras, son mentiras.

—He oído que saliste con Lollo y que un tipo, Axel Jolle o algo así, estuvo ligando contigo a tope y tú no hacías más que sonreír. Les invitó a unas copas, estuvo toda la noche tratando de llevarte a su casa. Y tú no le dijiste nada.

—¿Has oído lo que hicimos después, por la noche? La verdad es que fueron cosas muy interesantes.

—¿Qué hicieron?

Natalie metió una cucharada de queso *cottage* en la boca.

—¿No has oído hablar de ello?

—No, ¿qué pasó? Te lo juro, si has estado con él, lo nuestro se ha acabado.

—Vale, pero entérate de lo que pasó antes de volver a lloriquear por teléfono.

Colgó. Ya estaba harta. Era la última vez. Si le daba la lata una vez más, no volvería a verle.

Antes de que tuviera tiempo para dejar el móvil sobre la mesa, volvió a sonar. Número protegido otra vez. ¿Sería Viktor, que no había pillado el mensaje? No tomó la llamada.

Tono de SMS de mensaje nuevo. Lo escuchó. «Tienes un mensaje nuevo. Llamada recibida hoy, a las dos horas y veintiún minutos».

Tuvo la sensación de que iba a ser algo desagradable. «Soy Mischa Bladman. Hablo por mí y por JW. Dejen de hacer lo que están haciendo. Su conflicto está dividiendo la ciudad. Y ahora la gente de Moscú se ha cansado. Acaban de llamarme para pedirme que les diga que quieren ver resultados y que no quieren problemas, independientemente de quién tenga el material. Natalie, llámame ahora mismo».

\*\*\*

*Cuando llegaron los cambios, hubo mucho trabajo para nosotros. La economía rusa pasó una prueba de fuego. El que quería avanzar tenía que elegir sus opciones, tener los contactos adecuados y estar dispuesto a caminar por encima de los cadáveres. Y justo eso fue una suerte para nuestro sector.*

*Había mucha gente del KGB, GRU, Stasi, Securitate, que estaba dispuesta a solucionar los problemas de la gente. En cuanto a mí, yo venía, por la vía del Gulag, de OMON, y había sido educado en el Instituto Gorkovski.*

*Nos transformamos rápidamente para encajar en la nueva economía de mercado. Una vez que aprendimos el oficio en un contexto privado, nos dimos cuenta de cuánto trabajo había. Porque, en realidad, lo que hacíamos era dedicarnos a la máxima expresión del liberalismo del mercado: la supervivencia del más fuerte, sin intervenciones estatales.*

*Y veníamos del sector estatal, así que, cuando el Estado se transformó, nosotros ya éramos parte del proceso de transformación. Muchos creían que el Estado dejaría de existir en Rusia. A decir verdad, se hizo más fuerte que antes. Nosotros, el Estado y el mercado; los lazos eran indestructibles.*

*Hoy, algunos de los viejos zorros ya están muertos. Otros han avanzado dentro de las organizaciones, haciendo que las oligarquías hayan llegado hasta donde están hoy en día. Muchos de ellos se han convertido en Avtoriteti de primer nivel: Orechovskaia, Ismajlovskaia, Malysjevskaia... son solo unos ejemplos de agrupaciones dirigidas por gente como yo. Pocos de ellos van por libre, pocos son tan activos como yo dentro de mi sector.*

*En Italia siempre ha habido una necesidad de contar con gente como nosotros. Es cierto que Cosa Nostra, la 'Ndrangheta y la Camorra normalmente encargan el trabajo a sus propios hombres, pero, aun así, a veces necesitan gente de fuera. Para los gabachos había trabajo en el norte de África y los Dom-Tom. La orgullosa Francia siempre ha tenido la necesidad de controlar sus colonias y Estados satélites. La fuerza del petróleo y el deseo del poder son más grandes de lo que la mayoría de la gente piensa. En Gran Bretaña y en Irlanda nuestros favores han sido usados cuando había que solucionar los problemas de Irlanda del Norte. A ve-*

ces nos llamaban cuando los gánsteres de Londres y Manchester tenían que dejar claro cuáles eran sus territorios. En Escandinavia y en Alemania avanzaron los rusos y los bálticos. Contrataron nuestros favores cuando necesitaban hacer una limpieza entre sus propias filas.

Pasé alrededor de tres años dentro de OMON antes de ser condenado. Pero fue suficiente. Tuve tiempo para convertirme en un maestro en lo que hago. Llevamos a cabo misiones en Nagorno-Karabaj y en Georgia. Tomé parte en el ataque al Parlamento de Letonia. Todos los que oyeran mi nombre y supieran quién era yo sentían lo mismo. Miedo.

Comenzaron a llegar ofertas de trabajo más grandes desde Moscú. De excompañeros de armas, de bancos que tenían problemas con las autoridades, de oligarcas que tenían problemas unos con otros. Y más tarde, al cabo de unos años, me llegaron trabajos de toda Europa. No solo se trataba de recaudaciones, avisos y protección personal. En 2001 me dieron mi primera misión internacional: sacrificar a un pretencioso turco en Fráncfort que había intentado tomar el control de las calles equivocadas.

Yo ya sabía matar por aquel entonces, pero todavía no había aprendido cómo funcionaba la organización que rodeaba todo. Si el que conozca este sector hubiera estudiado mi modus operandi cuando me cargué al turco, se habría reído de mis errores. Pero hoy en día esto forma parte del pasado, al igual que el fracaso en el estacionamiento.

No miro hacia atrás.

En Suecia, el tiempo transcurría lentamente. Ella había aprendido de los errores de su padre. Tomaba más precauciones que una avtoritet en una guerra contra Putin.

Pero eso daba lo mismo. Me pagaban por esperar.

J-boy: el rey de muchos nombres. El Bernadotte, el Bhumi-bolo, el *Fucko the Policía*. Le dio tiempo a pensar: «Pueden llamarme lo que quieran; no tengo intención de volver a prisión».

FTP, *Fuck the Police*.

Cuatro policías de asalto vestidos de negro entraron corriendo. Cascos, chalecos, MP5 apuntados hacia Jorge, Javier y Hägerström. Gritando y metiendo ruido como solo hacen los polis. Ordenaron a los taxistas que se largasen. Dos de ellos empujaron a Javier contra el suelo. Dos empujaron a Martin Hägerström sobre la mesa. Otros dos entraron por la puerta de un salto. Se abalanzaron sobre Jorge.

Él los esquivó.

Ellos: profesionales.

Ellos: gritaron que se tumbara sobre el suelo.

Los puntos rojos de sus miras bailaron sobre el cuerpo de Jorge.

Ellos: unos ceros a la izquierda.

Jorge se lanzó a por uno de ellos. Le dio un puñetazo. No era un experto en peleas, pero esta vez: suerte, le dio en plena cara. Notó cómo los nudillos se clavaban en la nariz del policía.

Pero el jodido poli no se inmutó. En lugar de eso agarró los brazos de Jorge. Los dobló detrás de su espalda. Le dobló hacia delante. Crujió. Le hizo un daño de tres pares de cojones.

—¿Qué coño hacen? —gritó.

—¿Están mal de la cabeza o qué? —gritó Javier desde el suelo.

—Tranquilos, joder —gruñó Hägerström.

Los policías hicieron su trabajo de manera eficaz. Esposaron a Javier. Le pusieron las esposas también a Hägerström.

Tuvieron que trabajar un poco más con J-boy. Ahora estaba furioso de verdad. El chute de adrenalina: se convertía en Hulk, combinado con un luchador MMA. Daba patadas, puñetazos, se tensaba como un loco. Daba vueltas con los brazos, mordió a unos de los policías en el dedo, a través del guante. Hizo todo lo que pudo por escurrirse de las esposas. Jorge: salvaje. Loco. CHIFLADO.

Sin embargo, consiguieron doblar sus brazos tras la espalda otra vez. Rodillas en la espalda. Pensaba que se iba a romper en dos. Masticó el suelo de linóleo. Oyó cómo Javier bramaba. Escuchó el ruido de las esposas que iban a ponerle.

Se había terminado. La planificación con los colegas, los encuentros con el Finlandés, el ATV, el golpe de su vida. La época en Tailandia.

Pensó en Mahmud; por lo menos el colega de la cafetería se libraría. Se preguntó si Tom y Jimmy seguirían por allá abajo.

Sujetaban su mano de una manera extraña. Apretando entre el pulgar y el dedo índice. Comenzaron a ponerle las esposas.

Entonces ocurrió algo. Un movimiento rápido. Uno de los policías cayó hacia un lado.

Otro gritó algo. Jorge giró la cabeza. La presión contra la espalda se alivió. Levantó la mirada.

Andrés, el tipo que trabajaba en la cafetería, se había tirado sobre uno de los policías.

Una lucha en el suelo al lado de Jorge. Uno de los policías trataba de mantener un brazo sobre la espalda de Jorge a la vez que intentaba quitarse de encima a Andrés. Uno de los polis que habían esposado a Hägerström se metió en la pelea.

Andrés: un tipo fuerte. Los policías tenían problemas.

J-boy: el profesional de las carreras, el gato del gueto con siete vidas. El rey de muchos nombres; esta era su oportunidad.

Se levantó de un empujón.

Javier estaba tumbado con los brazos en la espalda. Seguía con dos policías encima. Imposible salvar al colega ahora.

Jorge salió corriendo.

Oyó cómo gritaban los policías a su espalda. Pero Andrés era un héroe; tenía dos polis bajo su cuerpo.

Seguía lloviendo. Estaba oscuro en la calle a pesar de la iluminación de las farolas. Le esperaban cuatro agentes. De fondo: unos taxistas cagones que de repente se habían visto metidos en medio de la detención del año y no podían dejar de mirar.

Sacó su pequeña sorpresa.

En el hoyo donde ocultaba la bolsa con el dinero, también había escondido una Taurus 9 mm Parabellum que había sobrado tras el ATV. Ahora la sujetaba en la mano.

Se lanzó sobre uno de los taxistas.

Clavó la pistola contra la sien del pobre hombre.

—Si se mueve, le vuelo la cabeza —gritó.

Los cuatro polis se detuvieron.

Vio dos coches avanzar despacio por la calle.

—Ahora vas a correr delante de mí —susurró Jorge al taxista—, lo más rápido que puedas, hasta tu coche.

El tipo tendría unos treinta años. Una barba corta y oscura le cubría las mejillas.

Jorge lo empujaba por delante de él con el arma. Parecía real, era una copia de aire comprimido de un modelo de Parabellum.

El taxista comenzó a andar deprisa.

—Más rápido —ordenó Jorge.

Las gotas de lluvia impactaron contra su cara como pequeños disparos de pistola.

El taxista resoplaba. Los policías se quedaron como petrificados durante unos segundos. Después gritaron que se detuviera.

A Jorge se la sudaba. Contestó que ellos eran los que tenían que detenerse, o le volaría la cabeza.

Treinta metros más adelante: el taxi.

—Saca las llaves de tu coche, ábrelo ya —dijo.

El taxista hurgó en el bolsillo mientras corría. Sacó la llave. El coche hizo clic.

Jorge abrió la puerta del conductor, empujó al taxista al interior. Él se sentó en el asiento trasero. Con la réplica clavada en la nuca del pobre hombre todo el rato. Vio a los polis a unos metros de distancia.

El taxista giró la llave. Sollozó.

—Tengo hijos. Tengo hijos.

—Conduce lo más rápido que puedas hacia Odenplan.

Jorge estuvo a punto de caerse cuando el taxista arrancó derrapando. El taxi: un Saab 9-5 con asientos de cuero negro. Un ejemplar de *Aftonbladet* metido en el bolsillo del asiento delantero. Una calcomanía con información sobre las tarifas en la ventanilla. Así eran todos los taxis suecos por dentro.

Los limpiaparabrisas barrían el cristal de un lado a otro.

Vio cómo los dos coches de policía camuflados negros los perseguían.

Estaba tranquilo. Reclinó el cuerpo en el asiento. Dejó que los pensamientos corrieran libremente.

Se preguntó por qué Andrés le había ayudado. Agresión, protección a un delincuente, quizá algo más. Andrés se condenó a sí mismo a prisión por ayudar a Jorge. Un auténtico ser humano. Un ángel. Jorge le devolvería el favor.

Vio imágenes. La primera vez que la policía le había llevado a casa. Tenía once años. Llevaba meses haciéndolo; él y los colegas iban de tienda en tienda cada tarde, robando todo lo que pudieran llevarse. A menudo tenían que tirar la mierda al bote de la basura. Era un deporte.

Pero una vez le agarraron. Había robado dos bolsitas de heroína. Sergio y él tenían que esperar en una habitación donde contaban el dinero de las cajas hasta que llegó la policía. Pero antes llegó el jefe de la tienda.

—Se creen muy listos, ¿verdad? Putos moros.

Jorge le miró.

El jefe de la tienda apretó sus mejillas. Le hizo daño.

—Creo que te voy a dar una paliza.

Sergio se levantó, diciendo:

—Basta ya.

En realidad: todavía amaba a Sergio por haberle apoyado allí en la habitación interior de la tienda. Algunos tíos eran auténticos por naturaleza. Tal vez Andrés fuera uno de ellos.

El taxi le llevó hacia Odenplan. Tomó una curva pronunciada a la derecha. Subió por la calle Karlbergsvägen. Los neumáticos chillaron. Los putos polis seguían por detrás.

Jorge se sujetaba en las asas del techo.

Pensó en el *cash* del ATV que había desenterrado en el bosque. Vale: había seiscientas mil. Pero *mierda:* la mayoría de los billetes estaban manchados de tinta. No era el tipo del Finlandés el que había ayudado a abrir estos maletines, lo había hecho él solo. Y tampoco comprobó los billetes con la misma atención que había prestado al resto de la pasta.

Llamó a JW para preguntarle si era posible lavar los billetes, o, dicho de una manera más sencilla, no necesitaba que la pasta fuera blanca como la nieve, solo quería poder cambiarla y usarla en Tailandia. Quedaron, JW hojeó los montones de *cash*.

—Sí se les puede lavar —constató—, pero llevará tiempo, hay que secarlos. Recomiendo que los cambiemos en una oficina de cambio de divisas donde conozco a gente. Ellos aceptan estas cosas, lo único que hacen es que rebajan un poco el tipo de cambio. Me va a llevar unos días.

Otro contratiempo. Jorge se vería obligado a quedarse demasiado tiempo en Suecia. Ahora se arrepentía de ello, más que nunca.

El taxi tomó la salida de la calle Norrbackagatan. Edificios de cinco pisos por todas partes.

—Para aquí ahora. Y sal —dijo Jorge.

Los coches de policía camuflados acababan de entrar por la calle. Jorge oyó el ruido de sirena que venía desde el otro lado.

Empujó al taxista delante de él. Había dejado de llover.

Se acercaron a una puerta. Jorge rompió la parte que era de cristal. Metió la mano izquierda. Abrió la puerta desde dentro. Mantenía la pistola de juguete apuntando a la cabeza del taxista todo el tiempo.

Entraron. Dijo al taxista que se sentara.

Vio dos coches de polis oficiales que se detenían al lado de los otros. Polis que salían. Se preguntarían qué estaba haciendo.

Abrió la puerta del portal un poco. Colocó el pie del taxista en la rendija de la puerta. Mantenía la puerta abierta con el pie. Jorge enseñó cómo tensaba el percutor. Después colgó el arma de la manilla de la puerta.

Miró al taxista.

—¿Lo entiendes? Si retiras la pierna, la puerta se cierra y entonces puede que esta pistola se dispare contra ti.

El tipo asintió con la cabeza. Jorge pensó: «Tengo que enviarle flores y pedirle disculpas cuando esto se acabe».

Subió las escaleras del portal de dos en dos.

Oyó los gritos de los agentes en el portal de abajo.

Capítulo

# 50

Hägerström estaba en el lado equivocado de la mesa. Había estado más veces de las que podía recordar en el lado de enfrente, donde se encontraban la jefa del interrogatorio y el otro, el testigo del interrogatorio, el otro policía. Sonrió por dentro al pensar en la situación. Hoy, el inspector criminal Martin Hägerström no era el que interrogaba, sino el interrogado. Pravat solía pedirle que jugaran al juego del mundo al revés. Hoy Hägerström jugaría al mundo del revés con la inspectora Jenny Flemström y el inspector Håkan Nilsson.

Esto sería un interrogatorio rutinario, después deberían dejarle salir. No podían mantenerlo arrestado más de seis horas a no ser que un fiscal ordenara su ingreso en prisión. Además, no habría sospechas contra él. No había hecho más que tomar un café en la cafetería de los taxistas con Jorge y Javier. Había estado en el lugar equivocado en el momento equivocado. A pesar de todo, estaba decepcionado. En realidad, no se había defraudado a sí mismo, porque la culpa de que el asalto se convirtiera en un fiasco no había sido suya. La unidad de asalto había actuado como unos aficionados. Deberían haber metido a policías de paisano dentro de la cafetería y haber cortado la calle fuera. Tendrían que haberle puesto las esposas a Jorge primero, no intentar apresarlo *después* de Hägerström.

Se preguntaba si Jorge había conseguido escapar.

Se preguntaba cómo estaba Javier.

La inspectora Flemström explicó las formalidades.

—De acuerdo, Martin, ahora vamos a interrogarte. Eres un expolicía, así que ya conoces la rutina. En breve activaré la grabadora. ¿Quieres tomar algo antes de empezar? ¿Café, agua?

Hägerström volvió a sonreír por dentro. Intentaron invitarle a tomar algo para que se sintiera cómodo. Negó con la cabeza, declinando la oferta.

Jenny Flemström encendió el dictáfono.

—Bien, vamos a interrogar a Martin Hägerström; están presentes la inspectora de policía Jenny Flemström y el inspector de policía Håkan Nilsson. Es el 8 de octubre y son las tres de la madrugada. Estamos grabando el interrogatorio.

Hägerström miró a Flemström. Sujetaba un bolígrafo en la mano, metía y sacaba la punta.

—Cuéntame lo que estabas haciendo en la cafetería Koppen esta noche.

—He ido a tomar un café con un conocido, él se llama Javier.

—¿Y cómo lo conoces?

—Nos conocimos en Tailandia hace unas semanas, no lo conozco desde hace mucho tiempo.

—¿Son buenos amigos?

—No, nos conocemos desde hace poco.

—¿Y cuánto tiempo estuviste en Tailandia?

—Alrededor de tres semanas.

—¿Qué hiciste allí?

—Vacaciones. He trabajado en Bangkok antes, así que conozco a un poco de gente allí.

—¿Cómo conociste a Javier?

—Estábamos alojados en el mismo hotel en Phuket.

—¿Pasaste mucho tiempo juntos?

—Sí, estuvimos juntos casi todos los días hacia el final, pero solo unos días.

—¿Y cuál es el apellido de Javier?

—No tengo ni idea.

—¿Cómo puedes no conocer su apellido, no te parece un poco raro?

—Para nada, no teníamos ese tipo de relación. No hacíamos más que tomar cervezas juntos, íbamos a bares y eso.

Flemström continuó haciendo preguntas. Apuntaba cosas. Nilsson también tomaba notas al fondo. Cuando esto terminara, Hägerström llamaría a la inspectora Flemström para enseñarle un par de cosas sobre técnicas de interrogatorio. Iba demasiado rápido, quería avanzar en el interrogatorio con demasiadas prisas. No le daba tiempo a establecer estructuras.

Tal vez debiera decir la verdad, que era un agente UC que formaba parte de una operación importante. Pero podría poner en riesgo toda la investigación. Habían entrado en una fase delicada. Tenía que seguir actuando, no había más. No había nada que temer: era solo un policía normal en una situación poco normal.

Flemström entró en otro terreno.

—Cuéntame algo sobre tu pasado.

—¿Qué quiere saber?

—¿En qué estás trabajando?

—Estoy en el paro. Antes trabajaba en el penal de Salberga. Y antes de eso, ya sabe lo que hacía. Me despidieron de la policía esta primavera. Vivo en Estocolmo y tengo un hijo que vive con su madre en Lidingö.

—Bien. ¿Y qué tipo de trabajo estás buscando?

—Trabajo de guardia, ese tipo de cosas.

—¿Y cómo te ganas la vida?

—Vivo barato y tengo ahorros.

—¿Dónde vives?

—En Östermalm. Vivo en un piso de cuatro habitaciones de la calle Banérgatan.

Hägerström no apartaba los ojos de los de Flemström. Ella reaccionó de manera visible cuando le dijo dónde vivía. Había visto la misma reacción muchas veces en las caras de otros colegas de la policía. No apuntaba a clase media, precisamente. Pero Flemström seguramente pensaría: ¿cómo puede un expolicía y guardia permitirse un piso en propiedad en Östermalm?

Continuó. Inclinó el cuerpo de cintura para arriba sobre la mesa, hacia Hägerström.

—¿Y a Jorge Salinas Barrio, de qué lo conoces?

—No lo conozco.

—¿Lo has visto en alguna otra ocasión?

—Sí, si te refieres al amigo de Javier, le he visto una vez antes, también en Tailandia.

—¿Conoce bien a Javier?

—Sí, creo que sí. Creo que son buenos amigos. Al menos sé que se conocían desde antes de Tailandia.

La inspectora Flemström volvió a asumir la postura erguida. Contenta con la respuesta. De nuevo: técnica de interrogatorio del nivel más simple. Inclínate sobre el sujeto cuando atacas, retírate cuando hayas sacado lo que querías. Continuó.

—¿Y qué hacía él en la cafetería Koppen?

—No tengo ni idea, no sabía que iba a venir. Le habrá avisado Javier.

Hacía frío en la sala de interrogatorios. Hägerström miró al radiador que colgaba de la pared. Probablemente estaba más muerto que una piedra.

—Babak Behrang, ¿también lo conoces? —continuó Flemström.

—No.

—¿Has oído hablar de él?

—No, ni idea.

—Mahmud al-Askori, ¿te suena ese nombre?

—No, nunca lo he oído, nunca lo he visto.

—No, ¿eh? ¿Y Robert Progat?

—No, lo mismo.

—¿Tom Lehtimäki?

—Tampoco. ¿Quiénes son?

La respuesta de Flemström llegó rápido:

—Somos nosotros los que hacemos las preguntas.

Hägerström pensó una vez más en lo poco profesional que era. La técnica adecuada hubiera consistido en intentar establecer lazos con él, intentar que se sintiera cómodo, hacerle sentir que no tenía nada que temer. No reprenderlo de esa manera. Miró hacia Håkan Nilsson, tratando de ver si él comprendía lo que Hägerström sabía.

Obtuvo más o menos la misma respuesta que del radiador de la pared. La mirada de Nilsson era fría como el hielo.

Volvió a pensar en Javier. Esperaba que la unidad de asalto no le hubiera hecho mucho daño. Hägerström saldría de allí en breve. Javier seguramente se quedaría, esa era la idea de la detención. Se sentía raro.

Se preguntaba qué había hecho.

¿Cómo iba a terminar todo esto? ¿Cómo podría volver a ver a Javier?

\*\*\*

De: Lennart Torsfjäll [lennart.Torsfjäll@polis.se]
Enviado: 8 de octubre
Para: Leif Hammarskiöld [leif.hammarskiold@polis.se]
Copia:
Asunto: Operación Ariel Ultra; el Mariposón.

¡N.B.! ELIMINAR ESTE *E-MAIL* DESPUÉS DE LEERLO

Leif,

Te envío este mensaje en esta hora intempestuosa para que los titulares de la prensa no te resulten demasiado chocantes mañana. Esta noche hemos llevado a cabo una operación de detención en la que el agente con el nombre interno de Mariposón estaba involucrado.

Como ya sabes, la misión del Mariposón ha consistido principalmente en la infiltración y la recogida de información relacionada con delitos económicos graves. En este proceso ha conseguido entablar una relación cercana con Johan, *JW*, Westlund, sospechoso de ser uno de los cabecillas de las grandes operaciones de blanqueo de dinero que la autoridad de delitos económicos está investigando en el presente momento, en el marco del Proyecto Pulpo (*vid.* informe adjunto). A lo largo de las últimas semanas, el Mariposón también ha tenido acceso a un grupo de «nuevos suecos» y profesionales del crimen que son sospechosos de estar detrás del atraco de Tomteboda. Yo mismo le he dirigido en este sentido, puesto que considero que de esta manera podremos matar dos pájaros de un tiro.

Durante la operación, que tuvo lugar hace aproximadamente tres horas, uno de los sospechosos fue detenido. Otro sospechoso, Jorge Salinas Barrio, consiguió escapar de un modo espectacular y sigue en libertad, pero se están llevando a cabo intensas acciones en este momento. Debido a la naturaleza del robo de Tomteboda y el pasado policial del Mariposón, es probable que los medios de comunicación den mucho bombo a la fracasada operación de esta noche. Por eso quiero informarte de la razón por la cual el Mariposón estaba presente en el lugar de la detención. Espero encarecidamente que se haya podido detener a Salinas Barrio cuando leas este mensaje, para que no tengamos que vernos aún más arrinconados por nuestra querida prensa de izquierda.

Por lo demás quiero señalar que la «inclinación» del Mariposón no parece haber afectado a la operación.

Te llamo también mañana a las nueve. No dudes en ponerte en contacto conmigo en la hora del día que sea.

Por último, propongo que sigamos con nuestro acordado código de encriptación para estos *e-mails*.

Lennart

# Capítulo
# 51

A Natalie le dolían los pies, las patadas a Marko le habían producido moratones.

Eran las nueve de la noche. No habían pasado ni veinticuatro horas desde que le había dado su merecido a ese traidorcillo. Había transcurrido menos tiempo todavía desde que Mischa Bladman había llamado para decirle que los rusos ya se estaban entrometiendo. Y eso que Bladman todavía no sabía lo que habían hecho con Marko.

Aun así: reaccionó rápido. Cuando ella le devolvió la llamada para decirle que quería quedar con JW, organizó una reunión directamente.

Y ahora estaba allí, esperando en una de las suites ejecutivas del hotel Diplomat. En realidad, Natalie estaba contenta de que Bladman le hubiera llamado para quejarse de lo de Moscú; eso obligaba a JW a quedar con ella otra vez.

La suite estaba situada en la esquina del hotel que daba a la bahía Nybroviken, estaba diseñada por algún arquitecto especial, por lo visto. Dormitorio con una cama de lujo, salón con un sofá de lujo y un cuarto de baño con su propio baño de vapor. Albornoces de la marca Pelle Vävare. Productos de L'Occitane. Colores claros, dibujos sencillos, cortinas traslúcidas que dejaban pasar la luz del otoño. Suelo de parqué que crujía de una manera tradicional, más auténtica que los suelos recién puestos de su casa de Näsbypark. Por todas partes había flores recién cortadas, incluso en el cuarto de baño.

Adam estaba en el sofá, jugando con su móvil. Parecía estar tranquilo. Natalie sabía que llevaba al menos dos armas encima.

Ella había abierto las puertas del balcón. Quinta planta, debería ser seguro. Adam estaba en el salón y había otro tipo en el vestíbulo; la verdad es que, desde que el conflicto con Stefanovic había arrancado en serio, solo se sentía segura en el chalé y en las habitaciones de hotel.

Pero el miedo seguía ahí de todas maneras. Como un escalofrío que le recorría la espalda, como una sensación de que estaba siendo vigilada constantemente. Dejó de tomar Red Bull normal y ahora solo tomaba latas de Red Bull Energy Shot; no porque fuera mucho más potente, sino porque le costaba menos tiempo bebérselas. Las tomaba de dos en dos. Tomaba valeriana para bajar de revoluciones. Se preparaba té de camomila para tranquilizarse. No podía decidirse. ¿Quería irse a la cama a dormir o quería quedarse despierta las veinticuatro horas del día?

Pensó en los resultados preliminares de Ulf Bergström, el técnico del Forensic Rapid Research, el laboratorio privado que habían contratado. No había encontrado ADN utilizable. Pero en dos pistolas del Black & White Inn habían encontrado huellas dactilares que estaban lo suficientemente nítidas como para poder efectuar una búsqueda. El que compró la carga plástica, el arma rusa, probablemente una Stetjkin, y la Glock, también había tocado aquellas pistolas. Natalie había pensado en la posibilidad de entregar la información a la policía para que pudieran buscar en sus propios registros. Thomas se lo desaconsejó. Quería intentarlo por su cuenta; quizá él pudiera tener acceso a los expedientes sin necesidad de meter a la policía de manera oficial. Él pensaba que se enteraría de si era posible o no dentro de unos días.

El teléfono del hotel sonó. Natalie contestó.

—Tiene una visita.

—Pídele que se identifique.

—Johan Westlund. Dice que le llaman JW —dijo la recepcionista, tras un rato de silencio.

—Vale, déjalo subir.

Mientras colgaba el teléfono, sonó su móvil. El chico del vestíbulo le informaba de que JW estaba subiendo.

Alguien llamó a la puerta. Adam miró por la mirilla y abrió.

Natalie respiró hondo; JW tenía un aspecto fantástico. El pelo no estaba tan repeinado como la última vez que se habían visto. Su abrigo y la americana parecían una segunda piel por encima de la camisa, que tenía que ser de un algodón de una calidad increíble; resplandecía, a pesar de que la luz que entraba de la calle era débil. Cada uno de los gemelos llevaba una piedra verde incrustada. Hacían juego con el pañuelo que sobresalía de la solapa.

Pero, sobre todo, era su mirada. Los ojos de JW brillaban. Natalie pensó: «Joder, qué bueno está. Y sabe que hoy vamos a negociar».

Se abrazaron. Él no sonrió. Natalie le dijo que no se quitara el abrigo y le llevó al balcón.

Se sentaron. Natalie llevaba una gabardina, y un fular alrededor del cuello.

La situación de hoy era diferente: la intensidad de la guerra contra Stefanovic había subido seriamente. JW se sentiría obligado a actuar. Era como tenía que ser; los juegos de meter-la-cabeza-en-la-arena ya habían terminado.

Ella fue directamente al grano:

—Tu socio dijo que la gente de Moscú se está cansando. Cuéntame más.

JW puso una mano encima de la otra.

—Ya te he dicho que tienes que dejarlo.

—¿Qué eres, mi jefe o qué?

—No, pero no hablo por mí. Están irritados en Moscú.

—Dime todo lo que sepas, por favor.

—Todas estas tensiones no son buenas para esta ciudad —dijo—. Moscú opina, por ejemplo, que Stefanovic y tú están jugando al escondite con la información que ellos necesitan. No conozco los detalles, pero esto no puede seguir así.

Natalie tenía que mantener la calma. No se sentía equilibrada; se sentía excitada, preocupada y totalmente tranquila al mismo tiempo. La situación de esa negociación: había tantas cosas en juego. Al mismo tiempo: se imaginaba a JW desnudo. Se lo imaginaba besándola. Ella era Natalie Kranjic; ella manejaba los hilos. Se apoderaba de lo que le apeteciera.

—Ven conmigo a la habitación —dijo ella.

Vio en sus ojos que comprendía.

Atravesaron el salón. Adam ni levantó la mirada.

Cerraron la puerta del dormitorio tras de sí.

Se puso cerca de JW. Él le sacaba una cabeza. Dio un paso de hormiga hacia delante.

—Tenemos que llegar a un acuerdo, ¿no?

Él bajó la cabeza; ella notó su aliento, olía a menta.

Su cara estaba cerca de la suya. Su barbilla rozó su mejilla.

Ella le agarró del cuello. Le apretó contra ella. Le besó.

Se tiraron a la cama. Ella se puso encima. Él le acariciaba el culo, las caderas, los muslos.

—Dios, qué buena estás —dijo él.

—No te hagas tanto el duro —dijo ella.

Él soltó una risita.

Ella le quitó la americana y comenzó a desabrochar su camisa.

Él le besó el cuello. Luego continuó besándola en los párpados y en la frente.

La cama era aún más cómoda de lo que parecía. Natalie se echó sobre ella. JW fingió morderla en el lóbulo de la oreja y en los labios.

Puso las manos sobre sus pechos.

Ella consiguió quitarle la camisa. JW estaba en forma. Menos que Viktor, aunque tenía unos pectorales marcados y unos abdominales decentes. Le lamió los pezones.

Él gruñó.

Ella le bajó la bragueta y sacó la polla, le lamió el glande, se la metió en la boca, la agarró con una mano y se la tragó por completo.

Gruñó más intensamente.

Ella no quería que llegara. Lo soltó y se acercó a él. Él le desabrochó el pantalón y se lo quitó. Llevaba unas bragas rosas de Hanky Panky.

Ella le llevó la cabeza hacia su entrepierna.

Él la besó en el interior del muslo. En la parte exterior de la braga; su cálido aliento la atravesaba.

Le quitó las bragas. La besó en el coño.

Ella notó cómo él separaba los labios con los dedos.

Su lengua buscaba el camino con movimientos ligeros.

Subió una mano hacia su pecho, apretó uno de sus pezones con cuidado.

Su lengua seguía revoloteando allí abajo. Se acercaba poco a poco al clítoris.

Sintió cómo le masajeaba el coño con los dedos de la otra mano.

Lamía con una lengua ancha, una punta fina, hacia un lado, hacia el otro, alternando. La movió en círculos.

Ella tensó el cuerpo. Casi se retorcía.

Él la lamió cada vez más rápido.

Ella notó cómo las convulsiones le atravesaban el cuerpo.

Su lengua estaba por todas partes.

Gritó. Su cuerpo estaba convulsionado.

Llegó.

Se quedaron quietos. Ella todavía sentía alteradas sus pulsaciones.

Al cabo de unos minutos se sentó encima de él. Estaba húmeda. Su polla entró con facilidad.

Él movió la cadera. Ella le seguía el ritmo.

Natalie lo sintió dentro.

Se inclinó hacia delante. Él le agarró del culo.

Adentro y afuera. Acariciaba sus pechos.

La cama se sacudía al compás de sus movimientos.

Ella vio cómo él comenzaba a respirar más rápido.

Sintió el sudor en su espalda.

Vio el sudor de la frente de JW.

Se movían a un ritmo acompasado.

El cuerpo de él golpeaba las sábanas.

Ella estaba a punto de llegar otra vez.

Notó cómo le subía por el cuerpo.

Pulsaciones que atravesaban la entrepierna, la tripa, la espalda. Oleadas de placer que le atravesaban el corazón.

Ella gritó.

No estaba claro si él también había llegado.

Estaban echados sobre la cama, juntos. Todavía no habían dicho muchas cosas.

—Al menos eres bueno de alguna manera —dijo Natalie.

—Tú también.

—Sigamos hablando.

Él sonrió.

—Vale, creo que saldrá mejor ahora que hemos roto el hielo.

—¿Qué quieres para pasarte a mi bando? —preguntó ella.

JW miraba al techo.

—Tienes que poner fin a vuestra guerra. Es mala para los negocios. Quiero que seas tan fiel a mí en los negocios como yo lo seré a ti. Y tengo una propuesta.

Natalie esperó.

—Quiero que actúes de manera que suceda cierta cosa —dijo JW.

—¿Qué?

—Ya llegaré a ello. Ten paciencia.

Sonrió.

Hablaron durante un buen rato. Intercambiaron ideas. JW le hizo propuestas. Natalie le contó qué tipo de ayuda necesitaba; JW ya estaba al tanto de la mayoría de las cosas.

Natalie quería entender exactamente cómo trabajaba. JW era reacio a contárselo.

Natalie dijo que, si ella no lo entendía, no había trato.

Él accedió, explicó su actividad; le llevó más de una hora.

Fue pedagógico, minucioso. Casi parecía que disfrutaba al explicarlo. Mostrar lo listo, multifacético, avanzado que era. Sobre todo: cuánto dinero manejaba.

Primero: la clave del éxito residía en el movimiento, todo dependía de movimientos.

Movimientos de un sistema económico a otro. Movimientos desde las zonas sucias a las zonas limpias. Movimientos cíclicos. Movimientos a través de tres pasos vitales: colocación, ocultación, reinserción. Sin ellos no se podía cerrar el círculo.

De nuevo, los fundamentos: colocación, estratificación y la reintegración del dinero en la economía legal.

El primer paso: la colocación. Los medios casi siempre llegaban en efectivo. Había que meterlos en el sistema financiero de alguna manera. El *cash* era peligrosísimo, no había nada que levantara tantas sospechas como un montón de billetes.

El segundo paso: la ocultación. Estratificación para distanciar el dinero de la fuente. Utilizaban varios sistemas, varias transacciones. Empresas, personas privadas, trusts, jurisdicciones con discreción. Transferencias entre cuentas de diferentes bancos a lo largo y ancho del mundo.

El último paso: la integración en la parte legal de la economía. La reinserción del dinero para que pudiera ser consumido o invertido sin riesgo. Para que todo pareciera limpio y legal.

JW y su gente controlaban, planificaban estrategias, consultaban todos los pasos.

—No solo aconsejamos —dijo—, sino que ponemos en funcionamiento toda la cadena. Llevamos a cabo lo que proponemos.

Pero las regulaciones de la Unión Europea y la OCDE estaban al acecho. La legislación antiterrorista trataba de impedir los chanchullos que traspasaban las fronteras. Muchos países habían abandonado la discreción bancaria. Suiza había tirado la toalla hacía ya varios años. Varias islas del Canal abandonaron el año pasado. Liechtenstein estaba en camino. E incluso los bancos suecos tenían mucho más cuidado ahora. Nadie quería llevarse la fama de ser el banco negro. Cuando querías hacer un ingreso, a menudo tenías que contestar preguntas y enseñar una identificación válida. En cuanto les parecía que una transacción era inusual, o no comprendían las razones que había detrás, comenzaban a husmear. ¿Cuál era el propósito de la transacción, de dónde venía el dinero, para qué se utilizaría? Querían ver contratos, recibos, facturas u otras cosas que justificaran tus explicaciones. Querían saber exactamente quién ingresaba y cuánto.

También era más difícil usar testaferros. Los bancos querían ver pruebas de que tú eras el propietario de más del veinticinco por ciento de la empresa, que tenías la influencia decisiva. Querían saber que tú estabas verdaderamente al frente. Justo lo que un criminal deseaba ocultar.

Pero JW tenía una buena solución. Los hombres del consorcio de cambio de divisas con los que él colaboraba procuraban que las señoritas que estaban detrás de los mostradores de las oficinas de cambio nunca hicieran preguntas.

El principio básico seguía siendo el de hacer cosas que parecían normales. No llamar la atención. Eso creaba buenas relaciones con los banqueros de otros bancos también. Establecía rutinas, confianza. Cuando esto ya estaba afianzado, se podía aumentar las cantidades.

Bladman controlaba tres empresas con actividades más o menos reales: la venta de productos electrónicos, los servicios de asesoría financiera y una empresa de catering. Lo más importante: esas empresas tenían clientes de verdad, ingresos reales, hacían negocios efectivos. Tenían testaferros como propietarios, pero podían enseñar cuentas bancarias, libros de registro de acciones falsos, auditorías revisadas.

La empresa de la electrónica: tenía una página web, una chica de una centralita e incluso un pequeño almacén en Haninge. Vendían portátiles por un valor de quince millones al año. El asunto: el ochenta por ciento de las ventas era ficticio. Se efectuaban ingresos en las cuentas sin que se hubiera vendido ningún artículo. Lo bueno: en los libros de contabilidad todo parecía normal. Para el banco no resultaba fácil ver que en ocho de cada diez casos los ingresos eran efectuados siempre por las mismas veinte personas.

La asesoría: el mismo principio. Había unas oficinas reales, un empleado que ayudaba a pequeñas empresas con su contabilidad, líneas telefónicas reales, tarifa plana de internet. Había empresas por toda Suecia que pagaban por los servicios de asesoramiento de capitales. La asesoría facturaba más de veinte millones al año. El asunto, otra vez: el ochenta por ciento del tiempo facturado no había sucedido. Pero los clientes que de verdad existían eran un buen recurso.

La empresa de catering: alquilaba una cocina en un local en un sótano de la calle Ringvägen. Había un cocinero empleado. Entregaban almuerzos, cenas y bufés de negocios por un valor de trece millones al año. Muuuchos empleados, que cobraban sueldos. El asunto: el cocinero en cuestión era ludópata, el ochenta por ciento de la comida era una mentira. Los empleados solo existían en la imaginación.

También tenían otras empresas, en las que las actividades eran totalmente ficticias. Muebles antiguos, servicio de revisión de coches, soláriums y empresas de exportación; gran parte solo existía sobre el papel. Daba lo mismo; parecía que las empresas facturaban varios millones al año. Eran negocios que dependían en gran medida del dinero en efectivo, lo cual era perfecto. A los bancos les parecía que todo era normal cuando depositaban diez mil al día en los buzones nocturnos. Pero lo mejor era la empresa de exportación. Todos los pagos venían del extranjero: facturas hinchadas que hacían referencia a entregas de cero artículos.

JW lo controlaba todo minuciosamente: las cantidades no podían crecer innecesariamente, tenían que reflejar lo que las empresas ficticias razonablemente pudieran facturar cada día, y había que hacer los ingresos con billetes usados y arrugados.

En total: tenían una gran cantidad de herramientas de colocación. Muchas maneras de meter dinero ilegal en efectivo en el sistema.

Pero no todo pasaba por el filtro de las empresas. Ingresaban mucha pasta con la ayuda de satélites: vagabundos, alcohólicos y granujas de poca monta. Nada de drogadictos ni ludópatas, no se podían fiar de ellos. Ingresos en efectivo directamente en Western Union, Moneybooker, Forex y, sobre todo, en las oficinas de cambio de divisas donde el socio colaborador de JW dirigía las operaciones. Evitaban los sitios de Hawala[71] y la gente de África; allí el miedo al terrorismo era demasiado grande. Los satélites hacían pequeños ingresos de menos de diez mil coronas directamente a las cuentas de las empresas suecas o a empresas en el extranjero. Al final, sumaban bastante: un tipo podía patearse la ciudad y efectuar quince ingresos en un día.

Y, por último, lo más importante: a menudo usaban burros directamente. Cargaban maletas de mil billetes de quinientas coronas bien empaquetados, llenaban espacios secretos de coches con billetes de euros, dejaban que algún pobretón viajara con la tripa llena de diamantes. Naturalmente, era peligroso; el burro podía ser descubierto o podía engañarte. Por eso, JW necesitaba amigos peligrosos. Necesitaba el apoyo de una organización adecuada. Había que convencer a los burros de que las jugarretas no merecían la pena.

En resumidas cuentas: JW afirmaba que colocaba más de cien kilos al año en lugares seguros.

El segundo paso era más sofisticado. La estratificación en sí.

---

[71] La red conocida con el nombre de Hawala es un sistema informal de transferencia de fondos del mundo árabe.

Había empresas en Liechtenstein, Islas Caimán, Isla de Man, Dubái y Panamá. Incluso habían comprado un banco de buzón propio en Antigua, donde controlaban todo. Northern White Bank Ltd.; a JW le encantaba el nombre. Si alguien se pusiera a hurgar, ellos podían decidir si querían cerrar el banco entero y destruir la contabilidad. «Vaya, acabamos de tener un incendio; qué mala suerte».

Abrieron cuentas bancarias para las empresas en los mismos estados o en otros países que tuvieran una mejor discreción aún. Tenían *walking accounts*[72] en más de diez países, a través de las cuales filtraban todos los ingresos. La idea: el banco tenía instrucciones claras de que todos los medios que entraban tenían que ser transferidos automáticamente al siguiente banco del siguiente país. Pero no demasiado rápido; si se transfería un ingreso directamente, los bancos honrados comenzaban a sospechar y sus sistemas de seguridad alertaban. Las instrucciones consistían en vaciar las cuentas a lo largo de un periodo de noventa días. Poco a poco. Además: instrucciones aún más claras de que, si alguna autoridad comenzaba a interesarse por alguna transacción, el banco tenía que informar al banco del otro país, que, a su vez, debía transferir el dinero inmediatamente. Aquello creaba caminos retorcidos, difíciles de seguir para el gran hermano. Mejor aún: creaba un *early warning system*[73] si algo salía mal.

Las estrategias y las estructuras variaban en función del cliente y el tamaño de las sumas.

Había muchos asuntos en países europeos y en el Caribe. Pero las cosas estaban cambiando, según JW. En realidad el mejor país era Panamá, y algunos de los emiratos.

Lo mejor de todo: JW había enrolado al banquero perfecto. No quería decir su nombre, pero al parecer el tipo en cuestión había sido el director ejecutivo de una sucursal del Danske Bank.

---

[72] Cuentas usadas exclusivamente para la filtración de dinero.
[73] «Sistema de aviso rápido».

Un hombre respetable. Un hombre del mundo financiero real. «Mi hombre en el frente», como decía JW.

El tipo vivía en Liechtenstein, pero pasaba la mayor parte de su tiempo viajando por el mundo. Operaba la empresa de gestión propiamente dicha, Northern White Asset Management, y el banco de buzón, que lo arreglaba todo. El tipo disponía de contactos en las instituciones isleñas y los bufetes de abogados que ayudaban con las facturas falsas, las estrategias de los trusts, certificados y otra documentación que hiciera falta para crear un aura de legalidad alrededor de las transacciones.

Él se ocupaba de que las facturas fueran enviadas, que los bancos emitieran tarjetas de crédito. En otras palabras: el tipo manejaba todos los hilos. Y el tipo creaba confianza. Tanto entre la gente de allí abajo como entre los clientes de casa.

Por último, pero no menos importante: la inserción. La reintegración del dinero en la economía legal. El último paso. El paso más importante. Todos querían usar sus recursos libremente, sin que resultara sospechoso.

JW había diseñado las estrategias fundamentales. Muchos clientes necesitaban soluciones especiales. A veces las empresas extranjeras prestaban dinero al cliente. Los préstamos explicaban por qué el cliente podía disponer de tanto dinero sin justificar su procedencia. A veces, las empresas extranjeras compraban bienes inmobiliarios del cliente por precios exageradamente hinchados. Las ganancias eran completamente legales, aunque había que pagar los impuestos correspondientes. En ocasiones se montaban trusts que realizaban inversiones reales en bolsa: las ganancias eran blancas como la nieve aunque el dinero base tuviera el color de la sangre. De vez en cuando, la empresa de Panamá pagaba sin ton ni son los seguros médicos, el chalé o el nuevo yate de veinte metros del cliente. ¿Cómo iban a enterarse las autoridades de Suecia de que el cliente tenía un yate Sunseeker en el puerto deportivo de Cannes?

Pero la estrategia preferida de JW era otra. Era de una belleza mágica, a la vez que resultaba increíblemente sencilla.

El dinero llegaba a la empresa del cliente en algún país adecuado. La empresa firmaba acuerdos a través de Northern White Asset Management, que era de JW, y abría cuentas bancarias en un banco más grande y conocido. Aquel banco emitía tarjetas de crédito a Northern White Asset Management, destinadas a la empresa del cliente. Las tarjetas de crédito eran enviadas al cliente en Suecia.

Es decir: de repente el cliente tenía acceso a una tarjeta de crédito que, a su vez, estaba relacionada con el dinero que había reunido mediante atracos de bancos, extorsión, prostitución o, simplemente, fraudes fiscales normales. Y en la tarjeta no había nombres de personas físicas. Nadie podía relacionar al cliente con todo el dinero que se gastaba. En lugar de esto, todo se hacía a través de la empresa Northern White.

Era tan secillo. Era tan hermoso.

JW sonrió.

—Yo mismo tengo una MasterCard Gold emitida por un banco de las Bahamas, Arner Bank & Trust. Y el gran hermano ni siquiera se entera de que consumo como un oligarca.

Natalie escuchaba con atención.

—Tenemos más de doscientos clientes en Suecia —continuó JW—. De todo tipo, desde la gente de tu padre hasta la élite financiera de Djursholm. Todos quieren esconderse. Todos se ocultan con mi ayuda y la de Bladman y el tío de lujo que tengo ahí abajo.

A decir verdad, Natalie estaba impresionada. Del tamaño, la cantidad de clientes y la complejidad. Sobre todo le impresionaba el hecho de que él hubiera podido llevarlo desde chirona.

—¿Como conseguiste hacerlo desde allí?

Él se rio.

—Me ayudaron, por decirlo de alguna manera.

JW se levantó y se vistió.

Natalie se sentó en el borde de la cama. Se puso las bragas y el sujetador.

—Así que quieres que detenga la guerra, quieres que trabaje contigo. Pero también tenías otra propuesta. ¿Cuál es?

—Como ya te he dicho, en primer lugar, quiero que solo me contrates a mí de ahora en adelante.

Natalie se puso los pantalones.

—Ningún problema.

—En segundo lugar, quiero la protección total de tu organización cuando la cosa se ponga fea.

Ella le lanzó una mirada inquisitiva. Se preguntaba si tenía algo que ver con Melissa Cherkasova. ¿Con el político Bengt Svelander? ¿Con el proyecto de los rusos en el Báltico, Nordic Pipe?

—Ya me lo has dicho —repuso Natalie—. ¿Qué más quieres?

JW la miró a los ojos.

—Quiero que mates a Stefanovic.

Durante un par de segundos, Natalie no supo qué decir. Era tan directo, tan inesperado y brutal, para venir de JW. Pero se recompuso rápidamente; esa era su realidad.

—Nada me gustaría más. Pero no es tan sencillo cargarse a ese hijo de puta, si te digo la verdad.

—Sí, tengo entendido que así es. Pero puedo ayudarte. Él confía en mí. Puedo darte lo que necesitas. A cambio de eso, yo te daré lo que tú quieres.

JW se levantó, abrió la puerta y salió.

Adam seguía en el sofá, parecía que no se había movido ni un ápice.


Natalie miró por la ventana hacia la calle.

Vio cómo JW salía del hotel. Un Audi blanco se acercó a él. Vio a un hombre en el asiento del conductor.

Tenía el pelo de color ceniza. Había algo raro en él. Natalie no podía decir qué era.

Le recordaba a Thomas.

Ella miró el Audi.

Vio una pegatina en la luneta trasera del coche: Hertz.

El coche salió. Se veía la pegatina a través de la luneta.

Era un coche de alquiler. Probablemente porque JW no quería figurar como propietario de nada en los registros oficiales.

Siguió reflexionando. Un coche de alquiler.

Los coches podían ser alquilados por cualquier persona. Por supuesto.

Qué idiota había sido.

Sacó el teléfono rápidamente.

# Capítulo
## 52

La cabeza de Jorge estaba llena de imágenes.

Cómo subía corriendo por las escaleras. Oía gritos procedentes de abajo. De los policías, el taxista. Tal vez de los vecinos.

Puertas con nombres en los buzones. Cuatro en cada planta.

No tenía ningún plan concreto, este no era su barrio, pero no estaba por la labor de rendirse ahora que había llegado tan lejos. El Fugitivo; eso era lo que iba a ser esa noche.

La policía tendría que detenerse unos minutos: el tipo del taxi de abajo, con la pistola de mentira colgando delante de su cara, estaba pillado como un tope para una puerta.

J-boy resoplaba. Su corazón latía más rápido de lo que él corría.

¿Cuántos pisos tendría esta casa?

La respuesta llegó inmediatamente. Estaba delante de una puerta que parecía estar hecha de contrachapado. Estaba cerrada con llave. Era el final de las escaleras, no había pisos, al parecer. Pero sí cajas en el suelo, algún tipo de generador y un montón de cables. Levantó el generador. Pesaría al menos cincuenta kilos. Estuvo a punto de romperle la espalda.

Dio un paso tambaleante hacia delante. Por poco se cae. Después estiró la espalda. Sujetaba el bulto del generador con las manos, temblando. Machacó la puerta delante de él.

Sonó como si el edificio se hubiera caído sobre su cabeza. Una nube de polvo. Un ruido estrepitoso. Atravesó la puerta con el generador con un mate poderoso. J-boy ganaba dos a cero.

Miró a su alrededor. La plancha de madera contrachapada colgaba de un gozne. Entendía por qué había cajas y un generador allí; estaban rehabilitando ese ático para convertirlo en un enorme piso.

Techos altos. Había vigas allí arriba. Tres grandes agujeros cubiertos de plástico duro en diferentes puntos del techo. Pilares irregulares por todas partes. Brochas de pintar, cables y guantes de trabajo en grandes cajas sobre un cartón de protección gris en el suelo. Máquinas de construcción, escaleras y tablas que estaban apoyadas contra unas paredes pintadas de blanco.

Jorge no tuvo tiempo para mirarlo detenidamente; solo le dio tiempo a pensar, mientras agarraba una escalera: a los vikingos les encantaban sus lofts rehabilitados igual que sus *homies* amaban sus BMW tuneados. Todos estaban dispuestos a prostituirse por algo. Todos querían presumir de algo. Importaba una mierda que no hubiera ascensor y que tuvieran que subir cinco pisos andando, quizá incluso con una silla de bebé. Daba igual que no se pudiera caminar erguido en la mitad de la superficie del suelo porque el techo era abuhardillado. *Who cares*[74] que los huecos para las ventanas fueran tan profundos que tendrían que vivir en semioscuridad todo el año. Los suequitos: el estatus les ponía tan cachondos como a cualquier otro; lo único era que a ellos les ponían cosas más raras.

Puso la escalera contra la pared. Subió hacia uno de los agujeros del techo. Golpeó el plástico con un destornillador que había encontrado en una de las cajas. Aquí, evidentemente, iban a colocar unas ventanas en el tejado.

Metió el destornillador. La escalera se tambaleaba. Hizo presión. Tiró del plástico. Quitó pequeños clavos y celo.

---

[74] «A quién le importa».

Oyó gritos que retumbaban en las escaleras. Ya estaban subiendo.

Consiguió agarrarse con los dedos. El plástico duro le cortaba las manos. Le daba igual. Usó las dos manos. Se colgó del plástico. Ya estaba cediendo. Subió un peldaño más.

Sintió el frío del aire nocturno contra la cara. Se quitó la mochila.

La escalera se tambaleaba.

El plástico estaba a punto de resbalarle de las manos. Consiguió apartar lo suficiente como para subirse. Metió la mochila por el agujero.

Ya tenía los dos codos sobre el tejado. Estaba de puntillas en la escalera.

Medio cuerpo fuera. Le rajaron unos pequeños clavos que seguían en el marco.

El plástico duro le raspaba la espalda. Dio una patada a la escalera.

Continuó reptando hasta sacar el cuerpo entero. Estaba lloviendo otra vez.

Probablemente el tejado estaría mogollón de resbaladizo.

Se agachó. Avanzó deslizándose. Trató de echar un vistazo a la calle. No hacía falta: la luz de las sirenas pintaba las fachadas de azul hasta allí arriba.

Los cabrones de abajo podrían movilizar a toda la peña que quisieran; el Fugitivo estaba entrando en calor.

Llegó al final del tejado. La siguiente casa: más baja. El tejado: a cuatro metros.

Parecía que seguían sin subir al tejado detrás de él.

Saltó. Voló.

Como si estuviera planeando en el aire. Gotas frías como el hielo que agujereaban su cara. Vio el mundo a cámara lenta. Se vio a sí mismo caer. Vio cómo su pie se torcía mal en la hierba al otro lado de los muros. Cómo corría de la penitenciaría de Österåker hacia la libertad. El dolor en el tobillo subía por las piernas. Jodiendo los pasos.

No podía volver a suceder. Aterrizó.

Amortiguó el golpe con las manos y los pies. Como un gato. Como Spiderman.

Continuó corriendo. Este tejado era mejor, más plano. Tenía más materiales de cemento; no estaba tan resbaladizo.

Correr como un loco. Avanzar más rápido.

La espalda totalmente mojada. La mochila dando saltos. ¿Era la lluvia o era el sudor? En medio del estrés, pensando en su sudor. Su olor ahora: penetrante, fuerte, estresado.

Continuó por el tejado siguiente.

Se forzó al máximo.

«Nunca bajes el ritmo, J-boy, nunca bajes el ritmo. La vida es tuya para elegir».

Vio el final de la manzana más adelante. Saltar hasta la siguiente casa: imposible. Al menos quince metros. Tenía que bajar de alguna manera.

Miró a su alrededor. Se deslizó hasta el extremo del tejado. Con los pies por delante. Con un miedo atroz a resbalar.

Puso uno de los pies sobre el canalón. Apretó. Parecía estable.

Puso el segundo pie. Dobló el cuerpo. Trató de agarrarse a una teja con una mano.

Giró la cabeza hacia abajo. Miró al abismo. *Shit*, al menos veinte metros hasta la calle. Se mareó como un cabrón.

Después volvió a mirar: justo debajo de él, un balcón.

Dios existía.

Jorge abrió los ojos. Las imágenes desaparecieron. Veintinueve horas desde que se había escapado del ataque de la policía.

Había roto la puerta del balcón con cuidado. La había abierto. Había atravesado el piso a hurtadillas. Quizá hubiera alguien durmiendo dentro. Abrió la puerta de la calle desde dentro, sin más. Bajó las escaleras en silencio. Abajo había dos puertas, una daba al patio. Salió por aquella. Saltó un par de vallas que daban a otros patios. Fue a desembocar al otro extremo de la manzana.

La calle estaba tan tranquila como un cementerio.

Pasó la noche y el día siguiente fuera de casa. Caminaba de aquí para allá en la galería comercial de Västermalm. Mangó una barra de chocolate en el supermercado Ica y compró una tarjeta prepago. Trató de decidir a quién se atrevería a llamar.

Hizo una jugada clásica de los viejos tiempos: compró los datos personales de un drogata de Fridhemsplan por mil pavos. Los centros de acogida pasaban la factura al secretario de los servicios sociales del drogata. El chico perdía sus subsidios, pero prefería el dinero fácil para poder hacerse con un poco de heroína.

Aquella noche, Jorge se alojó en Karisma Care, junto a Fridhemsplan, registrándose con su nuevo nombre.

Y allí estaba ahora. Un colchón incómodo. Un montón de gente con caras de preocupación a su alrededor. Daba igual; él se había escapado.

Se levantó. Salió a la sala común. Sillas de madera baratas y un sofá cutre. Un televisor en una esquina. Una cabina de teléfono en otra esquina. Tipos con pinta de tener sesenta tacos, aunque seguramente no tendrían más que treinta. Una pequeña recepción. Un gran tablón de anuncios frente al mostrador de la recepción, con anuncios de *Situation Stockholm*[75]: la posibilidad de ser repartidor. Los cursos de la Universidad Popular: descuentos para gente sin techo. Folletos informativos sobre diferentes subsidios. Cursos de yoga bikram en Mälarhöjden.

*Fuck that shit*[76].

Jorge puso la mochila en el suelo. Dentro de ella: un pasaporte y mil doscientos billetes de quinientas coronas. Tenía que

---

[75] Publicación de tema social, hecha por personas sin techo.
[76] «Que se joda esa mierda».

pasarle los billetes a JW para que los cambiara. Luego tenía que comprar un billete de avión para volver a Tailandia.

Se sentía cansado.

Llamó a Paola desde la cabina. Le dio su nuevo número. No dijo nada sobre lo que había ocurrido. Ahora mismo no tenía fuerzas.

Llamó a Mahmud a Tailandia. El colega ya sabía que J-boy había recogido las seiscientas mil. Explicó todo lo que había sucedido la noche anterior. Javier detenido. El vikinguillo de Hägerström también podría estar detenido. Todo se había ido a la mierda.

Mahmud se quejó.

—Ya sabes que Babak va a cantar para joderte. Quizá quiera joderme a mí también. ¿Qué cojones vas a hacer para evitarlo?

—No puedes traicionar a Javier de esa manera.

—¿No puedes liberarles?

Jorge no tenía respuestas. Terminaron la conversación.

Volvió a sentarse.

¿Qué coño iba a hacer?

Se echó hacia atrás en el asiento.

Uno de los tipos de la sala común se parecía a Björn, su viejo monitor de tiempo libre. Barba gris. Una calva en la cabeza. Pelo blanco en las sienes. Ojos de buenazo.

Jorge: podría haber tenido ocho años. Björn: el monitor de tiempo libre que era un dios del dibujo. Todos los chicos le pedían que dibujara cosas. Submarinos, camellos, Ferraris. Björn guiñaba el ojo. Las arrugas de los ojos se extendían por la cara. Se parecía a Papá Noel.

Jorge y los colegas les daban palizas a los más débiles. Llamaban putas a las tipas que protestaban. Montaban líos en la sala de los cojines: pegaban los cojines al suelo con pegamento que habían robado en las clases de manualidades. Cagaban en cubos, que luego colocaban en los conductos de ventilación para que apestara durante una semana entera. Las señoritas y los monitores de tiempo libre trataban de reconducirlos. Hablar con ellos. Echarles bronca. Redactar contratos inventados en los que ponía cómo había que comportarse.

Ignoraban estas cosas olímpicamente. Los suequitos del personal ladraban como caniches. Todos los chicos tenían que aguantar mucha más mierda que esa en casa. Los monitores que trataban de educarlos les parecían unos idiotas.

El único al que respetaban era Björn. Con él se mantenían tranquilos. Y si él les llamaba la atención, ellos le hacían caso inmediatamente.

Björn: como un viejo sabio.

Jorge deseaba que él estuviera aquí ahora. Dibujarle algo.

Aunque solo fuera un submarino.

Eso habría sido suficiente.

Capítulo
# 53

Habían soltado a Hägerström nada más terminar el interrogatorio. Naturalmente. No podían tener nada contra él, a excepción de su desliz en la plaza de Östermalmstorg. Pero no le habían hecho preguntas sobre ese pequeño lapsus.

Tal vez volvieran a convocarle para otro interrogatorio. Quizá le pusieran vigilancia. Debía tener cuidado. Debía hablar con el comisario Torsfjäll.

El teléfono sonó nada más encenderlo. Llamadas perdidas. Mensajes de voz grabados. Símbolos de SMS no paraban de materializarse en la pantalla.

JW y Torsfjäll habían intentado dar con él. Los dos con más o menos las mismas preguntas: ¿qué cojones había pasado?, ¿cómo se había escapado Jorge?

Hägerström quedó con JW en el Sturehof. Caminó hasta allí desde su casa. Hacía frío en la calle. En el camino compró otro teléfono con otra tarjeta; su viejo móvil seguramente no tardaría en ser pinchado. Llamó a Torsfjäll.

Al principio, el comisario no quería hablar. Hägerström dijo que llamaba desde una nueva tarjeta SIM. Torsfjäll dio un giro de ciento ochenta grados. En lugar de taciturno, reacio: el comisario pareció volverse medio loco.

—¿Cómo hostias ha podido pasar eso?

Hägerström trató de contestar.

—¿Has visto los titulares de la prensa hoy? —preguntó Torsfjäll—. ¿Has visto que las ediciones digitales te mencionan?

Hägerström trató de decir algo.

Torsfjäll siguió maldiciendo.

—Menos mal que nuestra pequeña Operación Ariel Ultra es totalmente UC, que, si no, ya me habrían acribillado a llamadas como si fuera un puto portavoz de prensa. Me cago en esos putos periodistas comunistas, les importan una mierda las consecuencias. Les da igual lo que puedan llegar a destruir, es la hostia.

Hägerström trató de calmar al comisario. También había buenas noticias.

Torsfjäll le ignoró.

—Ya estoy hasta los huevos de esta operación. Estoy pensando en cancelarla. Hemos conseguido detener a ese Javier. Nuestros investigadores de delitos económicos tal vez puedan reunir material suficiente contra JW. Vaya puto día. Por cierto, ¿qué putos aficionados de asalto son los que tenemos en este país? ¿Eh? Se portan como unos putos maricas. ¿No pueden entrar en una puta cafetería normal y detener a dos personas? ¿Tan difícil es eso? Putas mariconadas.

Hägerström contó. Torsfjäll había conseguido decir «puta» siete veces en menos de treinta segundos. Trató de soltar un par de cosillas conciliadoras.

Al final el comisario perdió un poco de fuelle.

—Por un lado es bueno que los periódicos escriban cosas —dijo Hägerström—. Eso aumenta mi fiabilidad entre la gente de Jorge y JW. Ellos ven que estoy a bordo de verdad. Vamos a dar con Jorge, estoy convencido. No te preocupes.

—Ese pequeño moraco puede volver a Tailandia en cualquier momento. Evidentemente, tiene un pasaporte.

—Bien, pero sus billetes están manchados. Y JW va a ayudarle a solucionarlo. ¿Lo pillas? Contactará con JW. Y yo sé dónde anda JW. Vamos a poder detener a Jorge. Y también a JW, al menos por intento de lavado de dinero.

Torsfjäll ya parecía un poco más contento.

—Vale, tienes razón. Pero no vamos a condenar a ese gallito solo por lavado de dinero, lo vamos a detener por crímenes más graves. Lo único que tienes que hacer es averiguar dónde tienen su material.

—Lo estoy intentando, créeme. Y hay otra cosa. Hoy tengo una pequeña sorpresa preparada para JW. Algo en lo que él mismo ha insistido. Algo que puede hacer que me use todavía más.

Dos días más tarde. El segundo lunes de octubre. Siempre pasaba lo mismo. Toda la gente seria estaba en el bosque. Las oficinas de la City, medio vacías. El celo de los alces había terminado. Eso significaba caza de alces.

La sorpresa de Hägerström: había conseguido que JW participara en la caza y en la cena posterior en casa de Carl en Avesjö.

Un bonito día de otoño. Un largo día en el bosque. Habían quedado a las ocho de la mañana. Eran doce en total. Cazaban con perros. Habían contratado a dos perreros que andaban por los cotos. Los cazadores estaban en sus puestos en las torres de alrededor. Tres cotos en un día: tres horas multiplicadas por tres. Una comida temprana en la cabaña de caza. De pie, tomando gulash de bote. Entre coto y coto se ponían al día. Algunos se fumaban un cigarrillo. La mayoría tomaba café. Atendían el repaso de los monteros, hablaban del mejor camino para llegar al siguiente coto, ajustaban los rifles. Hablaban de caza, de amigos en común y de negocios todo el tiempo.

Al final del día habían matado a un macho joven y dos cervatos; Hägerström era uno de los héroes. Él había matado al macho joven.

Para Hägerström, la caza suponía otro éxito. JW y él habían compartido puesto en las torres de los tres cotos. JW había tomado prestado un rifle de caza de clase 1 del hermano de Hägerström. Un Blaser R93 con una mira telescópica de lujo: una Swarovski Z6.

JW estaba en el séptimo cielo.

Hägerström vio cómo luchaba por que no se notara lo impresionado que estaba.

Pero estaba más excitado que cuando salió de prisión.

Y sobre todo: este era el coto de caza de JW desde el punto de vista de los negocios.

Por la noche había una cena en Avesjö. Hägerström, Carl, JW y nueve amigos de Carl. Hägerström conocía a la mayoría de ellos de antes. Carl vivía según el principio de que los nuevos amigos no son amigos. Fredric Adlercreutz también estaba allí, naturalmente. Trataba a Hägerström como siempre. Tal vez, pensó Hägerström, él también era gay.

Había tres caras nuevas para Hägerström. Eran contactos de negocios de Carl, ellos constituían la excepción a su regla.

Era la primera vez que Hägerström llevaba a un amigo. Le sacaba más de diez años a JW, pero Carl tenía unos años menos que Hägerström, así que la diferencia de edad entre ellos no era tan grande.

Habían contratado a gente para preparar la comida. Los monteros tuvieron que irse a casa. La cena ya estaba sobre la mesa. El primer plato consistía en *rårakor*[77] con crema agria y huevas de alburno.

Solo quedaban los caballeros. Los más íntimos de Carl. Todos los abogados, financieros, agentes inmobiliarios.

Todos habían elegido el mismo camino: la carrera profesional era lo más importante.

Todos venían de la misma clase social.

Todos tenían o dinero heredado o mujeres con más dinero heredado.

Hägerström miraba a JW.

Los otros llevaban jeans y camisa y algunos, americanas. Mocasines o zapatos náuticos en los pies. Todos iban bien vestidos, pero de manera informal. Aquellos chicos habían sido los me-

---

[77] Torta de patatas ralladas fritas.

jores de los mejores hacía diez años, ya no tenían nada que demostrar entre sí. Ya eran adultos.

JW, por otro lado, llevaba un pantalón rojo de algodón con rayas afiladas como cuchillos, camisa blanca y una americana azul oscuro. Zapatos Berluti traídos desde París.

Los gemelos de oro Tre Kronor con fondo rojo eran el punto sobre la i.

Podría tratarse de detalles superficiales. El fondo era el mismo. Pero Hägerström se daba cuenta. Y sabía que Carl también se daba cuenta. JW era un poco demasiado, simplemente. Se preguntaba si el propio JW se percataba de la diferencia.

Los otros tenían unos cortes de pelo sobrios, pero estaban un poco despeinados después de un día entero en una torre con la gorra de caza puesta.

JW, por otro lado, había ido al baño para arreglarse. Su pelo estaba repeinadísimo, parecía que llevaba casco.

Estaban sentados en sillas rococó restauradas con piel de cebra. A la mujer de Carl le interesaba la decoración. Había un mantel blanco sobre la mesa. Delante de cada plato había tres copas de cristal diferentes de Orrefors que Hägerström reconocía. Habían sido el regalo de boda que le habían hecho él y Tin-Tin a Carl cuando se casó hace seis años. Cubiertos de plata, platos y servilletas que la mujer de Carl había heredado de su abuela, con el escudo de armas del clan de los Fogelklou bordado con ringorrangos. Sobre la mesa había candelabros gigantescos con velas. Hägerström también los reconocía. Habían sido de su abuela, la condesa Cronhielm af Hakunge.

Los ojos de JW estaban tan abiertos como los primeros platos de la mesa. Hägerström pensó que el muchacho tendría que aprender a asumir una pose un poco menos exaltada.

Carl les dio la bienvenida a todos.

—Me gustaría brindar por la exitosa caza de hoy. A pesar de que yo no haya conseguido abatir nada este año. Ja, ja.

Todos alzaron sus copas, tomaron un sorbo del vino para el primer plato: Chablis Cuvée Tour du Roy Vieilles Vignes.

Hägerström seguía estudiando a JW.

Buscaba los cubiertos a tientas. Miraba a los demás para ver cuál de los platos de pan era el suyo. Se limpiaba la boca con la servilleta de tela con demasiada frecuencia.

El que estaba enfrente de JW, Hugo Murray, levantó su copa hacia Hägerström.

—Brindemos por ti, Martin. Has sido el único que ha podido abatir algo interesante hoy.

Martin elevó su copa. Miró a Hugo a los ojos. Asintió con la cabeza. Sonrió.

—¿Y quién abatió el macho el año pasado? —preguntó.

Hugo soltó una risita. Asintió con la cabeza. Señaló a Hägerström con la copa. Miró a su alrededor. Los demás también brindaron. Todos recorrieron la mesa con la mirada. Después pusieron las copas sobre la mesa.

En las paredes colgaban cuadros. El conde Gustaf Cronhielm af Hakunge, el original. El mismo tipo que colgaba en la pared de Hägerström en su casa. Pero en este cuadro sujetaba dos faisanes que había matado. Había cuadros de sus tres hijos, uno de ellos era el abuelo de Hägerström. El viejo murió cuando Hägerström tenía cuatro años. Había un retrato nuevo en una de las paredes: una fotografía de su padre en la barca, con la bahía Vretaviken de fondo.

Hägerström pensó en lo que hubiera dicho su padre de haber visto a su hijo cogido de la mano de Javier en Bangkok.

Continuaron cenando. Hägerström con los oídos atentos. Oía cómo Hugo hablaba con JW.

—¿Y a qué te dedicas cuando no estás metido en una torre con Martin?

—Administro mi dinero, como todo el mundo —dijo JW.

Hugo se rio por cortesía. JW se rio obligado.

—Ya, claro. ¿Y qué haces cuando no administras tu dinero?

—Trabajo en el sector de la administración de capitales.

Hugo asumió una actitud menos cortés, más genuinamente interesada.

—Entiendo, ¿por tu cuenta o qué?

—Sí, se podría decir que sí. Trabajo con una persona en Liechtenstein. Gustaf Hansén, ¿lo conoces?

—No, no lo creo. ¿Cuántos años tiene?

—Unos cuarenta y cinco.

—¿Estaba en el Enskilda antes?

—No, estaba en Danske Bank.

—Vale. Podría ser el tío de Carl-Johan. ¿Conoces a Carl-Johan Hansén?

Las camareras trajeron el segundo plato. *Boeuf bourguignon* de alce con patatas con denominación de origen. La carne, de un alce abatido en Avesjö el año pasado, naturalmente. El vino: Chambolle-Musigny 2006, de la bodega de Carl.

JW y Hugo seguían hablando.

Hägerström seguía escuchando.

—¿Y tú qué haces? —preguntó JW.

—Estoy en Investkapital. Ahí ando, ocupado en mis asuntos.

—Vale. ¿En qué departamento?

—En el de *trading*.

JW intentó devolverle la misma pelota.

—¿Conoces a Nippe Creutz, entonces? Creo que el novio de su hermana está en Investkapital.

Hugo puso cara de no saber nada sobre el asunto.

—No he oído hablar de eso. Pero también es verdad que he cogido un permiso de paternidad últimamente.

—Y qué, ¿lo has disfrutado?

—Claro que sí. Todos los viernes por la tarde con mi mujer y los hijos. Más de eso no se puede, ya sabes. Pero ha estado muy bien. Las niñeras también han de tener un poco de tiempo libre de vez en cuando. Ja, ja.

Hägerström se preguntó si JW sabía que Hugo Murray era propietario de una gran parte de las acciones de Investkapital AB.

Oyó cómo Hugo daba la vuelta al juego de las preguntas. Interrogó a JW.

—¿Dónde estudiaste?

—¿Dónde hiciste el bachillerato?

—¿Dónde tiene tu familia la casa de verano?

JW navegaba bien.

—Viví en el extranjero.

—Fui a un colegio americano de Bélgica.

—Tienen una pequeña casa en la Provenza.

Hägerström pensó: no era solo la ropa, el peinado y los gemelos. Una cosa se hizo evidente. Nadie de fuera podía entrar en el mundo del que venía él. Daba igual la cantidad de dinero que ganaras, que residieras en la dirección apropiada, que te vistieras adecuadamente o que fueras muy amable, que conocieras los nombres que había que mencionar y que ganaras cantidades enormes de dinero. Aunque cazaras, fueras socio del club de golf de Värmdö, comprases una casa en la calle más exclusiva de Torekov o condujeras el coche más caro.

Era imposible. No entrabas. Nunca te convertirías en uno de ellos de verdad. Porque eran como una familia. No podías engañarles con unos modales perfectos en la mesa, los ideales correctos del partido de derechas, con ser socio de Nya Sällskapet[78] o con soltar comentarios despectivos sobre el populacho de Farsta. Te desenmascaraban, porque si no conocen a tus padres o a tus hermanos, o si no han oído hablar de la finca de tu familia en Sörmland, no eres uno de los suyos. O bien formas parte de su sociedad o bien no lo haces. La única manera era nacer dentro de ella.

El propio Hägerström había sido policía, después guardia. ¿Cómo encajaba eso en el mundo de Carl? No vestía como los demás, no vivía como ellos. Era incluso homosexual, joder. Aun así, lo aceptaban como a un hermano, porque sabían de dónde venía. Sus padres conocían a los suyos. Sus abuelos paternos habían conocido a sus abuelos maternos. Veían a su antepasado en la pared. Sabían que podían confiar en él.

---

[78] Exclusivo club privado de Estocolmo para caballeros pudientes.

La cena finalizó. Se levantaron. Entraron en la sala de fumar. Carl repartió puros. En las paredes colgaban trofeos de caza y más cuadros del viejo Cronhielm af Hakunge.

Tomaron coñac y calvados. Hablaron de negocios y de caza.

JW no lo hizo mal. Cayó bien. Aunque no fuera uno de ellos, quería serlo. Lo aceptaron.

Hägerström oyó cómo llenaba el hueco de los últimos cinco años de su vida, los años en los que él, en realidad, había estado en chirona. Habló de su trabajo en bancos americanos y contactos con paraísos fiscales. Describió la playa de Nassau, los restaurantes de George Town y los hoteles de Panamá. JW mencionó, como quien no quiere la cosa, cómo podías actuar de manera inteligente. Tal vez invertir en algo a través de alguien del lugar, evitar que la Suecia de los burócratas se hiciera con una parte demasiado grande de los beneficios.

Hägerström podía ver la curiosidad en los ojos de algunos de los hombres. Quería que JW continuara con sus intentos de conquistar clientes potenciales.

No pudo oír todas las cosas que JW dijo a lo largo de la noche. Pero le oyó hablar con Fredric.

—Me encanta Panamá. Allí se lleva mucho eso de las acciones al portador, un poco como unas letras de cambio continuas, pero diez veces mejor. Eso quiere decir que los propietarios de las empresas pueden ser totalmente anónimos. Ya sabes, el portador del título de las acciones es socio de la empresa, pero no queda constancia de su nombre en ningún registro ni tampoco tiene por qué figurar en el título. Ni siquiera el banco necesita saber quién es el propietario. Esto es como en los buenos tiempos de antes, cuando había cuentas secretas suizas. Ya no quedan muchos países donde se puedan hacer estas cosas.

Fredric parecía interesado.

—Por ejemplo, puedes meter a tres vagabundos como administradores —continuó JW— para que el nombre del dueño real tampoco conste en el consejo administrativo. El dueño incluso puede elegirlos a través de unos poderes. Puedes tener a un bufete de abogados ahí abajo, que se ocupe de todo el papeleo. Las autoridades de todo el mundo pueden rastrear las transacciones todo lo que quieran, pero nunca van a enterarse de quién es el dueño. Es maravilloso. ¿No te parece?

Unas horas después, Hägerström y JW estaban en un taxi camino de la ciudad. Eran las dos de la noche. Iban en el asiento trasero.

JW iba medio achispado y totalmente feliz.

—Joder, qué bien ha estado, Martin. Te has portado, invitándome.

Tal y como había esperado. JW ya le debía algo. JW querría estar aún más cerca de Hägerström, porque eso había sido como el paraíso para él.

Pero, sobre todo, JW podría querer que Hägerström volviera a ponerle en contacto con alguno de los hombres.

—Me pregunto qué sucederá con Javier —dijo.

JW sonrió.

—*Who cares*[79]. Quiero decir, será condenado, por payaso.

Fuera estaba oscuro como una tumba. Los bosques y campos y urbanizaciones de chalés de Värmdö tenían un aspecto frío.

Justo antes de irse, Carl le había preguntado si podían subir a la planta de arriba.

Había mirado a Hägerström a los ojos.

—Martin, ¿qué clase de tipo es ese que has traído a mi casa?

—¿Por?

—¿Lo conociste cuando trabajabas en la cárcel o qué?

—¿Qué te pasa? Si es un tipo muy amable. Cae bien a todo el mundo por aquí.

—Me da igual. Hugo me ha contado quién es. ¿Sabes quién es?

—Venga ya, Carl. ¿Qué coño te pasa?

---

[79] «A quién le importa».

—Tu amigo, JW, que ha estado cenando en mi mesa esta noche, ha estado en la cárcel un montón de años por tráfico de drogas. Y ahora empieza a hablar con Hugo Murray, Fredric y los otros chicos de negocios ilegales con Gustaf Hansén, de abrir cuentas en empresas *offshore* de Panamá y esas cosas.

—No es para tanto. Fredric quería volver a verlo.

—En tal caso, eso ya es cosa suya —dijo Carl—. A mí todo esto me da vergüenza.

Hägerström sentía que estaba muy cerca de dar un paso importante. JW no solo confiaba en él y veía que podía conseguirle clientes; JW quería estar cerca de él. Ahora solo le faltaba un pequeño dato: saber dónde guardaba su contabilidad secreta. Pruebas de peso suficiente. Documentos físicos que mostrarían todas las actividades a las que él se dedicaba.

Atravesaron el puente hacia Nacka. El agua estaba oscura. Las ventanas de los chalés se veían como pequeños puntos luminosos en la lejanía. Aquella zona no estaba tan urbanizada cuando Hägerström era pequeño. Recordaba la vieja carretera a Värmdö. Antes tardabas dos horas en llegar a Avesjö. Hoy en día hacías el trayecto en cuarenta y cinco minutos.

JW se giró hacia él. Le dirigió una mirada penetrante. Su voz era muy seria.

—¿Por qué, Martin? ¿Por qué?

Hägerström se preguntó de qué iba eso.

—¿Por qué? —repitió JW—. ¿Por qué has trabajado de policía y de guardia cuando tienes todo esto?

—¿A qué te refieres?

—Tienes todo lo que uno puede soñar. Dinero, amigos, tradiciones. ¿Por qué has trabajado en esas cosas?

Hägerström se pasó la mano por el pelo.

—Tengo a mi hermano y puede que tenga tradiciones, qué sé yo. Pero tienes que entender que no tengo dinero. Estoy prácticamente a dos velas. Lo único que tengo es mi piso, pero también un estupendo crédito. Hice algo muy estúpido hace unos años. Prefiero no hablar de ello, pero la consecuencia es que me he quedado sin ahorros. Al revés, necesito pasta desesperadamente.

JW se acomodó en el asiento.

—Ya, pero yo que tú nunca habría trabajado de guardia.

—Bien, pero ya no lo hago.

—¿Así que necesitas dinero?

Hägerström esbozó una sonrisa torcida.

—Más que nunca.

—Puede que tenga un trabajo para ti —dijo JW—. Es algo muy sencillo. Lo único que tienes que hacer es llevarme un maletín a un sitio. Te pago treinta billetes.

# Capítulo
## 54

Natalie estaba con Sascha en un Passat de alquiler. Camino de una oficina de Hertz en la calle Vasagatan.

No para devolver el coche. No para quejarse de algo. En lugar de eso: para averiguar si Hertz había alquilado un Volvo verde a alguien a mediados de abril y, en tal caso, a quién.

El asunto: Natalie había visto las grabaciones de las cámaras de vigilancia más de diez veces desde la última vez. No se podía ver la matrícula del Volvo verde. Pero cuando se había puesto de pie en el balcón para ver cómo recogían a JW en un coche de alquiler la semana anterior, se había dado cuenta de algo nuevo: una pegatina de Hertz en la luneta trasera del coche. La mancha oscura de la luneta trasera del Volvo verde podría ser una de esas pegatinas.

Ayer habían ido a Avis. Dijeron que no tenían coches verdes en su flota. Y el día anterior, a Europcar. Ellos sí tenían Volvos en la flota. Natalie dio el coñazo, se puso odiosa, amenazó: «Tenemos que enterarnos de si alquilaron un Volvo verde en abril». Les costó varias horas. Hurgando en archivos, mirando en sus bases de datos. Europcar constató: «Teníamos coches verdes en abril, pero todos estaban arriba, en el garaje de Norrland».

Natalie no iba a rendirse, así que hoy tocaba ir a Hertz.

Además, esa mañana había llamado Thomas. Le habían dado los resultados de las búsquedas que había pedido hacer. Las huellas dactilares que Forensic Rapid Research habían encontrado en Black & White Inn.

No quería hablar de ello por teléfono. Iban a quedar en cuanto ella pudiera. Después de Hertz.

Sascha aparcó el coche. La acera estaba marcada de amarillo. Sascha estaba en bancarrota personal de todas formas; él se haría cargo de la multa.

Primero dio una vuelta, echó un vistazo. La oficina de Hertz estaba a cinco metros de distancia.

Desde lo de Marko: la guerra contra Stefanovic había escalado hasta otro nivel. Todavía no había ocurrido nada, pero todos sus consejeros estaban de acuerdo: Stefanovic solo estaba lamiéndose las heridas. Estaba claro que no iba a tirar la toalla.

Al revés, el *izdajnik* intentaría devolver el golpe, pero diez veces más fuerte.

Natalie cambiaba de coche cada dos días. Cuando dormía en el chalé, estaba en la habitación de seguridad que Stefanovic había mandado construir; ironías del destino. Otras noches alternaba entre el hotel Diplomat, el Strand y diferentes Clarions alrededor de la ciudad. A veces dormía en el sótano de Thomas. Su mujer, Åsa, era muy amable. Su hijo, Sander, era supermono.

Se tomaba ocho Red Bull Shots al día y siete tazas de café. Dejó de tomar valeriana por las noches; en lugar de eso, mezclaba Sonata con Xanor. Solo se lavaba el pelo una vez por semana, el resto de los días utilizaba champú seco. Se maquillaba muy poco. Comenzó a comer pan blanco otra vez, por primera vez desde hacía tres años; el régimen de LCHF era de chiquillas. No se entrenaba, dejó Facebook, cambiaba de móvil cada cinco días.

Hacía dos días había dejado a Viktor.

No era algo que le importara demasiado. Él llamó para preguntar si quería acompañarle a cenar. Tal vez quisiera pedirle disculpas por su comportamiento. Ella le dejó las cosas claras.

—Nos hemos ido separando.

Él, callado.

Ella soltó el cliché nacional número uno.

—No es culpa tuya, soy yo.

Viktor respiraba pesadamente.

—He cambiado mucho desde que asesinaron a papá —continuó ella—. No puedo tener una relación normal ahora mismo. Estoy demasiado liada con otras cosas. Lo siento.

Viktor quiso decir algo, suspiró.

—No tiene sentido seguir en contacto —lo interrumpió Natalie—. Resultaría forzado, ya sabes. Me gustas como amigo, Viktor. En serio.

—¿Es por el tipo ese de la Brasserie Godot? —preguntó él.

—Venga ya. ¿No has hecho lo que te dije? ¿No te has enterado de lo que le pasó?

—A ver, contéstame. ¿Es él?

Natalie pensó en JW en la cama del hotel Diplomat. Habían vuelto a quedar dos veces, en otros hoteles.

Su voz se endureció.

—¿No has oído lo que acabo de decirte? No se trata de otro. Se trata de mí. No soy la misma persona que hace medio año. Por aquel entonces era una chiquilla, ahora me he hecho mayor.

Viktor hizo ruiditos extraños. Tal vez estaba sollozando.

Natalie dio por finalizada la conversación.

Se sentía aliviada. Y al mismo tiempo, irritada.

Entró tras Sascha en la oficina de Hertz.

Dos tipos de unos treinta años detrás del mostrador. Uno de ellos: la cabeza rapada, estaba atendiendo a un cliente. El otro: pelo largo, recogido en una coleta de caballo, estaba junto a un ordenador. Fingía estar ocupado; quería que Natalie se pusiera a la cola.

Miró a su alrededor. En las paredes: antiguos carteles publicitarios de Hertz de los años cincuenta de Estados Unidos. Hombres con sombreros y mujeres con faldas largas: *See More, Do More, Have More Fun... The Hertz Rent-a-Car-Way! The Hertz Idea has become... The Hertz Habit*[80]. Y más cosas: pósteres con imágenes de los coches que podías alquilar. Volvo S80; lo tenían en varios modelos. ¿Y varios colores?

Un sofá de cuero sintético junto a la pared. El cliente del mostrador seguía hablando. Natalie esperó cinco minutos. El tipo rapado no conseguía desprenderse del cliente. Natalie quería intentar hacer aquello de una manera suave.

A pesar de todo, no tenía ganas de esperar más. Se inclinó sobre el mostrador, miró al chico de la coleta que estaba junto al ordenador. Llevaba una camisa blanca de manga corta y una placa con su nombre sobre el pecho.

—Anton, ¿puedo hacerte una pregunta? —dijo.

El tipo casi pareció sobresaltarse.

—Claro.

—Necesitaría un poco de ayuda especial. Tengo un par de preguntas sobre diferentes coches que han alquilado.

—¿Qué quieres decir?

Natalie miró hacia un lado. El cliente y el otro tipo de Hertz estaban ocupados con sus asuntos.

—Lo mejor será que hablemos en tu despacho.

Anton se mostró reacio. Natalie insistió. Explicó que era una cliente de Hertz importante; y era verdad, pero ella nunca figuraba en los contratos de alquiler.

Al final, Anton accedió. Natalie y Sascha pudieron acompañarlo al otro lado del mostrador.

Un despacho/cocina. Un fregadero en un rincón, tazas de café, una cafetera y un minifrigorífico. Una pequeña mesa y cuatro sillas. En la otra mitad: un escritorio ancho con dos sillas de oficina a cada lado. Teléfonos, computadoras, un montón de carpetas.

Anton se quedó de pie en medio del despacho.

—Bien, ¿qué puedo hacer por ti?

---

[80] «Ver más cosas, hacer más cosas, pasártela mejor... ¡El estilo-de-vida-de-alquiler-de-coches Hertz! La idea de Hertz se ha convertido en... la adicción a Hertz».

—Quiero saber si han alquilado un Volvo S80 verde en algún momento de la primera quincena de abril este año —dijo Natalie—. Y, en tal caso, a quién.

Anton se cruzó los brazos.

—Lo siento, no podemos facilitar información sobre otros clientes.

Natalie no quería discutir.

—Pero Avis sí que facilita estos datos.

—Bien, pero no somos Avis. La idea es que nuestros clientes se sientan seguros con Hertz.

—¿Pero sí tienen Volvos S80 verdes en vuestra flota?

—Sí que tenemos, eso sí te lo puedo decir.

—¿Y tenían ese coche en abril este año?

—Afirmativo.

—¿Cuántos había en Estocolmo? Eso sí lo puedes mirar, ¿no?

Anton se rascó la cabeza. Llevaba un aro en la oreja derecha. El tipo se parecía a Anders Borg[81].

—Pueees, sí, no debería haber problema. Pero ¿por qué quiere saber todo esto?

Natalie soltó el mismo rollo que en Avis y Europcar.

—Andamos detrás de un coche que se fugó tras un accidente. Fue un accidente de tráfico que ocurrió en Östermalm el 14 de abril, en el que falleció un niño. La policía no ha podido identificar el coche, así que ahora lo estamos intentando por nuestra cuenta. Doy por sentado que Hertz colabora en estos casos.

Anton siguió rascándose.

—Vaya. Entonces voy a echar un vistazo.

Se sentó delante de uno de los ordenadores. Se puso a teclear. Pinchó en varios cuadraditos e iconos con el ratón.

En las paredes había la misma publicidad clásica que junto al mostrador.

---

[81] Ministro de Finanzas sueco.

Natalie pensó en el acuerdo con JW. Dijo que no se atrevía a romper con Stefanovic a no ser que alguien le hiciera desaparecer. Ella le había preguntado para qué necesitaría su protección entonces. La respuesta era otra cosa. Un golpe grandioso. JW estaba pensando en jugársela a todos sus clientes, a lo loco. Dejarles en pelotas a aquellos que le habían confiado su dinero. Los que le habían abierto sus huchas para que él se las lavara. Y no había riesgo de que sus clientes acudieran a la policía inmediatamente.

Su idea era sencilla. Genial. Increíblemente peligrosa.

Tenía que reflexionar sobre el asunto. Por otro lado: tenía que matar a Stefanovic. JW era la clave.

Y por otro lado: ella le necesitaba; tenía la sensación de que él era el reflejo de ella. De que él realmente la entendía, que podía mirar a su interior y saber quién era. Sentía algo por él. Tal vez demasiado.

Si además conseguía un porcentaje de su montaje, todos sus problemas se esfumarían. A excepción de una cosa: ¿quién había asesinado a su padre?

Anton echó la silla hacia atrás.

—En total alquilamos el Volvo de modelo S80 en doscientas dos ocasiones a lo largo del mes de abril. Antes del 14 de abril lo alquilamos en ochenta y cinco ocasiones. No estoy del todo seguro, pero creo que dos de los que teníamos aquí en Estocolmo eran verdes. Eso quiere decir que alquilamos el Volvo de color verde en siete ocasiones antes del 14 de abril.

Natalie pensó: «El tipo no es tonto».

—¿Puedo ver quiénes eran los siete que lo alquilaron? —preguntó.

—Ya te he dicho que no. Son datos secretos.

Había tres maneras de hacerlo. Podría soltar a Sascha; ella conseguiría lo que quería, pero había riesgo de denuncias y esas mierdas. La segunda alternativa era que ella aplicara un poco más de presión a este Anton. Amenazaría con Sascha, diría que le cortaría esa coleta tan fea que tenía y se la metería por la boca. Eligió una tercera vía.

Natalie puso cuatro billetes de quinientas sobre el escritorio. Anton los miró con los ojos como platos.

—Si me pasas una hoja con los datos de los que alquilaron esos siete coches, podrás comprarte algo bonito esta tarde.

Ella y Sascha estaban en el coche en la calle Vasagatan.

Nunca pensó que Anton se tragaría el cebo. Pero, al mismo tiempo, el tipo parecía más inocentón que un turista sueco en Marrakech. Se limitó a sonreír, se embolsó los billetes de quinientas, se puso junto al ordenador, pulsó las teclas e imprimió siete hojas.

Natalie las recibió en una carpeta de plástico con el logotipo de Hertz por fuera.

No podía esperar. Natalie se sentó en el asiento trasero. Colocó la imagen borrosa que las cámaras de seguridad habían captado del Volvo verde sobre el asiento. Cogió las siete hojas impresas que Anton le había dado y se las acercó a la cara. El asunto: Hertz siempre hacía copias digitales de la licencia de conducir del cliente.

*Shit.*

Seis hombres y una mujer.

Las fotos de las licencias no eran buenas. Blanco y negro, borrosas, difíciles de interpretar. Eliminó a la mujer inmediatamente.

Las puso a la luz. Contra el asiento. Colocó los folios, uno por uno, en una fila.

La imagen de la cámara de seguridad estaba al lado.

John Johansson, Kurt Sjögren, Kevin Whales, Daniel Wengelin, Tor Jonasson, Hamed Ghasemi.

El método de eliminación. Hamed quedaba automáticamente excluido. El tipo era demasiado moreno.

Volvió a comparar. Kevin Whales era demasiado joven, nacido en el noventa. El hombre captado por la cámara de seguridad era más mayor, tenía la cara más ancha. Eliminó a Whales.

Quedaban cuatro.

Qué mierda que las imágenes de las cámaras fueran de tan mala calidad. ¿Para qué tener estos cacharros si ni siquiera eran capaces de identificar a una persona en un coche a quince metros de distancia?

Puntuó las imágenes. De uno a cinco.

Daniel Wengelin: rubio platino, delgado. Treinta y seis años. Un uno; no se parecía nada al hombre del coche.

Tor Jonasson: un dos. El color del pelo estaba bien, pero el resto no.

John Johansson y Kurt Sjögren: los dos obtuvieron un cuatro. Ambos eran posibles.

Dijo a Sascha que la llevara a ver a Thomas.

Quedaron en el chalé. Thomas ya había llegado. Estaba en la cocina.

Entraron en la biblioteca. Esto era lo más importante ahora; era un asunto de biblioteca pero multiplicado por diez.

—Dime qué han sacado —dijo ella.

—Mucha gente me odia dentro de la policía. Pero algunos entienden por qué he hecho lo que he hecho. Saben que en el fondo soy una persona honrada. Así que pasé los resultados de las huellas dactilares a un compañero, junto con un sobre con una pequeña gratificación. Metió los resultados de las huellas dactilares en una investigación en progreso en la que él está trabajando. De esta forma pudo reenviar las cosas al Comité de Colaboración de los Países Nórdicos y a la unidad de registros de la Interpol. Después podían meter las huellas dactilares del Black & White Inn en sus registros para efectuar una búsqueda.

Natalie sentía las pulsaciones en las sienes.

—Han encontrado tres coincidencias. Un asesinato en Berlín el año pasado, un intento de atentado contra un político ruso y otro asesinato en Lyon hace siete años.

Natalie contuvo la respiración.

—Sus sospechas están dirigidas hacia un único individuo —dijo Thomas.

Sacó un sobre y lo abrió. Puso una hoja sobre la mesa.

Un extracto del expediente de busca y captura de la Interpol. Primero unas líneas con información general. Después un nombre: Semion Averin. Luego dos fotografías, de cara y de perfil.

Había más cosas, pero ella no hizo más que estudiar la persona de la fotografía.

Una cara nítida: era la misma persona que John Johansson.

\*\*\*

OIPC – ICPO Interpol
Traducción al sueco: Lena Skogsgren
ORDEN DE BÚSQUEDA Y CAPTURA INTERNACIO-
NAL
[imagen]

*Estatus legal:*
Apellido actual: Averin (hijo de Mijail).
Nombre actual: Semion.
Sexo: varón.
Fecha de nacimiento: 4 de abril de 1966.
Lugar de nacimiento: Kurgan, Uralskii.
Nacionalidad: rusa.
Alias conocidos: Florencio Primo, Sergei Batista, Volk (el Lobo).

*Descripción física:*
Altura: 187 cm.
Peso: 97 kg.
Cabello: oscuro.
Ojos: marrones.

*Crímenes:*
Asesinato, intento de asesinato, delito de tráfico de armas, conspiración.

*Órdenes de arresto expedidas por:*
Moskovskii gorodskoi sud, Moscú, Rusia
Tribunal de Police, París, Francia

*Comentario:*
Semion Averin nació en la ciudad de Kurgan, en Siberia. Su padre, Mijail Averin, era un oficial de alto rango en las fuerzas aéreas rusas. Su madre, Sonia, era una activista comunista. Los padres de Semion Averin se divorciaron cuando él era joven. Se informa de que el padre sometió a su hijo a graves maltratos en dos ocasiones.

Después de haber terminado sus estudios, Averin solicitó su ingreso en las fuerzas armadas rusas. Después de haber terminado los dos años de entrenamiento básico, fue seleccionado para ser destinado a OMON (Otriad Militsii Osobogo Naznatieniya). OMON lo constituye un gran número de unidades especiales de la policía nacional de Rusia. OMON fue organizado en la época de la Unión Soviética y hoy en día depende del Ministerio del Interior (MVD). Cada departamento policial ruso cuenta con una unidad de OMON que entra en acción en situaciones de alto riesgo, como por ejemplo la toma de rehenes, secuestros, disturbios, amenazas terroristas, etcétera.

Sin embargo, Averin fue despedido de la unidad después de solo catorce meses de servicio, por razones desconocidas. Regresó a Kurgan y encontró trabajo como sepulturero. En 1989 se casó y tuvo una hija. Poco después fue procesado y condenado a ocho años en el gulag por violación.

El mismo día en que iba a ser transportado al gulag tuvo permiso para ver a su esposa. Entonces Averin consiguió escapar del tercer piso en el que la reunión tenía lugar. Después de un número de meses fugado, fue encontrado a mil doscientos kilómetros al norte de Kurgan, donde fue detenido y llevado al gulag. A pesar de que Averin tenía derecho a cumplir su condena en una sección especial para exmilitares y/o policías, fue confinado a una sección normal, probablemente debido a su tendencia a la fuga.

Según rumores no confirmados, fue condenado a muerte por los otros reclusos cuando se enteraron de su pasado como policía. Sobrevivió a varios intentos de asesinato en el campamento penitenciario y en numerosas ocasiones tuvo que luchar por su vida. Recibió su mote, Volk (el Lobo), de los otros reclusos debido a su reputación de morder a los contrincantes en el cuello cuando era atacado. Después de algún tiempo le dejaron en paz porque se consideraba peligroso.

Averin se escapó del gulag en el año 1992. Regresó a Kurgan, donde se sospecha que se unió a la organización criminal local. Es sospechoso de haber participado en el asesinato del líder de la organización rival, Dima Romanoviti, en la ciudad de Tiumén. Probablemente, Averin fue a vivir a Moscú en el año 1994.

Entre los años 1994 y 2002, se sospecha que Averin tomó parte en numerosas actividades ilegales, contratado por diversas organizaciones y agrupaciones. Las sospechas versan sobre intento de asesinato, extorsión, agresión, delito de tráfico de armas. Sin embargo, no se han podido confirmar estas sospechas. Después de este periodo de tiempo existen las siguientes sospechas contra Averin:

• Asesinato del ciudadano argelino Hassan Saber, en Lyon, 2003. Se han encontrado huellas dactilares en un arma, una pistola de modelo Stetikin APS, que fue hallada en un depósito de agua en el tejado del piso en el que vivía Hassan Saber. Hassan Saber era conocido por la policía francesa como uno de los líderes de las actividades de prostitución en Lyon. Murió por tres disparos en los ojos, efectuados con la pistola.

• El intento de atentado contra el político regional Alexander Glinka, en 2007. Glinka fue elegido alcalde de Novgorod en 2006. Su principal promesa electoral fue la de luchar contra la corrupción en la zona. En junio de 2007, el coche oficial de Glinka estalló delante de su residencia. Glinka todavía no había entrado en el coche. Su conductor sufrió lesiones graves, aunque no mortales. La policía rusa considera que la carga explosiva, que consistía en una granada con carga plástica, por alguna razón detonó antes de tiempo, y que estaba mal colocada. Semion Averin fue identificado por testigos en un coche cerca del lugar.

• Asesinato del ciudadano alemán Özcan Çetin, en 2010. Finalmente, las huellas dactilares de Averin han sido encontradas en una lata de refresco en un piso de Berlín en el que el ciudadano alemán Özcan Çetin fue asesinado y torturado.

En resumen, la policía no ha podido cofirmar ninguna conexión personal o de ningún otro tipo entre Averin y sus víctimas, Saber, Glinka o Çetin. Esta circunstancia, el modus operandi y el hecho de que los crímenes hayan tenido lugar en lugares de Europa totalmente diferentes entre sí, hace indicar que Averin realiza «asesinatos por encargo». Averin no existe en los registros de ADN.

*Observaciones:*
A pesar de lo arriba indicado, la persona en cuestión debe ser considerada inocente hasta que se demuestre lo contrario.

# Capítulo
# 55

Otra vez en Arlanda. Jorge estaba pensando en la chica de las rastas con la que había estado nada más volver a Vikingolandia. Una casualidad increíble que hubieran coincidido otra vez.

Ahora: ya llevaba demasiado tiempo en la tierra de los vikingos. J-boy ya había arreglado lo que había venido a arreglar. El *cash* estaba desenterrado. Seiscientos tristes tigres que comen trigo en un trigal.

Ahora: era la hora de volver. Arrancar con la cafetería allá abajo. Sentar cabeza. Dejar que pasaran los años. Vivir en plan relax con Mahmud.

La pérdida: Javier había sido detenido; no había nada que Jorge pudiera hacer contra eso. El chico era un idiota por haber venido. Aun así, se sentía triste por él.

Había dado la pasta a JW. El colega había prometido tratarla. En lugar de cambiar o blanquearla, iba a enviarla a alguna cuenta de Liechtenstein, y luego meterla en algún banco asiático. *Shit*, el colega JW era un tipo legal, solo cobraba cuarenta billetes por las molestias. Jorge recibiría una tarjeta de crédito vinculada al dinero.

Después de la huida por los tejados de Vasastan, la paranoia de Jorge había alcanzado nuevas cotas. Veía un nuevo Saab 9-5 oscuro cada minuto. Enviaba SMS a Tráfico diez veces al día.

Todas las noches tenía pesadillas extremadamente raras. En cada dos veía a Javier en un calabozo de la comisaría; le estaban rociando con agua de una manguera de bomberos. Gritaban: «¿Dónde está Jorge?, ¡dínoslo!». En el resto, veía a Babak llamar al Finlandés desde un móvil que le habían metido en su celda: «Jorge se embolsó tu pasta».

Jorge cambiaba de centro de acogida todos los días. Compró un gorro de invierno que llevaba bien enfundado sobre la cabeza. Se hizo con un palestino que le tapaba la barbilla. Por él podían pensar que era un Taimour Abdulwahab[82] con una fijación política, con tal de que nadie le reconociera.

Solo estaba esperando el día de hoy: el vuelo a Bangkok saldría a las cuatro de la tarde.

Jorge: el Fugitivo.

¿Seguía siendo un rey?

¿Seguía siendo J. Bernadotte Bhumibol?

No exactamente; ahora solo quería largarse. Mandar todo a la mierda. Babak podía cantar si quería; el fiscal no tendría ganas de perseguirle todo el camino hasta Phuket. Jorgito y Paola podían buscarse la vida solos unos años. Javier podía mentir como pudiera para evitar la condena.

Jorge lo tenía claro: ahora se largaría.

Estaba en la sección de salidas de la terminal cinco. Cruasañes que costaban un riñón y jugo de naranja. El avión saldría dentro de una hora. Tailandia *I am waiting for you*[83]. Ya había facturado las maletas, estaba listo. Solo tenía un equipaje de mano, un pasaporte con validez comprobada, una revista de motor para leer en el avión: todo en orden. Todavía no había pasado por el control de seguridad. Cuanto menos tiempo pasara en la terminal, mejor; se sentía atrapado allí dentro.

---

[82] Terrorista suicida responsable de un atentado en Estocolmo en diciembre de 2010.

[83] «Te estoy esperando».

Al final, había llamado a su madre. Para decir *adiós*. Había explicado que la quería a ella, a Paola y a Jorgito por encima de todas las cosas. No hacía más que llorar. Jorge vio dos palabras en el interior de los párpados cuando colgó: «Mamá intentó».

—Mamá, lo intentaste.

El cruasán soltaba migas por todas partes. Se había sentado en un sitio desde donde podía ver una pantalla con información de los vuelos. Quedaban cincuenta y cinco minutos.

Pensó en lo que solía decir Mahmud:

—Lo importante es morir musculoso.

Y ahora: ¿cómo iba a morir Jorge?, ¿en un piso cutre de Phuket?, ¿como un rey de cafés en un pedazo de bungaló junto al mar?, ¿en una cárcel sueca? No lo sabía, y ahora mismo le importaba una mierda. Con tal de que pudiera subirse a ese avión.

Pensamientos sobre Javier otra vez. Dejaba al amigo allí. Pero la regla básica era que todo el mundo tenía que ocuparse de su propia mierda. No podía hacer de mamita para el *hermano,* no podía andar limpiándole el culito al colega latino.

Después pensó en la última conversación con Mahmud.

—Pasado mañana vuelvo.

—Vale, bien. ¿Y la pasta?

—Arreglado. JW se hace cargo.

—*Great.*

—¿Quieres que te lleve algo de aquí, algo de comer, un pene?

—Bueno, pene ya tengo, así que no te molestes. Pero compra una bolsa de esas chuches de pez de Malaco, por favor.

Jorge sonrió al recordarlo.

Ya faltaban cincuenta minutos para que despegara el avión. Echaba en falta a Mahmud.

Una vibración en el bolsillo. Alguien estaba llamando a su teléfono. Era el número de Paola.

Su voz sonaba estresada. Casi susurraba.

—Jorge.

—Dime, ¿qué pasa?

—Están aquí.

—¿Quién?

—Están llamando a la puerta. Dicen que la van a tirar abajo como no vengas a pagar.

—¿Quién lo dice?

Jorge oyó su propia voz: débil. Notó cómo le subía una ola de calor a la cabeza.

—Vienen de alguien que se llama el Finlandés —dijo Paola—. Dicen que les has engañado. Les he dicho que no estás en Suecia, pero no me creen.

En la cabeza de Jorge: imágenes desagradables. Los ojos asustados de Paola. Jorgito con moratones en la cara. ¿Qué cojones iba a hacer?

Oyó gritos al fondo. Oyó a Paola gritar.

—Largaos. Jorge no está aquí.

Oyó golpes en la puerta.

—Jorge, ¿qué hago?

—¿Está Jorgito contigo también?

—Sí, lo he encerrado en su habitación. ¿Qué les digo?

Jorge miró a la pantalla un poco más allá. Cuarenta minutos para la salida.

Cuarenta minutos para la tranquilidad.

Sujetaba su pasaporte y la tarjeta de embarque en una mano. En la otra, el teléfono móvil. Los gritos de fondo. Los golpes. Ni siquiera podía oír lo que le trataba de decir Paola.

La frase de Mahmud en la cabeza: lo importante era morir de pie; ¿un tipo fuerte de verdad dejaría a su hermana sola ante el peligro?

—No abras la puerta. Voy para allá —gritó Jorge.

El taxi iba a ciento cuarenta. Jorge le había pasado un billete de quinientas extra. El taxista prometió que conduciría lo más deprisa que se atreviera.

Tardarían por lo menos treinta y cinco minutos hasta Hägersten. Jorge intentó imaginarse la puerta de Paola. ¿Cómo era de gruesa? ¿Cuánto aguantaría? ¿No reaccionarían los vecinos si alguien intentaba forzarla? ¿Debería él llamar a la policía?

La última idea le parecía irreal: nunca había llamado a la policía en toda su vida.

Volvió a llamar a Paola. Ella contestó: el ruido de fondo ya era más alto. Lo peor era su llanto.

—Paola, tienes que llamar a la policía —gritó—. TIENES que hacerlo. Yo cuelgo ahora, y me llamas después de hablar con la policía.

Colgaron.

Jorge esperó.

No había demasiado tráfico en la autovía. Tenía la mirada clavada en la pantalla del móvil.

¿Había alguien a quien pudiera llamar para que llegara antes? Joder, todos sus conocidos que pudieran estar dispuestos a ayudar estaban en el extranjero o arrestados o se habían vuelto totalmente legales. A excepción de Hägerström y JW; pero no, no tenían la madera adecuada.

La pantalla estaba oscura. ¿Por qué no le volvía a llamar?

Jorge seleccionó el último número que había llamado y le dio al botón.

Los tonos pasaban.

El contestador se activó.

Volvió a llamar. Un tono, dos, tres.

Ahora contestó. Nada de ruido. Paola estaba llorando.

—Ya están dentro, ¿entiendes? Me he encerrado con Jorgito en su habitación.

—Estoy de camino. ¿Has llamado a la policía?

Se cortó la llamada.

Jorge trató de llamar otra vez.

Solo: «Este es el contestador automático de Paola. Ya sabes qué hacer después de la señal».

Sujetaba el teléfono con fuerza.

Despúes hizo algo que había pensado que nunca haría.

Jorge llamó a la policía.

Veinte minutos hasta la puerta de Paola.

El taxista se saltó más de tres semáforos en rojo. Los peores minutos de su vida.

Vio un coche de policía en la calle.

Subió las escaleras corriendo.

Marcas de color claro en el marco de la puerta donde habían metido la palanqueta. La puerta estaba medio abierta.

Oyó voces de hombres desde el interior del piso.

Echó una mirada por la puerta. Vio a dos policías dentro.

Esperaba que hubieran llegado a tiempo. Al mismo tiempo: no podía entrar si había policías ahí dentro. Trató de escuchar otra vez. ¿La voz de Paola? ¿La voz de Jorgito?

No oyó nada.

Jorge bajó las escaleras.

Llamó a Paola.

Pasaban los tonos.

Un hombre contestó.

—¿Quién es?

Jorge esperaba que fuera uno de los policías.

—Soy el hermano de Paola.

—La tenemos a ella y al chico —dijo la voz.

Se dio cuenta enseguida; había llegado demasiado tarde.

—Putos maricas —dijo—. Déjala que se marche con el niño. No han hecho nada.

—El Finlandés quiere su dinero. El Finlandés sabe que se la jugaste —dijo la voz.

La voz tenía un ligero acento. Jorge no sabía decir de qué lengua.

—¿Qué hostias cuentas? Yo no se la he jugado.

—Lo sabemos. Unos pajaritos han cantado desde el arresto. Apartasteis tres maletines. El Finlandés quiere su pasta.

*Joder. Maricón.*

Hijodeputacabrón.

Las palabras no bastaban para expresarlo; el maricón de Babak tenía que haber cantado. Jorge se preguntó cómo había salido la información. El iraní estaba con restricciones.

—Suelta a mi hermana y al niño.

—Hagamos un cambio. Tú vienes con el *cash* que robaste, ochocientos billetes. Nosotros te llevamos lo que quieres.

—¿Cuándo?

—Cuando quieras.

—¿Dónde?

—Te llamaremos. ¿Tienes el dinero?

Jorge vio delante de sus ojos las doscientas mil que había entregado a Babak y la bolsa con las seiscientas mil que había dejado a JW para blanquear e ingresar en cuentas extranjeras.

—Sí —contestó.

# Capítulo
# 56

*A*hora sí que deberían tener pruebas sólidas.

Dos días después de la caza del alce en Avesjö, JW llamó a Hägerström.

—Muchas gracias por lo del otro día. Estuvo muy bien.

Hägerström esperaba que le dijera algo más. Hablaron de la caza y de la cena durante cinco minutos. Luego llegó. La orden de JW.

—Vente a la asesoría de Bladman, ya sabes dónde está. Me has llevado hasta allí muchas veces. Trae una bolsa, una mochila u otro maletín pequeño.

Hägerström fue hasta el lugar. Torsfjäll le había ordenado, por primera vez, que utilizara un equipo de grabación.

JW le esparaba en la puerta.

—No vamos a entrar aquí.

Siguió a JW. Dieron la vuelta a la manzana y se detuvieron delante de una puerta normal.

JW introdujo un código. Subieron las escaleras.

Otra puerta normal; ponía Andersson en el buzón. JW la abrió con llave y entraron.

Era un piso pequeño. Dos habitaciones. Las paredes estaban forradas de estanterías cargadas de carpetas. Hägerström intentaba no mirarlas demasiado fijamente. Se sentía excitado.

Le había tocado el gordo; este tenía que ser el escondite secreto. La contabilidad secreta que Torsfjäll había estado tan seguro de que tenían.

Por fin. La Operación Ariel Ultra pronto habría terminado.

En una de las habitaciones había un escritorio. Se sentaron uno a cada lado.

JW colocó una mochila sobre la mesa. Hägerström la reconoció, era la que había visto sobre la espalda de Jorge.

JW abrió la mochila. Había una bolsa blanca de plástico con algo que parecía una caja de leche dentro.

Puso la bolsa sobre la mesa.

—Toma, cógela y métela en tu bolsa.

Los ojos de Hägerström estaban clavados en la bolsa.

JW esbozó una sonrisa torcida.

—Relájate. La verdad es que no sé exactamente lo que hay ahí dentro. Pero sé que no es ni droga ni armas químicas ni nada por el estilo.

Puso un sobre en la mesa.

—Aquí está tu billete. El avión sale mañana a las nueve para Zúrich. Coges el tren de alta velocidad a Liechtenstein. Allí dejas la bolsa. Después vuelves a Zúrich y coges el avión de vuelta, a las cinco CET.

Hägerström metió la bolsa de plástico en su bolsa. Pesaba menos de lo que debería pesar una caja de leche. Estaba al noventa y nueve por ciento seguro de que contenía billetes.

—Te doy la mitad ahora y el resto cuando vuelvas a casa —dijo JW—. Lo único que tienes que hacer es pasar las aduanas en Zúrich y después coger el tren. En la estación de ferrocarril metes la bolsa de plástico en una taquilla. Eso es todo.

Hägerström metió el sobre en el bolsillo interior.

—A priori suena más fácil que matar un alce.

—Es diez veces más fácil. Créeme, no hay nada de qué preocuparse.

Por la tarde quedó con Torsfjäll en uno de los pisos donde solían quedar antes de Tailandia. Abrieron la bolsa juntos, ambos llevaban guantes de látex puestos.

—Me ha pedido que haga de burro, está grabado —dijo Hägerström—. Y sé dónde está su material. Por fin lo tenemos.

Torsfjäll puso los fajos de billetes sobre la mesa.

—Escuchemos y miremos.

Escucharon la grabación. Después contaron los billetes con cuidado: seiscientas mil coronas. La mayoría de los billetes estaban manchados de tinta. Torsfjäll cogió unos billetes de quinientas en la mano, los miró a través de una lupa que sacó de su portafolio. Dio la vuelta a cada billete varias veces. Inspeccionó los números, las manchas de tinta.

—No estoy tan seguro de que la grabación nos vaya a ayudar mucho. Pero es dinero del robo de Tomteboda. Este es el dinero de Jorge, estoy totalmente seguro.

—Sí, y esto es mejor aún, me llevo la bolsa a Liechtenstein, así vemos quién la recoge. Detenemos a esa persona, a la vez que detenemos a JW y efectuamos un registro en su local secreto.

—No. Tenemos que esperar. Si detenemos a JW ahora, Jorge desaparece.

—Pero puede ser difícil localizarlo.

—Sí, porque él, evidentemente, ha conseguido pasar este dinero a JW sin que tú estuvieras al tanto. Se largará en cualquier momento, detengamos o no a JW. Pero si arrestamos a JW, él se larga inmediatamente. Hemos puesto vigilancia intensiva en las puertas de embarque de Arlanda, pero este hijo de puta es listo.

Hablaron durante unos minutos más. Después, Torsfjäll quiso terminar la reunión.

El comisario cogió la bolsa con el dinero. Iba a prepararlo, según dijo.

A la mañana siguiente se vieron otra vez en el mismo piso. No eran ni las cinco y media.

Hägerström pensó en Pravat cuando era pequeño y siempre se despertaba a esas horas. Hägerström solía llevarlo al salón, ponerlo en el sofá y tumbarse en el lado de fuera para que Pravat no cayera al suelo. Después, Pravat se pasaba el tiempo jugando con pelotas y piezas y Hägerström se quedaba adormilado media hora más.

Torsfjäll sacó la bolsa de su portafolio y se la tendió a Hägerström.

—Son los mismos billetes, pero ahora todos están rociados con ADN inteligente. Vamos a poder rastrearlos hasta el fin del mundo. El que toque estas cosas lo tendrá sobre los dedos durante al menos tres días.

Hägerström estaba de acuerdo. Era inteligente. Pero seguía sin entender por qué no iban a detener a JW ahora. De todas maneras, Jorge ya estaría viajando a Tailandia. Si detenían a JW, él se estresaría más, y eso le haría menos prudente. Y si tenían a gente en Arlanda, la cosa estaba hecha. Además, él mismo debería poder llegar a Jorge a través de JW antes de eso.

Había algo que no encajaba en el razonamiento de Torsfjäll, pero no había tiempo para discutir con el comisario ahora mismo. Hägerström tenía que marcharse a Zúrich.

No tuvo problemas en Arlanda. Llevaba traje sin corbata. Metió la bolsa de plástico en una vieja maleta que su padre le había regalado veinte años atrás. Era perfecta, porque en cada billete había un hilo de metal fino. Si los llevara en el equipaje de mano juntos, activarían la alarma en el escáner. Llenó la maleta con camisas, pantalones y calzoncillos.

Tenía un billete de ida; con una maleta tan grande, un billete de ida y vuelta para el mismo día podría haber parecido sospechoso.

En el avión, la cabeza le daba vueltas.

Pensó en Tailandia. En su hermano y en sus amigos. Vio la mirada impresionada de JW delante de él. Echaba en falta a Pravat.

Odiaba el hecho de que la nostalgia empezara a convertirse en un estado normal.

Pensó en su padre. En 1996, Hägerström llevaba un año como asistente de policía. Había empezado a salir con un chico, Christopher; se habían visto un par de veces en un club de la calle Sveavägen. Solían bailar, tomar chupitos de vodka e ir a casa de Hägerström a follar. En un fin de semana de noviembre, Hägerström se llevó a Christopher a Avesjö. Era antes de que Carl hubiera comprado la casa. En invierno, la casa estaba más o menos solitaria. Papá solía pedir al vigilante que tenían allí que se pasara a echar un vistazo una vez por semana, eso era todo.

Hägerström recogió a Christopher en el portal de su casa de la calle Tulegatan. Era delgado y se había teñido el pelo de rubio. Era femenino de una manera discreta, como a Hägerström le gustaba.

Fueron a Värmdö, Hägerström ponía Back Street Boys en el estéreo del coche. Disfrutaba la música con ironía. Guiñó un ojo a Christopher. *When we're alone, girl, I wanna push up / Can I get it?*[84].

Hägerström desactivó la alarma de la casa. Encendieron las luces. Se instalaron. Prepararon comida asiática para cenar. Christopher dijo que quería tomar ABC —*Anything but chardonnay*[85]—. Hägerström sacó un par de botellas de *sauvignon blanc* de la bodega de papá. Hablaron de cómo manejaban su sexualidad. De la primera vez que habían tenido relaciones con otros hombres. De qué sitios en Estocolmo eran serios y qué sitios solo eran guarros.

Por la noche se echaron en la cama de la habitación de los padres de Hägerström. Se morrearon. Dieron vueltas por la cama de dos metros, besándose. Cerraron los ojos y exploraron.

Christopher sacó un tubo de lubricante de la nada. Hicieron el amor. En medio del acto, Hägerström oyó de repente un ruido en la planta de abajo.

Salió de la cama de un salto.

---

[84] «Cuando estamos solos, nena, quiero hacer ejercicio / ¿Me dejas?».
[85] «Cualquier cosa menos chardonnay».

Alguien estaba llamando desde abajo:

—¿Hola?

—¿Quién es? —contestó él.

—Soy Göran. ¿Eres tú, Martin?

Hägerström se puso los calzoncillos con la velocidad de un rayo. Salió de la habitación.

—Ya bajo. —Y susurró a Christopher que saliera de la habitación.

Fue demasiado tarde. Su padre ya estaba subiendo por las escaleras.

Hägerström lo alcanzó en el vestíbulo de la planta de arriba.

—¿Qué haces aquí?

—He venido con un colega —dijo Hägerström—. Estaba dormido. No sabía que ibas a venir esta noche.

Su padre lo miró. Negó con la cabeza.

—¿Ya estabas dormido? Si solo son las ocho y media.

De vuelta en el avión. Hägerström echaba de menos a su padre. No habían tenido una relación muy estrecha, ni tampoco se parecían en nada, pero el amor de su padre había sido incondicional, de alguna manera. No se lo dijo nunca. Su padre no hablaba de sentimientos de aquella manera. Pero se notaba en su forma de hablar con sus hijos, de mirarlos, de abrazarlos cuando llevaban tiempo sin verse.

Hägerström pensó en Javier otra vez. Los tatuajes que tenía en la espalda, los brazos morenos, la espalda morena. Su risa. No quería pensar en él ahora, pero no podía dejar de hacerlo.

Tenía la sensación de que lo necesitaba ahora.

El avión aterrizó a la hora prevista. Hägerström se puso a esperar la maleta. No tenía pinta de haber sido manipulada, había colocado un trozo de celo sobre la apertura como mecanismo de control. La pasó por el filtro de la aduana sin problemas.

El tren de alta velocidad llegó quince minutos más tarde. El viaje hasta Schaan-Vaduz era de menos de una hora.

Se quedó dormido en el tren. Los asientos eran muy cómodos.

Cuando llegó a la estación, acudió directamente a las taquillas. Colocó la bolsa con el dinero en la taquilla número 432 y metió cuatro monedas de un euro. Compró una *Vanity Fair* y cogió el tren de vuelta al aeropuerto de Zúrich. Se sentó en una cafetería para esperar la salida de su avión de vuelta. JW lo había reservado durante el día.

El avión de vuelta salió a la hora prevista. Hägerström había entregado mil doscientos billetes marcados con ADN en menos de doce horas. De puerta a puerta.

Estaba cansado cuando llegó a casa. Se sentó delante de la tele. Había un concurso de baile en uno de los canales.

Sonó su teléfono.

Una voz que resoplaba. Primero no sabía quién era.

—Qué pasa, Hägerström. Necesito verte. Tengo unos problemas de la hostia.

—¿Quién es?

—Soy yo, Jorge. Tenemos que quedar ya, ¿vale?

Preguntó qué había pasado. La voz de Jorge estaba medio quebrada.

Hägerström solo pensaba en una cosa. Ahora sí que la operación estaba lista para rematar.

Ahora iban a poder detener a Jorge. Lo cual quería decir que ya no había razones para detener a JW.

Había llegado el momento de recoger lo sembrado.

\*\*\*

De: Lennart Torsfjäll [lennart.Torsfjäll@polis.se]
Enviado: 15 de octubre
Para: Leif Hammarskiöld [leif.hammarskiold@polis.se]
Copia:
Asunto: Operación Ariel Ultra; el Mariposón, etc.

## ¡N.B.! ELIMINAR ESTE MENSAJE DESPUÉS DE LEER

Leif,

Gracias por la conversación de ayer. La decisión que discutimos, la de esperar con la detención de Johan, *JW*, Westlund, ha resultado ser muy afortunada.

Mediante la entrega del dinero al Mariposón contamos con sólidas pruebas contra JW. Sin lugar a dudas, el fiscal permitirá registros tanto de la casa de JW como de los locales oficiales y no oficiales de Bladman. El dinero fue entregado por el Mariposón en una taquilla de la estación de ferrocarril de Vaduz, en Liechtenstein. Sin embargo, yo ya había requisado el dinero y en su lugar he puesto billetes falsos. Seguramente tardarán unos días en descubrirlo, ya que se trata de una divisa sueca. Los billetes auténticos ya están a nuestra disposición para repartir según lo acordado.

Mi estimación anterior era que ya podíamos detener a JW y a Jorge Salinas Barrio. Sin embargo, este último ha quedado con el Mariposón esta mañana para pedirle ayuda con una situación que acaba de surgir. La persona sospechosa de haber planificado y coordinado el atraco de Tomteboda, conocido solo como el Finlandés, ha secuestrado a la hermana y al sobrino de Salinas Barrio. Evidentemente, existe algún tipo de desavenencia agresiva entre ambos. Esto me lleva a la conclusión de que debemos esperar algunos días más antes de detener a JW y a Salinas Barrio. Aquí se abre la posibilidad de detener y poner a disposición judicial al que se considera el cerebro que estaba detrás del atraco de Tomteboda. Probablemente, el Finlandés también está detrás de un gran número de atracos de transportes de valores ocurridos en los últimos años (ver informe adjunto). Preveo grandes triunfos para la autoridad policial, y sobre todo para ti. ¿Qué opinas al respecto?

Te agradecería que me comunicaras tu respuesta cuanto antes.

Lennart

# Capítulo
# 57

Göran había reservado una *chambre separée* en el casino. En serio, Natalie ya no estaba tan segura de que el club de juego de Gabriel Hanna de Västerås fuera tan cutre en comparación. El casino Cosmopol era grande, estatal, supuestamente superlegal; aun así, el casino de Estocolmo parecía de segunda.

Podía haber estado a la última cuando abrió sus puertas hacía siete años. Pero ahora: los espejos habían perdido su brillo, los botones de las máquinas traga monedas estaban desgastados, y el color original de la moqueta era imposible de discernir.

En las paredes: anuncios de la comida de Navidad y la cena de Nochevieja. La mariscada para dos, por setecientas noventa y nueve coronas. El *jackpot* del casino ahora mismo: treinta y dos millones novecientas mil coronas, con una apuesta máxima de treinta y siete coronas y media. Al mismo tiempo, carteles de información: «¿Tienes la sensación de que estás jugando demasiado?; www.spelalagom.se»[86]. La esencia de la hipocresía estandarizada sueca: engañemos a esos pobres hijos de puta con anuncios de mariscadas y botes enormes para que jueguen y metan dinero en las arcas del Estado, pero a la vez debemos fingir que en realidad lo hacen en contra de nuestra voluntad.

---

[86] *Spela lagom* significa «apuesta lo justo».

El sitio estaba ocupado por un tercio de viejas pasadas de moda, un tercio de asiáticos y un tercio de tipos en camisas de manga corta. Natalie oía la voz de Lollo en la cabeza: «Claro que puedes hacer bromas y estar alegre, pero no vayas al casino en camisa de manga corta». Estaba contenta de que tuvieran una sala propia.

Estaban sentados en una mesa de juego. Un crupier repartía cartas. Natalie no jugaba.

Ella, Göran y Thomas, junto con otros dos, estaban sentados junto a la mesa.

Uno de ellos: el viejo colega de negocios de Belgrado, Ivan Hasdic. El otro: su guardaespaldas.

Al otro lado de la puerta estaban Adam y Sascha y en la entrada había otro chico más. Hoy habían duplicado las medidas de seguridad.

Ivan Hasdic puso sus cartas sobre la mesa. Doblaba las esquinas de las cartas, miraba sin mover los ojos.

Natalie lo miró. Hasdic: el rey del tabaco, la leyenda del contrabando, el serbio errante. Göran se lo había contado: Radovan comenzó a hacer negocios con Hasdic ya a mediados de los años noventa. Se conocían desde la guerra. Su padre había traído sus primeras treinta mil cajas de cigarrillos en un camión que transportaba varillas de aluminio. Ganaba una corona por cigarrillo de media, después de que los choferes y los funcionarios de la aduana se hubieran llevado lo suyo. Suponía un dinero decente. La relación se afianzó. Su padre comenzó a recibir camiones con tabaco de manera más sistemática. Al cabo de unos años, Hasdic tuvo problemas con las autoridades en Serbia. Su padre le consiguió un permiso de residencia en Suecia, pudo apartarse de las notificaciones de inducción a asesinato el tiempo suficiente para que la policía abandonara los intentos de procesarle. Hasdic cambió su residencia una y otra vez, vivió en Austria, Inglaterra, Rusia, Rumanía. Enviaba mercancía legal a su padre; este le enviaba televisores de plasma robados a Hasdic. Hasdic organizaba negocios con uno de los chuloputas más importantes de Rumania; su padre ayudó a Hasdic a comprar caballos de carreras que le aportaron más de dos millones de euros en premios a lo largo de los años. Hasdic le enviaba chicos fiables cuando su padre necesitaba refuerzos; su padre consiguió que el ayuntamiento de Nacka contratara a la gente de Hasdic cuando construyeron una nueva central térmica.

Entonces: Ivan Hasdic quería a Radovan Kranjic como si fuera un hermano.

Hoy: Ivan Hasdic era uno de los hombres más importantes de los bajos fondos de Serbia.

Ahora: Ivan Hasdic había prometido ayudar a Natalie en lo que pudiera.

El serbio de Natalie no era demasiado bueno.

—*Kum* Ivan —dijo—, mil gracias por venir. Quiero darte la bienvenida a Suecia. La última vez que nos vimos corrían tiempos aún peores. No tuvimos tiempo para hablar.

Ivan había estado en el funeral de su padre, pero había cogido el avión de vuelta aquella misma tarde.

Natalie se puso en pie. Se acercó a él y le dio una botella de Johnnie Walker Blue Label.

Iván la besó en las mejillas: derecha, izquierda, derecha.

Le dio las gracias por la botella. Soltó el rollo habitual de qué ojos-más-bonitos-tienes. Le dijo que se parecía muchísimo a su padre. Preguntó por su madre. Natalie evitó las preguntas sobre su madre; su relación se había enfriado totalmente.

Volvieron a sentarse.

Natalie fue al grano. Comenzó a explicar lo que sabía sobre el asesinato de su padre. Lo que había averiguado de Semion Averin, también conocido como John Johansson, también conocido como Volk, el Lobo.

Estuvo hablando más de una hora.

Ivan no levantó la mirada de sus cartas. Continuaba jugando con Göran y Thomas. Continuaba toqueteando sus fichas. Manoseaba la bolsa de tela, que no paraba de llenarse. Pero Natalie veía que la estaba escuchando. A veces asentía con la cabeza levemente. A veces se rascaba la barbilla como para tratar de recordar alguna cosa.

En realidad: ¿qué cosas importantes sabía ella ahora que no sabía hacía un mes? Vale, se había enterado de que el autor del crimen era un asesino a sueldo contratado que tenía un nombre concreto. Sin embargo: no se había acercado ni siquiera a la cuestión central: ¿quién había encomendado la misión a Averin?, ¿quién lo había contratado?, ¿quién estaba detrás del asesinato de su padre?

Tal vez fueran los rusos. Tal vez alguna banda sueca.

Al mismo tiempo, su cuerpo entero gritaba: Stefanovic. La conexión con el Black & White Inn, el planificado asalto al trono de su padre, los ataques a su economía, que coincidieron con el asesinato. Y más cosas: la manera de contestar de Stefanovic en los interrogatorios, y el hecho de que nadie, salvo Stefanovic y posiblemente su madre, pudieran haber sabido que su padre iba a estar en la calle Skeppargatan aquella noche. Cuando Natalie terminó de hablar, Ivan puso las cartas sobre la mesa. Levantó la mirada. La miró a los ojos, pero su mirada estaba ausente, como si estuviera viendo cosas que estaban mucho más allá de la puerta.

Llevaba una camisa que parecía de color gris, pero que seguramente había sido blanca. Sus manos eran gruesas y los nudillos parecían desgastados, como unos viejos guantes de cuero. Su pelo era gris. Era difícil estimar su edad, tenía cicatrices y arrugas por toda la cara. Y la cara de Hasdic era como todo lo demás: gris.

Pero su voz tenía cierto ritmo. Un tono tranquilo, seguro, estable.

—No es bueno, lo que cuentas. No es nada bueno —dijo.

Volvió a coger la baraja. Puso una de sus cartas sobre la mesa. Göran y Thomas tenían pinta de no saber qué hacer. Ivan hizo un gesto con la mano: «Sigamos jugando».

Jugaron otra mano. El crupier repartió cartas nuevas.

—El Lobo puede estar aquí ahora, en Estocolmo —dijo Ivan.

Natalie puso las manos sobre las rodillas. Trató de relajarse.

—Göran me pasó información de primera mano —continuó él—. He hablado con gente en casa y me he enterado de cosas. Lo que puedo decir es que el Lobo Averin es muy peligroso. Aparte de los crímenes que parece que la Interpol le atribuye, ha realizado al menos otros diez atentados parecidos de los que me han informado otras fuentes. Y seguro que mis fuentes no están al tanto de todos, pero son conocidos por todas las autoridades rusas. Tiene una formación de primera, ha ido acumulando experiencia a lo largo de los años y usa diferentes identidades. Dicen que solo trabaja en el segmento *high end,* como se suele decir en inglés, lo cual significa que no se encarga de nada por menos de cincuenta mil euros. En Rusia lo llaman un *superkiller* y, tal como me lo han explicado, solo otros cuatro asesinos a sueldo han recibido este título antes del Lobo.

Se calló por un breve momento, dejó que la seriedad del asunto calase.

—Según mis fuentes, vino a Escandinavia hace unas semanas. Sabemos que recogió armas en Dinamarca y sabemos que estuvo en un piso de putas en Malmoe. Así que, por desgracia, hay bastantes cosas que indican que está en el norte, en este lugar. Y además, existe un gran riesgo de que haya venido para hacerte daño.

Ivan continuó hablando. Explicó más detalles sobre los diferentes atentados de los que le habían informado. Dio detalles de la reputación del Lobo en Europa del Este. Averin era un «autónomo», no pertenecía a ninguna organización. Era contratado por la Avtoriteti —la mafia rusa— y por oligarcas y sindicatos del crimen del centro de Europa cuando necesitaban sus servicios.

—Si fuera un caso normal, les diría: busquemos a su padre y a su madre. Busquemos a sus hermanos y les cortamos el cuello. El problema es que el Lobo Averin no tiene familia conocida, a excepción de su hija. Pero ella ha cambiado de identidad. Su ex mujer y sus padres murieron hace tiempo. De todas maneras, si hubieran estado vivos, le habría dado igual.

Natalie se sentía fría. Estaba mirando sus manos. Temblaban.

—*Kum* Hasdic, ¿cuál es tu consejo? —preguntó ella.

Ivan contestó rápidamente.

—Si Stefanovic está detrás de esto, tienes que darle pasaporte cuanto antes. La única manera es dar un golpe duro y rápido. Si el Lobo Averin se entera de que el que le ha encomendado el asesinato ya no puede pagar, dejará de cazarte. Es el único consejo que puedo darte. Y si hay problemas, te prometo que te daré todo el apoyo que pueda ofrecer.

Natalie pensó: «Solo hay un camino a seguir».

El destino de Stefanovic ya estaba sellado.

Solo tenía que averiguar cómo quería hacerlo JW.

Al día siguiente quedó con JW en uno de los hoteles en los que se alojaba. Lo llevó hasta allí el mismo hombre que le había recogido en la puerta del hotel Diplomat. Las mismas vibraciones que emitía Thomas, pero con una sensación de policía incluso más fuerte.

Ella y JW estaban sobre la cama del hotel. Recién morreados. Recién lamidos. Recién follados.

JW le explicó la estrategia para el golpe económico.

En el fondo, eran los mismos factores los que habían iniciado todo. Varias de las jurisdicciones que JW usaba habían cambiado sus reglas. Habían abandonado la discreción bancaria más intransigente, habían permitido la entrada a las inspecciones de la Unión Europea, la ONU y la OCDE, así como las de la policía internacional. Suiza había tirado la toalla hacía ya mucho tiempo. El Caribe había caído hacía medio año. Las Islas Vírgenes Británicas y las Islas Caimán eran los últimos ejemplos. Liechtenstein acababa de firmar un acuerdo de transparencia bancaria. Y ahora incluso el paraíso número uno, Panamá, empezaba a tambalearse. El presidente del país había firmado un acuerdo con Estados Unidos para garantizar la transparencia. Faltarían pocos años para que la Unión Europea obtuviera el mismo privilegio. Así que JW tenía que mover el dinero de los clientes. Había montado empresas en países mejores: Dubái, Macao, Vanuatu, Liberia. JW y su gente habían trabajado duro. Habían contactado con bancos nuevos, habían emitido tarjetas de crédito a los clientes.

Firmaron un traspaso de poderes de la Northern White Asset Management a una empresa recién constituida en Dubái: Snow Asset Management. Después había que mover el dinero sin que los sistemas de alerta de los bancos se activasen.

Natalie no pillaba más de la mitad de lo que le decía JW, pero comprendió lo básico.

La mitad de los clientes habían transferido sus medios. Gustaf Hansén había trabajado como un loco allí abajo. Viajaba entre los países como un auténtico ministro de Exteriores. Se reunía con gente de bancos, abogados, contables en oficinas con aire acondicionado. JW y Bladman se ocupaban del papeleo. Rellenaban impresos de bancos y de bufetes de abogados. Rellenaban solicitudes para nuevas tarjetas de crédito. Firmaban estatutos y facturas. Controlaban que se efectuasen los ingresos, enviaban firmas por fax, contestaban a preguntas de los clientes unas cien veces al día.

Hasta ahora, los que habían movido su dinero estaban contentos. JW & Co. habían transferido más de ocho millones de euros. Eso constituía una base, creaba confianza en lo que estaban haciendo.

Pero el asunto era: quedaba tanto o más por transferir. Aquellos clientes estaban inquietos. Preocupados.

Y JW estaba preparado.

Llevaba más de un año planificándolo. Había montado empresas, trusts, cuentas que estaban vinculadas a otras cuentas, pero sin activarlas. De momento no había transferido ni una sola corona.

Sin embargo, estaba a punto de hacerlo: JW iba a mover la primera ficha. Pulsar el botón y desencadenar toda una serie de transferencias. En resumen: iba a transferir ocho millones de euros de cuentas existentes por todo el mundo a otras cuentas nuevas, y de allí a cuentas que eran controladas por JW. El dinero de los clientes se convertiría en dinero de JW.

Se embolsaría ochenta millones de coronas en un día. Un engaño mayúsculo. Un robo enorme. Un fraude colosal, de película.

—Te van a matar —dijo Natalie—. Aunque yo te ayude; habrá cantidad de gente que quiera comerte con patatas.

JW se estiró. Tenía pinta de estar muy satisfecho de sí mismo.

—En primer lugar, ninguno de ellos puede acudir a la policía con esto. Pero sí que es verdad que se enfadarán. —La sonrisa y la mirada de JW eran de pícaro—. En segundo lugar, he hecho todas las gestiones a nombre de Hansén.

—Bien, pero no se va a quedar quieto cuando se entere de todo esto.

—Sí, se quedará quietísimo. En su coche. Encontrarán a Gustaf Hansén sentado en su Ferrari en el fondo del Mediterráneo con más de dos por mil de alcohol en la sangre. Un accidente trágico. Los timados pensarán que algún cliente lo ha hecho.

Natalie no sabía si reír o poner cara de desaprobación.

—Pero tienes razón —admitió JW—. Aunque organice todo para que parezca que Hansén es el culpable, habrá gente que se cabree conmigo. Después de todo, yo estoy involucrado en todo esto. Por eso siempre he necesitado el apoyo de gente como vosotros. En mi sector es necesario contar con amigos peligrosos. Así que voy a necesitar tu ayuda, Natalie. De verdad te lo digo.

Treinta minutos más tarde. Remorreados. Relamidos. Refollados.

Después del repaso económico de JW: tener sexo con él era casi como jugar con un arma cargada. Era casi *demasiado* impredecible. Demasiado calculador. Demasiado listo.

Toda esta estrategia era de un nivel que ella ni siquiera habría podido imaginar. Vale, todavía le faltaba mucho por aprender, pero estaba escuchando las conversaciones de Göran, Bogdan y los demás todos los días. Había discutido muchos planes, ideas, pero el golpe de JW superaba todo lo que hubiera podido soñar.

Pero ahora tenían que hablar de lo otro.

—He hecho lo que me has dicho —dijo Natalie—. He dejado que mis hombres dieran un toque a ese político, Svelander, enseñándole las grabaciones con él y la puta. Se quedó acojonado. Se puso de rodillas. Dijo que nos daría lo que quisiéramos.

—Bien —dijo JW—, los rusos se volverán locos. En realidad, esas grabaciones son suyas. Y las necesitan para su gaseoducto. He intentado montar una reunión con ellos y con Stefanovic. Los rusos quieren que se tranquilicen. Eso es todo, exigen que dejen de dar guerra, quieren el material y quieren ocuparse de Svelander ellos solitos. Dentro de unos días me darán la fecha y el lugar.

—Dentro de unos días. —Natalie se calló.

Faltaba poco. Habría una reunión con Stefanovic. Una reunión que el traidor pensaba que estaba planificada por personas objetivas. Una situación en la que él se sentiría seguro.

Pero en realidad: una reunión en la que participaría Natalie, para hacer lo que tenía que hacer.

Había que eliminar a Stefanovic.

Por su padre.

# Capítulo
# 58

Jorge había contestado afirmativamente a la pregunta.

—¿Tienes el dinero?

—Sí.

¿Cómo podía decir que tenía el *cash*? ¿*Cómo*?

Él: ¿un idiota?

Él: ¿un marica? Consiguiendo que secuestrasen a su propia hermana y a su *sobrino*.

Jorge había estado hundido muchas veces en su vida. Cuando tuvo que bajarse los pantalones y volver a la cárcel. Cuando la pala cargadora no apareció en su sitio antes del ATV. Cuando él y los tipos se habían dado cuenta de que habían cosechado menos de dos kilos y medio.

Pero esto: Paola y Jorgito, más sagrados que Dios. Más importantes que cualquier otra cosa para él.

De nuevo: ¿cómo podía decir que tenía el *cash*?

La mierda del *cash* estaba en algún lugar de Europa ahora. Una cafetería en Tailandia: no valía nada en comparación. Una tarjeta de crédito vinculada a la pasta: valía cero millones en comparación.

Durmió fatal. Salió del albergue nocturno a las cuatro de la mañana. Dio vueltas por la ciudad. Apestaba a angustia. Apestaba a odio a sí mismo.

Se sentó en un banco del parque Tantolunden. Hizo el recorrido completo del autobús nocturno. Oyó a los pájaros cantar, como si hubiera algo de qué alegrarse ahí fuera.

J-boy, el perdedor.

El *loser* del gueto, el traidor.

El Fugitivo; ¿ahora qué importaba eso?

Vio a gente que caminaba al trabajo. Madres que arrastraban sillitas de bebé. Padres que se frotaban los ojos. La ciudad se estaba despertando.

Jorge solo quería dormir.


Más tarde llamó a JW, por si acaso.

—¿Puedes traer las cosas a casa? Ha ocurrido algo.

La voz de JW sonaba cansada.

—¿Por qué?

Jorge contó brevemente lo que había pasado con su hermana y Jorgito.

—No sabes cuánto lo siento, de verdad. Qué cabrones. Pero me va a llevar demasiado tiempo traer las cosas. Por lo menos un par de semanas.

Jorge colgó.

La misma pregunta, una y otra vez: ¿cómo pudo decir que tenía ese *cash* de mierda?

Sin embargo: las caminatas nocturnas por la ciudad habían despertado una pequeña chispa, una idea débil y remota. Un pequeño, pequeñísimo, plan.

Quizá.

En su móvil tenía una foto. Un MMS que había enviado a JW hacía cuatro días. Luz mala, la bolsa de plástico alrededor, el enfoque regular. Era una foto del dinero. Se veían suficientemente bien; muuuchos fajos de pasta.

Necesitaría refuerzos. ¿Pero quién? Mahmud, Jimmy y Tom seguían en Tailandia. Eddie seguía en prisión. Elliot vivía en Alemania ahora; por lo visto tenía tres críos, con tres tías distintas. Rolando estaba directamente descartado. ¿Y JW? El tipo no tenía la madera para estas cosas.

Solo se le ocurría una persona: el vikingo que olía a guripa. El hombre con el nombre más vikinguillo de Suecia. Martin, exchapas, ex policía, Hägerström.

No era bueno. Pero no había nada mejor.

Más tarde. Un frío pollar[87]. Jorge pensaba en las casitas de verano donde había dormido la última vez que se había fugado. Esto era peor, ahora tenía más frío por dentro.

Pulsó el timbre.

Una voz como del interior de una caja: los abogados.

—Qué tal, querría ver al abogado Jörn Burtig, por favor.

—No está aquí ahora. ¿De parte de quién?

—Es algo relacionado con su cliente, Babak Behrang. ¿Puedo esperar arriba?

—No tiene mucho sentido. Está en el juzgado y no vuelve hasta las cinco.

Jorge continuó dando vueltas por la ciudad. Ahora sí que no había ningún sitio adonde pudiera ir. Se enfundó el gorro más aún. Se subió la bufanda sobre la cara. No le importaba que la gente pensara que estaba *loco*. Podían pensar lo que quisieran. Con tal de que no llamaran a la policía.

Con la ayuda de la foto del *cash* y de Hägerström, Babak tal vez aceptara. Quizá había una solución.

Bajó a la orilla.

Contempló la ciudad a sus pies. ¿Qué clase de sitio era este?

Había llevado una cafetería en el centro durante casi un año. Había fumado cantidad de porros con los negros en la calle Tomtebogatan. Había ido de juerga por Stureplan. Había mangado cachivaches en las tiendas de deportes de la plaza de Sergels-

---

[87] Juego de palabras intencionado.

torg cuando era crío. Se había tirado a chiquillas monas en pequeños pisos de Söder. Conocía el centro. Era su casa.

Aun así, el centro no lo quería. Lo notaba en al ambiente. La gente lo miraba. Sujetaban los bolsos con más fuerza. Sacaban sus móviles para estar preparados. El centro: demasiado blanco para él. El centro: como si estuviera al otro lado de un muro israelí.

Trató de imaginarse cómo sería mezclar Sollentuna con el centro. ¿Qué sucedería si metiera la mitad de Sollentuna en este lugar? Las calles ricas, los edificios históricos y los bares modernillos. Solo la mitad. ¿Qué aspecto tendría si estuviera lleno de latinos, somalíes, kurdos? Si cambiara la mitad de las pulcras tiendas 7-Eleven por alguno de los estancos hogareños de la calle Malmvägen. Si sacara la mitad de los perros labrador de pura raza y los intercambiara con algunos perros de lucha. Si sustituyera los campanarios de las iglesias por mezquitas caseras. Si sacara los institutos de la élite y metiera clases caóticas de quinto de primaria en las que los alumnos ni siquiera sabían leer, pero estaban llenos de creatividad. Si cambiara una parte del ambiente educado, aburrido, amariconado por sentimientos auténticos y experiencias reales.

Ni siquiera debería haberlo intentado. *La dolce vita* no era para gente como él. Debería haber seguido poniendo cafés. Ahora tenía que terminar lo que había iniciado.

*La vida de lujo,* volver a poner el reloj a cero. Devolver a Paola y Jorgito a sus vidas normales.

Más tarde: el aire era aún más frío.

Pulsó el timbre. La misma voz metálica.

Le dejaron pasar. Segundo piso, unas escaleras normales.

La puerta del bufete de abogados zumbó.

Entró.

La oficina tenía buena pinta: aunque Jorge llevaría diez años sin pisar un bufete de abogados. Las últimas veces que había quedado con su abogado siempre había estado encerrado en una celda. Metido en una habitación sudorosa sin ventanas para repasar los detalles de cara al juicio.

Sillas rojas, paredes blancas, mucho cristal. El mostrador de la recepción era largo, con dos recepcionistas al otro lado. Pedazo de logotipo del bufete detrás del mostrador.

—¿En qué puedo ayudarte?

Jorge se quitó la bufanda de la boca.

—Quiero hablar con Jörn Burtig. Se supone que ya tendría que estar aquí.

—Está aquí, pero no sé si puede verte. ¿De qué se trata y de parte de quién, por favor?

—Dile que tiene que ver con su cliente, Babak Behrang, y que es algo muy, muy importante.

Veinte minutos más tarde: Jorge estaba metido en una butaca de cuero desgastado. Aquí dentro, el diseño no era tan minimalista. Montones de actas, libros, papeles, ordenadores. Pisapapeles, cuadros, fotos de la prensa enmarcadas.

Jörn Burtig en el otro lado de la mesa. El abogado defensor de Babak Behrang.

Según el parloteo de la cárcel: uno de los mejores de la ciudad.

Se dieron la mano. Burtig cruzó las piernas, se acomodó en la butaca.

—De acuerdo, Jorge —dijo Burtig—. Tengo un poco de prisa. Pero tengo entendido que quieres hablar de Babak. ¿De qué se trata?

Se notaba por el acento que el abogado no era de Estocolmo.

Jorge se quitó el gorro.

—Conozco bien a Babak. Mi apellido es Salinas Barrio. ¿Sabes quién soy?

El abogado se echó hacia atrás en la butaca.

—Sé quién eres. Y ahora que lo sé, tengo que pedirte que te marches. No podemos reunirnos de esta manera. Eres uno de los sospechosos por la misma causa que mi cliente, Babak. Eso quiere decir que la policía te está buscando. Pero ese no es el problema, te lo aseguro; no me importa reunirme con personas buscadas por la policía. No, el problema es que Babak está en arresto con restricciones. Eso quiere decir que no puede meter ni sacar ningún tipo de información que tenga que ver con la causa. Y yo no lo puedo hacer por él. Así que, con todos mis respetos, tengo que pedirte que te vayas.

—Sé lo que significan las restricciones, créeme.

—Muy bien, pues entonces también sabes que yo, si paso información a Babak, violaría las reglas de la ética jurídica y correría el riesgo de perder mi título de abogado. Así que quiero que te marches antes de que digas nada.

—¿Por qué no me dejas decir lo que tengo que decir y luego eliges?

—No, preferiría no saber nada. Entraría en un conflicto de intereses con otras reglas de la abogacía, lealtad hacia mi cliente y esas cosas. ¿Lo entiendes? Habría problemas. Tendrás que marcharte. Ahora mismo. Lo siento.

Jorge no sabía qué hacer. El puto abogado estaba pasando de él delante de sus narices. Menudo cabrón.

—Al menos puedes escuchar —dijo.

El abogado se puso en pie.

—No, gracias.

Jorge levantó la voz.

—Sé que Babak, de alguna manera, ha conseguido pasar un montón de mentiras a una persona que se llama el Finlandés. Pero le puedes decir lo siguiente: quiero que retire lo que haya podido decir. Quiero que le diga al Finlandés que deje de cazarme.

El abogado ya le había abierto la puerta.

—Dile que, si lo hace —continuó Jorge—, estoy dispuesto a ayudarle. Dile que se ponga enfermo y que venga a Huddinge. Tú se lo dices y yo me ocupo del resto.

—No, gracias. Ya es hora de que te marches.

El abogado cogió a Jorge del brazo.

Jorge se puso en pie. A regañadientes.

—Dile sin más que trate de llegar a Huddinge y que le daré cien billetes.

Jorge le acercó el móvil. La foto del dinero delante de la cara de Burtig.

El abogado echó a Jorge a empujones.

—Y a ti te daré cincuenta —dijo Jorge.

El abogado Jörn Burtig ni se molestó en mirar la foto.

# Capítulo

## 59

Podían haber detenido a Jorge ayer, cuando Hägerström quedó con él. Jorge le había explicado qué había pasado. Parecía que Babak había largado un montón de mierda sobre Jorge. Después se había filtrado de alguna manera. El lío ya estaba montado, en plan muy peligroso. Un loco hijo de puta llamado el Finlandés había secuestrado a su hermana y a su sobrino.

Jorge había intentado hablar con el abogado de Babak, pero este había pasado de él. Ahora estaba al borde de un ataque de nervios. Hägerström lo veía en sus ojos, estaban inyectados en sangre, abiertos como platos, intensos. Desesperación mezclada con pánico.

Torsfjäll casi se había meado en los pantalones. Ahora iban a poder detener al Finlandés también. Esto sería un gran paso hacia delante para la policía de Estocolmo. Y un ascenso garantizado para Hägerström. Una enorme victoria de la sociedad frente a los delincuentes.

Pero Jorge no quería que le ayudara con el Finlandés. Dijo que tenía que liberar a Javier.

—Escucha, todos mis *homies* están en Tailandia. Necesito sacar a Javier. Luego espero que él pueda ayudarme con ese puto Finlandés. Y tú también igual puedes ayudar. Pero primero hay que sacar a Javier.

Jorge salpicaba a Hägerström de saliva mientras hablaba.

—¿Quieres ayudarme? Te pagaré en cuanto llegue a Tailandia.

El corazón de Hägerström le dio un vuelco. Liberar a Javier: se vio a sí mismo y a Javier en su casa. Riéndose, besándose, abrazándose.

Por otro lado, era una idea totalmente demencial. Las liberaciones siempre eran peligrosas. Ingredientes como amenazas, armas, violencia. Tenía que hablar con Torsfjäll.

Al mismo tiempo, ya sabía qué iba a contestar.

Prometió considerarlo y llamó a Torsfjäll directamente.

El comisario había cancelado la detención de Jorge nada más saber que el Finlandés estaba al alcance de la mano. Pero esto, un intento de rescate, resultaba una sorpresa incluso para él. Le preguntó si Hägerström estaba seguro de que les llevaría al Finlandés.

Hägerström no podía estar seguro al cien por ciento, pero aun así. La hermana y el sobrino de Jorge estaban en manos de ese Finlandés. Y Jorge le había dicho que necesitaba ayuda para liberar a Javier. Todo ello tenía que conducir al Finlandés.

De hecho, a Hägerström le daba igual si llevaba o no al Finlandés. Tenía tantas ganas de volver a ver a Javier…

Ahora él y Jorge estaban en la sala de espera de otro bufete de abogados, Skogwall & Socios. Bert T. Skogwall, que era el abogado de Javier, les recibiría en breve.

Las paredes estaban forradas de paneles de roble. Pesadas butacas de cuero estilo inglés descansaban sobre las alfombras hechas a mano. Los focos del techo iluminaban los cuadros antiguos.

A Hägerström le recordaba a la sala de espera de su padre.

Tres minutos más tarde entraban en la habitación de la esquina de la planta más exclusiva, es decir, la de las oficinas de los abogados. Daba a las calles Kommendörsgatan y Grevgatan. Era una dirección que Lottie habría aprobado.

La habitación estaba decorada por un perfeccionista. O bien el abogado Bert T. Skogwall era un genio para la combinación de colores o bien se le daba bien contratar a los mejores diseñadores de decoración de interiores. Las paredes eran de color verde oliva. En las estanterías había una colección de libros jurídicos con lomos de diferentes tonos de marrón. Delante de algunas estanterías había puertas de cristal opaco: detrás de ellas se atisbaban más libros. Sobre el suelo había una antigua alfombra de Isfahán. El hecho de que estuviera desgastada hacía que pareciera aún más exclusiva. Detrás del escritorio colgaban dos cuadros. En ambos había grandes círculos de color de diferentes matices. Podrían ser de Damien Hirst.

Hägerström se sentó. Tenía el celular encendido en el bolsillo.

Pensó en su hermano. Bert T. Skogwall tenía un aspecto distinto. Carl siempre llevaba traje oscuro y corbatas de colores apagados. Evidentemente, el abogado que estaba delante de Hägerström y Jorge no veía mucho sentido en el viejo dicho de *esse non videri*[88].

En lugar de eso, Skogwall llevaba una camisa rosa, pantalones amarillos y corbata verde. Los gemelos eran gigantescos y en el alfiler de la corbata había un brillante que parecía sacado del anillo de compromiso de Tin-Tin. Es decir, de por lo menos dos quilates.

Hägerström pensó: «Este abogado se parece a la caja de pinturas de Pravat».

—¿Sabes quién soy? —preguntó Jorge.

Bert T. Skogwall hablaba con un acento indefinible.

—Por supuesto. Eres Jorge Salinas Barrio. Conocido por tu última huida por los tejados de Estocolmo. Arrestado in absentia. Eres uno de los sospechosos del mismo delito que mi cliente, Javier.

Jorge asentía con la cabeza al compás de los datos pronunciados por el abogado.

—Y ahora quiero saber qué quieres.

---

[88] «Actuar sin dejarse ver».

—Solo quiero que le pases un mensaje a Javier. Solo dos frases.

—Ya sabes que tiene restricciones.

—Sí, lo sé. ¿Supone eso un problema?

El abogado giraba una pluma con los dedos. Parecía ser de oro.

—Depende. Es muy arriesgado meter y sacar información. Está en juego mi título de abogado.

—Lo sé. Pero yo no me complico la vida. Si tú me ayudas, yo ayudaré a tu cliente.

—Suena bien. Pero necesito saber qué saco yo de todo esto.

Jorge puso un sobre en la mesa. El abogado lo cogió. Lo abrió con cuidado, miró el contenido. Toqueteó y contó los billetes que Jorge había metido.

Metió el sobre en su bolsillo interior.

—Vale, ¿qué es lo que quieres comunicar?

—Tiene que conseguir que lo trasladen al hospital psiquiátrico penitenciario de Huddinge. Y me vas a informar de cuándo lo hacen exactamente.

Los oídos de Hägerström estaban más abiertos que los de un conejo a punto de ser cazado. El equipo de escucha, al rojo vivo.

El abogado levantó las cejas.

—Eso último de que tengo que informar no formaba parte del trato.

—Puede que no —dijo Jorge—. Pero hemos grabado esta conversación en un móvil. Así que ya forma parte del trato.

# 60

Ivan Hasdic se había ido a casa. Sus últimas palabras:

—Quiero que sepas que siempre eres bienvenida en nuestra casa si las cosas no salen como esperas por aquí. Nosotros te cuidaremos hasta que las cosas se tranquilicen.

Natalie le besó las mejillas. En la cabeza: otra imagen, una esperanza. Después de hacer lo que había que hacer, todo se tranquilizaría rápidamente. Los tipos de Stefanovic dejarían de dar guerra. Su economía recuperaría su funcionamiento normal o mejoraría. Sus hombres podrían centrarse en sus trabajos normales otra vez: contrabando, venta de anfetaminas, recaudación rutinaria.

Hoy JW iba a apretar los botones, hacer las llamadas, enviar los *e-mails*. Enviaría faxes a sus monos, que era el nombre que él daba a la gente que administraba los medios allá abajo. Esperaba transferir los ocho millones al completo a cuentas vinculadas a otras cuentas, vinculadas a su vez a otras cuentas. Unos y ceros transferidos mucho más allá del alcance de los clientes. El dinero iba a pasar por el filtro de tantos bancos, oficinas de cambio, trusts y jurisdicciones que sería más difícil de encontrar que una lente de contacto perdida en el suelo del Hell's Kitchen un sábado por la noche. Y, además, las huellas llevarían a ese viejo llamado Gustaf Hansén. Su nombre estaba en una gran cantidad de documentos relacionados con las primeras cuentas de la cadena. Muchas de las autorizaciones enviadas por fax en el día de hoy tenían pinta de haber sido firmadas por él. Gran parte de las operaciones en internet hoy: verificadas por códigos que él había solicitado. No todo el mundo se dejaría engañar, pero Natalie se ocuparía del resto.

Y a cambio quería el diez por ciento.

Pero lo más importante de todo: mañana iban a quedar con los rusos y con Stefanovic.

Al final, JW había conseguido organizar una reunión. Natalie quería ocuparse del traidor entonces. Ya sabía cómo.

Esa noche estaba en la habitación de seguridad.

No podía dormir. La habitación era de unos veinte metros cuadrados. Apenas cabían un sofá-cama, dos sillas y una pequeña mesa. El colchón del sofá-cama estaba sacado: era duro e incómodo. Encendió la lámpara de la mesilla, miró a su alrededor.

En la pared de enfrente había cuatro pequeñas pantallas. Una de ellas mostraba lo que la cámara que estaba colocada sobre la puerta de entrada estaba grabando: el camino de grava, la verja un poco más adelante. En la segunda aparecía la perspectiva desde la puerta trasera: la terraza, una parte del jardín, el césped iluminado. En la tercera se veían las escaleras que bajaban a la bodega. Se veían los cuadros, entre ellos el retrato del rey de su madre, y el pasamanos de bronce amarillo. La última pantalla mostraba lo que veía el ojo de la cámara que estaba colocada sobre la puerta de la habitación de seguridad, la bodega con el sofá, la pantalla de cine que colgaba del techo y la cinta de correr. Las ventanas que estaban junto al techo tenían rejas. En una butaca estaba Adam con su teléfono móvil. Estaba despierto.

Junto a las pantallas había un teléfono y, a su lado, un folio plastificado con números de teléfono: SOS, la policía, Adam, Sascha, Patrik, Göran, Thomas. El nombre de Stefanovic estaba arriba del todo, pero había sido tachado. Había un botón de alarma para alertar a G4S y otros botones para activar el sistema de alarma de la casa. En un colgador aparecía un teléfono móvil y una linterna Maglite. En una esquina había un extintor. De un gancho colgaban dos máscaras antigás y de otro gancho, una pistola eléctrica.

En el suelo había una caja de plástico. Sabía lo que había dentro: cuatro botellas de agua, una bolsita de frutos secos, pan duro con queso fundido y algunas conservas. Había un kit de primeros auxilios, un neceser, un paquete de toallitas húmedas, un cargador para el móvil y un mapa de Estocolmo. También había una muda para Natalie.

La idea era que tenía que ser posible aguantar por lo menos veinticuatro horas allí dentro.

Pensó en lo que Thomas había dicho:

—Si pasa algo, primero tienes que intentar huir. La habitación de seguridad es solo el ultimísimo recurso, no es un refugio a prueba de bombas. Solo puede impedir que entre un intruso por un tiempo, hasta que lleguemos nosotros o la policía.

Natalie trató de relajarse. Stefanovic o el Lobo Averin no deberían intentar algo esta noche; mañana había una reunión con Moscú. Cara a cara, solo ella, Stefanovic, JW y los rusos.

Esta noche no debería suceder nada.

Aun así, no podía dormir.

Había tanto silencio en la casa. Volvió a mirar una de las pantallas: Adam todavía estaba despierto.

Arriba había otro guardaespaldas, Dani, por si acaso.

Su madre estaba en Alemania. Natalie la había enviado a ver a algunos de sus familiares hacía diez días. No habían hablado desde entonces. Mejor así.

Pensó en Semion Averin. Tenía un aspecto tan confiado y relajado en la borrosa imagen que la cámara de seguridad había captado de él, conduciendo el Volvo. Tenía un aspecto más confiado aún en la foto del pasaporte a nombre de John Johansson. Como si no hubiera nada en el mundo que pudiera perturbarlo. La actitud de Averin le recordaba a su padre. ¿Y ella?, ¿podría llegar a alcanzar la misma confianza en sí misma? Quizá.

Pensó en una ocasión en la que había acompañado a su padre a Solvalla. Con ellos estaban dos tipos del departamento de urbanismo y medioambiente del ayuntamiento; su padre quería ampliar el chalé.

Había un ambiente agradable en el aire. Anuncios de los seguros de animales de Agria empapelaban toda el área. Perritos calientes, cerveza y cupones de apuestas en las manos de todo el mundo. Los altavoces anunciaban las carreras del día. Natalie tenía diecisiete años.

Estaban en el bar-restaurante Kongressen: un restaurante de carta de siete pisos, justo por encima de la línea de meta. Era la mejor zona de Solvalla: manteles blancos, moqueta, música baja de fondo, pantallas de plasma y un montón de cupones sobre las mesas. La mayoría de la gente alrededor eran cincuentones o sesentones, igual que los tipos del ayuntamiento que estaban zampando foie-gras y sorbían champán frente a su padre y Natalie.

Los altavoces pregonaban el evento especial del día. El caballo de Björn y Olle Goop iba a dar una vuelta de honor delante del público. La gente aplaudía.

Natalie no estaba interesada. Observaba a los hombres alrededor de la mesa.

Hablaban de licencias de obra, planificación de detalles y Dios sabía qué otras cosas. En realidad, no escuchaba, pero recordó cómo uno de los tipos decía:

—Me parece importante que haya vida en Näsbypark. Que no sea difícil para la gente reformar sus casas para que se ajusten a su forma de vida.

El otro funcionario había levantado su copa.

—Brindemos por ello.

Su padre pasó dos sobres a los tipos. Levantó su propia copa.

—Nadie podría estar más de acuerdo que yo.

Su cara era así de relajada y confiada. Expresaba aquella completa seguridad en que sabía lo que hacía y que hacía lo correcto. Natalie no lo había cuestionado entonces. Aceptaba sin más que ese era el aspecto de su padre cuando hacía negocios. Pero ahora tenía dudas; ¿podría haber sido una máscara que se ponía cuando hacía falta?

Göran había llamado una hora antes.

—Natalie, ¿dónde estás?

—Estoy en Näsbypark. Voy a dormir en la habitación de seguridad esta noche.

—Bien, ¿quiénes están contigo?

—Adam y Dani. Relevan a Adam a las tres.

—Natalie... —Göran respiró hondo—. He oído que vas a quedar con Stefanovic para tratar de llegar a un acuerdo.

Podría haber preocupación en su voz. Podría haber sido irritación.

—Sí, así es —dijo ella—. Creo que es mejor que abandonemos las armas.

—Tienes razón. Será lo mejor. ¿Pero está JW metido en esto de alguna manera?

—Sí.

Göran respiró hondo otra vez.

—Natalie, escúchame. Hagas lo que hagas, yo te apoyaré. Siempre. Pero ten cuidado con ese JW. Ya te lo he dicho antes, no te fíes de él. Hay cosas que no conoces de él. Cosas que no querrás saber.

—¿Como qué?

—No puedo hablar de eso ahora. Pero *veruj mi*, ten cuidado.

Natalie alargó el brazó y cogió el vaso de agua que estaba en el suelo. Sacó una pastilla de Xanor.

—Venga, cuéntamelo —pidió.

—Natalie, tienes que hacerme caso —dijo Göran—. Te quiero. No es el momento de contártelo. Te lo explicaré en breve. Buenas noches.

Colgaron. Natalie se metió la pastilla en la boca. Se tomó el agua.

Apoyó la cabeza en la almohada.

Apagó la lámpara de la mesilla. Pensó: «¿Qué tiene Göran contra JW?».

\*\*\*

### Banquero sueco muere en Montecarlo

Gustaf Hansén, banquero en Liechtenstein y Suiza, falleció el domingo en un accidente de tráfico en Montecarlo.

Gustaf Hansén dejó el Danske Bank hace cinco años, después de acusaciones de que había cometido irregularidades. Hacienda inició una investigación, que fue abandonada hace dos años. Gustaf Hansén vivía en Liechtenstein desde hacía cuatro años. Era conocido por su gran afición a los coches.

En el momento del accidente, Gustaf Hansén conducía un Ferrari California Cabriolet. Tenía alcohol en la sangre. Según fuentes de la policía de Mónaco no hay sospechas de delito.

Gustaf Hansén tenía cuarenta y seis años.

TT

# Capítulo
## 61

No había tiempo.

Su hermana y su sobrino: ya llevaban cuarenta y cuatro horas secuestrados.

No había tiempo.

A Jorge se la sudaba; ahora estaba preparado. El tiempo era un lujo. La planificación del ATV había sido detallada como un libro: ¿para qué había servido? Para *nada*.

Ahora el latino preferido actuaba sobre la marcha. Ahora se fiaba de su gen de gánster. Ahora tenía que actuar rápido, no había otra.

Nada de *mandamientos,* nada de reglas. No había tiempo para madurar las ideas, planificar, encontrar *hombres* fiables. No había tiempo. Su planificación había tomado forma una noche sobre el colchón de un refugio. La maduración de las ideas: medio día. ¿Y los colegas fiables? Lo haría con un expoli y a tomar por culo.

Pensó: «Que salga como salga. Estoy dispuesto a morir por ustedes, Paola y Jorgito».

La violencia puede solucionar casi todo.

Ustedes son yo, y yo soy ustedes. Mi sangre nos limpiará a todos de nuestros pecados. Jesús, *joder:* él iba a sacrificarse si hiciera falta.

Sacaría a Javier y después se ocuparía del Finlandés; rescataría a Paola y Jorgito.

Él y Hägerström se vieron en la entrada principal del hospital de Huddinge. Cero grados en el aire. La bufanda de Jorge, que llevaba enrollada varias vueltas alrededor del cuello, quizá no tuviera una pinta tan rara después de todo.

Hägerström llevaba una cazadora de un color brillante. A Jorge le parecía bastante gay.

Jorge llevaba un pantalón de chándal amplio y una chaqueta. Y una bolsa de deportes.

Una nueva pistola Taurus metida en el bolsillo. El mismo tipo de pipa que la que le había salvado en Vasastan. Que había clavado en la sien de aquel pobre taxista.

El móvil estaba metido en el otro bolsillo. El abogado Bert T. Skogwall había llamado media hora antes. Le había informado de que Javier iba a ser trasladado al hospital psiquiátrico penitenciario de Huddinge. Javier había empezado a comportarse de manera extraña ya la noche anterior. Había estado despierto toda la noche, golpeando la puerta de la celda. Cortándose y salpicando toda la celda. Por la mañana: el personal lo encontró untado en sus propios excrementos y con una cuerda alrededor del cuello, hecha de jirones de la ropa de la prisión. Era evidente que sufría desórdenes mentales.

Evidentemente: un riesgo para sí mismo. El personal de la prisión de Kronoberg no podía garantizar que no intentara suicidarse; había que enviarlo al hospital para cuidados especiales.

Javier: un *homie*. El tipo sabía cómo manejar a los servicios penitenciarios. El abogado se lo había contado. Se había atado una camiseta alrededor del brazo hasta que se vieran las venas claramente. Se había cortado un poco en el pliegue del codo, apretando hasta sacar unas gotas de sangre. Había sido fácil mezclar la sangre con agua y salpicar la celda. Después había cagado en un poco de papel higiénico y lo había colocado bajo la cama. Apestaba. Al final había mezclado posos de café con pan hasta dar con el tono adecuado del color de la mierda. Se había pringado como un niño de dos años.

Jorge y Hägerström bajaron las escaleras.

Dentro de una hora, uno de los coches de transporte del Servicio Penitenciario debería entrar por la parte de atrás de la unidad de psiquiatría penitenciaria de Huddinge.

Jorge y Hägerström harían de comité de bienvenida.

Pero antes de eso: tenían que ocuparse de una cosa.

Continuaron bajando las escaleras. Atravesaron el estacionamiento. Salieron en el otro lado. Saltaron por encima de algunos obstáculos de cemento. Lo podían ver diez metros más adelante, detrás de una reja de metal.

Jorge puso la bolsa en el suelo. Sacó una cizalla que había robando hacía cuarenta minutos en el centro de Flemingsberg.

Comenzó a cortar la reja.

Al otro lado estaba el garaje de las ambulancias. Jorge vio los portones del garaje. Uno estaba abierto. Podía ver dos ambulancias aparcadas justo al otro lado.

Hizo un agujero lo suficientemente grande para que pudieran doblar los extremos y entrar.

No había nadie delante del garaje de las ambulancias. ¿Dónde estaban todos los conductores? ¿Dónde estaban todos los pacientes ensangrentados, gritando de dolor?

—Los transportes no entran por aquí, entran ahí arriba, junto a urgencias —dijo Hägerström.

Jorge pensó: «Vale, podría haber sido más inteligente robar una ambulancia ahí arriba». Pero ya era demasiado tarde.

Entraron en el garaje. Había al menos diez ambulancias aparcadas, de diferentes modelos. Incluso había una que se parecía a un camión.

Jorge pensó: «Si alguien me pidiera que dibujara una ambulancia, haría un coche blanco con una cruz roja encima»; sin embargo, ni una de las ambulancias reales era blanca. Todas eran amarillas, con líneas verdes y símbolos azules.

Pidió a Hägerström que se colocara detrás de uno de los coches.

Se subió el palestino sobre la boca y la nariz. Se colocó junto a la puerta de metal gris que parecía ser la única entrada al garaje, a excepción del portón por el que habían entrado.

Esperó.

Pasaron los segundos.

Pasaron los minutos.

Tenía la mano puesta sobre la pistola de juguete.

Un tubo fluorescente del techo parpadeaba. En las paredes había tubos y conductos.

Jorge pensó en el momento en que el personal de la ambulancia había recogido a Mahmud en la calle de Pattaya. Jorge pensó entonces que su amigo estaba muerto. Pero ahora Mahmud le esperaba en Tailandia.

Y Javier esperaba a J-boy en un coche de transporte de la prisión.

Era como uno de los videojuegos a los que había jugado cuando era crío. Matabas a una figura en la parte superior de la pantalla. La figura caía y aniquilaba otras dos figuras un poco más abajo, solo con caerles encima.

Efectos en cadena. Toda la vida, cada cosa que hacías, era como cargarse a figuras de videojuegos. Todas las cosas podían afectar a otras. Todo estaba interrelacionado.

Estaba asustado: todo lo que él había puesto en marcha. Toda la gente que le estaba esperando. ¿Y si hubiera elegido otros caminos en la vida? ¿Y si nunca hubiera salvado a Denny Vadúr en la sala de pimpón, consiguiendo así el contacto con el Finlandés?

Era algo bueno salvar a alguien de una paliza. Había llevado a otra cosa buena: una receta para un ATV. Una conversación con Mahmud una noche en la cafetería. Había llevado a algo un poco más regular: un botín de dos kilos y medio. Una pequeña decisión, engañar a alguien: había llevado a lo peor que le había pasado nunca. De nuevo: todo parecía estar relacionado. Era como una red grande y compleja de conexiones y personas. ¿Dónde empezaría todo?

¿Y si hubiera aprendido a dibujar, como Björn?

¿Y si hubiera probado la heroína aquella vez, cuando la probó Ashur?

¿Y si hubiera escuchado un poco más a su madre? ¿Ahora quién le estaría esperando?

Podrían haber sido las mismas personas, después de todo. Pero habrían estado esperando algo bueno. No que él asaltara a la primera persona que entrase por la puerta de un garaje.

# 62

Hägerström estaba agachado detrás de una de las ambulancias.

Veía a Jorge, esperando junto a la puerta de entrada al garaje. La cara estaba oculta por el gorro y el palestino, solo se veían sus oscuros ojos. Y en esos ojos, Hägerström vio lo mismo que había visto cuando habían quedado con el abogado: desesperación, pánico. Pero ahora parecía que el pánico llevaba ventaja.

Torsfjäll había sido informado del plan. Jorge quería liberar a Javier para que Javier le ayudara a saldar las cuentas con el Finlandés y sacar a su hermana y a su sobrino. Un rescate era una operación peligrosa, pero Torsfjäll dijo:

—El fin justifica los medios en este sector, tiene que ser así. Si no, nosotros, los policías, nunca llegaríamos a ninguna parte. Esto nos va a llevar al cerebro que hay detrás del atraco.

El comisario tenía razón. En menos de veinticuatro horas, Jorge, Javier, el Finlandés, Bladman y JW deberían estar cada uno en un coche policial camino del arresto. Lo importante era que a Jorge no se le fuera la pinza. Que no hiciera daño a nadie innecesariamente. Que Hägerström fuera capaz de controlar esto.

Al mismo tiempo echaba en falta a Javier. Era como si una mosca le hubiera picado el corazón, cada dos minutos le picaba tanto que tenía que reunir todas sus fuerzas para no dejarse llevar por las emociones.

Pasaron unos segundos.

Se abrió la puerta de metal gris. Salió una conductora. Ropa verde con bandas reflectantes amarillas en los hombros. Un radioteléfono enganchado en el bolsillo del pecho. Un auricular Bluetooth le colgaba del cuello.

Hägerström vio cómo Jorge daba un paso hacia delante, levantando la Taurus. La puso contra la cabeza de la mujer. Puso una mano encima de su boca. Se inclinó hacia ella y le susurró algo al oído.

Todo sucedió en silencio. Hägerström se había esperado que Jorge fuera a bramar y gritar. Que hiciera aspavientos con el arma. Que la persona que saliera por la puerta llorase, o que gritase.

Diez segundos más tarde, Jorge estaba a su lado. Tenía un par de llaves en la mano. Corrieron hasta una ambulancia. Entraron. Hägerström se sentó en el asiento del conductor.

Giró la llave y arrancó la ambulancia.

La ventanilla estaba bajada. Jorge apuntaba la pistola de juguete hacia la conductora de la ambulancia, que seguía de pie junto a la entrada. El *walkie-talkie* y su teléfono móvil estaban rotos en el suelo.

Uno de los dos portones del garaje estaba abierto. Hägerström puso la palanca de cambios en punto muerto.

Salieron del garaje.

Diez minutos más tarde. El hospital psiquiátrico penitenciario de Huddinge estaba a solo quinientos metros del garaje de ambulancias, en un edificio separado, rodeado de vallas; no querían tener a los locos criminales en el mismo edificio que los locos normales y, además, naturalmente: no podían escaparse. Hägerström y Jorge habían aparcado la ambulancia a doscientos metros del psiquiátrico, en un aparcamiento para el personal.

Ahora estaban sentados en otro coche, un Opel. Jorge dijo que lo había birlado antes de venir. El camino de entrada y la puerta principal del psiquiátrico penitenciario estaban a unos veinte metros de ellos.

Uno de los coches del Servicio Penitenciario debería llegar con Javier en breve.

Jorge fumaba un cigarrillo. La ventanilla estaba bajada. Pero pasaba de echar el humo hacia fuera. En lugar de eso, miraba fijamente hacia delante.

—¿Estás bien? —preguntó Hägerström.

Jorge echó el humo.

—En la bolsa tengo un Kaláshnikov. ¿Sabes manejar un bicho de esos?

Hägerström asintió con la cabeza. Pensó: «Es mejor que yo lleve el arma real y no él».

Jorge cogió la bolsa del asiento trasero y sacó el arma automática.

La sujetaba sobre el regazo para que nadie en la calle pudiera ver que estaban toqueteando una AK47 real.

Pasó el arma a Hägerström. Imágenes del servicio militar aparecieron en su mente.

Las tropas de asalto costero recibían formación de operaciones de inteligencia en territorio enemigo. Si encontrabas un arma del enemigo, tenías que saber utilizarla tan bien como la tuya propia.

Deslizó el dedo por la culata. Este era un modelo con un cañón extendido. Probablemente de algún país del este. El cargador estaba modificado para que se pudieran utilizar cartuchos rusos militares para un rifle de Mossin Nagant.

Jorge lo miró. Le pasó el cargador.

Esperaron. El arma estaba sobre las rodillas de Hägerström. Cargada y lista para usar.

El psiquiátrico penitenciario de Huddinge era un edificio de una planta, construido de hormigón, con una fachada desgastada y ventanas con rejas. Alrededor de la casa había un césped bien cortado. Donde terminaba el césped había una valla de dos metros de altura, con alambre de espino en la parte superior. Había cámaras de vigilancia colocadas en la valla y en soportes de metal en el césped. No parecía haber movimientos en el interior del edificio.

La entrada de visitas estaba en el otro lado. Aquí, junto a las verjas de entrada para los transportes, todo parecía tan tranquilo como en el reino de los muertos.

—Según el guarro del abogado, ya debería haber llegado —dijo Jorge.

—Sí, pero nunca se puede uno fiar de los abogados. Vendrá. Además, conozco el Servicio Penitenciario, todo lleva más tiempo de lo que uno piensa. Te lo prometo.

Cinco minutos más tarde, un Volvo V70 se acercó a las verjas. Estaba pintado de rojo, blanco y azul. Llevaba el logotipo del Servicio Penitenciario en el lateral.

Era un coche de transporte de la prisión preventiva. Esperaban que fuera el coche de transporte de la prisión. Las ventanillas de atrás eran oscuras. No se podía ver a quién transportaban.

Hägerström encendió el motor.

Arrancó el Opel con una sacudida. El coche dio un salto de cinco metros.

Lo colocó delante del coche de transporte. Bloqueaba el camino de entrada de las verjas.

Ahora era todo o nada. Esperaban que fuera Javier el que estaba en la parte trasera del coche.

Jorge se lanzó a la calle. Hägerström abrió la puerta del coche, él también salió corriendo.

Jorge sujetaba la Taurus con las dos manos.

Hägerström dudó durante una milésima de segundo. Después vio la cara de Javier delante de él. Levantó el fusil automático.

Jorge puso su pistola contra la ventanilla del conductor.

—Abre la puta puerta trasera —gritó.

Hägerström tuvo tiempo para atisbar una cara aterrada en el interior.

Luego se abrió una de las puertas traseras. Vio a Javier, sentado entre dos guardias de transporte. Las manos estaban encadenadas y había una cadena entre las esposas, conectada a un ancho cinturón de cuero.

Jorge apuntó con el arma.

—Déjalo salir.

Hägerström no apartaba el Kaláshnikov del personal en el asiento trasero.

Javier pasó por delante del guardia que estaba sentado en el extremo.

Hägerström captó su mirada. Los ojos brillaban.

—Mete un balazo en cada neumático —gritó Jorge.

Hägerström dudó.

—He dicho que metas un balazo en cada neumático —repitió Jorge.

Hägerström apretó el gatillo con suavidad.

Efectuó un disparo. El sonido le resultaba familiar.

El neumático delantero del coche de transporte se aflojó con un suspiro.

Una hora después ya estaban en casa de Hägerström.

—Joder, todavía tengo el pitido de las sirenas en el oído —dijo Hägerström.

Javier se rio.

—*Shit*, menudo numerito. Habremos ido a ciento ochenta en los tramos más rápidos.

Lo contaron y lo volvieron a contar. Javier había entrado en el Opel de un salto.

Condujeron doscientos metros y después cambiaron a la ambulancia que habían robado. Pusieron las sirenas a tope. Entraron en la autovía hacia la ciudad. Se abrieron camino entre el tráfico como un coche en el *scalextric* de Pravat. A la altura de Årsta cambiaron a un coche que Hägerström había alquilado.

Jorge les había dejado allí. Llamaría a casa de Hägerström en cuanto tuviera más noticias. No dio detalles, pero Hägerström entendía a qué se refería.

Los dientes de Javier relucían blancos. Estaban en el sofá de Hägerström. Era la primera vez que Javier estaba en su casa. No habían tenido otra alternativa. Jorge no tenía casa y no tenía sentido llevar a Javier a casa de algún familiar. Era el primer sitio adonde la policía iría a buscarle. Además: según Jorge, solo iban a arreglar el asunto de esta noche y después se largarían a Tailandia otra vez. Era cuestión de unas pocas horas.

Les había llevado treinta y cinco minutos limar, cortar y golpear las esposas de Javier hasta reventarlas. Pero ahora ya tenía las manos libres. Habían perdido todo el moreno del sol. A Hägerström le parecía que su piel tenía un aspecto limpio, como la leche.

Javier le cogió la mano. Sonrió.

Hägerström se acomodó en el sofá.

Javier puso la cabeza sobre su hombro.

Estaban en el dormitorio. Habían bajado las persianas. Hägerström sabía que había cantidad de policías vigilando en la calle. La idea era que seguirían a Javier hasta Jorge, que a su vez les llevaría hasta el Finlandés.

Pero ahora mismo, él y Javier estaban en una isla en el tiempo. Hägerström quería aprovechar esos minutos.

Siguieron charlando. Media hora antes habían tenido sexo.

Javier le contó los detalles de los interrogatorios en el arresto.

Hägerström le contó cómo había sido el interrogatorio al que le habían sometido a él.

Era una sensación extraña, se sentía como un chico de veintiún años. Las conversaciones le parecían tan importantes, tan llenas de significado, tan sinceras. Hablaban sobre la realidad. Sobre acontecimientos que significaban algo de verdad. Pero

¿qué tipo de acontecimientos? Trataba exclusivamente sobre la vida fingida de Hägerström en el mundo de los bajos fondos. Resultaba casi absurdo.

Horas más tarde sonó el teléfono fijo de su casa. Era Jorge, quería hablar con Javier.

Javier entró en la cocina. Hägerström trataba de escuchar. Solo pudo oír murmullos y respuestas cortas.

Javier volvió al dormitorio.

—Tenemos que largarnos ya. Me toca devolverle el favor. Jorge necesita ayuda realmente.

Hägerström se sentó.

—Dijo que pasaba algo con su hermana. ¿Qué ocurre?

—Alguien le está fastidiando. Tenemos que largarnos. Han quedado para saldar cuentas. Necesita nuestra ayuda.

Hägerström negó con la cabeza.

—No puedo ir.

—¿Por qué no?

—Esta noche tengo que cuidar de mi hijo. No puedo cancelarlo. *Sorry,* me resulta imposible ir.

Javier le echó una rápida mirada, pero no parecía que le importara demasiado. Todavía estaba flipando de alegría por estar libre.

En realidad, Hägerström iba a ir a ver a JW dentro de unas horas. Le llevaría a la reunión entre la hija de Radovan Kranjic y otras personas. No estaba seguro de quiénes eran. Lo único que sabía era que había que detener a JW en cuanto detuvieran a Jorge, Javier y el Finlandés. Y después iban a hacer registros en las oficinas de Bladman y en todos los locales, el local secreto incluido.

Javier se vistió y salió a la calle.

Hägerström pudo imaginarse la caravana de policías de paisano que le perseguían en la calle.

*  *  *

De: Leif Hammarskiöld [leif.hammarskiold@polis.se]
Enviado: 17 de octubre
Para: Lennart Torsfjäll [lennart.Torsfjäll@polis.se]
Copia:
Prioridad: ALTA.
Asunto: Re: Operación Ariel Ultra; el Mariposón, etc.

Lennart,

En primer lugar, acabo de enterarme del rescate de Javier. ¿Cómo cojones ha podido pasar esto? ¿Disparando a lo loco con fusiles automáticos? ¿No ejerces ningún tipo de autoridad sobre el Mariposón? Procura detener inmediatamente a Javier, a Jorge y, si hiciera falta, también al Mariposón. Si la prensa comunista se entera de nuestra operación, nos van a comer con patatas.

En segundo lugar, los investigadores de delitos económicos acaban de informarme de que han recibido avisos de varios bancos acerca de un número de transacciones efectuadas por Gustaf Hansén y/o JW y/o Bladman en los últimos días. También han conseguido sacar los nombres de las empresas involucradas y en una docena de casos han podido vincular estas a personas físicas de Suecia. También hay que mencionar que hace poco han encontrado a Hansén muerto. La policía de Mónaco confirma que en la actualidad no hay razones para sospechar de delito alguno.

Lennart, esta información es SUMAMENTE delicada.

Hemos visto nombres que ni tú ni yo queremos mancillar. Tus hombres tienen que actuar con extrema precaución y meticulosidad en el momento de llevar a cabo el golpe contra JW y/o Bladman. Hay mucho material que no debe ver la luz del día. Quiero que mantengas todo bajo un control estricto, por supuesto fuera de la vista del fiscal. ¡Llámame en cuanto puedas y lo hablamos! BORRA ESTE *E-MAIL* COMO SIEMPRE.

Leif

Capítulo

# 63

El hotel Radisson Blu Arlandia: a dos kilómetros del aeropuerto de Arlanda. Según JW: los rusos lo querían así. Solo iban a quedarse un par de horas. Por fortuna, parecía que Natalie iba a estar con los que mandaban de verdad. No unos *hooligans* destinados a Suecia. No unos lacayos cualesquiera sin poder de decisión.

Entró en la sala de conferencias.

Un hombre se acercó y pasó un detector de metales por encima de su cuerpo.

Crepitaba, pero no hubo pitidos. Pasó la mano sobre sus brazos, el cuerpo y las piernas.

La mano del hombre estaba cubierta de tatuajes negros.

En los sofás del vestíbulo estaban Göran, Thomas y Adam. Sascha estaba sentado en un coche delante del hotel.

En otros sofás había visto también a Milorad y a algunos otros hombres de Stefanovic.

Además, Thomas había señalado a otro, diciendo que había un viejo colega policial suyo en el vestíbulo.

—Lo despidieron hace medio año, pero la verdad es que no sé qué pinta aquí.

Pero Natalie sabía quién era: el chofer de JW. El tipo que le daba malas vibraciones.

—A mí me parece raro —dijo Thomas.

Natalie no podía cancelar la reunión ahora. Si JW confiaba en aquel chofer, ella también tendría que hacerlo.

El acuerdo: solo ella y Stefanovic —cara a cara— en el interior de la sala de conferencias. Además, con JW y los rusos como mediadores.

Miró a su alrededor. Una mesa ovalada de madera con patas de acero. Paredes blancas con fotografías enmarcadas de aviones. Focos en el techo. Típica sensación de hoteles de precio medio. Natalie se había alojado en tantos sitios a lo largo de las últimas semanas que se había vuelto hipersensible a las paredes blancas y al diseño escandinavo.

Fuera estaba oscuro. Las cortinas estaban corridas.

Sobre la mesa había cinco vasos y una botella de Absolut Vodka.

Junto a la mesa estaban JW y dos hombres de mediana edad. Los rusos.

Natalie no sabía mucho sobre la gente con la que iba a reunirse. Pero Thomas y Göran le habían contado lo poco que sabían. Y JW también había mencionado alguna cuestión.

Solntsevskaya Bratva: uno de los sindicatos del crimen más importantes. Posiblemente la organización mafiosa más importante del mundo. Probablemente: la organización con más influencia en Rusia, pero con una orientación global. Podrían ser las personas más peligrosas del mundo.

Göran le había contado que su padre había trabajado en estrecha colaboración con la Avtoriteti.

Pero no era como Natalie había pensado: que los rusos hubieran contactado con su padre para que les ayudara con algo. Era al revés. Su padre había contactado con ellos hacía muchos años con un mensaje: «Tengo unos buenos recursos contra personas en Suecia que les podrían interesar. No me importaría venderles estos recursos cuando los necesiten».

Aquello le enorgullecía. Se sentía en igualdad de condiciones con ellos. Su padre no había sido un recadero para la Avtoriteti. Él había tomado la iniciativa, les había ofrecido algo por lo que estaban dispuestos a pagar.

Se presentaron como Vladimir Minjailov y Sergei Barsikov. Responsables de Escandinavia.

Les estrechó la mano. Los ojos de JW relampagueaban.

El hombre que la había cacheado actuaba como intérprete.

—Bienvenida. Espero que le guste el vodka —dijo Vladimir Mijailov.

—*Da. Tak* —contestó en ruso Natalie.

Iban pulcramente vestidos. Pero eran diferentes comparados con JW o Gabriel Hanna; los trajes de los rusos serían igual de caros, pero eran de otro estilo: la tela era más reluciente, las hombreras más anchas, los pantalones más amplios. Pensó en Semion, el Lobo, Averin.

Göran le había aconsejado que llevase joyas. Un brillante de dos quilates en un engarce sencillo alrededor del cuello, un regalo de su padre de cuando cumplió veinte años. Llevaba los pendientes de Tiffany's y, en el dedo, un anillo con el escudo de los Kranjic grabado.

Se quitó el abrigo. Por debajo: un top de seda con una americana de color oscuro.

Llevaba el peine en el bolsillo interior. Thomas se lo había dado esa mañana. Era de fibra de carbono y estaba metido en una funda de cuero. El asunto: el mango estaba afilado. Natalie lo había probado con un folio en casa; cortaba igual que un cuchillo calentado cuando atraviesa la goma del pelo.

La puerta se abrió. Entró Stefanovic.

El mismo procedimiento: el hombre que hacía de intérprete lo cacheó con la ayuda del detector de metales. Pasó las manos sobre su cuerpo. Parecía estar limpio: no llevaba ni teléfono móvil.

Ya estaban más allá del tiempo y del espacio. Estaban en la tierra de los rusos. Tal vez.

Vladimir Mijailov le dio la bienvenida.

Llenó los vasos de vodka.

El otro ruso estaba callado, mascando chicle.

Vladimir levantó el vaso.

—*Na zdorovje.*

Se tomaron el vodka de un trago.

—En primer lugar —dijo Vladimir—, quiero agradecer al señor J. Westlund por habernos ayudado a convocar esta reunión.

JW miró a Natalie. Después miró a Stefanovic.

—Mírense a los ojos. Porque no queremos más problemas —continuó el ruso.

La mirada de Natalie cruzó la mesa en línea directa hasta encontrar los ojos de Stefanovic. Era como mirar los ojos de un tiburón.

—Hay un millón de personas a las que preferiría mirar antes que a él ahora mismo —dijo ella—. Pero lo hago por ustedes.

Stefanovic bufó.

Por el rabillo del ojo: vio una brevísima sonrisa en los labios de Sergei Barsikov, después continuó mascando su chicle.

—Tranquilícense ahora —dijo Vladimir—. Hablemos. Hemos venido para hacer negocios. Llevamos muchos años colaborando con su padre. Ha sido una colaboración beneficiosa para todas las partes implicadas. Lamento de veras lo que le ha pasado. —Inclinó la cabeza con un gesto reverente. Luego continuó—: Pero la vida sigue. Y los negocios siguen. Nuestros intereses en los países nórdicos aumentan a cada año que pasa. La industria rusa está en expansión. Nuestra facturación de exportación aumenta. Pero en el mundo hay muchos prejuicios contra nosotros. Así que a menudo necesitamos ayuda para poner en marcha una justa relación de negocios.

Continuó explicando durante unos minutos. Habló de Nordic Pipe. Se trataba de facilitar el suministro energético a Europa Central y del Este. Se trataba de evitar las recurrentes riñas con Ucrania sobre la tarifa del gas, riñas que subían el precio de la energía para todos los consumidores. Se trataba de trazar más de tres mil kilómetros de conductos dobles desde Viborg en Rusia hasta Greifswald en Alemania. Se trataba de mil doscientos kilómetros de gaseoducto en el fondo del Báltico, para bombear más de cincuenta billones de metros cúbicos de gas al año.

Los números no le decían gran cosa a Natalie. Pero una cosa estaba clara: estaban hablando de negocios a muy alto nivel.

—También hacemos algo por este país, pero parece que hay poca gente que se da cuenta de ello. Por ejemplo, cuando construimos el conducto, limpiamos la zona de viejas minas. Hemos sacado más de once minas del fondo del mar. Pero nadie nos lo ha agradecido.

Natalie y Stefanovic asentían con sus cabezas al unísono. No habían venido para escuchar una ponencia sobre la política del gas natural.

—Para poder hacer eso necesitamos ayuda —dijo Vladimir—. Ya hemos salvado muchos obstáculos y vamos a tener que salvar muchos más.

El intérprete soltó una lista de palabras suecas. Natalie no estaba segura de que él mismo supiera lo que estaba diciendo. Estudios de expertos, descripciones de impacto en el medio ambiente, instituciones oficiales. La Convención de Espoo, el Gobierno Civil, el Instituto Nacional para la Conservación de la Naturaleza, el Instituto de Investigación de las Fuerzas Armadas, la Dirección General de la Marina Mercante y la Dirección General de Transportes.

Pero una cosa estaba clara: se trataba de un proceso de resolución extremadamente complicada. Había que tocar a muchas personas para que caminasen en la dirección deseada.

Natalie pensó en la gente que había conocido en las últimas semanas. Los traficantes de armas, Gabriel Hanna y la mujer del Black & White Inn. Sus aliados, Göran, Thomas, Ivan Hasdic y los demás. Pensó en las mujeres, Melissa Cherkasova y Martina Kjellsson. Y ahora, los rusos.

Tanta gente involucrada en una red de negocios. Gente que la veía como un líder. Una persona que dirigía. Una persona que mandaba.

Pero ¿quién era ella, en realidad? Nunca había soñado con liderar una gran organización. Ahora que lo pensaba, ni siquiera sabía con qué había soñado. Todo había sido como un papel en blanco; las posibilidades habían sido interminables. Tal vez su verdadera vocación era la de dirigir, después de todo.

Vladimir empezaba a llegar al final de su repaso.

—Nos da igual con quién colaboremos, siempre y cuando todo funcione de manera fluida. Las disputas entre ustedes de los últimos tiempos son un obstáculo a nuestras actividades. La gente se pone nerviosa. Personas importantes no quieren recibir nuestros favores o nuestros regalos. Las decisiones se retrasan, lo cual retrasa Nordic Pipe. Las desavenencias entre ustedes nos están costando mucho dinero, todos los días.

Natalie miró de reojo a Sergei Barsikov. Parecía que había escupido el chicle.

—Tienen que ponerse de acuerdo de alguna manera —dijo Vladimir—. Usted, Kranjic, tiene material que necesitamos, y usted, Stefanovic, también lo tiene.

Lo último llegó como una pequeña sorpresa, eso de que Stefanovic también tenía material. Sin embargo, por otro lado, no resultaba tan extraño; el trabajo de los sobornos y la extorsión se habría realizado en muchos frentes a la vez.

Los rusos y JW se levantaron. La idea era que Natalie y Stefanovic discutieran a puerta cerrada. Su manera de repartir el mercado de Estocolmo no era asunto suyo. Solntsevskaya Bratva dejaba que se pusieran de acuerdo solos.

Según Vladimir, no había otras alternativas; cuando volvieran a la sala de conferencias, dentro de dos horas, ella y Stefanovic tendrían que haberse puesto de acuerdo.

Natalie se quedó en su silla.

Stefanovic estaba frente a ella.

—Vale. Ya has oído lo que quieren. Hablemos —dijo él.

Natalie metió la mano en el bolsillo interior.

El peine estaba bien metido en su funda.

## Capítulo

# 64

A Jorge el frío le importaba una mierda.

El frío no existía para él. Tenía demasiadas cicatrices en su historial. Demasiados recuerdos dolorosos.

Jorge: había visto de todo. Tipos rajados, amigos con ataques de paranoia por las drogas, tías violadas. Los bajos fondos de Estocolmo: su casa. Su colegio. Su guardería.

Pero ahora: esto era diferente.

Esta noche; él: preparado para morir.

Esta noche: «Ustedes son yo, yo soy ustedes. Mi sangre nos limpiará a todos de nuestros pecados».

Su madre todavía no sabía nada. Jorge la había llamado; le había dicho que Paola y Jorgito se habían ido de viaje unos días.

Ya había llegado el momento.

Javier y él estaban en un Citroën recién birlado. La E20 rumbo al sur. Camino de Taxinge. Más allá de Södertälje. Una gravera.

El tipo del Finlandés le había informado del lugar una hora antes.

—Trae el dinero, ven solo.

Ayer, JW le había prestado cincuenta mil. En cada fajo había un billete auténtico que tapaba el resto, que era de mentira, papel cortado por el propio Jorge. Con una goma alrededor.

El Finlandés nunca se dejaría engañar; pero esa tampoco era su intención, con unos segundos era suficiente.

Javier: no estaba tan serio.

—Pedazo de rescate, hombre —dijo—. Aunque me detengan mañana, habrá merecido la pena.

Jorge apenas podía pensar en lo que sucedería más tarde. Ahora, todo giraba en torno al asunto del Finlandés.

—¿Por qué no pudo venir Hägerström? —preguntó Jorge.

Javier estaba golpeando las manos sobre las rodillas.

—Ha dicho que tenía que cuidar a su hijo.

Jorge pensó: había algo raro en Hägerström. ¿Por qué podía participar en el rescate de Javier, pero no en el enfrentamiento con el Finlandés? ¿Por qué no le había dicho nada a Jorge sobre niños, mientras que a Javier le había dicho que tenía que estar con su hijo?

—¿Tiene críos?

Javier asintió con la cabeza.

—Claro que sí. He visto fotos de su hijo en el piso donde vive. Tiene un pedazo de piso de lujo, chico.

De nuevo: había algo raro en Hägerström. Jorge podía entender por qué no querría participar en esto ahora; un rescate con Kaláshnikov podría ser suficente para un día. Y quizá fuera verdad que el ex guardia iba a estar con su hijo. Pero, entonces, ¿por qué nunca había mencionado nada sobre hijos? ¿Y cómo podía vivir en un piso de lujo?

También había otra cosa que no paraba de picarle la curiosidad. Hägerström le había llevado un montón de papeles policiales secretos a Tailandia, que JW había enviado con él. Jorge recordaba cómo había abierto el sobre, sacando las hojas para leerlas.

No había nada extraño en ello, en condiciones normales. Pero, hace unos días, Jorge había quedado con JW para entregarle las seiscientas mil. JW le había devuelto un sobre. Lo abrió y echó un vistazo al contenido. Un folio doblado, se veía el texto, el nombre de un banco.

—Hagamos esto de manera profesional —había dicho JW—. Tú recibirás facturas e información de nosotros. Como puedes ver, incluso doblamos las cartas como se hace en el sector.

—¿Cómo? —preguntó Jorge.

—Siempre hay que doblar las cartas con el texto hacia fuera —respondió JW.

Jorge no se había dado cuenta. Hasta ahora: Hägerström debía de haber abierto el sobre que JW había enviado con él a Tailandia a escondidas, leyendo las hojas y devolviéndolas a su sitio después. Pero no las había doblado como lo hacía JW.

Por otro lado, tampoco eso resultaba demasiado extraño. Si alguien hubiera enviado un sobre secreto con Jorge, él también habría hecho todo lo posible para ver qué había dentro.

Pero ¿la conclusión final?

El ex policía, el ex guardia, ¿reconvertido en aprendiz de gánster? No resultaba muy creíble.

Se giró hacia Javier.

—Joder, no me fío de Hägerström.

—Yo sí, el tipo me liberó hace doce horas. ¿Necesito más pruebas?

—Pero es un tipo raro.

—Dime alguien que no lo sea.

—Ha sido policía, guardia, apareció de la nada ahí abajo, en Tailandia.

—Relájate. Te estoy diciendo que me ha liberado. Además, no fue a Tailandia solo por ti. También hizo negocios propios.

—¿Qué clase de negocios?

—Compró brillantes y cacharros de esos.

—¿Cómo lo sabes?

—Me lo contó. Recibió un montón de SMS de su hermana que le pedía que comprara esas cosas. «Tráelos a casa» o algo así.

Continuaron conduciendo. La oscuridad de fuera: negra como los pensamientos de Jorge.

Los bajos fondos ya no eran su mundo. Paola, Jorgito, ellos eran su mundo.

Solo quería solucionar el tema del Finlandés, después volvería a Tailandia. A la vida de la cafetería, otra vez.

Aun así: Hägerström desenfocaba sus pensamientos.

Sacó el móvil.

Cuatro tonos. La voz de JW.

—Sí, dime.

—Qué hay, soy yo.

—Oye, que estoy un poco ocupado. ¿Te importa?

—Sí. ¿Qué haces?

—Estoy esperando a que termine una reunión importante. Estoy en un hotel cerca de Arlanda.

—Tu amigo, ese Hägerström. Es un tipo raro de cojones.

—¿Por qué? Está conmigo aquí ahora.

—¿Qué has dicho?

—He dicho que está aquí en el hotel conmigo ahora.

Quince minutos más tarde. Pararon el coche.

Javier salió. La conversación entre Jorge y JW había terminado de manera brusca. JW estaba ocupado con otras cosas. A Jorge solo le había dado tiempo a explicar lo de los SMS raros que Javier había visto en Tailandia.

Daba lo mismo. Él tenía que arreglar lo suyo.

JW tendría que arreglar sus historias por su cuenta.

Aunque estaba contento de que no estuviera Hägerström con ellos ahora.

—Tú llevas el Kala —le dijo a Javier—. Sube por ahí. Busca la luz de los faros de este u otros coches. Túmbate en algún sitio donde me puedas ver a mí y al Finlandés ese de los cojones.

Javier no sonrió. Se limitaba a sujetar el fusil automático con manos tensas. Ahora se daba cuenta: esto iba en serio. El propio Jorge se sentía más tieso que tieso.

Volvió a arrancar el coche. El chaleco antibalas le pesaba.

Entró entre las montañas de arena.

A su alrededor: la gravera. Montones de arena, piedras, grava. Todo cubierto de una fina capa de polvo de escarcha. O tal vez fuera una fina capa de nieve. ¿Cuál era la diferencia, en realidad? Sombras pálidas. Pedruscos oscuros. Frente al coche: una máquina de al menos siete metros de altura. Algún tipo de planta trituradora móvil.

Silencio.

Un lugar solitario.

Un lugar protegido de las miradas.

Un buen lugar para el Finlandés.

Jorge apagó los faros del coche.

La oscuridad; su amigo.

Se quedó sentado en el coche. Cogió el móvil. Llamó a Javier.

—¿Has encontrado algún sitio? —susurró.

Se veían luces en el camino de entrada a la gravera. Dos coches.

Jorge encendió los faros del Citroën.

Entraron. El coche de atrás se detuvo en la entrada a la gravera. Taponaba la salida. El coche de delante se acercó. Se paró. Mantenía los faros encendidos.

Sonó el móvil de Jorge.

—Apaga los faros. Sal del coche —dijo una voz.

Jorge abrió la puerta. Salió del coche. Los faros de enfrente le cegaban los ojos.

Entornó los ojos. Oyó el ruido de las puertas del coche que se abrían.

Salieron dos hombres.

Se acercó cinco metros.

Un tipo con chamarra de cuero y gorro negro.

Otro tipo con cazadora y gorra.

Estaban a diez metros de él. No se veían bien sus caras por la luz de fondo. Los brazos, junto a las piernas.

—¿Has traído el *cash*? —dijo el tipo de la gorra.

—Sí, ya vieron mi MMS. ¿Tienen a mi hermana y al niño?

—Sí, claro, están ahí atrás, en el otro coche.

Silencio. El tipo de la gorra levantó uno de los brazos. Se atisbaba la silueta de un arma.

—Ninguno de ustedes es el Finlandés, eso lo oigo —dijo Jorge.

—Pues no.

—¿Está aquí?

—Eso no te importa.

—Entonces, no hay trato.

El tipo de la gorra no dijo nada.

Jorge estaba callado.

Salía vapor de sus bocas.

—Vale —dijo finalmente el tipo de la gorra—. El Finlandés está aquí, él también está en el otro coche.

—Quiero que salga —dijo Jorge.

# Capítulo
## 65

La élite de los yugoslavos y la élite de la policía se apretujaban en los sofás del vestíbulo del hotel Radisson Blu Arlandia.

Hägerström estaba con JW en uno de los tresillos. Estaban esperando a que terminara la reunión entre Natalie Kranjic y Stefan Stefanovic Rudjman en una de las salas de conferencias de la primera planta.

Hägerström había visto a otros tres hombres bajar con JW, tenían pinta de ser de Rusia o de Europa del Este. Ellos ya habían desaparecido. Quizá estuvieran fuera. Quizá en alguna habitación del hotel. No sabía quiénes eran.

Pero sí sabía quiénes eran los otros tipos que estaban allí abajo.

En uno de los tresillos estaban los hombres de Stefanovic.

En otro tresillo estaban los hombres de Kranjic. Hägerström los conocía de nombre: Göran y Adam. Después apareció una sorpresa: Thomas Andrén, su viejo amigo y colega de la policía. Hägerström nunca podía haber sospechado que Andrén hubiera podido caer tan bajo.

Cruzaron miradas. Thomas no hizo ni el más mínimo gesto, pero tenía que estar preguntándose qué hacía Hägerström allí.

En el resto de los sofás, junto al mostrador, en las diferentes plantas, a las puertas del hotel y en el bar, había manadas de policías de civil. Torsfjäll había prometido que aquella sería la detención del decenio. En cuanto recibieran el visto bueno de la otra unidad de asalto, la de la gravera donde estaban Jorge, Javier y el Finlandés, darían el golpe.

JW también parecía estar de buen humor. Estaba toqueteando su celular, daba vueltas por el vestíbulo y hablaba por teléfono sin que Hägerström pudiera oírlo. Parecía totalmente despreocupado por todos los mafiosos yugoslavos que estaban esperando en los sofás.

Hägerström pensaba en Javier.

Ahora estaba con Jorge. Esperaba que se lo tomara con calma.

JW se sentó en el sofá.

—Tu hermana es agente inmobiliario, ¿verdad?

—*Yes*.

—¿Tienes su número? Me gustaría preguntarle una cosa. Estoy pensando en comprar un piso —dijo JW.

Hägerström se preguntó qué querría preguntar JW a Tin-Tin justo ahora.

No había mencionado antes que quería comprar un piso. Y Hägerström no quería implicar a su familia. Por otro lado, sí que había dejado que JW lo acompañara a la caza del alce de Carl.

Le pasó el número de teléfono a JW.

JW lo marcó. Se alejó unos metros.

Hägerström vio cómo hablaba por teléfono.

# Capítulo
# 66

Natalie y Stefanovic discutieron detalles. Parecía que estaba dispuesto a repartir el mercado de Estocolmo.

—Natalie, en realidad, no somos enemigos. Simplemente, todo ha salido mal desde que asesinaron a tu padre. Lo único que opino es que tiene que haber una recompensa por el trabajo que he dedicado a esto.

Ella escuchaba.

—Ustedes se quedan con los guardarropas —continuó él—. Se quedan con la coca. No voy a meterme en esos asuntos. Yo me quedo con el tabaco y el alcohol.

Continuaron hablando. Discutieron la facturación de los diferentes sectores. Discutieron qué hombres eran los más apropiados. De dónde venían los ingresos más seguros. En qué sectores la policía estaba más activa en el momento actual.

—Los dos podemos utilizar los servicios de Bladman. Él es totalmente ajeno a esto.

Natalie pensó en JW, el compinche de Bladman en unos negocios considerablemente más importantes y que Stefanovic, al parecer, desconocía. Probablemente, ellos ya no estarían interesados en la calderilla de Stefanovic.

—Y el material que yo tengo —dijo ella—, el que quieren los rusos, ¿quién de nosotros va a poder utilizarlo?

Stefanovic suspiró.

—Tu padre y yo trabajamos como idiotas con eso, créeme. Llevamos todos estos años premiando y castigando, con látigo y zanahoria, como dicen en sueco. Sobornos y extorsión. Hemos usado los favores de Bladman para transferir millones a la gente adecuada. Al mismo tiempo, nos dimos cuenta de que los mismos tipos acudían a las fiestas adecuadas y que quedaban con las chicas adecuadas. Así que conseguimos que algunas de las chicas grabasen lo que hacían con ellos. Tuvimos que hablar con esas chicas cantidad de veces, que lo sepas. —Natalie ya había averiguado por su cuenta lo que le estaba contando. Stefanovic continuó—: Así que tenemos a estos tipos agarrados de los huevos. Reciben dinero. Los rusos consiguen que ellos hagan lo que quieren los rusos. Y si empiezan a dar guerra, se les envía un *e-mail* desagradable con imágenes y vídeos de cómo unas rumanas de diecisiete años les hacen un beso negro.

—¿Y Melissa Cherkasova?

—No merece la pena que hablemos de ella ahora. No soluciona nuestro problema, ¿verdad? Ya puestos, yo mismo podría sacar el tema de cómo me sentó eso de recibir el dedo de Marko. Tenemos una hora para llegar a algún sitio con esto. Si nos ponemos a hablar de Cherkasova, los dos vamos a tener problemas con los rusos.

—Bien, dejémoslo entonces. Pero no voy a tolerar más historias como esas de ahora en adelante.

—Estás al principio de tu carrera. Ya lo verás. No siempre es así de fácil.

Dejaron el tema. Continuaron hablando de otros negocios, mercados, zonas de posible expansión. Stefanovic quería quedarse con la torre de salto de esquí, organizar conferencias legales allí. Creía tener buenos contactos en la patria para vender aparatos electrónicos robados en Suecia. Le parecía justo que él siguiera con las actividades de las chicas; a fin de cuentas, él había montado aquello.

Natalie pensó: en términos estrictamente económicos, podría estar bien. Quizá pudieran ponerse de acuerdo. Quizá no tuviera que hacer aquello para lo que había venido.

Era evidente: la vida sería más fácil. Podrían actuar cada uno por su cuenta sin interferencias del otro. Vale, sus mercados disminuirían, pero podrían concentrarse mejor en lo que les quedaba. Expandirse. Aumentar los márgenes de beneficios. Enviarían un mensaje importante a todos aquellos aficionadillos que quisieran llegar a ser algo en la selva de Estocolmo: Kranjic sigue siendo la que está sentada en el trono.

Luego pensó: «Que me tiren de las tetas si hago negocios con este hombre. Ha matado a mi padre».

Stefanovic continuó hablando. El asunto era: los dos estaban solos allí dentro.

Natalie: tenía veintidós años. Era delgada. Atractiva. Sobre todo: era mujer. A los ojos de Stefanovic: ella en sí representaba todo menos una amenaza. Sus hombres eran peligrosos. Su poder podría ser peligroso. Pero ella en sí... Stefanovic la había visto crecer, había sido su monitor de autoescuela. Su chofer. Su factótum. Un hermano mayor.

Él no tenía miedo. Él se sentía seguro con ella.

Natalie se levantó. Colgó la americana. Se subió las mangas de su top.

Pasó al otro lado de la mesa.

Stefanovic la miró.

—Escucha —dijo ella—, podremos llegar a un acuerdo. Por los rusos o por otra cosa. Déjame mirarte a los ojos de cerca. Quiero ver si hablas en serio.

Stefanovic la miró. Sonrió.

—Por supuesto que hablo en serio.

Natalie sacó el peine que había metido en el bolsillo trasero del pantalón. Lo sujetó en la parte de arriba, por la parte de las púas.

Stefanovic la estaba mirando. Vio cómo se había subido las mangas.

Quizá viera que sujetaba un objeto fino, oscuro, de un material parecido al plástico, en la mano.

—¿Qué quieres? —preguntó él.

Natalie le clavó el mango del peine en el cuello.

Sintió cómo penetraba profundamente. Stefanovic hizo un aspaviento con los brazos.

Ella eludió sus golpes.

Volvió a clavarle el peine.

# Capítulo
# 67

Se trataba solo de seiscientas mil; no podía ser un dineral para el Finlandés.

El tipo no tenía por qué haber venido a por la pasta. Aun así: el puto Finlandés no querría ser responsable de la muerte de dos personas inocentes. Sobre todo: el puto Finlandés no querría que la policía le diera por culo por esto. Delito grave. Le podrían caer un montón de años.

Jorge había contado con ello: el tipo estaría dispuesto a presentarse en el lugar del encuentro, solo para terminar con esta mierda.

*Risky business*[89]. Un asunto sucio. Nadie quería quedarse por allí más tiempo de lo necesario.

Oyó cómo se cerraba la puerta de un coche.

Alguien salió del vehículo de atrás.

Pasos lentos. Un abrigo largo. Pantalones oscuros. No llevaba gorro.

El hombre se acercó. Los faros del coche deslumbraban a Jorge haciéndole escocer los ojos.

Tenía una pinta de lo más normal. Pelo rubio ralo. Nariz respingona de cerdito. Ojos de color indefinido.

---

[89] «Un asunto arriesgado».

Podría tener unos treinta y cinco años. Estaba a diez metros. Abrió la boca.

—Déjate de chorradas. Yo traigo a Paola y al chico, si tú traes la pasta.

Jorge reconoció la voz. Era el Finlandés.

—Vale —dijo.

Jorge se dio la vuelta. Volvió al Citroen.

Abrió la puerta trasera. Echó un vistazo a su móvil cuando se agachó para coger la bolsa con el dinero y los billetes falsos. Un SMS de Javier: «Los veo. Estoy esperando a que salgan Paola y Jorgito».

Bien. Jorge sacó la bolsa. Volvió.

El tipo del gorro y el tipo de la gorra seguían en su sitio.

Oyó una voz apagada un poco más adelante. Vio cómo se acercaba el Finlandés. Paola y Jorgito caminaban delante de él.

El chiquillo no iba bien abrigado, solo una camiseta de manga corta y un pantalón. Puto Finlandés de mierda.

Les separaban diez metros. Paola estaba totalmente callada.

Jorge puso la bolsa en el suelo.

—Aquí está el dinero.

El Finlandés hizo un gesto con la mano.

El tipo de la gorra se acercó a la bolsa. Se agachó a los pies de Jorge. Abrió la bolsa. Jorge sabía lo que iba a encontrar: fajos de billetes de quinientas, al menos la primera capa.

El tipo de la gorra no hojeó los fajos. Ya habían visto el MMS de Jorge donde se veía un montón de billetes.

—Está bien —gritó el tipo al Finlandés.

—Bien. —La voz del Finlandés sonó amortiguada.

Jorge vio cómo Paola y Jorgito comenzaban a caminar hacia él.

Ocho metros.

Cinco metros.

El tipo de la gorra seguía junto a la bolsa. A un metro de Jorge.

Paola y Jorgito, a dos metros de Jorge.

Estiró la mano para agarrar al niño.

Lo tomó en brazos. Jorgito estaba frío.

Comenzó a llorar.

El tipo de la gorra tomó la bolsa. Volvió hacia el Finlandés.

Jorge llevaba el chiquillo hacia el coche mientras empujaba a Paola delante de él.

El Citroën se veía nítido a la luz de los faros del otro coche.

Faltaban unos metros.

Oyó la voz del Finlandés.

—¿Qué hostias es esto?

Abrió la puerta del coche. Metió a Paola de un empujón.

Trató de ensanchar su cuerpo para cubrir a Jorgito.

—Maricón de mierda —gritó el Finlandés—. ¡Esto no es dinero de verdad!

Ruido. Nuevas luces.

El repiqueteo de disparos.

Jorge se tiró hacia el coche.

Los ruidos retumbaban. Por todas partes.

Sintió un dolor en la espalda.

# Capítulo
# 68

Ya llevaban más de hora y media esperando. JW había dicho que tenían que terminar arriba en menos de dos horas.

Hägerström percibía la tensión en el aire. Los tresillos estaban vibrando de la tensión. Si encendía una cerilla, el hotel estallaría como una bomba atómica.

Trató de relajarse. JW iba de un lado a otro, hablando por teléfono todo el tiempo.

Los pensamientos de Hägerström se fueron flotando.

El suelo de la cocina del piso en la calle Banérgatan. Pravat con doce meses y medio de edad. Acababan de ir a recogerlo en el norte de Tailandia.

Hägerström estaba tumbado boca arriba. Anna había salido a hacer la compra.

Dejaba que Pravat trepara por encima de él. Que se agarrase a él para ponerse en pie. Sujetándose en él.

Pravat balbuceaba, da-da-da-aba, hablaba su lengua. Llevaba un pañal de primeros pasos y una camiseta de rayas de la marca Polarn & Pyret. Hägerström sentía sus pequeñas manos y uñas sobre sus brazos. Era una de las mejores sensaciones que había sentido nunca.

Deslizó el cuerpo hacia un lado con cuidado. Pravat se sujetaba a él, pero con pies bastante firmes. Hägerström se deslizó un poco más. De repente, Pravat lo soltó. Levantó los brazos al aire, dobló las rodillas y estiró las piernas. Estaba de pie. Él solito.

Hägerström gritó de júbilo. Pravat se rio, casi parecía que era consciente de su hazaña. De haber estado de pie él solo por primera vez en su vida.

Hägerström levantó la mirada, vio el vestíbulo otra vez.

Se abrieron las puertas del ascensor.

Natalie Kranjic salió. Llevaba un gabán oscuro.

Se acercó a JW.

Hägerström la oyó decir:

—Hemos terminado.

Movimientos en los sofás. Diferentes hombres se pusieron de pie. Mirando hacia Natalie y JW.

Esperando alguna señal. ¿Ahora qué?

Natalie no dijo nada más. Señaló a Adam.

El tipo grandullón se acercó a ella.

Caminaron juntos hacia la salida.

Hägerström vio movimientos rápidos entre la gente del vestíbulo.

Había llegado el momento.

Vio a los policías de paisano junto al ascensor respirar pesadamente. Le pareció oír órdenes bajas de los auriculares de la unidad de asalto, la que estaba esperando fuera. Notó el olor a estrés, no sabía si venía de los policías o de los mafiosos.

Natalie y Adam salieron por las puertas automáticas del hotel.

Y entonces se armó la gorda.

# Capítulo
# 69

Natalie había terminado. Adam salió el primero del hotel. Fuera ya era de noche. Muchos coches a la izquierda, en el aparcamiento del hotel.

Adam señaló.

—Allí está mi coche.

Sus manos comenzaron a temblar. El esfuerzo de caminar tranquilamente a través del vestíbulo le estaba pasando factura.

Se había inspeccionado meticulosamente antes de bajar. Su mano y su antebrazo estaban manchados de sangre, como era de esperar. Se lavó en el baño del pasillo durante al menos cinco minutos. Inspeccionó cada milímetro hasta que estuvo limpia de sangre al ciento diez por ciento.

Al cabo de unos minutos, alguien descubriría a Stefanovic. Podían ser los rusos o alguno de sus propios hombres. Que sea lo que Dios quiera.

Ella había vengado a su padre.

Vio el coche de Adam: un Audi.

Un hombre salió a su encuentro desde el otro lado del coche.

Natalie le miró a los ojos.

Un rostro ancho. Ojos grises. Pelo de color ceniza.

Con una confianza en sí mismo natural. Una mirada tranquila, relajada.

Era Semion Averin.

Tenía algo en la mano. A Natalie no le dio tiempo a ver qué era.

Entonces: se armó la gorda a su alrededor.

Vio movimientos rápidos por el rabillo del ojo.

Oyó gritos:

—¡¡¡Policía. Al suelo!!!

Vio los ojos de Adam, estaban abiertos como platos.

Vio cómo Semion Averin levantaba el brazo.

E l dolor ya había desaparecido. El frío en la cara ya no estaba allí.

Jorge estaba tirado en el suelo.

Sabía tantas cosas.

No sabía nada.

Él: le habían dado en la espalda.

Él: estaba yendo hacia algún lugar.

Volvió a desaparecer.

«Ustedes son yo, yo soy ustedes. Mi sangre nos limpiará a todos de nuestros pecados».

De nuevo, momentos del presente. No tenía fuerzas para abrir los ojos.

Oía ruidos extraños. Sonidos débiles, ahogados.

Paola debería haberse salvado dentro del coche.

¿Y Jorgito?

*Sálvame.*

No sabía.

No tenía fuerzas.

Debería haberse despedido de su madre.

Debería habérselo dicho a Javier.

Una vida.

Su vida.
Una vida *de lujo*.
Parecía que estaba sangrando por la boca.
No importaba.
Ahora estaba tranquilo.
Relajado.

# Epílogo

*Cuatro meses más tarde*

Hägerström seguía en la cama. Era dura. Miraba la pared. Había dos fotos de Pravat pegadas con celo. Él mismo había tomado una de ellas un año antes, en Humlegården. La cara de Pravat en primer plano, con el parque de fondo. La otra se la había enviado Pravat. En medio de la foto había un gran castillo de Lego, con figuras colocadas en la crestería del muro. Pravat estaba posando detrás del castillo, orgulloso de su bonita construcción.

Hägerström miró por la ventana. El patio de la cárcel era de grava desnuda.

El juicio contra él había durado cuatro días y había terminado hacía dos semanas. Hasta entonces había estado en prisión preventiva. Ahora estaba allí, en Kumla. Comparaba todos los detalles con la cárcel de Salberga, donde había trabajado. Entonces le había parecido que eso de tener paredes limpias, zonas de duchas recogidas y televisores operativos en las habitaciones era una chorrada. Ahora deseaba ver una sola superficie que no estuviera sucia.

No se opuso al procesamiento. Las pruebas eran sólidas. Los guardias del transporte pudieron identificarlo y además habían encontrado manchas de pólvora en su cazadora. Pese a todo, su abogado hizo un buen trabajo. El fiscal quería condenar a Hägerström por intento de asesinato. El 17 de octubre del año pasado había efectuado cuatro disparos con un fusil automático contra las ruedas del coche de transporte del Servicio Penitenciario. Según el fiscal, solo la suerte había evitado que nadie perdiera la vida. Pero Hägerström había recibido formación en las fuerzas de asalto costero. El abogado consiguió demostrar que nunca había habido riesgos importantes de que los guardias del transporte perdieran sus vidas.

Al final fue condenado por intento de agresión grave. Tres años de cárcel.

Torsfjäll había visitado a Hägerström en el centro de detención solo un día después de que hubiera sido apresado en el hotel Radisson Blu Arlandia.

El comisario entró en la celda solo. En realidad, aparte de su abogado, solo los policías que formasen parte de la investigación tenían permiso para verlo, pero Torsfjäll tendría sus métodos.

—Buenos días.

—Hola —saludó Hägerström—. Qué bien que hayas podido venir.

Torsfjäll se quedó de pie. No había sillas en las celdas de detención. Solo un sencillo colchón en el suelo.

El comisario estrechó la mano de Hägerström.

—¿Ya te han interrogado?

—Solo de manera superficial. Pero no he dicho nada sobre la Operación Ariel Ultra. Quería hablar contigo primero.

—Bien, porque no hay nada que decir.

Hägerström miró al comisario. Sus dientes ya no parecían tan blancos como antes.

—¿Cómo cojones se te ocurrió disparar contra un vehículo de la prisión?

Los pensamientos de Hägerström se paralizaron. El tono de Torsfjäll había cambiado radicalmente.

—Fue parte del trabajo.

—Nunca es parte del trabajo cometer delitos de esa manera.

—Puede que no. Pero ¿qué quieres decir con eso de que no hay nada que decir sobre mi papel como agente UC?

—Porque nunca lo has sido. Fuiste despedido de la policía. Has sido civil todo este tiempo.

—¿Qué coño dices?

—Te estoy diciendo lo mismo que habíamos acordado desde el principio, que te despidieron de la policía. ¿O no?

—Eso no es lo que acordamos. Me despidieron formalmente. Pero he seguido vinculado a la policía de manera informal.

Los ojos de Torsfjäll estaban muertos. Ni intentó devolver la mirada a Hägerström.

—No existen distinciones de este tipo dentro de la policía.

Hägerström pudo oír su propia respiración.

—Formaba parte del trato, ¿verdad? —dijo Torsfjäll—. Tú has asumido riesgos. Te lo agradezco. Pero sabías muy bien en qué te metías. En realidad, deberías estar contento de no haber sido condenado por más cosas. Imagínate: lavado de capitales grave, agresión con arma, protección a criminales. Podrían haberte caído muchos años más por todo lo que has hecho.

—Eso es una flagrante mentira y lo sabes —dijo Hägerström.

El comisario puso una grabadora digital sobre la mesa. Pulsó el botón.

Una grabación. Hägerström oyó su propia voz en medio de una frase. Después se oyó la voz de Torsfjäll: «Ya no eres policía, eres un empleado del Servicio Penitenciario con una misión. Tendrás que actuar por tu cuenta, sin inmunidad».

El comisario apagó la grabadora.

—Ya te dije que ya no eres policía.

Hägerström no hacía más que mirarle fijamente. Recordaba esa conversación. Pero en aquella ocasión la había interpretado de manera totalmente distinta.

—Y tú mismo comprenderás que, si yo admitiera que he dado estas órdenes —continuó Torsfjäll—, nunca podríamos volver a realizar operaciones parecidas. Además, si esto saliera a la luz, arruinaría mi carrera. Sería una pena.

El comisario era un cabrón muy listo.

A Hägerström solo le quedaba una pregunta.

—¿Qué ha pasado con JW?

Torsfjäll se puso de pie.

—Eres un patán —dijo.


De vuelta a la celda. Hägerström había sido un idiota.

Al mismo tiempo, puesto que no había sido un empleado de la policía, se había librado de algo bastante peor, tal y como le había dicho Torsfjäll.

Hägerström hubiera podido intentar contarles a los investigadores de la policía que había sido un agente UC; que había creído, durante todo este tiempo, que era un empleado de la policía y que solo había seguido las instrucciones del comisario Lennart Torsfjäll. Pero posiblemente no le hubieran creído. Habría sido imposible tratar de sacar *e-mails* o SMS de Torsfjäll, puesto que su móvil y la computadora habían sido requisados. Torsfjäll habría borrado todo lo importante hacía tiempo.

Hubiera podido tratar de convencer a los investigadores de la policía de que al menos había sido un infiltrado civil. Pero sucedería lo mismo. Es probable que no le hubieran creído.

Y había otra razón, aún más importante, para no intentarlo siquiera. Si echara la culpa a su papel de infiltrado, correría otro riesgo: habría un precio gigante por su cabeza. JW, Jorge, Javier y los demás pagarían lo que fuera por verlo eliminado, liquidado. Muerto.

Sin el apoyo de Torsfjäll para conseguir una identidad protegida cualificada, él sería una presa fácil.

Era una elección infernal. Podía echar la culpa a su papel de infiltrado y tal vez librarse de una condena tan dura como la cárcel, pero pasar el resto de su vida amenazado de muerte. O podía asumir el papel de criminal, y pasar el resto de su vida marcado por esa fama.

Llegó a la conclusión de que era mejor callarse. Seguir fingiendo. Interpretar el papel.

Así que nunca dijo nada a la policía.

Nunca explicó cómo se había llenado su expediente con sospechas de sucesos inventados.

Nunca contó que había hablado con Mrado Slovovic, ni que se había reunido con Torsfjäll en todos aquellos pisos.

Ni intentó hacerles comprender por qué había conseguido que toda la gente de la sección de Salberga fuera trasladada para que JW se quedara solo.

Solo hizo lo que Javier habría hecho. Cerró la boca y respiró por la nariz. No contestó a las preguntas de los policías.

Se preguntaba por qué. ¿Por qué Torsfjäll lo había utilizado y engañado?

Solo pudo llegar a una conclusión. La Policía Judicial Nacional nunca habría dado su visto bueno a Torsfjäll para que usara a un policía; la única manera era convertir a Hägerström en civil.

Nunca podría volver a trabajar como policía. Tampoco como empleado del Servicio Penitenciario. La pregunta era más bien si le ofrecerían trabajo en algún sitio para empezar. No conseguiría que le dieran más tiempo para pasar con su hijo. Había sido condenado por intento de agresión a mano armada; buena suerte.

Miró las fotos de Pravat otra vez. Estaba orgulloso de su castillo de Lego. Qué lejos quedaba todo aquello ahora. Algún día, Hägerström le contaría lo que realmente había sucedido.

Cogió un periódico de la mesa.

Lo abrió.

En las páginas centrales había una foto de Javier entrando en la sala de un tribunal. Trataba de ocultar su rostro con una toalla de la prisión.

El titular: «Último día del juicio por el atraco de Tomteboda».

Hägerström no sabía qué pensaba Javier, no habían podido hablar. Pero esperaba que Javier acabara en la misma cárcel que él. Tal vez podrían tener una vida propia allí dentro, de alguna manera.

Hägerström estaba agradecido de tener dinero heredado. La pregunta era si iba a seguir teniéndolo de ahora en adelante. Lottie no estaba contenta. Vendría a visitarle dentro de dos horas, entonces ya se enteraría de más detalles.

Ahora mismo los minutos pasaban tan lentos como en un puesto de caza malo.

Trataba de no pensar en lo que opinarían sus hermanos. Su hermano, Martin, expolicía, ex guardia, y ahora criminal convicto. Tal vez podrían haber soportado una condena por conducir ebrio o un delito económico, pero, después de esto, lo más probable era que nunca volvieran a hablar con él.

El hecho de que Lottie viniera a verle era un milagro en sí.

Una hora y cuarenta y cinco minutos después, llamaron a la puerta. Un guardia abrió. Lo llevó a la sala de visitas.

Las paredes de la sala eran blancas. Había un sofá con tapicería de hule color vino. Una mesa de madera y dos sillas también de madera. Una bandeja sobre la mesa. Unas tazas de plástico metidas unas en otras, cucharitas de plástico, un termo de plástico con agua caliente, un bote de plástico con Nescafé, una cajita con las bolsitas de té Lipton. Nada de metal. Nada que pudiera hacer daño a otra persona o que pudiera hacer daño al propio interno. Era el tratamiento estándar.

La puerta se abrió.

Su madre tenía aspecto de estar confusa.

Lottie parecía más mayor que la última vez que la había visto. El pelo más canoso, las arrugas alrededor de los ojos más profundas.

—Entra —dijo Hägerström.

Ella llevaba un pantalón beige y una chaqueta de cachemir. Alrededor del cuello se había puesto un pañuelo. Hägerström reconocía el diseño, Hermès, naturalmente.

Se acercó a él. Nada de besos en la mejilla, nada de saludos formales, nada de comentarios del estilo de qué-chaqueta-más-bonita. Solamente se abrazaron. Durante un buen rato.

Hägerström notó su olor. Su perfume. El cabello que rozaba su mejilla.

Cerró los ojos. Vio a Pravat correr hacia ella en su piso. Vio cómo ella lo cogía en brazos, diciendo: «Mi tesoro».

—Lo siento, mamá —dijo él.

Se sentaron.

—Yo también —dijo Lottie.

Hägerström se había decidido. Iba a poner todas las cartas sobre la mesa. Iba a contárselo todo.

Tenían una hora. Habló rápido. Le contó cómo Torsfjäll había contactado con él. Cómo había aprendido todo lo que podía sobre JW. Cómo le habían despedido de la policía gracias a una pelea inventada junto a un puesto de perritos calientes. El motivo para el despido no era más que ficción. Explicó cómo Torsfjäll le había conseguido un empleo en la penitenciaría de Salberga. Cómo se había esforzado por infiltrarse, hacerse amigo de JW. Cómo se lo había llevado incluso a la caza del alce a casa de Carl.

Lottie esuchaba.

Hägerström trataba de ver en su cara si se fiaba de él o no.

Ni se inmutó.

—Puede que no me creas, mamá —dijo, cuando terminó su relato—. Pero quiero que te pongas en contacto con un hombre que se llama Mrado Slovovic, y que le hagas una sola pregunta: a quién le pedí información cuando él colaboró con la policía.

Lottie asintió con la cabeza.

Durante unos momentos no dijo nada.

—¿Y Pravat? —preguntó, al cabo de un rato.

Era como si todo lo que hubiera contado hasta ahora fuera irrelevante, como si lo único que importara fuese su relación con

Pravat. Hasta cierto punto, estaba bien así. A ella le daba igual que él hubiera sido un infiltrado de la policía o no. El mundo de él era ya de por sí tan ajeno a ella. Solo el hecho de que hubiese querido ser policía una vez, hace quince años, le resultaba incomprensible.

—Cuando salga de aquí compraré un chalé en Lidingö —dijo Hägerström—. En la misma zona donde vive Anna. Es lo único que sé ahora mismo.

—¿Y qué más?

Hägerström no sabía muy bien a qué se refería. Pero había otra cosa que quería decirle. Había llegado el momento. Se lo había prometido a sí mismo. Iba a poner *todas* las cartas sobre la mesa.

—Hay otra cosa que quiero contarte, mamá.

Ella toqueteó el pañuelo. Bajó la mirada.

Hägerström pensó en los cuadros de J. A. G. Acke que colgaban en su casa. Los tres jóvenes desnudos sobre una roca en medio del mar.

—Soy homosexual.

Lottie levantó la mirada.

—Martin. —Pausa—. Eso lo sé desde hace veinte años.

\*\*\*

La policía había intentado reventarla a interrogatorios.

—¿Qué hacías en el hotel?

—¿Qué hacías en la sala de conferencias?

—¿Qué otras personas estaban contigo?

—¿Viste qué le pasó a Stefanovic?

Contestaba evasivamente a todo, insinuando que otra persona lo había asesinado. Los policías no eran bobos; sabían intuitivamente que mentía, pero no podían saber sobre qué.

Pasó tres meses en prisión preventiva. Al final tuvieron que soltarla.

Ella había estado en la sala de conferencias. Pero también habían estado JW y otros tres hombres rusos deconocidos. No se podía demostrar que había sido justo ella quien había asesinado a Stefanovic; no había rastros de ADN ni huellas dactilares en el arma, la había limpiado concienzudamente. No había rastros en su cuerpo. Ninguno de los hombres que habían estado en el vestíbulo hablaría con la policía; era un código de honor. Y sobre todo: los rusos habían desaparecido; encajaban muy bien como autores del crimen.

Estaba en la biblioteca, esperando a que comenzara una reunión.

Ya no pensaba tanto en su padre. Ya no veía la cara de Melissa Cherkasova delante de ella tan a menudo antes de dormir.

Había hecho la única cosa posible. Había castigado a quien había que castigar.

Tras la primera estocada, allí, en la sala de conferencias, la cara de Stefanovic había expresado sorpresa. Después, le había entrado pánico.

El afilado mango del peine se había hundido en él con tanta facilidad. Solo le hizo falta otra estocada para asegurarse. Esperó unos minutos después de que cayera al suelo. El suelo estaba encharcado de sangre.

Nadie de fuera pareció reaccionar. Todos los hombres estaban esperando en la planta de abajo.

Y después, en el estacionamiento, se había encontrado con Semion Averin, cara a cara.

Pero, menos mal: la unidad de asalto de la policía había atacado desde todos los frentes a la vez.

Ya que el hotel estaba lleno a reventar de policías, Natalie había tenido que pasar tres meses en prisión. A pesar de todo, se lo agradecía; si ellos no hubieran estado allí, ella habría acabado como su padre. El Lobo Averin le habría pegado un tiro en la cabeza desde menos de tres metros de distancia.

Detuvieron a JW y a su chofer, Hägerström. Detuvieron a varios de los hombres, tanto a los de ella como a los de Stefanovic. No consiguieron detener a los rusos y al intérprete. Y tampoco a Averin. También a ellos el hecho de que él hubiera salido de la nada les habría sorprendido. O, si no, no tuvieron tiempo para descubrirlo.

No sabía.


Se acomodó en la butaca. En el minibar había botellas de Johnnie Walker Blue Label, Glenfiddich, vodka, ginebra, Coca-Cola y tónica.

Se echó un vaso de Blue Label.

Dentro de diez minutos deberían estar aquí.

Ella pensó en JW.

Tenía que haber habido una filtración. ¿Por qué, si no, estaban todos aquellos policías allí? Quizá fuera ese chofer, Hägerström. Jorge, el colega de JW, le había llamado en el vestíbulo. Comentando que no era de fiar.

JW llamó para cotejar algunas cosas, por ejemplo, con la hermana de Hägerström. Era verdad lo que decía Jorge; Hägerström había mentido sobre cosas extrañas. JW: con la paranoia por las nubes como siempre, no iba a asumir ningún tipo de riesgos. Llamó a Mischa Bladman directamente.

Fue la reacción correcta. Veinte minutos después del golpe en el hotel Radisson Blu Arlandia, la policía registró las oficinas de MB Redovisningskonsult. Parecía que también estaban al tanto de dónde estaba el local secreto.

Más de quince policías asaltaron el lugar, poniendo a Bladman contra la pared. Registraron tanto la oficina oficial como la extraoficial con lupa.

Pero no encontraron *nada*.

Bladman, un héroe. Él y algunos ayudantes habían tenido tiempo para borrar los discos duros, deshacerse de las carpetas más importantes y vaciar el archivo de la oficina y las estanterías de la oficina extraoficial en menos de un suspiro. Habían eliminado todo el material que pudiera aportar pruebas concluyentes.

Soltaron a JW de la prisión al mismo tiempo que a ella. Quedó libre como el viento.

Él la había llamado para contárselo. Los policías de la unidad de delitos económicos tenían muchas pruebas, pero su nombre, su cuenta o su firma no aparecían en ningún sitio. El testaferro, Hansén, había hecho un trabajo sólido. Y Bladman había actuado con extrema rapidez.

Y, ahora, JW estaba en algún lugar en el extranjero. Dejando que las cosas se enfriasen.

Ahora mismo había un pequeño superávit de gente cabreada en casa.

Ochenta millones de coronas desaparecidas tendían a crear cierta frustración.

Pero volvería; se lo había prometido a Natalie.

Ella estaba deseando que llegara el momento.


La puerta de la biblioteca se abrió.

Entró Göran.

Tres besos en las mejillas.

Natalie le echó un whisky. Él se sentó.

—Los demás vendrán en cualquier momento.

—Bien.

—El hombre de Ivan Hasdic llamó —dijo él—. Van a enviarnos cosas mañana. Deberían estar aquí el jueves.

Natalie se tomó un sorbo de whisky.

—Bien —repitió.

Estuvieron callados durante un rato.

—Luego he dejado que Darko fuera a hablar con tu exnovio, Viktor —dijo Göran.

—¿Y qué le dijo?

—Darko tuvo que explicárselo muy detalladamente. Pero ahora se han puesto de acuerdo, ha entendido las consecuencias. No hará nada que defraude a nadie.

Natalie se echó hacia atrás.

—Bien —dijo, por tercera vez. Sabía que JW estaría contento.

La biblioteca había quedado bonita. Había vuelto a tapizar las paredes. Papel de color verde claro en lugar del viejo, de color oscuro. Nuevas estanterías a lo largo de las paredes, más claras, con espacios cuadrados para los libros. Había dejado los cuadros. Europa y los Balcanes. El Danubio. La batalla de Kosovo Polje. Los retratos de los santos. Los mapas de Serbia y Montenegro.

Pero también había colgado un cuadro nuevo: un grabado enmarcado de un plano de Estocolmo de 1803.

Entonces la ciudad era considerablemente más pequeña. El casco antiguo, las partes del norte, Söder y algunas partes de Norrmalm estaban urbanizados. Todo lo demás eran huertas por aquel entonces.

Estocolmo: ahora era su territorio. Su territorio de negocios. Ella solía preguntarse quién era. ¿Una niña que se había visto obligada a madurar demasiado rápido? ¿Una mujer que había asumido el papel que le había sido asignado? ¿Una estudiante o una criminal? ¿Serbia o sueca?

Ahora sabía quién era ella; era holmiense. Al cien por ciento.

Era Natalie Kranjic. La hija de Radovan Kranjic.

Era la nueva *Kum*.

Era la reina de Estocolmo.

\*\*\*

Debería llegar en unos diez minutos. Ya conocía la rutina. El tribunal enviaba la sentencia por fax a la secretaría de la prisión. La secretaría de la prisión enviaba un mensajero hasta el pasillo. Alguien del pasillo la entregaba al interno.

El juicio había durado cuatro semanas.

Él, Javier, Babak, Robert y Sergio. Y el Finlandés. Alineados junto a sus abogados en la sala de seguridad del tribunal de primera instancia de Estocolmo.

Los medios de comunicación estuvieron presentes los primeros días, detrás del plexiglás. Perdieron el interés cuando comenzaron los largos interrogatorios.

El procesamiento era complejo. En resumidas cuentas, la fiscal quería aplastarles.

El 6 de junio, Jorge Salinas Barrio, Javier Fernández, Babak Behrang, Robert Progat y Sergio Salinas Morena actuaron conjuntamente y en colaboración con terceros, con violencia y con amenazas de violencia que los querellantes interpretaron como de peligro perentorio, para apropiarse indebidamente de una cantidad determinada de lo que se conoce como «maletines de valores», que contenían dinero en efectivo, bonos de restaurantes y billetes de lotería por un valor que asciende a 4.231.432 coronas (de las cuales, el valor del dinero en efectivo ascendía a 2.560.300 coronas), y en el proceso hirieron grave y premeditadamente al guardia Suleyman Basak al hacer estallar una carga explosiva cerca de él.

Anders, el *Finlandés,* Ohlsson ha instigado y dirigido las acciones arriba descritas al encargar el atraco e instruir a los autores del mismo.

Además, el auto contenía otros puntos relacionados con la pipa de juguete que Jorge había puesto contra la sien del taxista al huir por la ciudad, y también con el rescate de Javier. En el que Hägerström también había participado.

La fiscal había pedido ocho años para Javier, Babak y Sergio en su alegato final.

Pedía doce para Jorge.

Jorge sentía que el guardia hubiera perdido la vista y tuviera que pasar el resto de sus días en una silla de ruedas. Pero no había sido su puta intención; la culpa era del Finlandés y de su fallida planificación. Y lo del taxista: nunca había corrido ningún peligro. No era más que una pistola de aire comprimido: pero él no lo sabía, claro.

La fiscal y los abogados habían peleado como locos.

Pruebas de ADN: grasa de la palma de la mano de Jorge en el Range Rover.

Cabellos de Babak en un piso donde también habían encontrado un *walkie-talkie*.

Células de piel de Sergio en un pasamontañas encontrado.

SMS extraños en el móvil privado de Robert.

Mapas de la vía de Klarastrand en el disco duro del ordenador privado de Javier.

¿Y por qué la mayoría de ellos habían abandonado Suecia durante los días después del robo?

No había pruebas concluyentes contra ninguno de ellos.

Pero la estructura, las conexiones, las pobres explicaciones. Aun así, la fiscal necesitaba pruebas más sólidas. Y lo mejor para eso eran los testigos. Desgraciadamente, tenían un as en la manga; convocaron al hijo de puta de Viktor. El tipejo había cotorreado como un aficionado en los interrogatorios policiales. Sus palabras podrían sentenciarles a todos.

El abogado de Jorge dijo que no había nada que hacer en los casos de Babak y Sergio. Para Jorge, la cosa estaba *fifty-fifty*.

Mucho dependía de lo que Viktor llegara a decir en el interrogatorio de los testigos.

Y para el Finlandés: la fiscal se apoyaba en un billete manchado de tinta que habían encontrado en una de las pizzerías de su propiedad; una prueba más que débil. De todas maneras, condenarían al tipo por los disparos contra Jorge, Jorgito y Paola. El intento de asesinato, suficiente para enchironarlo al menos ocho años.

Jorge pensó en la gravera.

Había sobrevivido: abrió los ojos en una unidad de reanimación del hospital de Huddinge. Dio gracias a Dios por haberse puesto el chaleco antibalas. Los riñones y el hígado estaban bien, a pesar de que dos balas hubieran penetrado en su espalda.

Fuese cual fuese la sentencia, independientemente de los años que le pudieran caer, era un ser humano entero.

Paola había tenido tiempo de meterse en el coche.

Y Jorgito había sido protegido por el cuerpo de Jorge. Estaban vivos.

Jorge ya había preparado un plan. Si le absolvían, se largaba. Quizá a otro país que no fuera Tailandia. Los policías sabían que había estado allí. De alguna manera, también parecían saber que quería comprar un sitio allí. Igual el chorbo de Hägerström había cantado.

Por otro lado, no.

En parte: parecía que al propio tío le habían caído tres años por el rescate de Javier.

En parte: si el tío fuera un soplón, debería haber contado lo que hizo Jorge durante el rescate de Javier. Pero no, ni una palabra de Hägerström. Así que, por raro que pudiera parecer: gracias al ex guardia, Jorge se libraría de esa acusación.

Javier le había susurrado algo extraño a Jorge en la sala de juicio el otro día.

—Si me condenan, voy a intentar ir a la misma prisión que Martin. Y si me sueltan, iré a verlo directamente.

Era una cosa rara. Jorge echó un vistazo a los papeles que estaban delante de Javier.

Había garabateado cosas. Monigotes y viejos tags de grafitero. Pero había otra cosa; en el margen, Javier había escrito: Martin.

Eran colegas más íntimos de lo que Jorge había pensado. Mucho más íntimos.

Jorge pensó en la llamada que acababa de hacer desde la cabina de la prisión.

Había memorizado el número: la tipa de las rastas que había visto en Phuket y en Arlanda.

Los tonos no eran los mismos que en Suecia.

Después oyó su voz.

—Sí, soy Sara.

—Qué tal, soy Jorge, nos vimos la última vez en Arlanda, no sé si te acuerdas de mí.

Por alguna razón, notaba un cosquilleo en la tripa. No de la manera rara de siempre. Esto era diferente.

—Claro que me acuerdo. Estaba justo pensando en ti. ¿En qué parte del mundo estás?

—Todavía no lo sé. ¿Tú dónde estás?

—Indonesia. ¿Por qué no te vienes?

—Me encantaría. Solo que estoy esperando una cosa. Una cosa muy importante que tengo que saber primero.

\*\*\*

Tribunal de primera instancia de Estocolmo
SENTENCIA Juicio nº 931-11
Sección 55

PARTES

Fiscal:
Fiscal jefe Birgitta Söderström
Fiscalía de la City, Estocolmo

Querellantes:
El guardia Suleyman Basak
Calle Gröndalsvägen, 172
117 69 Estocolmo

El guardia Peter Lindström
Calle Pilbågsvägen, 3
184 60 Åkersberga

El guardia Johan Carlén
Calle Backluravägen, 29 C
149 43 Nynäshamn

El taxista Pablo Gómez
Calle Bredängsvägen, 200
127 32 Skärholmen

El policía Olof Johansson
Calle Tätorpsvägen, 54
128 31 Skarpnäck

Acusado (número total de acusados 6)
Jorge Salinas Barrio
Dirección provisional: Prisión de Kronoberg

Resumen de considerandos (selección)

La fiscal, en lo que respecta a Jorge Salinas Barrio, se ha referido a una serie de pruebas indirectas. En primer lugar, que Jorge Salinas Barrio es amigo íntimo de varios de los otros acusados, que después del robo abandonó Suecia y que en su piso se ha encontrado cierto recibo. La fiscal también ha alegado interrogatorios con el testigo Viktor (confidencial).

Para empezar, el tribunal de primera instancia constata que la condición de ser amigo íntimo de varios de los acusados no es una circunstancia que suponga una prueba convincente de que Jorge Salinas Barrio haya participado en el atraco de Tomteboda de ninguna de las maneras expuestas por la fiscal.

Evidentemente, el hecho de que haya abandonado Suecia poco después del atraco sí indica que podría haber querido huir del país debido a su participación en el robo. Sin embargo, no se puede sacar una conclusión fiable de que así haya sido. Por lo tanto, tampoco este hecho supone una prueba convincente.

De las demás pruebas, las más importantes consisten en un recibo del supermercado Ica del centro comercial de Sollentuna, referente a treinta rollos de papel de aluminio, que ha sido encontrado en el piso de Jorge Salinas Barrio, así como un rastro de ADN encontrado en el coche quemado de la marca Range Rover, que fue utilizado para forzar las verjas en Tomteboda durante el robo. En el mismo coche se han encontrado huellas dactilares de Babak Behrang y Sergio Salinas Morena.

Para empezar, el tribunal de primera instancia quiere recordar las exigencias mínimas de pruebas en juicios penales. Para poder condenar a una persona acusada, no puede haber la más mínima duda de que los hechos hayan transcurrido tal y como la fiscalía expone en su descripción del delito. La carga de la prueba corre por completo a cuenta de la fiscalía.

La circunstancia de que se haya encontrado un recibo referente a rollos de papel de aluminio en casa de Jorge Salinas Barrio resulta muy embarazosa para él. Ante el tribunal de primera instancia, ha declarado que cree que el recibo ha podido acabar en su casa cuando un amigo, a quien no quiere nombrar, acudió a una fiesta en su casa. Se han encontrado huellas dactilares en el recibo, pero éstas no coinciden con las de Jorge Salinas Barrio. Hay que añadir que, según la fiscal, Jorge Salinas Barrio es amigo íntimo de varios de los acusados. Aunque la explicación de Jorge Salinas Barrio, hasta cierto punto, parece una reconstrucción a posteriori, sobre todo teniendo en cuenta que no quiere nombrar al amigo al que pertenece el recibo, el tribunal de primera instancia no puede descartar que haya podido suceder como dice el acusado.

La misma conclusión puede aplicarse al rastro de ADN encontrado en el Range Rover. Jorge Salinas Barrio ha declarado que es amigo íntimo de Babak Behrang, entre otros, y que en varias ocasiones ha tomado prestado el coche de este para su actividad hostelera. Esto también queda confirmado por una serie de testigos en el juicio. El tribunal de primera instancia no puede descartar que haya podido suceder como dice el acusado.

El tribunal de primera instancia pasa ahora a evaluar la credibilidad del testigo Viktor. Ante el tribunal de primera instancia, el testigo Viktor ha dado un testimonio totalmente diferente con respecto al que previamente había facilitado en los interrogatorios policiales, en los que la fiscalía se había apoyado. En los interrogatorios policiales ha declarado, entre otras cosas, que él mismo había estado implicado en la planificación del atraco en una fase inicial, y que Jorge Salinas Barrio era el que dirigía a los atracadores. La fiscal ha solicitado que los datos que Viktor proporcionó en los interrogatorios policiales prevalezcan ante lo que ha declarado bajo juramento ante el tribunal de primera instancia. La motivación para ello es que Viktor ha tenido que ser objeto de presiones de fuera, en forma de amenazas o coerción, para que se retracte de las declaraciones previas. Sin embargo, la fiscal no ha podido presentar nombres de la persona o las personas que supuestamente habían obligado a Viktor a cambiar su declaración ante el tribunal de primera instancia. Tampoco se han aportado otras pruebas de que así sea.

Los datos que Viktor ha dejado en los interrogatorios policiales, por un lado, y ante el tribunal de primera instancia, por el otro, resultan contradictorios. Además, en muchos casos resultan imposibles de verificar. En las partes que sí se han podido verificar, resulta que ambos relatos se desvían de lo demostrado por otras pruebas. Teniendo en cuenta lo arriba indicado, y teniendo en cuenta las estrictas exigencias de pruebas convincentes en los juicios penales, el conjunto de circunstancias presentadas en el presente juicio —a pesar de resultar muy embarazosas para Jorge Salinas Barrio— no son suficientes para que la acusación pueda considerarse demostrada más allá de toda duda.

Por lo tanto, la acusación contra Jorge Salinas Barrio referente a atraco a mano armada debe ser desestimada. También las acusaciones de amenaza ilícita grave e intento de agresión con arma referente al rescate de Javier Fernández deben ser desestimadas. Solo debe ser condenado por amenaza ilícita grave al taxista Pablo Gómez, violencia contra un funcionario público referente al policía Olof Johansson, así como por delito de daños, a un año de cárcel. De este tiempo hay que restar los cuatro meses que Jorge Salinas Barrio ya ha pasado en prisión preventiva.

Por lo tanto, suponiendo que será puesto en libertad condicional después de dos tercios de la condena, cumplirá una condena de cuatro meses.

CÓMO RECURRIR ESTA SENTENCIA, véase anexo (DV400).

\*\*\*

*Estaba en la terraza delante de mi bungaló. Tenía un coctel con sabor a piña en la mano. Había un ejemplar doblado de Izvestia sobre la mesa de al lado.*

*El mar era más azul de lo normal. Como si hoy fuera el agua la que coloreaba el cielo, y no al revés.*

*Mi chica estaba por ahí, no sabía exactamente dónde. Dijo que iba a ver a su hermana en el otro lado de la isla. Pero una vez yo la seguí después de decir lo mismo. El viaje terminó en casa de un hombre británico que vivía en la playa, a un par de kilómetros de aquí.*

*Estaba comenzando a impacientarme. Cuatro meses seguidos en esta isla era demasiado para mí. Siempre solía decir que amaba el aburrimiento, pero tal vez solo fuera una excusa para poder hacer lo que hacía.*

*Pero ahora tenía que esperar a que el escándalo de Suecia se tranquilizara.*

*No quería tener ningún tipo de contacto con algo que pudiera vincularme a aquello. No quería que me lo recordasen.*

*Aun así, el que me había encomendado la misión me había llamado un mes antes, más o menos.*

*Nunca antes habíamos tenido una conversación. Solo nos habíamos comunicado a través de terceros. Resultaba funesto.*

*Por la voz parecía bastante joven. Un marcado acento sueco.*

*—La misión ya ha terminado —dijo.*

*—Claro que la misión ha terminado —repliqué—. No volveré a pisar suelo sueco en cinco años, por lo menos.*

—*Espero que no tengas que hacerlo.*

*No me gustaban este tipo de conversaciones. Mis misiones eran transacciones de negocios. Nunca mezclaba lo personal con lo profesional.*

*A pesar de todo, continuó.*

—*Para mí, personalmente, ha terminado. Ahora la conozco. Sé que ella ha sufrido de la misma manera que he sufrido yo.*

*Tomé un sorbo del cóctel.*

—*¿Querías decirme algo en particular?*

—*No, sólo que ya no va a haber más* —*dijo él.*

—*Eso ya lo has dicho.*

—*Ellos asesinaron a mi hermana hace ocho años. Tú te ocupaste del hombre que estaba detrás de aquello en la explosión. Su hija se ocupó del otro que estaba detrás. Y ella siempre dormirá tan mal como yo.*

—*Tienes razón. Ya ha habido suficientes muertes. Ya no hace falta matar más. Ya puedes dejar de pensar en esto.*

*El hombre que estaba al otro lado pareció quedarse pensativo.*

—*Ya ha terminado. Puedes seguir con tu vida* —*dijo.*

—*Tal vez.*

—*Te lo prometo. Ya ha terminado.*

*Oí cómo inspiraba hondo.*

*Terminamos la conversación.*

*Terminé el cóctel.*

*Me levanté, cogí el periódico de la mesa y entré en el bungaló. Hacía demasiado calor fuera.*

# Suma de Letras es un sello editorial del Grupo Santillana

www.sumadeletras.com

**Argentina**
Avda. Leandro N. Alem, 720
C 1001 AAP Buenos Aires
Tel. (54 114) 119 50 00
Fax (54 114) 912 74 40

**Bolivia**
Avda. Arce, 2333
La Paz
Tel. (591 2) 44 11 22
Fax (591 2) 44 22 08

**Chile**
Dr. Aníbal Ariztía, 1444
Providencia
Santiago de Chile
Tel. (56 2) 384 30 00
Fax (56 2) 384 30 60

**Colombia**
Calle 80, 10-23
Bogotá
Tel. (57 1) 635 12 00
Fax (57 1) 236 93 82

**Costa Rica**
La Uruca
Del Edificio de Aviación Civil 200 m al Oeste
San José de Costa Rica
Tel. (506) 22 20 42 42 y 25 20 05 05
Fax (506) 22 20 13 20

**Ecuador**
Avda. Eloy Alfaro, 33-3470 y Avda. 6 de
Diciembre
Quito
Tel. (593 2) 244 66 56 y 244 21 54
Fax (593 2) 244 87 91

**El Salvador**
Siemens, 51
Zona Industrial Santa Elena
Antiguo Cuscatlan - La Libertad
Tel. (503) 2 505 89 y 2 289 89 20
Fax (503) 2 278 60 66

**España**
Torrelaguna, 60
28043 Madrid
Tel. (34 91) 744 90 60
Fax (34 91) 744 92 24

**Estados Unidos**
2023 N.W 84th Avenue
Doral, FL 33122
Tel. (1 305) 591 95 22 y 591 22 32
Fax (1 305) 591 74 73

**Guatemala**
26 avenida. 2-20
Zona 14
Guatemala C.A.
Tel. (502) 24 29 43 00
Fax (502) 24 29 43 43

**Honduras**
Colonia Tepeyac Contigua a Banco Cuscatlan
Boulevard Juan Pablo, frente al Templo
Adventista 7º Día, Casa 1626
Tegucigalpa
Tel. (504) 239 98 84

**México**
Avda. Río Mixcoac, 274
Colonia Acacias
03240 Benito Juárez México D.F.
Tel. (52 5) 554 20 75 30
Fax (52 5) 556 01 10 67

**Panamá**
Vía Transísmica, Urb. Industrial Orillac,
Calle Segunda, local 9
Ciudad de Panamá
Tel. (507) 261 29 95

**Paraguay**
Avda. Venezuela, 276,
entre Mariscal López y España
Asunción
Tel./fax (595 21) 213 294 y 214 983

**Perú**
Avda. Primavera, 2160
Surco
Lima 33
Tel. (51 1) 313 40 00
Fax. (51 1) 313 40 01

**Puerto Rico**
Avda. Roosevelt, 1506
Guaynabo 00968
Puerto Rico
Tel. (1 787) 781 98 00
Fax (1 787) 782 61 49

**República Dominicana**
Juan Sánchez Ramírez, 9
Gazcue
Santo Domingo R.D.
Tel. (1809) 682 13 82 y 221 08 70
Fax (1809) 689 10 22

**Uruguay**
Juan Manuel Blanes, 1132
11200 Montevideo
Tel. (598 2) 402 73 42 y 402 72 71
Fax (598 2) 401 51 86

**Venezuela**
Avda. Rómulo Gallegos
Edificio Zulia, 1º - Sector Monte Cristo
Boleita Norte
Caracas
Tel. (58 212) 235 30 33
Fax (58 212) 239 10 51